新新新闻主义

美国顶尖非虚构作家写作技巧访谈录

[美] 罗伯特·博因顿 著

刘蒙之 译

The New New Journalism

Conversations with America's Best
Nonfiction Writers on Their Craft

北京师范大学出版集团
BEIJING NORMAL UNIVERSITY PUBLISHING GROUP
北京师范大学出版社

鸣　谢

　　所有书籍都是通力合作的成果，本书更是如此。我特此向在百忙之中参加访谈的所有作家表示感谢。本书承蒙卡罗琳·宾哈姆（Cardine Binham）、梅根·科斯特洛（Megan Costello）和克里斯·威尔顿（Kris Wilton）认真调研，布鲁克·克勒格尔（Brooke Kroeger）、米奇·斯蒂芬斯（Mitch Stephens）和瑞克·伍德（Rick Woodward）沃德帮忙为前言注评，劳拉·马莫纪（Laura Marmor）为整本书稿把关。我的朋友兼经纪人克里斯·卡尔霍恩（Chris Calhoun），以及我的资深编辑马蒂·亚瑟（Marty Asher）和莱熙·布鲁姆（Lexy Bloom）在整个过程中都提供了热心的支持。

前　言

　　汤姆·沃尔夫(Tom Wolfe)在其《新新闻主义》(*The New Journalism*，1973)的著名前言中说，非虚构已经成为"当今美国最重要的文学"[1]。作为一个在小说领域笔耕数十载的人，沃尔夫这一宣告令人震惊。然而，更加令人震惊的是，沃尔夫宣称不仅非虚构基本上如此，而且新闻尤其成为"文学的压轴戏"。但在沃尔夫庆贺新新闻主义胜利的同时，美国文学演进的下一幕强大阵势已显而易见。

　　此后三十年，一些作家默默地坚守在美国当代文学的最中心，即基于报道的叙述性长篇非虚构作品阵地上。这些新新闻记者——艾德里安·勒布朗(Adrian LeBlanc)、迈克尔·刘易斯(Michael Lewis)、劳伦斯·韦施勒(Lawrence Weschler)、威廉·朗格维舍(William Langewiesche)、劳伦斯·赖特(Lawrence Wright)、威廉·菲尼根(William Finnegan)、泰德·科诺瓦(Ted Conover)、乔纳森·哈尔(Jonathan Harr)、苏珊·奥尔琳(Susan Orlean)等——代表了美国文学新闻的不断成熟。他们用记者证体验20世纪60年代的新新闻记者所获得的创作形态，以准确定位林肯·斯蒂芬斯(Lincoln Steffens)、雅各布·里斯(Jacob Riis)、斯蒂芬·克莱恩(Stephen Crane)——较早一代的"新新闻记者"'——等19世纪作家的社会和政治关切，将两种传统进行优势互补。因严谨的报道、敏捷的思维、复杂的社会性和警觉的政治性，新新新闻主义极有可能在美国非虚构文学历史上广受欢迎并产生深远影响。新新新闻主义一方面探索新一代新闻记者的写作方法和技巧，另一方面回顾了解他们的双重传承——他们得益于20世纪60年代和90年代先辈们的写作探索。

　　新新新闻主义记者将一系列独特的文化和社会关切带到工作中来。他们不是失意的小说家，不是刚愎自用的报刊记者，而更可能是杂志和书籍作者。他们既因沃尔夫的传统给非虚构文学带来正统性，又因小说作为最负盛名的文学表达形式被取代而大大获益。当他们尝试叙述和修辞技巧时，就设想自己完全在从事非虚构写作，而不去分析事实与虚构之间的哲学分界线，就如诺曼·梅勒[2]和杜鲁

1　Tom Wolfe, *The New Journalism* (New York: Harper and Row, 1973), preface.
2　诺曼·梅勒(Norman Mailer, 1923—2007)，美国著名作家、小说家。代表作：《夜晚的军队》(1968)、《刽子手之歌》(1979)、《裸者与死者》(1984)等。——译者注

门·卡波特[1]在其非虚构小说《夜晚的军队》(*The Armies of the Night*)和《冷血》(*In Cold Blood*)中所表现的那样。当他们涉足虚构时，不用担心自己在文坛上的地位，而这却是沃尔夫那一代的作家为之头痛的问题。"尽管新闻记者一度感觉小说降低了自己的身份，但我们现在生活的这个时代却是小说家们因非虚构而惶惑不安的时代。"迈克尔·刘易斯说。

对于新新新闻主义记者来说，现在的社会比上一代先辈们的社会更为复杂了。他们考虑的是阶级和种族，而非社会等级的主要指标——地位。种族/或意识形态亚文化(即沃尔夫所称的"未知领域")[2]一旦被视为某个人所进行的人类学研究中的异类，那在当今美国其他的文化中就会被视为等级差异，而非种类差异。

较其文学性，这次活动的成果更具有报道性。因此，本书是对新闻实践和方法的讨论，而非关于一种体裁的理论或现状的对话。非虚构作家验证语言及其形式局限性的时代早已过去。新新闻主义通过将作者置于故事的中心，来引导一个人物的思想。它使用不标准的标点符号，并大量运用传统叙述形式，扩大了新闻报道的修辞和文学范围，是真正的先驱运动。体验的自由对许多新新闻主义记者产生了重大影响。"汤姆·沃尔夫和其他新新闻主义先驱开垦了一片土地，让我能够写出《荒野生存》(*Into the Wild*)这样的书。虽然无论以何种标准衡量，这都不是一部过分华丽的作品，却的确有着像新新闻主义记者那样的怪异离奇之处，"乔恩·克拉考尔(Jon Krakauer)说，"从这个意义上来讲，我应当感谢沃尔夫的大胆创新。"

与新新闻主义记者截然不同的是，新一代记者更注重通过体验获取故事的方法。为此，他们研究出浸入式策略[泰德·科诺瓦充当了《新杰克》(*Newjack*)一书中的狱警，又充当了《迷踪》(*Bolling Nowhere*)一书中的流浪汉]，并延长了报道的时间[莱昂·丹斯对(Leon Dash)《罗斯·李》(*Rosa Lee*)一书中的人物进行了长达五年的追踪报道；艾德里安·勒布朗对《无序之家》(*Random Family*)进行了近十年的报道；乔纳森·哈尔的《法网边缘》(*A Civil Action*)几乎是长期报道]。还有一些记者虽然是著名的文体学家[如理查德·克拉默(Richard Cramer)和迈克尔·刘易斯]，但他们最重大的创新在于投入报道的体验上，而非他们过去讲故事的语言和形式上。

讽刺的是，这场新闻报道运动探索的正是沃尔夫曾经划分给小说的领域。"仍然存在一些无法轻易让新闻涉入的生活方面，特别是以侵犯隐私为由的方面。小

1　杜鲁门·卡波特(Truman Capote，1924—1984)，美国著名作家。代表作：《蒂凡尼的早餐》(1958)、《冷血》(1965)等。——译者注

2　Joe David Bellamy, "Tom Wolfe," from *The New Fiction: Interviews with Innovative American Writers* (Urbana: University of Illinois Press, 1974), reprinted in *Conversations with Tom Wolfe*, ed. Dorothy M. Scura(Jackson: University Press of Mississippi, 1990), 39.

说将来会在这一块有所发展。"沃尔夫写道。[1] 他未曾料到，新一代新闻记者会立足于(并最终超越)他的报道方法，延长并深化他们与人物的交往，并到了公私界线基本荡然无存的程度。沃尔夫体会他笔下人物的思想，而新新闻主义记者体验他们的生活。

尽管沃尔夫坚称自己首先是一名记者，但是他的巴洛克式文风和活跃的想象力——用威尔弗雷德·希德(Wilfred Sheed)的话说就是"哈哈镜"——使其包罗万象，这让他的工作具有影响力。我们阅读沃尔夫的作品是因他将奇诡的想象力带入现实，而非因现实本身。[2]

对沃尔夫来说，报道，即浸入式报道，对细节的疯狂积累就表明了一个人的地位。"最佳的新闻要不断地涉及一个主题，即地位，"他曾对一位采访者说，"所写的每篇文章都是为了发现并明确一些新地位。"[3]一个人的衣着和居所对沃尔夫具有近乎神学的意义，他对社会地位的敏感度以及对"新鲜事物"的兴趣，稳固了他成为新新闻主义风尚达人的地位。然而，沃尔夫以地位为核心的报道注重风格过于实质，以至于他的新闻(同样包括他小说中的人物[4])不够复杂，没有深度。沃尔夫的写作浮于表面，他曾被描述为拥有"蚂蚁的社会道德"[5]，生来就不是个活跃分子。[6] 对沃尔夫而言，"风格比政治重要，乐趣比影响力重要，地位比阶级重要"。历史学家艾伦·特拉登堡(Alan Trachtenberg)写道："沃尔夫的革命没有改变什么，没有颠覆什么，在地位之外别无他物。"[7]

而且，沃尔夫对地位的见解并不包括对种族和阶级的探讨——这是在新新闻

1　Wolfe, *The New Journalism*, 35.

2　"基于这些事实，他运用自己的意识、自己的选择和修辞。这些便成为沃尔夫—事实，他横跨在他所厌恶的小说作品的边缘。"威尔弗雷德·希德在《一面哈哈镜》(*A Fun-House Mimr*)中写道。*The New York Times Book Review*, December 3, 1972, reprinted in *The Reporter As Artist: A Look at The New Journalism Controversy*, ed. Ronald Weber(New York: Hastings House, 1974), 295.

3　伊莱恩·邓迪："汤姆·沃尔夫⋯⋯但确切地说，完全正确!"*Vogue*, April 15, 1966, reprinted in *Conversations with Tom Wolfe*, ed. Dorothy M. Scura(Jackson: University of Mississippi, 1990), 9.

4　詹姆斯·伍德在《完全人》(*A Man In Full*)的书评中写道："沃尔夫就像一个大嗓门的人，自以为说话和别人没什么不一样⋯⋯他的人物是以类聚的：每一类都是总类的一个特殊版本。"James Wood, *The Irresponsible Self* (New York: Farrar, Straus and Giroux, 2004), 212-213. 伍德表示参见沃尔夫频繁使用雷同的形容词组来描述不同的人物。

5　Jack Newfield, "Is There a 'New Journalism'?," in *The Reporter As Artist: A Look at The New Journalism Controversy*, ed. Ronald Weber(New York Hastings House, 1974), 302.

6　"说我们遇到了相同的老问题——战争、贫困，我觉得这话说起来很轻松。那样，我们就不需要去研究主要问题，如果你想这样讲的话，那就是大家突然就自由了。他们富有、丰腴、自由。"沃尔夫在1968年8月19日刊发的由劳伦斯·迪茨进行的《纽约时报》杂志访谈中如是说，reprinted in *Conversations with Tom Wolfe*, ed. Dorothy M. Scura(Jackson: University Press of Mississippi, 1990), 19.

7　Alan Trachtenberg, "What's New." Review of *The New Journalism*, by Tom Wolfe. *Partisan Review* 41: 296-302.

主义中很少用任何有意义的方式进行探讨的区别，但却常常是新新新闻主义记者工作的核心问题。广大的亚文化群，特别是穷困的亚文化群，为泰德·科诺瓦、威廉·菲尼根、莱昂·丹斯、艾德里安·勒布朗、亚历克斯·寇罗威兹(Alex Kotlowitz)以及埃里克·施洛瑟(Eric Schlosser)这样的作家提供了素材。这些作家并不将那些被剥夺公民权的人视为异类，而是认为他们的问题反映了美国所陷入的困境。新新新闻主义很大程度上具有活跃分子的因素——一个揭发丑闻(施洛瑟)和进行社会关切(丹斯、寇罗威兹和勒布朗)的因素。"沃尔夫关注的是人们在社会上的地位，"劳伦斯·赖特说，"而我则更多地挖掘那不为人知的部分，有时是非常危险的呼吁，以及这些信仰如何导致个人和文化群体陷入冲突。"

说到底，新新新闻主义是日常文学。如果将沃尔夫设计的古怪情节和具有传奇色彩的人物放在现实中，那么新新新闻主义就走了相反的路线，即深入普通人经历的根源，探讨盖伊·塔利斯(Gay Talese)所说的"现实之下蠢蠢欲动的虚构暗涌"。就这一点而言，约翰·麦克菲(John McPhee)和塔利斯等作家——平庸的散文诗人——在先前那一代可是风云人物。塔利斯力求将普通人的新闻化为艺术，我们因而发现了新新新闻主义的一个层面，那是沃尔夫的宣言中没有表明的。麦克菲和塔利斯均强调，严谨地报道日常生活中的事件和人物比采用华丽的写作风格更重要。报道寻常的琐事——动辄就是好几年——已经成为他们的特色。

塔利斯划清了和沃尔夫之间的界线。与沃尔夫不同的是，他对与失败有关的故事情有独钟。"这个主题比成功更能激发我的兴趣，"他说，"汤姆对最新鲜、最新潮的事物比较感兴趣……而我对经久不衰的事物及其经久不衰的原因比较感兴趣。"[1]即使当塔利斯真的着手撰写黑手党这样引人入胜的主题(如《感恩岁月》)时，他也回避了这个故事最哗众取宠的一面，着重探索犯罪生活的社会和心理现实。罗纳德·韦伯(Ronald Weber)将沃尔夫和塔利斯从不同方面做了对比。"如果将沃尔夫置于新的非虚构范围内文学那一端，那么塔利斯就属于新闻这一端。如果塔利斯是延伸到艺术层面的记者，那么沃尔夫就是身为记者的艺术家。"[2]

麦克菲具有双重影响。首先，一代文学新闻记者，包括埃里克·施洛瑟和理查德·普雷斯顿(Richard Preston)，都在普林斯顿上过他的"事实文学"(Literature of Fact)课程。其次，麦克菲对新新新闻主义的影响从他选取的广泛主题中可以看出来：主题不限——从地质学、核武器到渔业、篮球——对文学新闻记者来说是公平游戏，只要是大量研究过并坚持不懈地报道过就行。正如威廉·L. 霍沃斯

1　Gay Talese，"The New Journalism: A Panel Discussion with Harold Hayes, Gay Talese, Tom Wolfe and Professor L. W. Robinson," *Writer's Digest*，January 1970，reprinted in *The Reporter As Artist: A Look at The New Journalism Controversy*，ed. Ronald Weber(New York: Hastings House，1974)，69.

2　Ronald Weber，*The Literature of Fact*(Athens, Ohio: Ohio University Press，1980)，102.

（William L. Howarth）所写的，他已经"在艺术层面对报告文学进行了延伸"[1]。麦克菲作品的吸引力在于他写作时的精神，那种不动声色加以挑衅的个人风格和他写作的主题一样吸引人。读者在许多新新闻主义记者那里感受到的那种非正式的、宣言式的、几乎故意粗野的笔调便是麦克菲的真传。他的作者在场恰巧与沃尔夫"虚张声势的叙述者"[2]相反；麦克菲很少成为自己作品中的人物，就算他真的出现在作品当中，也绝不会是焦点。

长期以来，沃尔夫的宣言被视为新新闻主义的"圣经"，它也像《圣经》一样，由一段创世史和一套指导原则组成。原则非常明确：新新闻主义采用完整的对话，而不是从每日新闻中引用一些片段；从一个场景过渡到另一个场景，就像过电影一样；吸纳不同的观点，而不是从单个叙述者的角度讲故事，并且十分关注人物的出现和行为方面的具体情况。经过严谨的报道，新新闻主义看起来"像个故事"。

1962年，沃尔夫在阅读盖伊·塔利斯发表在《时尚先生》（Esquire）上的《乔·路易斯：王者中年》（Joe Louis：The King as a Middle-aged Man）时猛然顿悟。这是一篇以短篇小说的口吻和笔调写成的杂志文章，将虚构的亲切感与非同寻常的新闻报道结合了起来。范围在沃尔夫的眼前缩小：等级被推翻了。如今，新闻记者或许可以"借助任何文学手法，从文章的传统对话到意识流……同时从智力和情感上来激发读者"[3]。1963年，在为《时尚先生》撰写一篇关于减重高速汽车展的文章时，使沃尔夫闻名于世的洗礼来临了。受写作阻滞的影响，他在一份疯狂的备忘录中对他的编辑概述了这篇报道。编辑将文稿打了出来——"要开始了（呜呜——呜呜——）那辆糖果色的橘色片状流线型的宝贝"，基本上未经编辑加工。"突然莫名其妙地出现这种新式新闻，这在文学界引起了地位恐慌。"[4]沃尔夫写道。

小说不再是伟大的写作所追求的文学形式了，而成为索尔·贝娄（Saul Bellow）、诺曼·梅勒、约翰·厄普代克（John Updike）和菲利普·罗斯（Philip Roth）等文学巨匠之间的"全国性竞赛"。新闻不再仅仅是青年人积累世界经验的地方，而是"你在通往小说最终胜利的路上入住过夜的汽车旅馆"[5]。[作为《先驱论坛报》（Herald Tribune）的特稿作家，他是在这条路上才最终产生了《夜都迷情》（The Bonfire of the Vanities）等小说——沃尔夫知道自己在说什么]自此，沃尔夫判定小说家将会惧怕新闻记者。

沃尔夫制造的闹剧——文坛的地位恐慌！小说死了！新新闻主义获胜！——

1 William L. Howarth, ed., *The McPhee Reader*（New York：Farrar, Straus and Giroux, 1977），vii.
2 Wolfe, *The New Journalism*, 17.
3 Tom Wolfe, *The New Journalism*（New York：Harper and Row, 1973），15.
4 Tom Wolfe, *The New Journalism*（New York：Harper and Row, 1973），25.
5 Tom Wolfe, *The New Journalism*（New York：Harper and Row, 1973），5.

有两个潜在的(矛盾的)前提。首先，因为沃尔夫坚称新新闻主义是"莫名其妙"蹦出来的，他就不得不为那些作品与之相似的作家的存在进行辩解。其次，沃尔夫相当聪明，知道没什么东西会无中生有、莫名其妙地出现。因而，沃尔夫需要为新新闻主义找到一个血统纯正的先祖。此外，新新闻主义的文学先祖不可与任何同新闻一样卑劣的东西具有相似性。这一点至关重要，否则沃尔夫的"新风格"就只不过是这种体裁的下一个逻辑阶段，那还有什么意思呢？

　　沃尔夫的办法真是妙不可言。他想，在文学的先例中，还有什么能比小说自己更能打倒小说呢？因此，他认为新新闻主义(及其实践者，如迈克尔·赫尔、杜鲁门·卡波特、诺曼·梅勒、琼·迪丹、约翰·塞克和盖伊·塔利斯)不是美国新闻的新阶段，而是欧洲文学现实主义传统的复兴——被一代乳臭未干、只会纸上谈兵的美术硕士不公正地忽视的一种传统。"他搭着小说的顺风车，却在大肆宣扬小说的末日来临。"迈克尔·J. 阿伦(Michael J. Arlen)写道。[1] 沃尔夫一举"废黜"了小说，将它从美国新闻中甩掉的同时，提出了 18 和 19 世纪欧洲小说的责任。文学现实主义，尤其是菲尔丁[2]、斯特恩[3]、斯摩莱特[4]、狄更斯[5]、左拉[6]和巴尔扎克[7]的作品在为他呐喊助威。

　　新新闻主义的血统一经确立，沃尔夫才勉强承认了 A. J. 列伯灵(A. J. Li- ebling)、约瑟夫·米切尔(Joseph Mitchell)、杜鲁门·卡波特、约翰·赫西(John Hersey)和莉莉安·罗斯(Lillian Ross)等作家多年来已经尝试了各种新新闻主义写作技巧(情景、对话、视角和具体情况)的事实。但 1965 年在《先驱论坛报》的周日增刊《纽约》上发表两部系列故事，将这些作家发表作品的杂志《纽约客》(*The New Yorker*)贬得一文不值之后，沃尔夫就陷入进退两难的境地了。[8] 他不便于掉转方向对该杂志进行好评，那

---

1 Michael J. Arlen "Notes on the New Journalism," *The Atlantic Monthly*，May 1972，reprinted in *The Reporter As Artist：A Look at The New Journalism Controversy*，ed. Ronald Weber(New York：Hastings House，1974)，253.

2 菲尔丁(Fielding，1707—1754)，英国现实主义小说家。代表作：《大伟人江奈生·魏尔德传》(1743)、《汤姆·琼斯》(1749)、《阿米莉亚》(1751)等。——译者注

3 劳伦斯·斯特恩(Laurence Sterne，1713—1768)，英国著名小说家。代表作：《项狄传：绅士特里斯舛·项狄的生平与见解》(1759 —1767)、《伤感旅行》(1768)等。——译者注

4 托比亚斯·斯摩莱特(Tobias Smollett，1721—1771)，英国著名小说家。代表作：《蓝登传》(1748)、《皮克尔历险记》(1751)等。——译者注

5 查尔斯·狄更斯(Charles Dickens，1812—1870)，英国著名作家。代表作：《雾都孤儿》(1838)、《大卫·科波菲尔》(1849—1850)、《双城记》(1859)等。——译者注

6 爱弥尔·左拉(Émile Zola，1840—1902)，法国批判现实主义作家。代表作：《小酒店》(1876—1877)、《娜娜》(1879—1880)等。——译者注

7 巴尔扎克(Honoré·de Balzac，1799—1850)，法国著名小说家，被称为"现代法国小说之父"。代表作：《欧也妮·葛朗台》(1833)、《高老头》(1834)等。——译者注

8 《袖珍木乃伊》(*Tiny Mummies*)，沃尔夫在里面将《纽约客》编辑威廉·萧恩描绘成一个"博物馆保管员、殡仪员和停尸间的科学家"。

他是怎么做的呢？沃尔夫只是泰然自若地表示《纽约客》出离传统，将赫西、卡波特、罗斯、列伯灵以及其他"还算不错的人选"扯到一块儿，作为新新闻主义的历史先驱。[1]

评论家们很恼火，但基本接受了沃尔夫的解释。文学理论家们弄清了沃尔夫对新闻小说的见解，就徒劳地以后现代主义为出发点，来预言事实和虚构之间的分界线，掀起了一阵学术研究——"事实童话""小说史"——热潮，并以其中六位作家（沃尔夫、梅勒、汤普森、赫尔、卡波特和迪丹）为重点研究对象。

怀疑主义者多半着眼于新新闻主义是否真的是新的，特别是在 18 世纪和 19 世纪英国文学史中是否有先例。沃尔夫期望大部分抨击他的人选出的作品——艾迪生[2]和斯蒂尔[3]的咖啡屋报告、笛福[4]的《瘟疫年纪事》（*A Journal of the Plague Year*）、狄更斯的《博兹札记》（*Sketches by Boz*）、威廉·哈兹里特[5]的"战斗"、吐温[6]的《异乡奇遇》（*The Innocents Abroad*）、小泉八云[7]（Lafcadio Hearn）为《辛辛那提询问者报》（*The Cincinnati Enquirer*）所刻画的妓女和罪犯——能够显出与新新闻主义的迥异之处。而且，沃尔夫的辩驳是相当有说服力的。狄更斯、笛福等人所运用的一些手法有点像新新闻主义，但仔细观察，我们会发现这些作家有着完全不同的主旨和方法。艾迪生和斯蒂尔基本上是不怎么使用情景和引用来推动工作的散文家。其他大多数批评者主张将不写新闻的作家作为研究对象（例如，笛福的《瘟疫年纪事》从技巧上讲算是虚构），认为除此之外的人只不过是用情景和对话片段拼凑文章的自传作者。自身有实力的大腕作家根本没有参与沃尔夫的游戏。

最后，沃尔夫倒不怎么关心体裁的演变史，而是更关心他的职业前途了。他是一个推销员，新新闻主义是他的产品。"如果电视脱口秀节目在谈论毒品时出现脏话，不断地提到一个新的体裁，提到非虚构小说，提到新新闻主义和一件西服背心，就有必要来销售该产品。本来就是这样。"乔治·霍克（George Hough）写道。沃尔夫已经向那将他和他的同党降级到杂志和报纸特写专栏的文学等级制宣战了。最终，沃尔夫的主张与其说是一场运动宣言，不如说是给自己做的宣传广告。

1　Tom Wolfe, *The New Journalism* (New York: Harper and Row, 1973), 46.

2　约瑟夫·艾迪生（Joseph Addison, 1672—1719），英国散文家、诗人、剧作家以及政治家。代表作：《闲谈者》(1710)、《旁观者》(1711)等。——译者注

3　理查德·斯蒂尔（Richard Steele, 1672—1729），英国散文家。代表作：《闲谈者》(1710)、《旁观者》(1711)等。——译者注

4　丹尼尔·笛福（Daniel Defoe, 1660—1731），英国作家，代表作有《鲁宾孙漂流记》(1719)等。——译者注

5　威廉·哈兹里特（William Hazlitt, 1778—1830），英国散文家。代表作：《席间闲谈》(1821—1822)、《时代的精神》(1825)等。——译者注

6　马克·吐温（Mark Twain, 1835—1910），美国著名作家。代表作：《汤姆索亚历险记》(1876)、《百万英镑》(1893)等。——译者注

7　小泉八云（KOIZUMI YAKUMO, 1850—1904），原名拉夫卡迪奥·赫恩（Lafcadio Hearn），爱尔兰裔日本作家。代表作：《来自东方》(1895)、《怪谈》(1904)等。——译者注

在一个计划报废的时代，未能免俗的是，新新闻主义也没新多久。"新新闻主义究竟遭遇了什么？"沃尔夫发表宣言两年后，托马斯·鲍尔斯（Thomas Powers）在《公益》（Commonweal）中问道。[1] 到了 20 世纪 80 年代，人们一致认为新新闻主义已成为过眼云烟。

沃尔夫自利式的新新闻主义史使人很难有所区别地鉴别现代文学新闻的美国特性，并且展望未来时，人们也很难看到 19 世纪美国文学新闻和当代新新闻主义记者之间的延续性。[2]

尽管沃尔夫和他的批评者们探讨了文学新闻的许多方面，却没有人问为什么它似乎只在 20 世纪下半叶的美国有较好的发展。为什么它没有在欧洲、亚洲和南美洲这些欢迎非虚构文学的地区发展起来，尽管它们拥有高度发达的小说和散文传统？甚至文学新闻的发源地英格兰——除了布鲁斯·查特文（Bruce Chatwin）、詹姆斯·芬顿（James Fenton）和伊莎贝尔·希尔顿（Isabel Hilton）等与《格兰塔》[3]有关联的作家以外——从奥威尔[4]开始就很少出现实践者。

这表明，美国特有的某种关于风格的东西并不新颖。"文学质量第一次达到一百多年前德纳（Dana）的《两年水手生涯》（Two Years Before the Mast）的报道性新闻的传统，自马克·吐温的时代以来，已经成为我们的文学中主要的决定力量之一。"约翰·A. 考恩霍文（John A. Kouwenhoven）1948 年在他的研究《美国制造》（Made in America）中写道。他说，报道性新闻是美国特有的一种现象。他以约翰·赫西的作品《广岛》（Hiroshima）为例，认为这类作品提供了"在别处鲜为人知的严谨的事实细节，作为报道的基础"。

最近，有人称体裁中一定有某种东西从根本上讲是美国特色的，表明它"与表达力量、大小和美国经验的绝对不可抗拒的能量是分不开的"[5]。一半生涯住在欧

---

1 沃尔夫"转移美国文学能量全部工作重点的企图没有得到热烈响应。不是没有人相信他是认真的；而是没人相信他是对的"。Thomas Powers, "Cry Wolfe," Commonweal, October 24, 1975, 497.

2 我一直奇怪的是，汤姆·沃尔夫竟被认为是新新闻的先贤圣者。他的作品在形式上与其他新新闻记者（迈克尔·赫尔、杜鲁门·卡波特、诺曼·梅勒、琼·迪丹、约翰·塞克、盖伊·塔利斯——都在沃尔夫的选集里）并没有多少相似之处。他的主题（习惯和思想道德、文化走向）与他的同僚们截然不同：政治（梅勒、迪丹）、战争（赫尔、塞克）以及犯罪（卡波特、塔利斯）。他的写作风格——夸张、疯狂、虚张声势——是无法效仿的。"沃尔夫从未跟盖伊·塔利斯或迪克·斯卡普在一个节拍上或像他们互相之间那样合拍。"威尔弗雷德·希德于 1972 年 12 月 3 日在《纽约时报书评》上写道。他被视为与运动同样有名的显而易见的理由是，他是第一个提醒并编辑了第一本选集的人之一。这些理由，就像大多数显而易见的答案一样正确却又不足。他们大量运用"因为我说过"的逻辑，接受迈克尔·阿伦 1972年 5 月在《大西洋月刊》上称为沃尔夫的"我和我的伙伴们一同锻造了历史"事件版本的表面价值。

3 《格兰塔》（Granta），一本始于维多利亚时代的文学类杂志，1889 年在剑桥大学创刊。——译者注

4 乔治·奥威尔（George Orwell，1903—1950），英国著名小说家。代表作：《动物农场》（1945）、《1984》（1949）等。——译者注

5 ChrisAnderson, Style as Argument (Carbondale: Southern Illinois University Press, 1987), 2.

洲并记述欧洲的《纽约客》作家简·克莱默（Jane Kramer）表示赞同。"人们试着模仿这种体裁，却模仿不了。这种叙述性的风格确实只有在美国才有——在英格兰是以另一种方式得到发展的。"她说。

这种"美国例外论"可追溯到19世纪下半叶。那时，百花齐放——人口统计学、经济学、文学——都为支持非虚构文学，尤其是文学新闻提供了条件。

从本杰明·富兰克林[1]的时代起，美国已形成经验主义、实用主义文化——这是19世纪中期通过用文化融合科学和社会改革而形成的一股自身推动力。"我们的时代是事实的时代。它需要事实，而非理论。"雅各布·里斯在《穷人的孩子》（*The Children of the Poor*，1892）中写道。文学同样渴求事实信息。"科学家们搜集了大量的事实，其中许多是新奇的，让人浮想联翩。当科学努力地将所有这些事实与知识构造融合时，作家则在努力地将事实体现在想象类文学构造中。"新闻记者、文史学家理查德·普雷斯顿写道。[2]

最令人吃惊的事实是美国财富、版图和人口的激增。1860年至1890年，这个国家的人口和人均财富翻了一番，而国民财富翻了两番。[3] 1870年至1900年，一个拥有7500万人口的国家接纳了1200万移民。传统的新闻报道不够生动，因而无法渲染出美国生活非同寻常的变化。有人说美国新闻的文学（或叙事）滞后是对纯粹基于事实的理由导致的限制性的反映。相反，更具有叙事性和主观性的形式能以更容易理解的方式传播巨大的数据资料。[4]

因此，以大量事实为基础的叙事史学成为流行于美国的文学体裁。"面对一个充满陌生生活方式以及可能有益或有害的神秘事物的新大陆，美国人一向更注重精确的调查和可靠的报道。"普雷斯顿写道，"从威廉·布拉德福德（William Bradford）的《普利茅斯殖民史》（*History of the Plymouth Plantation*）到《草叶集》（*Leaves of Grass*），再到汤姆·沃尔夫的《太空先锋》（*The Right Stuff*），在诸多美国经典作品中，事实成了神话故事的主要架构。"[5]

非虚构作品在19世纪图书市场独领风骚的原因很多。首先，人们认为小说的内容不务正业，有时还可能伤风败俗。[6] 经济也是一大原因。出版社更倾向于给

1　本杰明·富兰克林（Benjamin Franklin，1706—1790），美国著名的政治家、物理学家，同时也是出版商、印刷商、记者、作家、慈善家，更是杰出的外交家及发明家。代表作有《富兰克林自传》（1771）等。——译者注

2　Richard Preston, "The Fabric of Fact"（Princeton University dissertation），1983, 6.

3　John C. Hartscock, *A History of American Literary Journalism*（Amherst: University of Massachusetts Press, 2000），58.

4　John C. Hartscock, *A History of American Literary Journalism*（Amherst: University of Massachusetts Press, 2000），59.

5　Richard Preston, "The Fabric of Fact"（Princeton University dissertation），1983, 34.

6　Richard Preston, "The Fabric of Fact"（Princeton University dissertation），1983, 16.

作家一笔非虚构故事而非虚构小说的预付款。因为英格兰和美国 1899 年才签订了国际版权协议,那么相对于购买本国小说,美国出版社剽窃英国小说作品来得更省心。随着美国边境不断扩张,人口不断增加,读者渴望更多地了解美国新边疆方面的资讯,"真实探险"类书籍的销量完全可以预测。美国非虚构作品拥有一个庞大的、可靠的国际读者群:美国故事是全世界都想听的故事。[1]

报纸的发行量在 1870 年至 1900 年期间翻了两番,美国对非虚构的狂热追求由此可见一斑。这种增长在很大程度上是由新报纸向读者传递信息的方式发生重大变化造成的。直到 19 世纪 30 年代,典型的日报是 4 页,通过订购销售给为数不多的关注商业和政治的读者。[2]

1833 年 9 月 3 日,《纽约太阳报》(The New York Sun)开始从党派和商业新闻转变到商务便士报。19 世纪 30 年代至南北战争期间,便士报的编辑们发现,通过"故事"传递的新闻比此前由编辑社论和财经资讯组合、统治美国报业的新闻吸引了更多的读者。《太阳报》的首期立即售罄,其中大量"有人情味的"故事(实际上是便士报发明出来的形式)吸引了"渴望了解与他们有相同处境的其他人、来自异国他乡或北部农场的忧伤的灵魂——流荡到一个快速发展的城市,常常在迷茫、冷漠、不解当中挣扎的人",史学家乔治·H.道格拉斯(George H. Douglas)写道。[3] 19 世纪 30 年代,便士报引进了新闻和报道的现代概念(后者在南北战争期间得以发展),将注意力转向了与读者的生活息息相关的故事。[4]

19 世纪 80 年代,《太阳报》以查尔斯·达纳(Charles Dana)为典型,在旧新闻和一直发展到世纪末的新新闻之间架起了一座桥梁。达纳的贡献是将每日焦点和生动的新闻佳作结合了起来。在达纳看来,一则新闻故事本身就是一种艺术形式。[5] 达纳的团队是由一些记者组成的。例如,雅各布·里斯描写他居住了七年的纽约贫民窟,为《太阳报》的新闻提供了揭露黑幕的优势。

1883 年,约瑟夫·普利策(Joseph Pulitzer)收购了《纽约世界报》(New York World),试图雇用达纳的一些最出色的作家。这事绝非巧合。19 世纪 80 年代,"新新闻主义"这个词首次在美国出现,被用来描述感觉主义和改革派新闻的融合——以移民和穷人的名义揭露黑幕,这是人们在《纽约世界报》和其他报纸上可

1　Richard Preston, "The Fabric of Fact"(Princeton University dissertation), 1983, 19.

2　Michael Robertson, Stephen Crane, *Journalism*, *and the Making of Modern American Literature* (New York: Columbia University Press, 1997), 3.

3　George H. Douglas, *The Golden Age of the Newspaper* (Westport: Greenwood Press, 1999), 6.

4　"报纸开始不再反映小贸易圈精英的事,转而反映越来越复杂的、都市的中产阶级大众的活动。"Michael Schudson, *Discovering the News: A Social History of American Newspapers*(New York: Basic Books, 1978), 22.

5　George H. Douglas, *The Golden Age of the Newspaper* (Westport: Greenwood Press, 1999), 73-74.

以看到的。普利策并不怕表露他的意图，他在新《纽约世界报》首期上发表了自己的信条："在这个大型的、迅速发展的城市，对于一份不仅便宜而且光明，不仅光明而且广泛，不仅广泛而且真正民主的报纸——献给人民而非有钱有势的人，更多地致力于新世界而非旧世界的新闻，曝光所有的欺诈和骗局，与所有的公害和虐待做斗争，真诚地为人民服务、奋斗——来说，是有发展空间的。"[1] 新新闻主义是一种大众现象。截至 1887 年，普利策的《纽约世界报》每天的读者人数达到 25 万，这使它成为国内发行量最大的报纸。普利策称详尽的报道是其新闻的重要组成部分。正如他对《圣路易斯邮报》(St. Louis Post-Dispatch)的员工所讲的："不撞南墙不回头！继续！继续！一直到这个主题真的穷尽了。"[2]

尽管过去与普利策的新新闻主义毫无关联，被林肯·斯蒂芬斯称为"文学新闻"的写作体裁却与新新闻主义有着许多共同的目标。作为 19 世纪 90 年代《纽约商业广告》(New York Commercial Advertiser)的本地编辑，斯蒂芬斯将文学新闻——巧妙地叙述大众所关注的主题新闻——转变成编辑策略，坚称艺术家和新闻记者的根本目标(主观性、诚实性、同理心)是相同的。"我们的一个谋杀新闻标准范式是，不能太不言自明，杀人犯不能被我们的读者绞杀了。"他在自传中写道："我们从未达成理想，但就是这样；从科学和艺术层面来讲，它是艺术家和报界的真正理想：全面搜集新闻，充满人情味地报道新闻，读者就能够感同身受。"[3]

斯蒂芬斯在 20 世纪早期，因发表于《麦克卢尔》(McClure's)杂志的作品而成为知名的耙粪记者。但是在他的整个职业生涯当中，他的目标是激发他的作家(和他自己)创作出与美国最重要的(商业和政治)机构相关的"文学"——通过注入伟大虚构的激情、风格和手法，将写作提升到新闻的层次上。

查阅斯蒂芬斯和克莱恩广泛的出版史，我们会发现斯蒂芬斯的《纽约商业广告》不是唯一一个对叙述性文学新闻采取开放态度的刊物。[4] 克莱恩是他的同时代人中将斯蒂芬斯的远见卓识最好地付诸实践的一个，因为他满怀敬意地平衡了文学和新闻的需求。克莱恩认为将几种不同体裁的事件按年代记述几遍是小事一桩，就像他在报刊文章、短篇新闻和杂志文章中详细描写他所经历的一次沉船事故时

1　George H. Douglas, *The Golden Age of the Newspaper* (Westport: Greenwood Press, 1999), 103.

2　Michael Emery, Edwin Emery, Nancy L. Roberts, *The Press and America: An Interpretive History of the Mass Media*, 9th ed. (Boston: Allyn and Bacon, 2000), 172.

3　Lincoln Steffens, *The Autobiography of Lincoln Steffens* (New York: Harcourt, Brace and Company, 1931), 317.

4　除了全国的报纸和杂志以外，"克莱恩还在不同时代纽约的各大报纸上刊发了有地方色彩的现实生活特写"。John C. Hartsock, *A History of American Literary Journalism* (Amherst: University of Massachusetts Press, 2000), 34.

所做的一样。[1] "不适合一种体裁的却正好适合另一种体裁。"乔治·霍克（George Hough）写道。

沃尔夫和其他人经常用克莱恩的生涯来证明新闻一直以来不过是小说的"热身运动"。但对克莱恩来说，这根本就不是真的。克莱恩的小说在表现某些题材时比他的新闻见长。他在了解纽约贫民窟之前就写了《街头女郎玛吉》(*Maggie: A Girl of the Streets*)，在写成《红色英勇勋章》(*The Red Badge of Courage*)两年后才见过战场。[2] 从这个方面来说，小说是他卓越的新闻的热身，而不是相反。

备受克莱恩青睐的新闻形式是近距离观察的城市生活特写。这些特写——有关贫民、移民、平民——以他记录人物和他们平凡的奋斗历程的理智巧妙的方式吸引读者。克莱恩运用对话和透视，将纽约当作"一个个小世界的拼图"，一个根据阶级和种族划分的微观世界，并把它像照片一样清晰地呈现出来。克莱恩没有使用雅各布·里斯或林肯·斯蒂芬斯那样的风格，以社会评论家或一个好辩的耙粪记者的姿态写作，而是以一个细节目击者的姿态写作。"他并不关心读者到社会同情之间的转变（也许是不信任或厌倦了这种姿态的优越感），而关心纯粹资料到经历之间的转变。他以一个现场现象学家的姿态写作，通过渲染可以感觉到的细节，一心想描写现场的感悟（包括各自的见地）。"艾伦·特拉登堡写道。[3]

到 1990 年，人们越来越坚信报纸应努力追求客观性，这导致文学新闻在报纸上几乎没了位置。福楼拜[4]、乔伊斯[5]等人警告小说家说，写新闻对他们的虚构作品不利，并且会进一步降低新闻在文学界的地位。小说逐渐呈现出哈索克所称的"密码神学光环"[6]的现象，有着新闻不可与之同日而语的重要感和超越性。"新闻进一步延伸到叙述性文学新闻——在文采上的最终'沦陷'，很大程度上是 19 世纪高尚文学的发明造成的。"[7]哈索克说。这或多或少是始于沃尔夫的从新闻到小说的漫漫长路的文学等级造成的。

---

1 Michael Robertson, Stephen Crane, *Journalism, and the Making of Modern American Literature* (New York: Columbia University Press, 1997), 56.

2 Michael Robertson, Stephen Crane, *Journalism, and the Making of Modern American Literature* (New York: Columbia University Press, 1997), 57.

3 Alan Trachtenberg, "Experiments in Another Country: Stephen Crane's City Sketches," *The Southern Review* 10: 278.

4 居斯塔夫·福楼拜（Gustave Flaubert, 1821—1880），法国著名作家。代表作:《包法利夫人》(1857)、《情感教育》(1869)等。——译者注

5 詹姆斯·乔伊斯（James Joyce, 1882—1941），爱尔兰作家、诗人。代表作:《尤利西斯》(1922)、《芬尼根的守灵夜》(1939)等。——译者注

6 John C. Hartscock, *A History of American Literary Journalism* (Amherst: University of Massachusetts Press, 2000), 217.

7 John C. Hartscock, *A History of American Literary Journalism* (Amherst: University of Massachusetts Press, 2000), 244.

本书收录的作家不以任何社会或机构形式构成一个同调群。他们当中有些人彼此相识，但大多数都素昧平生。他们都没有同住在这个国家的任何一个城市或地区。他们为不同的杂志撰稿，主要有《纽约客》、《大西洋月刊》(*The Atlantic Monthly*)、《纽约时报杂志》(*The New York Times Magazine*)和《滚石》(*Rolling Stone*)，但大多数靠写书谋生。他们远非沃尔夫对《先驱论坛报》本市新闻编辑人员(查尔斯·波蒂斯、迪克·斯卡普、吉米·布莱斯林)，或在哈罗德·海斯(Harold Hayes)的《时尚先生》上，或克雷·菲尔克(Clay Felker)的《纽约》杂志上所描述的抱团作家。[1]

他们所共有的是对报道手法的一种献身精神，是对经常长期深入他们的采访对象生活的坚定的信念。他们因而能够弥合主观视角与他们眼前的现实之间的差距，能够以既准确又富有美感、令人愉快的方式呈现现实，就像克莱恩先前所做的那样。他们致力于切身体验的报道——基特(Keats)"自我否定能力"的新闻版本，麦克菲和塔利斯堪称他们的父亲。

与其说这种新产物代表的是一个学派，或一场有既定规则的运动，倒不如说它是描述一种日益重要的工作体系背后报道者情感的便捷方式。本书中的作家名单不具有排他性，也不完整——若不是受时间和篇幅的限制，我还会收录十几个别的作家。然而，我之所以选择这十九位作家，是因为他们每个人所代表的新新新闻主义的某个特殊方面触动了我。

克莱默、塔利斯和特里林从某些方面来看是这场运动的"前辈"。他们在职业生涯中，或者报道平凡人的不平凡生活，或者报道不平凡人的平凡生活——塔利斯对弗兰克·辛纳特拉(Frank Sinatra)和乔·迪马乔(Joe DiMaggio)的描写就是后一种冲击最著名的范例。

在一个信仰冲突引发恐怖主义和战争的年代，劳伦斯·赖特有关信仰的作品解释了为什么新闻记者放下他们的世俗偏见，靠自身实力来审查宗教思想很重要。赖特对福音派冲击的尊重，加之他在心理学和阿拉伯文化方面的基本功，使他成为新新新闻领域最有见地的作家之一。

长期拜读斯蒂芬·克莱恩的作品，我被勒布朗、菲尼根、丹斯、科诺瓦和寇罗威兹重新运用克莱恩准确而富于同情地描绘城市生活的沧桑变迁(寇罗威兹称之为"共鸣新闻"的情感)的方式触动了。除了发挥克莱恩在主观性方面的才能，他们还表现出孜孜不倦地进行报道的耐力。他们一次次回访自己的采访对象，日复一日，甚至年复一年。在克莱恩对其人物经历的非主观呈现和新新新闻主义记者以他们居于弱势的采访对象的名义对公义的巧妙请求之间，存在一种同情会意

1　Tom Wolfe, *The New Journalism* (New York: Harper and Row, 1973), 5.

的共鸣。

埃里克·施洛瑟揭露并曝光的快餐行业、毒品黑市、色情文学和外侨工人生活，正是林肯·斯蒂芬斯和雅各布·里斯要详细报道的那类新闻。可以想象，如果还活着的话，他们也会创作出这样的作品。施洛瑟在戏剧和虚构方面的背景，使他与斯蒂芬斯的文学新闻之间的关联的印记更加明显了。施洛瑟的著作稳居全国畅销书单，这证明了他的才华，并且证明他是一个愿意为他所看到的表示愤慨的公众人物。同样，艾德里安·勒布朗把自己看作新闻记者传统的一分子，就像以社会正义为主题的里斯一样。"它是一种纪实传统，同时又是文学传统。"她在评论中写道。

19 世纪美国文学新闻最成功的体裁之一是旅游探险故事：年轻人冒着风雪，带回的边界奇闻始终是畅销读物。乔恩·克拉考尔和威廉·朗格维舍的作品把这种体裁带到了不同的方向。朗格维舍深入"9·11"事件之后世贸中心（"废墟"）的奇异之旅，为人们厘清恐怖分子"摧毁"美国全球资本主义的重要标志所付出的巨大努力提供了指示图。克拉考尔在阿拉斯加荒野艰苦跋涉的经历为一位年轻探险家最后的日子提供了线索。但无论是写登山还是摩门教基本教义派，克拉考尔探索的领域首先都是心理方面的。他笔下壮观的天然地形简直是送给读者的福利。

虽然得感谢沃尔夫新新闻主义的实验精神，但新新闻主义也应当被视为一场改良了其 19 世纪先辈一些重要特征的运动。最新一代的作家并非全部直接或下意识地受到 19 世纪新新闻记者的影响——有些人的确被影响，但大部分人没有。相反，作为美国文学新闻传统一分子的新新闻主义记者（常常不由自主地）纠结于 19 世纪以来这种体裁带来的以下问题：一个快速发展的移民社会如何形成民族认同？一个资本主义国家如何考虑经济公平问题？他们心头对 19 世纪作家的疑问在今天给他们自己带来了新的活力，这也是美国非虚构文学复兴的原因之一。

奇怪的是，相对于沃尔夫，我的文化世界观有许多地方更接近斯蒂芬斯和克莱恩。我们当前正体验着"真实的故事"——来自世界各地的新闻的魅力，这在剧烈动荡的年代是司空见惯的。19 世纪，美国开始反思自己在世界上的地位，追问自己是否能够吸收那些涌向美国海岸的大量移民。[1] 现在，美国故事又一次成为全世界都想品读的故事，虽然或许更多的是出于恶意，而非羡慕。"美国人非常幸运地住在一个，用相应的史学术语来讲，就是咽喉要地。不单单是军事和政治，文化方面也是。"迈克尔·刘易斯说，"我们在美国讲的人生故事有一种其他地方的故事所没有的广泛的吸引力。"新新新闻主义记者写作的题材——跨国移民（科诺

1　其实，美国在 20 世纪 60 年代后期也进行过类似的反思，我得说当前形势的不稳定在美国历史上是前所未有的。20 世纪 60 年代的政治、军事不稳定性因战后的财富和实力的猛增而得到了缓冲，后者正是沃尔夫所选择的写作题材。

瓦、克莱默)，贫困(勒布朗、寇罗威兹)，种族(菲尼根、寇罗威兹、丹斯)，信仰冲突(赖特)和财团(刘易斯、施洛瑟)——是全世界关注的问题。美国人对事实资讯根深蒂固的渴望因为我们在世界上的不安全感而变本加厉了。在我们对戏剧"不再上头条"、文娱节目"基于真实故事"或数不清的"真人秀"节目的渴望中，这一点清楚地体现了出来。当代美国，也不过像克莱恩所说的，是"一个个小世界的拼图，更大程度上是"以预先想不到的方式互相碰撞的亚文化的串联。新新新闻主义记者对这一点的认知使他们的作品得以流传。

与19世纪很相似，当今的非虚构和小说一样负有盛名——至少不逊于小说。我们处在一个非虚构文学的时代，"事实文学的时代"，评论家西摩·克里姆(Seymour Krim)曾这样命名。商业如此，文化也是如此。在文学新闻著作中，没有比乔恩·克拉考尔的《走进空气稀薄地带》(*Into Thin Air*)、迈克尔·刘易斯的《点球成金》(*Moneyball*)、理查德·普雷斯顿的《高危地带》(*The Hot Zone*)、苏珊·奥尔琳的《兰花贼》(*The Orchid Thief*)、乔纳森·哈尔的《法网边缘》和埃里克·施洛瑟的《快餐国度》(*Fast Food Nation*)更稀奇古怪或更边缘的了——这些都是大卖的作品。新新新闻主义是大生意，其规模是一本正经的文学新闻前所未见的。

通过揭发和广泛报道社会和文化问题，新新新闻主义记者们已经振兴了美国文学新闻的传统，并将其提升到比19世纪以及20世纪晚期的先辈们所想象的更受欢迎、更商业化的层次。"新闻学"和"文学"——在"主观"和"客观"报道之间的争议——对这一代的影响并不太大，这使他们能随意将两种体裁进行优势组合。没有宣言，没有公开辩论，就是这样做了。新新新闻主义已经领衔美国文学了。

参考文献

Anderson, Chris. *Style as Argument*. Carbondale: Southern Illinois University Press, 1987.

Applegate, Edward Cray. "A Historical Analysis of New Journalism." DIss., Oklahoma State University, 1984.

Beard, John. "Inside the Whale: A Critical Study of New Journalism and the Nonfiction Form." Diss., Florida State University, 1985.

Belgrade, Paul S. "The Literary Journalism as Illuminator of Subjectivity." Diss., University of Maryland College Park, 1990.

Benfey, Christopher. *The Double Life of Stephen Crane*. New York: Knopf, 1992.

Connery, Thomas Bernard. "Fusing Fiction Technique and Journalistic Fact: Literary Journalism in the 1890s Newspaper." Diss., Brown University, 1984.

Connery, Thomas B., ed. *A Sourcebook of American Literary Journalism*. Westport: Greenwood Press, 1992.

Crane, Stephen. *The New York City Sketches of Stephen Crane and Related Pieces*. Edited by R. W. Stallman and E. R. Hagemann. New York: New York University Press, 1966.

Dennis, Everette E. , and William L. Rivers. *Other Voices: The New Journalism in America*. San Francisco: Canfield Press, 1974.

Douglas, George H. *The Golden Age of the Newspaper*. Westport: Greenwood Press, 1999.

Emery, Michael, Edwin Emery, and Nancy L. Roberts. *The Press and America: An Interpretive History of the Mass Media*. 9th ed. Boston: Allyn and Bacon, 2000.

Frankfort, Ellen. *The Voice: Life at The Village Voice*. New York: William Morrow, 1976.

Frus, Phyllis. *The Politics and Poetics of Journalistic Narrative: The Timely and the Timeless*. New York: Cambridge University Press, 1994.

Hartsock, John C. *A History of American Literary Journalism: The Emergence of Modern Narrative Form*. Amherst: University of Massachusetts Press, 2000.

Harvey, Chris. "Tom Wolfe's Revenge. "*American Journalism Review* (October 1994).

Hellman, John. *Fabled of Fact*. Urbana: University of Illinois Press, 1981.

Hollowell, John. *Fact and Fiction: The New Journalism and the Nonfiction Novel*. Chapel Hill: University of North Carolina Press, 1977.

Hough, George A. , Ⅲ. "How 'New'?" *The Journal of Popular Culture* 9: 121-23.

Huntzicker, William E..*The Popular Press*, 1833-1865. Westport: Greenwood Press, 1999.

Jensen, Jay. "The New Journalism in Historical Perspective. " *Journalism History* 1. 2 (1974): 37, 66.

Kaplan, Justin. *Lincoln Steffens: A Biography*. New York: Simon and Schuster, 1974.

Kerrane, Kevin, and Ben Yagoda, eds. *The Art of Fact*. New York: Scribner, 1977.

Kouwenhoven, John A. *Made in America*. Doubleday, 1948.

McPhee, John. *The John McPhee Reader*. Edited by William L. Howarth. New York: Farrar, Straus and Giroux, 1977.

Meyers, Paul Thomas. "The New Journalist as Culture Critic: Wolfe, Thompson, Talese. " Diss. , Washington State University, 1983.

Mott, Frank Luther. *American Journalism: A History*, 1690-1960. New York: The Macmillan Company, 1962.

Nocera, Joseph. "How Hunter Thompson Killed New Journalism. "*The Washington Monthly* (April 1981).

Powers, Thomas. "Cry Wolfe. "*Commonweal* 102(October 24, 1975).

Preston, Richard. "The Fabric of Fact: The Beginnings of American Literary Journalism. " Diss. , Princeton University, 1983.

Robertson, Michael. Stephen Crane, *Journalism, and the Making of Modern American Literature*. New York: Columbia University Press, 1997.

Roundy, George. "Crafting Fact: The Prose of John McPhee. "Diss. , University of Lowa, 1984.

Schudson, Michael. *Discovering the News: A Social History of American Newspapers*. New York: Basic Books, 1978.

Scura, Dorothy M., ed. *Conversations with Tom Wolfe*. Jackson: University Press of Mississippi, 1990.

Sims, Norman, and Mark Kramer, eds. *Literary Journalism: A New Collection of the Best American Nonfiction*. New York: Ballantine, 1995.

Sims, Norman, ed. *Literary Journalism in the Twentieth Century*. New York: Oxford University Press, 1990.

Smith, Kathy Anne. " Writing the Borderline: Journalism's Literary Contract. " Diss., University of Massachusetts, 1988.

Steffens, Lincoln. *The Autobiography of Lincoln Steffens*. New York: Harcourt, Brace, 1931.

Stephens, Mitchell. *A History of News*. New York: Harcourt, Brace, 1997.

Trachtenberg, Alan. "What's New?" *Partisan Review* no. 2 (1974).

Trachtenberg, Alan. "Experiments in Another Country: Stephen Crane's City Sketches. " *Southern Review* 10.

Vare, Robert, ed. *The State of Narrative Nonfiction Writing*. Nieman Reports, 2000.

Webb, Joseph. "Historical Perspective on the New Journalism. " *Journalism History* 1.2 (1974): 38-42, 60.

Weber, Ronald, ed. *The Reporter As Artist: A Look at The New Journalism Controversy*. New York: Hastings House, 1974.

Weber, Ronald. *The Literature of Fact: Literary Nonfiction in American Writing*. Athens, Ohio: Ohio University Press, 1980.

Winterowd, W. Ross. *The Rhetoric of the "Other" Literature*. Carbondale: Southern Illinois University Press, 1990.

Wolfe, Tom. *The New Journalism*. New York: Harper and Row, 1973.

Wolfe, Tom. *Hooking Up*. New York: Farrar, Straus and Giroux, 2000.

Wood, James. *The Irresponsible Self: On Laughter and the Novel*. New York: Farrar, Straus and Giroux, 2004.

序　言

　　我来到纽约大学时，从未研究过或教过新闻学。我能与学生分享的只是十多年来为《纽约客》《大西洋月刊》《纽约时报杂志》等刊物撰稿的宝贵经验。但我一直强烈地意识到我所教的只是我的方法——不是最好的，（我希望）也不是最差的。方法或好或坏都是我的反思，我凭什么认为这些方法对别人管用呢？如果因为我相信一位作家所拥有的唯一财富是他的天分和习性，那向我的学生推荐我的各种新闻实践是否更明智？

　　对一位作家来说，采用某种特殊方法，而不采用另一种（虽然有些方法其实更好），这无关紧要。每学期伊始，我都通过这样的解释来解决我的道德窘境。我告诉他们，关键是每位作家都掌握了某种方法：一切都开始不对劲时所例行的程序和文思枯竭或受挫时所遵循的规则。毕竟，有无数种方法来规划一个人的写作生涯。我有我的方法，并且我知道别的作家也有自己的方法。有哪些方法呢？本书就是我对这个问题的回答。

　　本书脱胎自我的课程，课上我会邀请一位新闻记者来讨论他的工作。紧接着是访谈——深入采访，按着写作的顺序来：把握"节奏"，提出"想法"，采访，研究，写作，改写。

　　结果常常很精彩，对我的课和我本人（包括我们的来宾，他们都承认自己也不清楚同僚如何工作）来说都很棒。雷恩·韦施勒用玩儿童积木的方法来管理自己的思想。罗恩·罗森鲍姆（Ron Rosenbaum）解释了他（手动）键入并重新键入每篇草稿的原因。简·克莱默讲述了她在写作时烹饪出来的丰盛佳肴，她把想法与配料一道炖煮。

　　在接下来的访谈录里，我努力重现了那些课堂会谈自然又令人激动的气氛。每一篇访谈录都是我将副本给作家进一步修改之前长时间录制、编辑的录音访谈成果。每篇访谈的操作过程都大致相同，然后我会提出一个从构想到出版的设想。这个项目的目标是找到一种谈论写作的方法——而不是写作的主题，使其立即解开谜团并具有启发性，使常令人费解的过程变得更可被感知，而且可能更容易处理。

　　每篇访谈录的后面都附有该新闻记者的书目，也可登录 www. newnewjournalism. com 查看他们的更多作品及其文章的完整书目信息。

目 录

Ted Conover

泰德 · 科诺瓦

这些事要么发生过，要么就没有

美国作家，新闻记者，纽约大学亚瑟·卡特新闻研究院教授。1958年1月17日出生于日本冲绳，成长于美国丹佛。1980年，科诺瓦在学习了三年人类学后，以"扒火车"的形式完成了自己的毕业论文，并在此基础上出版了第一部作品《迷踪》。在此后二十年左右，科诺瓦一直致力于参与式新闻报道，成为了美国著名的的参与式新闻记者。

科诺瓦的《新杰克》获得了美国国家书评奖，并入围普利策奖。著作之外，科诺瓦在杂志上发表了大量的作品，这些杂志包括《纽约时报》《纽约客》《大西洋月刊》《美国国家地理》《名利场》等。2003年，科诺瓦撰写的一部关于道路的书籍荣获古根海姆奖。2004年2月，科诺瓦获赠一项艺术生活津贴。

代表作品：
《迷踪》（1984）
《土狼》（1987）
《雪盲》（1991）
《新杰克》（2000）
《路线》（2010）

我相信非虚构作品字面意义上的真实性，而不是虚构作品哲学层面上的真实性。"

　　第一次问及泰德·科诺瓦曾经是不是一个流浪汉时，他不知道该怎么回答。身为一名成功律师的儿子，科诺瓦曾扒火车来往穿梭数月，以此作为对大学人类学论文进行的调研。他看起来的确像个流浪汉；当他出现在家门口时，他的父母甚至没认出他来。事实上，他已经完全进入那种生活。因此，当另一名流浪汉试图跳进他的车厢(违反了流浪汉的规矩)时，他几乎毫不犹豫地上前踩住了他的手，把他甩出了飞驰的火车。"我想，我是这样的。"他艰难地答道，胸怀对广阔领域的深切关注——经济、社会以及学术。这也把他个人从那深谙流浪汉之道的对话中抽离出来。

　　科诺瓦在过去二十多年间所探索的就是这片广阔天空。首先是《迷踪》，这是一部描写他的流浪汉之旅的经典作品。他后来的三部著作《土狼》《雪盲》和《新杰克》，分别描写了墨西哥非法移民、阿斯本的名流和狱警。这些作品共同奠定了科诺瓦成为那一代最优秀的参与式新闻记者之一的声誉。

　　只读过科诺瓦一两部作品的人可能会将他归入坚韧不拔的吟游诗人、杂乱的亚文化群之中。这个描述虽然不假，但并不全面。它使科诺瓦的真正主题——把"我们"与"他们"区分开来的界线、繁文缛节和记号——显得暧昧不明。"市区、铁轨和林荫道，心灵之中的地方。"他在《土狼》中写道——我们已开始赞同这种区分了。

　　在科诺瓦的笔下，外侨工人、漂泊无定的流浪汉和狱警变成活灵活现却道德模糊的人物，饱受称赞和藐视、钦佩和同情。在没有舍弃 20 世纪早期耙粪记者的献身精神和他所追随的 19 世纪文学探险家的嗜好的情况下，科诺瓦将"一个社会学家在细节上的观察力与一个小说家的戏剧感和同情心结合了起来"，《纽约时报》的角谷美智子在提到《土狼》时做出如上评价。

　　科诺瓦 1958 年出生于日本冲绳县，那时他的父亲作为海军飞行员驻扎在那里。科诺瓦在富裕的丹佛区长大。中学时，他乘坐公共汽车来到一个刚刚取消种族隔离的学校(50％黑人、40％白人和 10％西班牙裔)。他相信这个经历激发了他对人类学(他称之为"真人现场直播的哲学")的热爱。"我认为一个人特有的文化不一定是标准的,"他说,"看世界的方式有很多种。"

1980年,在阿默斯特学习了三年人类学之后,科诺瓦厌倦了大学的精英主义。科诺瓦打算为完成毕业论文开启扒火车之旅。他想知道流浪汉是不是美国伟大的反叛者("在一个朝九晚五的世界中出于良心而拒服兵役"的人),或者是不是像洪水猛兽一样涌入美国各个城市的无家可归者当中的步兵,或者两者皆有。学校说学生不能支持不法活动,而科诺瓦在学习时间以外完成了他的实地考察工作。只带着一张应急用的旅行支票,他开始了流浪的生活。

其后,科诺瓦回到阿默斯特写他的毕业论文。他的教授看过他在旅途中所做的笔记后,随即批准他为论文立题。他还为一本学生杂志单独写了一篇自传文章,引起数位电视节目制作人的注意。他对该选题的热情在世人的关注中不断发酵。科诺瓦回绝了《印第安纳波利斯星报》(*The Indianapolis Star*)提供的报道工作,并且决定把自己的探险经历写成一本书。

《迷踪》是1984年出版的。《华盛顿邮报》(*Washington Post*)的特约撰稿人奇普·布朗(Chip Brown)指出,这种美国特有的题材——开拓、不安分以及西方神话——会是科诺瓦未来许多作品的标记。"货运列车有其伟大之处,它们铸造了一位传奇宗师。它们用长长的汽笛声和神奇的名字总结了我们生活中的不可名状之物,因为它们所运载的不只是美国的钢铁和小麦,更是这个国家的西行之路及其远大梦想的衡量标尺。"布朗写道。

以最优异的成绩从阿默斯特毕业后,科诺瓦作为一名马歇尔奖学金获得者进入剑桥大学继续深造。不久,科诺瓦就回到老路子,延伸他在撰写《迷踪》时所获得的洞察力,即"墨西哥雇农是美国新的一批流浪汉"。写《土狼》的时候,科诺瓦四次穿越美国与墨西哥边界,与外侨工人一道游历加州、亚利桑那州、爱达荷州和佛罗里达州。他采摘柠檬和橘子,在与他萍水相逢的许多非法移民的故乡——阿瓦卡特兰村庄和克雷塔罗州——住过一段时间。

一些评论家再次意识到科诺瓦所写的是比移民问题更重要的东西。"科诺瓦的作品真正出彩的地方是,他知道自己不是在讨论犯罪或惨案,而是在叙述那些使美国成为一个不断重铸自己的国家的人类探险活动。"T. D. 奥尔曼(T. D. Allman)在《纽约时报书评》(*The New York Times Book Review*)上写道。

回到纽约后,当一个朋友在鸡尾酒会上这样介绍科诺瓦——"泰德·科诺瓦,一个以风餐露宿谋生的作家"——时,科诺瓦被激怒了。朋友的言辞之精确使他恼怒。"在三十岁的年纪,我心神不安地感到自己如此轻易地就被定位了角色。这使我不禁疑虑我的参与式观察写作方法是否可以被用于描写那些并没有身处边远地区或家境并不贫寒的人。"

其成果就是他于1991年写成的《雪盲：迷失阿斯本》一书。科诺瓦在此书中表现了他所描述的"快乐主义民族志"(an ethnography of hedonism)，从一个当地出租车司机和《阿斯本时报》(*Aspen Times*)记者的角度观察阿斯本的名流文化。和他以前的书一样，《雪盲》是对作者自身同现象模棱两可的关系和他所记录的现象之间关系的沉思——阿斯本已经成了"理想的名人研究室"。一些评论家为科诺瓦放弃了一无所有的弱势群体题材而感到失望。理查德·艾德(Richard Eder)在《洛杉矶时报》(*Los Angeles Times*)上提到，他感觉科诺瓦的巨大才华"完胜题材"。其他评论家则认为这是一种延续。"他的题材是阿斯本，是闪闪发光的滑雪胜地以及科罗拉多落基山脉上的名人游客。不过，其基本主题却与他早期作品所探讨的相似：美国梦的承诺与背叛。"角谷写道。

20世纪90年代初期，科诺瓦请求纽约州警局允准他全程跟踪一名狱警的训练活动，以此为《纽约客》写一篇文章。当时，美国监狱的服刑人员人数达到历史最高纪录，他构思的故事主要是关于经济和社会的。科诺瓦所选警局的雇佣人数位居纽约州第二，并且希望通过新建监狱拉动地方经济，但该项目的投标使整个辖区烦扰不堪。当正式请求遭拒后，科诺瓦找了一份狱警的工作，小心翼翼地绕过卧底报道(Undercover Report)的道德和法律雷区。他并没有在求职申请中提供虚假信息，但未提及他的三部作品。他对自己发誓，关于此次经历，在结束工作前一个字也不写。"我当狱警的时候，就想成为不折不扣的狱警。"他靠狱警的薪水过日子，抛开了写作任务。幸运的是，新闻记者和狱警有个共同点——随身携带笔记本，以便简单记下他们的观察。从1997年3月到1998年1月，科诺瓦每晚从纽约州新新监狱(Sing Sing)回来，都会将许多页单倍行距的笔记打出来(总共接近五百页)，详细描述当日的见闻。这一方面是新闻，另一方面是心理治疗，因为他试图倾吐自己每天见到并且亲身参与的可怕的事。这个计划需要完全保密，而科诺瓦为自己的双重生活付出了代价。他患上严重的头痛，并且发觉自己时常在家中表现出郁郁寡欢。他害怕自己让纽约州新新监狱的混乱状态渗入平静的家庭生活中。2000年，科诺瓦出版的《新杰克》获得了美国国家书评奖(National Book Critics Circle Award)，并入围普利策奖(Pulitzer Prize)。2003年，科诺瓦撰写的一部关于道路的书籍荣获古根海姆学者奖(Guggenheim Fellowship)。2004年2月，科诺瓦收获了某种生活向艺术致敬的嘉奖：纽约州新新监狱的一批服刑人员以《新杰克》作为指引，策划出一个绝佳的、冒充狱警的越狱计划(尽管没有成功)。

你认为自己是一位"新新闻主义记者"（New Journalist）吗？

虽然我不反对有人这样称呼我，但我不用这个词来定位自己。沃尔夫的散文对我产生了重要的影响，因为它们明确地表达并验证了许多我在当时正付诸实践的方法——浸入式报道、重视细节、重视身份等。我在沃尔夫这样的小说作家试用非虚构作家的工具时开始了自己的写作生涯，这实在是万幸。

如果不称作"新新闻主义"，那么你把你的新闻体裁叫作什么？

我写的是非虚构故事（nonfiction narratives）。我喜欢这个词，因为它没有"文学新闻"（literary journalism）那么做作，它强调我的作品是以讲故事为主的。

哪些题材会吸引你？

我想主要是那些社会意义重大的、很少被报道的题材，尤其是那些可以让我以某种有意义的方式参与到故事中去的题材。我没准儿会发现某种情形或某个群体，有时是边缘化的或陌生的亚文化群（subcultures），我发现这着实吸引人。通过介入那个世界，我力求给读者用别的方法无法获得的见解和细节。我比较喜欢容易被忽视的小新闻，宁愿不跟总统记者团竞争。我喜欢从容不迫地行事，并且持有些许相反立场。

为什么选择亚文化群？

我在大学学的是人类学。这个学科和新闻学一样吸引人并富有成果。如果你是一位新闻记者，有充裕的时间，又愿意不辞辛苦，你就能获得别人得不到的新闻。

我在《新杰克》中所讲的故事就是一个例子。其中有一个重要的主题，也是一个日趋严峻的问题——监禁，及兴建新监狱的高峰，我觉得整个社会都没有充分意识到其严重性。我发现了一个从未探索过的角度，觉得可以从这里入手：狱警是一个被污名化且孤立于世的亚文化群，因臭名昭著而很少被人写过。而狱警，即担任一名惩教官，原来是我能做的事。

为什么不直接采访狱警呢？

因为那样的话，我只能得到片面的故事。采访只能让你做到这一步，特别是当你面对一些在记者面前感到别扭或者刻意隐瞒真相的人时。你可以通过在各地采访，久而久之得到更多。这是我接到《纽约客》这项任务时原本的计划：我会在一名惩教官上班以及在家时跟访他的家庭。但纽约州警局拒绝了我进入监狱的请求。我就想："除非你亲眼见过有人做这类工作，否则你极有可能对此一无所知。"

我想，我所领会到的就像是观光客和旅行家之间的区别。观光客的体验是肤浅的、走马观花式的，而旅行家会与他的环境有更深刻的联系。旅行家能更多地进入环境之中，他们待得更久，可以制订自己的计划，选择自己的目的地，并且经常是独自旅行——独行并独自参与。尽管从感情方面来讲，这是最难的，但好像最可能产生一个好故事。

你的许多故事是否都是从一个角色扮演的机会入手的，无论你写流浪汉、非法移民还是狱警？

我想，确实涉及一些角色扮演。我痴迷于这样的想法：能够扮演多种不同的角色，而一个人外形的变化取决于他在世界上的地位。我痴迷于整个身份问题。我的第一本书《迷踪》起初是大学论文，我以流浪汉的身份与真正的流浪汉们生活了四个月。我期望实现全部愿望——数条货运专线贯穿我的家乡丹佛。在成长的过程中，我有一点对流浪汉变成文化英雄的想象，就是你在凯鲁亚克[1]的作品中看到的那种传奇人物。扒火车从某方面来看，好像是一种伟大的探险。

但是我知道还有别的东西。那是 1980 年，由于城市里出现了大量流落街头的人，"无家可归者"一词进入我们的词汇表。我问自己，货运车上的过往旅客是无家可归的人吗？还是像他们自己坚称的那样"完全不是那回事"？他们是社会问题，还是更具传奇色彩——在一个朝九晚五的世界中出于良心而拒服兵役——的人？我喜欢这种逻辑论证，所以这个项目中有两样东西，我想我的所有书里都有这两样东西：知识探究和探险。

你大学为什么学习人类学？

我一直对哲学感兴趣，而人类学就像是由真人现场直播的哲学。它是一门研究不同的人群如何看待他们的世界经验的学科。人类学把抽象的哲学和具体的生活经验结合了起来。

1　杰克·凯鲁亚克(Jack Kerouac，1922—1969)，美国作家，"垮掉的一代"的代表人物。代表作：《在路上》(1957)、《达摩流浪者》(1958)等。——译者注

多个视角和世界经验的想法吸引你的地方是什么?

我想这个想法很久以前就萌生了。很大程度上是我在丹佛上高中时,按照法院指令,从一所白人占多数的学校坐公交车到了一所黑人占多数的学校。我平生第一次成为少数种族,这使我获益匪浅。当你自己的族群不是主宰时,世界看起来就不一样了。并且,当时进步教师的骨干力量主张反对大型社区的愿景很有可能引发暴动,并伴随着种族融合尝试的失败。学生们接受这种可能性:会有一种新学校,一个没有典型运动迷、怪胎和书呆子的学校。它是一个让你焕然一新的地方:一个白人为篮球队加油,或者一个黑人为足球队加油。我发现这是极度的自由。

你怎样将所学的课程与所实践的那种新闻联系起来?

一个结果是,它使我想要逃避那种严重依赖"可靠"来源的新闻。有时我把我所做的看作打游击。我试图找到一些从未听说过的人和群体。我依靠消息的新颖性来保持读者对我作品的兴趣。

这就是你很少写名人新闻的原因吧?

呃,这是原因之一。另一个原因是许多人比电影明星还有意思。如果我有办法跟他们共度时光,那我相当愿意。

即便如此,我有时的确会阅读名人专访。那些想方设法摘掉演员面具的杰出新闻记者让我感到激动。两三年前,我读过一篇关于莱昂纳多·迪卡普里奥[1]的很棒的专访。一位新闻记者说服迪卡普里奥,允许他和迪卡普里奥一道去杂货店购物。我们看到莱昂挑了法国蔬菜沙拉、西红柿和洁牙剂。这位新闻记者亲眼看着他挑选,这在公关机构看来简直是原汁原味的。

《雪盲》是关于阿斯本名人文化的。如果你鄙弃名人新闻,那为什么要写这方面的书呢?

"鄙弃"这个词太激烈了。《雪盲》的起因基本上是这样的:20 世纪 80 年代末,在我还住在科罗拉多的时候,我去纽约参加一个鸡尾酒会。大卫·雷姆尼克——现任《纽约客》编辑——也在场。他对一位来宾介绍我说:"泰德·科诺瓦,一个以风餐露宿谋生的朋友。"在三十岁的年纪,我心神不安地感到自己如此轻易地就被定位了角色。我开始想,是否可以用我的参与式观察法写不太偏远、不太贫困地区的人。

1　莱昂纳多·迪卡普里奥(Leonardo DiCaprio),1974 年生于美国加利福尼亚州洛杉矶,影视演员、制作人。2016 年,他凭借电影《荒野猎人》获得第 88 届奥斯卡金像奖最佳男主角奖。代表作:《罗密欧与朱丽叶》(1995)、《泰坦尼克号》(1997)。——译者注

答案是什么？

呃，《雪盲》就是答案。我想在阿斯本(我从儿时起就熟知的一个小镇)这样一个小地方来观察财富和名人效应。并且，这的确奏效了。但更大的问题是，这是否能与用参与式观察法写人们不太熟知的人群相比同样有趣，我对这个问题的答案不太确定。如今，我对《雪盲》的有些部分感到有点尴尬。毕竟，在 21 世纪初，还有什么比伊万卡·特朗普(Ivana Trump)、唐·约翰逊(Don Johnson)或席娜·伊斯顿(Sheena Easton)更老掉牙的呢？

相比之下，《迷踪》比较有趣，因为与其相关的主题在今天几近消失了。当下不再有流浪汉搭乘货运车了。这是文化已经缺失的一部分，是人们所好奇的国家历史的一部分。

你怎样从你的兴趣和爱好生发出特定的故事？

这有时并不容易。我或许要寻找陷入冲突中的人，或寻找某个已经(或尚未)解决的问题。有些故事是从一个埋设的线索展开的。例如，我锁定一个患艾滋病的单亲妈妈。《纽约时报杂志》(*The New York Times Magazine*)报道了一则有关艾滋孤儿的新闻(《接力棒》，《纽约时报杂志》1994 年 5 月 8 日)，一名患艾滋病的单亲妈妈有一个女儿，但没有别的近亲，她在寻找一个可以在自己死前收养她女儿的人。站在一个父母的角度，你还能想象有什么比将自己的亲生骨肉易手他人更残酷的吗？我只是在她寻找的过程中跟着她，并且跟着她历经艰险，这就是故事的"主线"。

你认为一则好故事具备哪些基本要素？

和一部优秀的非虚构作品所要具备的相同：人物，冲突，世易时移。并且，你若真有福气的话，你会找到解决的办法。但生活常常不是那样。

你寻找故事时，世界上有没有哪些地方是你格外感兴趣的？

我特别偏爱拉丁文学。我讲西班牙语，感觉跟那些讲西班牙语的人很有缘。但我哪儿都去，越陌生的地方越好。

你去过的最陌生的地方是哪里？

我差点儿都上月球了。20 世纪 80 年代末，在"挑战者号"航天飞机爆炸灾难导致"记者在太空"计划被取消之前，我是该计划中的一个半决赛选手。我想我的方法在月球上一定很有效。只剩下我和大概其他二十个人，包括汤姆·布罗考(Tom Brokaw)和沃尔特·克朗凯特(Walter Cronkite)。

你怎样报道一个语言不通的地方的新闻？

我最近去一个语言不通的地方，是为了给《纽约客》报道一个有关卡车司机在非洲穿过所谓的"艾滋公路"的故事，那地方在非洲。接到这个任务时，我问杂志社是否愿意为我学习斯瓦希里语——非洲对外贸易语言——课程付点钱。他们说可以，然后我去一位坦桑尼亚外交官那里每周上两节课，因为纽约没有教这门语言的学校。我说得不怎么流利，但至少知道和我交谈的人大概说的是什么。我听不懂的地方，通常有人会用英语为我解释。

当你完成一个项目时，怎么决定接下来做哪个项目？

当我完成一部书的时候，有时好像几个月或几年都不能有什么大动作——这让我的经纪公司和编辑感到失望。我必须在我能够为下一个项目腾出心理空间之前，把积累起来的、堆积如山的书、文件夹、笔记和文章腾空。

你会不会把可能要写的故事的主题整理出来？

会的，我有许多文件。当我开始构思下一个项目时，我就仔细地查阅这些文件。最近，我无意中发现了一个多年未打开的抽屉，里面尽是死胡同和拿不出手的想法。我没能鼓起勇气把它们扔掉，因为我的想法就是我的灵感源泉。这些文件对我来说很宝贵，即使没能将它们付诸实践。它们就像在学校表现欠佳的孩子一样。孩子的父母会把他赶出家门吗？当然不会！

你有哪些糟糕的想法？

20 世纪 90 年代初期，每个人都上网的时候，我考虑写一部有关互联网的游记。我想把自身网上遨游的经历当作叙述主体。当时听起来不错，但最终我断定，把这个想法写作一句话会比一本书更有趣。

你怎样决定在一个项目上投入多少时间？

就拿《新杰克》来说，我原本想在惩教所至少完成七周的培训。我知道，不出意外的话，我会为《纽约客》准备一篇好稿子。在我到达纽约州新新监狱之初，我以为四个月就足够了。在那个监狱工作是一种相当深切的体验，我觉得我简直顶不住了。四个月后，我还没有真正地拿下这个故事。此后又过了两个月，然后就是圣诞节和新年这四个月了。在节假日期间，新新监狱展现出了自然平和又难以查证的一面，所以我坚持到底。这正是激动人心的时刻，我知道这所监狱将会向我展示新的一面。

当你开始做这个项目时，还并不清楚最终要写什么吧？

开始时，我还有很多东西不清楚。直到警局把我分配到新新监狱那天，我才知道要去那里。这一点很重要，因为纽约州新新监狱离我家很近，我可以设想我是暂时在那里工作。这所监狱远近闻名，历史悠久。假如我被分配到，比如说中州监狱怎么办呢？标题你会怎么起？会写成一本好书吗？我不知道。我能否被调往纽约州新新监狱呢？我不知道。我在结束狱警工作之前，甚至没有为《新杰克》这部作品订立任何合同。

那种资金不确定性——没有签订合同——对你的作品来说是一贯如此吗？

不是。但是这个项目随机性太大，以至于我不想为了几千美金而去为出版商铤而走险，然后发现不能把自己的经历写成一本书。

你认为什么问题会阻碍你写出这本书？

我担心我会被发现并且被炒鱿鱼。或者更糟的情况是，其他狱警会怀疑我变节，把我堵在停车场暴打一顿。我也可能会被犯人打伤，不得不离职。许多变数都会让事情偏离正轨。所以我就靠着狱警的薪水过日子，希望至少能从中写出一两篇文章来。

我不想签订写书合同的另一个原因是：这样的话，我不会看起来像在侍奉二主。书面世后，我不想纽约州的官员谴责我冒充狱警为我的出版商写书。当狱警的时候，我想成为不折不扣的狱警。

你采用参与式观察法的时候，怎样设定报道的进度？

呃，很大程度上要靠耐心。"全然不知地"过日子对这个方法来说至关重要。

对什么全然不知？

形形色色的事：流浪汉会对你说什么？土狼长什么样？被犯人威胁怎么办……这些都是我起初就有所预见，甚至希望体验的。然而，我知道我必须等，一直等——这些事可能根本不会发生。所有的等待都让人十分焦虑。

你怎样应对这种不确定性？

我试图跟着感觉走。我进行一堆采访，然后消化一段时间，再想："哪部分是最有意思的？我又得知了哪些新鲜事物？"

这个思维过程如何对你的报道产生影响？

我已经完成了更多项目，已经能够更好地同时进行这两件事，即参与和观察。我可以完全置身于这种体验当中，偶尔回头问问："现在，写出来的故事会是什么样？哪些情节可以再加进我的故事中去？"

我在监狱中的工作全凭耐心和克制。来到纽约州新新监狱的每一名新狱警，在头几个月都是"流动工"。也就是说，监狱哪个部门有需要，我们就被分配到哪里。这为我提供了一幅很好的监狱全景图，但对于我需要讲的那种故事来说，这种流动性的工作让我对特殊囚犯、警官或工作的了解还不够深入。所以我必须逗留在那里，这就如我所说的，不是我的最佳选择。

你在纽约州新新监狱待了多久？

我在里面待了十个月。为了写作，人们好像更倾向于尽量待足一整年，如《普罗旺斯的一年》（*A Year in Provence*）。那个行得通，听起来不错。它可是一部书，不是一篇文章。

你报道《土狼》用了多长时间？

八九个月。同样，我需要集齐必要的元素来填充整本书的架构。我想在不同的季节和它们待在一起，不论身处美国或墨西哥。我想游历美国不同的地区，我不止一次想跨越边界，我想深入了解一些不同的非法群体。

在同一时间段内，你通常会开展几个项目？

我在专注于一个项目时做得最好，但通常资金不允许。我发现其实很难在一天之内写多个主题，虽然我一天可以报道好几个。但是，在写作时转变文法会使我耗费好几个小时。

你大部分的调研是在报道之前、期间还是之后做的？

我在报道之前做大量的调研，尽管并不打算详尽无遗。我不想研究太多细节，但搞清楚基本问题很重要。

太多的研究会带来什么危害？

我担心如果做太多研究，我会踩着别的一些作家的脚印走，或者搞成"拿来主义"，表达的不是我自己的想法。我想提出独到的见解，而不是吸收已被大众普遍认可的见解。

你是在哪里学习做这类报道的？

我从没学过新闻学。上高中时，我曾在丹佛附近的不少郊区周刊工作过，还为一份名为《人民之声》(*The People's Voice/La Voz del Pueblo*)的双语达拉斯社区报纸工作过。大学期间，我获得了在《美国社会杂志》(*American Society of Magazine*)做编辑的实习机会，并且为杂志《美国新闻与世界报道》(*U. S. News & World Report*)工作过。那段日子真是太有趣了，我参与进华盛顿的纸醉金迷，并且能跟参议院或国防部长说上话。人们为了这样的机会恐怕愿意挤破脑袋。

你有没有考虑过继续那种事业，为某个周报写政治新闻？

呃，其实不然。你作为一名新闻记者越是出名，你能与之交谈的人地位就越高。这个事实从来都让我不痛快。我可不是那种成天想着加入"名人俱乐部"，把人脉变现的人。对我来说，那没什么意思。我从事这项事业不是为了在华盛顿取得很高的地位。

当你来到一座新的城镇时，有没有遵循什么日常的报道程序？

我在写作过程中特别注意场所。所以，当我来到一座新的城镇，我试着像劳伦斯·达雷尔(Lawrence Durrell)在他的散文《场所精神》中所建议的那样，像一根针一样安静。[1]

回味你所听见的，你所看见的，你所闻到的，你所感受到的。我努力记住这些。

你会展示怎样的记者形象？

我善于聆听，并且很少争论。我会相当清楚地表明身份，以便人们知道我是谁，为什么在那儿。我经常试着把自己置于学生的位置，求知若渴。有时我又让自己宛若一个无知的人，向被采访者发问："你能帮我吗？"大多数人都会对这个问题做出回应。

无论是流浪汉、墨西哥移民，还是狱警，我都力求融入他们。我希望他们在言语之间把我看作他们的一分子。

---

1 "去旅行却没有得到这种景观价值的本质意义，实在很可惜。你不需要第六感。你只要闭上眼睛，用鼻子轻轻呼吸。它就在那里，你会听见它的轻声细语，因为所有的风景都用同样的私语问着相同的问题。'我在看你——你看到我眼中的自己了吗？'大多数旅行者来去匆匆……去尝试，并且睁大眼睛、敞开心灵去旅行，无须关注太多的事实资讯，这是很美妙的事。把你自己交付给大自然，不怀敬畏之心、无所事事地去了解——但其实用心留意。这样做，一定会有些许体会……你一旦知道怎么做，就可以萃取一个地方的精华。如果你像一根针一样安静，你会发现自己身处景观之中。"

你是怎么做的？

我调整自己的用词和身体语言。这在某种程度上涉及演技。然而，从更深层面上讲，我始终是我自己。如果你冒充别人，会立刻被人识破。

你会将自己和这个项目的所有情况毫无保留地对你的采访对象讲吗？

有一种自我揭露，会妨碍信息搜集。例如，在与偏激的反对堕胎者或种族主义者交谈时，我不会告诉他为什么我不同意他的观点，因为了解他的观点要比使他了解我的观点更重要。

报道《迷踪》和《土狼》时，你向你的采访对象完全说明了你所进行的活动；《新杰克》的报道却完全是秘密行动。你对自己的揭露程度会如何影响你所做的报道类型？

这个差别是很大的。《新杰克》是我第一个需要保密的项目。可能有六个人知道我实际在做什么，我希望我再也不必做那样的事情了。如果你不能告诉朋友们你在做什么，你的经历就会像我所经受的一样让人痛苦不堪，心烦意乱，其结果是你会失去一些朋友。如果你因为怕爱人心烦，而不将自己整天所经历的那些恐怖的事告诉她，那你就没有让她参与你的生活。我开始明白，卧底警察和缉毒队员为什么那么容易崩溃了。过双重生活，这不是一种健康状态。

为什么不把你的秘密行动告诉少数几个密友呢？

我确实跟大概三个人透露过。但世界这么小，纽约州新新监狱距离曼哈顿也就二十英里[1]。我怕被发现，不敢冒这个险，天知道你一不留神会撞上谁。我的幸福以及工作，都危如累卵。

秘密报道面临的道德困境是什么？

几乎所有的新闻都存在一个道德困境，不是吗？用自己的方式讲述他人的故事，用你的话来描述别人，用他们可能并不同意的方式描述他们。

的确如此。但新闻整体上所面临的道德困境，是否在性质或程度上与秘密参与式新闻所面临的道德困境有所不同？

在性质和程度上都不同。当"卧底"在我看来似乎只在极端情况下才合乎情理，就

1　英里(mile)，又称哩，英制长度单位，是一种使用于英国、其前殖民地和英联邦国家的非正式标准化的单位。1 英里等于 1609. 344 米。——译者注，下同

像我在《新杰克》中遇到的情况一样。这个主题具有重大的社会意义，我已经在更直接的途径上被阻拦下来。要拿下这个故事，就只剩下一个办法了。

好吧，不过一旦你被逼无奈去当卧底，应该怎么办呢？你所面临的道德困境又是什么？

我非常注意那些毫不知情，并且被我写入文中的人们的隐私。我肯定会更改他们的姓名。在《新杰克》中，一开篇我就列出了那些名字。

我发现我无法心安理得地把带有某些性质的资讯写进书里。例如，跟我要好的一位长官邀请我到他家里看一场足球赛，并和他及其夫人一起共进晚餐。通常，这是新闻记者求之不得的。把他在家中的一举一动写进书里，这不比什么都好吗？他怎样和妻子交流？他会不会把工作上的问题带回家？他会不会轻易对孩子发脾气？这是一座金矿啊！但我找了个借口没有去。

为什么不去？

因为我相信一个规则：不要背叛他人对你个人的信任。这与报道工作中的他是不一样的。当某个人邀请你到他家里，这就是一种亲密状态。那对我来说好像很神圣。我知道，如果我处在他的位置，得知自己竟无意中邀请了一名间谍来到自己家里，我肯定会火冒三丈。

你有没有为尊重他的隐私这个决定而后悔过？

没有。有时我的确想："如果我去了，这本书会不会更精彩？"在《纽约时报书评》上为本书注评的人似乎就这样想（"他所看守的人以及和他一起看守的警官们有哪些故事？"该评论家问道）。但我认为我不能为了写这本书，就心安理得地违背道德，在背地里了解人们的私生活。我会感觉很糟糕。

经过再三考虑，我认为那不会让这本书变得更精彩。那种报道会让叙述者的角色发生变化，我认为这样一来，叙述者会越过目击者的界限，成为间谍。

作为一名参与式观察者，你"入乡随俗"的程度有没有受到限制？

哦，那是当然。"入乡随俗"意味着忘记观察者的身份，摒弃所有的看法。如果在纽约州新新监狱工作八个月后，我竟然热心地和其他警官一起殴打囚犯，你就能确切地说，我已经失去了平衡。

说到底，如果你真正"入乡随俗"，就已经摒弃了作家的身份。你和你在当地找的老婆待在萨摩亚，你不回家，并且不再寄信回家。我总是在观察者和参与者的界限间来回摆动，并且问自己："真实的我与这个角色有多少共鸣？"我喜欢开玩笑说监狱工作使我焕发出"内在的自律意识"。正是我的学识以及终将回家的美好期待使我没有误入歧途，并且始终保持着观察者的身份。

你所写的情境当中经常会有一些内在危险。你会不会故意把自己暴露于危险之中，以便从情感层面接触一部作品？

我不介意某种程度的风险。我甚至为风险所吸引。风险也是有作用的：我所经历的危险通常会对书的叙述有帮助，因此有助于吸引读者来读我的故事。

例如，诱使读者来读有关巴黎、普罗旺斯或托斯卡纳区的故事似乎很容易。但是我想，要写一部能够吸引大量读者的有关非法移民的书会很难，要写一部有关监狱的畅销书很难——他们压根儿不想去那里。将自己置于危险当中是我吸引读者的一种方式。

一旦产生了想法，也做了一些调研，你更喜欢怎样接近你的采访对象？直接接触还是通过中间人？

如果我在另一个国家工作，一个自我介绍就很管用。《纽约客》《纽约时报杂志》这样的机构在国外都不太有知名度。有时，国外对记者活动的定义十分模糊，有些社会群体中根本就不存在这种角色。

你有没有固定的采访程序？

我喜欢当面采访，只有在不得已的情况下才进行电话或电子邮件采访。对我来说，亲眼看见一个人，看见他如何对环境做出反应，又如何对我做出反应，这很重要。

例如，我最近在秘鲁采访了一位拥有一家大型木材厂的经理。这个工厂是城镇的支柱产业，而这个人是南美一个著名的木材业家族的接班人。我在院墙高筑的工厂内采访了这位经理，我与他之间隔着一个实心红木桌子，然而这个经理曾声称他们从不加工红木这种木材。我看到他把脚翘在华美的桌子上。我看到他的秘书怎样对待他。我感觉到他有点不自在。我不只是在寻找事实，我是在寻找一个人物。所以，在条件允许的情况下，我与他待在一起的时间越多越好。

你会提前为采访准备好问题吗？

我确实会提前把问题写出来。但那更像是一个安全保障：我经常会完全转变话题，根本就问不到事先准备好的问题。

我发现，机智的采访对象会非常留意你什么时候记笔记，什么时候不记。我认为，试图隐藏笔记或问题反而适得其反。所幸我的字迹很潦草。

你会不会在采访对象的请求下提前告知他你想要问的问题？

几乎从来不会。我在采访中更注重随意性。

有没有你特别喜欢或特别不喜欢的采访地点？

唯一一种糟糕的采访环境就是改变了采访性质的环境，如会议室或简陋的办公室。我曾为《纽约时报杂志》写一篇关于马马杜·迪亚洛[1]的母亲的新闻，必须在位于华盛顿的她的公关代理的会议室里进行我们的第一次采访。那太恐怖了！她的公关代理一直守在我们身边。

你这么多报道都是偷偷摸摸或者在忙碌的时候进行的，你怎样设法记下人们所说的内容和所发生的事？

拿《新杰克》来说，我每个晚上回家都写下六页至八页详尽的、单倍行距的笔记——甚至不记下太多细节！我也整天做笔记。

你用什么做笔记？

我给参与性项目的标配是一个 3×5 英寸的小螺旋笔记本。这种本子的尺寸正合适装进我的衬衣口袋或牛仔裤口袋。它们不引人注目，并且方便随手取用。我在报道《新杰克》时，大概记完了这么十几个笔记本。所幸在监狱里，他们也要求警官携带这种笔记本，记录犯人的信息。我也一样，然后我会为了项目的需要增加一些补充描述。然后，等我回到家里，我会详述简要的记录、誊抄引述内容等。

记笔记有没有让你的采访对象感到不安？

当然有。记笔记会令人生畏，尤其对那些不习惯写字的人来说。流浪汉和墨西哥移民会把记笔记与执法机关、社工、律师或掌控他们行为的权势之人联系起来。在那些情况下，我所面临的问题是做分内的事——报道，记笔记反倒使需要接近的人疏远了。所以，我慢慢地过渡到笔记上，并尽量用不太吓人的方式做笔记。

报道《迷踪》时，我还不太懂这个。我把笔记本当作日记。结果动不动就说："那个笑话很不错！再说一遍，我把它记下来。"

最难记的笔记是对话以及我后来再现情景时不可或缺的细节。不方便把笔记本掏出来的时候，我很擅长把五六句对话存在心里，直到有机会写下来。

---

1 马马杜·迪亚洛(Amadou Diallo)，美国几内亚移民。1999 年 2 月 4 日，迪亚洛在纽约市被误认为强奸案嫌疑犯而遭枪杀，四名警察后被判二级谋杀罪。

听起来你主要是靠笔记啊。你有没有对采访对象录过音？

如果我正在采访一个擅长把复杂的思想贯通起来的高人，我就会录音。

你会编辑自己的录音吗？

我凡事都自己动手。我从没有研究助理。我聘用过一名打字员，让她把《迷踪》的草稿重打一遍。但是她把错误带进了我的原稿，我就没让她继续打了。我在写作上是个控制狂。我总觉得这样对作品有好处。

你是怎样做到使那些有充分的理由保持沉默的人——流浪汉、非法移民——能够如此坦率地与你交谈的？

我花大量的时间与他们共处，跟他们讲我自己的故事，仔细聆听他们对我说的话。把这些要素结合起来，通常能让人们敞开心扉交谈。你必须将自己真正的关心传达给他们，让他们明确你的立场，不仅是政治问题的立场，更是个人问题上的立场。自我表露至关重要。我会告诉他们："我想我的孩子们。你们想孩子吗？"在纽约州的新新监狱，我可能会很真诚地发问："我真讨厌那个警长，你不讨厌吗？"

一开始，我可能是那个打开话题的话唠。但到最后，大部分时间都是他们在讲。畅所欲言的欲望仿佛是人的普遍共性。

在采访中，你会产生怎样的对立情绪？如果采访对象的信念是错误的，你向他们提出异议的可能性有多大？

这要看情况。例如，我曾经反驳过一个叫 BB 的脾气非常火爆的流浪汉，他在监狱里蹲过很长时间。跟大多数白人流浪汉一样，他拼命地将自己和那些扒火车的墨西哥人区别开来。他对我说，墨西哥人死在沙漠的时候，他们吃过的辣椒的辣味会长久地留在体内，以至于秃鹰都不碰他们的尸体。我笑了，告诉他这很荒谬。他就恐吓我，要跟我打架。

我试图做个识时务的人。有些人，你会说服挑战得卓有成效；一些人习惯在争论中妥协；另一些人，像 BB 这样的，则会在争论中感觉受到严重的挑衅。

你会为你的采访制定基本原则吗？我只是无法想象一个流浪汉对你说："好吧。我们可以谈谈，但这仅作为深层幕后消息来源。"

我在华盛顿报道新闻时会遵照规则。但面对的是那些视新闻传统如无物的人时，我会面临一系列需要我随机应变的道德困境。我们之前谈过的保护他们隐私的问题就是其中一个。

在正式的采访中，我尽量避免谈判，并尽量将那些"作为幕后消息来源"或"不愿透露身份"的消息减到最少。

你在作品中屡次提到你的某些身份。你受过良好的教育、属于中上阶层或来自科罗拉多州，这些都是真的吗？为什么披露这些事实对你的写作来说很重要？

我觉得在采用第一人称的非虚构作品中，确立叙述者和其他所有人的角色都很重要。我试图在适当的时候让读者知道谈话的人到底是谁。当需要阐明一个特殊情况时，我会提供一些个人信息。

有的时候，新闻记者就像电影导演的镜头，它的出现会带来不同。我想要确保读者了解我的出现可能会带来的不同。

在哪种情况下你需要这种自我揭露？

例如，在《土狼》中，为了准确地渲染一家墨西哥乡村酒吧的社交关系，读者需要知道我是一个有着一头金发并且受过高等教育的男子，和十个穷困的、将要冒着一切风险跨越边界进入美国的墨西哥农民一起站在那里。我的出现使事情发生了变化：当我们在边界被墨西哥司法检查抓住时，之后所发生的事被改变了。这也很可能改变了在我前面那些人彼此间的谈话。

在《新杰克》中，读者需要知道我不是一个大块头肌肉男，因为不同体格的呈现给监狱中的狱警互动带来了不同。

在《迷踪》中，当我试图传递主宰流浪汉生活的那种混乱感、偶然的恐惧和漂泊时，我必须让读者充分了解我相对安稳的生活，好让他们理解我和流浪汉之间的关联。例如，当我以一个流浪汉的身份回到我的家乡丹佛时，让读者知道我过去在丹佛作为一个安稳的、中上层阶层家庭之一员的经历十分重要。

你怎么知道项目的采访和报道阶段可以结束，能够开始写作了？

我所提出的问题都有了答案或者我自己甘心放弃寻求这些问题的答案时。所幸，每当这样的时刻来临，我也能看到书籍或文章的雏形。

我们来谈谈写作吧。对你来说，报道是否比写作容易些？还是相反？

对我来说，两者在所需时长和概念上各不相同。我在进行调研和报道时，几乎只是做笔记，真正的写作还在其后。

这两个部分我都热爱，虽然热爱的原因大相径庭。我热爱真正把我的见识体现在纸上的离群索居的、理智的、内省的阶段。我热爱旅行、探险以及收集这些信息时的兴奋感。我把它们看作一个杠铃的两端。

你有一套写作的固定程序吗？

在一夜好觉之后，我理想中的一天就开始了。我醒来之后的第一件事就是确保花很多时间躺在床上，想想那天要写什么。在我起床之前，很多想法都成形了。还没想好这一天怎么过的时候就坐在电脑前面，这简直就是谋杀自己。若是在没有预先计划好要写的东西的情况下，就硬是坐在空白屏幕前面，这会让人感到惊恐———一种真正的恐怖。我会避免这种情况发生，就像躲避瘟疫一样。

从床上坐起、想好要写的东西之后，我开始吃早饭。我喜欢独自吃早饭，也喜欢一个人看报纸。有时我会出去溜达一圈。我或许会查收一下邮件，给大脑预热，然后开始写作。

你在床上想好的提纲有多具体呢？

与其说是提纲，不如说是我在那天的写作中想要提到的主题的列表。那通常是一份有关场景、创作思想和人物的列表。我偶尔会在特别重要的项目旁边画一个箭头或打一个星号。但其中的轻重拿捏已在我脑海中成形。

所以你的提纲更像是一份检查清单？

是的，是整体组装所需的一份具体零件清单。

你跟我讲过你的笔记，无论是在小书上手记的，还是后来打出来的好多张单倍行距的笔记，比方说，那些记录你在纽约州新新监狱中经历转变的笔记。这些大量的笔记是如何积攒而来的？你在写作时怎样运用它们？

比如说《新杰克》，我打出大约五百页单倍行距的笔记。我用两三周的时间把这些笔记再读一遍，用荧光笔做注解，标出我想写进书里的部分。接着，我抛开笔记，试着想象书的篇章架构。笔记是直接的经历，现在该对它进行加工了，要给它一个架构。我必须决定要怎样取舍我的经历。

在《新杰克》中，我知道我要用一章来介绍我在惩教所培训的经历，而且应该开篇就写。我也知道我需要用一章来写新年的景象和囚犯在牢房区纵火的事件，这要作为故事的结尾。我知道在书写到过半的地方，要插入我头部遭到重击、被吐唾沫那天的经历。就是从那时起，我开始讨厌所有的囚犯。那在我的故事中是一个很重要的时间点。一旦确定了几个点，我就能断定其他所有内容该写在哪里。

你是否一直都这样有条理？

不是的。我还是个写作新手的时候，只有开始写了，架构才清晰起来——有时，已经写了很多了，才有了清晰的架构；有时没有计划就开始写了，很随性。但那种方法效率不高，浪费了大量的时间，还会走进死胡同。

一旦列出了提纲或清单，你就开始按照线性流程写正文了吗？

不是。我试着对那份清单做一点扩充。我打开电脑上的单独文件夹："第1章笔记""第2章笔记"……然后，当改编这些笔记时，我生成后续文件"第2章笔记1.1节""第2章笔记1.2节"等。稍后，我会修订这些章节。我用大致相同的方式仔细检查每章笔记的修订版。

你所有的工作都是在电脑上做的吗？

不总是这样。如果有些东西真的很有难度，我可能会先手写出来。再说，当所有材料都在电脑里时，我有时会想不起它们来。我经常把信息打印出来，这的确有助于我留存复制。

那么，当你开始写作的时候，你的办公桌是怎样的？

比方说，在开始写第2章那天，我面前就摆着最新修订的"第2章笔记"。我的左手边放着我已经标注好的原版五百页单倍行距的笔记，右手边放着我预计会引用或参考的书籍。然后，我真正开始在电脑上写作。

你通常会把草稿过几遍？

五遍到十遍。

你写得快不快？

我写个人经历会比东拉西扯地写历史或政治快些，也比提出论点写得快些。

你写作时是一气呵成，还是随着写作的深入，停下来开始仔细阅读编辑自己的作品？

我力求按先后次序写。以前，每天早上开始写作时，我会把已经写好的部分从头读一遍。现在不读了，因为我对自己的表达更自信了，或者对自己的进度更有把握了，或者……嗯，我也不知道为什么。但有些时候就是不能回头看，我必须把目光聚焦在后面的部分。这样，我就更有可能一口气写到一节结束，然后才允许自己读已经写好的稿子。

一旦开始写作，你怎样安排一天中其余的时间？

我很少会在办公桌前工作两三个小时以上而没有出去走走、跑跑或做做家务。在效率高的时候，我可能实际上投入三段两小时的时间在写作。

你怎样结束写作的一天？

每天结束的时候，我用大写字母在原稿的结尾处打出一则简要说明，总结一下自己第二天早上想要写的内容。我总是担心我的思路会突然消失，虽然那几乎从来没有发生过。我想我有点迷信。

你需要待在某个特定的场所写作吗？

我不需要待在办公桌旁边。实际上，由于账单、电话这样的干扰太多，办公桌有时是最糟糕的写作地点。

我发现，在看得到风景的房间写作也不见得是一件好事。我曾经在邻居车库的楼上写《土狼》，那是效率最高的时候。那时，我的书桌对着一堵没有窗子的墙。这的确是我想要的：没有干扰。

一天中有什么时间是你特别想写作的吗？

我一般上午晚些时候开始写，通常傍晚就感觉累了。我很少在晚上写。除非赶时间，情况不得已，否则我不会在清晨写作。

你的所有作品几乎都是以第一人称写的。你是否想过，比方说，从一个无所不知的叙述者的角度，用第三人称写？

我正在以第三人称写一部小说。我已经以第三人称写过许多文章了，或者只在文章中的极少部分使用第一人称，因为我觉得我的出现并不会给那些作品增色多少。

但通过使用第一人称，我能把故事讲得最好。我的人物常常是"目击者"，如果不用第一人称，我会感觉自己是一个左撇子，却被逼着用右手。我很高兴日报都是用第三人称写的，因为在那种语境中，我通常不想了解作者个人的情况；我只想要那些最确切、最客观的资讯。另外，新闻报道偶尔也会在非常合适的情况下使用第一人称写作。在那些情况下，我更愿意看到"我"，而不是在文中用"这位记者"或"访问者"进行人称指代，这给人感觉不自然，假惺惺的。

有没有想过你的文字读起来会是什么样的？

想过很多。当我的草稿经过适度润色后，我大声地把其中的章节读给自己或妻子和朋友听。糟糕的作品通常会在语言表达过程中自我暴露，尤其是第一人称写作。当内心没有遵循你个人的意志时，你的声音便会在大声朗读中把这一点揭露出来。这有时听着挺痛苦的。

你相信你所实践的那种参与观察式新闻报道会引出真相吗？

就新闻而论，我是个非常直截了当、巨细靡遗的人。有些事要么发生过，要么没有。我对我的读者有个承诺，即他们可以相信我所提供的材料的真实性，并且我坚守这点。我相信非虚构作品字面意义上的真实性，而不是虚构作品哲学层面上的真实性。

我认为对对话的重构是非虚构创作最大、最难以解决的问题。我书里所有的内容都是真的，然而很难一字不差地把对话记录下来。这是一片很大的灰色地带。除此之外，新闻传统其实还要求清楚而明白地呈现对话——通过编辑。从根本上来说，如何解读"真正的""创作性的非虚构创作"是个更难回答的问题。

它是一个形而上的真理还是持久的真理呢？我希望我的作品有深度。我希望人们感到他们从中获得了一些"经久不衰"的东西。但它会不会是以"t"开头的"真理"(truth)呢？我不太肯定。

你认为长篇非虚构是美国特有的一种写作形式吗？

许多英国作家在这方面做得非常好，但貌似这种形式在这里最有生命力。这很可能是几个因素造成的。出版这种形式的作品的出版商比较多。这里有很多不同的呼声：背景不同、经历不同的人发现写作是自我表达的一种方式。另一个原因是我们距离娱乐业的核心较近，娱乐业会采用一些非虚构作品，从而为我们的写作提供资金支持。

你认为谁是你的同行，并且对你有重要影响？

说到同行嘛，乔恩·克拉考尔（Jon Krakauer）、塞巴斯汀·荣格（Sebastian Junger）、斯科特·安德森（Scott Anderson）、艾德里安·勒布朗、马克·索曼（Mark Salzman）和尼古拉斯·达维多夫（Nicholas Dawidoff）就是几个与我同时代的记者。特雷西·基德尔[1]曾是我的榜样和同行，乔治·奥威尔大概对我影响最大，包括《巴黎伦敦落魄记》(*Down and Out in Paris and London*)、《向加泰罗尼亚致敬》(*Homage to*

1　特雷西·基德尔(Tracy Kidder)，1945年出生于美国纽约市，非虚构作家。代表作：《新机器的灵魂》(1981)、《生命如歌》(2009)等。

Catalonia)以及他的小说——我也是个有抱负的小说家。约翰·斯坦贝克[1]和杰克·伦敦[2]曾做过大量鼓吹性新闻。当然还有琼·迪丹、汤姆·沃尔夫、彼得·马西森(Peter Matthiessen)、布鲁斯·查特文(Bruce Chatwin)。我看过南非小说家 J. M. 库切[3](J. M. Coetzee)的所有作品。我觉得我看过的虚构作品比非虚构作品要多。

为什么？

很可能是因为虚构作家比较会讲故事。他们通常比非虚构作家更注意文风和语言。

你对长篇非虚构作品的未来抱有希望吗？

20 世纪 60 年代末 70 年代初的新新闻主义浪潮，过去《时尚先生》(*Esquire*)的那些素材已拥有了一个伟大的传统，无论该传承现在采取的是旅游游记还是回忆录的形式，它以全新的、出乎意料的方式出现了。例如，我刚读完汤玛斯·德巴吉(Thomas DeBaggio)的回忆录，写的是他的阿尔茨海默症的发展。多棒的想法啊！

长篇非虚构作品似乎在书籍或《纽约客》这样的杂志里，元气比较旺。《滚石》削减了篇幅，与不那么宏大的、较短篇的作品争锋，实在让人感到悲哀。男性杂志只要短篇作品，也同样让人感到遗憾……但我并不认为我们当中写这种形式文章的人是濒危物种，也不觉得其中缺乏有识之士。恰恰相反，我认为长篇非虚构写作正在以各种有意思的方式成长着。

泰德·科诺瓦作品

《新杰克：纽约州新新狱警记》(*Newjack：Guarding Sing Sing*)，兰登书屋，2000 年。

《雪盲：迷失阿斯本》(*Whiteout：Lost in Aspon*)，兰登书屋，1991 年。

《土狼：美国非法移民的秘密世界之旅》(*Coyotes：A Journey Through the Secret World of Americas's Illegal Alines*)，古典书局，1987 年。

《迷踪：与美国流浪汉一起扒火车的故事》(*Rolling Nowhere：Riding the Rails with America's Hoboes*)，维京出版公司，1984 年。

1　约翰·斯坦贝克(John Steinbeck，1902—1968)，美国作家。代表作：《人鼠之间》(1937)、《愤怒的葡萄》(1939)等。

2　杰克·伦敦(Jack London，1876—1916)，美国现实主义作家。代表作：《野性的呼唤》(1903)、《热爱生命》(1907)等。

3　约翰·马克斯韦尔·库切(John Maxwell Coetzee)，1940 年出生于南非开普敦市，南非白人小说家。他是第一位两度获得英国文学最高奖布克奖的作家，并于 2003 年获得诺贝尔文学奖。代表作：《迈克尔·K 的生活和时代》(1983)、《耻》(1999)等。

Richard
Ben Cramer

理查德·克拉默

我没把自己看作一个艺术家，
我把自己看作一个手艺人

代表作品：
《夺冠的实力》（1992）
《乔·迪马乔》（2000）
《以色列迷失记》（2004）

美国记者，作家。1950 年出生于纽约州罗契斯特市，1967 毕业于布莱顿高中，1971 毕业于约翰霍普金斯大学，获文学学士学位。在大学期间，克拉默任职于《约翰霍普金斯新闻快报》，后在哥伦比亚大学攻读硕士学位，并于 1972 年获得新闻学硕士学位。

克拉默曾供职于多家著名媒体，如《费城询问者报》《巴尔的摩太阳报》《滚石》等。1977 年，克拉默在开罗报道埃及总统与以色列首相进行的和平谈判，成功地将跟踪报道与一种生动的写作风格结合了起来，与沃尔夫的新新闻文学体验产生了共鸣。这篇报道也使他赢得了 1979 年普利策国际报道奖。

2013 年 1 月 7 日，理查德·克拉默因肺癌并发症死于约翰·霍普金斯医院，享年 62 岁。

"

　　我并没有拼了老命给人们提供现实的另一种'呈现',我只是把盘子擦干净,把事实映出来。我认为干我们这行的,最大抱负就是写出一篇报道,其他人便再不敢尝试。**"**

　　理查德·克拉默以写"棘手"的故事闻名。有时,这种棘手在于很难与其故事主人公进行接触,就如他在《时尚先生》上对泰德·威廉斯(Ted Williams)的传奇刻画,或他为乔·迪马乔写的传记的情况。另一些时候,一个故事可能已被不厌其详地写过千百遍了,似乎不太可能报道出新意了,就像总统大选或国际和平谈判。无论是哪种情况,这些困难反而都激励了克拉默:"如果我真的开始将一个想法付诸实践,我搞不定就不回家!这或许要花费几年的时间,但我终会搞定。"

　　克拉默 1950 年出生于纽约州罗彻斯特市,曾在约翰·霍普斯金大学求学。在《巴尔的摩太阳报》(The Baltimore Sun)求职遭拒后,他在哥伦比亚大学取得了新闻学硕士学位,1973 年被该报聘用。报道了三年市政厅和地方政治之后,克拉默离开《巴尔的摩太阳报》,进入《费城问询者报》(The Philadelphia Inquirer),很快就被提升为该报的纽约公司总编辑。

　　尽管克拉默没有外交事务经验,但他 1977 年却被派到开罗,报道埃及总统安瓦尔·萨达特(Anwar Sadat)与以色列首相梅纳赫姆·贝京(Menachim Begin)之间进行的和平谈判。正是在他的中东任务中,他成功地将跟踪报道与一种生动的写作风格结合起来,跟汤姆·沃尔夫的新新闻主义文学体验产生了共鸣。克拉默具有能够展示细节的独到眼光,并且能够洞察历史事件对普通市民的生活影响,这些都使他能够胜任和平谈判的报道。克拉默的写作手法就如《纽约客》所载巴黎沦陷时,珍妮特·弗兰纳(Janet Flanner)的战时"书信"一样,通俗且富有人文关怀。

　　克拉默此次奉差为他赢得了 1979 年普利策国际报道奖,以及七年往返于《费城问询者报》伦敦和罗马分公司的工作(而这种往返国际的报道,使得该报资金困难,虽然该报仅仅承担了克拉默和他的手提箱的费用)。他在德黑兰报道了伊朗人质危机,在阿富汗与反苏分子和"圣战者"叛军同行。1980 年,他获得了海外报道艾琳新闻奖,并因他从阿富汗发来的报道获得了美国海外记者俱乐部奖。尽管克拉默已是远近闻名的记者和报社派驻国外的通讯记者,但作为一名杂志记者，他形成了自己的专业意识及美学笔法。

1983 年，克拉默访问《费城问询者报》总部时遇到了他的妻子，时任该报编辑的卡洛琳·怀特(两人后来离婚)。他们很快离职，搬到纽约。怀特成为《滚石》的一名编辑，而克拉默成为杂志社的一名全职自由撰稿人。他为《时尚先生》和《滚石》撰写了有关巴尔的摩市长威廉·唐纳德·谢弗(Wiliam Donald Schaefer)、传奇棒球运动员泰德·威廉斯(Ted Williams)和棒球协会专员彼得·尤伯罗斯(Peter Rosenthal)的详细报道。尽管如此，克拉默写得太慢，难以糊口("在将近一年半的时间里，理查德一直写不出好作品。"他的作品出版商大卫·罗森塔尔说)。1992 年，克拉默对《华盛顿邮报》的玛莎·雪丽尔(Martha Snerrill)说："我写的每篇报道都赔钱。"

从报纸的枷锁中解脱之后，克拉默又醉心于能够将他曾大量报道过的文章写出来的长篇报道。但就算杂志也有它的限度。当他交给《时尚先生》的 13000 字泰德·威廉斯专访被删减成 11000 字时，克拉默不高兴了。所以，预定截稿的那天晚上，他来到《时尚先生》办公室，向美工、制作和文案部门(谎称)保证说他已经获准可以缩小字体，以便重拾被删减掉的 2000 字。更为神奇的是，据此，杂志社制定了一套能把作家赶出办事处非编辑部门的政策。后来，一篇扩充版的文章以绘本的形式被发表，题为《泰德·威廉斯：孩子眼中的四季》。

在为书选题时，理查德专注于他最拿手的两个主题：棒球和政治。"这是大家写得最多的主题，吸引了许多读者，也耗费了许多笔墨。即便如此，我仍然认为真的还有空间让人潜心去钻研其中从未有人钻研过的难点。"他说。他考虑写一本关于理查德·尼克松(Richard Nixon)的书，但后来却选择了拿下美国政治上一个更大的主题：总统大选。

结果，《夺冠的实力：通往白宫之路》出炉了。这是一篇关于 1988 年大选的史诗式报道，是对总统候选人——乔治·布什(George Bush)、鲍勃·多尔(Bob Dole)、迈克尔·杜卡基斯(Michael Dukakis)、加里·哈特(Gary Hart)、乔·拜登(Joe Biden)和理查德·该哈特(Richard Gephardt)——的多维群像描绘，而不是描写其对外展现的性格特征或将其化作各种意识形态及政策方针的代言人。"我并不想了解大选的情况，而是想了解竞选者的情况。"他在"作者按语"中写道。这部书被一个核心问题推动着：怎样的生活会让一个人认为他应当成为美国总统？正如克拉默在《书评》中向布莱恩·拉姆解释时所说："我必须去找出版商——兰登书屋，跟他们说：'呃，我还没动笔，也拿不出提纲。我现在还没法告诉你谁会成为里面的人物。我还没法告诉你会写出什么故事。你只要把这笔钱全部给我就行，我们四五年后见。别担心！故事一定很精彩。'"

克拉默拿到了 50 万美元的预付金，用了六年的时间报道、撰写这本书（他进行了不下一千次的采访）。1992 年，在下一届总统大选的前夕，这本书出版了。该书共有 1047 页［一名《波士顿环球报》(*Boston Globe*) 评论员称其为"夺冠的重量"］，既是新闻，又是反对政治体制、批判玩世不恭的媒体通过剪辑播报和特定的道德准则评判候选人的哀史。克拉默很快就意识到传统政治报道的局限性，书里没给引自"不愿透露姓名的官员"和"重要政客"的话加上引号。这本书没有像赛马一样对待大选，也没有长篇累牍地报道党团会议投票和选举投票。"当我终于挤进这些华盛顿重要人物的办公室，开始就候选人的事情进行提问时，我发现他们真的不认识那些候选人。他们对这些候选人的认识是华盛顿式的。"他说，"但他们不知道驱使这些人逆流而上的动力是什么，或者他们能爬到金字塔顶的真正原因是什么。"因此，在大选之前，克拉默花费了尽可能多的时间报道这些候选人的生活。在竞选巴士上露面之前，他用一年的时间采访这些候选人的表亲、祖父母和朋友。

长期关注美国政治的人，如《纽约时报》专栏作家拉塞尔·贝克 (Russell Baker) 对克拉默能设法以新的眼光看总统政治大为赞叹，直言《夺冠的实力》是"一本把关闭了的心门重新打开的书"。他发现这本书引人入胜。"我痴迷于这本书好几个星期。书中每次把多尔称为'龙虾'的时候都让我抓狂。可我就是爱不释手。"

另一些人，如《纽约时报》记者（现任专栏作家）莫林．多德 (Maureen Dowd) 在《华盛顿月刊》(*The Washington Monthly*) 上所言，对克拉默新的新闻基调不敢恭维。"作者采用了一种令人恼火而不是使人愉悦的散文风格，运用沃尔夫那种乏味的新新闻主义手法，并把它发挥到了极致——'呜——！呜——！'——满纸都是斜体字、省略号、感叹号、制作音效、破折号、连字符、大写字母和萌萌的拼写。"

《洛杉矶时报》的政治报道记者罗纳德·布鲁斯坦 (Ronald Brownstein) 感觉《夺冠的实力》更多的是关于美国的野心，而非选举政治的，因此应当与将其归入其他企图神化美国民族性的作品之列。"克拉默写出了一部有待商榷的作品：它是泰迪·怀特 (Teddy White)、汤姆·沃尔夫和诺曼·梅勒那种狂躁综合体中的一类——五花八门的公民学。"与这本书有关的所有东西都被夸大了：它的野心、视野、瑕疵和能量。总统大选就是美国新闻业的"白鲸"，而在克拉默那里，他们找到了一个狂躁的梅尔维尔 [1]。

克拉默下一个棘手的任务是洋基队传奇人物乔·迪马乔的传记。以注重隐私、谨慎出名的迪马乔过去回绝了所有要写他的故事的企图。这个项目是克拉默

1　赫尔曼·梅尔维尔 (Herman Melville, 1819—1891)，19 世纪美国最伟大的小说家、散文家和诗人之一，《白鲸》(1851) 为其代表作。

的出版商提出的，该出版商多年来一直试图说服迪马乔写一部自传。

1999 年，迪马乔的离世给克拉默带来了最大的转机。投入这本书的写作已有四年之久，他仍然没有说服迪马乔接受采访（"我们谈了四五次，都是围绕他为什么不能跟我谈谈的问题——这事本身很有意思"）。克拉默发现迪马乔的许多朋友都听迪马乔的，不愿对传记的写作提供帮助。如今，信息"像开闸的水一样袭来——该事件令旧时的回忆浮出水面，畅所欲言的新知情人士和想要一吐为快的原有知情人士，都想用提供信息的方式来纪念这位对他们的生命产生过影响的人"，克拉默说。

《乔·迪马乔：偶像的一生》一年后出版，用一种不讨巧的方式描绘了它的主角。迪马乔的卑贱、贪婪和冷酷跃然纸上。而克拉默严厉地批评了造星机构，因为正是媒体和公众的盲目崇拜使迪马乔获得了声誉。

许多评论家似乎因为他们的偶像被打倒而受到了伤害。拉塞尔·贝克（Russell Baker）在《纽约时报书评》上质疑克拉默的信息来源（"没有归属，故事具有诽谤性，令人震惊，以绝对真理为乐"）。和《夺冠的实力》一样，一些评论家，如《华盛顿邮报》的乔纳森·亚德雷（Jonathan Yardley）不欣赏克拉默的文风（"他的散文时而充满阳刚气质，时而很伤感，时而很明智，时而忸怩作态，时而故作忧郁，时而尖酸刻薄，时而又是从酒吧听来的机密信息"）。另一些评论家，像《纽约时报》的理查德·伯恩斯坦（Richard Bernstein），则推测本书的写作是"无条件服从命令"，并赋予克拉默的散文更高尚的血统［"介于瑞因·拉德纳（Ring Lardner）和大卫·哈伯斯坦（David Halberstam）之间，又略有点像德莱塞[1]和海明威（Hemingway）刚好表现出的风格"］。

为了撰写新书《以色列迷失记》（2004），克拉默重游了他 20 世纪 70 年代末 80 年代初报道过的许多地方。目前，他正在写一部有关 20 世纪初美国制衣业的书。

---

1 西奥多·德莱塞（Theodore Dreiser，1871—1945），美国现代小说的先驱、现实主义作家。代表作：《嘉莉妹妹》（1900）、《美国悲剧》（1925）等。

你将自己看作特殊新闻传统的一分子吗？

我认为我们所做的回到了约瑟夫·艾迪生在 18 世纪所做的那类专访：确定读者，给他讲个故事，向他保证，如果他花时间看你的故事，就一定会从中获益并且会获悉某些事实。

我写非虚构的目标和写小说一样，尽管手法未必相同。我想让我的书或文章给读者带来的影响，如同阅读小说后的那种影响一样：一些事发生在故事中的人物身上，其间有真情演绎。这可能是非虚构和虚构作品的共同目标。两者都能给读者制造一种改变人生的经验。

你认为自己是一个"文学新闻记者"吗？

不，我是一个铁匠。我在社会上的地位就和一个手艺精良的造车工人一样。制造车轮是一门高度专业化的技术。我没把自己看作一个艺术家，我把自己看作一个手艺人。

不过，我的确觉得自己是作家群体中的一分子。我有幸见到哈伯斯坦和塔利斯，我跟他们说了他们的作品对我的巨大影响，以及他们在文学上登峰造极的成就。我感觉自己好像在延续一种传统，这种感觉真的不错。我不知道自己会不会以哈伯斯坦和塔利斯那样良好的状态离开这一行，但我的确感觉他们传递给我一些东西。我希望我也能这样影响他人。

哪类主题会吸引你？

如果我的作品有一个主题的话，那就是人——通常是男人——忘我地工作，创作出比自己更加宏大的事物。这些宏大的事物或许真的很伟大，抑或在那些创造者看来很伟大。但不管怎样，那是一种深深的沉迷。我认为我了解其中的一些东西。

是因为你在他们身上看到了自己吗？

或许吧。也可能是我感觉自己应当更像他们。但当我看到他们中某一个人的时候，我就知道他想要创造的世界是可供我写作的主题。如果我能让读者用那个人物的眼光看世界，那他将被带上一段奇妙旅程。

你怎样寻找故事？

我找到一些东西就不会放过。有时，编辑会打电话给我，说："我认为你应该写写什么什么。"我会说："哦，不行！我对那个一无所知。"然后，搞笑的事就发生了，我不会拒绝他的提议。

你怎么知道一个故事是适合你写的？

我会跟我妻子说说我的想法。她会说："啊，真是瞎扯淡。"我会奋力自卫，和她争论说："不，不是的。不是扯淡的理由是……"那就是我发现自己已经流连忘返的时候。我逐渐喜欢上这个故事，到了开始一遍遍跟别人讲的地步。

你更喜欢自己产生想法还是从编辑那里接受任务？

我写得最好的一些故事起初都是他人的想法。例如，《时尚先生》后来的编辑李·艾森伯格(Lee Eisenberg)派我去写一篇关于泰德·威廉斯的专访。泰德·威廉斯不肯配合作家，这是出了名的。

有些故事别人没法完成，这时编辑一般都会找我。有一类故事是棘手得出了名的。人们普遍认为根本没法写的故事才是好故事，就像"泰德·威廉斯不会跟任何人聊"，或者"乔·迪马乔完全无法了解"，或者"没人能了解当今国内政治的内幕，因其进程已经被美化了"。

但是，有几位编辑觉得，只要他们能找到一个够倔强的作家，或许就能完成这些棘手的故事。他们知道，如果真让我干起来……呃，我不干完就不会回家！或许要花费几年的时间，但我终会搞定。

所以，当编辑需要一个全垒打的时候，你就是那个"终结者"？

我想是的，尽管我有时希望他们只给我几个单打或双打任务。我一定会为此用掉更多的薪水。

这和写书任务一样吗？

是的，跟我写乔·迪马乔传记的情况一样。我的编辑——西蒙与舒斯特出版公司(Simon & Schuster)的大卫·罗森塔尔(David Rosenthal)——多年来一直试图说服迪马乔，想为他写本书。他给乔写信，在图书馆研究乔的生平，以便能真的跟他说上话。但乔不为所动，依然故我。他很礼貌地说"不可以"，因为没有足够的钱撬开他的嘴。

我那时刚完成《夺冠的实力》，正在到处寻找另一个写书项目。我告诉过大卫，我最懂的只有两样东西——政治和棒球，所以他说："我会给你讲一个没人能讲的棒球故事，那是唯一值得写的棒球故事。"这话吸引了我。

《夺冠的实力》也是这样来的吗？

有点类似。我想回答一个有关美国政治的根本问题。我会在电视上看候选人，他们看上去不像我认识的任何人，并且给人的印象也不好。那些候选人看起来很拘谨，好像离我们很遥远。他们的一举一动早已历经排练，尽管仍然做得不到位。他们好像了解所有的思想，能解答一切的疑惑。

我为《巴尔的摩太阳报》工作的时候，已经认识了许多政治家，他们可不是那个样子。所有这些总统候选人都曾担任过市议员、国家代表和国会议员，就像我认识的那些人一样。所以我知道，在通往总统竞选的路上，他们一定经历了些什么。我想知道他们到底经历了什么，这就是我写《夺冠的实力》时要回答的问题。

你怎么有信心把第一本书写得如此有抱负？

我通读了有关总统大选的所有书籍：哲曼德(Germond)和威特科弗(Witcover)的书、泰迪·怀特的书、吉姆·伍藤(Jim Wooten)的《冲击者》(*Dasher*)，还有哈里·埃文斯(Harry Evans)派往美国实时报道1968年大选的三名来自伦敦《星期日泰晤士报》的记者所写的《美国总统竞选内幕》(*An American Melodrama*)。那真是一本好书。貌似我现在也能写出那样的东西。

我就给我的朋友和以前的老板吉姆·诺顿(Jim Naughton)打电话。他是一位资深记者，为《巴尔的摩太阳报》报道过卡特的竞选和卡特政府。此前，他在《纽约时报》工作。我问他："诺顿，这个能做吗？"然后他说："能做啊。但问题是怎么做。你上了飞机，当他们过来问你的采访时间段，你说：'我并不是真的要采访总统候选人，你知道吗？但是，嘿！他在接受其他人采访的时候，我就坐在这儿，你不介意吧？'"

你不提任何问题吗？

一个都不提。我第一天就坐在那儿，然后第二天、第三天……一直坐在那儿。总有一天，这个候选人就习惯我在那儿了。在某个采访结束之后，他会向我靠过来，说："该死！那个农业问题又被我搞砸了！"

就在那时，我已经绕过桌子从我坐的这边挪到了他那边。那就是我努力想实现的柔道原理：用他自己的力量把他扔到我期望的地方。我一直努力想坐到他那边去。如果我带着笔记本和一串问题进来，那我不过是另一个带着笔记本和问题，或者以时下流行的任何操作方法来敷衍"每日消息"的笨蛋。

但如果我什么问题都没有——只专注于最基本的问题："这里到底发生了什么事？"——并且愿意成天在这儿转悠，试图以他的眼光看世界，那我就完全不一样了。

这种"不采访"的采访技巧有效吗？

呃，我可以告诉你什么是无效的。我在新书促销期间做了大量采访，尤其看到报业人士如何进行采访。他们会向你提个问题，你一开口，他们就低头做笔记，试图记下你所说的每一个字。他们几乎四十五分钟才抬起头来再看你一眼。这完全就是一种获取别人感受的错误方法！

你怎样做采访？

我要采访某个人的时候，不会准备任何问题。我不仅不带问题，还不带笔记本——假使我带了笔记本，也不会从口袋里掏出来。

我只是看着他说："你看，我现在的情况是……"我向他解释我所面临的问题。我采访总统候选人时，我说："你知道我面临什么问题吗？我无法想象你是怎么说服自己这个职位'非我莫属'的。因为我不知道还有什么人会那样说。因此，我想知道，你认为是什么让你觉得这件事'非你莫属'呢？在用自己原有的生活交换这种新生活之前，你必须要解决的最后一件事是什么？你妻子的情况如何？她怎么想？"

他没法用准备好的台词敷衍我，因为他从未给这样一个问题预备答案。我一下子就进入新闻的一个完全不同的领域了。所以，他要么试着回答这个问题，要么就此开个玩笑，要么说他需要时间来考虑怎么回答。无论如何，我会看到他面对意想不到的问题时有何反应——那才是在成为总统的路上所应展现的！

这种方法会立竿见影吗？

不会，我前六个月就完全搞砸了。

你做的第一件正确的事情是什么？

每当我做一个专访的时候，出于尊重，第一件事就是让他们知道我所做的。如果不能光明正大地开始，就不能光明正大地进行。有时，我会先给他们寄一封信。但我真正喜欢的是他们见到我，跟我握手，这样我就可以把自己正在做的项目告诉他们，回答他们的任何问题。

就拿《夺冠的实力》来说，我向所有的候选人做了自我介绍，把有关这本书的事情告诉了他们。然后，我消失了将近一年。我告诉他们我会继续我的采访，但前提是我对他们真正有所了解。

你在报道一本竞选书籍的中途放弃了追随竞选？

对。我去了候选人的家乡，和他们小时候的玩伴交谈。我去访问他们上过的高中、大学，拜访他们的邻居和第一个老板。

等到我回到竞选活动中的时候，我不再只是下一个拿着笔记本，想要十分钟采访机会的记者了。我是他们妈妈的朋友，或者他们的萨莉阿姨和他们谈起过的那个人。我了解他们生活中的一切。我见过与他们真正亲近的人。我花时间让自己融入他们的世界。这使他们对我刮目相看。

但候选人怎么知道你在干什么呢？

你是在开玩笑吧？没有人像这些人一样屹立在他们世界的巅峰。政治就在于收集信息。所以他们知道的第一件事是你从哪里来，你对他们有没有好感。他们都是在我开始了解他们的世界的那一年获得有关我的报告的。我要让他们知道我是多么努力地在工作，而且我没放弃。我要让他的朋友告诉他："呃，他好像对我挺客气的。"

你一年以来搜集的材料有价值吗？

非常有价值。让我吃惊的是，大多数新闻记者不乐意费工夫跟那些热爱这帮候选人的人交谈。他们只想跟批评家交谈，或者最起码想跟那些对候选人持政治保留意见的人交谈。新闻记者们想："他的姐妹们到底要说什么？她肯定要说他很棒。有什么了不起！"

但他们没有抓住要领。一个重要的问题是他到底能有多棒！如果你想了解某个人是怎样抓住要领，即他是一个2.5亿人口的国家可靠的总统候选人，你最好对他有多棒了如指掌。但大多数新闻记者不关心这个问题。

你向次要人物提的问题和中心人物一样吗？

完全一样。我提的问题是世界上最蠢的。我会跟某个将自己的人生交托给其中一位候选人的人，或者曾是他大学女友的女人交谈六个小时。我只问一个问题："这一切给他带来什么好处？"我只想知道这个。但是，欸，那可是要了解的一件大事哦！

例如，我和我的研究员与迪克的兄弟唐·格普哈特（Don Gephardt）一起出去吃晚饭，他的妻子去长岛了。我们无话不谈，妈妈啦、爸爸啦、房子啦、生意啦，就像是发现了宝藏一样！然后，我们回到家，翻看他们的家庭相册！我的意思是，拜托，没有比这更好的了！

当我们开车回到他家时，我问唐："那么，你有没有被报社围追堵截?"他说："呃，《纽约时报》长岛公司给我打过一次电话。但也就那样了。"现在就我所知，有150位新闻记者都在做格普哈特的专访——最重要的是，每个人都得做一篇。然而他们怎么没给他唯一的亲兄弟打电话？这让我很惊讶。

假如我这样一个笨蛋想在几十亿字的竞选报道基础上写成一本书，那说明这几十亿字的报道有问题。你看，我这不是一个聪明人的做法。一个聪明人的做法是每天早上在CNBC上漫无边际地瞎扯。那些人非常聪明，但他们做不了我所做的事，因为他们需要向你展示他们有多聪明。我根本不在乎我正在采访的人认为我聪不聪明，那是不作为。我在报道一个新闻的时候一头雾水，因为知之甚少而无从下笔，万分纠结。我不必别人来帮忙。

你做笔记吗？

一开始不做。但过了一会儿，当他们真的说到精彩处时，我会问"我可以写下来吗"，然后拿出笔记本。在记的过程中，我告诉他们这段话为什么很精彩，它对我和这本书究竟有什么意义。我的目的是让他们了解我的项目和我所做的事。因为我们要共创伟业。他们是这个项目的一部分，与这个项目利害攸关。然后我把笔记本合上，放在一边。这让他们抓狂。他们会在接下来的六个小时里，试图让我再把笔记本掏出来！

但是，你怎样在没有笔记本的情况下记下他们说的话？

我稍后会打电话给他们，说："我真是个笨蛋。还记得你讲迪克干过的那件伟大的事儿之类的话吗？我还没忘掉。但我这个傻瓜，竟然没把它记下来！你能再跟我讲一遍吗？"他们铁定会帮你把这些事理清楚。我完全改变了传统的知情人士与记者的关系。

你要为一次采访做多少调研？

我读过很多东西，但我真的对调研不在行。我相信上帝给了我某种恩赐。我宁愿读一个好句子，而不愿读二十本让我找不着北的书。我没有那种敏锐、高深的理解力。我不是个有头脑的人，所以我会从别处下手。

你可以阅读《泰晤士报》或《新闻周刊》(*Newsweek*)上有关竞选的消息，直到脸都给气绿了，却还在原地停滞不前。因为这些消息和那些精心制作的一分钟电视节目一样：有一个小观点、一段声音剪辑、一个放在大屏幕上的场景，但它们不认识这个人。

你的泰德·威廉斯作品中有一幕，是他朝你吼，因为你没读过他的自传。你是故意没读吗？

是的。我从《时尚先生》接到这个任务后，就去了他在佛罗里达州所住的城镇。我不想知道任何事情，不想阅读最近五十年大多数人的观点。因为那样的话，我就和其他人一样人云亦云了——这正是泰德起初讨厌新闻记者的原因。

所以你就直接出现了？

是的。这个乱糟糟的小城镇就在去基韦斯特的路上。我抵达的时候，泰德不在那儿。因此，我在那个城镇待了两周，见到了每个认识他的人。他们一直问我："你在这儿转悠什么呢？泰德不在这儿。"我说："哦。哎呀！我不知道呀。我想我只是有点喜欢这里的热闹场所。"我也的确是喜欢。这些场所便宜、暖和，我住在海滩上一家不错的旅馆里。

我见到了他那帮打鱼的哥们儿，我真的跟他们混熟了。我偶尔会问到泰德的一点情况，但不逼他们讲。所以，等泰德回来时，每个人都说："喂，泰德！你听说过那个在这儿闲转了几个星期的怪人吗？"很快，泰德不得不亲自打发我走。

你是在哪里学习成为一名新闻记者的？

我是在巴尔的摩为《太阳报》工作的时候学的。在这种城镇里，人们彼此相识，你沿街散步时不可能不碰上熟人。所以你得友善地跟你所写的人打交道。那不是你的一次"邂逅"，而后你就可以不再出现。只要你恶意中伤他们一次，就会搞得人尽皆知。所以我很快明白，我对知情人士必须坦诚。我会为我的知情人士做任何事！不得已的时候，我得帮他们擦那该死的窗子。

这不过是很平常的适应性行为而已。作为一个新闻记者，如果你的知情人士肯帮你，而不是不帮你，那你的工作就能做得好多了。如果你不得不干掉他们，那你要提前坦率地告诉他们你准备怎样干掉他们，好让他们有所准备。我的一个政治家朋友就是因为我和其他人在报纸上所写的东西而锒铛入狱的。但我每走一步，都向他开诚布公。我告诉他为什么情况看起来不妙，以及明天我在报纸上要发表什么。我告诉他，他或许想要在打击来临之前告诉他的妻子。他很感激，还从监狱里寄礼物给我。

在报道方面，你的榜样都有谁？

盖伊·塔利斯无懈可击。大卫·哈伯斯坦很伟大，这家伙实在勤奋。汤姆·沃尔夫也是个拼命三郎。

我过去常常读沃尔夫的作品，就在想："呃，去你的！上帝感召你，让你成了天才，就是这样！"然后，20 世纪 80 年代中期，我有天下午走进《滚石》的办公室，看见他在一张办公桌上工作。当时，他在双周刊上分期发表《夜都迷情》。我看着他的眼睛，看到了一种心神不宁、被追杀的动物似的眼神。我知道，当遇到大麻烦的时候，我也会有那种眼神。我心中默想："上帝保佑你，汤姆。你毕竟只是个拿工资的。"

你在写国际作品的时候会不会改变方法？

会的。关于报道的基本原则的讨论会让全世界所有人崩溃，并带来许多问题。所以，我不在这个问题上发表太多意见。

但我试图讲清楚的事实是，我真的想听他们的由衷之言。我的提议是："对，让我看看你的房子。对，我想要见你的家人。当然啦，我今晚会跟你一起睡在荒郊野外。"那种融入的意愿会超越文化界限。

你怎样在语言不通的地方报道新闻？

翻译是成功的一半。我在大学里找翻译，因为年轻人擅长口译。翻译能力是难得的天赋。因为翻译的人必须能够把你的热情传递给他们，把他们最好的东西传递给你。这项工作需要反应迅速、心思细腻并且具有美好情操的人来做。

你怎样让人们愿意跟你交谈？

问题是，只有当你真正对他们感兴趣的时候，人们才会想要讲他们的故事。我就是这样做的。当你写泰德·威廉斯这样的人，或者写一名总统候选人的时候，你走近一个真正了解他的人，不去试图证明你在纽约臆造的某种观点，那对他来说最好不过了。因为这是他们所见过的最不可思议的家伙。他们的妻子和女友早就听腻了他们的故事，却又来了这样一个粗野的家伙，拼命打听这些故事。他们了解这个伟人的一切，却从来没有机会跟别人讲述。这些故事最终会被我倾听。他们会很高兴。

他们不怀疑你的动机吗？

呃，我先闲转一会儿，他们会看到我就是糊弄不过他们。我束手无策！我没有一个试图把所有东西都塞进去的伟大而复杂的计划。

你有没有和知情人士秘密交谈过？

许多人想要跟你"私聊"。他们会同意跟你谈谈，但坚持要在各种条件都满足的情况下。我从来不答应。

你会为你的采访制定基本原则吗？

会的。我告诉他们："我很可能到头来根本不采用你提供的消息。如果我要用，会先告诉你。但如果你所说的真正精彩，我很可能采用，并用我自己的口吻写出来。"因为我想让他们知道，如果他们给我讲故事，并且让我真正领会，那我就会把这个故事讲出来。我会为此负责。

你会不会允许他们更改自己说的话？

只有当他们有充分理由的时候。但是如果他们的改口会给我带来大麻烦，那我会告诉他们，我必须采用他们之前所说的。

在作品发表之前，你会给采访对象看他们说过的话吗？

我发现，把他们说的话读给他们听，对作品是有益的。见鬼，倘若我有时间，我就喜欢把整个故事读给他们听。在《夺冠的实力》发表之前，我把写到每个人物的那一页——寄送给了相应的人物。一开始，我并没告诉他们我会这样做，但最后我就是觉得必须这样做。

为什么要那样做呢？

首先，我想让他们知道我写的究竟是什么。其次，书的很大一部分都是由那些经过他们大脑的对话构成的，他们理应核准。你不能把别人的想法讲出来，除非经过他核准。最后，虽然我不会请他们来做我的编辑，但如果哪里听起来不对劲儿，我得知道。

他们有什么反应？

他们很棒。他们没有试图对自己所说的话或我的描述吹毛求疵。这一点有助于书的写作。我告诉他们，如果哪里不对劲儿，我会更改。但我更改的前提是，他们必须把实情告诉我。

你如何决定采访哪个人？

首先，如果可以采访一个女人，就别浪费时间去采访男人。男人对什么事都不上心。我大概跟迪马乔的 20 名队友问过 1947 年世界职业棒球大赛之后他们在华尔道夫酒店举行派对的事。他们说："哦，那场派对棒极了！有一个乐队，所有的东西都是一流的。乔那天晚上真的很开心！"

然后，我让他们妻子当中的一个来描述那场派对。她说："是的，那是一场很棒的派对。但那花儿真是糟糕透顶。饭菜上得晚了。还有，菲尔·瑞苏图(Phil Risutto)

的母亲戴着最老气的帽子进来了……"她们什么都知道。男人简直无可救药。

你以什么顺序采访你的对象，这有关系吗？

这跟我采访的顺序没关系。因为我问每个人的问题都是一样的，不存在什么猫腻，所以很容易。反正我要回来十次。然后，一个采访再到下一个，再到下一个、下下一个……

你是怎样接触到乔治·布什和乔·迪马乔这样的名人的？

说到接近当时的副总统布什，这与他的儿子小布什关系重大。我和我的研究员去拜访竞选管理人员李·爱华特(Lee Atwater)。因为我们告诉他，我们想了解布什的家庭情况，爱华特就把我们领进了小布什的办公室。乔治正把脚翘在桌子上，跟他的汽车司机打电话，嘴里叼着一支卷烟。爱华特介绍我们说"小伙子们，可别把我害惨哦"，然后就离开了。乔治慢慢地打量着我们。我们看起来很邋遢，我的头发也长了。他说："呃，你们俩看起来完全不像年轻的共和党员。"我们都大笑起来。

这是个良好的开端。小布什就这样接纳了我。所以每次我身处华盛顿，没有任何安排的时候，我就溜达到小布什的办公室闲坐。那是唯一可以抽雪茄的地方，所以我们一起抽。

我就一直闲坐着，听他在电话里讲谁在试图排挤他或他父亲。但我并不关注这些。一旦他看到我不关注这些，他什么都会给我看。最终，他带我到肯纳邦克波特(Kennebukport)见他爸爸。我们一起玩了掷蹄铁套桩游戏，老布什完全打败了我。小布什也知道他父亲能跟我处得来。如果我当初直接进去采访，那将会是场灾难。

你是怎样让那些忙碌的重要人物为你的深度报道抽出时间的？

我从未期望过会与布什有那么多相处的时间。但当其他新闻记者采访他的时候，我跟他坐在一起，我也能完成深度报道。我会坐在他的车队里，当他打算做什么的时候，他的助手会把我推到一个可以让我站在他身后、体验他眼界的地方。

当意识到你要占据他们多少时间的时候，有没有人打退堂鼓？

当然有。有些人直接就不干了，比如杰克·尼克劳斯(Jack Nicklaus)。《时尚先生》给我布置了一个有关他的任务，但他受不了。他告诉我："我今天出去打高尔夫，我的心思都不在打球上，我的心思在你这里。我不干了。"我没有责怪他，但如果没有足够的时间与我的采访对象相处，我就写不成我心目中的那种故事。我没有能力在仅仅与某个人相处几个小时后就搞定一个故事。

你给迪马乔写传记时，他为什么不跟你交谈？

他跟我交谈了，他只是不配合我。我们谈了四五次，都是围绕他为什么不能跟我谈谈的问题——这事本身很有意思。从这种不交谈当中，我对他有了很多了解。那时候，我认为或许他看到我的笑脸就会决定向我倾吐他的故事。但当我对他有所了解之后，我便知道这种事不会发生，因为回绝永远是他的人生法则。

你怎样报道一个不接见你的人？

我不会潜伏在周围。如果我在一个车展上或者在乔出席的某个地方，我会挥手示意，让他知道我在那儿。但我不会走近他。其实，他有点确信这种有雄厚资金扶持，并且针对他的生活进行的认真调查正在开展。如果我放弃，我想他会恼羞成怒。

你最喜欢在哪儿采访？

我是个吃货，我经常带人出去吃晚饭。我会带一个人出去吃六次饭，却一个问题都不问。然后，第七次我会说："咱们星期六去这个地方吃个早午餐吧，那天不要有任何别的约会哦。"我们会坐在那儿交谈，我的四个笔记本都会记满笔记。到该吃晚饭的时候，我们还在那里聊天，接着我就请他吃晚饭。因为在某个关键点，你必须记录信息。但这需要我和被采访的人通力合作。我说："你在这六顿饭局上告诉我的东西好极了。但我还不知道该怎么把它写成故事。所以你现在要帮我理清楚，我好把它写出来。"

你最不喜欢在哪儿采访？

客厅。人们在客厅没法好好交谈。客厅是你双手抱膝坐着的地方。除非牧师顺便来访，我采访过的大多数人从来不在客厅接见我。

如果我发现自己跟某个人在客厅交谈，我就会说："请帮个忙好吗？咱们去餐桌那边谈好吗？因为我在那儿做笔记会容易得多。"实际上，我并没有做任何笔记，但在厨房交谈效果要好得多。

你的研究员做什么？你在报道的时候，为什么要带上他？

天哪，他什么都做。我带上他是因为他的视角很好。另一个原因是，他所掌握的有关我的采访对象的信息是我没有的。他去拜访他们的高中，复印年刊，给他们的同窗打电话。因此，他的研究知识很有深度，我的报道在那一点上是达不到的。

你后来会怎样将自己的报道和他的调研结合起来？

在写《夺冠的实力》——一本很容易成为逻辑噩梦的书——时，我们制定了一套体系。我完成报道后，把我的几百本笔记录到了磁带录音机上。笔记本里有我亲眼所见的所有情境：演讲、会议、原话，总之所有的东西。所以我把这些——不一定是一字不变地——录到磁带上了。这时，我开始讲故事。然后，我的研究员把那些磁带抄录成计算机文档，再以数字化的方式放进庞大的时间轴里。然后我们打印出所有的东西，用大笔记本装订，每一本大概都有一英尺[1]厚。

这些笔记本具体记的是什么？

什么都有。一册或许就记录了，比方说鲍勃·多尔生涯中的每个时刻。我大概有五名不同的目击证人现场见证了多尔在堪萨斯州的拉塞尔当选州检察官的那一天。有一些笔记是我访问他过去的办公室时做的。《拉塞尔每日新闻》（*Russell News News*）上会有关于那一天的剪报以及经过证实的总票数。这些全都在笔记本里。

你怎样开始写作？

首先是坐在椅子上，然后写开场白。开场白可不能矫揉造作，只要告诉读者这本书写的是什么就行了。项目越长越华丽，你越要快一点告诉读者它到底写的是什么。

例如，我在泰德·威廉斯作品的开场白中写道："精益求精的人很少，而泰德·威廉斯是其中之一。"这就是故事，不拐弯抹角。

你有一套写作的固定程序吗？

我要求自己每天完成一千字，并且必须保持。如果完成了一千字，我就会允许离开座位。如果没完成，我就必须在那儿坐八个小时。我愿意完成这一千字，因为我实在想离开这该死的椅子。

你喜欢在哪儿写作？

写迪马乔的时候，我待在一间后屋里。那是一间老式的佃农屋子，没有电话。我使用一台破笔记本电脑，显示屏很大，有个备用的键盘，没有单人纸牌这种很牛的软件浪费我的时间。

你是怎样开始一天的写作的？

我回到我正在写的正文的开头，通读一遍，边写边修正。接着，再添一千字。

1　英尺(foot)，旧时写作"呎"，是英国及其前殖民地和英联邦国家使用的长度单位。1 英尺等于 0.3048 米。

写一篇新闻报道、一篇杂志文章和一本书的经验是否根本不同？

区别在于写作速度。你要以极快的速度写新闻报道，因为读者只会花五分钟时间看这篇报道。杂志文章则必须让读者想投入更多的时间去阅读。如果读者只愿花五分钟看你的杂志文章，那你就被淘汰了。

书籍完全是另外一回事。也不说有多高深吧，不过书籍应当以某种根本的方式改变读者的生活，为读者的生活增色。你对读者有个承诺：如果他花时间来看这本书，那么一定会受益。他的理解力会增强，然后会有情感上的满足和宣泄。书籍肯定会促成一些事情发生。新闻报道使人掌握资讯，杂志文章使人愉悦身心，而书籍使人有感触。

你列提纲吗？

我不是个习惯列提纲的人。整个《夺冠的实力》的提纲是写在第六街一家希腊快餐店的餐具垫背面的。我试图向我的研究员解释我的架构，就是所有的故事同时发生。因此，在接下来的三年里，我们渐渐把那个餐具垫背后的提纲转化为文章。

你为什么喜欢采用专访的形式？

我认为写一个人是最难的事。但却是最能令读者满足的，因为大多数人最容易通过私交了解一个人。所以，如果我能真的将他们介绍给一个向读者展示他们世界的人，那它比起约翰·麦克菲的故事的精心构思和没有人情味就是一个更自然的过程。麦克菲很不错，但他的作品比我的更轻率。我的作品就像一种埃及魔法膏一样容易吸收，一涂上就没了。因为很容易被接受，所以读者不知不觉地就领会了。

你为什么很少充当自己作品中的角色？

除非有暗示告诉他们，主角与我有关，否则我不会出现在作品里。没有别的理由可以让我出现，并且肯定有我出现的机会以及轮到我的时候。我不需要更多曝光。例如，当泰德·威廉斯为了让他的女友露(Lou)高兴，继而接纳我的时候，那就是我必须出现在作品中的一个时机。我在开场白中很少提到"我"，以便泰德最终向我敞开心扉。因此，我在作品的中间部分突然冒出来的时候，读者不会吓一跳。泰德的戒备心是出了名的强，所以他敞开心扉的这个时刻就向读者展示了一个在所有粗暴外表之下的那个如此亲切的男人。

你喜欢以什么样的形式出现在自己的作品中？

我是坐在酒吧的高脚凳上给别人讲故事的人，而他们坐在扶手椅上听着。只要我能让他们忘记自己晚上还要回家，那就很好。

我的妻子，也是我最好的编辑，说你不能让读者有机会放弃阅读你的故事。因为如果你给他们机会，他们真的会这样做。并且，他们可能再也不回来了。不是因为他们不喜欢它，而是别的东西让他们分心了。但如果他们读到的最后一句让他们有感触，他们就会接着读下一句。

你的报道理论是怎样的？

我总是说我从实践新闻中学的"凉头热脚"理论。也就是说，如果你想跟电梯操作工谈论上星期二在这幢楼里发生的事，那么不要走进去问他上星期二在这幢楼里发生了什么。你可以问问他的脚怎么样了。因为，如果电梯操作工在想什么的话，那必定是在想他的脚。如果你想要认识这个电梯操作工，你要做的就是问问他的脚。我出卖了我的年龄，因为现在没有电梯操作工了。

新闻会引出真相吗？还是只是现实的另一种版本？

我并没有拼了老命给人们提供现实的另一种"呈现"。我只是把盘子擦干净，把事实映出来。当他们读到我就某主题所写的新闻时，我希望他们想："就是这个！"我认为干我们这行的最大抱负，就是写出让其他人不敢再尝试的报道。

理查德·克拉默作品

《以色列迷失记：四个问题》（*How Israel Lost：The Four Questions*），西蒙与舒斯特出版公司，2004 年。

《乔·迪马乔：偶像的一生》（*Joe DiMaggio：The Hero's Life*），西蒙与舒斯特出版公司，2000 年。

《鲍勃·多尔》（*Bob Dole*），古典书局，1995 年。

《夺冠的实力：通往白宫之路》（*What It Takes：The Way to the White House*），兰登书屋，1992 年。

《泰德·威廉斯：孩子眼中的四季》（*Ted Williams：The Seasons of the Kid*），普伦蒂斯·霍尔出版社，1991 年。

Leon Dash

莱昂·丹斯

我不希望他们拿朋友般的眼光看待我，我是个记者

代表作品：

《当孩子想要孩子》（1989）
《罗莎·李》（1996）

美国著名记者，"人类学家员工"。1944年3月16日出生于马萨诸塞州新贝德福德，在纽约市长大。丹斯的父亲是邮政人员，母亲是纽约市卫生局的行政人员。

在霍华德大学学习时，丹斯是《华盛顿邮报》的复印助理。1966年，他晋升为记者。1969—1970年，在美国和平部队服役的丹斯在一所肯尼亚高中教历史和地理。他于1971年回到《华盛顿邮报》，与本·贝戈蒂克安合著了《监狱的耻辱》（1972）。1975年，丹斯参与成立了美国国家黑人记者协会。

20世纪70年代中期到80年代中期，丹斯主要任驻外记者，关于安哥拉的系列报道为他赢得了海外新闻协会颁发的乔治·波卡尔新闻奖。1979—1983年，丹斯担任《华盛顿邮报》西非分局总管。1984年，丹斯关于未成年少女怀孕的六部系列作品入围普利策奖。1990年，丹斯发表《队伍中的毒品：华盛顿特区监狱爽一把》，揭露了华盛顿特区监狱看守们猖獗的吸毒行为。1994年，丹斯发表《罗莎·李：华盛顿的贫困与生存》，赢得了普利策奖。1998年，丹斯离开《华盛顿邮报》，转任伊利诺大学香槟分校新闻学和美国黑人研究教授。

我想成为观察者，像墙上的苍蝇一般不为人察觉。但与此同时，我又想捕捉我与受访者之间的交流。"

　　1995 年 4 月 18 日对《华盛顿邮报》的记者莱昂·丹斯来说是个悲喜交加的日子。凌晨四点，罗莎·李·坎宁翰（Rosa Lee Cunningham）——他的八部系列作品《罗莎·李：华盛顿的贫困与生存》（*Rosa Lee：Poverty and Survival in Washington*，1994 年 9 月 18—25 日）中最重要的主角——进了医院，三个月后因艾滋病去世。那天早上，丹斯参加了她十五岁的孙子里科（Rico）的葬礼，他是在一起与毒品有关的暴力事件中遇害的。回到报社时，他得知自己的系列作品荣获普利策奖。

　　1966 年，霍华德大学（Howard University）毕业生、自称"圣斗士"的丹斯决心"纠正世界上一切的错误"，跻身新闻业。不久后，当意识到他的读者不会"起来反抗并改变"他所揭露的腐败体系时，他失望了。但丹斯最初的挫折没能阻止他运用自己严谨的新闻报道方法探索有争议性的亚文化群——监狱、未成年少女怀孕、毒品、青少年暴力——这些鲜有其他记者有本领、耐心或毅力去深入写作的题材。"我明确的目的是要让读者跟我一样感到不安和恐慌。"他在《罗莎·李》——由其系列作品改编而成的书——中写道。

　　丹斯谨以《罗莎·李》献给"不受限制的调查"是合宜的。丹斯鲜明的浸入式新闻特色使得他的作品在描写陷入贫困、毒品或犯罪的人的大多数作品中独树一帜。时间是他成功的关键。

　　丹斯只写那些和他生活在一处的人。他会用数月，有时是数年的时间采访他们。1986 年，为了写有关未成年少女怀孕的六部系列作品，他在华盛顿某地区一套蟑螂横行的地下室住了一年，那里的青少年怀孕率是最高的。《罗莎·李》则是他长达四年的努力的成果。

　　丹斯的报道程序是有条不紊的。第一轮采访持续时长在八小时至十六小时之间（罗莎·李的采访持续了九天），分多个阶段。这些阶段主要从以下四个领域划分：家、学校、教堂和社交生活。丹斯认为，这四个领域主导着一个人的生活走向。丹斯亲自录制、抄录的采访勾勒出一个采访对象的生活轮廓和大致图景，使他能够在随后的采访中探究具体的情节。

这种漫长采访的目的并不只是积累事实。丹斯意在摘下每个采访对象与新闻记者交谈时所戴的公众面具。"我已经懂了,你至少要认识一个人四到六个月之久,才能真正开始了解一种环境或一个人生活的真相。"他说。跟那些赶着交稿的记者不同,丹斯试图全面了解他的采访对象的历史背景,并对贫困、犯罪或毒品等困扰着他们的代际现象进行分析。在《罗莎·李》中,丹斯陪同罗莎·李到北卡罗来纳州,探寻她的小佃农家族的遗风。丹斯勇于提出所谓的"为什么"问题的决心,使他在《华盛顿邮报》获得了"人类学家员工"的绰号。

1969—1970年,在美国和平部队时,丹斯在一所肯尼亚高中教历史和地理,并对新闻报道有了深刻的见解。与南迪人同住在乡村,他亲眼看到中产阶级的标准与普通人的标准相去甚远。回到美国后,这个见解帮助他从那些通常对摆架子的记者撒谎的采访对象那里了解信息。"在采访中被触及敏感点的时候,他们每个人都会看着我的眼睛,紧张地听我的问题。他们盯着我,是要看我会不会对他们评头论足。几个月以后,只要他们没有见到我定罪的眼神,没有听到我说一丁点苛刻评判的话,他们就开始敞开心扉。"他在《当孩子想要孩子》中写道。

丹斯1944年3月16日出生于马萨诸塞州新贝德福德(New Bedford),在纽约市长大,现居住在黑人住宅区和布朗克斯(Bronx)。他的父母都是中产阶级公务员:父亲是邮政人员(最终担任主管),母亲是纽约市卫生局的一名行政人员。在转入霍华德大学选修他想学的非洲研究课程之前,丹斯就显示出了对新闻报道的兴趣。在宾夕法尼亚州林肯大学(Lincoln University)为期两年半的学习中,丹斯担任校报编辑。

在霍华德大学时,丹斯在《华盛顿邮报》上夜班,做复印助理,凌晨2:30下班。1966年,他晋升为记者。1968年,他获得霍华德大学历史系文学士学位。在美国和平部队待了两年之后,他于1971年回到了《华盛顿邮报》,与本·贝戈蒂克安合著了《监狱的耻辱》,为代际家族犯罪研究做出了一份贡献。1975年,丹斯与43名新闻记者共同成立了美国国家黑人记者协会。

20世纪70年代中期到80年代中期,丹斯主要是一名驻外记者。1973年,他与试图将葡萄牙人驱逐出境的安哥拉"UNITA"(争取安哥拉彻底独立全国同盟)游击队员一道,历时四个多月,徒步跋涉四百英里。1974年,读过他的"UNITA"系列报道的葡萄牙军方邀请他回到安哥拉,报道殖民地方面的冲突。该系列报道为丹斯赢得了海外新闻协会颁发的乔治·波卡尔新闻奖(George Polk Awards)。1979—1983年,丹斯担任位于象牙海岸(Ivory Coast)阿比让(Abidjan)的《华盛顿邮报》西非分局总管。

再回到华盛顿后，丹斯承接并完成了有关未成年少女怀孕的六部系列作品。该作品不仅在 1984 年加入《华盛顿邮报》特稿单元，还成为普利策奖的最终入围作品。在研究之初，丹斯常带着这样的假设，即贫穷的黑人城市青年中，未成年少女怀孕的高发态势是因不懂避孕和青少年的生育能力而造成的。经过数月全面详尽的采访之后，他才知道原因并非如此。"他像一个侦探、文化人类学家、火星来客一样过了两年，"小说家约翰·埃德加·韦德曼（John Edgar Wideman）在《华盛顿邮报》上评注《当孩子想要孩子》这部系列作品时写道，"丹斯和采访对象之间缓慢且艰难的亲密度培养把他的调研带到一个社会科学的窃听和统计无法企及的高度。他不让读者忘记人们生活的复杂性和华盛顿高原地区的问题。"

1990 年，丹斯发表了《队伍中的毒品：华盛顿特区监狱爽一把》（*Drugs in the Ranks: Getting High in D. C. Jail*，1990 年 6 月 10—14 日），写的是华盛顿特区监狱体系中狱警们猖獗的吸毒行为。在采访罗莎·李·坎宁翰这个瘾君子、八个孩子的母亲，并因出售海洛因以抚养两个孙儿而被捕入狱的人时，他无意中发现了这个故事。丹斯本打算写城市研究院所定义的华盛顿下层社会的人口爆炸（女性当家、长期失业、文化程度低、有犯罪前科的惯犯家庭），初步计划跟踪报道四个家庭。当这个计划在逻辑上变得不切实际的时候，他选定了罗莎·李的家庭。从 1990 年到 1994 年，他一直在采访罗莎和她的孩子们。该系列作品分八个部分发表，引发数千名读者热烈响应——4600 名读者在报纸所设置的特殊热线上留言。"你打算什么时候写一个白人离开阿帕拉契亚，三代以后仍然在活动住房区的故事？"一位读者埋怨道。丹斯坚持给每一位留下批评性评论的读者打电话，解释说他写这个系列并没有特别的思想准备。"她的生活故事中有一种能够证实任何政治观点的东西——自由、温和或保守，"丹斯在《罗莎·李》中写道，"然而，现实却更加复杂，很难应对。"该系列作品（及其摄影师卢西恩·珀金斯）获得 1995 年释义性新闻普利策奖，被制作成美国公共广播公司（PBS）纪录片，并以《罗莎·李：美国城市中的一位母亲和她的家庭》这本书的形式出版。该书受到一致好评。"丹斯的率真和对细节的辛苦积累，克服了他给我们讲的故事有可能产生的非人道影响。"尼古拉斯·勒曼（Nicholas Lemann）在《纽约时报书评》上写道。

丹斯为《华盛顿邮报》所写的最后一个调查性报道系列——《21 世纪和越南：杀人少年养成记》（21st *and Vietnam: The Making of Teen Killers*，1998 年 11 月 29—30 日），是与《纽约客》作家苏珊·希恩（Susan Sheehan）合著的。他采用自己的浸入式招牌手法，试图理解像罗莎·李的孙子这样的孩子遇害的原因，以及年轻男性杀手的形成过程——1985 年至 1996 年，导致当地年轻受害者谋杀率上升 700％的一个过程。

这两部系列作品受到了读者和一些同行的批评。他们认为丹斯在发扬黑人青年的陈腔滥调。"莱昂·丹斯又给我来这一套了。我的朋友和《华盛顿邮报》的同事已经合著了两篇描写华盛顿黑人生活阴暗面的极其详细的故事。"《华盛顿邮报》专栏作家威廉·拉斯伯利（William Raspberry）写道。"新闻价值在哪里终结？推销宣传又从哪里开始？"《华盛顿邮报》调查专员 E. R. 西普（E. R. Shipp）惊叹道。

丹斯照旧回应说，他只是在做自己的工作。"一直以来，我这样做只不过是为了告诉公众，这些情况是怎样酿成你每天在报纸上读到的新闻事件的。你知道，我们很少把这些情况告诉人们。这导致了那些引起我们新闻界重视的现象发生。你的意思是我应当提供解决的良方，而不是描述。但那是别人的事。我是个记者，不是个政策专家。"他告诉拉斯伯利。

1998 年，丹斯离开《华盛顿邮报》，到伊利诺伊大学香槟分校担任新闻学和美国黑人研究教授。此后，他于 2000 年荣任第一届斯万隆德主席。[1]

1　斯万隆德主席（Swanlund Chair），伊利诺伊大学校友斯万隆德（Maybelle Leland Swanlund）向学校捐赠 120 万美元，设立斯万隆德主席，以鼓励在文科和理科中取得优异成绩的学生和在各领域做出突出贡献的教职工。

哪一类题材会吸引你？

我想要了解陷入穷困的那些人的生活。中产阶级用来描述穷人、制定政策的神话也不过是神话而已。它们不仅有违现实，而且不能帮助穷人摆脱他们所处的困境。

你怎样设法将穷人描绘得更准确？

我所运用的浸入式新闻报道形式要求我和所写的人有很多时间的相处。写贫困这个主题的人通常并没有花那么多时间与穷人相处，以真正了解他们的生活。

我运用了这样一个理论，即每个人都有一个公众面具。这个公众面具适用于全世界每个族群、每个阶级。大多数记者所得到的故事——因为时间的限制和截稿时间的压力——几乎都不能揭开那个面具。除非你能让某个人摘下他的公众面具，你的故事才能反映他的真实动机和行为。

即使在给《华盛顿邮报》写短新闻的时候，我也总是试图搞清楚我所写的人为什么那样行事——是什么导致他们这样行事。《华盛顿邮报》的一位同事过去常称我为"人类学家员工"，我喜欢这个绰号。

你更喜欢自己提出想法，还是从编辑那里接受任务或听从他人的建议？

我一般自己提出想法。在《华盛顿邮报》工作的时候，我总是给我的下一个项目做出详细的方案，然后以成书的形式呈现给编辑。我必须那样操作，否则他们会给我布置一些愚蠢的任务。我要确保自己领先于他们的进程。我也会听取朋友的想法。

例如，1984年，当我作为《华盛顿邮报》的驻外记者从非洲回来的时候，一位朋友向我提到所有黑人儿童中，53％是单亲妈妈所生。而这些单亲妈妈当中，三分之一是在贫困中长大的青少年女性。一开始我并不相信她的话。但我做了一些研究，发现她是对的。那对我来说是个重大的发现。我开始阅读与此相关的书籍和文章，发现每个人对此的认识都是千差万别的。他们掌握了大量信息，但没有真正地对问题进行解释。没人知道这些女孩的动机是什么。有人说她们无知，还有人说她们想骗取福利救济。我已经写了太多有关贫困的故事，知道领救济金不足以成为经济诱因。因此，为了回答这个问题，我写了《当孩子想要孩子》。

一个故事有时会直接引出下一个吗?

会的。为了报道罗莎·李,我花了点时间在监狱里闲逛,警官都跟我熟了。一天,一位警官问我说:"你有没有注意过这里有许多吸毒成瘾的警官?"其实,我注意到他们当中许多人(为了遮住手臂上的针痕)甚至在最热的天气里依然穿长袖衬衫,而且我已经知道有一位警官吸食过量了。我最终写了那个故事,记录了所有警官所说的话。他们谈论自己吸毒的事,谈论女警官为了购买毒品在监狱里卖淫的事——我掌握了全部的情况。然后,我回来报道罗莎·李的故事。

你会在项目进展过程中谈你的工作,还是等到项目完成后才讲?

我住在华盛顿的时候,有一帮朋友(有白人也有黑人)和几个同事,我会跟他们谈我的工作。我听取他们的想法,并与他们分享我的研究成果。他们不是专家,但却是有判断力的思想家。他们不怕谈论我所探讨的有争议的话题。我认识的许多黑人中产阶级对我的工作感到不自在,试图阻止我。我失去了他们的友谊。我的朋友圈本来就小,在写了未成年少女生子的故事之后,就更小了。

我开始写青春期男性杀手之后,情况更糟糕了。他们说:"哎呀,莱昂,快别写了!"我就问他们:"你们已经读得够多了,知道 1985 年以来青少年杀害青少年的事件飞速增长。其中大部分是仅发生在黑人之间,并且与霹雳可卡因交易有关的暴力事件。你们为什么认为我们应当视而不见?"他们的回答是:"没错!但你总想把这些采访对象调查得如此详细!"我解释说这些都是互相关联、发生在多代人之间的,而他们的态度是:"但白人会把那种行为归咎到我们所有黑人身上。"

但是种族主义者怎样想,我管不了。如果他们想读我的书,为了种族主义目的而故意曲解黑人,我能有什么办法呢?他们不会因为我的写作而有所改变。我不会为美国种族主义负责。那阻止不了我继续做自己想做的工作。

全世界或者全国有没有哪些地区是你比较感兴趣的?

我对与我同住的任何人群都感兴趣,无所谓小城镇还是大城市。对我来说,关键因素是我必须和他们住在一起。我不是通勤记者。

1969—1970 年在美国和平部队服役,并驻扎肯尼亚的经历是如何影响你对新闻的看法的?

在和平部队里的经历非常重要,因为它让我了解了文化相对性。我和南迪人[1]一

---

1 南迪人(Nandi),居住在肯尼亚高原西部,使用尼罗-撒哈拉语系南尼罗语族卡兰津语支语言。南迪人是集约耕作式农民,种植的主要作物为粟、玉蜀黍和甘薯。

起住在肯尼亚西北部一个有浓郁乡村气息、比较偏僻的地区。我很快就明白，我必须适应当地的文化，而不是试图让当地的文化来适应我。这让我深刻地意识到，与我的成长经历不同的人最终跟我的价值观也大不相同——无论他们住在肯尼亚还是就在美国。美国新闻界有一个不言而喻的假设，白人中产阶级的价值观即标准的价值观。然而在大多数地方，事情都不是这样的。

我教导我的学生说，如果好评判，你就不能成为一名新闻记者。如果你在采访中流露出评判的眼神，或在提问时有一丁点评判的话语，人们就会停止接受采访。

你没有做过任何名人新闻，是吗？

的确是。名人不会使我感到厌烦。因为，如果采访项目中有名人，我会让他们完成他们从未经历过的采访流程。项目的前几个月，采访的流程会被名人所预设的回答主导，即公众面具。不过那最终会消失。我会继续下去，直到他们摘下面具。但我所需要的时间要比他们可能愿意给我的时间多得多，这就是名人新闻的全部问题所在。

你所写的题材——种族、贫困、犯罪、毒品——如此广泛，你是怎样对被报道者保持足够的好奇心，以便写成一个特定的故事的？

就拿《罗莎·李》来说吧。我的好奇心都源于我休假期间在《华盛顿邮报》上读到的一篇小文章。城市研究院发表了一篇有关美国下层阶级的很好的研究报告，其中简洁地定义了"下层阶级"这个词。我搞到了一份复印件，仔细阅读。我知道它会给我的知识框架提供一个有关贫困的系列作品。他们对下层阶级的定义分成五个部分。一个下层阶级家庭是女性当家、依赖福利救济并且文化程度低下的家庭。该家庭中的成年人长期失业或未充分就业。他们用一些情节较轻的犯罪来补充福利津贴的不足。他们从监狱里进进出出。他们获刑，在监狱里待一年后出来，能规矩八到十个月。

报道怎样帮助你将注意力集中在故事上？

首先，它给了我一个知识框架，这是大多数新闻所没有的。其次，它让我清楚该到哪里寻找项目的采访对象。

你在哪儿找呢？

为了写《罗莎·李》，我1987年开始常常光顾华盛顿特区监狱。起初，狱警对我监视甚严，不准我随便在监狱附近转悠。不过，其中有一位警官真的帮了我的忙。我把城市研究院的定义说给他听，他认为一些囚犯正好符合这个定义，甚至也有全家人同时坐牢的。有一位父亲住在一间牢房，他有个儿子住在另一间牢房，还有一个孙女也被关在监狱里。三代人——有男有女——以不同的罪名，同时被逮进同一所监狱。这些信息在任何中央电脑上都是查不到的，但是警官对囚犯了如指掌，所以他直接把我带到监狱里所有的家庭组面前。若不是他帮我，我就不会找到想要的人物角色。

一旦你决定想要采访某个人，你更喜欢以怎样的方式接近他？

最好直接走上前，告诉他你是怎么知道他的名字的。如果你在做一个与穷人有关的项目的话，你肯定不想让社会工作者来引见。你需要找到些别的途径。例如，我在报道未成年少女生子时，第一个途径是通过把我引荐给附近教堂的青年理事会会长的牧师接近采访对象。我遇见一个十六岁的女孩陶莎·沃恩(Tauscha Vaughn)。她开始跟我讲述她所认识的怀孕的女孩，并带我去见她们。与牧师或青年理事会主管相比，陶莎是个更好的途径。我想通过青少年来接触青少年。

你是怎样为《罗莎·李》挑选人物角色的？

我运用了城市研究院对"下层阶级"定义中的五种类别。如果某个人五个要求都达不到，我就把他淘汰了。我对二十位男士和二十位女士做了大量采访，最终选定四个家庭，进行跟踪报道：两个男人当家的家庭和两个女人当家的家庭。其中一个就是罗莎·李的家庭。我最终不得不放弃了对其他三个家庭的报道，因为对罗莎·李的报道压倒了一切。

你在为故事选择人物角色的时候，最重要的文学要素是什么？故事、人物还是情节？

我不敢肯定我追求那些要素中的任何一种。或许"人物角色"最接近我所寻求的。为了写我所写的这类"人类学的"浸入式新闻，我必须找到能够允许我提出并回答"为什么"这个问题的人物角色。"为什么她会处在这样糟糕的状况之中？""为什么她八个孩子中有六个是瘾君子，并且还是有前科的惯犯？""为什么罗莎·李八个孩子中的两个如此与众不同？""他们为什么能够抵触这种生活方式？而罗莎·李又是怎样陷入这种生活方式的？""为什么这个来自南方乡村的家族原本那么强盛，如今却落得有罗莎·李这么一个女儿，并且她的家庭还充斥着毒品和犯罪？"

我在寻找这样一种人物：他会跟我解释他的行为，向我敞开心扉，并对这项工作足够投入。大多数人不愿意接受我这种密集而长期的采访。

是什么吸引了你，使你把罗莎·李作为人物角色？

1987年10月，她因出售海洛因以抚养两个孙儿而被捕入狱。这时，她五十一岁，是个海洛因瘾君子。她熬过了人生中最虚弱的戒瘾过程。她以为自己快要死了。开始感觉好一点的时候，她对自己的辅导员说："去年秋天，我差点儿死了。我需要把我的人生故事讲给某个人听。"

当这位辅导员跟我讲到她———一位靠销售毒品来抚养孙儿，并且想把自己的人生故事讲给某个人听的瘾君子祖母——的时候，我立刻就产生了兴趣。她正好符合我给"下层阶级"下的定义(最小的妹妹在隔壁的牢房，最小的女儿刚刚出狱，六个儿子中有四个从监狱进进出出。她最大的儿子在中等戒备的监狱，最小的儿子在一所低戒备的监狱)。她好像就是那个我可以提我想探讨的"为什么"的问题的人。

我们开始每天在监狱见面。我立刻发现她的记性很好，很会讲故事，也注重细节。她是个完美的主角。

你怎样确定你需要在一个特殊的项目上花费的时间？

我从来不知道。但我的确知道，你至少要认识一个人四到六个月之久，才能真正从他那里获得真相。但这也取决于那个人。例如，对罗莎·李来说，她的生活故事有层层含义，我们已经谈论数百回了。开始的时候，我并不知道我需要花四年的时间了解罗莎·李生活中的真相。

你是否以电话、邮件、信件的形式做过采访？

没有。我需要与我所采访的人面对面接触。我要在一个人摘下公众面具之前与他建立关系，而这只有当我与他有目光接触、看到他的身体语言时才能做到。大多数人通过身体语言流露自己的感情，这是在电话里面捕捉不到的。

你的大部分调研是在报道之前、期间还是之后做的？

从采访我想要写的人开始。采访流程顺利展开之后，我开始查阅文献。

当我提出写《当孩子想要孩子》的想法时，我告诉鲍勃·伍德沃德(Bob Wood-ward)，说我要从采访一些专家开始了。他告诉我不要和他们谈，因为如果我能以正确的方式报道，我会比专家知道得更多。他说得对。到最后，都是专家在采访我！如今，传统手法在我眼中完全乏善可陈。

那么，你调研的固定程序是什么？

这个因项目而异，但我通常所做的第一件事是找到相关的统计资料。例如，当我为《当孩子想要孩子》做研究时，我去了国立卫生研究院儿童发育部门，查看统计资料。

然后，我查看了华盛顿特区的人口普查资料，其中列出了每个街区未成年女孩的生育率以及贫困率。我发现贫困率最高的街区也是女孩未婚生子率最高的街区。那就是我选择华盛顿高原地区来集中报道的原因：那里居住的 19000 个居民中，26％的人生活在联邦贫困线以下。也就是说，他们是勉强求生的人。在华盛顿特区任何人口普查记录中，这个地区的未成年少女生育率都是最高的。我就是在那儿租了一间公寓，开始进行我的采访的。

你在报道期间制定了哪些基本原则？

具体原则会根据每个项目而变化，但基本原则是保持专业距离。在项目进行过程中，我非常遵守道德底线。例如，我为写《当孩子想要孩子》而采访的青少年中，有些会在圣诞节送我礼物。我不得不解释说我不会接受礼物，因为我在那里是为了工作。虽然这话说起来很伤人，也难以启齿。我把礼物退回去。如果她们不肯收回礼物的话，我会将没有打开的礼物送给慈善商店（Goodwill）。我不希望他们拿朋友般的眼光看待我，我是个记者。

至于《罗莎·李》，我知道我是在和一个吸毒者家庭打交道。在项目的一开始，我就解释说我在任何情况下都不会给他们家里任何人钱。我知道吸毒者怎样从不同的人那里一点点筹措零钱，直到攒够了拿去买毒品。我知道他们只会用我的钱去买毒品。

罗莎·李家里的每个成员都试图从我身上骗钱。罗莎·李的女儿帕蒂甚至为了换取一些钱而向我提供性服务。但他们最终都明白了，这是我绝不会违反的原则。

所以，在报道她的故事的整整四年中，你并没有进行任何交易？

没有，我完全没给过任何人钱。我告诉罗莎·李，她要是饿了，我们就去饭店，我会为她的食物买单。如果她想要一包香烟，我会去买烟。但我不会给你钱，让你自己去买食物或买香烟——因为我知道那些钱会去哪里。

但罗莎·李不可避免地违反了你的一些原则。你告诉她，你会对任何犯罪行为坐视不管，但她跟你在一起的时候竟顺手牵羊。她还试图利用你和《华盛顿邮报》的关系来帮助她规避政府机构的管制。你写道："我因罗莎·李辜负了我的信任而生气，我也生自己的气……我凭什么认为她和我在一起，表现就会有所不同？"

现在回想起来，我当时坚信她和我在一起时表现必定会和往常有所不同。这个想法太自以为是了。毕竟，这是一个从十三岁开始就入店行窃的女人！她从来不会把规则当回事！所以，我凭什么认为自己可以把规则强加在她身上？这是个错误，尽管初衷是好的。

罗莎·李显然很尊敬你。她一度问你,她是否应当停止向她的孙女传授入店行窃的本领。她问道:"那么,你认为我应当停止?"而你回答说:"不,不。我不管你是否应当停止。我在问你怎么评价这个行为?"你有没有担心过自己会对人物角色有太多干涉?

在坚持我身为记者的角色和建立必然会在两个长久相处的人身上发生的人道关系之间,有一道界限。

就罗莎·李向她的孙女传授入店行窃的本领这件事来说,她越过了这个界限。我不想让自己的意见影响她的行为。我不是站在道德的立场上看待她所做的事。我想要的只是了解她怎样为此辩护。

你怎样说服你的采访对象如此坦诚地与你交谈?

我是个非常爱社交的人,很灵活,不隐藏自己的内心。我非常平易近人。我的大多数采访对象都很喜爱我的采访过程,不想停止交谈。

做这一类项目,最重要的因素就是时间。例如,在报道《当孩子想要孩子》时,我在那个社区租了一间公寓。所以我非常容易接近他们。一开始,我如履薄冰,因为成年人以为我对这些女孩有性方面的兴趣。而当我跟十几岁的男孩出去玩的时候,他们又以为我是同性恋。只有通过时间的推移,他们才意识到我其实在做我当初说过要做的事:采访孩子们,了解有关未成年少女生子的事。

采访期间,你会在多大程度上揭露你自己?

我会把一切都告诉他们。如果不能与他们以诚相对,那你就不该做这个工作。我生活中没有什么事是不可告人的。

例如,在写《当孩子想要孩子》时,我采访了十五岁就成为两个孩子母亲的女孩乔伊·杰克逊(Joye Jackson)。我问她说:"你十三岁的时候,你妈妈告诉你说,如果你性行为频繁,就要告诉她,她会给你弄到避孕丸。你为什么不告诉她呢?"她一开始想用荒唐的回答甩掉我,但我一遍遍地问她。最后,她说:"丹斯先生,让我来问你这个问题。当你还是个十几岁的孩子,即将开始性生活,你问你爸爸要避孕套了吗?"我说:"没有,我从来不会干那事!"她说:"好吧。你凭什么认为我会有什么不同呢?没错,我妈妈提出帮我弄到避孕丸,但我不会去向她宣布,我决定开始过性生活了。"如果我不愿向她敞开心扉,她就不会对我说实话。

你会与你所采访的人分享你从其他渠道得来的信息吗?

会的。我发现这能使人们更顺畅地交谈。例如,我为写《当孩子想要孩子》而采访的一个女人向我讲述了自己被强奸的故事。我为此感到非常难过,并且头痛起来——

我一听到令人难过的事就常常这样。我已经答应和一名我正在采访的女性共进晚餐了。她来了以后，我说："您看，我今晚心情不佳。参与我项目的一个年轻女性跟我讲述了自己被强奸的事。"而她说："呃，我也被强奸过。我只是没有告诉你罢了……"

什么要公之于众，什么不要，对此你有商量的余地吗？

当然有。不过，当有人要求我为某事保密时，我还是继续录制。当我誊录的时候，我会指出那是不宜公开报道或需要保密的，等等。

你用过化名吗？

从来没有。我在报道《罗莎·李》时，她的一个女儿不想让我用她的名字，所以我只好把她从书里拿掉了。这太糟糕了，因为我已经采访她两三年了。

你有没有跟你的采访对象针锋相对或争吵过？

没有。我从来不会与我的采访对象敌对。如果他们给我提供假消息，我会采取强硬立场，但我尽量在采访过程中保持非常放松的状态。例如，当我告诉罗莎·李的儿子达恢（Ducky），我知道他是个霹雳可卡因瘾君子，而不是像他自己所说的，是个重生的基督徒时，我的声音没有提高八度，我没有用手指着他，也没有斥责他。我只是告诉他，别拿我当傻瓜。

你采访的方法是什么？

我把初次采访分为四个部分：家庭生活、学校、教会生活和社交生活（我是指家庭以外的生活）。每一次完整的采访（由四个部分组成）都至少需要八小时，通常需要更多时间。每一部分，我都是从要求他们回想最早的童年记忆开始的："在家庭成长过程中，你最早的童年记忆是什么？""上学期间，你最早的童年记忆是什么？"等我进展到他们在家庭以外的成长经历这部分时，他们已经入迷了。如果我仅仅在两小时之后就中断了采访，他们会很恼火。我会一口气进行三四小时的采访。

一开始，每一部分的采访都不超过两小时，哪怕还没完成。比如说，他们在学校的经历。我不想让他们不知所措或筋疲力尽。参与我项目的人以前从未接受过采访，所以会心烦意乱。

当我们从早期的部分进展到后期的部分时，采访的时间就越来越长了。他们在人生中第一次明白，自己是许多人和经历在相当长的一段时间里带来的多重影响的最终产物。他们知道靠自己永远无法把这些故事系统地拼凑起来，所以他们想要我把故事从他们自身抽离出来。他们着迷了。

你怎样选定这四个部分的?

学校对我们所有人来说都非常重要。一个人60％的青年生活是在学校度过的。学校也是一个开始采访(而不是,比方说,打听他们的性生活)的非常中立和安全的地方。我发现,一旦我让一个人回想自己的学校生活,我就可以一年一年地推动他们的思绪,并让他们生命中的事件和这些事件发生时他们所在的年级挂钩。如果我能使他想起所在的年级,或是当时的老师,我们就能够确定这次经历发生的确切时期。我们完成学校的部分之后,就进入家庭生活,然后是教会生活。

如果他不上教会怎么办?

没关系。即便他不是在教会中长大的,他总与这个世界有些关系吧。每个人都对上帝和宗教信仰有点概念,哪怕是来自家庭和朋友。即便他不信上帝,"教会"的部分也能让我了解他的道德准则。

你最喜欢和最不喜欢在哪儿采访?

我不喜欢在人们的家里采访,除非他们独自在家。如果有旁人,他们就不会坦诚地跟我交谈。

我喜欢在饭店用餐的时候做采访。和一个人一同用餐对采访来说是有帮助的,唯一的问题是饭店太吵了。所以,我必须仔细倾听那些容易被他人声音盖过的讲述,并且要求他们重说。

你有没有"制造"过偶遇,以便观察你所写的人?

没有。罗莎·李一直试图让我带她去夜总会。我告诉她:"你看,这不是那种派对!"她一直试图让人们误会我是她的情人,我不喜欢那样。现在如果她选择和她的女友一道去夜总会,我或许会跟她们同去。但我不会为了带她出去而刻意"带她去"夜总会。

你录音还是做笔记?

也录音,也做笔记。我用一个装在西服外套或后面口袋里的小记事本把采访内容略记下来。

录音能让我保持与受访者的目光接触。我用一个微型盒式磁带机录音,每个磁带上都标注着受访者的名字和采访日期。我用红墨水笔在最重要的采访上标注星号。

你誊录自己的磁带吗?

是的。因为我如果使用誊录员的话,一旦开始写作,就有太多抄本需要处理。我把每个采访的大部分内容概述一下，只誊录我认为我动笔时具体会用到的那些内容。

同时，我也有过使用誊录员的不愉快的经历。我为《当孩子想要孩子》录制了205小时的采访录音。磁带中的色情内容让《华盛顿邮报》的誊录员感到很不舒服，于是向鲍勃·伍德沃德抱怨。搞笑的是，有关性的采访内容实际上直到项目结束时的最后一盘磁带才出现，誊录员却立刻就抱怨起来。为了誊录到让她如此不舒服的色情内容，她显然跳过了学校、教会和家庭的采访内容！我自己弄完了205小时的誊录。自那时起，我的磁带都自己誊录。

对你来说，写作是否比报道更难一些？

写作从来都是痛苦而缓慢的。我总是需要一名好编辑帮忙。

一旦完成了所有的报道和研究，你会怎样开始写作？

一旦誊录完主要的采访，我就根据家庭名称把它们编制成悬挂式文件夹。每个家庭都有一个文件夹，然后我又以这个家庭的每个成员为单位，把这个文件夹分成小文件夹。例如，我给罗莎·李的家庭编制了一个巨大的文件夹：她六个弟兄姐妹的部分、她八个孩子中的每一个，然后是她所有的孙儿。

整理好抄本之后，你会做什么？

我要决定用什么主题。拿《罗莎·李》来说，主题有"毒品如何毁了这个家""未成年少女生子""罗莎·李的犯罪生活""罗莎·李母亲的遗产"等。一旦我确立了主题，我就通读每一本抄本，选择与这个部分有关的段落，把它们列到提纲里。一旦完成提纲，我就不再查阅抄本了。

你追求哪一种作者在场情形？

我想成为观察者，像墙上的苍蝇一般不为人察觉。但与此同时，我又想捕捉我与受访者之间的交流。例如，我和罗莎·李的交谈，那时我在催逼她对自己教孙女行窃这件事做出合理解释。那个场景很震撼。在那里，很明显我远非一个不被觉察的观察者。我已经完全介入了。这也表明了我的两难困境：我想了解她，但不想影响或评判她。可是她的行为的确让我感到难过。

我的编辑认为，正是我的在场对《当孩子想要孩子》中的青少年和罗莎·李产生了影响。他说："即使你没有给他们一句忠告，你的在场也影响了这些孩子。你的在场对罗莎·李产生了影响。你要想成为一名纯粹的记者，就没办法不在场。"所以，不得不承认，通过把自己当成故事中的人物，我成了一名参与式观察者。

《罗莎·李》是我第一次很大程度上置身其中的作品(尽管在 1973—1977 年，我在写非洲游击队员的时候也这样做过)。在《罗莎·李》中，我想退回到人类学家的身份，以第三人称来写。但那就是行不通。我的编辑说我必须置身故事当中，他说得对。第一次这样写作很难。我不想让我的自我意识取代、掩盖了真实的故事。

在你的新闻中，你的身份有多重要？

非常重要。《罗莎·李》出版之后，有次在华盛顿特区的一个保守党集会上，有人问我："你怎么会同情那些人？"我有点被这话刺痛了，因为我以为我只是实话实说，不带偏见。我告诉他："但我实在对罗莎·李以及陷入他们那种境地的人感同身受。因为考虑到这个国家的历史——以及不同的种族，我认识到：'若非上帝的恩典，我的残忍本性就会按捺不住。'"

我父亲在邮局上班，我母亲是纽约市卫生局的一名注册护士。这使我成为中产阶级，在 20 世纪 50 年代的黑人住宅区长大。但如果我的父母和罗莎·李的父母一样生活艰难，我今天或许都不识字。

你追求哪种笔调？

我试图以一个诚实的观察者的笔调写作。我不是在那里说教，我是要把读者领入一种经历、一个世界。我想要打开你的眼睛，甚至可能有点把你摇醒。但同时我又想尽量低调。

你相信新闻会引出真相吗？

没有绝对的真相。有些人结婚七十年了，夫妻之间却不完全了解对方。我们都有不为人知的秘密。

我在写作中追求的是尽量接近一个人的行事动机，并找出关于那个动机的全部真相。我追求这样一种东西：尽管不是"绝对的真相"，但却比大多数人，包括制定政策的人和所谓的专家所知道的更接近真相。

你把你的新闻方法叫作什么？

我把它叫作"浸入式新闻"，因为我自己深深地浸入了某个人的生活。

你认为你所写的这种长篇非虚构的前景如何？

我比较乐观。虽然新闻媒体在时间上大可与个人竞争，但长篇非虚构却做了一些其他媒体都不做的事。我们带读者进行了一次非比寻常的远航，一次能改变他们、改变他们世界观的远航。电视所带来的体验根本无法和阅读一部真正震撼的长篇非虚构作品的体验相比。

莱昂·丹斯作品

《罗莎·李：美国城市中的一位母亲和她的家庭》(*Rosa Lee：A Mother and Her Family in Urban America*)，基础读物出版社，1996 年。

《当孩子想要孩子：少女生子的都市危机》(*When Children Want Children：The Urban Crisis of Teenage Childbearing*)，威廉·莫洛出版社，1989 年。

《监狱的耻辱》(*The Shame of the Prisons*，与本·贝戈蒂克安合著)，西蒙与舒斯特出版公司，1972 年。

William Finnegan

威廉·菲尼根

我在等一个正好能打动我的人

代表作品：
《穿越控制线》（1986）
《冰冷的新世界》（1998）

《纽约客》特约撰稿人，著名国际新闻报道者，1952年出生于纽约，毕业于威廉·霍华德·塔夫特高中，1974年获得加利福尼亚大学文学学士学位，后攻读创意写作美术硕士学位，并于1978年在蒙大拿大学获得该学位。

之后四年，菲尼根游历了南亚、澳大利亚，最后去了非洲。在开普敦，他成为英语老师，也第一次近距离观察到种族隔离的世界。南非的经历使他对政治非小说类作品产生兴趣。在格拉西帕克赶上的全国范围的罢课运动成为他第一部书《穿越控制线：种族隔离土地上的这一年》（1986）的主题。这本书也被《纽约时报书评》评为"年度最佳非小说"之一。

20世纪90年代，菲尼根的写作视野在国外和国内之间交替转换，既报道索马里、苏丹和前南斯拉夫的战争，又对美国纽黑文市、东德克萨斯、洛杉矶郊区等地进行特写，这些作品最终结集成为《冰冷的新世界》。

2016年，菲尼根的自传《蛮族时光：冲浪》获得普利策传记奖。

一个招人喜欢的主人公会使报道更丰富、有趣，并且更有看头。由于我们通常会在一起呆很长时间，如果连我都不喜欢我的描写对象，那这个项目绝对让人提不起劲儿来。"

　　当威廉·菲尼根意识到已经偏离了原先的设想，一切似乎都不是那么回事了。这位作家的作品通常都会有个转折点———一个疑难问题。索马里的战争不仅仅摧毁了那个国家，还带来了一种陌生的、热闹的荒蛮边境资本主义的形式；莫桑比克叛军不只是邻国支援的一股代表势力，还是由一种黑暗复杂的非洲本土元素酝酿形成的。

　　自称"未测之事专家"的菲尼根摒弃一成不变的描写方法，转而写这样一类人——年轻、贫穷的外国黑人。这是主流传媒界常常用陈词滥调和统计资料杂糅起来取而代之的那个群体。菲尼根进行实时报道，一次又一次回到现场，长年累月地观察人物角色的发展和情节的自我演示。他意在营造更纪实的氛围和感觉，从而超越标准新闻的快照框架。然而，任何一位优秀的新闻记者都会大胆猜测他的故事的进展情况。菲尼根知道，真正的变化是很缓慢的，通常只有在长期的回顾中才能看见。

　　菲尼根是乔伊斯·卡罗尔·欧茨[1]称为"传记报告文学"（Memoirist—reporting）创作风格的一代宗师。她在《纽约时报书评》上评论《冰冷的新世界》时，将其定义为"融合了调查研究、采访、社会政治分析，是通常以现在进行时态表达的第一人称故事的集大成者"。传记报告文学是有关个人的，但又不止于此；作者既没有将人物角色理想化，也没有轻描淡写。这是一种宏大的形式，要想做好，作者必须是多面手：奇闻记者、社会评论家、说故事的人。罗伯特·克里斯汀（Robert Christgau）在《乡村之声》（*The Village Voice*）上这样称赞菲尼根作品中流露出的悲悯之心："关于被压迫的事实报道，他的作品不是那种我们可以在任何个人报道中见到的那样，而是饱含冷静、透明、柔软的力量。"菲尼根以这样一种

1　乔伊斯·卡罗尔·欧茨（Joyce Carol Oates），出生于 1938 年，美国小说家、诗人、评论家、剧作家。代表作：《人间乐园》（1967）、《他们》（1968）等。

方式描写人，即"从平常的角度出发，描写他们的才能、抱负与自我的斗争，并以最好的方式呈现美国人所共有的人道的自然属性。"

菲尼根 1952 年生于纽约市，成长期间在洛杉矶(Los Angeles)和夏威夷(Hawaii)两地来往迁徙。他的父亲从事电影业。菲尼根就是在这些年开始热爱冲浪——专注到后来激发他环游世界，寻找完美的浪头。他在圣克鲁兹(Santa Cruz)的加利福尼亚大学攻读英国文学学士学位时，偶尔会搭乘货运车回洛杉矶探亲。1974 年毕业之后，菲尼根找了一份在位于加利福尼亚州的南太平洋公司做铁路制动员的工作，尼尔·卡萨迪(Neal Cassady)曾经在同一条线路上做过同样的工作。这是一种季节性工作。到了冬天，菲尼根会迁往蒙大拿(Montana)的米苏拉市(Missoula)，攻读创意写作美术硕士学位。他于 1978 年在蒙大拿大学获得该学位。

之后四年，菲尼根游历了南亚、澳大利亚，最后去了非洲。他通过打零工和兼职的旅游写作来养活自己，闲暇时间就去冲浪，并致力于他在蒙大拿就已开始的尚未发表的一本小说的写作。到达开普敦的时候，经济陷入困境，他就在格拉西帕克高中(Grassy Park Town)——一所非欧洲学校——找了一份英语老师的工作。那里的学生让他第一次近距离观察了种族隔离的世界。他很快就发现，学校的课程设置旨在加强黑人学生的顺服性。

正是在南非度过的那段日子让菲尼根认为自己是个小说家。他开始一下子，几乎是独独地对政治非虚构产生了兴趣。他的第一篇政治新闻是在《琼斯母亲》(*Mother Jones*)上发表的一篇长长的随笔，写的是他 1979 年住在斯里兰卡一个乡村的经历。菲尼根在格拉西帕克那一年正巧赶上全国范围的罢课运动，这成了他第一部书《穿越控制线：种族隔离土地上的这一年》的主题。"对一个第一次试着了解南非之痛的美国人来说，这或许是他最好的书了。甚至那些熟悉种族隔离的系统组织和历史的人，都碰到了许多需要思考的新的重要的问题。"诺曼·拉什(Norman Rush)在《纽约时报书评》上写道。

1986 年，菲尼根被《纽约客》送回南非。他于 1984 年开始为《纽约客》写作，并在 1987 年成为《纽约客》的特殊撰稿人。他落户在自由主义的《约翰内斯堡星报》(*Johannesburg Star*)的白人新闻编辑部。他瞒着雇主，加入了一群负责从白人记者不得入内的地方搜集新闻的南非黑人记者团体。在大胆勇敢的奎蓝(Jon Qwelane)的带领下，这些男女记者冒险进入黑人聚居区和"低矮的犹太社区"，寻找他们没有把握会出版的故事。与他第一部书里的学生非常相似，这些记者又成为菲尼根观察这个国家的透镜。后来，他的两部系列作品以更长篇幅的《索韦托日界线：与南非黑人记者同行》的形式发表。评论家对菲尼根报道的深度啧啧称奇，称之为"一本由非南非籍白人写的、充分体现了南非人民之精神的为数不多的书籍之一"。《华盛顿邮报》的吉尔·尼尔森（Jill Nelson）这样描述菲尼根的策略："为了得到这个故事，菲尼根成了黑人多数派当中的少数派。菲尼根尽最大努力，从黑人的视角洞察这一切。"

菲尼根接下来的书《一场复杂的战争：莫桑比克之痛》也是《纽约客》布置的任务。这次是来自一个战乱国家的一系列调派。该书的结构比他早期的作品更松散，但在内容上更加深思熟虑。这本书中的冲突是一场扑朔迷离的复杂战争，没有前方，没有开始，也没有终结。尽管菲尼根找到了这场战斗的大量证据（被摧毁的村庄、遭到恐吓的村民），但这场冲突就像幽灵似的，其参战者也很少为外人所见。黑人学者马里奥·阿泽维多（Mario Azevedo）将这本书比作"描写饱受战争之苦的莫桑比克的小说"，说它"如果不是最最优秀的话，也算最优秀的当代莫桑比克文学作品之一"。

20世纪90年代，菲尼根在国外和国内作品之间交替转换，报道索马里、苏丹和前南斯拉夫的战争，对一些地方——纽黑文市、东德克萨斯、洛杉矶郊区——进行特写。这证明面对美国和外国的报道，他都能体现出悲悯之心和报道能力。菲尼根把这些作品重塑成《冰冷的新世界》。书中，他对美国年青一代——黑人、墨西哥人、新纳粹主义分子——的生活做了一个悲观的评估，认为他们全都生活在各种贫困之中。他指出，尽管美国很富裕，但正是应当在飙升的股市中获益的那些人经历着集体道德沦丧。这些作品使他得以证实他在青少年影响文化的方式上的理论，即"青年文化的故事一直是潜藏在官方故事之下的故事。可以说，未来的故事顺应它，是领先于古训、实现跨越的一个方法"。

就剧情来说，《冰冷的新世界》是一部安静并且敏感的书，记录了美国梦的阴暗面。"他的故事无关乎世纪审判、完美风暴或攀登一座高高的山脉。相反，它们是关于虽然被厚赐高学历，却残酷地惩罚其他人——被经济击垮、压迫的无能为力——的人。"杰克·希特（Jack Hitt）在《纽约时报书评》中写道。一些评论家质疑菲尼根对这种不具代表性的人物角色的选择，进而对他的"美国不景气"之说产生了质疑。"菲尼根最后对美国的观点非常糊涂。事实上，他似乎常常和他所写的青年一代一样迷茫。"阿比盖尔·西恩斯特罗姆（Abigail Thernstrom）在《泰晤士报文学增刊》（*The Times Literary Supplement*）上写道："菲尼根很忧郁。事实上，很错误。他把毫不相干的现实经济碎片与惨淡的、幻想中的壁毡织在一起了。"

菲尼根目前正在写一部以冲浪为主题的、有关男性间友谊的回忆录。

在《冰冷的新世界》(1998)的前言中，你自称"未测之事专家"。这是什么意思？

我用了那个词，是因为我在开始做一个项目的时候，很少对故事有一个符合逻辑的想法，虽然这一点我并没有跟编辑讲过。实际上，我写完的故事几乎总是和我当初要写的故事大相径庭。

例如，我于1995年赴索马里，为《纽约客》报道失败的联合国部队行动的结尾部分[《尘埃世界：摩加迪休报道》(*A World of Dust：Letter from Mogadishu*)，1995年3月20日]。干预帮助终止了饥荒，但后来落得个惨败的下场。撤离非常紧张复杂，这自然是少数外国记者集中报道的故事。但我不是个传统的新闻记者，我有别的选择，并且很快意识到我基本上独自拥有这个国家。

当我着眼于索马里，而非联合国的撤离时，我预想的饥饿、苦难、"无政府状态"的索马里很快就被喧嚣的、正常运行的、显然非常有意思的现实状态所取代。没有政府，充斥着暴力，但索马里明显出现了新的社会结构来取代这种状态，也有许多商业往来。报纸发行着，人们吃喝着，他们过着自己的日子。问题是怎么报道。没有政府机关告诉你任何事情。没有银行，没有邮局——没有平常的现代服务。

那你是怎么报道的？

最后，我和摩加迪休(Mogadishu)最受欢迎的一家报社——实际上是唯一一家没有与某一个军阀结盟的报社——的编辑一起闲逛。该报的运作很简单，就在这位编辑的房子里进行，但它的发行量却很大。这位编辑人也不错，到处跟着他，让我开始看到战后状态的索马里是如何运作的。可以说，这是一个穆斯林或以传统宗族划分的索马里游离的社会制度。在某些情况下，整个新的行政管理团体崛起，以填补这一空白的地方。其实，说非洲一些治理最差的地区是无国家状态，也是有道理的，这其中肯定包括索马里——从没有独裁者干预的新闻自由开始。

处在那种状态下的索马里也相当于处在全国范围的实验中——解除管制的最终目标，即蛮荒边境资本主义。与此同时，索马里产生了所有这些奇怪的、后工业化的对照：人们在社区内开创了新的卫星通信事业，同时强制要求遵行极富中世纪色彩的伊斯兰教义。所以，我不再写这个面目全非的新国家——那时这个地方正开始从港口和腹地脱胎成为一个古朴与后现代兼容的地方，一个在我亲自前往并目睹之前从未听说或读过的地方。

理智地讲，这实际上是一部不怎么费劲的作品，不过也并非全然不费劲。因为我的很多故事都有一个转折点，一个难题，一个当我意识到情况完全偏离我的初衷时无能为力的、困惑的时刻。那是一种痛苦迷惘的经历，虽然有时我的困惑本身——我心意的改变——成了故事的一部分。它甚至成了一部作品主要的心智悬念。有时，我对自身困惑的最终表达，就像是一种安慰奖，颁发给我因那些支离破碎的现实所历经的焦灼，以及仍不明现实的我。

你怎样产生故事的想法？

一些故事是从早期的故事中产生的。一部作品的逻辑把我推向另一部。例如，我写一部有关纽黑文市中心平民区一户家庭的作品[《一名自由记者：纽黑文市》(*A Reporter At Large：New Haven*)，《纽约客》1990 年 9 月 10—17 日]，后来回头寻找一则能让我以一些相同的主题——种族、毒品、犯罪、劳动阶级的非裔美国人的生活——为内容的故事。几乎我所写的每个纽黑文市的人都能在南部乡村寻到自己的根。那就是我如何终止了对东德克萨斯一个刚刚经历了联邦毒品大型清扫式搜捕的小乡村社区的写作[《一名自由记者：深入东德克萨斯》(*A Reporter At Large：Deep East Texas*)，《纽约客》1994 年 8 月 24—31 日]。这两个故事一起进入我的心中，甚至进入我的《冰冷的新世界》一书中。

对你来说，一个好故事的要素是什么？

我寻求处于复杂的道德冲突之中的引人注目的人物。我寻求故事中意想不到的曲折变化。

你为什么很少写名人？

我讨厌写有媒体经纪人的人。显然，新闻媒体已经是一个非常拥挤的领域了。一些作家可以拿准则当儿戏，可以很幽默地写名人。但走近采访对象这个马屁精代理人的过程，好像会有损人格。事实就是这样，虽然我对此一无所知。我写过很多政治报道，我在报道新闻的过程中采访过几个名人，但我不认为自己写过任何你称之为名人专访的东西。成为某个人公关机构的一部分，这很可能会让我毛骨悚然。

你为什么如此频繁地写青少年的故事？

几乎在所有地方，几乎总是会出现一代人，他们的观点很可能与他们父母的观点迴异。对我来说，在一个我试图了解的地方四处打听时，最有意思的故事通常是孩子们的心声和成人心声之间的断层。我已经发现这在波黑塞族共和国和在洛杉矶郊区一样成立。青年文化的故事一直是潜藏在官方故事之下的故事。可以说，未来的故事顺应它，是领先于传统智慧、实现跨越的一个方法。

当你试图搞清楚你打算写的故事时，你的思维过程是什么样的？

这取决于作品。如果我试图描绘一个地方，一个社区，我会找一个招人喜欢的人物。一个招人喜欢的主人公会使报道更丰富、有趣，并且更有看头。由于我们通常会在一起待很长时间，如果连我都不喜欢我的描写对象，那这个项目绝对让人提不起劲儿来。

但后来你怎么能把不合心意的某个人写好呢？

出于新闻目的，我把公众人物和普通公民截然分开。如果我试图报道那些在我出现之前只专注于自己事务的人的生活，并且在某个时刻，我意识到我要进行的描写很可能是耿直的，那我必须有非常充分的理由继续下去。否则，我一般会认为我应当停止，然后去寻找其他人物角色。对公众人物——在我的作品中通常是指政治家，但也可以指呼风唤雨的商人或士兵，我有着完全不同的标准。

分别是什么？

首先，我很可能不会跟他们一起闲逛数月。所以，我们是否合得来通常不是关键的问题。不仅如此，如果某个人的地位、行业给了他超乎许多其他人生活的权势，那么我很可能会对他们感兴趣。除了他们给我的感觉之外，我会对他们所做所想感兴趣，并且我的读者也会——假使他们在我笔下很有趣的话。在这种情况下，我的采访对象感觉我怎么描写他们对我来说不是那么重要。实际上，我想这里有某种反向关系——我所写的人越有权势，我就越不在意他们会怎样看待我写他们。他们性格当中的公众兴趣、他们的态度、他们的活动是更重要的。不是说我从未找到过一个公众人物做合意的人物角色。恰恰是，如果我发现他们不合意，这也阻止不了我写他们。一个不错的、获得好评的刻画——充分、公正地捕捉到采访对象的那种——在写作中的确是个挑战(我估计在阅读中也是如此，如果你正好是那个采访对象的话)。

你最喜欢写哪种人？

与我的经历完全不同，因此最初很难理解的人。但我想，我最终能够很好地呈现出他们的样子。

例如，我写过一个名叫莫克塔·泰耶(Moctar Teyeb)的人。他和我年纪相仿，住在布朗克斯(Bronx)，但生来就是毛里塔尼亚农村的一名奴隶[《专访：纽约的一名奴隶》(Profile：A Slave in New York)，《纽约客》2000年1月22日]。莫克塔的童年和青少年时代都在撒哈拉沙漠里牧放骆驼。他从奴役中的逃离，还有他途经塞内加尔、摩洛哥和利比亚来到纽约的不可思议的奇幻经历是一个如此跌宕起伏的精彩故事，几乎呼之欲出。但由于各种原因，他这个人物要用微妙的话来描写的话，就棘手多了。这包括他根深蒂固的敬虔、他的悲伤、他的自律、他对揭露他的国家依然实行的奴隶制度的强烈欲望……我们都是过往的俘虏，但依我之见，莫克塔尤其如此。了解了他，实际上是揭露了自由的本质这个陌生的难题。

他非常痛苦。他还极其精通阿拉伯文学和伊斯兰教史。在最终设法以成人的身份获得一些正规教育之后，他真的弥补了损失的时间。在我见到他之前，他已获得伊斯兰法高级学位。因此，他对生活的理解带着深深的文化、宗教背景的烙印。这个背景同时也是逼迫他的重要部分。他也有许多敌人，有些就是他的家人，他们不喜欢他对他们所接受的社会制度所发的言论。要纠正莫克塔的思想很难，我不敢肯定我成功了。但是，在一些至关重要的方面，他很想成为我要的那种人物角色。

我也喜欢写那些遭受极大成见的人，就像帮派小子。其中的挑战当然是去深挖作品中的冲突或人性光辉，至少要避免杂志新闻中的那种陈腔滥调。

你的故事要酝酿很久吗？

我保留了大量我认为最终或许会写的有关地方、人、事件和情况的文件。例如，多年来，我都在了解罗伯特·凯利(Robert Kiley)的生涯，一直想着可以根据他写成一个有意思的故事。20世纪60年代，他在中央情报局工作，然后担任波士顿副市长。20世纪80年代，他在纽约领导城市交通管理局。目前，他是伦敦交通委员会委员，他们指望着他"拯救伦敦地铁"。但他不得不与布莱尔政府斗争，他们决意要将地铁私有化——这可真是个可怕的想法。我对铁路和私有化感兴趣——这两个主题我在其他背景下都写过，所以现在好像是我写凯利的正确时机了[《地下人：拯救了纽约地铁的前中央情报局特工能否让英国地铁重回正轨？》(Underground Man：Can the Formaer C. I. A. Agent Who Saved New York's Subway Get the Tube Back on Track?)，《纽约客》2004年2月9日]。

我密切关注一些地方，也会随着时间的推移产生故事。我已经写了很多有关南非的文章，并试图留意那里发生的事件。有时我会觉得时机成熟，该为我密切关注了多年的地区写点什么了。不过，在远离家乡的任何地方工作，我都会很容易被激发出许多新的故事构想。例如，我最近写了一篇文章，是关于玻利维亚水务私有化失败事件的[《玻利维亚报道：雨水租赁》(Letter From Bolivia：Leasing the Rain)，《纽约客》

2002 年 4 月 8 日], 这让我有机会站在玻利维亚的角度看美国。奥托·赖希(Otto Reich), 一位具有古巴血统的美国共和党活动家, 最近成为我们的拉丁美洲助理国务卿。他在玻利维亚是如此显赫的人物, 在美国竟没人知道他, 这个事实让我感到震惊。我不常写外交官或公职人员, 但我认为赖希这样一个人是美国人应当知道的[《政治舞台: 卡斯特罗的影子》(*The Political Scene: Castro's Shadow*), 《纽约客》2002 年 10 月 14—21 日]。

你在开始做一个项目之前, 要进行多少研究?

这取决于项目。如果我要去一个从未去过的国家, 我知道我必须在出门之前进行大量阅读和研究。不然, 我就不知道从哪儿开始报道, 不知道要问什么问题, 很可能浪费大量时间——我自己和别人的时间。如果我要写一篇专访, 那么我会尽量阅读有关这个人的所有资料——假如有任何东西发表的话——以及有关他们专业领域的资料, 当然是要在采访我的专访对象之前。然而, 我对许多故事最初的想法不够明确, 会随时变更, 不一定清楚要事先做何种研究。当我决定写加利福尼亚州航空航天郊区没落的白人小孩时, 我并不知道我最后必须研究西部的白人至上主义运动的历史。这是该报道中唯一被发表出来的东西。

我一直尽力收集书籍、剪报和文章, 通常在回家以后阅读。我有个很大的毛病——"这个故事被比尔·芬尼根(Bill Finnegan)过分报道了", 这使我比原计划要写得慢。

你在研究中会用到哪种资源?

图书馆、书店、新闻全文数据库和互联网。如果我要去一个陌生的地方, 我喜欢在出发前在线阅读地方小报。如果网上没有, 我会在到达那儿以后, 尽量花一些时间待在该报的资料室里。你可以在很短的时间内从报纸上了解很多东西。

你会咨询专家吗?

会的。如果我读到什么特别有用的东西, 我通常会去找作者谈谈——假定我们志趣不同, 各执一词。很多时候, 我只有在做了大量的街头报道之后, 才能真正搞清楚一个故事背后的体制问题。所以, 在我做完其他报道之后, 与专家的分析讨论通常就免了。

无论写贫困还是毒品, 你通常都采用学术类文本。那么统计资料、国家政策等在你的作品中起到什么作用?

和以前一样, 这类知识通常在一个项目的运作过程中来得比较晚。例如, 我知道在《冰冷的新世界》中, 我要写没落的家庭和孩子。但是, 在开始为我的见闻做出一个解释之前，我已经对这本书做了五六年的报道了。开始的时候，我对那些有助于解释美国趋下流动的二十五年薪资趋势或任何其他统计资料、趋势知之甚少，甚至一无所知。一旦完成报道，我就用学术文献去证实：我所听到的各种解释是夸大是适度，还是在某些情况下自相矛盾？抑或与我所见到的事实一致？

举一个不太愉快的例子。我在报道华盛顿雅吉马谷的墨西哥移民[《一位自由记者：新美国人》(*A Reporter At Large：The New Americans*)，《纽约客》1996 年 3 月 25 日]时，无意中发现一个非常恼人的、反常的模式。似乎新来的墨西哥移民的孩子比早几年来美国的墨西哥移民的孩子在校表现良好，而所有移民孩子都比在这个国家出生的墨西哥裔美国人的孩子表现好。简言之，在这里待得越久——学习英语、适应文化，这些孩子在学校的表现就越差。我想总体应该不会是这样，但我必须先站在一群不具代表性的孩子一边。后来，当我查阅移民和教育方面的学术文献时，发现大量研究恰好证明了我发现的模式。所以，这个模式是可以泛化的。但问题是为什么——使得新到的移民相当成功，而他们得天独厚的先辈们失败的原因是什么？这些移民到底经历了什么？

一旦你定睛在那个问题上，你到哪儿去寻找答案呢？

在他们的学校和家庭里，在大街上，在匪帮里，但我主要在美国主流青年文化中、在孩子们的头脑中、在不断变化的经济机会结构中找到了答案。一言以蔽之，"美国梦"在许多穷苦孩子的心里已经死了，不过是白日梦。疏离和幻灭是穷苦的劳动阶级拉丁美洲孩子面临的主要问题。

你怎样决定去哪儿报道你的故事？

偶尔——非常偶尔地——编辑会帮我决定。蒂娜·布朗(Tina Brown)建议我去索马里，她当时是《纽约客》的编辑。但实际情况常常是，当我是一名自由职业者的时候，编辑会打电话问我想不想去，比方说尼加拉瓜。有时，我想到一个主题，但还没有确定去什么地方寻找一个故事，这时就要征求编辑的意见。例如，我知道我想写一个限制工业化的城市，我考虑到铁锈地带(Rust Belt)的许多城镇——底特律、纽约北部的一些地方。但当我向时任《纽约客》编辑的鲍勃·哥特列布(Bob Gottlieb)提到可能要去纽黑文时，他的眼睛都亮了。他喜欢这样。尽管有点讨厌，但编辑们都喜欢这种东西：耶鲁大学与这座位于中部的极度贫穷、犯罪猖獗的城市的强烈反差。我告诉他有关纽黑文市的问题越多——它比纽约或芝加哥的人均凶杀率高，它在美国最贫困的城市中名列第七，哥特列布就越喜欢它。他是对的：这种鲜明的对比的确给故事帮了大忙。我最终发现这个故事从一些其他有关限制工业化、非法毒品交易等故事的背景中脱颖而出。在我开始报道纽黑文市之前，我只能自己通过耶鲁模糊的、严重失真的透镜来了解这座城市。

然而，大多数时候，我只是跟着自己的感觉走。做第一个报道时，我会见现在的《纽约客》编辑大卫·雷姆尼克(David Remnick)，持续了大约30秒。他问我想做什么。我说："来自蒙大拿的朋克乐队。"他说："去吧。"在我做完这个报道[《艺术的升华：一飞冲天》(Onward and Upward with the Arts：Rocket Science)，《纽约客》1998年11月16日]之后，我们接下来一次会面的时间也差不多那么长。我说："苏丹内战。"雷姆尼克看起来不像蒙大拿朋克乐队那次那么高兴。但他说："去吧。"[《一位自由记者：隐秘的战争》(A Reporter At Large：The Invisible War)，《纽约客》1999年1月25日]

你怎样找到你的主要角色？

到处搜罗，找人们谈话，等待一个正好能打动我的人。例如，到纽黑文市不久，我知道我想写毒品交易中的孩子。但我想让这篇报道与政治挂钩。我对写犯罪故事不感兴趣。所以我一开始没找警察交流，而是与当地的全国有色人种协进会(NAACP)青年委员会[1]——当时行动主义的温床——沟通。他们刚刚进行了一场大型选民登记运动，并千方百计选出了该市的第一任黑人市长。我在那里遇到一些很有意思的孩子——政治见解深刻成熟、努力要考取大学的高中学生，虽然其中有些来自非常贫穷的、多灾多难的家庭。他们大多数人都有从事毒品交易的朋友，但他们的朋友不会跟我交谈。"他不和白人讲话"，如此云云。

当你遇到那些阻碍时，怎么办呢？

既然如此，我就把它放了一阵子，只做本地黑人政治史的普通报道。这时，我遇到一个名叫沃伦·金布罗(Warren Kimbro)的人。他曾是纽黑文市黑豹党，蹲过监狱，然后上了哈佛大学。那时，他为曾经失足的青少年开了一家过渡住所。沃伦把我介绍给了他在照顾的一些孩子，包括特里——一名做了一阵子可卡因交易的十六岁孩子。特里是我最后写的男孩。我们立刻一拍即合。他用一种很好的、没有防备的、自问自答的方式谈论自己的生活。他说的话全都成立——在他摸爬滚打的这个非常危险的世界里，这的确是难得的综合素质。他只去过NAACP青年委员会一次，只是因为一位法官命令他去。特里发现那儿的情景"很老套"。但他和他的家庭与传统政治以及与获取成功的惯常做法的深度异化本身，引起了我的兴趣。我马上就知道他是我想要写的那个孩子。

1　NAACP，全国有色人种协进会(National Association for the Advancement of Colored People)，一个由美国白人和黑人共同组成的旨在促进黑人民权的全国性组织，总部设在纽约。NAACP青年委员会是NAACP的一个分支，旨在促进青年黑人民权。

你报道的立场是怎样的?

在某些类型的故事中,我的报道目标正是让人们忽略我的存在。我会把我的笔记本或磁带录音机收起来,好些天都不拿出来。可能的话,我想要人们忘了我在那儿。

你怎样让人们忽略你的存在?

我就转悠啊,转悠啊,转悠。我问很多问题,讲几个故事,他们做什么我就做什么——无论是看电视、去俱乐部、滑雪、砍伐造纸木材,还是参加政治集会。我花这么多时间到处乱转,以至于人们有时好像真的忘了我到底在那里做什么。在报道《索韦托日界线》——我写的关于南非黑人记者的书——的时候,我只是坐在新闻编辑部里面的桌子边,就在这家称为《星报》的约翰内斯堡大报社内蒙骗了许多人。大多数记者和编辑还以为我在那儿工作呢。我接电话,捎口信,去商店。我要记述的几个黑人记者当然知道我在做什么,不过也就那么回事。有几个人告诉我应当征得报社老板的同意,但我从来没有。我只是每天继续随便进出。保安也都认为我是那里的工作人员。

我记得报道《冰冷的新世界》最后一部分时的一个重要时刻。那是在加利福尼亚州羚羊谷(Antelope Valley)。我在努力讨好一伙"反种族主义光头仔"。他们起初不是很友好,但我开始喜欢他们,并花很多时间和他们待在一起。那时他们的"总部"在一个恐怖的、布满涂鸦的破旧房子里。有一天我在那儿,躺在床上看迈克·泰森(Mike Tyson)的录像,都看了一百遍了。我无意中听见了前门的谈话。两个女孩来了,她们想做点儿什么。她们问其中一个光头仔:"喂,谁在这儿?发生了什么事?"门口的孩子说:"没事。没别人,就比尔在这儿。"所以,那两个女孩说过会儿再来。我想:"好极了!"我适得其所——根本不值一提。

所以,你的"报道立场"是不需要立场?

在那种情况下,的确是。但是,无巧不成书。几个星期之后,当开始报道那伙人最大的敌人——号称"纳粹矮骑手"的一个本地种族主义光头党——时,我必须采取完全不同的、更强硬的方法。种族主义孩子比反种族主义孩子更难接近。他们更偏执(事实也确实如此,就新闻界而言),更暴力,时常醉酒,经常斗殴,而且嗜冰毒。

我最终成功地混入他们的唯一办法,准确地讲,是尽可能从一位刚刚离开他们的团伙,转而加入反种族主义者行列的年轻女子那里了解有关他们的一切。她把"新纳粹分子"(大家都这样称呼他们)的生活故事和盘托出,也讲了每位主要的"新纳粹主义"孩子的许多故事。所以,当我去跟他们交谈的时候,我要克服所有这些不信任的障碍。在门口跟他们谈话时,我会随便提点儿他们生活的小细节——一位前女友的名字、某个人父亲的家乡等。他们就愣住了,不能相信。"你怎么知道的?你认识他?"他们感到如此不安,就让我进去了。

你是怎样让他们愿意跟你交谈的？

呃，我知道我在反种族主义者那里用的那种被动的、瞎转悠的方法绝不可能从他们嘴里套出什么来。他们"总部"里的气氛是完全不同的，更具有攻击性，对当局有更多的忧虑。因此，我变成了一个真正有攻击性的采访者。我总是穿着外套，戴着领带，夹着一个公文包，好像我是这个地方的主人一样。我想让他们把我当作一个掌权者。我制定了一套程序。我走进去，命令大家都从厨房出来，以便我在餐桌旁单独采访其中的一个孩子。通常，他们会变得相当温顺、柔和。大家都想接受采访。他们叫其他人保持安静。"把音响关掉！"这是某个很可能下到地下室装配管状炸弹的人说的。我从一开始就在咆哮着提问："坐下！好了，你的出生年月？籍贯？……"

我在标纸簿上记下他们的故事。这有点荒谬，但通常很管用。但如果某一天，因为某种原因这一套不管用了，如果事情就是太闹哄哄了，我会请一个孩子出去吃比萨，可以说试图离间他，然后在他吃的时候采访他。他们通常很饿，而且不止一个方面。他们实在渴望成人的关注。为了寻求关注，他们做了许多可怕的事。

在国外报道是否和在美国报道有所不同？

是的。

有什么不同呢？

你需要一个护照。

你现在在接受我的采访，是否感觉难以应对？

没错。你得请我吃比萨。

好吧。报道一则国际新闻与报道一则国内新闻有何不同？

在国际报道中，你可以传统得多、放肆得多——当然，假设你的读者是还乡的人。我可以试着通过比较我在莫桑比克内战中所做的报道（《一场复杂的战争》）和我在纽黑文市为《冰冷的新世界》所做的报道来解释这一点。

我在莫桑比克四处游行，采访许多人，通常带着一名翻译。我发现几乎每个人，甚至是最受压迫的人、目不识丁的农民，都完全明白我在做什么；我是个外国人，为了了解他们国家的某些事情而采访他们。新闻惯例是很稳固的。没有人严正地质问我做这些事的意图，或者我做这些事的权利。

当然，我从来不会对我自己的国家下这种结论。我的读者是美国人，他们已经太了解这个国家了——那是他们的国家呀，因此会用无数例外情况推翻我可能抛出的任何广泛、不明智的结论。不过，因为我的读者几乎都对莫桑比克一无所知，我就可以任意地掠夺这个国家的历史。例如，最闪耀、难忘的故事，普遍地将经济及其影响单一化，厚着脸皮得出夸张的结论。这就好像要你给一个从未听说过北美洲大平原、落基山脉或科罗拉多大峡谷的人描述美国的风景一样。或者，用历史来打比方的话，这就像要你给一个从未听说过南北战争的人讲述美国 19 世纪的故事一样。这不难——最好的材料就摆在面前，还新鲜着呢。

但如果是在纽黑文这样的地方呢？

那几乎各个方面的情况都不一样了。新闻惯例不再稳固。我对自己要寻求的东西也不再有那么大的把握了。我感兴趣的贫穷的纽黑文黑人越怀疑我的动机，就越有可能提出这个显而易见的问题："这对我有什么好处呢？"然后，过一阵子，在我闲荡了几个月之后，他们还会提出一些更难回答的问题，就像"你到底在找什么？"或者"你不就是在这里找一则耸人听闻的新闻，哄其他白人高兴，给你自己挣点钱吗？"当然，就写故事而言，我必须当心一大批学识渊博的读者。这些读者对莫桑比克略知一二或有所了解，也看过大量有关内城区的贫困、非法毒品交易、美国的种族等的文章。所以，我必须在新闻描述过程中更精妙、更讲究——我得提出其他评论员还没注意到的一些新的细节。

这也动用了更多不同的神经末梢。在美国，白人作家为黑人辩护的权利在过去几十年里已经持续减少了——或者，你可以反过来说，黑人为自己辩护的权利扩张了。所以，当我要写纽黑文市贫苦的美国黑人时，我对叙事者的选择就与四十年前的不一样了，也与我写莫桑比克时选择的叙事者不一样了。人真的不可能无所不知。我必须承认自己会出错，承认自己会自以为是。我对我所写的人的生活的影响如此之大。作品中的人物讲述自己的故事的权利似乎也更大了。我不得不说明我如何构建这个故事，我的见解如何只是我的见解而已，我所写的人如何可能有不同的见解，这如何不只关乎他们的生活，而且关乎我与他们的互动——以及他们为了了解我所付出的努力。这些都需要比写莫桑比克时有更大程度的自我反省。

它也需要有更多的原创性。就拿纽黑文这部作品来说吧。它的主题从某种意义上来说已经被过度报道了。我试图报道一些与大多数新闻不同的、仅对内城区的青少年和毒品交易管用的东西，我发现其中许多东西不尽人意——哗众取宠、脱离情境。我试图用社会科学家所谓的纵向角度来审查这个主题。也就是说，我试图着眼于更长的时间轴，着眼于一个社区和一个家庭。我不仅着眼于现在的一个简单印象，而且着眼于好几代人。幸运的是，我的编辑给了我实践的空间和余地。但其他新闻记者自此将这个方法更深地运用到类似的题材中，比我做得更深入人心。艾德里安·尼科尔·勒布朗的《无序之家》就是最经典的例子。

你怎样在一个语言不通的国家进行报道？

用翻译。

你期望翻译具备哪些素质？

一名好翻译会把人们所说的原原本本地告诉你。这听起来平淡无奇，但有时我很难找到一个这样的翻译。我通常会先采访我的翻译，只是为了确保他不会把自己的政治或种族包袱带进我的采访中，不会让我的采访节外生枝。当我发觉有古怪的模式出现，意识到某些事情被歪曲时，我通常会把翻译换掉。

你有一套报道的固定程序吗？

每一部作品都不一样。但要找一个对你所追击的故事有所了解的人，地方高校通常是个好地方。我已经提过，地方报纸也会成为你在一个新地方的不错的向导。在一些报道上，政治活动组织者——他们靠了解事情的进展而生存——很重要。当然了，你得了解他们的日常工作事项。我也在许多地方工作过，一到达这些地方，当务之急是要向当地领导人报到，让他们知道你是谁，你在做什么。他或许是军事指挥官、警察局长、党内官员、传统的酋长，甚至只是当地数一数二的商人，但必须是那个对的人。

在报道一个长篇作品时，你如何设定自己的进度？

当我在美国报道的时候，我试着抽出时间休息、回家。我大概分五次前往羚羊谷报道光头仔。当我写纽黑文市的时候，有时当天才去(我住在纽约，就两小时的行程)。这些休息补充了我的精力，也让故事本身有了展开的时间。我通常写人们的生活，不写即时新闻，所以要写完一些事件比较慢，有时要几个月甚至几年。

考虑到你要和你的人物角色有这么多时间共处，你会不会担心要和他们保持足够的距离？

我试图保持一定的距离，但不一定总能成功，特别是写孩子的时候。在报道《冰冷的新世界》的时候，我制定了一些基本原则，相当专制。大原则是，在我写他们的杂志作品问世之前，我不会干预人物角色的生活。我之后的报道纯粹是为了这本书，所以决定宽松一点——在某些紧急情况下，我会考虑是否要跨越新闻记者与采访对象之间传统的分隔线。说到底，书和杂志是不一样的。它们的形式不太固定，对内容的责任感更多地集中在作者身上。

在《冰冷的新世界》报道到一半的时候，你出钱让你的一个人物角色（胡安）去了一趟旧金山，以躲避敌对帮派。

首先，这是在杂志文章发表之后。其次，情况实在危急，因为那个帮派试图杀了他，开车扫射他家的房子。那里住着许多小朋友，几乎肯定是要跟着他遭殃的。所以我惊慌失措，给胡安钱，让他去旧金山。当一些可怕的事就要发生在一个你已经很熟悉的孩子——或他的父母、他的弟弟们、他的侄子或外甥——身上的时候，要消极地袖手旁观真的很难。无论如何，我做不到。

然而，我必须承认，那种情况也有另一面。因为我不只是救胡安或帮助他家里某个人不受伤害。我也对挑战胡安有兴趣。那时，他和我之间有一段对话已持续两三年了。我说："好吧，胡安。你说你是这种无拘无束的个人主义的美国人，不受社区关系、种族划分、你父母认为自己所在的阶级的约束。那么去吧！离开美国，证明给我看！"我首先想到的是要保全他，但我也把这看作一种故事实验。最后这花了我一大笔钱。他从旧金山去了新墨西哥州，然后到了德克萨斯州，用的都是我的钱。或许这能教会我不要随便破坏基本的新闻规则。

你如何说服人们跟你共处这么长时间？

我写长篇纪实作品所涉及的大部分人都没有紧凑的日程。所以，时间向来都不是问题。

你有没有告诉过他们你需要多少时间？

没有。部分原因是我真的不知道。还有，如果我必须与某个人商讨时间的事，那他最终很可能不会成为我的主角之一。我不是说他们的时间不宝贵，只是说他们必须愿意接受这个想法，就是花许多时间跟我共处是值得的。如果我感兴趣的某个人持怀疑的态度，因为他们认为我不会花足够的时间与他们共处，以真正了解他们的故事，我就会向他们保证我会和他们在一起"很长时间"。但我不会说得更具体了。

你会向人们谈到多少有关你自己和项目的事？

通常不多。如果有人打听我的事，我当然会告诉他们。如果我手上有一份《纽约客》的副本，我会给他们看。不过，如果他们询问项目的事，我通常含糊其辞。部分原因是，项目正在成形，我还不确定它是什么样。我只说我在收集信息，要拼凑一个故事。我告诉人们，我想尽我所能地了解他们的生活、他们的街坊、他们的思想、他们的经历。基本上，我只是到处闲逛，只要他们允许。在某些情况下，我已经成了当地的一种奇人：坐在沙发上的白人。我几乎听到人们说："喂！过来看我们的白人！

他还在这儿!"当然,有些人疑窦丛生,甚至胡思乱想。他们起初可能相信我是一名新闻记者,但当你和一名新闻记者交谈的时候,那个周末或下一周的报纸上就会有东西发表出来。可是我一连数月在这里闲逛,却什么东西也没发表。人们控告我是联邦调查局的,是中央情报局的。既然我收集这么多信息,还能有什么别的目的呢?

你怎样开始一个采访?

我没有一个固定的开场,虽然如果我在一篇报道中突然想到一个很好的检验性问题,我会向我所采访的每个人都提出那个问题——或许只是他们对某个公众人物的看法,或者是众所周知的一则故事在他们口中的版本。但站在不同角度的人,他们的回答都是不一样的。这通常只是有助于我判断自己的所见所闻。但当你试图了解一场复杂的冲突,实际情况真的是众说纷纭时,它就特别有用。例如,我在写一篇有关好战的塞尔维亚民族主义心理的报道[《巴尔干半岛地区报道:下一场战争》(*Letter from the Balkans:The Next War*),《纽约客》1999 年 9 月 20 日]时,发现了一些大多数塞尔维亚人都会引发的问题。我打听有关塞尔维亚民族主义的各种传言,包括最近的事件。在听了五十个不同的人的回答之后,我能比较容易地概述塞尔维亚民族主义了。我其实可以给予塞尔维亚人的"仇外,他们心理上扭曲的民族优越感,他们偏执、否认的战争文化,他们的孤独、失望和内疚"一个公平的评价。

你会同意提前发送问题吗?

通常不会。在某些情况下,如果我真的非常渴望一个采访,我或许会,但我讨厌那样做。提前发送问题通常会扼杀采访中的生气。在做有关罗伯特·凯利(Robert Kiley)和伦敦地铁的作品时,我想见见一位英国官员。他的助理说,他需要在我们见面之前看到我准备的所有问题。光这一个要求,确实就让我知道了我需要了解的他的一切。反正他极有可能压根儿没想跟我谈。他只是想看到这些问题,了解一下我在做什么。

但如果苏丹的最高领导人想看到我的问题,那又是另一回事了。他对作品如此重要,因此我很可能会给他发送一些问题。然后,我会在我们见面时不动声色地加进一些新的问题。

你只当面采访吗?还是会通过电话或邮件进行采访?

我做过一些电话采访。对于专家——很可能不会成为故事中的人物,但又可能用到他们一两句话,或者可能帮助我们理解某些问题,我通常会很高兴来个电话采访。我不需要知道他们长什么样,或者他们的办公室是什么样的。但如果你想呈现一个"世界",一个真实的地方和场景,那么邮件或电话采访显然不行。你得面对面地与人会谈。其实对我来说，正式访谈没那么重要。当我到处闲逛，等待事情发生的时候，它们只是前台活动而已。

你录音或记笔记吗？

如果我正在采访一位高官或语速特别快的人，或者不管出于何种原因都很难理解的人，我就会录音。或者，如果我正在采访的人对我们的谈话录了音的话，这种情况偶尔也会发生。通常我都做潦草的手写笔记，采访结束后必须立即重读，以便我能够破译。

在有严格限制的国家——你报道的苏丹、塞尔维亚共和国、种族隔离的南非——明目张胆地做笔记，这会不会是个问题？

在报道《索韦托日界线》的时候，每天结束时，我会把笔记存放在一个在图书馆工作的可靠的人那里，就在我所供职的报社总部的街对面。他会把这些笔记在图书馆里藏一晚，第二天早上影印一份，邮一份到美国，寄给我。那样的话，我就非常肯定，无论发生什么事，我回到家时还有大部分笔记在手，即便不是全部。那时，外国记者每天都被轰出这个国家，所以我从来不知道我的报道会持续多久。尤其是，我所持的还是旅游签证。

在苏丹工作的时候，我要途经肯尼亚，从叛军占据的南方到政府军占据的北方。这时，我必须销毁我到过南方的所有证据。北方的警察和军队很吓人，实在凶狠。我必须使用不同的护照，全面清理我的行李——每个纸屑，甚至包括我的通讯簿。

你如何保全你在南方做的笔记？

从肯尼亚把原稿寄回家，并把复印件藏在内罗比，作为备份。

你有没有把一场采访安排在某个会为作品提供场景的地方？

有过，尽管很做作。我不喜欢那样。我在写莫克塔——这个从前的奴隶——时，驱车前往华盛顿去见他的一些朋友。途中，我们停在了葛底斯堡(Gettysburg)。他的确也挺想在那转转的，但我也正好想让他在那里接受采访。这是个做作的举动，但我们玩得很开心，这也对作品有帮助。

在采访中，你的立场有多强硬？

我几乎从不与我采访的人争辩。我通常只是对我不认可的观点一笑置之，然后对它们照写不误。那些吃不准或有争议的材料，通常才是再好不过的材料。越语出惊人越好——这是新闻业人尽皆知的、廉价的小秘密之一。

采访之前，你会进行何种协商？

我会不情愿地同意不写出政府官员或任何一个确实冒着风险与我交谈，并且不愿被具名的人的名字。我经常让人们放心，告诉他们会有一位事实核查员查证我所写的所有事实都是对的，并会给他们一个机会，纠正我犯的任何错误。但我不会把人们所说的话复述给他们听。

你是否会重建你没有亲眼看到的场景？

几乎不会。如果必须重建，我会很小心，并且清楚是某个人在向我讲述那个场景，而不是我自己在想象（"他说……"）。我从未写过一个仿佛身临其境，但其实我并不在场的场景。

你怎样知道自己的报道已经完成了？

当这则报道似乎有开头、有中间、有结尾的时候，当我认为情节、叙事模式已经完整的时候。但我常常是错的，因为在我写的过程中，通常有更多情节发生，新的结局出现，甚至会有新的开始。

对你来说，写作和报道哪个更难？

报道是比较孤独和乏味的，让人郁闷。但写作无疑更难。

你列提纲吗？

嗯。我会为整部作品列出详细的提纲，但开始写以后，至少有一半的时间我都不会使用这些提纲。我一直希望我能更好地构思一部作品。当我，比如说，看到在提纲中占了四分之三的重点部分最后只被写成三行内容的时候，我总是很惊讶。我的满腹牢骚哪里去了？它们真的用三行文字就解决了吗？好像是这样。然后，我会去查看我随便列在提纲上的简单旁注，它可能会变成一个特别大的场景。为什么我事先看不到呢？我从事写作已经很久了，但我还是对此很震惊，我依然没能做到更好地列提纲。

你的提纲是什么样的？

它们可以很大。我在写《穿越控制线》的时候，写在棕色牛皮纸上的提纲占据了我书房的整个墙面，约 8×10 英尺那么大。我不得不站在一把椅子上，写最上面一行的字。然而我对书的策划在不断改变，比如原先打算写九章，最后却写了九十一章。

你是一气呵成，还是边写边改？

我试图每天写一点。我常常倒回去，然后再往前进展。我早上进行编辑，之后继续写。不过，一旦激情燃烧，我就一气呵成了。我过去常常害怕把任何东西落在电脑里。我每天晚上都把新东西打印出来。但如今，我通常不会在完成整部作品的初稿之前打印任何东西。我极可能要后悔自己对科技的这份信任，这样做真的只是因为懒。在一天的工作结束之前，我喜欢简述出第二天早上要写的场景。如果简述顺利的话，我就有了一个非常良好的开端。但我时常对自己有太多怀疑，因而不能冒险一试；反而开始重读，又陷入退回去编辑的模式当中。

你会把你正在写的作品给别人看吗？

我过去常常把草稿给朋友们看。我从来都不确定我有没有偏题，或者我努力在做的每一件事是否能被理解。但我认为，在交稿之前，作品必须至臻完美。我现在意识到，人们在他们的时间和深刻见解上非常慷慨。但我已经不再那样做了。我比过去更相信编辑——也更相信自己，我想。

你通常要把草稿过几遍？

最初几个部分的草稿会被我反复检查十五遍到二十遍。来来回回，没完没了。越往后，我就越不怎么看了。

你特别喜欢待在什么特殊的地方写作吗？

我更喜欢面壁。我望着窗外的时候比做白日梦的时候要多。我过去常常去作家的殖民地，或者去有好浪头的便宜清净的地方，印度尼西亚啦，斯里兰卡啦。我和我妻子现在有一个小丫头，所以我待在离家比较近的地方。

你追求哪一种作者在场情形？

每部作品都不一样。撇开我做过的几部直话直说的自传作品不谈，我发现在叙述者，即"我"这个角色和一个故事的主角之间建立一种联系通常很有用。他能帮助读者进入故事，哪怕只是在你游历一些风景的时候把他们和你一起置于车内。但是你必须严密地判断"我"这个角色实际上是否以及什么时候对故事有帮助。

作为一名年轻的作家，意识到第一人称可以成为非常有用的角色，这对我来说其实是一种转折点。这是一个可以在不同作品中变换的角色——当然是在一定范围内。它有不同的功用，可以发挥不同的作用。的确，"我"这个角色在一个故事中所说的一切话都是我真的说过的，但并不局限于听起来那样。只因为，通过选择引用什么，我实际上可以在每一种情况下，暗示自己是蠢货或天才，或介于两者之间的任何东西。

在其他类型的作品——尤其是无论原因为何，我的叙述权威好像有问题的作品——中，我试图透露我的偏见、我的错误。在那些情况下，我想象自己是读者，为了共同的文化和阶级的缘故，很可能或多或少用我那样的方式看待事物。例如，写纽黑文市的非法毒品交易时，我在"孩子们为什么卷入？""这些都意味着什么？"这些问题上有我自己小小的理论。我把这些——极度贫困和消费者个人主义思想的可怕碰撞等——都清晰地表达出来了。然而，在提供了我的分析之后，可以说，我立即义无反顾地将麦克风交给实际上生活在所有这些状态中的人。所以，我引用了一位反毒品积极分子、项目中一位完全不同意我的自由主义道德相对论的祖母的话。"错！"她说，"我很抱歉，但这些孩子知道对错……"她继续直截了当地以一名基督教道德家的立场对毒品交易做出分析。实际上，因为她在这个主题上的很多方面都比我更具权威性——基于个人经验、基于街区历史，我给她的想法留出了更多的空间。

你追求哪种笔调？

一些故事似乎强加了某种严厉的笔调。在写作这些故事时，作家用文字的华丽构建的图景越少越好。力量蕴含于事实之中。战争报道显然能达到那种质量，其他体裁也可以。悲剧和暴力不一定属于这一类——只是一个足够紧张或忧郁的故事，或角色自己以口才或古怪或通常是强大的气场获胜。如果是其他的主题、其他的作品，考虑到更多评论、更多瞬间、更多侵犯，人们主要的兴趣可能在作者和主题之间。我在笔调上所追求的只是弄清楚哪一种笔调对一个特定的故事最管用。但即使是让我无所事事的作品，比如说，与鲜为人知但又风趣的朋克乐队巡回各地演出，我仍然想要我的文章布局紧凑、结构合理。我想要读者相信我，我总是怕松松垮垮的写作会辜负那份信任。

对于你的文字发出的声音，你有想过很多吗？

说实话，我想得太多了。但现在没有过去那么多了。一度，我对自己写出的句子发出的声音的兴趣几乎超过了对它们的意义的兴趣。从事新闻业二三十年，我似乎已经脱离它了。我已经让自己停止写这种不绝于耳的夸张的滑奏和高潮很久了。总的来说，我确定那是件好事。

你是否相信你所做的那种新闻会引出真相？

有些"事实"，是你需要搞清楚的。然后，有一种"真相"，又是一个更大的议题。如果有一个关于个体事件或事实是否属实的问题，我认为一个人应当尽量向读者提供所有可信的版本，让他们自己判断是否属实。

如果我在讲述一个家庭故事，就我个人理解而言，真相就是我对人们如何谈话、感觉、互动以及所发生的事件的最好、最全面、最准确的感觉。然而我本身对别人家庭的观点、了解就非常有限，特别是与其家庭成员的了解相比的话。所以，我始终担心我了解得不够。

就政治事件而言，包括战争作品，我常常不太担心会把事情的意义搞错。那是公众生活，即便我的理解有瑕疵，但在解读和传神的描绘上尽力一试，也会让人们感觉基本上是合情合理的。许多人可能不同意我的版本，但那是政治生活，包括政治新闻的本质。在这个世界上，人们的认知中的"真相"一直是最有说服力的论据——当然是在认为不存在事实的情况下。

你认为你所写的这种非虚构文学是美国特有的吗？

许多国家都有非虚构文学，散文啦、回忆录啦、传记啦、高谈阔论的长篇新闻啦，但对事实的这种密切的关注，几乎或根本不允许润色或修饰，是这个国家所特有的，也是近代的事了。在英国，新闻记者要遵循的标准明显比较低。许多英国非虚构作家有不错的文风，但总的来说，他们不像我们这样关心事实的准确性。

你认为自己是历史传统中的一分子吗？

呃，非虚构和虚构之间的界线通常存在于过去的伟大的新闻报道作品中。《密西西比河上的生活》(*Life on the Mississippi*)和《淘金岁月》(*Roughing It*)是我最喜欢的马克·吐温的书，但它们对事实都很随意。安迪·亚当[1]于 1903 年出版的《一个牛仔的日志》(*The Log of a Cowboy*)，是另一部我极其仔细地研读过的作品。这本书实际上比较有力度和深度，还有一种与众不同的说服力。但它是一部小说——要不是我一直拿它当无懈可击的报道来读的话。与我刚才说的英国非虚构的标准相抵触的有亨利·梅休(Henry Mayhew)和乔治·奥威尔。梅休是 19 世纪一位令人惊异的、绝对严谨的新闻记者，他的杰作是《伦敦劳工和伦敦穷人》(*London Labour and the London Poor*)。奥威尔对贫困、战争、殖民主义和革命的报道——《向加泰罗尼亚致敬》(*Homage to Catalonia*)、《通往威根码头之路》(*The Road to Wigan Pier*)、《巴黎伦敦落魄记》——简直是无与伦比的经典。

《纽约客》已经刊登了一些伟大的非虚构作家的作品，据说这些人构成了一种内部传统，与在杂志上深深影响了其后一两代人——包括我——的 A. J. 列伯灵和乔·米

1　安迪·亚当(Andy Adams, 1859—1936)，美国西部小说家，代表作有《一个牛仔的日志》(1903)。

切尔(Joe Mitchell)式风格不同。他们是约翰·麦克菲、简·克莱默、伊恩·弗雷泽(Ian Frazier)。该杂志还设法及时地发行他们主要的作品，以至于最后界定一个议题甚至一个时代：约翰·赫西的《广岛》、詹姆斯·鲍德温(JamesBaldwin)的《下一次将是烈火》(*The Fire Next Time*)、雷切尔·卡森(Rahel Carson)的《寂静的春天》(*Silent Spring*)、汉娜·阿伦特(Hannah Arendt)的《艾希曼在耶路撒冷》(*Eichmann in Jeru-salem*)、乔纳森·谢尔(Jonathan Schell)的《地球的命运》(*The Fate of the Earth*)。那是任何一个新闻记者都愿意有份于它的一个谱系，我当然也愿意。

但关键人才与一个编辑通常无法组织的重大事件碰撞，就有办法创作出大新闻。越南战争给我们带来了迈克尔·赫尔(Michael Herr)的《战地报道》(*Dispatches*)和尼尔·希恩(Neil Sheehan)的《冲出越战》(*A Bright Shining Lie*)。反战运动孕育了诺曼·梅勒的《夜晚的军队》。废止种族歧视带来了托尼·卢卡斯(Tony Lukas)的《共同点》(*Commen Ground*)。最近，巴尔干战争产生了美国记者写的大量书籍——罗杰·科恩(Roge Cohen)的《心变得残忍》(*Hearts Grown Brutal*)、查克·萨德提克(Chuck Sudetic)的《血和复仇》(*Blood and Vengeance*)、布莱恩·霍尔(Brian Hall)的《一个不可能的国家》(*The Impossible Country*)。我不是调查记者，但我钦佩伟大的调查记者——西摩·赫希(Seymour Hersh)、上述所有从 20 世纪 60 年代就在做调查新闻的记者，以及埃里克·施洛瑟这个以《快餐国度》的成功获得了应得的关注的作家。国际上，我最喜欢其工作并试图向其学习的非虚构作家——尽管，各人事实与虚构之前的界线又不太清楚——是爱德华多·加来亚诺[1]、里萨德·卡普辛斯基[2]、乔纳森·拉班[3]和约翰·伯格[4]。

你认为这种写作形式的前景如何？

书籍形式的非虚构文学的前景一如既往的好。直到 20 世纪 80 年代后期，有一个小作坊，把《纽约客》的长篇文章做成书的形式出版。那些书几乎没人买，那个作坊就倒闭了。同时，《纽约客》的文章越写越短，因此人们也不再给这个杂志写整部书篇幅的作品了。但好在非虚构文学书籍现在还在全面发展。

---

1 爱德华多·加来亚诺(Eduardo Galeano, 1940—2015)，乌拉圭作家、记者，2010 年荣获斯蒂格·达格曼奖。代表作：《火的记忆》(1986)、《拉丁美洲被切开的血管》(1971)等。

2 里萨德·卡普辛斯基(Ryszard Kapuściński, 1932—2007)，波兰记者、诗人和作家。代表作：《另一天的生活》(1976)、《太阳之影》(1998)等。

3 乔纳森·拉班(Jonathan Raban)，1942 生于英国诺福克郡，英国非虚构作家，代表作有《穷山恶水美国梦》(1997)。

4 约翰·伯格(John Berger, 1926—2017)，英国艺术史家、小说家、公共知识分子和画家。代表作：《毕加索的成败》(1965)、《G》(1972)等。

威廉·菲尼根作品

《冰冷的新世界：在一个更无情的国家长大》(*Cold New World：Growing Up in a Harder Country*)，兰登书屋，1998 年。

《一场复杂的战争：莫桑比克之痛》(*A Complicated War：The Harrowing of Mozambique*)，加利福尼亚大学出版社，1992 年。

《索韦托日界线：与南非黑人记者同行》(*Dateline Soweto：Travels with Black South African Reporters*)，哈珀与罗出版公司，1988 年。

《穿越控制线：种族隔离土地上的这一年》(*Crossing the Line：A Year in the Land of Apartheid*)，哈珀与罗出版公司，1986 年。

Jonathan Harr

乔纳森·哈尔

我不认为自己是一名记者，我认为自己是一名为了写作需要而去搜集信息的作家

代表作品：
《法网边缘》（1995）

美国著名作家，记者，1948 年出生于威斯康星州贝洛伊特，父亲是外交官。目前，哈尔在马萨诸塞州的北安普敦工作和生活，教授史密斯大学的非虚构写作课。

哈尔曾为《新英格兰月刊》《纽约客》《纽约时报》撰稿。1986 年，哈尔着手采访写作一宗诉讼案件，历时八年零五个月。1995 年，《法网边缘》正式出版，最终该书获得了非小说类作品全美书评人协会奖，罗伯特·雷德福以 125 万美金购买其电影版权。

1996 年 8 月 5 日，在一架环球航空公司（TWA）客机在从纽约飞往巴黎的途中爆炸一周后，《纽约客》发表了哈尔对 1994 年全美航空 427 号班机未解空难的调查《空难探测》。1994 年，哈尔发表了关于一幅失踪的卡拉瓦乔画作的报道。现在，他表示自己有兴趣写一部小说，因为"我厌倦了围着人们转"。

我希望所写之物能引起共鸣，但写作本身不要引起关注。优秀的写作就像一块窗玻璃，不应当干扰读者试图看到的东西。"

1986 年 2 月，乔纳森·哈尔考虑写一宗由马萨诸塞州沃本(Woburn)的八个家庭带来的诉讼案件。他们称自己的孩子(有几个已经死了)因为喝了被附近的制革厂以及两家大公司——比阿特里斯(Beatrice)和 W. R. 格蕾丝(W. R. Grace)——分别拥有的一家厂子污染的水，得了白血病。该案件已审理了四年，即将进入庭审阶段。糟糕的是，案件已经生成了 196 卷经过宣誓的口供。哈尔的许多朋友，像普利策奖得主特雷西·基德尔，都认为沃本案件对哈尔来说是个好机会。而其他人，像哈尔所供职的《新英格兰月刊》(New England Monthly)的编辑丹·奥克伦特(Dab Okrent)，对此持严重怀疑的态度。"不要写这本书。"奥克伦特警告他说。这个案件如此复杂，庭审很可能旷日持久。因此，奥克伦特害怕项目还没完成，哈尔就已经穷困潦倒、苦不堪言了。"你会连个栖身之地都没有的。"奥克伦特说。

最后，基德尔和奥克伦特都言中了。《法网边缘》(A Civil Action)轰动一时，尽管这本书的写作几乎毁了哈尔的生活。八年零五个月，哈尔在早已用尽八万美金的预付款之后，向兰登书屋的编辑提交了八百页纸的草稿。在一个缓慢的启动之后，这本书售出了十万册精装版，高居平装版畅销书排行榜长达两年之久。它获得了非虚构全美书评人协会奖，罗伯特·雷德福(Robert Redford)以 125 万美金购买其电影版权。

《法网边缘》在许多方面设定了哈尔的记者生活模式：常年详尽地报道一个复杂的、技术性极强的新闻，接着是更多年辛苦而缓慢的写作。如果这还不够令人懊恼沮丧的话，哈尔所选择的新闻几乎没有快乐的结局(《法网边缘》里的主要律师落得个倾家荡产，还输掉了案件的一个重要部分——用一位评论家的话说，就是"一个令人不快的乱七八糟的结局")。并且，许多案件仍然悬而未决。哈尔的作品的神奇之处就在于不仅克服了重重困难，而且它读起来不只像小说，更像伟大的小说。"事先说明，"T. H. 沃特金斯(T. H. Watkins)在《华盛顿邮报》上写道，"一旦翻开《法网边缘》，你很可能会爱不释手，直到读完为止，即使它会陪伴你很长时间。这也是理所应当的。"

在《法网边缘》的写作过程中，哈尔选择以律师为焦点，而不是受害人等。这是很冒险的(他明知我们的社会不喜欢律师)，也遭到许多来自沃本的家庭的批评。但正是他的焦点使这本书在鼓吹性新闻领域出类拔萃，甚至达到了艺术的境界。没有主人公或反派角色，只有哈尔完全进入其生活的、自始至终都模棱两可的角色。这本书"没有用大多数新闻记者，包括我自己本该使用的方法写"，环境记者马克·道伊(Mark Dowie)在《洛杉矶时报书评》上写道，"结果，它既让人读得津津有味，又引人入胜。"

许多评论家提出了这样一个问题：在没有使用磁带录音机或并非每个事件都到场的情况下，哈尔是怎样搜集到这些隐秘的细节的，如律师之间一整天的谈话、一对夫妻在床上的亲密行为。这些批评伤害了哈尔的感情，但2002年，当包含初稿和法庭文件的八百页的《记录手册》(*Documentary Companion*)发表之后，他证明了自己的无辜。"哈尔先生给我们呈现的品质和彻底性使得《法网边缘》成为一本很可能广泛吸引对法律或法庭策略感兴趣的读者的书。"格雷格·伊斯特布鲁克(Gregg Easterbrook)在《纽约时报书评》上写道。

哈尔1948年出生于威斯康星州的贝洛伊特(Beloit)，父亲是一位外交官。父亲的工作任务把这个家庭带到了法国、德国、以色列、芝加哥、旧金山和华盛顿。哈尔上过威廉玛丽学院(College of William and Mary)，但1968年离开该学院，赴阿帕拉契亚成为一名美国志愿服务队(VISTA)的志愿者。他后来又就读于马歇尔大学(Marshall University)。

他在纽约市开出租车养活自己，边写一些短篇小说，边梦想着成为小说家。在搬到纽黑文市——他未婚妻住的地方——之前，他在美国广播公司、扫盲机构做过一系列短暂的工作。哈尔在《纽黑文记事报》(*New Haven Register*)干了几天，之后在当地的另一家报纸《纽黑文辩护者报》(*New Haven Advocate*)供职，这使他能够以文学风格写长篇报道。

1984年，哈尔被《新英格兰月刊》聘为特约撰稿人。这是一本新创办的杂志，发表那些继续在写自己重要书籍的作家——约瑟夫·努赛拉(Joseph Noera)、艾德里安·尼科尔·勒布朗、苏珊·奥尔琳、巴里·沃斯(Barry Werh)——的长篇非虚构作品。

《法网边缘》的写作不是由哈尔直接提出来的。哈佛大学法学院教授查尔斯·内森(Charles Nessen)与特雷西·基德尔联系，想看看他是否有兴趣写沃本案件。基德尔那时不需要寻找项目，但他有个朋友需要。尽管哈尔没有法律经验，但经与原告律师，尤其是与首席律师简·施里奇特曼恩(Jab Schiichtamnn)协商，获得很宽松的采访空间之后，他被这个故事吸引了。《新英格兰月刊》给了哈尔三个月的带薪休假，之后他同意，要么为该杂志写一篇文章，要么写本书，由该杂志摘录在它的出版物上。

哈尔与兰登书屋签了合约，承诺两年内交稿。但他很快就发现，摆在他面前的任务非常艰巨。他积攒了27英尺厚的口供和笔录，以此再现他开始跟进这个案件之前这四年发生的事件。(持续了九个月的)法庭审理程序生成了78天的庭审证词和57卷庭前、庭后听证会资料。"如果你把这个案件中的文件，不包括审判笔录堆起来，有三层楼那么高。"他说。投入这个项目三年，哈尔就已经用掉大部分预付金，但还远没有写成这本书。

哈尔的经济状况是他书中主要角色的真实写照，此人最终申请破产。他在史密斯学院(Smith College)兼职教写作，勉强维持生计。要不是他的妻子做美术老师，他也很可能已经宣告个人破产了。在低谷时期，他去当地一家新世纪出版社应聘夜班审校的工作，结果没被录用。两起严重的自行车事故又耽误了他六个月的时间。

主要问题是，哈尔不知道该怎样组织这些数量庞大的宝贵资料。他原先设想像创作俄罗斯长篇小说那样构建这本书，让许多"主要"角色齐聚法庭。但最终他决定聚焦在施里奇特曼恩身上，把他作为故事的中心，其他要素都由他引出来。

特雷西·基德尔在这本书的构建上起了决定性作用。通常，完成自己的写作之后，他会在下午时分顺便去哈尔那里，阅读哈尔写的东西，在原稿上写满编者按语。"我把你拖进去了，我要确保你能出来。"基德尔向他的朋友保证说。

"我从没做过这么难的事，很多次我都后悔接了这个任务。让我感兴趣的是讲故事的过程。我知道我有素材资料，可以使人物角色跃然纸上。我是个讲故事的人。那就是我在做的事。"哈尔1997年对一群哈佛大学尼曼研究员[1]说。

在《法网边缘》的支持下，哈尔继续致力于三个迥然不同的故事。1996年8月5日，一架环球航空公司(TWA)客机在从纽约飞往巴黎的途中爆炸之后的一周，《纽约客》发表了《空难探测》(The Crash Ddtectives)——哈尔对1994年全美航空427号班机空难之谜的调查。在《表演者》(The Burial)中，哈尔为写威利·加里(Willie Gary)——在美国历史上最大一起民事纠纷案件中打赢官司的一位引人注目的密西西比律师——的故事又回到了法庭。

1　哈佛大学尼曼研究员(Nieman Fellowship)，哈佛大学1939年建立的旨在培训新闻精英的教育计划。除美国外，每年仅从世界各国新闻界中挑选出十多名佼佼者参加学习。成为"尼曼学者"，这对于一个新闻工作者而言是极大的荣耀。

哈尔还写了一篇关于一幅失踪的卡拉瓦乔的画作，后被发现挂在都柏林一座小寺庙中的报道[《一种预感，一种痴迷，一个卡拉瓦乔》(*A Hunch*，*An Obses-sion*，*A Caravaggio*)，《纽约时报杂志》1994 年 12 月 25 日]。鉴于他第一部书的成功，他在把文章扩展成"速成、简短的书"上有了长足的进步。关于他的下一个项目，他说有兴趣写一部小说。"我厌倦了围着人们转。"

哪些想法会让你感到激动？

几乎任何事都能让我感到激动，只要它具有一个好故事的要素。一个好故事最基本的是关于正在做着某种努力的人的，其中有张力、神秘或悬念。对有关的人来说，一定有什么东西处于险境当中。如果我能成功地让读者对我所写的人感兴趣，那么领域、技术或难易程度的问题都无关紧要了。只要它有叙事模式和令人探寻之处。

什么东西处于险境或这个故事的结局如何，这些问题对你来说重要吗？

故事的结局对我来说不是很重要。从几个方面来看，《法网边缘》的结局是令人失望的。这位律师没有像他预想的那样赢得官司，在此过程中，他大大地认识了自己和法律的盲区。我目前在写的书是关于一位年轻女性寻找一幅丢失的卡拉瓦乔画作的。她其实没找到——别人找到了。如果我是在写虚构作品的话，就不会选择这种故事结局。但在有些方面，正是因为这个结局，故事才有意思。不管怎样，我做好了一个法律新闻，其主角差不多败诉，这或许也是个令人满意的结果。

我被神秘的事物所吸引，那是故事的自然引擎。在我写的一篇有关空难的文章(《空难探测》，《纽约客》1996 年 8 月 5 日)中，一开始就明显有个谜团：在非常晴朗的一天，一架飞机怎么会从天上掉下来呢？但这个故事从参与解决这个谜团的人们以及他们身上的压力中所获取的能量，甚至超过了谜团本身。

那是非常泛化的，不是吗？

一个故事构思是好是坏，是庸俗还是有趣，与主题无关，与故事讲得精彩还是差劲有密切的关系。我写了一个关于殡仪馆的故事，基本上讲的是一个法律故事[《表演者》(The Burial)，《纽约客》1999 年 11 月 1 日]。没错，人们已经写过千万个法律故事，但我发现这个故事中的人物和情境依然引人入胜。例如，我对美国殡葬业的历史和演变一无所知，而它又是每个人迟早都要接触的事。我不会基于殡葬业或许是个寻找故事的好去处这样一个不成熟的想法，就提笔写文章。但我被带到那里去，是因为我对事件中的一个人，一位名叫威利·加里(Willie Gary)的律师感兴趣。

《法网边缘》是关于有毒废弃物、死去的孩子以及几乎拖了十年的一桩诉讼案件的。就一本书来说，这听起来是个令人不堪忍受的构思。当人们问我在报道什么，我在解释的时候会看到他们的眼神凝固了。但如果我能成功地使人物跃然纸上，能够描述他们陷入的过程，我就成功地讲了一个好故事。有趣的人沉湎于困难的环境，这些是我所寻找的基本要求。

许多故事都符合这些要求。一个"有趣的"故事和一个使你奉献了多年时光的故事有何不同？

这没什么科学依据，只是你的兴趣问题。通常，选故事这件事没什么理性可言，也不是完全想出来的。你着手开始做的时候，并不可能知道一个故事的概要和所有方面。我也放弃过几个我已经投入了一段时间——不是数年，但或许是几周，甚至几个月——的故事。

你是怎样想出故事的？

我常常是在不经意间发现故事的。或许是读了一篇短文，然后我感觉里面埋藏着一个大的故事。我目前在写的书就是这么来的。写这个丢失的卡拉瓦乔画作的想法来自我在《纽约时报》上读到的一篇短文，是关于在都柏林揭幕的一幅画的。某样丢失了几百年的价值连城的东西刚好被发现了，它原来在哪里？谁找到了它？他们怎么找到的？它为什么很重要？这些就是被写过的每个故事背后的问题。

你更喜欢提出自己的想法还是听取编辑的建议？

我通常更喜欢选择自己的想法。一般情况下，如果一位编辑向我推荐一个故事，那就意味着他或她对这个作品应该怎么写有先入之见。我会把剪报存档，有些剪报现在已经很旧了，泛黄了。我也会列表显示故事构思。

你的列表是什么样的？

这个列表相当长，包括所有我没有付诸实践的想法。列表中的每一项都介乎一个小段落和半页纸之间。其中大部分，正如我所说的，从未付诸实践。

其中有没有特别好但没有被付诸实践的想法？

当然有。我打算给《纽约客》写一篇新闻，然后可能是一本书，是关于在土耳其与叙利亚边境发现的一座古城遗址的考古发掘现场的。一大群人——教授、研究生、考古学家，他们当中很多人彼此并不相识——参与了这次发掘。按照我的构思，这个故事有两个层面：考古发现及其意义；萍水相逢后，在一个沙漠中一起工作生活了数月的这些人的故事。

发生了什么事？

我准备出发去叙利亚了，这时考古小组负责人告诉我说，他想从我写这次发掘的所得中拿走一部分。他主要是想让我为获得准入权和写书的特权而付钱。这有效地终止了那个项目。

为获得准入权付钱为什么会是个问题呢？

如果我为准入权向某个人付钱，那他实际上成了我的"合作伙伴"。拒绝起来很容易，尽管我真的为此感到很不舒服，因为这不是他以权谋私的事情。毕竟，我要用他们提供的信息来写书，并且我希望靠这事来赚钱。在他们看来，期待些许回报是不无道理的。尤其是这笔钱本可以负担发掘的经费，初衷是非常好的。

我简要地考虑了一种有创造性的安排，比如说，如果好莱坞能购买这本书的电影拍摄版权的话，就同意给他们钱。过去我很幸运能有电影拍摄版权，因此我考虑钱主要从好莱坞来，而不是靠书赚钱。但好像太难了。而且，他们本来就靠教授的职位和考古发掘工作谋生，而我靠写作谋生，凭什么我应该把自己的分内所得分给他们一部分？

你把沃本故事描述成"是关于有毒废物、死去的孩子以及几乎拖了十年的一桩诉讼案件"。那它是怎么吸引你的呢？

很多人推测，我之所以写《法网边缘》是因为我有环保人士议程，但我其实压根儿就没考虑过这一点。我认为，如果我真有这么个议程的话，一定会写成一部糟糕无聊的书。说实话，起初我对这个项目不是特别激动。开庭之前，我那时在《波士顿环球报》工作的一位朋友为《波士顿环球报》的周日杂志写了一篇有关此案的长篇故事，密密麻麻的，我想我甚至都没看完。这篇故事听起来无聊透顶，根本没有引起我的兴趣。但当我的朋友特雷西·基德尔建议我写这个案件的时候，我想我就换了一个角度来考虑了。

是什么让你改变了主意？

用一个词来说，就是准入权。经过一些协商之后，律师决定允许我进入。我在幕后进行调研，几乎不受什么限制。

你是怎样获得你想要的准入权的?

那可不容易。我在波士顿的律师会议室与律师见面,告诉他们我想从内部跟进案件。我想要亲眼看着他们讨论、做决定,看着他们怎样准备证人等。他们有点吃惊,因为从没有人给过新闻记者那种准入权。但他们也很感兴趣——他们认为自己在做一件伟大神奇的事,会大获全胜。所以,有人记录案件进展这个想法引起了他们的兴趣。

第二天,其中一位律师请我吃午饭。他向我解释了我居于幕后会存在的各种法律问题(我的存在会妨害检察官/律师当事人特权,这意味着辩方可以传唤我作证)。他提出了一个折中方案。每天审讯之后,他们会在晚上简要地向我介绍案件的进展以及他们准备的证人等。我告诉他,如果以那种方式写这本书,我没兴趣。对我来说,要么完全进入,要么就不写了。

几天以后,我回到会议室,再次与所有的律师见面。基本上,他们提出的方案和他们同事在吃午饭时提出的一样。我告诉他们,我还是没兴趣。然后,简·施里奇特曼恩——这家事务所的大股东,后来成为《法网边缘》主角的人——说:"好吧! 我们会试试你的办法。"就是这样。我再也没讨论过准入权的事。从那以后,一连九个月,我每天都在施里奇特曼恩的办公室里。我早上在他们上法庭之前就在那儿,我也上法庭看他们审理案件,然后我回到他们的办公室,一直待到半夜或更晚。

你有没有告诉过一个人,需要占用他们多少时间?

没有。如果我预先声明的话,或许会吓着他们,项目也会被打乱。我只是一直去。我试图不妨碍他们,就如谚语中说的墙上的苍蝇。过了一阵子,他们就会把我看作他们当中的一员了。

你又是怎么跟被告律师走得这么近的呢?

在观看出庭的七个月期间,我认识了首席辩护律师杰里·法彻(Jerry Facher)和其他辩护律师。法彻喜欢我,并邀请我去旁听他在哈佛大学法学院上的课。我连续旁听了两年。法彻最喜欢做的事是指导年轻的律师,所以他是个大方的老师。下了他的课,我们会在哈佛大学法学院的自助餐厅吃晚饭,谈论这个案件和法律知识。他提到沃本案件了结之后,会让我看他负责的另一个发生在新罕布什尔(New Hampshire)的案件,并为将其诉诸公堂做准备。

你从辩护律师和原告律师那里获得的截然不同的准入程度,有没有歪曲你的报道?

如果我居于被告幕后的话,无疑会写出一部不同的书。但我一开始就知道,法彻绝不会给我施里奇特曼恩提供的那种准入权。法彻的诉讼委托人是个大公司(比阿特里斯食品公司),如果允许一名新闻记者居于幕后,这在全世界公司法中是闻所未闻的。即使法彻有意允许我居于幕后,他的诉讼委托人也不会同意。而且,我担心如果自己同时接近两方,可能无意中会变成两大阵营之间传递机密情报的管道,或者施里奇特曼恩会因为我跟法彻待在一起而开始怀疑我。那可不行。

这部书获得了好评,只是《纽约时报》的评论员抱怨说我对被告的描述不如原告那样详细。好吧,我已经尽力了。只剩下一种可能了,就是我不接近任何一个阵营,和所有其他的新闻记者一起坐在旁听席上,然后写出一部乏味至极的书。最后,我写成了我想写的书,而不是《纽约时报》的评论员认为我应该写的书。所以,去他的吧!

令人欣慰的是,法学院必读教材《〈法网边缘〉的记录手册》(*A Documentary Companion to A Civil Action*,1999)的出版在某种程度上证明了我的无辜。它是由乔治·华盛顿大学的两位法学教授整理出来的,由所有最重要的文件、议案、裁定以及对我这本书的评论和页码索引汇编而成。这个手册约有八百页那么厚,和我的书一起用在至少五十所法律学校的民事诉讼课上。对我而言,它验证了一个事实,就是我没有歪曲事实,也没有歪曲过程。

你的许多故事显然都孕育了多年。你会不断地意识到自己是在写特别的作品吗?

它们可能像是孕育了多年的,因为我花了那么多时间去写。我总是在写一个故事,因为我总是超过截稿日期。我每次都只是在做一件事。当我坚持把一件事做到一半的时候,我会对其他事产生很多想法,会认为那些事可能比我实际预想的更有意思。

你怎样确定要在一个项目上投入多少时间?

我在时间上过于乐观。部分原因是我没有计算自己被故事搞得晕头转向的很长一段时间。我为《法网边缘》签了两年的合同,但这本书最终历时七年,续约五次。

为什么这么久?

我原以为所有重要的东西都会呈现在我眼前,要么在律师的办公室,要么在法庭上。结果不是那样。这个案件被分成了两个阶段。庭审的第一阶段的问题是:谁向水井中倾倒了化学物,进而污染了这些家庭的饮用水?水井很明显是被污染了——没有人会对此提出质疑,我猜测在那个阶段就会赢得官司。在第二阶段,陪审团会决定水井的污染是否实际上导致了沃本东部的孩子们罹患白血病,我认为这将是最有意思的部分。但庭审七个月后,法官裁定第二阶段甚至不被纳入审理。

那么，在作家认为会成为他的书的主要内容的那部分庭审不进行的情况下，他怎么办？

呃，从某种意义上说，它的确进行了——只是不在法庭上。本应在法庭上作证的所有的医生和科学家——共 99 人——在此案提交法庭审判之前已宣誓作证。这些证词是整个案件的基础，所以我读完了几千页的证词和文件，目的是要为读者再现从未在法庭上出现的信息。合情合理地，或许在全身心参与这个案件的九个月里，我看到了许多高潮戏以及那些被逼到心理、经济、道德崩溃边缘的人们。所以我知道，我有足够多的好材料去写这本书。

你是在哪里学习如何成为一名记者的？

我从未正式学习过，也从未上过任何新闻学的课。我认为这多多少少是自然而然学会的。你想弄清某件事，你提问题。我的第一份写作方面的工作是服务于纽黑文市的《纽黑文辩护者报》周报。该报的编辑安迪·霍丁（Andy Houlding）是一位经验丰富的新闻记者，我的一位良师益友。他传授给我许多有关新闻学的知识。我喜欢《纽黑文辩护者报》，因为它在关心作品写作过程的同时也关心内容。并且，它发表比较长的文章。

后来，我为《新英格兰月刊》工作，有了更多时间去报道，也可以写比较长的作品。我写了一些调查性新闻，是关于有许多秘密的公司总裁的。那很好玩——深夜与知情人士打过的电话、第三方提供的文件这类事情。我也写那种你只要和普通百姓一起闲逛就能写成的作品——一个关于缅因州的伐木工开着巨大的卡车，卸下几吨木材减载的故事。

你认为自己是在做浸入式新闻吗？

一些类型的故事是这样。或许，更确切地说，是淹没或淹溺式新闻。

你怎样看待自己的记者角色？

我想我不认为自己是一名记者。我认为自己是一名为了写作需要而去搜集信息的作家。话虽如此，我却是个相当勤奋的记者。我感觉自己在这个世界上的角色是个观众，而不是个演员。我喜欢看别人做事。我的"表演"方式是写作：在纸上创作。当然，我人生中自相矛盾的事情是，尽管我认为自己是个作家，不是个记者，但我却更喜欢报道，远胜过写作。

听起来好像你在写作中遇到的问题比在报道中的多。

是的。写作总是很煎熬。如果我能做更多报道，从而避免写作，那我会的。例如，我写卡拉瓦乔这本书中的一个场景：两名主角在亚得利亚海岸的一个荒废的老别墅里发现了一份档案。我与其中一名主角一道去了那所别墅，并问了当时我认为能问的所有问题。我采访了其中一个女人四十五次，采访了其他人二十次，但现在我意识到我还需要了解更多情况。

你可能还需要了解什么？

让我想想。我知道哪个人开的车、是什么样的车、车龄多大、路途有多远……但我想知道那天天气怎样，他们在四个小时的行程中都谈论些什么。那种东西是会逐渐被淡忘的——她们在车里的谈话关于她们可能会在档案中发现什么、关于她们的男朋友、关于她们罗马大学的教授。有时候，我觉得回头问这类问题很傻。但它们赋予了一个故事实质性的东西。

你怎样开始采访的过程？

我喜欢在人物角色自己的环境里采访，无论是办公室、家里、实验室还是法庭——他度过时光的任何地方。我会注意书架上放着什么书、墙上挂着什么画、他们怎样管理家务、他们开哪种车。采访的环境能够让我将他们的生活一览无余。我一直在想，我要怎样构建一个能够展现人物角色的某些情况的场景。

你有开始采访的标准做法吗？

我先简单地解释一下我在做的工作，然后开始问一些一般性问题。我通常知道这些问题的答案。

为什么？

只是让发动机启动。另外，他们也会给出与我从别人那里听到的不一样的答案。它给我一种感觉，就是让我清楚自己在和谁打交道。

你会为一次采访做准备工作吗？

我常常会准备至少十几个问题，提前打出来。我一定要规划好下一步。但那并不表示我会照本宣科。采访会也应当绕圈子，东拉西扯。但我总想得到我所准备的那些问题的答案。我通常把它们按优先顺序排列，也总是试着限制在一页纸内。

为什么只有一页纸？

因为我不想带着一厚沓纸进行采访。那或许会让我的采访对象望而生畏。我想让他看到，我尊重他的时间。我从来不认为自己是个有趣到能使一个人只是为了好玩儿而想要花时间和我在一起的人。所以，我得制订计划。

你有没有提前发送过问题？

几乎没有人要求我那样做。只有在不得已的时候，我才那样做。在一部有关一名公司总裁的调查性作品中，我就不得已那样做了。在沃本案件中，一名被告的律师 W. R. 格蕾丝(W. R. Grace)，其委托诉讼人一开始就要求我提交问题。然后他们就感到轻松多了。我会先把有必要让人们知道的有关项目的情况告诉他们，但仅此而已。我认为把什么事情都讲明白是不明智的。

你在采访中会谈到自己吗？

呃，我不明白向人们过多地谈论自己有什么道理。如果有人问，我会回答，但我的回应是平淡无奇的。有时，我们会变得很友好，我会分享自己更多的事。但是，到头来无非一场交易。为了得到我所需要的，我会做我必须要做的事，但不能过分。我不会撒谎，不会伪装，也不会隐瞒我所做的事。

有没有你特别喜欢或不喜欢的采访地点？

我对在饭店采访人们有美好的体验。他们在吃喝的时候，有时会爆出令人惊讶的事。在报道《法网边缘》期间，我和施里奇特曼恩，以及一个非常漂亮的女人、他所钦佩并约见过的一位天才律师在一家高级餐馆共进晚餐。他们挺浪漫的，但依旧是朋友。我在问他们一个特别的时刻，就是庭审接近尾声的时候，施里奇特曼恩去了纽约，在《早安美国》(Good Morning America)上出现的时刻。我没有与他同去，但她却去了，所以我试图得到更多的详细信息。她开始告诉我，在纽约那天晚上她怎样第一次和施里奇特曼恩同居一室的事。我们都喝多了。

你怎么做的？

我放下了笔，因为我可以看到施里奇特曼恩脸上的表情。她对我说："不，不！我想要你把它写下来！"所以我就写了。到那时为止，施里奇特曼恩的脸都没地方放了。我再三考虑是否要用它。我告诉施里奇特曼恩，如果这些信息会令他不安，我就不用了。他说："做你想做的。"所以我就用了。

你记笔记还是录音？

我用一支钢笔和一本记者用的窄笔记本做笔记。我采用我自己发明的速记法，字迹潦草，有时甚至连我自己都认不出来。我坚持把笔记打出来，通常是在每天晚上。趁着对采访记忆犹新，我有时还会增补一些笔记中没记的内容。我总是把打好的笔记打印出一份，放进一个实体文件夹。一旦有了复印件，通常我就不再翻看笔记了。复印件对我来说很重要：我给它做注释，并写满了旁注。我开始精通复印件的使用了。我能把它们形象化，并记得某个信息在哪里。在写《法网边缘》期间，我积攒了两个文件柜的打好的笔记。我再也不想看到那么多纸了。

你试过录音吗？

录过几次。但录音的时候，我也录进了许多次要的、不重要的材料。当然，你还要誊录录音。这要花好多钱，而且里面还有好多糟粕。

如果不录音的话，那你是怎样捕获到一页又一页的对话的？

作家安东尼·卢卡斯（Anthony Lukas）读了《法网边缘》的原稿之后，也问了我同样的问题。他说："作为非虚构，我唯一有问题的地方是律师们在赫尔姆斯利宫协商解决方案的时候，连续三页都是对话。如果没有录音，你又是怎么获得这些对话的呢？"

如果能想想看，你就真的不会感到惊讶了。读者或许花十分钟到十二分钟就能读完那三页纸，但实际活动却持续了四个小时，它其实就像惯常的那种长时间讨论一样，是不断重复的。我在整本笔记里塞进了打好的大约三十页单倍行距的对话。我很难决定要省略哪些对话。我想捕捉气氛和这些人的感觉、心理状态，同时把叙述部分放在前面，不使读者因为重复的内容和累赘的陈述而感到厌烦。

你用省略号表示讨论过程中的间隔吗？

当然不。我又不是在写一个正式的法律文件，我不过是在讲一个故事罢了。我有各种各样的方法暗示读者，他读的是故事的浓缩版。例如，两名律师沟通之后，我会这样写："一个小时之后，他们继续讨论这个问题。"或者，我会用一句话打破场景，如"康威向窗户外面望去，沉思着……"

但你怎么知道他那时在想什么呢？

我不会读心术，但我也不会捏造。所以，很显然，我得问他。或者，他可能已经转过身来说："我想你们是疯了……"在这种情况下，他就把自己所想的说了出来。或者一天以后、两天以后、一周以后，他可能就把那天下午他所想的告诉我了："那些家伙疯了……"在一个特定的时刻，当他向窗外望去的时候，我就可以把这句话加进去。关键是，不一定要写出他在那个精确时刻所想的确切的事情，比如说周三下午1：47，尽管可能真是那样。或许，在听别人讲话的时候，他的思维比较笼统。如果非虚构法则规定你只能写绝对的、原原本本的事情的话，那我就不得不写："笔者看到康威向窗外望去，问他在想什么(因为笔者不会读心术)。康威告诉笔者：'在你打断我的思绪之前，我正在想……'"

那是否意味着我不可原谅地虚构了完美的情节，即绝对的真相？如果我有一个摄影机，把这个场景拍摄成影片，而不是记笔记，那样就会构成完美、绝对的真相吗？就算摄影机也捕捉不到绝对的"真相"，假定真有绝对的真相的话。我认为没有。还存在这样的问题：我应该采用哪个角度？我应该以哪个人为焦点？我应该保留什么，删去什么？怎样处理对观众来说才较为合理？当然，除非你在呈现未经审查的整个情况。而且，摄影机绝不会展现一个人在想什么，除非他们自己说出来或者你问他们。

我努力地捕捉已发生之事的本质。过去了的事就过去了：再也不会发生了。我们可以重现、解读过去的事，对它有一种认识或另一种认识。一个事件在一个人那里的版本总是在细节上有所不同，通常在意义上也与另一个人的版本不同。

我不捏造对话。我有时压缩对话，甚至庭审证词，但那与捏造完全是两码事。如果我不在场，我就必须靠别人来回忆他们说过的话。如果某个人对一个事件持有完全不同的版本，而这两个版本又是完全矛盾的，那么我会向读者这样说："X 记得事情不是这样……"

难道你不担心如果压缩了庭审中的对话，你的对话描写就会与法庭记录不同了吗？

我说的压缩并不意味着改写。如果我改写的话，就用不到引号了。我的目标是尽量忠实于原话，同时要让文章具有可读性。例如，有时一位律师为了得到一个答案，要提出十几个问题。我在书中会删除无数次的重复，不用省略号，直接给出答案。或者我会写："甚至在尝试了十几遍之后，他似乎还是没有得出这个问题的答案。"如果不允许我那样做，那就将我置于单单翻版整个法庭记录的境地了。那不是写作。

我们再来谈谈道德的问题。你认为与你的人物角色保持距离是否重要？如果是，你会怎样做？

报道的时候，我总是想一样东西——一个场景、引述、一个人物——怎样合乎我的"故事"。我必须能够确定某个人是否对我胡说八道。我能够确定的唯一方法就是不断地衡量这些信息的契合度。当然，一个人物满口胡言，或者歪曲事件以显示自己能干，这样的事实也很可能被写进故事中。

乔·麦金尼斯(Joe McGinnis)对此有一句简单而恰当的台词。他的书《盲目的信仰》（*Blind Faith*）出卖了主角杰弗里·麦克唐纳(Jeffrey MacDonald)，他必须为这个指控给自己辩护。麦金尼斯与麦克唐纳订立了一份协议，要写他谋杀案的庭审过程，而麦金尼斯一开始就声称，他相信麦克唐纳是无辜的(顺便说一下，这就回到了为什么说签订协议是个不明智的想法这个问题上)。总之，庭审结束后，麦金尼斯不再确信麦克唐纳无辜，而是确信他有罪。麦金尼斯为自己辩护说："当你在打字机边坐下的时候，故事就在你和打字机之间展开。你必须忠实于你所相信的。"

从道德上讲，有一点非常不利，那就是他订立了协议。珍妮特·马尔科姆(Janet Malcolm)对此进行了仔细剖析——用她的解剖刀，在《纽约客》上一篇题为《新闻记者与谋杀犯》(*The Journalist and the Murderer*)的长长文章中猛烈地抨击了麦金尼斯。她文章的第一句话令人难忘："每一位不至于愚蠢、自负到不注意发生了什么事的新闻记者都知道，他所做的在道德上站不住脚。"所以，如果你写非虚构，那你就已经为自己买好了一张通往但丁的第九层地狱的票。

我与一个人物角色之间的距离，关键在于，我有故事可讲，这故事也必须讲得通。如果我过于倾心于某人或某人的观点，最后它却与事实不符，也就是说，如果我不能置身事外看全局的话，我就会陷入大麻烦。

你会不会就什么材料能用、什么材料不能用进行协商？

我感觉任何东西都可以用。如果一个受访者告诉我某件事"不宜公开报道"，而他知道我坐在那儿做笔记，试图为一本书或一个故事搜集信息，那他为什么要把那件事告诉我呢？一方面，他想让我知道那件事；另一方面，他又告诉我不宜采用这个材料。那他目的何在？动机是什么？我的理解是他想要我对消息的来源保持谨慎，或者是想要用他的观点影响我。这就让我能够找到其他确认消息真伪的方法，并且采用这个材料——如果它意义重大，值得采用的话。我想，这构成了珍妮特·马尔科姆范例的证据。

你会为写作做哪些准备？你列提纲吗？

对一篇杂志新闻，甚至对《纽约客》来说，也就是约两万字的事，我通常能够把具体的叙事模式存在脑子里。我的确会把想写的事列成表，但我不会把这称为提纲，那高抬它了。

你会给一本书列提纲吗？

其实是一回事。我会把想写进故事的场景列成表，通常在写到特定部分时，我会列这么个表。但是，在书中用二十页来描述的一个场景，或许在我的提纲中只有一行字。我多多少少为《法网边缘》的每个章节列过提纲，但从没有为整本书列提纲。写了几年之后，我才真正了解了这本书的框架。回想起来，框架似乎很明显，但在很长一段时间里，它对我来说并不明显。

你在什么上面写？

我用一台笔记本电脑写。但我备有一台手动的、1948 年的皇家牌打字机，在写不下去的时候，我就用它写。

一台手动打字机会怎样帮助你写下去呢？

首先，它是有形的。电脑存在一个问题，就是我永远要浪费时间回顾整个文本。手动打字机就很好，因为很难倒回去。当然，你可以打叉划掉一行，但那很费劲。所以你只能继续前进，即使我知道我写得并不完美。

我诱使自己写作的另一个办法是使用淡黄色的纸。白纸让人感觉一成不变，几乎就像一本书一样。但黄纸呢？我告诉自己："我只是把一些字写在纸上。"我很难面对空白页。一旦一页纸上有字，我就开始找到乐趣了。

还有什么办法能让你写下去吗？

有。当我在某段停滞不前的时候，我用三个小黄豆袋玩抛接杂耍。我数自己能抛接多少次。能不能抛接一百次或一千次(如果我把其中一个定为魔力数字的话)而不失手掉落一次，对我来说非常重要。如果我掉了一次，我就知道在办公室这一天会是难熬的一天。我过去常常抛接橘子，后来我妻子给我买了这些豆袋。

描述一下你的写作过程。

我有一种十分严重的强迫症，已被证明是我写作时最大的障碍，让我的处境有点像肥胖的马拉松运动员。我选用了一个词，马上又想："不，不对。"我不断地修改一个句子，使其清晰、通顺。我在一个句子上要花几个小时，或在一个段落上花好几天。我每天都回过头去修改，这让我感觉自己那天好像也没闲着。

只有当我被即将失败的恐慌催逼时，我才让自己写。当我知道，如果我到某个时间之前还不着手去做的话就会失败，截至那时我已经做完的所有工作都会黄掉，我才会去写。恐慌是最大的动力。

你有没有想过试试不同的方法？

在修改之前，我本应更有效率地——在时间和精神能量两方面——完成整个草稿。我的作家朋友一直告诉我，初稿写得快一点儿，然后再修改。其实，真正写了，才谈得上改写。初稿只是样板，只是一个轮廓。但是我担心，如果我写个草稿，然后修改，我就会忽略必要的和欠缺的内容，会自欺欺人地认为某个部分写得不错，但其实仍然有不少问题。所以我宁愿一直持怀疑的态度，不断修改。当然，代价是我前进的速度极其缓慢。尽管很劳苦，但我一般还是拿不准哪里是必要的，哪里有所欠缺。这就是我需要一位编辑的原因。

你喜欢把正在写的作品给别人看吗？

我不会给编辑看。我跟编辑之间的规矩是，我不想把还没准备好的东西给他们。因为，如果原稿不对，编辑就会强加一些解决方案给我，其中有一些我可能不喜欢。我宁愿自己寻找解决方案。

只有一个人在我提交草稿之前读我写的东西，那就是特雷西·基德尔。他就像我的老板，他是我最亲密的朋友。他会过来撕走几页，或者坐在电脑边，读我写的东西。我只允许他一个人看。他会在每页的开头和结尾处写满注解，把自己的意见告诉我。他很固执己见。对有欠缺的地方，他的意见通常都是正确的，尽管有时他给出的解决方案并不是我喜欢的。或者，他可能是对的，可我就是不理会。如果我不理会，他就会胖揍我一顿，直到我做出更改为止。

你有没有其他信任的编辑？

有，那是兰登书屋的一位很棒的编辑，名叫鲍勃·卢米斯(Bob Loomis)。我毫无疑问、毫不犹豫地相信他的判断。他的编辑风格与特雷西的迥然不同。特雷西会明确地告诉我，他认为我该怎样去解决某个问题，鲍勃则比较隐晦。他会在一个段落下面标上小点，后面打个问号。他通常不会确切地告诉我哪里有问题，这就迫使我回过头去搞清楚哪里有问题。

你介意谈论你正在写的作品吗？

我不喜欢那样，但不是因为我深藏不露，或者我觉得谈论它就会吸走其中的能量。我只是觉得这样做很无聊。而且，我以前在谈论自己作品的时候，有一些令人灰心丧气的经历。在写《法网边缘》的时候，我准备了一些简短的解释，为的是当人们问我在做什么时，我好向他们解释。我可以看到他们在最初的十五秒钟内就失去了兴趣。这让我感到沮丧。我在宴会上为我正在写的书做了两分钟的游说，只要人们不认为我粗鲁就好了。这本书讲得非常好，不过这也让我忧愁。如果我能这样流利地讲故事，那我就不明白了，为什么要我花这么长时间去写呢？

你需要到什么特别的地方写作吗?

我喜欢带着所有的家当:笔记、书、电脑。即使我用不到这些,我也需要被与项目有关的所有东西包围着。最近几年,我的时间在北安普顿、马萨诸塞州、意大利罗马之间进行分配。所以,每一本书我都买了双份,并把我所有的笔记都复印了两次。但我不喜欢复印笔记,因为复印件里没有我原本的旁注和注解。

比我工作场所的环境更重要的,是我在写作前后拥有多少时间。我不能刚刚度假回来就打开电脑开始接着写吧。在写作前后,我需要一种缓冲。那是一个心理过渡,是在我写作之前进行适应的一个减压阶段。然后,一旦开始写作,我需要自己面前有似乎无限多的不受打扰的时间。

如果我不得不在我原本打算工作的一周出去吃饭或参加派对,我会很烦恼,因为之后我的时间就不完全自由了。我需要在那一周时刻思考我的项目。有应酬或牙医预约的几周,对我来说是乱糟糟的几周。它们太支离破碎,我没办法正常利用。我不是存心要让它听起来太过禁欲,但这是一种相当平淡的生活。

你的典型的写作之日是什么样的?

我前一天晚上尽量不出门,所以不会宿醉。我总是在早上 6:30 醒来,无论前一天是什么时候睡觉的。我的第一件事是喝杯咖啡和看《纽约时报》。然后,我工作到下午一两点。我要真干起来的话,还会开夜车。我每天都需要进行某种体育活动——跑步、骑自行车或去健身房。自从两次在骑自行车时差点送了命,我的膝盖已经不是原来那样了,我的体育活动也就减少到只去健身房了。

你在作品中追求哪一种作者在场情形?

我力求隐身。我不喜欢用第一人称报道,或者成为我作品中的人物。我是个观察者,不是演员。我尽力构建一个流畅的故事,因此读者注意不到在幕后操纵故事讲述的我。

你力求以哪种笔调写作?

我常常有点正式,有点冷漠。我希望所写之物能引起共鸣,但写作本身不要引起关注。我相信奥威尔的格言:优秀的写作就像一块窗玻璃,不应当干扰读者试图看到的东西。我倾向于写短小简练的句子。托尼·卢卡斯(Tony Lukas)说我的写作很"结实"。我认为那是他对我的赞许。我就那样理解的,管它呢。

哪些作家影响过你?

哇!我读过其作品并且喜欢的每个作家,这个回答怎么样?我父亲有一本阿瑟·柯南·道尔[1]的《福尔摩斯探案全集》(*Complete Sherlock Holmes*)，大约十二岁时，我就开始读这本书了。神秘事物对我的吸引力或许就是打那儿来的。

在非虚构方面，约翰·麦克菲对我有很大的影响，特别是我猜你会这样形容他的笔调——超然、有点讽刺意味，但也因为他塑造人物的方式。埃德蒙·威尔逊[2]，他以《美国地震》(*The American Earthquake*)的形式发表的一系列文章，都是在 20 世纪 30 年代写的。他有一篇题为《布鲁克林糟糕的一天》(*A Bad Day in Brooklyn*)的文章，只有四页纸的篇幅，却构建了一个完整的世界。他既是文学家，又是新闻记者。我认为他或许是第一个干这种后来发展成为"新新闻主义"的工作的人。奥威尔的非虚构作品——《巴黎伦敦落魄记》《向加泰罗尼亚致敬》，当然还有他的小说。我在二十岁出头时见过一位名叫 C. D. B. 布莱恩(C. D. B. Bryan)的作家，他写了一部名为《友军炮火》(*Friendly Fire*)的书，我很喜欢，并认真研读过。我朋友特雷西·基德尔的《新机器的灵魂》(*The Soul of a New Machine*)和《房子》(*House*)对我都有重大影响。诺曼·梅勒的《刽子手之歌》(*The Executioner's Song*)。琼. 迪丹的早期作品。盖伊·塔利斯的早期作品。当然还有杜鲁门·卡波特。《冷血》开始的部分，描写堪萨斯州霍尔科姆镇(Holomb)的美丽画面是如此生动彻底，除了城镇本身之外没有人物。当我试图在《法网边缘》里描写沃本镇的时候，我把它重读了几十遍。尽管我不能望其项背。

你认为你的新闻招牌能引出真相吗？

嗯啊，真相。《法网边缘》里的一位律师杰里·法彻曾对我说："真相在无底洞的底端。"当然，这也是我在书中用到的一句台词。

我被《法网边缘》里的一个人物起诉了，最终，法庭因其不道德而不予受理，但却是在我宣誓作证之后。这位愤愤不平的人物的律师问我是否写了"一部真实的小说"。我回答说："首先，这是非虚构，不是小说。而你说的'真实'又是什么意思呢？"我继续说，毕竟，整个庭审是试图发现众说纷纭的真相的活动。沃本那些家庭认为是水中的化学品害死了他们的孩子，而倾倒这些化学品的公司认为不是。所以，一个人眼中绝对的真相，在另一个人看来不一定是真相。

我不是个不折不扣的相对论者，我不认为每个人眼中真相的版本——比如说，犹太人大屠杀的否认者——就一定是合理的。但我也不相信我们能够知晓绝对的真相。这个词有多重含义。有些事实无可辩驳。但在此之外，真相在于对事实的解读，

1　阿瑟·柯南·道尔(Arthur Conan Doyle，1859—1930)，英国小说家，因塑造了成功的侦探人物夏洛克·福尔摩斯而成为侦探小说历史上最重要的作家之一，堪称侦探悬疑小说的鼻祖。代表作为《福尔摩斯探案集》。

2　埃德蒙·威尔逊(Edmund Wilson，1895—1972)，20 世纪美国著名评论家和随笔作家。代表作：《三重思想家》(1938)、《去芬兰车站》(1940)、《美国地震》(1958)等。

不同的人会以不同的方式收集、解读事实。能把这些不同的解读化作一个引人入胜的故事讲出来的作家，才是离真相最近的。

你认为自己是汤姆·沃尔夫所定义的新新闻主义记者吗？

如今，"新新闻主义"被赋予一种古老的光环，但我想我继承了这一传统。

你认为非虚构文学前景如何？

我认为不错。我认为，21 世纪的非虚构文学就像 20 世纪"伟大的美国小说"一样如日中天。"伟大的美国小说"是梅勒、贝娄、罗斯等作家的大奖。我认为新的竞争是在写"伟大的美国非虚构"上。

即便如此，我下一步想尝试的却是写虚构作品。围着人们转让我疲惫不堪，而一个真实事件的事实有时会使故事显得不雅。非虚构的好处在于它会给你一个坚固的框架。我不必问自己我所写的是否看似可信，因为我知道这些事实际发生过。我的工作是使其看上去可信。

乔纳森·哈尔作品

《法网边缘》(*A Civil Action*)，兰登书屋，1995 年。

Alex
Kotlowitz

亚历克斯·寇罗威兹
真实生活的剧情通常比一个人可能编造出来的任何剧情都更有感染力

作家，记者，导演，出生在纽约，父亲是纽约电视台前公共行政和《哈珀》杂志前编辑罗伯特·寇罗威兹，目前和家人住在芝加哥郊外的橡树园郊区。寇罗威兹毕业于卫斯理大学，先在俄勒冈州的一个畜牧场工作，1984—1993年供职于《华尔街日报》。

美国与种族的糟糕关系、分水岭两边日常生活的戏剧性场面，这些常常是寇罗威兹的题材。在出奇畅销的《这儿没有小孩》（1991）里，他记录了底层青少年拉斐特和法拉奥的生活。这本书后来被奥普拉·温弗莉制作成电视电影，并被纽约公共图书馆列为20世纪150部最重要的书籍之一。他的第二部书《大河彼岸》（1998）探究了密歇根一位黑人少年之死，投射出相邻黑人聚居区和白人聚居区对彼此的愤恨和恐惧。

寇罗威兹在2003年又回到了电台，因联合制作"家的故事"（在芝加哥公共电台播报的一批音频文章）获得了皮博迪奖。

代表作品：
《这儿没有小孩》（1991）
《大河彼岸》（1998）
《从没有一个城市如此真实》（2004）

人们经常问我：'你可以在多大程度上歪曲事实？'答案是：'丝毫不可以。'我认为我写的是真实的，但真相是难以捉摸的。真相的不可捉摸之处正是故事本身。"

一个圣诞节，与拉斐特（Lafeyette）和法拉奥（Pharoah）——他第一部书中的主角——以及他们的家人一起分享节日佳肴之后，亚历克斯·寇罗威兹和这两个年轻的黑人男孩在芝加哥的亨利·霍纳住宅区漫步。突然，他们碰到了一个白人女警官。"你没事吧？"她盯着寇罗威兹问道。几周以后，寇罗威兹和法拉奥在芝加哥市中心买运动鞋时，一个黑人男子靠近他们。"没事吧？"他问道。这次是问法拉奥的。在白人街区，寇罗威兹被视为身处险境的人；而在黑人街区，这两个男孩是潜在的受害者。"这就是今天种族关系的状态，"寇罗威兹说，"我们总是透过有色眼镜看世界，每件事都与我们的个人和集体经验有关。"

美国在种族问题上的糟糕分歧、分水岭两边日常生活的戏剧性场面，这些就是寇罗威兹的主题。在《这儿没有小孩》里，他连续两年记录了拉斐特和法拉奥的生活。身为青少年的他们，甚至遭遇了比大多数人一生所经历的更多的恐怖和暴力。他的第二部书《大河彼岸》探究了密歇根一个黑人少年之死，从而映射出两个相邻的城镇——一个是黑人聚居区，一个是白人聚居区——中人们的愤恨和恐惧。

寇罗威兹称自己的作品为"共鸣新闻"，是指作者用其写作将读者引导到既定话题之中。他常常写孩子，从沉默寡言的、未成年的、让缺乏耐心的采访者一无所获的采访对象那里获取故事。"孩子，"他说，"是我们特有的最弱势的群体，我认为我们看待他们的方式诠释了我们的文化。"

这种坚定的信念成了《这儿没有小孩》的构架——对男孩们努力开创的生活、他们创造的家庭、由极度贫困和无情界定的情况的深刻探讨。塞缪尔·弗里德曼（Samuel Freedman）在《洛杉矶时报书评》（*Los Angeles Times Book Review*）上称赞这本书为"共鸣的胜利和报道的伟大壮举"。并没有抹杀拉斐特和法拉奥的母亲在其中发挥的重要作用，弗里德曼提到，寇罗威兹"向喜好下论断的白人们提出这样一个反问：你处在她的位置会怎么做？"

亚历克斯·寇罗威兹是作家罗伯特·寇罗威兹(Robert Kotlowitz)之子，在纽约市一个书香门第长大。他毕业于卫斯理大学(Wesleyan University)，原本打算从事动物学研究。大学毕业后，他在俄勒冈州的一个畜牧场工作，之后在密歇根州兰辛的一家周报社找到第一份报道工作。在接下来五年的大部分时间里，他向国内公用无线电台和各种出版物自由投稿，直到后来在一家报社找到工作。在1984年被《华尔街日报》(*The Wall Street Journal*)芝加哥公司聘用之前，因为没有每日新闻的报道经验，寇罗威兹被他最初求职的几十家报社拒绝了。那时，《华尔街日报》以"作家的报纸"著称，是允许记者撰写一些主题与商界没有太多关联的长篇记叙文的出版物。约翰·科登(John Koten)和詹姆斯·斯图尔特(James Stewart)等编辑栽培了一批《华尔街日报》的天才作家，如托尼·霍维茨(Tony Horwitz)、苏珊·法鲁蒂(Susan Faludi)、布莱恩·布罗(Brian Burrough)和埃里克·拉森(Erik Larson)。寇罗威兹对于吉姆·斯图尔特(Jim Stewart)鞭策他怀着长篇非虚构作品的心愿，"用电影方式思考"深表感激。

当寇罗威兹于1985年第一次见到年仅十岁的拉斐特和年仅七岁的法拉奥时，他被要求为一篇芝加哥杂志摄影专题写一篇有关贫困儿童的文字稿。

1987年，寇罗威兹与这两兄弟再度重逢。他在《华尔街日报》上写了一篇文章，是关于在暴力环境中成长给他们的生活所带来的影响的。当他向男孩的母亲建议说，他可能有天会写一部关于"在另一个美国成长的两个男孩的故事"的书时，她却回答说："可你知道吗，这儿没有小孩。他们见得太多，简直不能被称为孩子。"寇罗威兹向报社申请了十八个月的休假来写这本书。报道是如此劳累，需要倾注大量情感，以至于他和许多朋友都疏远了。"我只是无法想象他们会相信或理解那里发生的一切。"他对《芝加哥论坛报》(*Chicago Tribune*)说。

这本书于1991年出版，出奇地畅销，并被奥普拉·温弗莉(Oprahn Winfrey)拍成了电视电影。寇罗威兹用此书版税为这两个男孩设立了一个信托基金。他支付他们在一所私立学校上学的学费，并帮助这个家庭搬出了那个住宅区。1995年，纽约公共图书馆将该书列为20世纪150部最重要的书籍之一。

1992年，因罗德尼·金恩(Rodney King)事件的审判裁决，洛杉矶爆发了骚乱。寇罗威兹向他的编辑提议写密歇根州西南部的两个小型社区——本顿港和圣约瑟夫——对审判的反应。这项任务是寇罗威兹躲避"风暴中心"的办法。这也是他通过被一条大河分隔的两个城镇——一个是黑人聚居区，一个是白人聚居区；一个贫穷，一个富裕——在美国探索种族政治的一个机会。

在那里，寇罗威兹听到了埃里克·麦金尼斯(Eric McGinnis)死亡的故事。十六岁的黑人男孩麦金尼斯被发现浮在圣约瑟河(St. Joseph River)上，而两座城镇上的人对他的死因的判断截然不同——这种分歧就成了寇罗威兹的题材。"正如任何一位新闻记者那样，我想揭露真相，但却发现没那么简单。当涉及种族的时候，真相成了讹传，讹传成了真相，而你的观点——讹传还是真相、真相还是讹传——取决于你住在大河的哪一边。最后，真正重要的是你所相信的。或者大概是这样。"寇罗威兹写道。他在 1993 年离开了《华尔街日报》，用四年的时间写了《大河彼岸》。

寇罗威兹的第二部书获得各种各样的评论。一些人指责寇罗威兹没能解开麦金尼斯死亡之谜，另一些人觉得故事离题太远。寇罗威兹对种族的论述招致了最多的批评，《国家周刊》(*The Nation*)的评论家艾莉森·然莎·米勒(Allison Xantha Miller)等人谴责他满足于自由主义的现状。"基于他所有全面的报道、遒劲的文笔和令人钦佩的悲悯之心，他还是得出了以往的结论：美国白人和黑人在肉体和精神上都是彼此隔阂的。我们住在桥的两端。我们主张不同的历史。我们就是没法沟通。"她写道。

尽管如此，塔玛尔·雅各比(Tamar Jacoby)在《洛杉矶时报》上赞扬寇罗威兹的技巧"冲刷形成了许多人看世界用的有色眼镜的内在恐惧、个人污点和被压抑的愤恨。这是一种痛苦的煎熬。到最后，麦金尼斯之死的阴暗面如此尖锐地浮现出来，甚至对那些持怀疑态度的白人读者也有了某种意义"。

除了富有诗意的语言和大胆的叙述之外，《大河彼岸》最显著的一点是它从结构和主题上彻底摆脱了《这儿没有小孩》的影响。在安东尼·卢卡斯(Anthony Lukas)的《共同点》(*Common Ground*)和威廉·菲尼根的《冰冷的新世界》之后，如此成功地审查种族在美国黑人和白人中的体现方式的书实属罕见。在《大河彼岸》中，寇罗威兹第一次作为一个人物角色——到这两个城镇去的公正的向导——出现在自己的作品中。与采用第三人称、读起来像小说的《这儿没有小孩》相比，寇罗威兹的第二部书有种神秘谋杀案的感觉，读者被故事中主管调查的人引领着。这两部都是极度深入人心的书，创作风格却完全不同。

除了写作之外，寇罗威兹 2003 年又回到了电台，因联合制作"家的故事"——在芝加哥公共电台播报的一批音频文章——获得了皮博迪奖[1]。他最新的写作项目是《从没有一个城市如此真实》(*Never a City So Real*)，这是一部关于芝加哥的书。

---

1 皮博迪奖(George Foster Peabody awards)，即美国广播电视文化成就奖，是全球广播电视媒体界历史最悠久、最具权威性的奖项。

你将自己的作品描述成"共鸣新闻"，这是什么意思？

我渐渐认识到，我在自己的作品中追求的是感同身受。这有两个层面的含义。首先，我试图设身处地地为我的采访对象着想，以便能够从他们的视角观察、了解世界。为此，我必须把自己的先入之见放在一边。我必须敞开心扉。其次，我指望读者能够感同身受，希望把他们带到一个也能为我的人物角色着想的地方，并且在某些情况下，就像在我的第二部书里那样，能站在我的立场上，与我，即叙述者，产生共鸣。

通常什么样的采访对象会吸引你？

我会被边缘地带的故事、被隐藏在这个国家的夹缝中的社区、被记者一般不会在他们身上花时间的那种人所吸引。发现并讲述一些从未被公开讲过的故事，这就是我的乐趣。没有什么能像发现没有被讲过的故事那样令人兴奋，最终又令人生畏的了。有很多记者写权贵和富翁，写得非常好。但我发现自己正在逃离"风暴中心"。

当你被迫写一个大故事的时候，你会怎么做？

我认为我的大多数故事都"很大"，因为它们都让我们有理由去反思人类境况。我希望如此。但你说得没错，我发现自己通常不会报道或写出一个能上头条的新闻故事。不过偶尔也会上头条，就像我给《纽约客》写的一个发生在芝加哥的案件，关于两个男孩被诬告杀了一名十一岁的女孩的新闻[《未受保护的人》(*The Unprotected*)，1999 年 2 月 8 日]。通过这则新闻，我发现了一个报道和写作新闻的方法——比每日新闻的方式更深入人心，更有思想深度。

但就像我说的，我通常想要逃离"风暴中心"。1993 年，罗德尼·金恩事件的初审裁决下来后，洛杉矶的少数族裔炸开了锅。当时，我是《华尔街日报》驻芝加哥的通讯记者。在编辑叫我去洛杉矶之前，我就告诉他们，我认为我对那里发生的故事没什么可补充的了。老实说，部分原因是，我在交稿时间紧的任务上和竞争非常激烈的领域中，表现得差强人意，这也是我不再在报社上班的原因。所以我建议前往密歇根州的两座小城镇——圣约瑟夫和本顿港，而不去洛杉矶。圣约瑟夫几乎全是白人，而本顿港全是黑人。这两个城镇由一条大河分隔开来。我希望找到——也的确找到了——一个能帮助我们反思为什么黑人和白人常常在说到同一事件——如罗德尼·金恩殴打事件——时看法会如此不同。我发现这个罗生门式的故事，这个国家所特有的、以这两个城镇的居民的个人和集体经验为中心的故事与种族密切相关。这个关于十六岁非裔美国人的离奇死亡的故事最后成了我第二部书的题材。

你的故事想法是怎么来的？

我多么希望沿着一条清晰的、既有的路径去走啊，可惜没有。这让生活极度令人沮丧，不过同时也令人兴奋。想想圣约瑟夫和本顿港的故事。我有时感觉自己靠直觉。我在密歇根州住过一阵子，这两座城镇、它们彼此地理位置的临近、它们的心理距离困扰了我很多年。

我到那儿之后的第一件事就是去公共图书馆，把最近的报纸通读了一遍。图书馆馆长问我在做什么，我就告诉她了。然后她开始给我讲一个故事，是十六岁的非裔美国人埃里克·麦金尼斯在分隔这两座城镇的那条大河里淹死的故事。原来每座城镇关于发生在其中的事，都有自己的理论。这吸引了我。

你常常这样在无意中发现故事吗？

"无意"是关键词。这在很大程度上是运气，不是狗屎运，而是一种有根据的好运。这就像淘金一样，你知道你在寻找什么。你心里有个概念，知道该上哪儿去找，怎么找，但能否找到最终都与运气有关。

你通常需要一则故事具备哪些要素？

首先，我被语言的力量所吸引。所以，我总是在寻找一个有开始、有中间、有结尾的故事。在这种情况下，所有那些要素都得具备。我做得越久，就发现自己越被笼罩着疑云和谜团的故事所吸引。我想，这种故事更能反映我们如何看待自己的生活。格蕾丝·佩雷(Grace Paley)曾写道，虚构和真实的角色都配有自己的命运。也就是说，讲故事不必规整。因为，生活本身并不规整。

我也寻找令我感到惊奇的故事。不可预测性对特定类型的主题——像我写的种族和贫困——尤其重要。人们都不想读文章，更别说读这种题材广泛的书籍了。所以，我面临的挑战是要搞清楚如何吸引读者。

你在决定是否要写一个故事时，会有什么样的思维过程？

我向自己提出一系列问题：我想花时间与这些人交往吗？我想花时间在这个地方

度过吗？我能从中获得更大的论点吗？它是一本书，还是一篇文章？这些问题是否足够吸引人，值得付出两个月或两年的努力吗？

你最喜欢写哪种人？

从未接受过采访、从未与新闻界打过交道的人。能被允许进入人们的生活是一种荣幸，我总是为人们的慷慨——舍得时间、情感和他们的故事——感到惊奇。我尤其喜欢写儿童和青少年，很大程度上是因为他们用新鲜的视角看世界。但他们也非常难写。他们很容易被诱惑，又很容易落入"童言无忌"的俗套。大多数记者都不会认真对待儿童。他们过于频繁地被用作讲故事的工具，而不是被置于故事之中。他们是我们的社会中最弱势的群体，我认为我们看待他们的方式诠释了我们的文化。怎么看儿童和童年，这让我们左右为难。他们够年纪执行或尝试移交成人法庭，却又不够年纪喝酒、驾驶或结婚。我想我也很珍视他们存在的本质。他们活在当下，他们缺乏成人的自我意识，可他们是很有趣的人，这一点很重要。

儿童不太会反省，所以要对他们了如指掌，要从他们那里获得信息就很难。记得我第一次报道《这儿没有小孩》的时候，我问拉斐特和法拉奥："你们昨天做了些什么?"他们只是耸了耸肩。我想："噢，不! 见鬼，这让我怎么搞啊?"他们没有一个良好的时间感。他们不会确切地知道某件事是什么时候发生在他们身上的，或者甚至不知道发生了什么。而我的问题又是那么笼统，他们甚至不知道从何说起。

你是怎样解决这个问题的？

我学习怎样向他们提问，怎样唤起他们的记忆，怎样避免提出开放式问题。我发现，在我与拉斐特、法拉奥交谈之前，如果我采访他们生活中的(确切知道事件发生时间的)成年人，我就会获得所需的信息，以便更精准地向孩子们提问。之后，每当我采访拉斐特和法拉奥，我发现我可以问他们发生在三天甚或三个月之前的事件，而他们仍记得每一个细节，就像是那天早上发生的事一样。

你最不喜欢写哪种人？

公众人物。当我写公众人物的时候，通常以下两种情况中的一种就会发生：如果我欣赏他们，我就会过于欣赏，以至于爱上他们；或者相反，当我写一个有影响力、有权势的人时，他们要是不尽职尽责，我就会生气。生气并不是一件坏事，但要当心，不能失控。你不能让它战胜你。在上述任一种情况下，我都很难坚持自己的观点，那不是件能放开的好事。

《纽约客》曾经给我布置了一项凯茜·瑞安(Cathy Ryan)专访的任务，她刚被任命为芝加哥少年法庭首席检察官。多年来，我一直试着想办法写写少年法庭，我想就是她了。她激起了我的好奇心。她是一位修女，做过多年儿童维权律师。当然，讽刺的是，作为少年法庭的首席检察官，她却是一位以把儿童收监为业的修女。她献身改革，试图在检察院里做出重大的变革。我开始过于欣赏她，这在我的字里行间都有体现。所以我把专访放在一边，然后想出另一个办法来写少年法庭。读者是很机智的，当一位作家对他的采访对象过于倾心的时候，他们感觉得到。

你认为你的作品是几个主题的变体，还是一个主题的变体？

我们的国家是一个对公平有着深刻意识的国家，所以我常常发现自己被那些莫名其妙地在公平和正义的观念、公正的观念中纠结的故事所吸引。但最终，我被每个人生活中戏剧性的场面所吸引。

你从一开始就知道自己在写一个故事，还是有时无意间发现一个故事，才意识到它一直在你心头？

两种情况都有。偶尔，我会把我遇到的某个人告诉妻子，然后她会意识到他们会造就一个精彩的故事。她通常是对的。

另一方面，我会找一个让我特别好奇的人或地方，我会花时间——有时是一两年——去发掘一个故事。比如说，我对新移民的经历十分好奇，其中就有个特殊的故事，我还没有想好该怎么写。国内有五个移民局(INS)拘留中心，拘留被偷运到这个国家或自己来的移民家庭的孩子。芝加哥拘留中心的孩子大部分都是来自乌克兰、印度等国和中美洲地区的青少年。我定期到访这个中心，寻找一个故事。我已经离目标很近了，但还不是很清楚如何最好地把这个故事讲出来。敬请期待！

你为什么一再回到拘留所？

孩子们的故事引人入胜。那是这个时代的故事，是移民和我们寻找家园的故事。想要属于一个宗族、一个社区、一个国家，这是人类的本性。这些孩子当中的每一个，因为安全、钱财和爱等缘故，有时是借助非常手段来到这里寻找家园。在某种程度上，它也提醒着我们世界变得多么小。我们从一个角落到另一个角落寻找出路，有时又回到原点。

你喜欢长期报道的故事，还是更喜欢能速战速决的故事？

我不是效率最高的记者或作家。我比较喜欢不会立即要求交稿的故事，如果是下一个月或下一年就要发表的故事，时间就太紧了。我在采访对象身上的投入、获得亲切感需要一段时间。在这一点上没有捷径可走。不过，我刚刚也说了，我的确喜欢偶尔接一些短期的、一蹴而就的项目。这激励着我，使我能写下去。而且，短素材常常会成为长项目的基础。

你有一套研究的固定程序吗？

至少在工作方面，我没有什么固定程序。

这是个问题吗？

不是啊，我喜欢没有固定程序。每次出门我都感觉像是一次探险，像是在横穿没有导航的地带——我想这最终就是我发现作品如此生机勃勃，同时又令人生畏的地方吧。

一些作家在开始报道之前要做大量的准备工作，另一些作家不想了解任何会影响他们的东西。你处于这个谱系当中哪个位置？

我倾向于后者。我在开始做一个项目的时候，几乎是一块白板。我大部分的调研都是在报道故事的过程中进行的，因为直到向我所写的人们提问题并聆听他们的回答时，我才知道自己在寻找什么。

你是在哪里学习成为一位作家的？

呃，我父亲是一位小说家。他可以写这种紧凑的、严格无误的散文。所以，他无疑以一种我可能还不清楚的方式影响了我。我们公寓的每一堵墙几乎都排满了书。那些书，还有篮球场，成了我青少年时期的避难所。

大学毕业后，我在密歇根州兰辛市的一家周刊找到一份工作，自由投稿五年，主要是向美国国家公共电台(NPR)投稿。他们教我怎样用电话做广播节目。最终，我在《华尔街日报》工作，那才是一家为真正的记者设立的报社。

你在那儿学了什么？

我学了很多有关叙事体的东西。头版头条新闻的编辑、后来转而去写《贼窝》(Den of Thieves)的吉姆·斯图尔特有一个准则："用电影方式写"。吉姆也热衷于写故事。记得我曾有种预感，结果被证明是真的，就是警察野蛮行为发生率上升了。我认为这主要归咎于毒品战争。"战争"这个虚华的辞藻终久将警察置于一个与他们本来要保护的社区对立的地位。我想写一个小说故事来探讨这个概念，而吉姆却让我去找一个有过野蛮行为的警官，对他进行专访。我说："你是在开玩笑吧。我怎么可能找到那样一个警察跟我谈？"他却固执己见。果然，我在俄亥俄州的代顿找到一位因为用烙铁烫毒品疑犯的胸口而被开除出机关的警官。他是个黑人，在一个主要是白人的警察机关工作，常在他长大的那个街区执行卧底任务。你可以想象这对他来说是多么强烈的感受，还有他所面临的那种危险。有一天，他精神失常了。这是一个关于一位警官的人生浮沉、关于毒品战争如何营造了一种与"他们"相对的"我们"的感觉，以及最后这位警官怎么感到被他的警官同伴、被他自己的社区并且最终被他自己出卖的悲剧。

你有没有担心过自己会过多地卷入你所写的人们的生活？

常常担心。如果你和某个人共度许多时光，自那时起，你就不可避免地跟他建立了一种关系，想必是一种亲密关系，这毕竟也是你所寻求的。通常——尽管并不总是这样——我写某个人是因为我羡慕他们的某些东西或他们的生活。诚然，我工作中的一个乐趣就是与最不可能的人交朋友。

你遵守任何明确的道德规范吗？

有一些障碍是我无法跨越的。例如，我不会出钱买某个人的故事，或者允许我的采访对象在我的作品尚未发表之前阅读我写的东西。我还得小心，不能做出我无法信守的承诺。甚至，我会告诉人们，无论我们变得多么亲密无间，我都要核实他们告诉我的一切，我要如实全面地描写他们。再说了，读者可是很机智的。他们会知道你是否手下留情——或者反之，是否对某个人进行了不应有的狠批。我的一个基本原则是，我会让人们知道我要写他们的什么，只是为了他们有机会回应。同样重要的是，他们可以纠正任何一个错误。

在《这儿没有小孩》结尾的"报道方法注解"中，你提到你为拉斐特和法拉奥创立了信托，还帮助他们进了私立学校。这些行动有没有为你的故事增光添彩？

我十分小心地将我与拉斐特和法拉奥建立关系的要求与新闻报道的伦理要求进行平衡。事后看来，那很可能是井然有序的。直到写完了这本书，我才帮他们进入私立学校、创立信托。平时，如果干预了采访对象的生活，我总是在故事中告诉读者。我会永远记得，在我与拉斐特和法拉奥相处的前几个月里，他们只想知道我是否写完了书就要离开。他们再三地问我，最终，我向他们保证我不会走。我确实没走。实际上，我们的关系是在书出版之后的岁月里才加深的。

你有没有担心过，你卷入采访对象的生活的程度还不够？我想起《这儿没有小孩》里的一段情节，其中你不经意写的一篇《华尔街日报》的文章使拉约失去了公共资助。

这事让我感觉很糟糕。我本来为《华尔街日报》写了一篇文章，是有关拉斐特生命中的一个夏天的，顺便提到他的父亲有时会睡在客厅的沙发上。我后来才得知——记得这是里根在位、"福利女王"[1]的传说盛行的那几年——福利中心的工作人员每天都会看报，以期发现所谓的"福利骗子"。这是公共援助本质的堕落。公共援助本来是要密切关照那些陷入穷困的人的。这一切的结果是他们中断了对这个家庭的公共资助，理由是家里有个男人。其实没有。而且，这位父亲当时失业了。

你有没有干涉，并试图拨乱反正？

说实话，我不敢肯定我的干涉会帮大忙，事实上，也可能使情况变得更糟。如果我开始抱怨官员，被我这个讨厌的记者缠着不放的经历很可能会触怒他们。不过，我真正做的是给拉约、男孩们的母亲提供建议。官员最终恢复了她的福利。

你会跟采访对象谈到多少有关你自己和项目的事？

我与人们共度这么多时光，向他们要求那么多，以至于我觉得跟他们谈到我的生活是很重要的，甚至是势在必行的。但这对我来说，有时并不容易。我是个相当注重隐私的人。关于我的意图和方法，我也完全坦诚。人们毕竟邀请我进入了他们的生活，向我敞开心扉。当然，这些人无论如何不会被认为是人们因其在世界上的地位而常常敬而远之、让人感觉渺小、不受欢迎的公职人员。当然，要是公职人员的话，就是另一个局面了。

充分披露在实践层面上也讲得通。我想证实他们告诉我的一切，所以我的采访对象确切地知道我如何操作就很重要。那样的话，当我与其他人的话相互参照，以核实他们的故事时，他们不会认为我这样做是因为不信任他们。让采访对象知道我所采用的方法，知道我在报道他们，而不只是与他们谈谈这个事实的另一个办法就是，我总是坚持把笔记本摆出来。我想提醒他们，我为什么在那儿。我不想等到他们对我说的话出版的时候，他们感到吃惊，感觉被出卖。

在采访中，你会采取多么强硬的立场？

我不是个立场非常强硬的人(尽管必要时也会那样)。但我很固执己见，有时太利己了。报道《这儿没有小孩》的时候，我了解到拉约——拉斐特和法拉奥的母亲——会整夜不回家，在一个邻居家打扑克。然后，第二天早上，孩子们给我打电话说他们没有干净的衣服穿或者没有早饭吃。因此，我对她说："你难道不认为你该待在家里

1　"福利女王"(welfare queen)，一个贬义词，指涉嫌通过欺诈或其他手段过多获取福利的妇女。有关福利欺诈的报道始于 20 世纪 60 年代初，出现在以普通大众为读者的杂志(如《读者文摘》)上。"福利女王"一词则源于 1974 的一篇媒体报道。

吗?"我认为没人那样问过她。然而,我开始理解,这是她逃避生活压力的唯一方法。到现在,我和拉约的关系都很铁,所以我感觉我可以坦诚地表达自己的想法,不怕她会因此走开。

你会在多大程度上质疑一个人的错误信念?例如,在《大河彼岸》中,一位黑人女士告诉你说埃里克没办法洇水渡河,因为"他不会游泳。我们不会跑到河边去的"。

在与采访对象保持共鸣和与读者保持共鸣之间有一种冲突。在那种情况下,我有责任提出读者可能会问的问题。当玛米·亚伯勒(Mamie Yarbrough),一位学校董事会的成员断言黑人不喜欢到河边去时,我想起起艾·坎帕尼斯(Al Campanis),也就是洛杉矶道奇队的总经理说过的话。他在全国性电视节目中宣称黑人缺乏游泳的天然浮力。我不得不质疑她的观点,不然我会想,我的读者也会想:"为什么不向她提出下一个有逻辑的问题呢?"这使我有与读者失去联结的危险。但更重要的是,它迫使我去反思,因为我从别人那里反复听到的这个观念,它是如此盛行。我了解到,这很大程度上与河流在美国黑人史上的暧昧地位有关。

说说你的记者形象。

我很随和,我倾向于慢慢地获取信息。我不会马上卷进去,搅得鸡犬不宁。我喜欢慢慢来,在开始提出许多问题之前,我会先去了解人们。但我确定,如果我强行获取信息的话,我最终会成为人们的眼中钉。必要的时候,我会强烈要求,会调查,会问一些我很可能无权过问的问题。我被我所从事的工作消耗着。我会在半夜醒来想问题,或者想我要做的事情。这让我的妻子受不了。我开始记不住家事了。

你始终坚持当面采访,还是会通过电话、邮件或信件进行采访?

我试图凡事亲力亲为。我在电话上太容易说"不"了,而且我讨厌电话采访半天了,还不知道对方的情况。我处理不好电话中的沉默,而当面的沉默却没事。我相信,与一个人面对面的时候,我可以说服任何人与我交谈。此外,有时看到人们对问题的反应同样很重要:他们躲闪了吗?他们微笑了吗?他们走开了吗?他们变得烦躁不安了吗?

记得我为《纽约客》写了一篇关于一个小城镇的记者戴夫·西尔弗伯格(Dave Silverberg)的故事[《我当上了警长》(*I Got the Sheriff*),2000 年 9 月 25 日]。报道县董事会会议二十多年的戴夫无意间发现了这个终身难遇的故事——揭发一个腐败的警长。我第一次给他打电话的时候,他说他不想跟我有任何瓜葛。他不想成为任何故事的焦点。他告诉我说,那个故事不是关于他的。所以我亲自去见他。我告诉他,反正我待在这里不走了(其实是撒了个小谎)。我们谈了两个小时。我差点要跪下来求他了。我们交谈的时候，我一直在寻找我们的共同点。我们俩都是记者。他有一半犹太人血统。我跟他谈到我的书，结果发现他特别热衷于种族这个主题。这最终把我们联系在了一起。如果我们只在电话上交谈，我绝对没办法让他配合我。

一旦偶然发现一个故事，你如何决定要采访谁？你是怎样找到人物角色的？

很多都是偶然发现的。说实话，当我遇见拉斐特和法拉奥时，我没有暗自思忖说："好家伙，这两个孩子能代表千万个其他人。"我在为《华尔街日报》写一篇有关市中心区暴力事件的文章，我想从孩子的视角来写。

我在那样一个社区所做的就是找到一家为该街区所尊崇的机构。所以，我花三周的时间在当地的男孩女孩俱乐部闲逛。我每周有三四个下午出去闲逛，打篮球，和孩子们打台球。我没有做任何笔记，尽管我的确告诉过他们我是个记者，想要写一个有关他们社区的故事。最难的事是说服他们我不是个警察。

你在这些孩子身上寻找什么？

很简单。我想找一个与我产生联结的孩子，一个我在某种程度上认同的孩子。

拉斐特和法拉奥怎么样？你认同吗？

我认同拉斐特的责任感，他太尽职尽责了。这把我说成一个孩子了。不过，这也是拉斐特的问题所在。法拉奥给我感觉则是非常脆弱，他是个如此需要归属感、需要与人联结、需要被人喜欢的男孩。这就是为什么我心里想，作为一个同样需要归属感的人，我们之间唯一的区别就是我从来没搞清楚我想要的归宿是什么。

你的共鸣想法如何影响你对人物角色的选择？

关于如何开始《这儿没有小孩》的写作，我很纠结。显然，它本应从一个发生暴力的瞬间开始。这让我很吃惊，而且也会吓到读者。但我最终选择了一个相当温和的场面，把男孩们在附近的铁轨上搜寻花纹蛇作为故事的开篇。回头看看，我是在寻找一种能够与人物角色产生共鸣的方法。身为孩子，我们都在寻找一个避难所。所以，我希望读者能够立刻从拉斐特和法拉奥身上看到自己的影子。

在《纽约时报杂志》的一篇有关死刑案件审理中的一个陪审团的文章[《面对死亡》(*In the Face of Death*)，2003 年 7 月 6 日]里，我从陪审员的视角写了这个故事。所以我不得不通篇提醒自己不可以引入任何东西，如被告的感想，陪审员的也不会公开。我想要将读者放在陪审员的立场上，让读者听到他们所听到的，看到他们所看到的。

在报道《大河彼岸》的时候，我采访了一位前警官，他是彻头彻尾的种族主义者。他对非裔美国人充满怨恨，可能已成了众矢之的。他是故事情节中一个次要的角色，所以我不一定非要用他。我选择不用他。我怕万一用了，这对我的白人读者来说太过容易。他们很容易谴责他，然后说："但那不是我。"我不想让我的读者那么轻易地那么做。我想让读者喜欢上人物角色，还要看到他们与大河彼岸的隔绝如何破坏了他们与邻居的关系。我想要挑战人们对自己的看法，如果我选择了一个没有一点同情心的人物角色，那显然不行。不是说不要寻找主角和反派角色，他们终究会造就引人入胜的故事。但我认为世界比那更复杂。

你更喜欢通过搭讪还是引见来接近你的采访对象？

我更喜欢自己找到采访对象。毫无疑问，引见一下能够打开那道门，但也会制造问题。例如，我不知道我的采访对象怎样看待引见者。一个"错误"的人的引见，可能会让整个关系都不好了。

你是如何说服你的采访对象给你这么多时间的？

我不走开。我坚持以一种不动声色的、坚决的方式把自己推送到一个人的生活中去。我也学习耐心的功课。如果我的存在明显成了入侵，那我就避开一阵子，之后再试图重新登场。我服从人们的安排。

你会立刻告诉他们你打算闲荡多长时间吗？

问题是，我也不知道。我不知道我要让一个人敞开心扉，需要见两次还是十二次。而它时常有机会变成一个比我预期的更大的或者截然不同的故事。我一直在不断地改变方法。《这儿没有小孩》开始只是一项两个月的任务，要跟踪拉斐特一个夏天，为《华尔街日报》写一篇文章。结果两个月变成了一年，一年又变成了两年。

你会为采访做准备吗？

我极少为采访做准备，因为我设想自己会一次又一次地回去跟一个人谈。但如果我与一个人只有一次见面的机会，就像我采访一位公务繁忙的公务人员，或一名囚犯，我一定会提前准备好书面的问题。但这些问题只起到指导的作用。

你最不喜欢在什么地方采访？

有一套办公室程序，通常有太多打扰。我说过，一个人的办公室会暴露这个人的很多信息。墙上的照片、匾额甚至家具的选择和设计，通常都可以告诉你一个人的个性如何。我也不能忍受在饭店里采访：那里发生的事情实在太多了，而且我很贪吃，几乎不可能一边吃一边做笔记。

你最喜欢在什么地方采访？

在一个人家里，或者在任何别的轻松随意又安静的地方。了解人们生活的各个方面，对我来说非常重要。拿拉斐特和法拉奥来说，我在他们家逛过很久。拿吉姆·里夫斯——《大河彼岸》中的警察局副官——来说，我第一次在他的办公室采访了他，接下来我们开着车在这两座城镇到处转悠，最后去了他的家，了解了他家庭的情况。

你通常是怎样开始采访的？

我要求采访对象给我讲个故事。或许只是个奇闻轶事，或许是个完整的故事。故事是表明我们身份的一个不可或缺的部分，当人们讲完自己的故事之后，我开始进行诱导。他们讲得越具体，就越会反思，越真诚。

例如，第一次为《大河彼岸》采访吉姆·里夫斯时，我问他："跟我讲讲你在电话中听到埃里克的噩耗那一瞬间的反应。"他回答这个问题的时候，开始重温当时的经过。他告诉我说，他正想去打高尔夫，一位警察局长打电话告诉他说，他们在河畔发现了一具尸体，他应该到那里去看看。我排查了他每一分钟的情况：他做了什么，说了什么，想什么，穿着什么。我想让他逐一细说，这样我闭上眼睛就能看到当时的场面，就好像我和他一起亲临现场一样。现在，如果我只简单地说："跟我讲讲埃里克的死。"他应该只会回答一些含糊其辞的话，比如"呃，那是件恐怖的事……"

你认为人们爱撒谎吗？

不。但我确实认为——这也再自然不过了——人们想要尽可能地展现出自己最好的一面。所以，把人们的故事进行整理，找出真相，这需要时间。有时，我通过更多的采访或者只是到处闲逛来了解真相。但通常情况下，我通过与他们生活中的其他人交谈来了解真相。不久前，为了给《第一线》（*Frontline*）制作一部纪录片，我在芝加哥西区会见了一对年轻的夫妇。他们刚刚生了一个孩子，这位父亲告诉我说他在电话公司工作。但当我几周以后见他叔叔时，他顺便提到自己在帮侄子找工作。"找工作？"我问道。原来，在我们跟他见面之前大约两个月，他被解雇了。这种说谎行为是可以理解的。我，一个完全不认识的人走进了一个年轻人的生活，告诉他，我想要他参演一部电视纪录片。所以，他想尽可能地让世界看到他最好的一面。当人们一再撒谎时，我就紧张了，并且必须加倍努力地去核实所有的事情。有时，人们粉饰或隐瞒真相的事实，也会成为故事中很大的一部分。

你会将你目前在调查中发现的情况向你的采访对象透露多少?

我尽量不在采访对象之间充当一个传话筒,或被视为明显支持一个或另一个阵营。但这是个微妙的平衡,因为谈论你的故事、交换信息,是你让人们向你敞开心扉的方式。有时,你需要并想要人们对别人不得不说的话做出反应。

如果某个人告诉你的信息是"不具名""不宜公开报道"的,或"仅供参考",你会采取什么对策?

"不宜公开报道"是个如此模棱两可的术语。人们常常用这个词表示迥然不同的意思。就是你不能采用这个材料;或者你可以用,但不能具名。所以,当一个人告诉我,他们愿意告诉我一些"不宜公开报道"的事时,我确信我明白他们的意思。如果人们想要告诉我一些事,但希望我不要透露他们的姓名,那没关系。但我对"不宜公开报道"的信息有非常严格的政策(我估计,"不宜公开报道"就是告诉我一些事,但却不许我用——除非我在别处证实过了)。这经常是知情人士试图将新闻记者转变为他或她的故事版本的一种方式。而且,作为一名记者,我有信心查明我需要知道的情况,并且找出我能够采用这些信息的办法。

当我为《华尔街日报》写一则故事,即后来发展成为《大河彼岸》的那则故事时,该案的检察官告诉我说:"听着,我想告诉你一件事,不宜公开报道,但能帮助你更好地了解这个案件。"我记得自己当时心想:"好家伙,我都等不及要听了!"但我后来意识到,可能最好还是别说。因此,我告诉他,我不想知道任何不宜公开报道的事。我认为自己是个足够优秀的记者,我最终自己了解到了这件事。

是吗?

是的。他想告诉我,埃里克·麦金尼斯失踪的那晚,有人发现他撬开了一辆汽车,而后逃跑了。这或许表明,为了躲避警察,他试图泅水渡河回家,结果淹死了。实际上,我通过自己的报道,能够获悉这件事。原来该检察官向公众隐瞒这条消息的原因是怕一旦发布,黑人社区会发生暴乱。对我来说,这正好是白人给他们河对岸的邻居所持讹传的证据。这当然也被写进了故事。

当你选择改掉人物角色的姓名时,你的政策是什么?

我所写的大部分人都不是公众人物。如果改掉他们的姓名能够为他们提供一些保护或者维护隐私的权利,我很乐意这样做。

在《这儿没有小孩》中,是我坚持要改掉拉斐特和法拉奥的姓氏的。他们的母亲想要我采用他们的真名,因为在他们的故事中,她有一种自豪感。但我坚持了自己的想法。当然，我没办法知道这本书可能会给他们的生活带来何种影响。我一开始写这本书的时候就提到，我必须改掉他们的姓氏。

不过，我应当强调一些事。我一直跟人们讲，如果他们告诉我想用化名，最后就不会把他们最在乎的人、他们的家人、朋友、邻居、同事所讲的隐私告诉他们。他们就会知道是他们、是假名或者不是。这只是给了他们在大多数公众面前维护隐私的一种权利。

你在采访中做笔记还是录音？

我几乎不用磁带录音机，尽管有些时候会用。如果我与一位公众人物交谈，怀疑这是一次有争议性的采访时，我会用；或者我正在采访一名很难接近的囚犯，我知道没办法再补充提问以确认我的笔记时，我也会用。

我有时会录音的另一个原因是要把某个人的言语模式记下来。例如，在《这儿没有小孩》里，我确保对每个主角的两三场采访进行录音，以便我能记下他们讲话的节奏和句法。

你对录音采访有什么成见吗？

它使我变成了一个懒惰的采访者。做笔记则会促使你全神贯注地听，并思考下一个问题。更现实的是，抄录磁带要花很长时间。

你用什么做笔记？

我过去常用记者用的笔记本，后来用便签簿，现在用小的螺旋笔记本。但我是个笔记癖。我的钱包里塞满了书的封套和纸屑。我的孩子作业的背面，也有我的手写。而且我坚持在做完一次采访之后不久就将所有书面的采访笔记誊录到电脑里。

你如何知道采访是什么时候结束的？

我如此痴迷，如此彻底，以至于从未想过已经采访了足够多的人或者问过足够多的问题，或者获取了足够多的详细资料。通常，唯一能让我停下来的就是我的编辑或我的妻子建议我，而不是委婉地提醒我，或许我应该考虑提笔来写了。

你提出了一个想法，找到了故事，而在做了研究、报道和采访之后，你是怎样准备写作的呢？

我这个人没有条理，甚至到了无可救药的地步。但我会尽力而为。电脑对我就很有帮助。我按字符和时间点对文件进行分类。并且，我可以通过电脑交叉引用任何东西。我在写《大河彼岸》的时候，打印出了所有的笔记，制作了十五到二十个活页本，每个笔记本记述了一个不同的采访对象。同样，每位主角都用单独的笔记本记述，每个重大事件也是如此。我可以把这些笔记本摆在地板上、放在手上和膝盖上，拼凑出每个章节所需的资料。

不过，我相当擅长在心里对材料进行组织。我是个讲故事的人，所以本能地寻找某种时序或记叙。然后我打印出所有的笔记(从我的报道笔记誊录到电脑中的那些)，并且通读一遍。读的时候，我标记出想要记住的引述、事件或时刻。在写作之前，我会把所有笔记通读一遍，然后放在一边。我开始凭记忆写作。我不看笔记，能写多久就写多久。然后，写了一会儿之后，我开始回头审查，加进细节和引述的内容。当我一遍遍地写草稿时，就越来越多地用到笔记了。

你是按时间顺序，还是不按顺序写各个部分的？

我从头开始。一部作品的开篇对我来说非常重要，所以我在这上面付出了大量的时间。如果在这一点上没有抓住读者，那作为作者，你就失败了。我在教学的时候，每节课都从阅读一部非虚构作品的开篇开始。这些开场白奠定了书的基调。但我最初的目标是完成整个草稿。从心理上讲，它帮助我写了一些东西，以证实我确实有一个故事。你可以看出来，在写作时我没有安全感。

你不根据提纲写作吗？

我想，我的第一本非常粗略的初稿在某种程度上就是一种基本的、给人深刻印象的提纲。我就按这个来写，正如一些作家可能按照更正式的提纲来写一样。其中没有引述，也没有细节，但要写的都记下来了。

写好初稿之后，你会做什么？

我回过头来分场景逐一重写。这是我最爱的部分。我脑子里想的全都是这个。我会在半夜醒来，想到一个绝妙的句子；或者在打篮球的时候，发现一个苦苦思索的词。我敢肯定，在一些人眼里，我就像个丢三落四、一团糟的人。

你会不会讨论一个正在写的故事？

不会，我这个人非常在意私密性。我不会谈论正在写的作品。我担心一旦谈论得太多，故事就会变得索然无味。我想要我的写作尽量保持最新鲜的状态。我确信，人们会认为我很粗鲁无礼，但我就是不能让自己谈论正在写的作品。

你会什么时候把你的作品给别人看呢？

一旦完成了四五个精炼的章节，我会拿给两三个朋友看。我什么都会给我妻子看。她是个如此细心的读者，如此直率，具有批判性。她无数次拯救了我。

你给你的图书编辑南·塔利斯（Nan Talese）看吗？

我试图给她看，但她不看未完成的手稿，甚至连听都不想听。她想要有新鲜感。记得我写《这儿没有小孩》的时候，她第一次拒绝了我，这让我几近恐慌。但我现在很欣赏这一点。本来就应该那样。当我感觉良好时，用她全新的视角来审查，这是多么重要啊！

你写完以后，与编辑的合作有多少？

在《华尔街日报》供职的时候，我意识到最差劲的作家是不听编辑建议的那些顽固分子。有一位优秀的编辑是一种福气，他们通常会提升而非降低你的写作水准。

写作比报道难，还是报道比写作难？

对我来说，报道是最难的。我非常安静，有点矜持，所以有时很难放开自己来与人见面。报道有时冗长，甚至很乏味。写作也很难，但表现在不同的方面。毕竟，我待在家里。我可以骑自行车去兜兜风，或者看本杂志休息一下。我的时间是由我支配的。

你写作的固定程序是什么？

对我来说，一日之计在于晨。如果我这一生当中有过什么固定程序的话，那就是早餐了。我是个报纸迷，我们给三份报纸投稿（《纽约时报》《华尔街日报》和《芝加哥论坛报》），所以我会看这几份报纸。我先看体育版和文化版，然后喝着咖啡看新闻。然后我帮忙送孩子们去学校，八点钟回到办公桌旁。我通常能保持四个小时的良好写作状态。我有时会犯的错误是一整天都待在办公桌旁，但这不表示能比前四个小时产出更多的资料。如果我能放聪明点儿，感觉写得够多了的时候，我就会在中午骑自行车出去兜兜风，或者出去散散步。然后我回来，下午打电话，进行更多采访。我努力赶在五点半之前结束，这样就可以陪孩子们出去逛逛。我可不是个夜猫子，尽管一个故事进展到深处的时候，我会在接完孩子之后继续工作。

你在《这儿没有小孩》（以第三人称写的）中的作者在场情形和你在《大河彼岸》（其中你是一位主角）中所采取的完全不同。你更喜欢哪一种？

用第一人称写，我感觉不太自在。一位非虚构作家必须慎重地采用第一人称，因为读者真的不怎么关注我们，这是事实。当然也有例外，像托尼·霍维茨(Tony Horwitz)和泰德·科诺瓦都非常擅长使用第一人称，善于做我所认为的经验性新闻。但对我来说，写作中的力量来自第三人称的使用，即退到台下讲故事。

如果我用第一人称写《这儿没有小孩》的话，它会成为一个完全不同的故事。它应该会变成一个有关我与拉斐特、法拉奥之间关系的故事，我想要避免这种情况。在《大河彼岸》中，我原想用第三人称写，却行不通。南劝我试着用第一人称的语气来写。貌似恰当的理由是，我写这两座城镇，却没有一个清晰的主角。即便我有一个可以聚焦的清晰主角，我还担心那样做会使书的重心偏向一个城镇或另一个城镇。我需要用中立的语气去写，显然那就是我的语气。

你追求哪种笔调？

我的风格比较直接、朴素。我不是那种花哨的、煽情的作家。

哪些作家影响了你对笔调的选择？

对我来说，安东尼·卢卡斯的《共同点》是低调讲故事的金科玉律。对我产生巨大影响的另一部书是杜鲁门·卡波特的《冷血》。你在读那本书的时候，必须不断提醒自己，这全是真的。还有什么更好、更扣人心弦的写法呢？我还是 E. B. 怀特[1]的散文的粉丝。怀特的字字句句都是最棒的。其实，我读过的虚构作品比非虚构作品多，我的写作所受小说家的影响，不亚于受非虚构作家的影响。

在写作的时候，你会想象你的文字发出的声音吗？

会的，我觉得这跟我开始写作之前，在美国国家公共广播电台(NPR)的《综合考虑》(*All Things Considered*)和《晨报》(*Morning Edition*)的工作经历有关。它使我成为一个更好的聆听者。

你是个受过良好教育的、精通文学的犹太自由主义者。你的身份对你的新闻产生了什么样的影响？

无论在哪里，我都是个局外人——如果不分阶级或种族，只分地理位置、年龄或宗教的话。我永远知道我是谁，来自哪里。我需要不断地提醒自己，我所写的人有着不同的生活经历。这就是"共鸣新闻"的全部：试图了解人们如何体验自己的生活，以及他们为什么与别人看待事物的方式不同。

---

1 E. B. 怀特(E. B. White, 1899—1985)，美国当代著名散文家、评论家。代表作：《精灵鼠小弟》(1945)、《夏洛的网》(1952)等。

你是否相信新闻调查会引出真相？

我认为我写的是真实的，但真相是难以捉摸的。对真相的探求成就了一则好故事。我不敢冒昧地说我一定会在一天结束的时候查明真相，但我的确希望我的作品能够敦促读者参与探求，用略微不同的眼光看待自己和这个世界。

麦克菲称之为事实文学，的确就是如此。人们经常问我："你可以在多大程度上歪曲事实？"答案是："丝毫不可以。"的确如此。非虚构作家既被他们对事实的忠实所束缚，又从中得释放。非虚构作家绝对要声明自己所写的一定是可靠、可信、真实的。它一定是可以被证实的。我们不可以偏离。它使人得到释放，是因为真实生活的剧情通常比一个人可能编造出来的任何剧情都更有感染力。

然而，真相——就像我所说的——难以捉摸。有时，真相的不可捉摸之处正是故事本身。《大河彼岸》中的情况就是如此，这两座城镇的人对发生在埃里克·麦金尼斯身上的事莫衷一是，而实际上我们可能永远都不会确凿无疑地知道真相。

你把你所做的这种新闻叫什么？"新新闻"？"非虚构文学"？

我认为自己是一位非虚构作家。"文学新闻"给人的感觉非常傲慢。我想，我宁愿让别人来评判我所做的是不是文学。我不喜欢"非虚构创作"这个短语，因为它表明我们会随意对待事实。我认为自己是个讲故事的人，一个讲可信的、可靠的故事的人。

你是否认为自己是历史传统的一分子？如果是，你的"同行"都有谁？

这是一个相当年轻的历史传统，不过对的，我是其中一分子。我能和托尼·卢卡斯、特雷西·基德尔、菲利普·古里维奇(Phillip Gourevitch)、梅丽莎·费伊(Melissa Fay Greene)、格林、大卫·哈伯斯坦和盖伊·塔利斯等作家联系起来，实在是三生有幸。

你认为这种写作的前景如何？

我最近接到一个人打来的电话，他正在写一部有关新新闻之末日的书。我真不知道该说什么。末日？我认为非虚构此时正是生命力旺盛的时候。看看非虚构书籍的普及，或者芝加哥公共广播电台(WBEZ)的《美国生活》(*This American Life*)——完全致力于讲述非虚构故事这个观念的广播节目——的成功，或者《纽约客》《纽约时报杂志》《大西洋月刊》等刊物一如既往的强大气场吧。这不是说不会有更多的出路了，我但愿有。总体来说，我对非虚构的前景感到非常乐观。我必须乐观，我不知道我还能拿自己怎么办。除了讲故事之外，我想不出还有什么我更愿意做的事。

亚历克斯·寇罗威兹作品

《从没有一个城市如此真实：漫步芝加哥》(*Never a City So Real：A Walk in Chicago*)，皇冠出版集团，2004 年。

《大河彼岸：两座城镇、一个死亡以及美国困境的故事》(*The Other Side of the River：A Story of Two Towns，a Death，and America's Dilemma*)，南·A. 塔利斯/双日出版社，1998 年。

《这儿没有小孩：在另一个美国成长的两个男孩的故事》(*There Are No Children Here：The Story of Two Boys Growing Up in the Other America*)，南·A. 塔利斯/双日出版社，1991 年。

Jon Krakauer

乔恩·克拉考尔

我认为一个作家的写作方式比写作内容更重要

　　美国畅销书作家，《户外》杂志专栏作家，登山家。1954 年 4 月 12 日出生于马萨诸塞州布鲁克莱恩市，父亲为犹太人，母亲是"唯一神论者"。大学毕业后，克拉考尔做过木匠和商业渔民。1974 年，他发表了攀登阿拉斯加的三座未曾探索过的山峰经历的文章，随后接到《户外》杂志的邀稿。

　　他亲历了 1996 年珠穆朗玛峰山难，有关此事的《走进空气稀薄地带》获"美国国家杂志奖"。他的《荒野生存》出版后，长踞《纽约时报》畅销排行榜两年以上，为他赢得了杰出探险类作家的赞誉。另外，著名电影《荒野生存》改编自他的散文集。

代表作品：

《荒野生存》（1996）

《走进空气稀薄地带》（1997）

《天堂旗帜下》（2003）

我想要触动读者，将他们置于紧张不安的事实之中。但我从不抨击谁，不论主题为何，我都尽可能带着同情与共鸣去写。"

　　乔恩·克拉考尔的自尊心被他的编辑对他最新的书《天堂旗帜下》的一份初期草稿的冷淡反应伤害了。克拉考尔最畅销的两部探险故事作品《荒野生存》和《走进空气稀薄地带》相继出版之后，这位编辑对接下来的这部作品——有关摩门教和1984年的一场活人祭，长篇大论地描述该宗教历史的粗鄙故事——感到很困惑。"新故事里怎么没写山呢?"他问道。

　　但那位编辑没有体会到，在《天堂旗帜下》这本书里，克拉考尔没有背离，而是延续了他的一贯的主题：那种看破红尘的极端信教者与信仰、理性间的微妙关系，无论他们是年轻的理想主义者、登山运动员还是宗教狂热分子。克拉考尔没有重写这部书，而是换了出版社，然后《天堂旗帜下》成了他的第三部畅销书。

　　克拉考尔扭转了美国探险故事的传统。他对采访对象的认同、大量的个人投入都使他的自然/探险类著作与众不同。

　　乔恩·克拉考尔1954年出生于马萨诸塞州布鲁克林市(Brookline)。在他两岁时，全家搬迁到俄勒冈州科瓦利斯市(Corvallis)。八岁时，父亲带他攀登俄勒冈州一万英尺高的三姐妹山南峰(未能成功)，这激发了克拉考尔一生对登山运动的痴迷。

　　克拉考尔的志向与他父亲对他的心愿不同。他的父亲是一名医生，希望儿子也拿到他的文凭[威廉姆斯学院(Williams College)和哈佛医学院(Harvard Medical School)]。克拉考尔上初中时，父亲送他去波士顿参加一个为期两周的新英格兰学院的精英面试。克拉考尔在等待他的阿默斯特(Amherist)学院面试时，听取了另一位应试者的一些建议："老兄，你应当考虑一下路边那所嬉皮士学校。"

　　罕布什尔学院(Hampshire College)是一所实验学校，办学才两年。克拉考尔在那儿看到的第一名学员是一个穿着透明衬衣的女孩。这所学校不分年级，有户外活动和裸泳池。他没有征求父亲的意见，申请了提早决定，并被录取了。"当时，罕布什尔比哈佛还难进，我以为父亲会很自豪的。"他说。这件事后，父子俩两年都没有讲过话。

克拉考尔学的是环境科学，为了完成毕业论文，获得学位，他致力于在一座号称"鼠牙"的阿拉斯加山脉上开辟一条险峻的新路。大学毕业后，克拉考尔断断续续地做过木匠和商业渔民，以支持自己爬山的爱好。1974年，有人邀他在美国高山俱乐部的杂志上写自己攀登阿拉斯加三座未曾探索过的山峰的经历，这是他的第一个写作任务。这篇文章最终招来了更多任务，特别是《户外》(Outside)杂志给的任务。1983年，克拉考尔辞去了建筑队工头的工作，开始专心写作。

1992年，一群驼鹿猎人在阿拉斯加的荒野地带发现了一个年轻人腐烂的尸体。《户外》让克拉考尔写一个关于这个年轻人克里斯·麦坎德利斯(Chris Mc-Candless)——来自华盛顿特区的一位活泼的理想主义者——的故事。结果，这篇文章引来的邮件是该杂志前所未有的。许多读者认为麦坎德利斯是个鲁莽的傻瓜，也有人对他的精神追求表示同情。

克拉考尔觉得麦坎德利斯很像自己。"这孩子的饿死，还有他和我的生活事件之间那种模糊的、使人担忧的相似之处时常萦绕在我的心头。"他说。克拉考尔年轻的时候，有过一次特别危险的单独攀登"魔鬼的拇指"——一座偏僻的阿拉斯加山峰——的经历，以及被许多评论家认为是自取灭亡的壮举。而这些，或许正是被把麦坎德利斯推向危险边缘的那股莫名其妙的力量驱使着。克拉考尔写道："来到阿拉斯加，麦坎德利斯渴望踏入一个未知的国家，找到地图上的漏耕地。然而，1992年，地图上已经没有漏耕地了——不是阿拉斯加没有，哪儿都没有。但克里斯的逻辑很特殊，在进退两难的情况下，他想出了一个优雅的解决方案：他干脆不要地图了。按他自己的想法，如果别无他处，这片未知领域仍会保持神秘。"

《户外》的文章发表一年以来，克拉考尔仍对麦坎德利斯无法忘怀。他得到一部书的少量预付金，用两年的时间追溯麦坎德利斯当年的路线。《荒野生存》是克拉考尔的第一部畅销书。托马斯·麦克纳米(Thomas McNamee)在《纽约时报书评》上写道："通过麦坎德利斯的童年、他逐渐成年过程中频繁的社交和冷漠的退学，通过对那把他带到阿拉斯加的两年心神不宁的徘徊的细致入微的描写，克拉考尔先生精心构建的故事把我们从猎人发现的那个令人毛骨悚然的时刻带了回来。我们对他了解得越多，就越觉得麦坎德利斯神秘，越觉得故事新奇。"

1996年5月10日，克拉考尔随着一支23人组成的探险队登上了高达29 028英尺的珠穆朗玛峰顶。一天下午，峰顶下起了暴风雪，使几支探险队的向导所犯的错误进一步加剧。最终8人丧生，其中包括喜马拉雅山脉最著名的两位向导斯科特·费舍尔(Scott Fischer)和罗布·霍尔(Rob Hall)。

从这次登山事件逃生后，克拉考尔起初并不想写一部关于此次经历的书。但杂志文章发表之后（该文章获得了 1996 年度美国国家杂志报道奖），他发现自己犯了几个想要更正的重大错误。"攀登珠穆朗玛峰的经历使我的生命彻底被震撼了。全面详细地记录事件，不受有限的栏寸约束，对我来说变得至关重要。"他在引言中写道。悲剧发生之后，他进行了无数次采访，对有关这次登山的许多矛盾的叙述进行权衡，并梳理大本营无线电记录簿，以寻求真相。《走进空气稀薄地带》高居畅销书排行榜长达两年之久，同时入围普利策奖和全美书评人协会奖。

少数几个那天攀登了珠穆朗玛峰的人——包括克拉考尔自己——都没有受到批评。"不争的事实是，我心里有数，但最终还是去了珠峰。在这种情况下，可以说我期待着死亡的发生。这种想法使我在很长一段时间里感到良心不安。"他写道。"围绕珠峰的争议改变了他。"《国家地理探险杂志》（*National Geographic Adventure Magazine*）的编辑约翰·拉斯马斯（Jhon Rasmus）说，"乔恩觉得关于珠峰的这部书某种程度上是在正确的地点、正确的时间出现的结果，而他从最终成为悲剧的故事中获益了。"这是他对引起最大争议的向导的批评。克拉考尔指责阿纳托利·布克瑞夫（Anatoli Boukreev）在他的所有客户下山之前就离开了峰顶，并指责他没有补充氧气。在这部书较晚版本的附言中，克拉考尔称，但愿自己在珠峰事件后与布克瑞夫的争论中能"不那么尖锐"。在布克瑞夫自己写的关于珠峰灾难的书问世之后不久，他就去世了。1998 年，克拉考尔创立了珠峰 96 年纪念基金，资金来自他自己的版税。

《荒野生存》和《走进空气稀薄地带》的成功给克拉考尔带来了财富，让他能够自由地停止为杂志写作，仔细地选择下一部书。第三部书，他想进一步探索贯穿于他作品中的主题。克拉考尔很多儿时的朋友都是摩门教徒，他一直惊叹于其信仰之激烈："我的摩门教朋友的信仰是如此笃定、彻底。我却来自一个不可知论者的家庭。"

当他无意间发现了科罗拉多城——横跨犹他州和亚利桑那州——边界的一个大型摩门教基本教义派群落时，他隐约感觉到，这或许给他的冥思提供了一个环境。当克拉考尔获准采访丹·拉弗蒂（Dan Lafferty），一个在活人祭祀上杀死了自己的嫂子和侄女的摩门教基本教义教徒时，他知道自己找到了讲故事的话题。

《天堂旗帜下》完全脱离了克拉考尔先前作品的文风。尽管这部作品是由深刻的问题激发的，但直等到自注他才现身，并且表述了自己的神学信条："我甚至不知道是否有神，尽管我承认在非常恐惧或绝望或因看到出乎意料的美景而感到惊讶时，会不知不觉地祈祷。"

人们对这部书毁誉参半。许多评论家指责他忽略了摩门教的正面特征。"有些事一定能说明主流摩门教盛行的原因，我怀疑这只是残留的独裁主义的黑暗能量。"罗伯特·赖特(Robert Wright)在《纽约时报书评》上写道。《当今时代》(*In These Times*)的马克·恩格勒(Mark Engler)推测克拉考尔不懂神学："他将宗教和科学的复兴作为相互排斥的选项，重新引发了一场冗长的陈腐争论，几乎没有对深刻理解道德标准及其意义的问题产生多少作用。假如克拉考尔没有忽略现代神学的浩瀚，因其在理性和信仰之间提供了更微妙的和解，那么克拉考尔自身对宗教的寻求会更令人信服。"在《华盛顿邮报》上，安·鲁尔(Ann Rule)则称之为"必须细细品读的一部杰作"。

摩门教会更是恼火，在该书出版前两周发布了一篇五页纸的、单倍行距的辩驳文章，称这部书是"对现代教会真实性的全面进攻"。该教会谴责克拉考尔利用一个原教旨主义教派的暴力行为来诽谤整个宗教："他的基本理论好像是说有宗教信仰的人没理性，因为没理性的人才会做奇怪的事。"

克拉考尔为他的报道争辩，并谴责摩门教会粉饰历史。"他们迫切需要攻击像我这样，呈现了对摩门教历史所做的公正的、经过用心研究的，却正巧与官方以及大力修正过的教会版本相违背的描述的作家。我感到特别失望。"他坚称自己写这部书的目的是高尚的。"我想写写他们怎样处理自己的历史，我没想到他们会那样恼怒。"

哪种想法会吸引你？

我被冠以这样的作家之名：极端的观点、极端的场景描述、以极端的逻辑方式行事的人是我的写作专利。这样说也不无道理。我对狂热分子——被绝对者的诺言或者错觉引诱的人——很好奇，包括相信达到某个绝对目标，比如说知道某个绝对真相，就拥有了幸福、和平、秩序或最想要的任何东西的人。狂热分子容易对道德模糊感和复杂性视而不见，我一直对通常在面临风险以及社会面临危险时否认存在的固有偶然性的人很着迷。

你是怎样提出想法的？

我在过去二十多年里所写的大多数杂志文章都是由编辑提出来的。作为一名每年必须炮制出大量文章，以交付房租的自由作家(我每年必须写六十来篇文章)，我发现写编辑让我写的东西比试图向编辑推销我个人渴望去做的项目更轻松，更有效率。刚开始做自由作家的那几年，我几乎什么任务都接。这些任务中更多的是不怎么生动有趣的，但我接受被扔给我的任何东西，并有一定的收获。我是个自学成才的作家。我从没上过写作课或新闻课程。我通过努力和大量的错误，在工作过程中学习写作的手法。

尽管我最棒的杂志作品探讨了我很熟悉的主题，但这些作品的很多想法都是由编辑提出来的。我的两部书——《荒野生存》和《走进空气稀薄地带》——起初都是编辑建议的杂志文章。

你怎样产生自己的想法？

我一直保持警觉。当我看了一份当地报纸，或在与一个小城镇咖啡店里卖油炸圈饼给我的家伙交谈的时候，我都条件反射似的留心寻找一个引人入胜的故事。我认为住在西部是一种优势，因为就算把范围画在据此一百条经纬之外，西部的作家也是更少的，但能写的东西却很多。西部是个大地方，是许多有故事憋在心里的人的家。我好像时常会发现那些可能成为有趣的文章或书籍的萌芽的东西。

例如，《天堂旗帜下》原本是我对信仰和怀疑的本质性沉思，变成对原教旨主义的审查几乎是偶然的。某年七月的一天，我驱车前往科罗拉多，在一个偏僻之地的迷你超市停下来加油。一个指示牌指示出高速公路外有个相当规模的城镇，叫作科罗拉多城。我进去付钱的时候，收钱的女孩穿着一件19世纪的服装，就像是从约翰·福特[1]的西部电影中被拎出来的。尽管那天荫凉处的气温都达到了华氏104度，但她却穿着高领、长袖的长裙。迷你超市里还有其他几名妇女和女孩，我注意到她们的着装都是这样的风格。

我决定驱车进入科罗拉多城，适当地瞧一瞧。随后，我立即被大多数家园的巨大触动了：其中许多看起来就像公寓大楼。我进入住宅区大约30秒后，一辆警车就跟在我后面，一直尾随着我，直到我离开市区范围。我看到路边不远处有国家公园管理局的车辆，于是把车停在路边，询问公园管理员我后面的科罗拉多城究竟在搞什么。他说："你不知道吗？科罗拉多城是全国最大的摩门教基本教义派群落。他们认为，如果你想上天堂，就要实行一夫多妻制。"我在西部生活了很长时间，然而直到那一刻，我才知道科罗拉多城，才知道生活在一位娶了75个老婆（其中好些都是在十几岁时嫁给他的），名叫鲁伦大叔的一位高龄税务会计出身的先知绝对掌控之下的数千名多配偶者。

好，所以你有普遍兴趣（信仰、宗教），并偶然发现了特定的环境（科罗拉多城）。然后呢，你是怎样把它发展成一个"故事"的？

我是在小城俄勒冈州的摩门教徒中间长大的，他们的信仰之力让我着迷。儿时，我周围的孩子完全相信他们来世会去天国，会在那儿成为众神，掌管自己的星球。来自不可知论者家庭的我受到他们激烈信仰的冲击。此后，我一直想了解这种信仰的根基。无意中发现科罗拉多城，这让我第一次隐约感觉到或许能在摩门教基本教义派的神秘文化中找到故事。

我是个讲故事的人。我需要一个能够组织想法的架构。如果我确定一个潜在的故事足够丰富，并且决定努力争取的话，我就会疯狂地开始寻找能够使故事进展下去并能阐明我想要表达的观点的材料。

你寻找的是哪一种人物角色？

我寻找的采访对象不仅要在我想讲的故事中扮演核心角色，还要恰好能说会道、复杂、坦率。他们是不是生气了，或者出人意料的聪明，或者有种古怪的幽默感——呃，那很重要。单单迷人的个性就能写成一本书，这是不可否认的。对非虚构作家来

---

1 约翰·福特（John Ford，1894—1973），美国导演、编剧。代表作：《愤怒的葡萄》（1940）、《青山翠谷》（1941）等。

说，这是宝贵的一课，是我通过阅读特雷西·基德尔、珍妮特·马尔科姆和约翰·麦克菲的作品学到的功课。

你是怎样找到《天堂旗帜下》的人物角色的？

在进行较早期的调研时，我写信给马克·霍夫曼（Mark Hofmann）。他从前是摩门教传教士，后来丧失了信仰。霍夫曼因伪造了一些损害摩门教会的历史文献，以大价钱卖给（不想让这些文献落在爱管闲事的学者和新闻记者手中的）教会领袖，之后又用炸弹杀死了两个人，徒劳地掩盖他所出售的文献虚假的事实而声名狼藉。霍夫曼被抓住，被定罪，并被送进监狱。他自 1985 年起就被关押起来，从未接受过新闻记者的采访。总之，我写信给他，委婉地请求采访他一次。两三周后，我收到了一封回信，不是霍夫曼写的，而是他的狱友，一个名叫丹·拉弗蒂（Dan Lafferty）的家伙写的。他因杀死自己的侄女和嫂子进行祭祀而被判无期徒刑。拉弗蒂在给我的信中说："马克不会接受采访的。但我却很乐意跟你谈谈。并且我会是你所见过的最狂热的信徒。"

不管你信不信，我差点儿谢绝了拉弗蒂的邀请。我想跟霍夫曼谈谈，他的拒绝带给我的失望使我对摆在眼前的机会视而不见。但我决定走个过场，采访一下拉弗蒂，跟他在高度设防的监狱谈一个下午。走出监狱的门，走进犹他州灿烂的阳光里，我感到天旋地转。我因拉弗蒂向我讲述的事而惊骇不已。但就在那时那地，我知道我在书的核心故事和最重要的人物角色的抉择上碰到了困难。

其他人赞成这是个好故事吗？

一开始不赞成。我知道这很难让人接受，因为宗教是个让许多人感到极端无聊的主题，也因为作者放弃自己家乡的地盘去写某些新鲜事物的时候，出版商就会紧张。我根本不觉得新书的主题有多偏，因为这些是我的作品中一直在探讨的主题，即使是在表象之下探讨。兰登书屋的反应特别冷淡，这伤了我的自尊。他们说："怎么没有山呢？"所幸双日（Doubleday）的一位敏锐的编辑立刻就明白了本书的要义。所以，我最后跟他们签订了合同。

在决定是否要写一个故事时，你会有什么样的思维过程？

写一部书是这么难，这么痛苦——需要投入这么多的时间和精力，以至于除非这个主题抓住了我的要害，不肯善罢甘休，我是不会去做长得可以写成书的项目的。

例如，在 1992 年为《户外》杂志写了有关克里斯·麦坎德利斯的故事之后，我发现这孩子在我心里挥之不去了。我沉迷于他的故事，想了解更多他在最后的日子里的事。大家都跟我说，一个误入歧途的孩子死在阿拉斯加荒野的冒险故事写不成一本书，说我是在浪费时间。我没有获得大额的预付金，只拿到几万美金。然后，在我递交了一份六万五千字的原稿之后一年，我的编辑被解雇了。兰登书屋另一个版权标记的一位有名的编辑——被人们像神仙般敬仰、我也极其钦佩的一位编辑——寄了一封信给我的代理人，解释说原稿错误百出，甚至不宜出版。那对我是个巨大的打击。所幸维拉德的另一位编辑说服她的老板赌一把。这是一个残酷的、变幻无常的工作。要以长篇新闻为生，你必须至少有点天分。或许更重要的是要顽强，要坚决。最重要的是，要有运气。

你一直都是这样坚决顽强的吗？

不是的。我放弃过一个故事，都做了大量的报道和研究了，是几年前，四州交界处地区三名反政府叛变者光天化日之下在科罗拉多科尔特斯的闹市用自动武器射杀了一名警察的故事。警察把这几个歹徒追进了荒原，其中两人被发现已经死在那里了。第三名逃犯始终没有抓到，或许还在那儿。我喜欢在荒原里消磨时间，为这个故事进行调研的那段时间是很快乐的。我开始探索科罗拉多高原偏远地区一些美丽的槽峡谷，但对于这个故事的主角，那名可能还活着的逃犯，我发现他不是合我心意的选择了。他是个讨厌的家伙。这个家伙还没可爱到让我投入几年的人生去写的地步。

可爱程度是你决定是否写一个人的准则吗？

不完全是由可爱程度决定的。丹·拉弗蒂肯定不是很可爱，但他却是《天堂旗帜下》的中心人物。我发现他是个复杂有趣的人。我放弃的逃犯故事中的主要角色缺乏道德的复杂性和让我保持兴趣的深度。他只是个悲哀的、充满仇恨的年轻人。尽管拉弗蒂怎么说都很可恶，但我发现他有吸引人甚至令我同情的一面。他为我们讲述了有关我们自己的一些烦心事。

你做的是什么样的调研？

本来，我干劲儿十足。在写《天堂旗帜下》这本书的时候，开始写之前我做了三年多的调研。曾经有那么两三次，我雇佣私家侦探帮我寻找躲避的逃犯(每次都是无果而终)，但我从未雇佣过研究员来帮我调研一部书或杂志文章的背景。我喜欢做调研，远远超过对写作的喜欢。我总是先从整理图书卡目录、书店、优秀的书商、互联网和报纸档案开始。方位感——对所述风景的熟悉程度——对我来说始终很重要，所以我买了许多地图。

《天堂旗帜下》调研期间，我花了很多时间在杨百翰大学(Brigham Young University)、盐湖城公共图书馆和犹他州历史协会(Utath State Historical Society)梳理卡片目录。摩门教徒是如此热衷于记录自己的过去，以致任何与摩门教的历史有关的档案都塞满了庞杂的资料。

我特别留意那些能帮助我把不相干的故事串联起来的名字或事件。例如，在《天堂旗帜下》的早期调研中，我了解到丹·拉弗蒂和他的兄弟罗恩加入了一个叫先知派的团体，在那里学习如何接受神启，包括神命令他们割开嫂子和女婴的喉咙的启示。所以，我研读了该教派的圣书，找出所有成员的名字，然后寻找它与书中其他一些故事的联系。因着对先知派的研究，我能够在拉弗蒂兄弟、科罗拉多城、伊丽莎白·斯马特（Elizabeth Smart）、杨百翰以及加拿大和墨西哥的一夫多妻社区之间建立紧密的联系。

有没有任何让你回头去找的特定资源？

审判笔录是一座信息的金矿。通常，你必须直接向法院书记官购买这种笔录，那是出奇的贵（为了写《天堂旗帜下》，我花了几千美金买了审判笔录），但却物有所值。你会了解到你在任何别的地方都了解不到的事。你本来没指望能找到的人被传唤作证。而且，笔录中通常有这些人的住址以及其他生活细节。笔录也是故事的巨大源泉。这种故事与我所构建的不怎么相似，但律师们都试图讲述一个连贯的故事来推进他们的目标，这些相互矛盾的故事常常具有启发性。

你在哪儿或者跟谁学的做报道？

20 世纪 80 年代初，当发现自己破产并失业了的时候，我就成了一名新闻记者。我那时是个木匠，但建筑行业特别不景气。我刚刚结婚，妻子也没有可以领薪水的工作。我非常绝望，以至于反复考虑申请进入法学院，我甚至为了参加法学院入学考试（LSAT）而学习。我的朋友和攀岩同伴大卫·罗伯茨（David Roberts）把我从那样的命运中拯救了出来。他刚刚离开学术界，首先成为《地平线》（*Horizon*）杂志的一名编辑，再成为一名自由撰稿人。他说新闻报道"比敲钉子要有意思得多"。他跟我说："杂志会给钱让你去有趣的地方旅行，和有趣的人交谈。开始做就是了。慢慢就会了。"

我买了一本书，学习怎样用所有的手指打字。然后，我又买了一本书，学习怎样成为一名杂志作家。这本书基本上都是胡扯，但的确教了我怎样有效地写单页的自荐信，这可是一门非常宝贵的学问。你得有时髦的文笔，用新潮的语言，把你的想法的有趣之处通过最精悍的篇幅传达出来。这本入门书建议规定一个数量，每周大约投递十封自荐信，我就照着做了。我在杂志圈一个人也不认识，但我想地位、级别较低的编辑更有可能查阅自己的邮件，而不是居于高位的大人物，所以我把自荐信寄给了他们。我投给《户外》杂志的第一封自荐信给我带来了一项碰运气的任务，投给《滚石》的第一封自荐信也是。为打入《史密森尼》（*Smithsonian*），我试了好几次，最终也开始在那里接到任务了。

你是怎样从关于登山的写作转到别的主题的?

我意识到,我不能专门写探险类作品,因为能给我足以谋生的工作量的户外杂志太少了。在我短暂的生命里,我干过很多不同的工作,所以我试着把我在其他领域学到的东西充分地利用到写作任务中去。我向《史密森尼》投了一篇关于阿拉斯加锡特卡商业鲱鱼捕捞业的新闻稿,那里整季的捕捞可持续六个小时,能使船长及其船员暴富。我之所以了解,是因为我在一艘 58 英尺长的阿拉斯加拉网渔船上工作过。我用我所学的建房知识为《建筑文摘》(*Architectural Digest*)写有关建筑学的文章,为《花花公子》(*Playboy*)的每月专栏写了两三年有关健康和健身的文章。

你的记者立场是怎样的?

我力图做到公平、客观,但如果我足够关注一个要写的主题,那很可能是有目的的。我几乎一直试图提出论据,尽管我通常喜欢间接地提出来,而不是拼命向读者灌输。我想要触动读者,将他们置于紧张不安的事实之中。但我从不抨击谁,不论主题是什么,我都尽可能带着同情与共鸣去写。

例如,写《天堂旗帜下》的时候,我纠结于如何在提出"毫不动摇的信仰面临危险"这个看法的同时,表达我对有着根深蒂固宗教信仰的人的敬意。尽管我是个不可知论者,但我被宗教情怀的表现深深打动了。当我听到人们热心地讲解祷告如何改变了他们的生命,或者,比如说听着爱美萝·哈里斯(Emmylou Harris)用天使般的嗓音颂赞耶稣,我有时会感动得热泪盈眶。我理解人们渴望认识神。我自己也有相同的渴望,我感觉它深入骨髓。但那不会阻止我报道人们常常在虔诚的外衣下所做的恶行。我很赞赏摩门教徒的很多东西,在《天堂旗帜下》这部书中,我试图表达这种赞赏,同时尖锐地质疑管理摩门教会之人的某些行为。

你怎样设定自己报道的进度?

我常常工作到濒临崩溃。我所写的人常常会邀请我待在他们家里,这从报道的角度来讲是难能可贵的,但也会很危险。因为如果没有一个可以逃避的处所,我可能会过早地崩溃。我一般更愿意一天与他们一起待上六至八小时,然后撤退到我的住处或旅馆房间。

你如此深入地参与了你采访对象的生活,又是如何设法保持足够的距离,以便写他们的?

作家与采访对象之间的关系始终很棘手、很复杂。珍妮特·马尔科姆的书《新闻记者和谋杀犯》(*The Journalist and the Murderer*)应当成为所有新闻学院的必修教材。

她的第一句话——"每一位不至于愚蠢自负到不注意发生了什么事的新闻记者都知道，他所做的在道德上站不住脚"——是蓄意苛刻和挑衅的，但却比大多数新闻记者所想的更诚实。这个作家是个骗子，而那位新闻记者从未图谋讲述一个他的采访对象想讲的故事。你的职责是把亲眼所见的故事讲出来。一旦某个采访对象与你交谈，他就已经交出了所有的控制权。出于我自己的良知，几乎每个采访我都尽量先引用马尔科姆那臭名昭著的第一句话。我告诉这些人，我是在做采访，他将对采访过程没有控制权，在文章发表之前我不会给他看，他要告诉我一些他可能会后悔的事……而这些从未让任何人打消接受采访的念头！

某种处境下，就像你写《走进空气稀薄地带》，作为所记录的活动的一个参与者攀登珠峰时，你发现自己处境中的道德标准是什么？

那些是反常的情况。两支相互竞争的商业探险队拉拢我，因为他们认为我写成的文章会是个很好的宣传。我对这两家导游服务的业主说得很清楚，如果我一道去，我会原原本本地描述我亲眼所见的登山经历，他们对我所写的东西没有控制权。问题是，探险队的领队从没有告诉其他队员——他们的付费客户——一位新闻记者会和他们一道去登山。起初，大多数甚至全部的客户都很乐意让我记录他们攀登珠峰的过程。在发生了严重问题之后，我百分之百地按照我一直所讲的做了：我报道了所发生的事。这让我所写的一些人非常不高兴。

尽管我仍旧因我与那些死在珠峰上的人之死有牵连而内疚得要死，我认为那天我们在场的所有人都对所发生的事难辞其咎，但我没有因为写了这场灾难而感到愧疚。首先，我为自己去了珠峰而深感后悔，但去都去了，我也很欣慰自己写了这部书。我是一个商业探险队一员的事实使我更容易开诚布公地进行报道。这让我能够毫不自责地描述其他登山者的举动。我是与一群人一起登山的，这群人多半彼此之间并不怎么熟悉，每个人都是付了一大笔钱才被领上山的。我们都是出于私心出现在那里。如果我是传统登山队的一员，那么我对所发生之事的报道就会在道德上显得比较复杂。两种矛盾的伦理责任同时出现：你无法忠实于新闻报道的基本标准——你无法如实地讲述你亲眼所见的残酷事实，同时忠实于你的登山同伴。这些责任没办法妥协。如果你想做自己的工作，就必须愿意成为害人虫。我遇到过在大街上走向我的陌生人，冲着我的脸尖叫，说我是个混蛋。这一点都不好玩。总是辜负采访对象的信任，这是形成新闻道德困境的一个难题。

你在工作中遵循什么特殊的道德规范吗？

我不会出钱向采访对象买信息。有时，一个采访对象会问："我能得到什么好处？"我会解释说，如果他们决定跟我谈谈，那必定是有自己的理由，最好是有充分的理由，因为我所写的会颠覆他们的生活。但我也说过了，这番小言论几乎拦阻不住任何人。我的意思是，见鬼，当我处在这种关系的另一端时——当新闻记者在我的巡回书展中采访我的时候，我所说的话还反咬了自己一口。当某个人把麦克风伸到我们面前的时候，这种需要毫无保留地讲述自己想法的无以言表的被迫感会让我们很痛苦。

不出钱买信息为何如此重要？

这个国家的每一所新闻学院都会教作家绝对不应该向他们的采访对象开价这个观念，而且它作为我们这个特殊职业的"十诫"之一被无条件接受，但我最近开始对此表示怀疑。这看起来像是一个自私的公理。我理解向采访对象开价为什么会败坏采访过程，但在某些情况下，似乎采访对象应该为他们给一部书或一篇文章所做的贡献得到报酬。当我在一次研讨会致辞中表明这种看法的时候，遭到处于事业发展期的新闻研究员的攻击。我说："我写的书让我赚了大钱。你们难道不认为我欠采访对象点儿什么吗？除了某些情况下不想声张以外，他们提供了至关重要的帮助，却一无所得。"新闻研究员们被激怒了，辩称向采访对象开价会有损我作为一名新闻记者的诚实。我决心使他们摆脱自己的自以为是。《纽约客》、《大西洋月刊》、《时尚先生》、《名利场》(Vanity Fair)、《智族》(GQ)等杂志的作家待遇都很优厚，他们从来都不欠采访对象什么吗？

你是如何解决这个道德困惑的？

我做过的一件事就是购买采访对象的函件或期刊的版权，或者购买他或她可能拥有版权的任何其他材料。我买了一位摩门教基本教义派受访者的回忆录的版权。那是一些不宜出版的乱七八糟的东西，我其实并不需要，因为里面的所有内容她都跟我讲过了。但她一贫如洗，努力地克服着一些严重的问题。因为她帮了我，所以我想补偿她。

按照我们这个行业的标准，我支付两万美金购买她的图书版权是完全合乎道德的。然而，我支付两万美金，仅仅因为她与我交谈了，这是违反职业道德的。这让我给人留下一种自私狭隘的印象，这个律法性的特质常常让新闻记者诈骗他们的采访对象。按照公认的标准，给采访对象买顿丰盛的晚餐是可以的，但给他们现金为什么就不可以呢？这也太以恩人自居了吧。我们有权从这些可能会被我们毁掉生活的人们那里饱足自己，但我们在任何情况下从不欠他们什么吗？拜托，饶了我吧！我对那些仅仅因为新闻学院说绝不应该给采访对象钱，就拒绝站在采访对象立场上考虑的自命不凡、自以为是的记者感到厌烦。

你在使用化名上的政策是什么？

如果我觉得一个无辜的局外人会因为出现在我的书或文章里而使生活遭到倾覆，我可能会给他们取个假名。如果这个采访对象是个次要角色，我更会这样做。

你有没有承诺过使用化名，以使某个人与你交谈？

如果这是我得到一个采访机会的唯一办法的话，我有时就会提出使用化名。在《天堂旗帜下》中，"先知派"的一名核心成员原本不想和我交谈。他因金融诈骗在监狱服刑，正试图恢复原来的生活，不想跟一起令人讨厌的双重谋杀扯上关系。但此人掌握的内幕对我的书是如此重要，以至于我告诉他，如果他同意接受采访，我会使用化名。他在犹他县的朋友和熟人无疑会猜到是他，但他的身份不会对世界上大多数人泄露。

开始报道一个故事时，你如何决定要采访谁？

我会跟我所读到或听说与这个故事有任何关联的每一个人联络。我已经明白，找出每一个潜在的采访对象几乎总是划算的。通常，在做了一大堆漫长的、使人筋疲力尽的采访(其中大多数难免不怎么有用)之后，我想："我名单上的下一个姑娘到底知道些什么呢？我为什么要浪费时间，给她打电话呢？"但不管怎样，我还是给她打电话了，结果采访非常棒。记住，我差点儿没有回复丹·拉弗蒂的信。那本该成为多么严重的错误啊！

你喜欢直接接近你的采访对象，还是通过引见接近他们？

我发现突然打电话会使人紧张害怕，所以我喜欢通过信件，甚或寄送我的书，以此作为自我介绍的方式来接近潜在的采访对象。好几次，这些书都说服了本来不情愿的采访对象和我交谈。他们会想："噢，这个人对我们没什么威胁。他只是个登山运动员。"有几个真正花了时间去读了，比如说《荒野生存》的人，都被那本书说服了，特地要和我交谈。丹·拉弗蒂的受害人家庭读了这本书之后决定和我谈谈。他们告诉我说："我们认为你对那个年轻人克里斯·麦坎德利斯的描述很公平，所以我们决定相信你。"

你最喜欢和最不喜欢进行采访的地点是哪里？

我讨厌在饭店里采访。乱七八糟的背景音让人很难誊录录音，而且这种公共场合会让采访对象有所保留。他们通常会担心邻桌有人偷听。我更喜欢在采访对象的家里，或者与故事有强烈联系的地方，或开车的时候采访他们。如果行程很长，路上车又比较少的话，开车采访尤佳。长途驾驶中，采访对象无处可逃，或许感到很无聊，嘴里就很可能会爆出令人意想不到的东西。如果车子又旧又吵，背景噪声导致磁带无法使用，你就得在采访对象的衬衫上夹一个小型麦克风，或者开车时让采访对象把录音机放在膝盖上。后者比较好，因为它给了采访对象一种权力感——他可以随意关掉该死的录音机，这会增加他的胆量，使他能够坦诚地讲话。

你是怎样使人们信赖你的？

我身为新闻记者所得的一个恩赐是，由于某种原因，人们认为我无毒、无害。所以，人们会告诉我并不触及他们最大利益的各种料。我所写的很多人都以某种方式被边缘化了，就像生活在中产阶级社会规范之外的摩门教基本教义派一样。我曾在科罗拉多州的乡下和阿拉斯加丛林地区做过木匠和渔夫。我在加油站、精神病院、防水纸工厂和罐头工厂都工作过。在建筑工地上，我可以谈论胶合木和摇杆锯。我工作生涯中的很多时光都是与那样的人一起闲逛。跟他们在一起通常让我感觉很舒服，而他们也是如此。

你会以一种特别的形象示人，以鼓励他们与你交谈吗？

我是个天生的聆听者。我在一个大家庭中长大——三个姐妹，一个兄弟，总是闹哄哄的，每个人都在不停地叽叽喳喳。我是那个文静的孩子。我妈说我是具有挪威气质的孩子(她是斯堪的纳维亚后裔)。我可以在女人中间，听她们交谈四个小时。采访的时候，我不会准备一长串的问题。我只是让采访对象来讲，确保磁带录音机里有新电池，坐回原处听着。采访是以一种愉快、大部分是单方面谈话的形式进行的。

在采访中，你会采取多么强硬的立场？

我有时会参与到善意的争论中去。我会说："真的吗？你真的相信吗？"我不会立刻和人争吵。依我之见，一般不需要把人们激怒。如果他们同意跟你交谈，就真的想要告诉你他们所相信的事。我也不会向某个人隐瞒我的实际行为。就拿丹·拉弗蒂来说，我明确表示我不赞同他的意见，我发现他之前所为是应该受到谴责的，但这也从没让他消停片刻。

你只当面采访吗？或者还是会通过电话、信件或邮件进行采访？

当面采访是非常宝贵的，但使人如此心力交瘁。第一次采访一个重要的对象的时候，我喜欢面对面。然后我喜欢用电话随访。初次见面会打破沉默，让采访对象感觉跟我在一起很舒服，但我发现许多人在电话上比当面交谈更轻松。这可能与无形的声音有关。采访者不在"那儿"。这与一个心理分析学家隐没在沙发后面，道理是一样的。电话采访非常实惠：你不必飞越千山万水，租一辆车，找一间宾馆客房——全都为了我可能用不着的两小时采访。

信件也是进行采访的好办法。我在监狱里采访过丹·拉弗蒂之后，他和我有大量的书信往来，价值无法估量。首先，它帮助我彻底把细节搞清楚，因为所有东西都是书面的。他对自己所做的残忍的事毫无悔意，他相信自己是在为神做事。他想让我报道实际发生的事，把事实搞清楚。拉弗蒂也正好是个风度翩翩的人。他在信中屡次问及我的妻子和家庭，他在打听我的事情……我必须不断地告诉自己："等一等。这是一个镇定自若地划破一个无辜女人和她的女婴喉咙的人。"

你曾因他的表里不一对抗过他吗？

是的。他告诉我说："是神命令他做的。当神命令你做什么事的时候，你最好去做。你总有一天会明白，乔恩，当审判来临的时候。"

你做笔记还是用磁带录音机？

都用。我使用笔记本和磁带录音机，就像一个专业的新闻摄影记者使用摄影机。他不等"完美"一照，而是打开电机驱动，什么都拍。他耗光一卷一卷的胶卷。所以我尽量录下我与采访对象的每场谈话。我的笔记本总是摆在前面。我就像个海绵人，发生在我身边任何地方的任何事都被我记录了下来，无论是记在纸上还是记在磁带上。

我认为磁带录音机是一种重要工具，在新闻中用得太少了，我不理解那些不在采访中录音的新闻记者。当然，也有没法录音的情况。比如，你在边远地区待了好几个星期，电池得省着点儿用。但能录音尽量录音，这样总归更好。我理解报社作家每天都要面对截稿时间，没时间去录音或誊录——那是个非常缓慢、乏味的过程，但杂志作家应该多多录音。

我做过一个实验，我鼓励每一个新闻记者也都试试。做采访时，用磁带录音机的同时用手做笔记；然后誊录磁带，并将其与手写的记录进行比较。我敢打赌，你会发现手写的笔记中有很多话都记错了。通常，你所理解的意图和意思可能是正确的，但你漏掉了特殊的措辞、准确的音调，以及让那些话听起来真实可靠的独特品质。不基于录音采访的引述通常听起来更像是作者的口吻，而不像采访对象的口吻。

除了录音之外，你为什么还要做笔记？

因为我不想漏掉任何东西。当我又录音又做笔记时，我所采访的人通常认为我用磁带做备份。事实上，我写下来的大部分是我的观察：这个人穿什么衣服、他的眼睛怎样瞟了一下、他怎样紧张地扯了下耳垂。如果没有使用磁带录音机，我就得集中所有的精力，记下采访对象所说的话，那我就不可能进行其他这些重要的观察了。我认为没有人可以同时兼顾，不管他速记得有多快。

我在采访中做的笔记不全是关于采访对象的。我越来越佩服能把景色描绘得很好的作家，所以我的笔记本里记满了天气观测、风的味道、附近生长着什么植物这样的内容。在沙漠里的时候，我不想只写采访对象"蹭到了一株仙人掌"，我想在笔记中说明他撞上的是节段型仙人掌还是蔓仙人掌。如果我们从高耸入云的悬崖峭壁下走过，我就想在笔记中说明该悬崖是温盖特砂岩、瓦霍砂岩还是凯巴石灰岩。细节很重要。当我坐在电脑前写一部该死的书时，我需要很多东西，以便为我提供可以插入故事中的细节。

你用的是哪种笔记本？

我用两种笔记本。我有一种"夜间"笔记本，是一种厚厚的、六到九英寸的螺旋笔记本，用于在一天结束的时候记东西。我还时常带着几本记者专用的小笔记本，装在牛仔裤的后兜或夹克的胸袋里。我手头总是拿着一支笔和一个笔记本。在走路、开车或登山时，如果头脑中有东西冒出来，我想要能够把它记下来。

你用什么写？

我用一支蓝色的飞行员精密滚珠针管笔做笔记，并用红笔在重要的段落下面画线。在珠穆朗玛峰上的时候，我用的是铅笔，以及一种能在水中和无重力状态下使用的"太空笔"。那儿太冷了，我没法用磁带录音机。零下温度还会把普通钢笔里的墨水冻住。

你亲自誊录自己的磁带吗？

是的，并且要花很长时间。我逐字、逐段地誊录，会有许多拼写错误，但却一字不漏。这是个极其枯燥的过程，但我自己誊录是因为我会在誊录过程中听到各种各样的信息，那是我在采访中没听到的。当时，我常集中心思使某个人回答我的问题，以至于常常没能听到他试图告诉我的其他更重要的信息，我要是只闭上嘴巴听就好了。采访中最佳的材料常常会在采访对象没回答我问题的时候出现！

在准备写作的过程中，你会如何组织你的研究和报道材料？

我为每一位采访对象保存一个文件夹，其中包含访谈笔录的一份打印稿、我的手写笔记和我收集的任何剪报。等开始写的时候，我就会有大量的采访、大量的笔记以及大量相关文章和图书段落的复印件。

在开始写之前，我重读所有的抄本和笔记，划出任何有用的段落。完成之后，我回头看划出的那些段落，用黏性的彩色塑料旗按照重要性进行标记：红色表示最重要，蓝色表示第二重要等。

写之前，你会思考多少有关结构的事？

很多。但我不考虑事件记录方面的结构。时间次序通常对我没什么意义。那实在是组织一本书的一个蠢办法。我在寻找能够最好地推动我的故事向前发展的任何要素（人物、戏剧性的事件、想法的发展），无论这些要素是什么，或者他们是按什么样的时间次序发生的。

例如，在《荒野生存》（这是我最喜欢的作品）中，人们说我在这本书的开始就写克里斯·麦坎德利斯之死，准是疯了。这样做暴露了"结局"，时间次序完全被打乱了。不过，我认为这是使读者进入故事的一种强有力并且有效的方式。

你列提纲吗？

列。我没办法把我为一本书搜集的所有信息都永远记在脑子里。别人有过目不忘的能力，我却正好相反：忘事和记事一样快。所以我需要一个计划，告诉我已掌握的信息以及这些信息适合放在哪里。我首先要做的就是制定一个非常笼统的大纲。如果我正在写一部书，我会把材料精简为四五十个最有意思的场景或事件。然后，我为每个场景写两三行摘要。这会写满三至五页黄色便笺纸。每页大概有十至十二个场景，没有特定的顺序。

我仔细盯着这个列表，问自己："我可以怎样把这些材料塑造成一个故事？我应当怎样排列这些场景，以最大程度地突出我的想法，同时保持故事的流畅性？"然后，我拿出一页纸，只用一二十个最深刻的场景列出整部书的提纲。每一章都基于其中一个场景。一旦有了这份粗略的、首要的提纲，我又从头到尾把所有材料看一遍，想想怎样把剩下的场景整合到哪几个指定的章节中。这就产生了这本书的初步流程表，一个故事的纲要，手写在六七页纸上。我把这个提纲——即将把我从荒野带到拯救之所的地图——固定在书桌上方的布告牌上。

这时候，我差不多准备开始写了。我会从第一章开始，研究提纲，然后回头查阅笔记和抄本，回顾所有相关的材料，随着写作的进展划出并标记出更多的段落。然后，我给一个章节列出一个更详细的、修订过的提纲——一份更精确的地图，并直接按照这个提纲写。对于接下来的每个章节，我都是这么做的。

我采用的方法要求我一遍又一遍地通读笔记。我认为，最大限度地重读笔记有巨大的价值。到了后期，我常常会无意间发现至关重要的引述或信息，这些一开始却看似无关紧要。

你是在哪儿学到这种列提纲的方法的？

在攀岩运动中。当你开始一项真正的大型攀岩活动，比如说攀爬从约塞米蒂谷（Yosemite Vally）的平地垂直耸入三千英尺的云端的酋长岩的大墙时，任务之艰巨能把人吓瘫。所以，登山者会把攀登过程细分成钢索长度或节距。如果你把这个攀岩任务想成许多二三十节距，聚焦于每一个节距，而不去想前面还有多得吓人的节距，那么攀登酋长岩突然就变得不那么令人生畏了。照着提纲，我就能聚焦在眼前的章节上，而不是担心将会遇到的所有不可避免的问题。这使得写书没那么恐怖了。

你是边写边改，还是一气呵成？

我不是个好作家，但至少就我个人的作品而论，我是个好编辑。所以我不得不写下一堆垃圾，然后不断地修改。我就是你听过的那种动辄就写不下去的作家。第一句话让人痛苦不堪，我一连数周，每天一开始都在修改这该死的第一句话。这不是一种高效的工作方法，尽管在往后推进的过程中会稍微快一点。我通常要用一周的时间写前几句话，然后在几天内写完一个章节的其余部分。

一旦着手写了，你写得是快还是慢呢？

我写得比较慢，除非有某些情况要求我写快一点。我用了三年时间研究并写出《荒野生存》，但我写《走进空气稀薄地带》这部更长的书却仅用了三个月。1996 年 5 月从珠峰回来之后，我告诉大伙儿说，我根本没办法写一部与此相关的书——我不过是要履行我为《户外》杂志写一篇文章的职责，然后不再跟珠峰有任何关系。但当《户外》在 9 月发表了那篇文章之后，我意识到珠峰上发生的事仍然困扰着我。尽管该杂志已经把我的作品扩展到一万八千字，但我觉得这个篇幅还不足以把这个故事讲好。加之我把一些事实搞错了，感觉把它们纠正过来很重要。所以，1996 年 9 月，我签了一份合同，要写一部关于珠峰灾难的书。我已经承诺参加一项计划 12 月 1 日出发去南极洲的探险，这就意味着要用不到三个月的时间来写这部书。我估计要写九万至十万字。那三个月中的每一天，我都会写一千多字。就在要出发去南极洲的当天，我交了原稿。《走进空气稀薄地带》的写作并没有太时尚、太优美，但我认为，由于我写得如此之快，这部书在很大程度上很直接，在情感上也显得很诚实。

你怎样设定自己写作的进度？

我每天尽量至少写六七百字。然而，我经常达不到预设的目标。

你会把正在写的作品给其他人看吗？

除非我已经完成草稿，并且感觉方向是正确的，否则我不会给任何人看。在这个阶段，我会把手头的所有东西给我的妻子琳达看，她是个优秀的、极其诚实的批评家。我还可能把它给我最主要的攀岩伙伴、作家兼数学教授比尔·布里奇（Bill Briggs），给我的文稿代理人约翰·瓦尔（John Ware）以及我的良师益友大卫·罗伯茨（David Roberts）看。罗伯茨不太喜欢我写的东西，他不算是粉丝，因此是个特别可贵的读者。

在一个完美的写作之日中，你的固定程序是什么？

我过去常常有这样的幻想：完成所有的调研，然后搬到山间的一个与世隔绝的小屋。每天睡醒之后，我一直写到中午，剩下的时间则用来爬山。这样的梦想从未实现过。

实际上，虽然我不是个喜欢早起的人，但我会六点钟醒来，与妻子一起吃早餐，因为她喜欢早醒。我七点半回到电脑前，消磨一两个小时看邮件、看报纸。当我最终开始工作了，又会在第一个句子上消磨两个小时。然后休息一小会儿，吃午饭，并且真的喝咖啡来提神。下午三点了，我意识到："见鬼！什么事情都还没做呢，这一天都快要结束了！"，于是，我开始拼命写，文思泉涌。我不会停下来吃晚饭，回过神后发现已经深夜两点了——但我已经完成了我的七百字！我脑子里的化学反应似乎在午后和凌晨三点之间才活跃起来。

你必须待在什么特殊的地方写作吗？

不，我在哪儿都能写。当我每年要写几十篇杂志文章时，我学会了灵活。出去报道一则新闻的时候，我常常意识到另一则新闻第二天就要到截稿日期了。于是，我找个图书馆，比如说菲尼克斯（Phoenix），在那儿写这篇报道。我集中注意力的能力很强。我注意力集中的时候，所有其他事情都被抛诸脑后了。我妻子有时进入我的办公室，不得不大声喊，以吸引我的注意力。

尽管如此，我还是会尽量减少外界干扰。我在一间 9×9 英尺的地下室小隔间里工作，低矮的天花板只有 6 英尺 5 英寸高。除了我的工作，其他没什么可看的。我的小隔间有很多架子和柜台空间，尽显奢华。我现在把书和文件摆成许多较低的摞，铺在面积更大的地方，而不是垂直堆得很高。这样更容易让我找到材料，堆叠的材料也不会像往常那样倒下来。

你用的是哪种办公桌？

沿着我那小隔间的三面墙打造的一个 U 形的工作台面。当在这个 U 形台面弯曲处的电脑前坐下的时候，我感觉好像在给一艘潜艇掌舵。但我是被放在手边的成堆的笔记、抄本、文件夹和书环绕着，而不是被转盘和声呐显示屏围绕着。

你和编辑的关系怎么样？

我倚靠优秀的杂志和图书编辑来拯救我自己。拿下一本书或一篇文章并不需要付出太多，而且有时最要紧的材料正是作者最倾心的。作家常常意识不到，裁掉一本书5％的内容能让那本书好一倍。

你追求哪一种作者在场情形？

我的本能是以第三人称写作，不让自己出现在书里，但杂志编辑几乎总是促使作家以第一人称写作。他们会说："我们想要读者看见你得到这个故事时所看见的，闻到你所闻到的，切实地感受到你所感受到的。"我有时喜欢用第一人称写，因为这给我提供了很多可以用的材料(即我个人的整个历史)，尽管我担心如果过于频繁地运用个人经历，这股源泉最终可能干涸。

以第三人称写作感觉更安全———不那么暴露，不那么容易受到攻击，但有时加入个人信息会极大地改进一本书或一篇文章。例如，在《荒野生存》中，我以第一人称写了两章关于我——一个任性的年轻人——独自到阿拉斯加山区一隅进行了一场鲁莽的旅行的经历。我感觉我了解麦坎德利斯，了解他想要努力实现的东西，所以我用自己的经历，以一种迂回的方式为他争辩：他不是个疯子。我在告诉读者："你知道，我年轻的时候跟他一样鲁莽、愚蠢，但这并不是自取灭亡。所以，或许他也不是。"

你认为新闻调查能查出真相吗？

我认为它能够使真相水落石出，但我们对真相的理解往往是不断变化和矛盾的。虽然我自己能意识到真相，而且总是用很长的篇幅尽可能精确地报道事实，但我承认我写的任何东西都不会是定论。不过，我迫切希望能够劝说读者用怀疑的眼光看待亘古不变的真理，至少能从我认为更值得借鉴的其他更新的角度去考虑。

你认为自己是汤姆·沃尔夫所定义的"新新闻主义记者"吗？

我不这样认为。我的作品和沃尔夫的不太相似。我没有技巧和胆识来尝试他所惯用的华丽的辞藻。我认为沃尔夫最棒的书《太空先锋》绝对很精彩，无疑是20世纪非虚构作品中具有开创意义的著作之一，但时间并没有特别眷顾沃尔夫的大部分作品。今天重读他的作品，我感觉太矫揉造作，不自在，有时完全过头了。我刚开始写作的时候，会更多地被华丽的作品打动，我认为一个作家的写作方式比写作内容更重要。如今，我赞成清晰、简练和精到(没有实质性的话)甚于辞藻的华丽。

但汤姆·沃尔夫和其他新新闻主义先驱开垦了一片土地，让我能够写出《荒野生存》这样的书。虽然无论以何种标准衡量，这都不是一部过分华丽的作品，却的确有着像新新闻主义记者那样的怪异离奇之处。从这个意义上来讲，我应当感谢沃尔夫的大胆创新。

哪些作家影响了你？

几乎我所知道的一切，不仅是报道的学问，还有关于笼统的写作技巧的学问，都是通过阅读以下这些杰出人物的作品学到的，他们包括琼·迪丹、特雷西·基德尔、大卫·奎曼（David Quammen）、理查德·克拉默、菲利普·卡普托（Philip Caputo）、汤姆·沃尔夫、爱德华·霍格兰（Edward Hoagland）、巴里·洛佩斯（Barry Lopez）、珍妮特·马尔科姆、尼尔·希恩（Neil Sheehan）、迈克尔·赫尔（Michael Herr）、大卫·罗伯茨、托拜厄斯·沃尔夫（Tobias Wolff）、理查德·福特（Richard Ford）、威廉·斯泰伦（William Styron）、安妮·迪拉德（Annie Dillard）、约翰·麦克菲、查尔斯·伯顿（Charles Bowden）、威廉·基特里奇（William Styron）、保罗·泰鲁（Paul Theroux）、乔伊·威廉姆斯（Joy Williams）、蒂姆·卡希尔（Tim Cahill）、特丽·坦皮斯特·威廉斯（Terry Tempest Williams）、E. 珍·卡罗尔（E. Jean Carroll）和皮特·马西森（Peter Matthiessen）。每当遇到这些作家写得令我异常兴奋的段落，我都会反反复复地去读，直到我明白使该作品如此有力的是什么。我的技巧就是这么学来的。我密切地关注这些作者引述了什么，去找了谁，去了哪里，看到了什么。我学习他们怎样写书，或怎样设计文章的开头和结尾。我所做的是阅读这些作家的作品，而不是上新闻学院。

如果有一个你置身其中的长篇非虚构的历史传统，那里面还有谁？

这个问题当然没办法回答，不然听起来就像个狂妄的傻瓜。然而，我会说，以下这些著名的作家激励了我。他们包括 1568 年写了《墨西哥的发现和征服》（*The Discovery and Conquest of Mexico*）的伯纳尔·迪亚兹·德尔·卡斯蒂洛（Bernal Diaz del Castillo），旷世名著《论美国的民主》（*Democracy in America*）的作者亚力克西斯·德·托克维尔（Alexis de Tocqueville），著有《俄勒冈之旅》（*The Oregon Trail*）、《拉萨尔和大西部的发现》（*LaSalle and the Discovery of the Great West*）的 19 世纪散文文体作家弗朗西斯·帕克曼（Francis Parkman），怀才不遇的俄罗斯探险家、《在白色死亡的土地上》（*In the Land of White Death*）的作者瓦莱里安·阿尔巴诺夫（Valerian Albanov），我认为非虚构比虚构写得好的华莱士·斯特格纳（Wallace Stegner）——他最棒的书是《一百次超越子午线》（*Beyond the Hundredth Meridian*）和《摩门乡》（*Mormon Country*），率真的英国历史学家、《地球尽头》（*The Last Place on Earth*）的作者罗兰·亨特福德（Roland Huntford），以及令人难忘的越南回忆录《战地报道》的作家迈克尔·赫尔。

你提出的问题让我想起保罗·兹温格（Paul Zweig）在《冒险家》（*The Adventurer*）

里说过的话，我在自己的第一部书《艾格尔峰之梦》中作为格言引用过："世界上最古老、最广为流传的故事是关于人间好汉冒着生命危险闯入传说中的国度，带回人类无法企及的另一个世界的故事的冒险故事……可以说叙事艺术本身源于讲述冒险经历的需要，可以说一个人遭遇险境构成了值得谈论之事的原始定义。"

你对长篇非虚构的前景乐观吗？

在这个世界各地文化都被电视挟持的后文艺知识时代，我和其他人一样乐观。作为一名靠给杂志写长篇的、深度报道的作品找到话语权的作家，向更短、更空洞的杂志特写发展的趋势让我失去了信心。从积极的方面来说，公众对构思良好的非虚构书籍的需求仍然很大。作为一种娱乐形式，作为一种纯粹乐趣的来源，非虚构文学中的最佳范例可与最优秀的小说媲美。除了极少数的电影之外，它远超过一切。而且，一部真正优秀的非虚构作品能够启发人——甚至在少数情况下，以虚构和电影几乎做不到的方式。

乔恩·克拉考尔作品

《天堂旗帜下：扭曲信仰的故事》(*Under the Banner of Heaven：A Story of Violent Faith*)，双日出版社，2003 年。

《走进空气稀薄地带：珠峰灾难的个人描述》(*Into Thin Air：A Personal Account of the Moment Everest Disaster*)，维拉德出版社，1997 年。

《荒野生存》(*Into the Wild*)，维拉德出版社，1996 年。

《艾格尔峰之梦：人与山的奇遇》(*Eiger Dreams：Ventures Among Men and Mountains*)，里昂与班福德出版社，1990 年。

Jane
Kramer

简·克莱默

透过另一个局外人的眼睛看待生活

　　《纽约客》驻欧记者，为"欧洲来信"写作长达二十余年，1938 年 8 月 7 日出生于罗得岛州普罗维登斯。1959 年，克莱默毕业于瓦萨学院，之后她在哥伦比亚大学获得英语专业文学硕士学位。目前，克莱默已出版多本书。克莱默最初的新闻从业经验来自《晨兴科技》，后在《村声杂志》工作，撰写简·雅各布斯和马塞尔·马尔索这类人的专题报道，反映纽约市区的生活。

　　1964 年，克莱默成为《纽约客》特约撰稿人，《艾伦·金斯堡在美国》就产生自《纽约客》的专访。1969 年，克莱默陪同丈夫到摩洛哥进行实地调查，期间她掌握了自己新闻报道的特色：深度访谈、注意细节和细微差别。

　　20 世纪 70 年代，克莱默来往于美洲和欧洲，于 1981 年成为《纽约客》的欧洲通讯记者。这一时期，她的《最后的牛仔》获得 1981 年美国图书奖最佳平装非小说类作品奖，《这是谁的艺术？》获得美国国家杂志奖。克莱默重返美国时正值俄克拉荷马城爆炸案的发生，她开始研究右翼民兵组织，出版了《孤独的爱国者》

熟练掌握各种场合下的行话，这在很大程度上是一种表演。这样做的目的就是让人们认为你无所不知，如此一来，他们就不会企图糊弄你了。"

　　简·克莱默笔下有两种人：无名的边缘人，在他们的世界中处于中心位置的有权有势的政客和商人。但在这两种情况下，克莱默的目标都是一样的：探索他们的想法和他们对想法的表达之间的空间。"就是在那个空间——那个过渡的空间——里，你可以找到这个人。"她说。正是这种描绘人物内心感受、呈现一个人的主观认知和客观行为的才能，使得《新闻周刊》(*Newsweek*)的詹姆斯·N. 贝克(James N. Baker)把克莱默说成"一位将社会历史学家和小说家的技巧结合起来的作家"。

　　克莱默在《纽约客》的四十年是在有关美洲和欧洲的写作之间分配的，不是写这个，就是写另一个——这是一种辩证法，能使她对上述每个主题都保持新颖和开放的视角。她的工作生涯异常多产（九部书和数百篇文章、随笔和评论），并因其主题和涉及国家的多样性越发令人钦佩。

　　她最杰出的才能是具体地描述大量抽象的问题（"大屠杀"的意思、美国西部的未来、艺术的功能）。"克莱默女士的写作方法是从老百姓入手，逐步向上，思考一个有魅力的名人或一种离奇的情况；她的概括不是出于讲坛的笼统宣言，而是严厉的警世格言、脱口而出的辛辣语句。"詹姆斯·M. 玛卡姆(James M. Markham)在其《欧洲人的〈纽约时报书评〉》(*New York Times Book Review of Europeans*，1988)中写道。

　　克莱默最喜欢的文体是专访。"我喜欢透过一个独特的个人镜头看一个更大的故事，这样我就不至于干巴巴地分析或追问'世界将何去何从'。我试图在这个更大的故事中找到人。我寻找边缘人物，顾名思义，就是以一种新闻记者的怀疑态度看世界的人。关于透过另一个局外人的眼睛看待生活，几乎有种合议式的东西，这让我很享受写作的乐趣。"她说。

　　简·克莱默 1938 年 8 月 7 日出生于美国罗得岛州普罗维登斯(Providene)。她于 1959 年获得瓦萨学院(Vassar College)英语专业学士学位，并在其攻读 17 世纪和当代英国和美国文学的哥伦比亚大学(Columbia University)获得英语专业文学硕士学位。她最初的新闻从业经验来自《晨兴科技》(*The Morningsider*)——哥伦比亚两名研究生创办的免费周刊。这使得她在最近创立的《村声杂志》(*Village Voice*)获得了一份工作,撰写关于简·雅各布斯(Jane Jacobs)和马塞尔·马尔索(Marcel Marceau)这种人的专题报道,以及描绘纽约市区的生活。这些故事都收录在她的第一部书《华盛顿广场之外,一位记者看纽约格林尼治村》中。

她在《村声杂志》上发表的作品引起了《纽约客》编辑威廉·萧恩(William Shawn)的注意,她于1964年成为《纽约客》特约撰稿人。她的第二部书《艾伦·金斯堡在美国》是根据她发表在《纽约客》上的对"垮掉派"诗人的两部系列专访产生的。1969年,克莱默陪同她的丈夫、人类学家文森特·克莱潘扎诺(Vincent Crapanzano)去摩洛哥进行实地调查。克莱默帮助克莱潘扎诺进行采访——对一个西方男性来说,采访摩洛哥妇女是件难事,由此获得了一些报道方法,成为她新闻报道的招牌:深度访谈、注意细节和细微差别。"我开始对看似毫无关联的但其实把故事串联起来的讲故事方式很敏感。我学会了如何注意到这些细节,注意人们对最先讲述的准确地点和时间的选择,这是后来让他们的每一个叙述都更翔实的东西。"她说。除了她和克莱潘扎诺为《纽约时报杂志》合著的文章之外,克莱默为一个三部系列,也就是她的下一部书《贞操之于新娘如同鸽子保卫其丁香树下的粮食》搜集资料。这部书写的是一个摩洛哥家庭为了"夺回"他们十三岁女儿失去的童贞而策划的宗教和法律阴谋。

20世纪70年代,克莱默开始在美洲和欧洲之间分配她的时间,并于1981年成为《纽约客》的欧洲通讯记者。克莱默在写她所负责的文章,即货真价实的重大事件和有权势的欧洲领导人时,却更多地被这片大陆角落落中在断层线上的那些无论是因经济还是政治原因而没能融入"新欧洲"的人、那些勉强度日的人所吸引。"体验了多年之后,她对那些佯称欧洲大陆西部只是一个有着共同的广泛政治认识的快乐的大家庭的'欧洲'官员感到厌恶。"尼尔·艾奇逊(Neal Acherson)在《纽约书评》上评论克莱默的《混乱的欧洲》时写道。她问道:"如果这1900万到2000万人不被包含在'欧洲'这个词里,那这个词是什么意思呢?"

1977年,克莱默凭借《最后的牛仔》首次打回美国。这部作品描绘的是20世纪一个名叫亨利·布兰顿(Henry Blanton)的人疯狂迷恋19世纪美国牛仔的神话——很大程度上只存在于电影中的一种神话故事。在这部书中,她提出了后来在《孤独的爱国者》中再次提出的问题。"美国的趋势流动是什么?从成功的移民到失败的移民,你都怎么搞定呢?"该书获得了1981年美国图书奖最佳平装非虚构作品奖。

她的第二组欧洲报道《欧洲人》(*Europeans*)表现了克莱默在对臭名昭著的人

[库尔特·瓦尔德海姆(Kurt Waldheim)、克劳斯·巴比(Klaus Barbie)]和无名之辈[贡萨尔维斯夫人(Madame Goncalves)、克莱默的管理员]在描写中的宽阔胸襟。"她的船上载满了传统、习惯、关切各不相同的人,就像她的美国读者一样。只是克莱默在细节上的独具慧眼、尖刻的措辞、实施脱离手术般稳重的笔调把她的采访对象联合了起来。"《华盛顿邮报》的吉姆·霍格兰(Jim Hoagland)写道。一些批评家觉得克莱默的作品集不足以成书。"我们第一次在《纽约客》上读这些作品的时候,都误解了它们的时尚、隐喻、迂回表达和对实际深度的理解。现在,这些文章显露出了过时、冷酷的本质。"斯图尔特·米勒(Stuart Miller)在《洛杉矶时报书评》(*Los Angeles Times Book Review*)上批评道。

当克莱默从巴黎归来,想了解风起云涌的文化战争时,她写了《这是谁的艺术?》,获得了美国国家杂志奖。这是一个关于约翰·阿赫恩(John Ahearn)——一位决定在南布朗克斯(South Bronx)居住办公的白人艺术家——的故事。在接受了一项为街区创作公共艺术品的任务之后,他把社区里的一些人物刻成了雕像,引起了一场主要关于审美情趣而非政治方面的争议。克莱默的问题——谁有权代表一个社区?一位公民眼中的赞美,在另一位公民看来是贬损时,会发生什么情况?——是这场关于政治正确性和多元文化政策的辩论核心。克莱默没有给出简单的答案,而是像反对其观念者一样密切地审查阿赫恩的动机。她在每个人所说的话和真正想表达的意思之间找到了丰富的材料。"阿赫恩讲到说要让南布朗克斯的人们'高兴'。他没有轻易承认他需要让他们高兴,或者他为什么需要让他们高兴,但每个真正看到他在南布朗克斯创作出来的作品的人都知道,他的社区——他所亲爱、所拣选的人——是他的源泉,是他非凡视野的来源。他需要布朗克斯,因为他的艺术很重要。"她写道。

克莱默的《记忆的政治》收录了六篇文章,每篇都提出了一个与"新德国"的出现有关的不同的问题。她写的有关彼得·施密特(Peter Schmidt)——一位缺乏自我认识,从而反映出这个国家的混乱状态的东德少年——的作品,是克莱默的边缘性主题发挥启蒙作用的范例。"彼得说,或许身为东德人的问题、身为东德人的遗憾,就是你总在自己最好、最清醒的年华,站在一堵墙、一个边界或一扇监狱的门前,回想着另一边。"她写道。

克莱默长期住在欧洲,再次重返美国时,正值俄克拉荷马城(Oklahoma City)爆炸案发生之时。她开始对右翼民兵组织产生兴趣。"除了别的以外,我在欧洲对极端右派进行了很长很长时间的报道。我报道过战争,报道过战斗,写过勒庞,写过新纳粹分子,以及最残忍、最丧心病狂、最可恨的人。相对来讲,那些经历没能触动我。但当它发生在我自己的家乡时,我很伤心。它让我意识到我是多么有美国情怀，这个国家希望的破碎对我来说多么不幸。"她说。克莱默认为《孤独的爱国者》捡了《最后的牛仔》的漏子。"我们怎么从像我父亲那样一个相信自己可以成为自己想要成为的那种人的移民，到一个有着根深蒂固的资格谬论、深切的悲痛、组织重建的可能性变小的西部？你最后一句怎么写？你抵达了这个大陆的另一端，却发现那里再没有别的地方可去？"

哪种主题会吸引你？

我对文化冲突和挤压感兴趣。我们生活在这样一个时刻，世界文化突然像罗马帝国时的一样复杂。大量的劳动力迁移把人们从世界各地挖过来，相会在西方的大城市。当然，说到这里，我们其实也都是从别的地方来的，我们的血统都不纯正——我们每个人都是矛盾的、冲突的现实中的一个多民族世界。这对我来说是后现代的故事，是真正有趣的故事。我喜欢从这个内容广泛的故事中抽出一根主线。

你是怎样找到故事的？

我会被谜一样的人，被那些我可以看着他说"如果我了解这个人，我就会了解这个国家或这个历史时刻或这种经历的某些情况"的人所吸引。

例如，20 世纪 90 年代初，我写了一篇彼得·施密特专访，他是一名在柏林墙倒塌之前被"带到西方"的年轻的东德政治犯[《德国报道》(*Letter From Germany*)，《纽约客》1990 年 6 月 18 日]。我开始报道这个故事的时候，就在去柏林和波恩的路上，要为这些无聊的"柏林墙倒塌之后，德国将何去何从"文章中的一篇和政客们谈谈。但我在汉堡停了下来，去接我雇来帮忙的一位研究生。那天晚上我们共进晚餐，安排计划，她随口提到了她认识的这个古怪的家伙彼得。他跟我们讨论的任何事情都扯不上半点关系，但有种东西触动了我。我说："跟我讲讲彼得吧！"而在她开始讲的那一刻，他的故事就激起了我的兴趣，我想见见他。当我最终见到他的时候，我就停在那一站了，停在了德国北部。我取消了所有柏林的计划。彼得是如此平静，几乎对他的困惑无能为力。我想，如果我能发现彼得生于斯的东德的真相，又能找出现在让他无能为力的西德的真相，那就是我要写的故事了。

在开始写的时候，你通常会有一些想法吗？

有时有。比如说，《这是谁的艺术？》这部有关美国艺术家约翰·阿赫恩和他南布朗克斯青铜作品的书，是我 20 世纪 90 年代中期在巴黎工作时想到的。"身份政治"和"政治正确性"这些概念——那时在美国非常流行的概念——在巴黎就是个笑话。我的意思是，试想一位巴黎艺术家在博物馆展示中把自己视为"非裔法国"艺术家！那是前所未闻的！法国人不会在意"命名"这个问题。

所以，我在巴黎听说了美国风起云涌的有关正确性的各种奇怪的辩论。当我回到纽约，在国内寻找一种进修课程时——这是我回到家乡后常会做的事，我决定写这个。我开始问这里的朋友和同事是否知道任何有趣的关于"正确性"的故事，就是可能会说明美国人身份磋商问题的故事，但大家却不断地向我提供学院内外进行得非常抽象的精英辩论。

然后，有天晚上我在布鲁克林音乐学院(BAM)的一场舞蹈演出上——谈论政治正确性！——撞见了我女儿的一个校友的母亲。她原来在为这个城市的百分比艺术计划工作。我告诉她我为什么回来，我试图做什么，她立刻就问我是否听说过约翰·阿赫恩和他南布朗克斯青铜作品的任何事。她在十分钟的间隔时间里告诉我的细节比我好几星期以来听到的所有抽象概念更能让我产生好奇心。

你最喜欢写什么人？

我喜欢写懂得讲故事的人，通过和他们交谈，我可以直接引用他们的原话。我喜欢写那些按大多数"新闻"的标准来讲，属于边缘人的人。我发现，边缘视角通常比我跟政客，特别是总统或首相这样重要的人进行的许多谈话更能显露真相——如果你对权力的运作感兴趣的话。在《混乱的欧洲》一书中探索在约定俗成的资产阶级生活中处于边缘的一些人时，我想了很多有关于此的东西。我想我当时必定已经意识到我对边缘的痴迷程度与我那一代的妇女——顾名思义，几乎也处于权力的边缘——有关。我们从自己非常边缘的视角看世界。所以，作为一个作家，培养一些以某种方式复制着我自己与权力中心之间的距离的对象，对我来说或许很自然。

处在权力中心的人总是在你面前表现出精心打造的公众自我形象。他们是自己的宣传家。然而如前所述，我更感兴趣的是人物，而非政治本身。我对一种生活的背景、环境更感兴趣。从这个意义上讲，我可能算是个毫无建树的小说家。

这就是你很少写名流的原因吗？

是的，我故意避免写你所说的名流，因为他们让我失去了作家的自由。这让人无从创作，因为某些名人很显然几乎已经是成品了。显然，我也喜欢有时间与我进行相当详尽的交谈的人——当然，有名望、有权势的人通常不会。

有些想法你已经孕育了多年，在什么时候你会知道它们可以被写成故事了？

幸运的话，一开始就知道。但在一个故事的时机成熟之前，也就是说，在找到合适的时间报道之前，我经常会等待，有时一等就是几个月，甚或几年。例如，我写了一篇很长的有关象征性的反犹太主义暴力的文章[《卡庞特拉事变》(*The Carpentras*

Affair)，《纽约客》2000 年 11 月 6 日]。开头是沃克吕兹省(Vauluse)卡庞特拉(Carpentras)的一个古老的犹太人墓地遭亵渎，其中有一段历史，从我听说的那一刻起就吸引了我。但我没有立即开始报道，因为这座城镇非常封闭并且充满敌意，我决定给它一年的时间来缓和气氛。

一年后我回到卡庞特拉，为这座城镇仍然如此封闭感到震惊。我可以真正与之交谈的只有一个男人，一名当地的医生。所以，又过了一年，我几乎放弃了。没有我所需要的那种开放性，我写的东西必然很肤浅。

然后有一天，真的完全出乎意料，我收到那位医生的来信，说他无意间在当地的书店里看到我写的一本书的译本，他读过了，并且很喜欢。他说，无论什么时候我决定回到卡庞特拉，我都可以待在他们家，和他们夫妻待在一起。他答应把我引见给这座城镇，以便我获得所需的批准。这在任何法国小城当然都是至关重要的，尤其是在南部的小城。我火速赶回卡庞特拉报道这个故事，而且三番五次地回去。已完成的故事需要久久等待：将近十年啊！

你更喜欢长期还是短期项目？

最理想的是，大约两个月写个长篇文章，这就够了。但那是在理想的情况下。

你会同时写几篇文章？

我天生就不会一心两用。我在做某件事的时候，当然也在跟进别的故事，但我绝对不会早上坐下来写一篇文章，下午又写别的文章。

一旦你决定投入一个故事之中，你会做多少研究？

你所说的我的许多背景研究，通常是在文章写到一半，写到结局的时候做的。我尽量等到熟练地掌握了与所报道的事件、环境或人物有关的词汇时，再开始"认真地"研究别人不得不说的话。

你是怎样开始报道一则新闻的？

我钻研人物角色。我非常信赖一个人不成熟、耳软心活、无知时所做的最初反应。我的第一印象通常是我最准确的印象，因其还未被自主权、友谊、憎恶或拒绝等因素复杂化。

最好是直接接近人们呢，还是通过共同的熟人引见？

要看情况。开始做《最后的牛仔》时，我知道，如果西德克萨斯这个牛仔世界还有著名的男性的话，最好走进一个当地人、一个受牛仔敬重的人管理之下的那道门。这是通过与那个人彼此熟悉，而去调和——或许用"调整"这个词更合适——我的陌生感和局外人意识。

你是怎样说服人们与你交谈的？

有时立即就能搞定，他们很快就开始和我交谈。有时，这会是个漫长的、非常复杂的过程。就拿约翰·阿赫恩来说吧，约翰成了我的朋友，但最初他根本不想跟我交谈。我能理解。他不想破坏他和邻居的关系，他们是他在南布朗克斯的主角。那些人是他艺术和能量的源泉，是他青铜制品的模特儿。我们最终见面的时候，我准备回巴黎做一些工作，这样也好，又给了他五个月的时间可以做决定。

几个月后，我回到纽约，开始去南布朗克斯见他，然后逐渐开始见到他那个街区的人。他们是这么棒、这么精力充沛的人。我爱上了他们所有人。约翰看到了这些，就说："好，咱们谈谈吧。"

我还必须跟约翰·皮特纳(John Pitner)——我在《孤独的爱国者》中写的民兵组织头目——谈判一阵子。他非常紧张、谨慎，不打算跟任何不熟悉的人交谈。最终帮助我接近他和他的故事的，正是阻止我开始的因素。皮特纳和其他民兵突然被捕了。原来，他认识的许多人另有身份：一位联邦调查局(FBI)特殊卧底、一个线人、一位冒充房地产经纪人的联邦调查局特工。而我，仍痴痴地等着他与我交谈——他生命中唯一一个从未冒充任何人，只做她自己的人。

你如何决定先采访谁？

我常常从我故事的核心人物开始。当然，那个名单会有变化，因为每天的采访中都会出现新名字，我把那些叫作新名字。还有，就官员而论，到我跟警察局长交谈的时候，我会确保自己已经和喜欢或者憎恶这位警察局长的每个人都谈过了。

但情况通常是这样：随着工作的进展，为了了解故事，我还未见过的某个人显得绝对有必要见一见。当我没有那个人的资源或信息，我会放下手上一切活儿，直到找到他。然后，核心人物的采访结束之后，我会尽量停下来，与那些可能在形式上比较重要，但在我所讲的故事中比较次要的人谈谈。

你有一些采访次要人物角色的特殊方法吗？

有，我会向他们每个人提出相同的问题。这是一种"罗生门"策略。我感兴趣的是每个人在基本的叙述中添加了什么，删减了什么。我发现人们的谎言简直昭然若揭。他们为什么要撒谎？他们撒了什么谎？更好的一个问题或许是："为什么他们讲真话？"

你会假装知道自己其实不知道的信息来骗他们吗？

熟练掌握各种场合下的行话，这在很大程度上是一种表演。所有一切都取决于你能多快掌握那种行话。这样做的目的就是让人们以为你无所不知，如此一来，他们就不会小瞧你或企图糊弄你了。

你会提前准备问题吗？

不，我不会带着一连串问题进行采访。当与一个人物相当熟悉之后，我有时会汇集一连串忘了问的问题。我时常会列出一长串需要回答的研究问题。

你提前发送过问题吗？

原则上，我从不事先发送书面问题，也不会让人们审查他们说过的话。如果你给一个政客审查的机会，他会改口。最后一点！当我开始访谈的时候，我喜欢让采访对象精神紧张。我不想给他一个准备"公众自我形象"的机会。我想要看看我第一次进入他的办公室时，他是什么样子。他欢迎我吗？他放松？他有性别歧视吗？他有任何优越感吗？

我感兴趣的是人们的"遮盖"滑落的时刻，当他们天衣无缝的自我展示滑落的时候，你就可以进入他们内心和外在之间的心理空间的边缘。就是在这个空间里，这个成功越过的空间里，你可以发现这个人。这很吸引我，但或许是个相当无情的工作方法。

我想这就是为什么许多传统新闻不像长篇非虚构那样难以理解。写作的人要么厌倦了研究在其间塑造形象的"空间"，要么太认同他们所写的人物的权力，知道它不可否认。

你在更改姓名上的策略是什么？

当我的人物角色是那些孤僻的、天真的人，并非真正了解自己的生活被一个新闻记者侵占意味着什么的时候，我通常要求改名换姓。我们那么频繁地讨论将来会发生什么——他们的名字、所说的话和故事将被发表在纽约的一本杂志上，这无关紧要。我最终做出了能让我在道德上感到舒服的决定。我现在提到的人都说过："您请便，就用我的名字吧。"

然后，在有些情况下，我会出于安全的考虑更改一个姓名。我写过一篇文章，是关于一个受过酷刑折磨的阿富汗女逃亡者的。我极其惧怕它在阿富汗的负面影响，我还知道她的故事中的那些矛盾之处可能会如何危及她的庇护申请。所以我更改了她的姓名[《欧洲报道：逃亡者》(*Letter from Europe：Refugee*)，《纽约客》2003 年 1 月 20 日]。

有时，采访对象会感觉自己处于危险之中，即便其实并没有。我写彼得·施密特时就有过这种情况。他的母亲被斯塔西夺走了一切——她的丈夫、儿子和女儿，她极度惊恐。她不能相信斯塔西一去不复返了。她完全没有意识到柏林墙已经倒塌，无论从哪一点来看，东德都已不复存在了。她要求我改掉她的姓名，当然我改了。

最终的问题是：最符合你的新闻报道需要的是什么？是名字还是无须你或者你的采访对象担心将来会发生什么的讲故事的自由？

在做一篇报道时，你需要占用采访对象多长时间？

没有固定的时间。这是由采访的节奏决定的。有些人你得很快地相信他，比如说彼得·施密特。我跟他之间的大部分访谈都是在一周内集中地、夜以继日地完成的。我知道，我一松手，他就会害怕，心里就会打退堂鼓。

节奏是关键。如果我在最后一次采访之后不久就去见某个人，那这个人或许会退缩。或者，如果我待得太久，一次访谈计划排得太满，那个人可能嫌烦或者感到烦躁。

我曾经写过一个故事，是说勃艮第的一位未婚女性，她拥有一小块无价的葡萄园。那个地区的每个葡萄酒商都向她献殷勤。她经历过一些令人惊奇的事，过着不寻常的、全然古怪但又全然法式的生活。我仅到访过她的小城一次，待了一个多月，因为阿曼达（Armande）——这是她的名字——有个特定的节奏，你可以称之为她对我感兴趣的节奏。有时候，她很高兴看到我，但是我也知道，如果她一天下来变得太敏感易怒，我就不能说"明天见"，而要说"下周见"。等到"下周"，她就会想我了。

你是怎样开始采访的？

如果是一场专访的话，我喜欢至少先拜访一次，讨论一下做这篇报道的理由：我为什么在那儿？是什么让我感到困惑？我正在采访的人怎样看待所发生的事？很快，我会非常清楚地表示我想再来，真正地谈谈他们的生活。我想知道他们决定从什么地方讲起。我使他们尽可能地回想，远至想象力或记忆所能及的最远的地方。

记录生活经历真的是我研究的关键。这些经历或许与我正在采访的对象关系不大，但对最终的报道却至关重要。即便我不直接使用这些信息，但对这种连贯的故事里出现的人物却是一种非常宝贵的指引。

例如，有一次我在摩洛哥采访一位生病的女人，她告诉我说，因为她的外婆以一种特别忌讳的方式在大街上跨过一道栅栏，这个病在她还没出生的时候就有了。而我很明显地意识到这个女人秉持着一种与我完全不同的因果观念。她相信她的不幸实际上在五六十年前就开始了。

在采访过程中，你会多大程度地揭露自己？

第一次相见时，我会和他们交换大量信息。在我想要的那种推心置腹的交谈中，我没办法做一张白纸。我也不认为对自己的事讳莫如深就我而言有多合适，特别是跟我比较赞同的人在一起的时候。

你的采访一般都采取对话形式吗？

是的。我尽量让对话持续下去，如果我够幸运的话，他们会有自己的形式和格式。那样的话，我就可以观察一个特定的人如何进行即兴表演。我用那种方式可以更多地了解我所采访的人。尽管在真正的交谈中，我会更直截了当地表达自己的看法。

所以你欺骗你的采访对象？

要说新闻记者的工作一点都不无情，那是骗人的。在相当严格的道德界限内，我会为了得到一个故事不择手段。换句话说，如果我正在和一个反动分子交谈，我一开始的论点不一定要基于我自己的自由主义偏见。但如果我跟那个反动分子相当熟悉了，我很可能开始与其争论，但绝不会到威胁采访的地步。

与一个采访对象建立密切关系有多么重要？

他是一个国家的总统还是一套公寓的管理员，这不重要，你所建立的那种亲密关系决定一切。这种亲密关系未必是友好的。它可以是有敌意的，就像我采访勒庞(Le Pen)的时候。他对我非常刻薄。

这么说吧，给我印象最深刻的人物是和我"意见完全一致"的人。我跟勒庞坐在那儿，说："噢，这真的很有意思。我从没那样想过……"我故意给他一种很好骗的印象。

你在采访过程中有过强硬态度吗？

有过，但不是在我为预备一篇新闻稿而做报道的时候。我在执行保护记者委员会的实情调查任务时比较强硬。这些是要给委员会生成报告的。我通常与男同事一起去，我们会喋喋不休地跟人们争吵。我总是对男性的强硬以及他们如何顺利脱身感到惊讶。

我觉得人们期望今天的年轻女性和年轻男性一样强硬。但我这一代的女性被教导要选择引导。我们不应该跟男人争辩，以强硬的方式得到所需的信息。我觉得，我在剑拔弩张的形势下不会强硬，这与我是罗得岛州普罗维登斯的一所贵格教派学校培养出来的一个有良好教养的年轻女性有直接关系。

你纠正过采访对象吗？

这是我在写民兵组织时必须做的事。他们对世界上那么多基本事实抱着如此错误的想法，被如此误导，我禁不住要纠正他们。最后，我几乎要和约翰·皮特纳吵起来了。我会拿出一本《百科全书》，并借助《美国宪法》的权威性。我会说："看，这是第十三条修正案，你所说的纯属子虚乌有。"他会回答说："不对，这本《百科全书》是按照世界新秩序出版的。我敢肯定，第十三条修正案根本没通过。"我最终放弃了。我没办法跟一个相信阴谋论的人进行那种谈话，那会让人抓狂。

你是面对面采访、电话采访还是通过邮件采访？

我并不介意通过电话获得基本信息，但我根本不喜欢那样做。甚至最短的采访，我也尽量面对面去做。我不喜欢引述我没见过的人说的话。它让人几乎不可能知道他们是不是在胡说八道。

你录音还是记笔记？

我通常依靠的是我那老练凌乱的字迹。我超爱这些大小正好的笔记本：小到可以塞进我的手提包，大到可以写下很多东西的横格平板笔记本。而且，它还可以小到与你交谈的人没法从你肩膀上面看到你在写什么。

记笔记本身就是一种编辑的过程。我只记我必须记的、在一定程度上听起来重要或值得注意的信息。我倾听的时候，谈话的内容就会被加工成我对所倾听的对象的想法。

当然也有例外。艾伦·金斯堡就是最好的例子。我在记录艾伦的生活经历，计划写一本关于他的书。而他的声音、他自我表达的方式是如此特别，我完全不想错过。虽然我打算直接参照自己的书面笔记来写，但我还想绝对精确地录下他的措辞。

你怎样知道你为一篇报道所做的采访已经够了？

当我开始听到自己脑海中的声音时，当我确切地知道一个人接下来会说什么的时候，当我开始重复提问的时候，那就是该结束采访的时候了。

你写作的固定程序是什么？

我七点半醒来，喝过大量的果汁和咖啡，玩够纵横字谜游戏——另一种拖延——之后才开始工作。我用钢笔填词，会划掉许多词。然后，我出去遛狗。从床上挪到办公桌旁，这需要我很长时间。屋里没其他人的时候我的工作状态最佳：这一天是我的，屋子是我的，节奏是我的。

你在意写作地点吗？

绝对在意。我必须躲在一个熟悉的地方。当我变换地点的时候，无论是去度夏还是去旅行，都要花些时间才能以舒适的方式写作。即使是在熟悉的地方，我也总会把浪费的时间作为影响因素考虑在计划表中。

有特定的故事需要你在特定的地点来写吗？

有的。我偏偏不喜欢在故事发生的地方写。任何长篇的作品都是这样，我说的不是那些欧洲的短篇。对我来说，最难的事情就是，比方说我人在纽约写纽约，或身处意大利写意大利。我这样干过，但很难。我感觉自己太容易受影响，所以必须使自己和采访对象之间有一片海洋相隔。

事实上，我需要在别的地方整理我的观点，了解我的材料准备得怎么样了。如果我在写德国，那儿的森林和树木就和我回到纽约之后所描述的看起来不同。当我保持距离的时候，故事显然更平衡了。我就能够沉迷于我所沉迷的事物，而不是沉迷于在做报道时我身边的那些人。它有助于使所有信息都回到我脑海中。

完成研究和采访之后，你会做什么？

第一件事就是把我所有的书面笔记输入电脑。那实在太多了，需要花费大量时间。这是一种拖延，就像字谜游戏一样，但在我以一种不假思索的方式尽情打字的时候，它也是一种调整思维的方法。

在打字的时候，你会给这些笔记做注解吗？

我会用星号标出真正重要的部分。我有一种方法，有点像米其林饭店评级：我按轻重缓急，从一颗星到四颗星对事情进行评级。但问题是，最后我觉得所有信息都很宝贵，因此在太多地方添了太多星号。重要信息的数量增加了，到后来每个信息的重要性都比原先提升了！

开始写作之前，你会列提纲吗？

不会。我就这样直接写开篇，让它点燃我的激情。提纲最多只是我想要写的主题的一个列表而已。

在输入完笔记之后，你会做什么？

我会立即进行一番筹划。每当为开篇伤透脑筋时，我都会情不自禁地筹划一番。大概因为我试图在开篇确定主题，为我后面要写到的事埋下一些伏笔。我想要所有这些成分都能在读者的头脑中加工一下，使他们看到的时候不会惊诧。

你会做任何特殊的菜肴吗？

我做一些需要不断照看的菜：搅拌、照管、调节火候。我的书房正好在厨房隔壁，所以我会进厨房，在锅里搅搅，仔细捋顺自己的思维。写作与烹饪相似的地方在于，你头脑中所有的食谱都是经你一手提炼的。所以你做的饭，也是其他人再也不能做出来的。这与我对写作的感觉如此相似，就是我怎样将我大脑中的信息加工成声音。我希望，那是我的声音。在早期的职业生涯中，我习惯于在炉子旁写作。结果，我苗条了半辈子，节食半辈子！

在你写作的过程中，关于那些语言文字发出的声音，你想过多少？

我在写开篇部分时，文字发出的声音就存在于我的脑海中，挥之不去。我把它想象成用音乐"创作"开篇。我想象节奏：什么时候想让读者暂停？什么时候想轻而易举地抛出一个想法？我喜欢像这样组合一个句子：起首、画出漂亮的小圈圈、圈出假设、自我限定。最后的收尾往往令我惊讶。

你会打印出正在写的章节吗？

不会，因为我如果把文稿打印出来，写作就停滞不前了。唯一能让我获得必要的动力的方式是笔耕不辍。然后，我每天先通读一遍截至目前所写的东西——至少要等到所写的内容多到实际需要打印的时候。

有了一份草稿之后，你会做些什么呢？

编辑好草稿之后，我就改掉文件的行首空格和字体字号，创建出紧凑的专栏，看起来跟《纽约客》的专栏一模一样。这会让我感觉作品很陌生，我就把它当作陌生人写的。这样会使来龙去脉变得更加清晰，并且我可以，应当说更"专业"地读我自己。我可以删减，可以重新组织。这让写文章的我和读文章并说"天哪！怎么会有人写出这个？"的我之间有了必要的分裂。

写短篇、写长篇和写书的经验很不同吗？

20世纪70年代，最初开始写"欧洲报道"的时候，我马不停蹄，写得非常快，大概一个月一篇。这些报道从未超出三千字，这个对我的节奏来说很轻松。特别长的报道对我来说也是很轻松的节奏。

但是，比方说六千字至一万两千字的报道，对我来说就成问题了。你如何在那么大的空间里塑造一个人物？你如何讲述一个翔实的故事？这就像在学习一门全新的文体专业。《纽约客》又不一样。我没像十年前那样写过三万五千字的报道，现在我大概写八千字的报道。奇怪的是，报道变短了，我发现反倒要花更长的时间去写了！

你要求自己每天都要完成一定的字数吗？

不。我不会自觉地意识到这一天就要结束了。即使文思枯竭，我也会整天坐在书房里，浪费我的生命。我不会让自己出去找乐子。我不会说"见鬼去吧"，然后去中央公园散步。这是一种自我惩罚。我的梦想是知道工作什么时候结束，从此就可以搁笔了。

写好开篇之后，你会做什么？

之后，我就继续写故事，这取决于我的思路和思维活动。但我知道自己要在哪里结束这部作品。这是我的指路星，使我能够有条不紊。例如，我写的那个阿富汗女人是这样一个人：我为她的理想而奋斗，但我真的不喜欢她。她在寻求庇护，出于法律原因，需要一定的自我塑造。问题是，为了给她求情，我需要感觉自己了解她，然而我实际上一点都不了解她。所以，如何刻画一个"不可知的"并且不太讨人喜欢，但又非常值得敬爱的人，是我所面临的道德和职业难题。那种想法、那个问题就成了作品的主题。

你会谈论还没写完的作品吗？

这要看情况。有时我会对自己正在写的作品感到太兴奋，以至于谈论得太多，都没新鲜感了。那我只好把它放一阵子，只是为了让自己再次兴奋起来。

你的方法会因你所在国家的不同而不同吗？

会的。我报道的各个国家都有五花八门的格调，你必须相应地改变报道的技巧，以适应他们。例如，我最近写了一篇关于德国反恐怖主义的报道[《欧洲报道：秘密生活》(*Letter from Europe*：*Private Lives*)，《纽约客》2002 年 2 月 11 日]。这篇报道不好写，但却并不难报道，因为坐下来跟德国的大部分政客好好谈谈是没问题的。他们非常坦率，有教养，并且在美国那种报道方式中很常见。但是在法国，政客们都很端庄得体，但会立即区分出等级。法国政客的格调会让你感觉高人一等。

语言不通时，你是如何进行报道的？

最重要的事就是找对翻译。我从来不找专业翻译。我总是跟学生共事，因为他们好相处，很友善。他们没有那种等级观念或官僚作风。我想找一个热情的、可以穿着牛仔裤跟我一起席地而坐的人。我想找个可以被我欺负的人。我想知道我正在采访的人所说的原原本本的话。我不要翻译给出大意、概要，不要拼凑出的语言。我要一字不差的翻译。

在我带着翻译进行采访的时候，我会对语调、肢体语言、音量，对我可以抓住的任何与某个人的性格有关的线索极度敏感。有时，我只是观察采访对象，虽然他们所说的我一个字也听不懂。

你追求哪一种作者在场的情形？

我不喜欢作为一个角色出现在自己的作品中。我喜欢在造句的时候用我组织句子的方式、用我提出疑问的方式，在文体上表达我的观点。我喜欢以这种方式，无形地深入我的人物角色中。

只有当告诉读者我的立场和我的见解似乎显得很重要时，我才会在作品中出现。例如，20世纪80年代后期，我写过一位我非常喜欢的葡萄牙革命领袖奥特洛[《欧洲报道：里斯本》(*Letter from Europe：Lisbon*)，《纽约客》1987年11月30日]。他逐渐了解了我的家庭，我们成了朋友。我想让读者们了解我写作时的情感脉络。奥特洛思想特别单纯，我想确保读者知道我在描述他的时候并没有轻视他，或取笑他的意思。所以，我卷入了那篇报道。

为什么你这么多的作品都是这样或那样的专访？

我喜欢透过一个独特的个人镜头看一个更大的故事，这样我就不至于干巴巴地分析或追问"世界将何去何从"。我试图在这个更大的故事中找到人。我寻找边缘人物，顾名思义，就是以一位新闻记者的怀疑态度看世界的人。关于透过另一个局外人的眼睛看待生活，几乎有种合议式的东西，这让我很享受写作的乐趣。还有，它与小说家的做法——试图给每个故事找一位代表美国全貌的主角——截然不同。这是一种极具美国特色的幻想。

你曾经说长篇非虚构新闻是美国特有的一种形式。为什么你会这样认为？

我认为它是由英美小说这种伟大的社会小说衍生出来的，是由英国和美国所特有的社会生活类小说的传统演变而来的。

法国当代非虚构一直令我很困惑。法国人有过如此高超的叙事能力和如此伟大的批判传统，但如今似乎都丧失了。想一想法国的小品文——蒙田[1]、伏尔泰[2]和孟德斯鸠[3]的散文，事实上，今天你在法国再也读不到一条接近那个水平的评论了。叙事传统的情况也一样。

在英国，叙述文学的很多形式都始于奥威尔。然而美国的历史和气质是这样的："典型的"美国故事才算伟大的追求。自由、移民、殖民、扩张的故事当然创造了伟大的美国小说这盏圣杯的神话——让人充分相信这是一个辽阔到无人可以掌控的国家，但或许我会掌控。美国小说家确实相信在美国之外有某个可以解析美国的故事。或许非虚构作家传承了这个追求。

你相信新闻会引出真相吗？

我不知道。我用心去挖掘，而且因为我时常会回到自己熟悉的地方，所以我或许开始相信我了解真相。但是，由于版面和交稿时间的限制，一个新闻记者今天所写的那么多东西在编辑过程中都被删减了，而那些决定——删减什么内容、用什么来填补这个空缺——都是仓促之间做出的。所以我甚至不知道你是否可以谈论"真相"这个问题。整篇报道本应当"更真实"的。刊登出来的东西通常有点偏差，因为追求更好、更短的时候，就避免了迷惑不解的尴尬，或者本来能让它更"真实"的困惑。

你认为自己是"新新闻主义""文学新闻"或任何其他新闻传统的一分子吗？

我没想过这个问题。必定有什么东西把我们这样的人——你收录在本书中的人——与那些做纯新闻报道的人区别开来。我喜欢的非虚构文学作家之所以与众不同，是因为他们是文体学家。你读琼·迪丹写的文章，不可能会想到那是任何其他人写的，特雷西·基德尔和比尔·芬尼根(Bill Finnegan)等人也一样。

另一方面，我们所做的和小说家所做的之间的区别在于参量不同。我们所接受的规则不同，我们在现实社会中的义务也不同。我们矢志坚持绝不胡编乱造。即便如此，我们的事业却和任何决志写小说或短篇小说的人一样，都是相同的。

你是怎样学习成为一名记者的？

很久以前，我在哥伦比亚研究院学习文学时，向我传授最多报道方面知识的人大

1　蒙田(Michel de Montaigne，1533—1592)，法国文艺复兴时期人文主义作家，以《随笔录》(1580—1587)三卷留名后世。

2　伏尔泰(Voltaire，1694—1778)，法国启蒙思想家、文学家和哲学家。代表作：《查理十二传》(1731)、《哲学通信》(1733)等。

3　孟德斯鸠(Charles de Secondat，Baron de Montesquieu，1689—1755)，法国启蒙运动时期思想家、律师，西方国家学说和法学理论的奠基人，与伏尔泰、卢梭合称"法兰西启蒙运动三剑侠"。代表作：《波斯人信札》(1721)、《论法的精神》(1748)。

概就是 R. W. 阿普尔(R. W. Apple)了，他目前在《纽约时报》供职。他当时就住在我楼下，已经颇有魅力了，因为他有薪水，而且可以请你吃晚饭。他在《华尔街日报》上班，那时在写《亨特利/布林克利秀》(*Huntley/Brinkley Show*)。我去请教他。他给了我一些很难接受的、冷冰冰的新闻报道方面的建议，诸如"如果你搞不懂该怎么修改那个句子的话，那就放弃它，另写一个句子"。那是我得到的最佳建议。我为句子的组织伤透了脑筋。

在许多方面，我最多的新闻报道方法是从我丈夫那里学来的。他不是新闻记者，而是个人类学家。就在结婚之后，我们去摩洛哥进行实地调查，我最终在那里记录了大量妇女的生活经历。我开始对看似毫无关联的但其实把故事串联起来的讲故事方式很敏感。我学会了如何注意到这些细节，注意人们对最先讲述的准确地点和时间的选择，这是后来让他们的每一个叙述都更翔实的东西。

对你影响最大的作家和编辑有哪些？

肖恩先生可以看 40 页我的作品，然后说："第 30 页中间那个形容词听起来不像你写的。"在开始写的时候，我在找到自己表达的意愿上得到很大帮助。

初到《纽约客》的时候，我被我许多同事的工作效率吓坏了。我和埃德蒙·威尔逊(Edmund Wilson)在同一个办公室，那真的很恐怖。我对威尔逊充满敬畏，很难开口问他："你今天要用办公室吗？"唯一没有慌乱的是我的母亲，过去经常为我的缘故给他发送很长的信息。玛丽·麦卡锡(Mary McCarthy)是另一位对我有影响力的人物，就像我的慈母。我们过去经常详细地讨论工作中的道德问题——出卖的问题、无情的问题。我们谈论怎样接受我们的行为带来的结果。

你对长篇非虚构的前景乐观吗？

这是个地点的问题，是让够多的杂志采用那种形式的问题。如果没有人能靠我这种写作方式谋生，那就没人去尝试了。非虚构文学写作越来越多地只存在于书籍而非杂志中了。但这不是一种可以闭门修炼的才能。这需要与世界不断接触，通常还要付出代价。它是这样一种激动人心的美国体裁，产生了这么多美妙的声音。如果衰败了，是很悲哀的。

简·克莱默作品

《孤独的爱国者：一名美国民兵短暂的职业生涯》(*Lone Patriot：The Short Career of an American Militiaman*)，兰登书屋，2002 年。

《记忆的政治：在新德国寻找德国》(*The Politics of Memory：Looking for Germany in the New Germany*)，兰登书屋，1996 年。

《在德国》(*Unter Deutschen*)，提亚玛特出版社(柏林)，1996 年。

《这是谁的艺术?》(*Whose Art Is It?*)，杜克大学出版社，1994 年。

《美国人在柏林》(*Eine Amerikanerin in Berlin*)，提亚玛特出版社(柏林)，1993 年。

《欧洲人》(*Europeans*)，法劳·斯特劳斯和吉罗出版社，1988 年。

《混乱的欧洲》(*Unsettling Europe*)，兰登书屋，1980 年。

《最后的牛仔》(*The Last Cowboy*)，哈珀与罗出版公司，1977 年。

《贞操之于新娘如同鸽子保卫其丁香树下的粮食》(*Honor to the Bride Like the Pigeon That Guards Its Grain Under the Clove Tree*)，法劳·斯特劳斯和吉罗出版社，1970 年。

《艾伦·金斯堡在美国》(*Allen Ginsberg in America*)，兰登书屋，1969 年。

《华盛顿广场之外，一位记者看纽约格林尼治村》(*Off Washington Square；A Reporter Looks at Greenwich Village*)，迪尔·斯隆和皮尔斯出版社(纽约)，1963 年。

代表作品：
《揭开撒哈拉沙漠的面纱》（1996）
《美国战场》（2002）
《亡命徒之海》（2004）

William Langewiesche

威廉·朗格维舍

不要侮辱读者的智商，也不要对读者摆出
居高临下的态度，不要浪费他们的时间

美国作家，记者，专业飞行员，出生于1955年6月12日，父亲沃尔夫冈·朗
格维舍是飞行员。他1974年毕业于斯坦福大学，获得人类学学位，之后迁到纽约，
供职于《飞行》杂志。朗格维舍不喜欢纽约杂志界的封闭性，离职后成为专业飞行
员，兼职写杂志文章，并在1996年应《大西洋月刊》约稿，完成了一项关于北约
的任务，这成了他的第一部书《揭开撒哈拉沙漠的面纱》（1996）。

此后十余年，朗格维舍为《大西洋月刊》写了一系列长篇文章，先后8次获
得美国国家杂志奖提名。其中，《埃及航空990号空难》获得2001年美国国家杂
志奖。"9·11"事件发生后，朗格维舍成为唯一一个对世贸大厦拥有完全不受限
制的访问权的记者为《大西洋月刊》写了三篇报道。2002年，这些报道以"美国战
场"为名成书出版。

写作是作者与每位读者的一场私人对话。这是一种极其亲密的交流，它建诸信任之上。因此，建立这种信任至关重要。我们绝不欺骗读者，不装傻充愣，不哄骗，不炫耀，不浪费读者的时间。"

　　"9·11"恐怖袭击给大多数美国人留下了心灵的创伤，与遥远国度联系在一起的那种混乱和毁灭令他们感到震惊，不过，它并没有给《大西洋月刊》国家通讯员威廉·朗格维舍带来影响。"在世界偏僻的角落游历多年之后，我出乎意料地对这种场景没有了陌生感，而是有了一种熟悉感。在满大街的碎片中艰难前行，爬上刚被摧毁的地景，吸入烟尘混杂的空气，犹如再次闯入局势日益恶化的国家或地区常常让自己陷入的特大浩劫之中。这次，他们让我们陷入其中。"

　　袭击发生后几个小时内，朗格维舍在电话里跟他的编辑讨论应当如何跟进报道这一事件。他飞往纽约，试图确定如何获得准入。在警察总署，他发现只发放限制进入的记者通行证，就这都很难弄到。他和编辑发了两份传真，一份发给市政厅，一份发给鲜为人知的市政府工程局委员肯尼斯·霍尔顿(Kenneth Holden)。没想到霍尔顿不仅是《大西洋月刊》的铁杆粉丝，而且还读过几本朗格维舍写的书。"他对事物如何运作，人们与过程有何关联非常感兴趣。"霍尔顿告诉《哥伦比亚新闻评论》(*Columbia Journalism Review*)说，"似乎是一拍即合。"霍尔顿给朗格维舍提供了进入现场以及与实物清理有关的所有会议的无限准入权——他成了唯一获此特权的新闻记者。

　　一年后，《大西洋月刊》发表了分期连载的三篇报道《美国战场》(*American Ground*)，这是该杂志创刊以来最长(七万字)的原创报道(书籍版本于 2002 年 10 月面世)。朗格维舍在报道中记录了"摧毁"世界上一些最大型建筑物的危险复杂的任务。数千名工程师、建筑工人、警察和消防员在没有总体规划、没有备忘录或组织结构图表的情况下清理了世贸中心(WTC)现场 150 万吨的碎石、扭曲的钢梁和人体残骸。与其说世贸中心的毁灭，不如说它的解体成了对美国特殊论——美国特有的韧性和独创性之结合——的隐喻。

　　朗格维舍在世贸中心灾难的写作中运用了相同的手法：实事求是的思维方

式、深刻的报道、朴实的散文风格和几乎无所不知的语气。这是他在《大西洋月刊》分配的需要奔赴全球各地的任务中运用的手法。朗格维舍的感触——他称之为"鸟瞰图"——是一种民主观，即把人类看成"在一个星球表面奋斗一生的生物，并未与自然割裂，而是自然中最富表现力的因子"。世贸中心灾难是否比击落一架飞机或一场远去的战争更可怕？在朗格维舍看来，它们程度不同，性质却是一样的。一些人赞扬他的单刀直入，另一些人则指责他冷酷甚至无情。

朗格维舍在高中读到约翰·麦克菲的作品时，就决定当一名作家。他的父亲沃尔夫冈·朗格维舍（Wolfgang Langewiesche）是一名飞行员，《操纵杆和方向舵》（*Stick and Rudder*）——1994年有关飞行技术的一部经典作品——的作者。威廉少年时期的大部分时间是在飞机上度过的，他第一次独自飞翔时，年仅14岁。他1974年毕业于斯坦福大学（Stanford University），获得了人类学学位，之后迁到纽约，供职于《飞行》（*Flying*）杂志。朗格维舍不喜欢纽约杂志界的封闭性，离职成为一名专业飞行员，后来的十五年都在驾驶货运飞机、救护飞机、空中巴士和商务客机。

他还继续兼职写杂志文章，并在1990年交给《大西洋月刊》两篇关于阿尔及利亚的文章。编辑们喜欢他的作品，却没有发表这些文章，而是给了他一项有关北非的任务。这成为他的第一部书《揭开撒哈拉沙漠的面纱》。

接下来的十年里，朗格维舍为《大西洋月刊》写了一系列五花八门的长篇文章：《废船包拆人》（*The Shipbreakers*，《大西洋月刊》2008年8月）是来自印度阿朗港（Alang）的报道，巨大的船舶在那里被徒手拆开，成为废铜烂铁；《百万美元的鼻子》（*The Million-Dollar Nose*，《大西洋月刊》2000年12月）是对颇有影响力的葡萄酒评论家罗伯特·帕克（Robert Parker）的专访；还有一些作品是得益于他对飞行术的了解而写的。1998年，他写了一篇瓦卢杰航空公司592航班坠入佛罗里达州的一片沼泽地，导致110人遇难的报道。他运用世贸中心报道时预先打招呼的技巧，说服调查人员允许他进入失事地点，甚至说服一名直升机飞行员让他来驾驶。最终，他在《埃及航空990号空难》（*The Crash of Egypt Air990*，《大西洋月刊》2001年8月）中的详尽调查，说明了一位飞行员的故意行为怎样导致了217人丧生。该作品荣获2001年美国国家杂志奖。

如果《美国战场》都是在讲清理任务的话，那就只不过是这场惨痛灾难及其后果的数百篇如实报道之一而已。然而，朗格维舍却借此提出了一些让人不安，或许还有点忌讳的问题。他感觉灾难和英雄主义的概念成了所有评论员默认词汇的一部分。参与清理的消防员和其他人"尽管全身心投入这一项艰巨危险的任务中，却根本与英雄事迹扯不上边"，他写道。如此随便地使用这个词，就使其丧失了本意。"'英雄'的形象就像劣质的麻药一样从他们当中慢慢渗透出来，并未使他们中毒，却让他们的观点产生了偏差。"

人们对《美国战场》的反应不一。《纽约时报》的角谷美智子等评论家称之为一部"古怪的、有窥淫癖的书"。在角谷看来，朗格维舍过分侧重工程项目的描述，而对灾难本身的描写不够。另一些人，就像杰弗里·戈德堡(Jefferey Goldberg)在《纽约时报书评》上所写的，将其视为"最近过分煽情的'9·11'纪念活动的一剂解药"。在戈德堡看来，该书最有价值的一个特点就是朗格维舍为了追求"真相，为了不被感情蒙蔽"而拒绝感伤。迈克尔·托马斯基(Michael Tomasky)在《纽约书评》上附和戈德堡说："它与大多数有关世贸中心的作品不同，字里行间都体现了一种新鲜视角，这主要是因为朗格维舍决定不把'9·11'事件看作美国历史上的一场巨大灾难，而只是看作人类斗争以及人类试图将秩序强加于混乱之上的漫长历史中的另一个事件，尽管是很大的一个事件。"

《美国战场》中的一段尤其招来了大量批评。朗格维舍在这一段中描述了一辆被废墟压扁的消防车，"里面装着盖普(Gap)——贸易中心一家商店——几十条新的牛仔裤"。"难免会得出这样的结论，"朗格维舍写道，"甚至在第一座塔楼垮塌之前，他就开始趁火打劫了。当数百名在劫难逃的消防员爬上这座遭受重创的大楼时，这哥儿们却完全在忙着干别的。"

一位纽约美术史家、雕刻家朗达·罗兰·薛尔(Rhonda Roland Shearer)——其斯普林大街工作室就在双子塔附近——立即抨击了这本书。他创建了一个网站，对书中所谓的错误进行详细分析，并成立了一个组织，为此次灾难创造了另一种历史。乔治·布莱克(George Black)，一位独立的新闻记者写了一篇50页纸的报道，用地图、卫星数据、航空照片力证朗格维舍的描述不可能是准确的。

朗格维舍回应说，尽管他自己没有亲眼看见那个场面，但他的描述却基于在场人员的证词，因此是可靠的。他在2003年5月发行的《大西洋月刊》上承认："虽然这段话明显被许多人误解为一种指责……但也有一些误解可能是不小心选用了有歧义的词语引起的。"他又说，卡车和牛仔裤那一段会在平装书中予以修正。

2003年11月，朗格维舍又重新利用鸟瞰图来审查导致"哥伦比亚号"太空梭在西南爆炸的原因。他的第五部书《亡命徒之海：自由、混乱和犯罪的世界》于2004年9月出版。

你喜欢写什么？

如果我的作品有一个统一的主题的话，那就是"小世界"思想是一种谬论，是对我们这个时代的严重误读。这种思想显然有存在的道理——飞机旅行、互联网、市场全球化、相似的旅馆房间。但这些在很大程度上都是表面性的。现实世界——创造历史的世界——根本就不是由人们可以更方便快捷地在全球飞来飞去来定义的。

那么现实是怎样的？

现实是世界依然那么大，而且就某些重要方面而言，它还在不停地变大，变得更"不相关"。这是因为世界的实际大小不是由自然地理界定的，而是由人类建构和界定的。从这个角度——我是指每个人体验环境和生活的方式来说——世界变得越来越复杂和多样化了。甚至外国文化，比如说美国电视、电影和广告的似乎很统一的渗透最终也非常肤浅。

你能举例说明世界更加复杂了吗？

当然。看看世贸中心遭袭事件。一方面，这些人能到我们这里来的部分原因是出行更方便了，所以正应了"小世界"的思想，是吧？另一方面，似乎真正重要的是他们袭击的决心、他们对我们的社会由衷的仇恨，以及我们自己的困惑和惊讶，这些是一个确实很大的世界的要素。我在自己的工作和旅行中，始终对此感到惊讶。例如，我在写有关印度和孟加拉国海滩上的船舶清扫工(《废船包拆人》)的报道时，海滩上的工人很明显持有完全不同的观点，确实有着与我所习惯的世界不同的宇宙观。

我可以非常清晰地感受到这一点。不光他们的政治观点和意识形态与我不同，他们还对我们当时共同经历的事有着完全不同的感觉。有时，我似乎惊异于我们甚至能呼吸着相同的空气。我们当然是同一种动物，但我们对所坐的同一个房间、所站的同一片场地或所乘的同一辆公共汽车的理解却完全不同。

你的专业飞行员生涯对你的新闻有什么影响？

我经常称之为"鸟瞰图"。它能让你站在另一个角度看现在。我在《直入云霄》中写道，鸟瞰图"从我们的建筑物上截取一面，通过把我们提升到林木线和公路的极限之上，让我们看到残酷的真实。它让我们在环境中把自己看作在一个星球表面奋斗一生的生物，并未与自然割裂，而是自然中最富表现力的因子"。

你是怎样产生有关故事的想法的？

我总是有很多想法在脑子里打转。我的问题不是没想法，而是想法多得无法控制。我甚至不能愉快地看报了，因为每篇文章似乎都与我写过的、正在写的或者正想写的主题有关。为了保持头脑清醒，我每次只写一篇报道，而把其他几篇先搁置着。最有意思的报道常常需要长时间的酝酿。

2001 年 9 月 11 日恐怖袭击之后，你面临是去阿富汗还是为完成《大西洋月刊》的任务去世贸中心现场的抉择。你是怎样决定的？

本来我一般会选择去一个有异域风情的地方，就像阿富汗。但我觉得我几乎不用去阿富汗，就能写出美军在那儿的故事，甚至比预期得还要早。当去某个地方寻找一个故事的时候，我需要坐下，观察，并且思考几个月，以期写出有趣的、别出心裁的东西。如今，两年之后，我认为阿富汗已成为一个有意思的故事，但或许要写它还是有点为时过早。

那么，你为什么选择去世贸中心现场呢？

我很清楚，世贸中心的摧毁是个复杂的故事，有关美国的某些深层次问题会从中浮现出来。那里正在开展的工作有一个共同的目标，这成为整个国家一个完美的隐喻。这是美国。"美国战场"这个标题可不是信手拈来的。

你执着于自己的想法，还是会听取朋友和编辑的想法？

我很乐意听取任何人的想法。但我听取了以后，它们却总在变化。

例如，我写了一篇关于葡萄酒评论家罗伯特·帕克的报道（《百万美元的鼻子》）。这对我来说是一则不同寻常的报道，因为我对葡萄酒实在没什么兴趣。在我去印度的途中，巴黎的一位朋友建议我写波尔多一位古怪的贵族。但当我到了那儿，却发现所有这些法国贵族都在谈论他们讨厌的某位美国葡萄酒评论家罗伯特·帕克。

这就播下了种子。几个月后，我一回美国就去拜访帕克。我惊讶地发现，法国酿酒师们如此敌对的这个人在某种程度上真的是个单纯的人，一个全心致力于掀起"好酒"的消费主义改革运动的美国人。这当然是非常微不足道的事，但对我来说，有意思的是他也是一位用自己民主的、没有贵族气息的美国思想破坏波尔多这个小范围的垄断联盟的社会和经济革命者。对我来说，罗伯特·帕克的故事是关于全球化、国际贸易以及美国在现代的影响的一个比喻。它最终既不像我的朋友推荐给我的一个故事，也不像我起初打算写的一个故事。

好吧。一旦有了一个想法，你是怎样找到故事的呢？

一旦有了大致的想法，我会尽量去寻找最具体的故事来探讨这个想法。这在有关葡萄酒的那篇作品中显而易见。如果要在写波尔多贵族还是写罗伯特·帕克之间做出选择，那后者要具体得多——是我可以写得生动有趣的一个关键人物。此外，坦白地讲，他具有身为美国人的优势，因此会得到《大西洋月刊》读者的认同。我自然倾向于迁就本国人。但要为美国读者写与美国无关的涉外主题，是会很棘手的；而迁就波尔多贵族，一定会让人感到厌烦。

有什么类型的故事是你一贯被吸引或排斥的吗？

我不喜欢有关肤浅政治的故事，就像谁处于华盛顿的权力之巅，并且我对有关世界未来的悲观论调不是特别感兴趣。我认为预言没什么价值。我宁愿描写世界的现状。

你认为一个好故事需要具备哪些最重要的元素？人物角色？故事情节？

我所写的主题很少有固有的故事情节，就是明显的开头、中间和结尾。当然啦，故事的紧张感通常是我一开始就营造的东西。

唯一与一个自然的、固有的故事有点类似的就是我写的那些关于飞机失事的故事了。你会认为那比较好写。但故事只是起点，如果不是失事的故事之外有太多东西的话，我并没兴趣写它。我用这些空难作品探讨更大的问题：《瓦卢杰航空公司 592 航班的教训》(*The Lessions of ValuJet*，《大西洋月刊》1998 年 3 月)中的"正常事故"现象，或《埃及航空 990 号空难》中第一世界和第三世界之间的关系，或《"哥伦比亚号"太空梭爆炸事件》(*Columbia's Last Fight*，《大西洋月刊》2003 年 11 月)中官僚政治和国家太空政策的失败。

你怎样看待自己身为作家的职责？

我是读者的眼睛和耳朵。如果说我有一份职责的话，那就是告诉我可爱的读者要透过现象看本质，要勇于接受丑恶和真相，而非将世界理想化。我是他们潜伏在现场的特工。我将自己置于复杂真实的情境之中——被称为现实，其中每件事物都与别的事物有关。没有固有的故事，只是一团迷雾，而写作则是在迷茫中选择道路的过程。

这在某种程度上是一种傲慢的行为，因为我在告诉读者："我会搞清楚哪些是重要的，哪些不是。我会造一条路，以便你们不必像我之前一样困惑。"

你如何超越那种困惑？

在故事的开头部分，我有一种发自内心的情感体验。就好像我揉着自己的眼睛，跌跌撞撞地边走边说："我看不见，我看不见。"我不知道自己在寻找什么，或者看到的是什么。周围发生了许多事，我却并不了解。这种状况可能会持续好几周。

那你会怎么做呢？

抵达所报道的地方之后，我就花很多时间到处转悠。有时一连几天都只是到处看看。我尽量不立即给出结论。我知道自己的缺点，就是"揉眼睛"那个阶段，就是"我看不见，我看不见"。我跟很多人交谈，提问并倾听。我四处走动，尽量步行。我走路很快。我走过城镇里糟糕的地方，也走过美好的地方。我转悠的最终目标是本地人都经常向我问路。然后我逐渐开始看见了。我开始每次排除一个元素。我开始去粗取精。我开始了解与我交谈的人们的动机。不久，我就开始思考叙述方式了。

你更喜欢长期还是短期项目？

我的大部分作品都比较长，这很可能是因为我发现用简短的方式正确地讲故事很难。我不写你一般在杂志上看到的那种短小的、华而不实的文章。顺便说一句，我不会向任何人"推销"故事。这是一个术语，也是一种方法，我不喜欢。如果这样做，我还不如回去开飞机。

那么你是怎样得到任务的呢？

我跟编辑谈，无论是在法劳·斯特劳斯和吉罗出版社还是《大西洋月刊》。我跟我的代理商谈。我和这些人有长期合作关系。我会告诉他们："那是我感兴趣的，你认为怎么样？"这是一种没头没尾的谈话。我们之间的大部分谈话最终都没能产生故事。他们是我的参谋。

你如何确定一个项目需要多少时间呢？例如，你怎么确定需要花六个月的时间待在世贸中心现场，而不是一年？

开始报道的时候，我几乎不知道要在某个地方待多久。不过，就世贸中心来说，我知道我在报道这个新闻的时候，必须时常在那儿——每天从早到晚都在那儿。前五个月，这个故事很吸引人，但我比实际需要的多待了大约一个月。

发生了什么事？

两件事。第一，我发现自己可以从工程学的角度提前一周预测将要发生的事。第二，我感觉窖泥的培养趋稳，变得更"正常"了。最后有一天，一位"安保人员"走向我说："你要么戴上防护眼镜，要么离开这个坑。"我说："你不是开玩笑吧?"他不是开玩笑。它成了一项常规性的、程序化的建筑工作。这就是伟大的美国实验结束的时候，也是我退出的时候。

在报道这种长篇新闻的时候，你如何设定自己的进度？

这得看情况。报道《美国战场》这样的故事，我每天从早到晚都在努力工作。但当我报道关于第三世界的新闻时，步调正好相反。那些国家通常如此效率低下，以致我有大量的停工时间。

你会做哪一种研究？

本着负责任的态度，我读过许多学术上的东西——学术期刊、学术著作。它们让我的写作有了一个总的基础。我最终几乎没有在作品中用过这些信息，但它让我为思考做好了准备。我通常会搜集一大堆东西集中阅读，而不是抽时间阅读。如果你做了太多的准备工作，你就永远抽不出时间来干正事了。

你如何报道语言不通的文化？

我会讲足够多的语言，在世界上极大一部分地区都勉强能用。行不通的时候，我就找翻译。有时是正式的，但通常都不是。在一个语言不通的社会里进行报道，你需要知道的最重要的一点，就是它改变了你所能做的事的前提和范围。你仍然可以发现有趣的事实，在现实的纷乱中理出叙述的方式，但你只能以一种与语言相通的社会中不同的方式来做。不过说来也怪，其结果可能更好。至少你避开了过度倾向于人类学或学术方面的陷阱。

你有哪些报道方法？

我非常仔细地听人们讲话。我的秘诀就是：让他说。你永远不知道他们会扯到哪里去，当你让他们继续说下去的时候，事情就变得真正有趣了。偶尔，他们会提及一些让我想打断他们的话——"等等！给我详细讲讲这个！"但我不会冲动，因为我或许会错过他们唇边即将蹦出的金玉良言。相反，我会把问题记在脑子里，待会儿再回到这个话题。

你是怎样说服人们花这么多时间跟你在一起的？

他们走到哪儿，我就跟到哪儿。我喜欢在他们忙碌的时候跟他们在一起。人们一般都愿意有人陪，并且感谢有这样一个机会可以让他们表达自己的想法。我给他们提供这样的机会。

我也特别注意不能对我采访对象低声下气。我不会用愚蠢或无礼的方式瞧不起他们、高抬他们，或使他们传奇化。我与他们心有灵犀。就拿印度的废船包拆工来说吧。去那儿的欧洲记者都充满了环保主义者或人道主义者的热情，他们问："你们为什么要在这么不健康的环境里工作呢？你们不知道这些毒物及其危害吗？"在那种情境中，这就是个无礼的问题。他们当然知道危险！他们在做着理性自主的选择。我跟他们说得很清楚，我尊重他们的想法，至少会非常仔细地听他们讲话。

你做过标准化的访谈吗？

我尽量避免标准化的、坐下来记笔记式的访谈。你知道，为了见坐在办公桌后面、称我为记者的一个有权势的人，我要提前准备问题，进行办公室预约。当然，我有过那种经历。例如，我在苏丹写一篇有关伊斯兰法的报道时，拜访了哈桑·艾尔·塔拉比（Hassan al Tarabi），他其实是作为苏丹首领的伊斯兰激进分子[《"塔拉比"的法律》(*Tarabi's Law*)，《大西洋月刊》1994 年 8 月]。让我感到好笑的是，我发现自己成了一名要去会见"总统"的"记者"，而该"总统"期望我采访他，并尽职尽责地重述他选择告诉我的任何信息。所以，我假惺惺地提了些问题，随便做了些笔记——关于他的办公室、天气、他的服饰，如"此人穿着住喀土穆的人穿的那种超白的鞋子"，让他觉得我在履行我的职责。这的确很有趣。但事实上，我本来不会那么轻慢与忽视他说的话。

你始终认定自己是一名新闻记者吗？

如果我要引述人们所说的话，那我就是。然而在别的情况下，我并不总是这样认定的，因为那会给人一种狂妄、不相干的印象。我从不隐瞒自己的身份。在除了简短随意的交谈以外的任何情况下，我都是以新闻记者的身份亮相的。这么说吧，我就差没戴上一个写着"新闻记者"的证章了。

这种做法给你带来过问题吗？

没有，因为我非常注意不利用与我交谈的人。我从不设圈套。我尽量直截了当。例如，报道《美国战场》的时候，我在世贸中心现场遇到了一位在弗莱士基尔斯垃圾填埋场运营部工作的南方人。我们与五六名别的工程师一起，我没打算引述任何人说的任何话。我大概跟这个人一起待了五小时，我们排查地桩，谈论工程，在"泰姬陵"（饮食供应站的名称）吃饭。他一度开始大谈特谈纽约市政府在工地现场的疏失，而我惊讶地意识到，他并不知道我是个记者。我无法想象他如果知道我是记者，还会发此言论。那时我什么都不想说。所有人都在场，说了也会显得狂妄。所以我通过我认识的另一个人给他传递了一个信息："告诉他我是干什么的。告诉他，他对我说的一切话都不会被公开发表，都是私下里讲讲的。"我不想有什么说不清的事。

你会就哪些信息会公开发表、哪些不会进行协商吗？

会的。当我确定要引述某人的话时，我总是会把基本原则讲清楚。我告诉他可以畅所欲言，但不公开发表的就不公开发表。我在这方面从未遇到麻烦。

你所获得的进入世贸中心现场的特别准入权的基本原则是什么？

基本原则是根本没原则。主要负责清理工作的肯恩·霍尔顿是《大西洋月刊》的老读者了，也读过几本我写的书，他知道我不写公关活动。第一天，我告诉他，让我自由进出会给他带来风险。如果这项工作搞砸了，我就得照实写。他都懂的。除此之外没什么好商量的。他给我提供了进入现场以及与清理有关的所有会议的无限准入权。

你更喜欢通过引见还是直接打电话来接近人们？

我认为做个局外人比做个局内人容易些。那样的话，你所写的人不会对你怎样对待他们有很多先入之见。引见就有点深意了。但最后结果都差不多。这是一个不讲理的职业，有时你只能跟人不讲理，无论你是怎么见到他们的。

在采访的时候，你是录音还是记笔记？

两者并用，这要看情况。用磁带录音机是奢侈的。我总要征得同意才会用磁带。如果那个人很放松，并且明白磁带录音机会让采访过程更轻松、更准确，那就没问题。但在很多情况下，我没法使用磁带录音机。如果我正在采访的人不是媒体达人，他们就会被吓到。我突然成了一个把麦克风伸到他们面前的"记者"，我尽量避免出现这种场景。

你做哪一种笔记？

潦草的手写笔记。在第三世界时，我有很多次故意把笔记做得很潦草，很模糊，这样政府官员就看不懂了。我不想让他们知道我的心思。

你用的是哪一种笔记本？

我从来不用活页夹，因为纸页很容易掉。我用一个小笔记本，边上缝得很牢的那种。我把它插进腰部，就在皮带以下。这样，我带着它也可以弯腰。并且，把笔记本放在那儿也能使它保持干爽。下雨的时候，你身上最干爽的地方通常就是腰部了。

我记笔记的习惯是：我只在每一页方便记的一侧记笔记，而用另一侧记录我对笔记的看法。当我做完了报道，坐下来准备写文章的时候会这样做。

在报道《美国战场》时，记笔记变得复杂了，因为它起初是以三部系列的形式在《大西洋月刊》上发表的。所以我用三种颜色的笔来指示哪些笔记是关于哪个部分的，这搞得很乱。

你誊录自己的磁带吗？

有时会，但这事极浪费时间，现在有一名助理在帮我誊录。我自己做的时候，会编索引而不是誊录磁带。我取出一张黄色的纸，在左手边写下索引，注明我在采访中所获得的信息，并与该信息在磁带上出现的地方一一对应起来。我偶尔会誊录一整段，因为我知道我想用它，或者其中有非常有意思的短语。但最好只听磁带，不用誊录，这能让我重温整个采访。

你做过电话、信件或邮件采访吗？

我从没做过信件或邮件采访。有时会通过电话采访，但只有在已经认识那个人的时候，我才用这种方式。

你对采访对象强硬过，或者与他们争吵过吗？

噢，当然有过，尽管我不是敌对性的。如果我认为他们错了，我就会争辩。我是在诚实地表达自己的想法。

例如，报道"埃及航空 990 号空难"时，我在采访过程中对"发现"真相不感兴趣，因为我已经知道这个事件的真相是飞行员故意使飞机坠毁。相反，我感兴趣的是人们的反应，尤其是埃及人的反应，而这需要一定的催逼和对立。他们认为我在报道事故，其实我是在报道他们。

你在报道那个故事时发生了哪种争吵？

我说："你看，我是个飞行员。那么我们为什么就不能不用新闻记者的标准来看呢？饶了我吧。"通过刺激他们，我了解了很多。显然，他们不仅在撒谎，而且还不在乎我知道他们在撒谎。这时候，我了解了我需要知道的东西。他们有着完全不同的世界观，这进一步证明了我原先的观点，即世界比人们告诉我们的更大、更陌生。

你喜欢和你的主要角色共度多长时间？

我会一直跟一个人待到腻了为止。我每周七天从清晨工作到深更半夜。某天一场成功的谈话结束的时候，我会找个借口撤离。到那时候，我通常是疲惫了，需要休息一下。

对你来说，写作比报道更难还是更过瘾？

我都很喜欢。报道有个很大的优势，就是让我有体力活动，并且满世界游走。报道的缺点是我实际上还没有任何成果。我满心焦虑，但实在没法用它做什么。我从不知道我正在获取的资料有什么用处。我总怀疑这最终是否会成为一个成功的故事。

所以说，写作的巨大优势就是最终会产生一些东西，并能看到佳作云集。最绝的是，写作要是真正进入状态了，那作品简直就像从天而降啊。

你写作的固定程序是什么？

我拿出报道时所用的笔记本、采访内容的抄本、许多其他的文件和一堆书，全部通读一遍。这个流程需要几个星期。笔记和抄本是丰富内容的来源。我在笔记本上写好页码，以便开始写的时候能够轻松地找到资料。其余的东西我更多地用作背景，所以不会看得太仔细。

当我记录所做的笔记时，文章的架构开始变得清晰起来。我开始草草地做点注释，提示自己每个章节要写到哪儿。

你列提纲吗？

嗯，我从草草地做注释发展到列提纲。我把提纲列得非常非常详细。但我的提纲看起来不像典型的提纲。

它们是什么样的？

我开始在标准尺寸($8^{1/2} \times 11$)的纸上写，写完一张纸时，我另拿一张纸跟它钉在一起继续写。它们的形状会变得很奇怪，有时是横向的，有时是竖向的。写完之后，我把它们全部钉在墙上。

这些提纲包含哪些内容呢？

有主题、事实、故事，还有我打算用到的人物。条目和我笔记上的页码都被编成索引。提纲中的一个条目可能是这样写的："李纳尔迪，9-1"。这表示第九本笔记本的第一页是关于李纳尔迪的故事。我一边写一边不断更新提纲。我也会随意地偏离提纲。

你是如何开始写作的？

我常常操之过急，开始时有点过于急切。我会对提纲失去耐心，就这么直接写了。一旦投入写作过程中，我就真的干起来了。我把这个阶段称为"绞肉器"：我不断地磨碎信息，而东西就从那一头出来了。

你在什么设备上写？

我在一台文字处理机上写，所以写出来的东西相当精炼。我认为文字处理大大提升了我的写作水准。

大多数人不是认为结果正好相反吗？就是说文字处理机让作家更啰唆，更不认真了。

人们是这么说，但那没道理。文字处理机之所以提升了写作水准，是因为它允许简单反复的更改，而更改是好事情。对文字处理机妄加批评的人要么很守旧，要么持有某种浪漫的想法，认为一种害人的机器妨碍了纯粹的创作过程。好像笔或打字机不是机器似的。当然，众口难调嘛。我不反对想要手写或者用鹅毛笔手写的人。最终，真正重要的是书或文章的质量。但那些对文字处理机妄加批评的人搞错了攻击的对象。

你必须在一个特定的地点写作吗？

不是的。我不在意风景和环境。对我来说，必须跑到一座美丽的希腊小岛上去写作这样的想法很荒唐。我所需要的唯一风景就是电脑屏幕上的风景。我只有一个要求，就是要有很多台面空间摆放我正在用的笔记和文件。我喜欢大大的台面，所以汽车旅馆或饭店对我来说是最糟糕的写作地点——那里的台面一般都很小。

在写作时，你如何设定自己的进度？

我不设定。我早上很早就起床，然后工作，一直到半夜才睡。我写《美国战场》用了五个月，但那是连轴转的五个月。在很多天里，我都是从早上七点工作到半夜，休息的时间很短。

你是一气呵成，还是会停下来修改？

我从头到尾一气呵成。不按顺序的话，我就感觉很难写——我太神经质，或者说太追求完美。在写的时候，如果不知道前面发生的事情的细节，我就感觉错过了机会。我说过，修改是不断进行的。这个过程有点像海滩上的波浪，推向前又退下去。

你会把正在写的作品给别人看吗？

当然会。我是自己最狂热的粉丝。我会给一个朋友打电话说："让我给你读一读这个。这真是太棒了，我简直不敢相信！"

你会读给谁听？

有时是《大西洋月刊》的人，有时是我的一个飞行员朋友。他不一定特别精通文学，但是个不错的人，并且愿意听我写的东西。有个人听，对我来说很有帮助。

为什么？

因为作品必须具有可读性，必须能够"大声地读出来"。声音和节奏极其重要。通过大声读出来，我就会知道它行不行。而大声地读给自己听就很奇怪，而且坚持不了很久。

你追求哪一种作者在场情形？

老实说，是可以被读者信任的某个人的存在——有时甚至令人不快，但不可否认就是这样。写作是作者与每位读者的一场私人对话。这是一种极其亲密的交流，它建诸信任之上。因此，建立这种信任至关重要。我们绝不欺骗读者，不装傻充愣，不哄骗，不炫耀，不浪费读者的时间。

你会怎样描述自己写作的笔调？

简约，或者是抒情、实事求是、没情调。但我首先追求散文和思路清晰，希望达到一种晶莹的效果。我认为写作艺术的最高境界是简明。在一定程度上，这可能是文化使然。例如，我没耐心读法国作家的作品，我觉得它们太华丽了。不过，我想他们也会觉得我太不够华丽了。

有一些特殊的作家影响了你的笔调吗？

我觉得没有。我可以客观地讲一点，就是我的写作没有模仿性。原因很简单，我不知道要去模仿谁。我从未上过写作课，也没学过文学。另外，我肯定受过其他作家的影响，特别在叙事性非虚构所提供的机会方面。

比如说哪些人？

约翰·麦克菲。现在，我的作品跟他的一点都不像，但他的确在我认为应该怎样处理写作的方式上产生过巨大影响。我最初在高中发现了他的作品，并且有点吃惊地意识到，自己其实可以写出真正好的非虚构作品。那样做会有市场，读者会找到你的。

V. S. 奈保尔[1]是另一位对我产生影响的作家。他恶心得出了名，但又是这个世界一位敏锐诚实的观察者。还有约瑟夫·康拉德[2]，因为他对"外面的"世界以及那个世界的人们如此感兴趣。然后，当然还有格雷厄姆·格林[3]。假如我必须挑出一位某天我想要与他有哪怕一丁点相似的作家——但愿我有那么幸运，那非他莫属。为什么？或许因为他如此长寿吧。

但对于自己读过的很多作品，我其实都不太喜欢。我的意思是严格地从写作的角度来讲的话。当然，有很多作家是我不想去模仿的。我想，负面影响和正面影响一样重要。

你想到了谁？

保罗·泰鲁[4]。尽管他写过一些非常好的东西，但他根本就是一个喜欢炫耀甚于喜欢探索这个世界的爱慕虚荣的人。在读他作品的时候，我就想："我不想那样写。"

读《美国战场》的时候，我想起了另一部有关一场恐怖的、人为的灾难的伟大的非虚构著作，是约翰·赫西的《广岛》。它对你有影响吗？

开始写《美国战场》的时候，我的目标的确是写一部能同《广岛》一样优秀的薄薄的书。高中之后，我再没读过这本书。当最近重读它的时候，我感觉这本书的架构出奇地简单，有点乱七八糟的。

1　维迪亚达·苏莱普拉萨德·奈保尔（Vidiadhar Surajprasad Naipaul），简写为维·苏·奈保尔或 V. S. 奈保尔，1932 年出生，英国印度裔作家。代表作：《通灵的按摩师》(1957)、《信徒的国度》(1981)。

2　约瑟夫·康拉德(Joseph Conrad，1857—1924)，英国作家。代表作：《吉姆老爷》(1900)、《黑暗的心》(1902)等。

3　格雷厄姆·格林(Graham Greene，1904—1991)，英国作家、编剧、文学评论家。代表作：《斯坦布尔列车》(1932)、《一支出卖的枪》(1936)等。

4　保罗·泰鲁(Paul Theroux)，1941 年出生于美国马萨诸塞州，美国火车旅行家、作家，代表作有《骑乘铁公鸡》(1988)等。

你认为新闻调查会把一位作家引向真相吗？

会的，尽管真相是非常复杂的东西。新闻报道与书写历史非常相似。历史就是这样一种非常厚重复杂的东西，甚至似乎更简单一些，因为随着时间的推移，人们可以获得的信息变少了。但即便如此，你知道一个历史学家必须整理出许多资料，讲出"到底发生了什么"。你也知道同一事件的两种历史版本可能截然不同，却都是"真的"。新闻报道也是如此。只是，它是在现在时态下发生的。

你认为你所写的那种长篇非虚构是美国特有的形式吗？

好像是的。部分原因是，甚至在英国都没有任何像《纽约客》或《大西洋月刊》这样的杂志，更不用说亚欧大陆了。这种形式源于英国，但现在在英国似乎不太多见了，尽管我认为格兰塔出版社是个例外。

你把你想做的那种新闻叫作什么？

接近"叙事性非虚构"，尽管事实上它并没有一个真正的标签。这就是你为什么从来在书店里找不到这些东西。他们不知道要把它放在哪儿，所以只能试图把它归入现有的类别。你知道，《直入云霄》被归入"运输类"。我想《美国战场》最终会被归入"城市研究类"，或诸如此类吧。

你认为这种体裁的前景如何？

这种体裁很好啊，前途无量。我们这个时代的另一个很大的谬论是"有始无终"的鬼话。"美国公众的注意力如此短暂，以至于只有少数潜心著作的珍品能吸引他们"，这样的观念已经再三地被好作品彻底推翻了。那只是人们为自己没有能力产生或发表好作品而找的一个借口。

因此，这最终就意味着：不要侮辱读者的智商，也不要对读者摆出居高临下的态度，不要浪费他们的时间。吸引读者，读者自然就来了。凡发表这类作品的杂志和图书出版商都迫切需要好的作品。它们是需要喂养的"牲口"，但它们渴望得到好料。它们通常吃不好。外界有一种感觉，说写作和出版界好像是个封闭的圈子。这又是一派胡言。要进入这个领域并没有真正的壁垒，没有通关密码，而最重要也是真正困难的是作品的质量。

威廉·朗格维舍作品

《亡命徒之海：自由、混乱和犯罪的世界》(*The Outlaw Sea*：*A World of Freedom*，*Chaos*，*and Crime*)，北点出版社，2004 年。

《美国战场：摧毁世贸中心》(*American Ground*：*Unbuilding the World Trade Center*)，北点出版社，2002 年。

《直入云霄：关于飞行的冥想》(*Inside the Sky*：*A Meditation on Flight*)，潘塞恩图书出版公司，1998 年。

《揭开撒哈拉沙漠的面纱：穿越沙漠之旅》(*Sahara Unveiled*：*A Journey Across the Desert*)，潘塞恩图书出版公司，1996 年。

《镌刻标记》(*Cutting for Sign*)，潘塞恩图书出版公司，1993 年。

Adrian Nicole LeBlanc

艾德里安·尼科尔·勒布朗

我的出身让我对劳动人民怀有真诚的——
而非出于同情的——敬意

　　致力于报道社会边缘群体的美国记者，出生于1963年，在马萨诸塞州莱明斯特市附近的一个小工业区长大。父亲是工会组织者，母亲在戒毒康复中心工作。这种家庭背景给了她一种强烈的蓝领价值观意识，并在史密斯学院学习社会学时进一步加强。

　　1988年获得英国牛津大学的哲学和现代文学硕士学位后，她在《十七岁》杂志担任小说编辑。1991年，勒布朗在《乡村之声》上发表了《孩子王：一名毒贩的起起落落》。在这篇报道的基础上，勒布朗在接下来的大半时间里都扎在这个故事里进行写作。最终，《无序之家》于2003年出版。期间，书稿经手了两家图书代理商、两家出版商和五位编辑。《纽约时报书评》把《无序之家》评入年度十佳作品，该书也入围了全美书评人协会奖，并获得安斯菲尔德·沃夫图书奖。

代表作品：
《无序之家》〔2003〕

我总是跟我的采访对象说，我正在写他们的世界，但那终归是我写出来的故事。所以，真相也只是我的真相，并不一定是他们相信的真相。"

　　在艾德里安·尼科尔·勒布朗报道《无序之家》——她于 2002 年发表的关于南布朗克斯的毒品、犯罪、生活和爱情的长篇故事——的这十年中的某些夜晚，她如此疲乏，以至于直接把磁带录音机交给采访对象后就回家睡觉去了。"随便怎么做。"她说。这既是苦肉计，也是新闻报道策略，这种做法让她获得了宝贵的资料。

　　该书的主角可可(Coco)会在孩子们入睡之后把爱人在狱中写的书信读进录音机里；其他人会分享他们在与勒布朗面对面时难以启齿的秘密；一些人只是打发时间，唱歌并讲一些会让勒布朗后来在听磁带的时候笑出来的笑话。"或许我内心深处希望我的人物角色能够讲出自己的故事。他们很可能比我做得更好。"她说。

　　当然，最有可能的情况是，他们做得不好。但勒布朗幻想一个人可以找到她向读者提供的事实要点和直接进入的感觉。《纽约时报》的珍妮特·马斯林(Jannet Maslin)称《无序之家》为"发挥了一部经典、大胆的纪录片魅力的书"。结合了作家马克·克雷默(Mark Kramer)所谓的勒布朗的"无情的中立立场"，她对毒品泛滥的南布朗克斯的生活的近距离观察可以说令人紧张不安，无论你持怎样的政治立场。

　　勒布朗的手法导致许多评论家认为她是在纵容，而非仅仅描写人物角色的行为。保守派批评她应该更像个社会批评家或政策分析师，因为她没有对采访对象未婚生子、靠福利生存或试图犯罪的倾向予以谴责。自由主义者批评她用如此直接、无动于衷的方式刻画穷人。

　　少数评论员不赞同勒布朗的率真，设想她选择那些麻烦一大堆的人物角色作为目标是为了哗众取宠，而非一种现实精神。小约翰·L. 杰克逊(John L. Jackson Jr.)在《华盛顿邮报》中说这本书是"对未婚母亲和那些爱着她们的毒品走私贩的杰里·斯普林格式的描述"。其他人，像《乡村之声》的艾米·法雷(Amy

Farley)，感受到了勒布朗所憧憬的小说的复杂性，称《无序之家》"或许是所有出版物当中对城市生活最详细的记录"。罗伦·桑德勒(Lauren Sandler)在《洛杉矶时报》上支持了这一观点，称之为"下层阶级的一部非虚构版《米德尔马契》[1]"。

大部分读者对勒布朗如何努力地中止了大部分作家用中产阶级的标准对穷人做出的评判，对她只不过证明了采访对象的生活表示欣赏。正如作家和编辑安妮·法迪曼(Anne Fadiman)告诉《纽约》杂志的："我还没发现有其他作家研究得如此深入。她不只是报道。她这么好地探查了一个世界，以至于完全融入其中。"丽莎·费瑟斯通(Lisa Featherstone)注意到了勒布朗在理解和宽恕之间尽力保持的巧妙的平衡，她写道："她不是没看到采访对象的错误，但她向我们展示的是他们犯错的余地有多小。"

艾德里安·尼科尔·勒布朗出生于1963年，在马萨诸塞州莱明斯特市(Leominster)——波士顿(Boston)附近的一个小工业区——长大。她的父亲是一位工会组织者，母亲在一个戒毒康复中心工作。她的背景给了她一种强烈的蓝领意识，而在史密斯学院(Smith College)学习社会学的时候，她的这种意识进一步加强了。勒布朗在史密斯学院上普利策奖得主特雷西·基德尔和新闻记者马克·克雷默(现任哈佛大学叙事新闻尼曼基金会奖学金项目主管)的课时，第一次接触到文学新闻学。

勒布朗在当时新创立的杂志《新英格兰月刊》(*New England Monthly*)上发表了她的第一篇文章。这篇文章是克雷默的文学新闻学作业，是关于发生在莱明斯特市的一连串自杀事件的(18个月内发生了11起自杀案)。她对酗酒和该城镇的青少年(她曾经也是其中之一)所用的毒品的描述震惊了他们的长辈，并导致一个小小的丑闻在当地报纸上被刊登出来。

1988年获得英国牛津大学的哲学和现代文学硕士学位之后，勒布朗在《十七岁》(*Seventeen*)杂志担任虚构作品编辑。这个岗位很自由，因此她能继续为杂志写一些有关那些开始吸引她的边缘人物——妓女、毒品走私贩、黑帮女孩——的文章。

她是在《每日新闻》(*Newsday*)的一张小剪报上发现了《无序之家》的起源的。该报发布了对一个获得巨大成功的海洛因贩子"男孩乔治"(Boy George)的审讯(乔治在十八岁时，每个星期能赚一百万美元，积攒的现金多到只能存放在专门

1　《米德尔马契》(*Middlemarch*)，英国作家乔治·艾略特出版于1872年的一部小说。该书塑造了约150个"圆形人物"和"扁平人物"，并将他们安排在错综复杂的社会关系中，再现了一个完整的社会结构。小说在米德尔马契这个充满了"喧嚣"与"骚动"的地方，上演了一幕幕人生的悲喜剧，被认为是艾略特的代表作之一。

租来放钱的一间公寓的垃圾袋里）。

在报道这则新闻[《孩子王：一名毒贩的沉浮》(*Kid Kingpin*：*The Rise and Fall of a Drug Dealer*)，《乡村之声》1991 年 12 月 10 日]时，勒布朗认识了毒贩的女友，她们很快就成了故事的主线。从《新英格兰月刊》的一位编辑那里签下四万美金的书约时，勒布朗二十七岁。"别担心，"他向这位紧张不安的作家保证说，"这将是一位年轻记者写的一部小书。""男孩乔治"同意配合，但前提是他已被定罪。如果他被宣告无罪，而勒布朗披露了他告诉她的任何信息，他一定会杀了她（他被判无期徒刑）。

勒布朗辞掉了《十七岁》的工作，一头扎进了这个故事。除了在耶鲁法学院（学习严格的洛克菲勒毒品法的效力——与该书有关的一个课题）拿新闻奖学金的一年之外，接下来十二年中的大半时间，她都在写这本书，期间有两家图书代理商、两家出版商和五位编辑经手。投入这个项目五年来，合同期限一延再延，勒布朗依然没能完成书稿，她的第一家出版商撤销了这部书的合约。尽管只完成了七十五页纸，她又把这部书转售给另一家出版商。这家出版商赔付了原出版商的钱，却不再给勒布朗提供资金了。有一天，她在监狱里采访"男孩乔治"时意识到这个项目该结束了。"艾德里安，够了吧。"他说，"我在坐牢。别来烦我了！"

《纽约客》和《纽约时报杂志》摘录的《无序之家》片段保证了这部书将会被广泛阅读。评论家们对她甚至能够使贫穷生活的平凡逼真的事实吸引人而感到惊奇。"她所写的人最后都没想朝着更新、更好的生活努力，他们还是固守着疲惫的状态。然而，她却能够让他们的故事吸引人。"玛格丽特·塔尔伯特(Margaret Tall-bot)在《纽约时报书评》上写道。但塔尔伯特认为，勒布朗没能对她人物角色的无从选择提出适当的质疑。"为什么某些人，就像可可不停地生孩子，尽管一切证据都表明多生一个孩子并不能使她获得想要的东西——一位关系稳定的伴侣、给孩子一所像样的房子、某种安全感？勒布朗没有适当地从采访对象那里退一步提出那样一个问题，的确太差劲了。她看着采访对象的错误，并非常直接地转达了他们的解释。"

勒布朗承认，评论家们说她只把重点放在描述上却拒不做出解释，这种批评是中肯的。然而她又反驳说，她不愿意分析主要是害怕自己的无知，而不是为了表现自己的严谨。"不到彻底结束，我坚持不去推断推动故事的是什么。我发现跳出来说'我认为它意味着……'是件痛苦的事。因为我觉得，尽管花了这么多时间报道，我仍然不知道它意味着什么。"《无序之家》得到的评论使她相信，她需要做多一点的解释，尽管她从未把自己当作一位政策提倡者。"我现在意识到，我有责任比原以为的更理智地解释其意义。毕竟，无论如何我都是在深入探究其意义，哪怕仅仅通过选用哪个场景、突出哪些人物角色、不考虑哪些插曲，所以我本可以使那部分的写作更条理分明的。"

《纽约时报书评》把《无序之家》评入年度十佳作品。该书入围全美书评人协会奖，并获得安斯菲尔德·沃夫图书奖。勒布朗接下来的项目是一部关于一位单口相声演员的书。

你认为你所做的是新新闻主义吗？

我自认为是一名记者。"新闻记者"这个词太自负了。

你认为自己是历史传统中的一分子吗？

那些写社会不公的人，如雅各布·里斯、苏珊·希恩(Susan Sheehan)、乔纳森·考泽尔(Jonathan Kozol)、威廉·菲尼根、亚历克斯·寇罗威兹激发了我的灵感。我愿意把自己当作这种传统中的一分子，这既是一种纪实传统，也是一种文学传统。

你把你所做的这种新闻报道称作为什么？

有些人称之为"浸入式新闻报道"，但我认为它是需要充裕时间的报道：无节制的现场时间，重温谈话、信息和场景，回想我之所见。不妨把报道想象成浸入水中，一旦你浸下去，除了模糊的影像之外，真的无法看到太多东西。但当你再上来的时候，你就能看得更清楚了。从水中走出来时，你就能更真切地感受空气的温度和质量。当你在水中的时候，你只有一种真切的感觉。同样，当你浮出水面，从水中出来时，你可以把在水中所看见的东西想得更清楚。

你喜欢写什么？

我对孤立的生活世界之间相近的问题感兴趣。这或许是我写儿童的一个原因，他们的处境要求他们向相近的世界——家庭、学校和朋友——让步。即将步入成年的青少年同样生活在他们各自不同的世界里。人们及其居所之间的动态、环境如何能够或不能改变他们的身份，这是我的兴趣所在。

这种"孤立"的观念是你写了这么多边缘化的城区人的原因吗？

我报道过的生活世界肯定让人觉得非常孤立、与世隔绝，但我在思考"边缘化"这个术语时，越来越不会觉得不舒服了。界线的确这样清晰吗？"城区"是个可知的地方，还是一种动态或文化，就像"商界"或"体育界"一样？

如果，比方说，南布朗克斯的生活世界与上东区（Upper East Side）惊人地相似，那你为什么只选择写前者呢？一定涉及相似性以外的东西。

的确。我在自己所做的工作中感觉到一种目的性。南布朗克斯这样的地方极其危险。进一步从个人角度来讲，比起每天挣扎在不具有吸引我的那种新闻报道的挑战性的上东区的人们，我更同情生活在南布朗克斯的人们。

几乎你所有的新闻报道都是关于穷人和卷入毒品、犯罪中的人的。你有没有想过写名人？

不是名人本身，但或许是名人文化。一本杂志曾经问我是否可以写一篇有关社会名流希尔顿姐妹（Hilton Sisters）的专访。我想："噢，我喜欢做那个！"

为什么？

我可以学到一些东西。并且我怀疑希尔顿姐妹和吸引我的东西之间有着千丝万缕的联系：性别、保护消费者利益主义、在青年成年期没有被结构化的人的度日方式，以及兄弟姐妹。我认为非常贫穷的人和非常富裕的人之间其实有着千丝万缕的联系。

你为什么常常写儿童？

儿童的思维方式增强了我的意识，想象他们的思维方式需要一种严谨性。比如说，发生在大街上的某件事——一场斗殴或调戏、某种交易——在儿童的眼皮下进行时，我常常试着想象他们是如何理解所看到的一切。儿童一般也不会像成人那样掩饰自己的反应。"规矩"，我爸爸过去常这么说。

还有，读者容易对儿童产生同情。公众过去给予那些卷入刑事司法体系的青少年的天生的同情心已经减少了。这实际上就要求我必须不断接触越来越年轻的采访对象，以期使人们之间产生联系。对我来说，这几乎是一种战术。

你是怎样产生想法的？

想法通常是从先前的故事或谈话中来的，就像一些最好的信息，都是偶然出现的。一个形象、一段评论或一种姿态会萦绕在我心头，挥之不去。所以我仔细斟酌，试试看能否发现点儿什么。这有时是长达数月的不全面的想法和初次采访的缓慢积累。有的想法我已经产生好多年了。

你会归档保存好的想法吗？

会的。我有很多构想文件，或许在任何特定的时间里，都有三四十个。比如说，最近我见到了一些在学校不遵守纪律，但在外却扮演同龄人的保护者角色的孩子，从而建立了一个我称之为"保护者"的文档。我因为被兄弟姐妹们在外和在家的表现不同而触动，还建立了一个"兄弟姐妹暴力"的文档。这有显而易见的差异，但也有相似的情形：同样是孩子、同一个街区、不同的背景、不同的行为。这些文档的内容包括兄弟姐妹们彼此之间不经意的评论，他们的朋友、父母对孩子们之间分歧的评论，两三篇关于兄弟姐妹和儿童发育的文章，以及研究这个课题的专家的资料。这些是故事吗？我不知道。但它们被归档了。

你也会听取朋友或编辑的关于故事的想法吗？

我写过的一些最好的故事都是编辑建议的。他们的思路之清晰可以说给我以巨大的安慰，让我感到放心。这些故事常常让我受益匪浅，因为它们用我自己或许不肯的方式推动着我。

当找到一个真正的故事时，你是怎么知道的呢？

当我被一个故事吸引到几乎痴迷的程度时，我就知道我找到了一个好故事。

什么会使你痴迷？

某个人的心理状态或境遇、声音使我痴迷。有时，我只是被某个人讲话的方式所吸引——措辞、抑扬顿挫、欲言又止、停顿、反复说的话。

世界上有没有什么地方比别的任何地方都更吸引你？

对我来说，在没有工作生活迹象的地方做报道是很困难的。我发现在南布朗克斯这样的地方，或小城市和乡镇，这种情况很多。我的出身让我对劳动人民怀有真诚的——而非出于同情的——敬意。

在考虑一个项目时，你的思维过程是怎样的？

我常常对一些情况或一些人有直觉反应，有一直围着一个人或一个地方转的欲望，有解读它的想法或其他想法。这个直觉成了一种过滤器，我用它慢慢获得一种观点。

例如，我正在考虑的一种构想源自我兄弟邮寄给我的一本杂志上刊登的对一名相声演员的采访。我读了他的故事，并且看了他的演出，非常精彩。我把这张剪报归入了文档，甚至在向他做自我介绍之前，就建了不止十个文档。但是，留在我心间的是他表演的一个瞬间，特别是他在台上那强大的气场，以及从台上那个有传奇色彩的人格面貌到我在演出后迎宾队列中看到的没有安全感的人的降级。我被我想象中这种工作所需的应变能力震惊了。必须不断地证明自己意味着什么？它产生的负面影响是什么？［《粗人：学习成为泰晤士广场的一名相声演员》(*On the Bark*：*Learning to Be Comedian in Times Square*)，《纽约客》2004 年 4 月 19—26 日］

喜剧是我兴趣的自然延伸，因为就像街头生活一样，许多喜剧是因遭遇逆境而来的。喜剧和街头生活都能养成一种新奇、轻浮和鲁莽。我对一位表演者如何既能让自己充分地娱乐大众，又能保护自己好好生存这个问题很感兴趣。

我对挑战我的人、挑动我重新认真考虑事情的人感兴趣。我看得出来，报道这位相声演员将会使我筋疲力尽，但那令我很兴奋。

你最不喜欢写哪种人？又最喜欢写哪种人？

我不喜欢写对新闻媒体过于了解或"很有故事"的人。我更喜欢写那些未必知道他们的看点在哪儿，我的兴趣又何在的人。我喜欢的采访对象懂得如何享受生活，并全身心投入他们手头上的工作。例如，在《无序之家》中，虽然"男孩乔治"和杰西卡最终银铛入狱，但他们都在努力地过日子。杰西卡的生活中有过艰难和抑郁，但当她出去寻欢作乐的时候，就真的玩得很开心。或许，我之所以对他们感兴趣，是因为他们在某些方面与我如此不同。并不是说我不能过得快乐，而是我有忧郁的倾向。我很认真，常常感到拘束。我犹豫不定。

你在多大程度上认同你的人物角色？我常常在你的作品中发现一种"因着上帝的恩典，我才有今天"的主题。

我想那种情感是真实的，但那种姿态还不如了解它所有的运作方式来得有用。我时常会被那种把他们的生活和我的生活区别开来的各种机会震惊。

你认为自己的作品是在一个主题上的变异，还是一系列独具特色的作品？

很遗憾，是在一个主题上的变异。它会是一系列独具特色的作品——高度锤炼的变异，如果我全力以赴地成为一名足够强大的作家的话。

你一直知道自己是在写故事，还是有时会醒悟并意识到你生活的某个部分也会被写到？

我过去常认为，我有兴趣，就表示没有故事。因为我认为我应该对故事的内容有冷静的想法。谢天谢地，我学聪明了，但我也说过，我知道自己投入一个故事有时是由一种恐惧感证明的。这种恐惧是对交出最好的故事要求我投入的时间、努力和注意力的一种最初的抵抗。但一直以来，现场报道都是如此让我欢欣鼓舞或全神贯注，以至于忘了更大的任务，那就是写故事。另外，我有时担心自己过度地从新闻角度思考，从而不断地怀疑："这会成为一个好场景吗？我应该引述这番话吗？"如果我头脑当中有足够的空间想这些技术问题，那我显然不会足够多地"出现"在现场。

你会做哪一种研究？

起初，我想在报道的过程中依凭自己的直觉，所以一般会避开专家，至少一开始是这样。我不想浪费他们的时间，而且我担心会给他们留下太多印象。如果我带着专家的想法进入现场，那我可能就无法依从自己真正看到的在我眼前发生的事。

通常，我会从正在经历的人那里尽量充分地了解我所看到的社会问题——毒品、贫困、种族、缺乏教育、过度拥挤的住房——的根本原因，无论他们是否清醒地意识到这一点。其中有一些简直很实际，然而他们的心声和分析几乎不会被听到。

你在《无序之家》中写了很多有关毒品贸易的技术、经济甚至化学基础。你做过哪种研究？

八年来，我的公寓里一直摆着一堆有关毒品贸易的经济学和历史学的书。其中很多我并没有读，尽管我或许该读一读。我了解到的有关毒品贸易的所有信息几乎都源于我与"男孩乔治"、他的供应商、其他街头毒贩和无数客户的谈话。我做过药物试验，在毒品法院当过实习生。最吸引我的不是毒品交易的细节，而是那种感觉，就像一个来自布朗克斯、能够随时和女友飞往夏威夷的年轻的波多黎各孩子。此外，我想知道这些不同的生活世界互相碰撞时会发生什么。

在报道《无序之家》的过程中，你在耶鲁法学院有一份新闻奖学金。你当时在做什么？

我在正式学习禁毒政策的历史和联邦量刑准则的演变，尽管这本书几乎没有明显地用到这些信息。但这些基础知识很关键。这是出现在某些地方，就像这一句的前半部分——"吸毒指控不会抓住未成年人不放，但生活方式会"——的一种说法。我一不小心就出现在布朗克斯的一个历史时刻：洛克菲勒毒品法的效果、监狱行业的扩张，以及资助贫困政策的萎缩，然后孩子们开始被雇佣为经销商。了解这些法律的思想史有助于我理解正在着眼的事。如果把写作比作一个建楼的过程，那么这类研究就是脚手架。

不过，我的确对耶鲁法科的学生产生了兴趣。置身于他们律师的社会主义化中，目睹他们想要成为世界上真正有权势的大人物的志向以及为此所做的准备，真的很有意思。它让我在年轻的、常春藤联盟理想主义的法科学生职业生涯开始时就深刻地了解了他们，就类似于我后来见到的地方检察官、法官、政客和政策专家。我觉得，对精英律师职业文化的学习，使我最终对司法体系及其建立连接和脱离的时刻的了解更精细了。

在开始报道一个故事的时候，你所做的第一件事是什么？

我开着车到处转悠，观察，然后鼓起勇气走过去向我要报道的人介绍自己，尽我对自己所做之事的了解向他们解释说我只是想和他们"在一起"，不一定会做什么。我把它比作拍电影："想象一下，我正在拍一部有关你的生活的电影。告诉我，对你来说最重要的地方有哪些：你的房间、校园、你喜欢待的任何地方。这样一来，一个对你一无所知的人就能够了解你的生活了。"我们去商店，我们去公园，我们坐在角落里交谈。他们有时不相信这些生活琐事就是我想要看到的，所以需要一段时间使他们确信我不是个失败的记者或傻瓜。

你是怎样说服他们花这么多时间跟你闲逛的？

我时常发现人们出奇地敏感，这有助于我真心对他们产生兴趣。无聊也有很大用处。孩子们百无聊赖，所以他们乐意有事可做，乐意和不认识的人交谈。我的问题是太吃香了！我常应邀顺便拜访。当我与别人在一起的时候，有些人其实会感到自己被冷落了。

你是怎样说服不愿意的人的？

我一般不会纠缠不愿意的人，除非他的不愿意好像是暗示我追问的一种暧昧托词。我或许会问，他们是否感觉对生活中的事物产生了误解。我会不断尝试，但并不会催逼。

有没有人问过"你为什么想要拍一部有关我的生活的电影"？

我通常听到我没有采访的人这样问，他们嫉妒我采访的那些人。凯萨(Cesar)是少数几个质疑过我对他和他的童年的兴趣的人之一。他还告诉我："艾德里安，我认识一千个像我这样的哥们儿。"这当然取决于人，但当人们特别自信的时候，那会很棒。"好吧，你当然想与我共度一些时间，弄清我的生活是什么样的！谁不想呀？"

关于你的项目和你自己，你谈得多吗？

关于我的生活，他们想知道多少，我就透露多少，通常不多。我没那么有趣。至于项目，我会解释我作品的标题，交流初步的想法，这通常很不明确。我或许会说我在写贫困、吸毒、坐牢的人，或者一个有孩子的小姑娘的生活。让我又高兴又难过的是，大多数人对详细阐述非常不感兴趣。

你有没有安排过某些活动，来看你的人物角色有什么反应？

很少，尽管在一篇有关黑帮女孩的报道[《当曼尼被关进监狱》(*When Manny's Locked Up*)，《纽约时报杂志》1994 年 8 月 14 日]里，我带一些青少年去看《我的疯狂人生》(*Mi Vida Loca*)——艾莉森·安德森(Alison Anders)关于洛杉矶黑帮女成员的电影。我采访过她，她邀请我去观看放映。我只是想知道她们对这部电影的印象。让公关人士和在场的评论家深感苦恼的是，这些孩子从头到尾都在嘶吼、呐喊、鼓掌喝彩。一个孩子还在墙上贴标签。她们一起抛洒帮派标志。对身为新闻记者的我来说，这是一种非凡的经历，因为我开始看到她们怎样与另一个世界，一个实际上刻画了她们形象的世界发生碰撞。我开始看到地铁乘客在回程的车上的恐惧反应，影评人在观看一部有关帮派生活意味着什么的电影时的紧张不安。

你的记者形象是什么样的？

犹豫不定，害羞，对我所看到的感到困惑。我经常感觉没有方向，作为一名记者，我在问："你是谁？请帮我把这个弄明白。"我沉默寡言。有一次，在第一周的尝试之后，我正鼓起勇气跟一些人说话的时候，一位女孩走向我说："你打算什么时候过来跟我们谈谈？"

我说过，一旦着手去做了，我就会完全投入报道之中，如果一切都进展顺利的话。

在报道撰写《无序之家》时，你是如何设定自己的进度的？

我于 1992 年年底签了《无序之家》的合同，但直到 1994 年甚至 1995 年才真正找到了焦点。写作用了两年，但整个过程——从初步接触到整个编辑过程——从 1989 年开始，到 2001 年才完成。其实，在某些方面，它还在进行。

在这个项目中，我没能很好地控制进度。回想起来，我怀疑自己是否应当搬到南布朗克斯的一间公寓里住几年，全身心投入这本书。

让我们来谈谈采访。你会谈采访的条件吗？

会的，如果解释算是谈条件的话。我想让受访的人知道，我们之间发生的所有事情都有可能成为我故事的材料。我在采访某个人，特别是青少年的时候，我会提醒他们，说他们所讲的都会公之于众。因为谈话进展到好的地方的时候，他们就没这个意识了。他们需要具体事例来说明谈话意味着什么。我可能会把剪报的副本给他们。或者，如果我们在电话里交谈，我可能会说："你是否介意我把这个写下来？"这只是提醒他们这个采访过程的方式。比如在笔记本上做笔记——如果是当面相处，他们就能看到。

我告诉他们，如果有任何不想在故事中看到的内容，他们必须告诉我，说明该信息"不宜公开发表"。但即便某些东西不宜公开发表，我也要求他们跟我讲讲。我不会把它发表出来，但我知道得越多，我对他们经历的了解就越全面。

事实上，你跟一些人物角色交谈了好几年，这是否会令你的采访条件变得混淆不清，从而让采访对象记不住？

我在写那位相声演员时更多地遇到了这个问题。他思考、讲话都非常快，我只有录音才能跟上。他会告诉我一些事，紧接着指出"噢，那个不宜公开发表"，或者可以发表，或者不宜发表，或者别的什么，然后继续讲！这种行为是他的主要个性，因为所有的事之于他反过来都是一个简单的"是"或"不是"的问题。这就是他如此滑稽的原因，但如果项目打算继续下去，我们就必须达成谅解。

你最喜欢和最不喜欢在哪儿采访？

我喜欢在人们感到最惬意的地方采访他们。当然，如果让他们感觉最自在的地方是喧闹的大街，那对我会有点难度。在车里采访很棒，因为很安静。那就像我的移动办公室。在驱车去监狱探访凯萨时，我对可可进行过一些最棒的采访。孩子们在后面睡着，我们会在我开车的时候连续交谈好几个小时。我也喜欢在厨房采访，很可能是因为我写过很多关于妇女的故事，而我所写的妇女都过着非常传统的日子，厨房才是"她们的"地方。餐桌是与人交谈的一个温暖舒适的地方。《无序之家》中的卢尔德(Lourdes)在烹饪——在厨房里大显身手——时，真的是激情飞扬。

我讨厌在外面采访，因为我做了最多采访的街区熙熙攘攘。还有，大家都好管闲事，所以我感觉大家好像都在监视别人。我不喜欢饭店也是这个原因。

你会在采访中设定提问的节奏吗？

我没那脑子，这需要太多计算。一切别的事都还在发生，那种分帧意识会让我筋疲力尽的。许多显而易见的问题直到报道快结束时我才想到。在此之前，如果我有一个问题，就会直接提出来。

在《无序之家》中，我的"节奏"什么的都是无意间定下的。回过头来，我看到故事的很大一部分信息是在项目的早期阶段就可以全面获得的。问题是我听了也许会受不了。我一直在找离开南布朗克斯的理由，因为它经常一下子涌出这么多东西：太多人、太多悲哀、太多活力和活动。我要花很多时间摆脱这些。但在早期的录音磁带里，我在采访的重要关头屡屡打断受访者！

你会对采访进行录音吗？

会的。但考虑到我所写的那种主题(犯罪、毒品等)，录音会让我的采访对象紧张不安，因为这使我们的接触好像审问似的。我采访的人会把磁带录音机和审问他们犯罪问题的警察或律师联系起来。

为避免这种情况，我的一个技巧是直接把磁带录音机交给某个人，告诉他随便怎么用。在报道《无序之家》时，有很多次，我累坏了，以至于干脆丢下录音机就回家了。他们可以互相采访，或者给我提供他们认为我应该知道的信息。他们有时会开玩笑，但平时都是认真对待的。

这有效吗？

有效，非常有用！我了解了很多我怀疑自己本该早就发现的东西。有时，可可会在磁带上告诉我一些她感觉当面不好意思讲的事。有时，她会把凯萨从监狱里寄给她的信读进磁带录音机，或者因试图让她的女儿们刷牙而心烦意乱。她会把孩子们哄睡，然后谈论她对事物的感觉——都是对着磁带录音机。这真是太棒了，因为我从她那里获得了不同的观点。是她在告诉我她决定与我共享的她的生活故事，而不是我在问她我认为可能很重要的事。

你誊录自己的磁带吗？

嗯。听听交流的动态和采访中的跳跃、语调、停顿、人们变得激动的地方，这对我来说很重要。也许专业的誊录员也会捕捉到这些，但我从没钱去尝试。

将来，我对家务管理肯定会像对报道一样热心。我把笔记一连数月堆放在那里，结果许多特别重要的材料都搞丢了。涉及磁带的话，情况甚至更糟。

你是怎么知道报道何时可以结束的？

当我开始对采访对象分心、不耐烦的时候，或者当我听得较少，而更多地思考自己想说的话，开始固执己见的时候。当我发现自己退回到整体理论的时候，那就是该停止报道、考虑写作的时候了。

我们来谈谈写作吧。对你来说，写作比报道愉快一点还是痛苦一点？

我爱报道，害怕写作。到必须得写的时候，我常常感觉一个故事的全部经历都结束了。不过，我最终的确也爱上写作了。

在写作之前，你是怎样组织你的材料的？

我会通读所有的笔记——我已经输入电脑中的录音和写作笔记，并打开它们所显示出来的主题文件。拿《无序之家》来说，我建有以下文档："男朋友""住房""音乐""对女孩的街头评论""'宝宝'理由"（列出了人们给出的要宝宝的所有理由）和"吸毒的委婉说法"等。我会为场景发生的所有主要的公共机构（医院、福利办公室、收容所、公寓大厅、法庭）建立"气氛"文档。我还为每个人建立了传记文件和描述文件。我有一本很厚的、几百页长的、带注解的大事记。

一旦有了大部分主题文件，我就从笔记中剪切、粘贴一些片段，复制到相关的主题文件中。然后我阅读、打印这些文件，再重读，标出最有趣的材料。所以，在写一个场景的时候，我身边放着一堆标记过的、空白处写着各种备注的笔记。

你会怎样组织所有这些文件？

我为这部书建了几百个文件，然后打印出来，分到我靠墙排列的牛奶箱里。主题文件是按字母顺序进行组织的，传记和描写文件是按姓名的字母顺序进行组织的，现场工作是按年代顺序进行组织的（"乔治和杰西卡相遇""乔治和杰西卡约会""乔治在监狱里""杰西卡在监狱里""乔治和杰西卡在监狱里"）。我不在场的时间段，就按照行为发生的地点和年代进行组织。

你是怎样开始写作的？

当我发现自己易怒、受挫时，这个迹象表明我要么饿了，要么需要写作。我试着开始写作，但我会阅读书籍和杂志——任何阻止我写作的东西。我知道自己真的准备好要写作的方式是我感到非常累，不得不去睡觉。我确保在入睡之前阅读笔记，这样醒来时，我会记忆犹新。然后我睡觉，有时一觉睡十四小时。醒来后，我知道我即将开始写作了。

你喜欢在一天中一些特定的时间或地点写作吗？

我喜欢在大清早，在我完全睡醒之前写作。所以，我甚至在冲一杯咖啡之前就开始写了。我会直接从床上挪到办公桌旁，开始写作。对写作的抗拒是如此之大，以至于我需要在充分认识到自己在做什么之前就让自己开始写。然后，一旦开始写了，我会暂停，给自己冲点儿咖啡。这种固定程序持续几天之后，我就能过渡到很正常的写作状态，可以与人交谈，也可以打电话了。

地点的话，我有幸在作家聚居区写作，尽管我花了些时间才安定下来。我的梦想是有一间可以睡觉的办公室，这样我会一醒来就开始写作。

写开场白有多重要？

第一段会困扰我好多天。它几乎总被删掉或到处挪动，变成某一部分的结尾。

你会按年代顺序写吗?

通常是的,尽管这会不断变化。我会心潮澎湃地从一个场景写到另一个场景,并不完全按照年代顺序。我会写一个1988年发生的场景,再写一个1996年发生的场景,然后试图弄清它们之间的关联。这产生了各种各样的现实问题——某个场景会出现之前没有介绍过的新人物角色,所以我只好回头进行安排。

刚开始写作的时候,我只能确定下我想要的结局。我的头脑中有一个场景、一句话、一段引述,我就朝着它去写。这大概是我着手写作之时能够确定的唯一一件事。例如,《无序之家》中有一段是以这样的句子结尾的:"她的女儿和她的男人从第一个泉眼走过。"这是我亲眼看见的一个时刻,弗兰基(Frankie)和梅尔切德(Mercedes)在可可的注视下走上街头,这一幕萦绕在我心头好多年。不知怎的,我知道某一段会以那样的一个形象结束,但我不知道怎样先行获取、写下所需的所有东西,使这似乎平凡的时刻对我来说与它在现实中一样有意义。

"心潮澎湃地写"是什么意思?

相信我的回答至少偶尔拥有有益的心理联想和跳跃。我首先写的是萦绕在我心头,让我心潮澎湃并且最吸引我的事件或人。你可以概括成,比方说,你对你妻子所讲的描述你一天的工作要点的故事。我试图搞清楚,让我在故事中不断游走,直至能讲述出来的是什么。我是否能够理解它、验证其正确性、利用它或丢弃它?不管以哪种方式,我最终是否能够解决它?

你会在修改之前一口气写完一篇报道吗?

我会一直写到有草稿为止。草稿通常是一堆乱七八糟、杂乱无章的场景,或者其实只是片段。然后,我把它们打印出来,拿到我的房间,也许会拿到咖啡店去读。每读完一个场景,我就问自己:"好,这个场景是关于什么的?我为什么会被这个场景吸引?"我在该场景的空白处写出答案,有时只有一两个字。然后我抄下空白处的那些评语,放进提纲里。

你完成初稿后会列提纲?

是的。我从初稿中生成提纲。这是个提炼的过程,是试图弄清我的初衷,然后进行整理的过程。当我坐下,提纲放在办公桌的一边,大致的场景放在另一边时,真正的写作就开始了。我会长时间地坐在电脑前,利用场景和提纲写出全新的东西。所以我想我的初稿与其说是严格意义上的初稿,不如说是正式的笔记。

你理想的写作之日是什么样的？

我早上五点左右起床，工作一小时，然后喝杯咖啡，吃个早饭，再回去写几个小时。然后我去游泳，吃午饭。可能我还会用一个小时把早上写的内容再读一遍。不是全面细致地校订，也许只是做点旁注和小改动，停在我次日很容易接着写的地方。

你追求哪种作者在场的情形？

低调的、犹豫不决的。我清醒地意识到我最终对自己所描写的这个世界的了解是如此之少。我想要自己的存在是安静的，并且尊重我所写的现实的终极奥秘。

你的作品充满了微小的细节：人物角色的外貌、他们的家、他们的生活。你为什么要写得如此详细？

在我揪住细节的这么多时间里，我无法过多地专注于所发生的事。报道会让我迷失方向，所以我用微小的事实来让自己找到方向感。

我们来谈一些伦理问题。如此深入地参与到你的人物角色的生活中，你有没有担心过自己走得太近了？

为了让读者靠近，我必须先靠近，特别是当我所描绘的世界不公平，令人痛苦、不安，或令人极其悲伤时。更让我担心的是我们与贫困保持的距离。我们处在对平民的疾苦知之甚少中是多么自在啊！

有时候，我的感觉会破坏新闻报道。例如，杰西卡服刑十年后，从监狱回家那天，我本来可以在那里的。我的编辑希望我去报道这次回家，但我觉得："天哪！这是她十年后与孩子们的首次相聚！我绝不能去打扰。"这放在故事里或许很棒，可作为一个人，我并不后悔尊重了杰西卡的隐私。这种逃避可能很自私，因为这也是如此激动人心的一刻，对我来说太有感染力了。

在是否要给予《无序之家》中的人物角色建议或非金钱援助上，你的策略是什么？

前提是我有有用的建议或者人们把我尊为某种权威人士。有几次，我愚蠢到认为自己掌握了有用的信息，但立即就有人告诉我，说我"听起来像个社会服务人员"。这是叫我闭嘴的一种礼貌方式。

但当我比较有把握地真心试着帮助一些人操纵系统时，结果对我来说可能是一种学习的机会。例如，我为一位据称因儿子销售毒品而被驱逐的妇女请求法律援助。我惊讶地了解到他们不为任何与毒品有关的驱逐提供法律指导，哪怕指控的证据不足。

你担心自己的存在会对故事产生影响吗？

我敢肯定我的存在对故事有影响，但记者远没有我们愿意相信的那么重要。有很多次，我的存在导致我不可能运用我本想用的东西。有时，一个人的存在影响不好，或者他的辩解是在转移注意力或太复杂，就会把故事带到一个尴尬的方向。

然而有很多次，我认为形势的确太严峻了，我不得不试着去帮忙。例如，眼睁睁地看着梅尔切德被小学开除是非常困难的。所以，当我见到校监并告诉她我是个新闻记者时，我也明确表示，我是梅尔切德家人的朋友。

在场景再现的过程中，你会参考什么？

尽量从尽可能多的渠道获取尽可能多的信息，就他们对事件的回忆反复进行采访。而且，如果可能的话，我会让他们带我去现场参观，请他们描述那个行为是怎么发生的，谁站在那儿，看看是否有确凿的证据——现场的照片、书信或其他文件，以及让知情人士画出图表。

寻访位置是很有意思的。在《无序之家》中，凯萨和可可在波克诺山的一家旅馆里待了一个星期。为了核实他们提供给我的详细信息，我驱车前往该旅馆，拍摄了他们的房间，并采访了该旅馆的管理人员。我问道："床单是那种颜色吗？那时候的布置跟他们说的一样吗？"然后我把照片给凯萨和可可看，以唤起他们对那个星期的记忆。

你相信自己所做的那种新闻报道能够引出真相吗？

我不知道能否引出真相，但我相信新闻报道会引向读者和他们用其他办法不会了解的一个世界之间真实的人际联系。并且，如果一切顺利的话，这种联系将是持久的。我总是跟我的采访对象说，我正在写他们的世界，但那终归是我写出来的故事。所以，真相也只是我的真相，并不一定是他们相信的真相。

你对长篇非虚构的前景乐观吗？

书籍似乎是做我想做之事的最好去处了。我对杂志有良好的体验，但我也看到杂志的局限性与日俱增，对令人愉快的事物的理解越来越狭隘。现在，找到一些可以给予作家所需的时间和空间的地方越来越难了。近十年的变化太大了。

艾德里安·尼科尔·勒布朗作品

《无序之家：布朗克斯的爱情、毒品、烦恼和成年》(*Random Family*：*Love*，*Drugs*，*Trouble*，*and Coming of Age in the Bronx*)，斯克里布纳出版社，2003 年。

Michael Lewis

迈克尔·刘易斯

理想的关系不是记者与采访对象的关系，而是两个一起闲逛的人

美国非虚构作家，财经记者，出生于 1960 年 10 月 15 日。《金融时报》评价其为"一名善于在复杂、专业性极强的领域搜寻'感情戏'的记者"。大学期间，刘易斯学习的是美术史，并于 1982 年获得普林斯顿大学学士学位。毕业后不久，他搬到英国，攻读伦敦政经学院硕士学位。

1984 年，刘易斯结识一位所罗门兄弟公司办事员的妻子，后进入该银行的培训项目。此后，刘易斯奔波于所罗门兄弟公司伦敦和纽约办事处之间，收入丰厚。1988 年他离开该公司，后基于自己的详细日志写了《说谎者的扑克牌》，该书一上市就卖到脱销。这是他进入非虚构写作和财经报道的开端，此后，他陆续发表出版了十余部畅销书。

代表作品：
《说谎者的扑克牌》（1989）
《点球成金》（2003）
《盲端》（2006）
《恐慌主场》（2009）
《闪光的男孩》（2014）

我有很远大的文学抱负。当我费心去写一部书的时候，我希望它有朝一日可能被奉为'经典'。我对我的作品寄予厚望，这种期待让我兴奋不已。"

　　迈克尔·刘易斯有种置身于革命中心的天分。20世纪80年代，是华尔街，"这些事件的一个中心帮助我们定义了一个时代"，他在《说谎者的扑克牌》中写道。20世纪90年代，是硅谷，"不像大都会艺术博物馆，但却像拉斯维加斯，是一个除了美国以外，在任何地方都难以想象的地方"，他在《新新事物》中写道。在《点球成金》中，他讲述的是一种全民娱乐，以及一位从根本上反思这种游戏的基本经营原则的奥克兰运动家队(Oakland Athletics)的经理。

　　这种喜欢变化的嗜好——以及对特立独行者持续的迷恋——或许是对刘易斯在1960年10月15日出生于斯的新奥尔良市的深层根源的反抗(他的太祖父被托马斯·杰斐逊任命为新奥尔良地区法官)。

　　刘易斯在普林斯顿大学(Princeton University)学习美术史，一方面是因为他热爱这门学科，另一方面是因为他很反感同学中泛滥成灾的预备职业主义。他在大四修了唯一的一门微观经济学课程(选修)，并且很喜欢。1982年获得学位后，他搬到了纽约市，在久负盛名的威尔登斯坦画廊(Wildenstein gallery)做了七个月理货勤杂工。做了几个月橱柜匠学徒之后，他搬到英国，攻读伦敦政经学院硕士学位。

　　1984年，一位远房表亲邀请刘易斯参加王太后在圣詹姆斯宫(St. James's Palace)的晚宴。他穿着一套租来的无尾礼服出席，发现自己的邻座是所罗门兄弟(Salomon Brothers International)办事员的妻子。晚宴结束时，她向他保证说她的丈夫会在把他拉进该银行的培训项目。

　　刘易斯奔波于所罗门兄弟伦敦和纽约办事处之间，一年最终能赚27.5万美金的债券。"像我这个工作，华尔街给的待遇是最高的，但那不算什么。"他写道，"我并没有真的想去工作，我更像是去收取彩票的奖金。"他于1988年1月离开该公司，并很快接到了写华尔街历史的6万美金的书约。然而，他却基于自己详细的日志写了一部回忆录。《说谎者的扑克牌》一上市就卖到脱销，在华尔街一带的书店全部售罄，后以带讲解的影印本形式发行。这部书以其对金钱至上的20世纪 80 年代的生动描述，成为风靡一时之作。它"使债券交易业务看起来像《动物屋》(*Animal House*) 和贪婪公司 (Greed Inc.) 的杂交后代"，《华盛顿邮报》的史蒂夫·穆夫森 (*Steve Mufson*) 写道。"以前从未有过这么多没技术的 24 岁青年能像我们一样，短短的 10 年里在纽约和伦敦赚到这么多钱。"刘易斯写道。

1991 年，为了给《新共和》(*The New Republic*) 写 1996 年的总统大选的报道，他搬到华盛顿。尽管他的报道轰动一时，但是他特殊的报道方法却和编辑发生了一点冲突。问题在于刘易斯——就像其中只有 49% 愿意费心去投票的大多数美国人一样——对主要候选人(鲍勃·多尔和比尔·克林顿)感到腻味了，更愿意聚焦在没有胜算的边缘人物身上("漠不关心是对我们时政的十分机智的回应。"他写道)。刘易斯在"政治食物链的底部"，发现了顶部缺失的那些东西——"勇敢、冒险精神、参与度、对思想和原则的激情投入"。他对真实的探求不断地把他拉回落选者身边：帕特·布坎南 (Pat Buchanan)，保守派思想家；艾伦·凯斯 (Alan Keyes)，反对堕胎的道德家；以及莫瑞·泰勒 (Morry Taylor)，说话直率的密歇根商人。

他没有仅仅因为他们的奇怪之处(尽管他们是很奇怪)就被吸引。凭借在华尔街那些日子里的经验，他把竞选视若一个集市。"你有两家大企业，早就没有什么创新性或创业者的举动了，只是看着小企业家想出点子和概念，然后把他们干掉。"刘易斯解释说，"如果你想知道市场的走向，那跟定企业家就会让你对事物发展的方向略知一二了。大选没有设法影响我们国家的发展方向，如果你想知道这个，就必须去看布坎南、福布斯和凯斯这样的人。"关于《竞选路上》，《新共和》的图书版也有评论。"《竞选路上》给读者的是投票者去年急需的东西，一些让人捧腹大笑的东西。"菲尔·盖利 (Phill Cailey) 在《纽约时报书评》上写道。但是，这本书销量不佳。

1997 年，刘易斯和他的妻子，即在斯坦福大学获得一年奖学金的新闻记者塔比瑟·索伦 (Tabitha Soren) 搬到了加州。刘易斯知道自己想写互联网的繁荣，他利用网络杂志《石板》(*Slate*) 发表的一系列报道来探讨这个主题。他在寻找一位能体现创新精神和统治着互联网行业的无政府资本主义的人，"硅谷的盖茨比"，他说。他在亿万富翁吉姆·克拉克 (Jim Clark)——三家成功的公司，包括美国网景公司 (Netscape) 的创始人——身上发现了这种特征。在刘易斯看来，克拉克是个终极反组织的人，是新新事物(刘易斯将其定义为"脱离了广泛认同的观念的一股微小的推力，一旦获得这股推力，将会改变世界")的鼻祖。

《新新事物》由两个并行不悖的故事组成：一个讲了克拉克从数学怪才成长为互联网大师的故事，另一个故事描述了他矢志建造"亥伯龙号"(Hyperion)——世界最高的单桅帆船，装备了价值 3 000 万美金的印象派艺术品，有 60 英里长的电线，由 25 台电脑控制，是一艘最先进的、造价达 3 700 万美金的船。

这次，书的销量和不同凡响的评论一样火爆。"没有人能够更好地表达这种繁荣的景象了。"詹姆斯·法洛斯（James Fallows）在《纽约书评》上写道，"很多年以后，人们读这本书就会知道当年的互联网繁荣是什么样的，就像他们现在读他的第一部书《说谎者的扑克牌》，就能重新体验20世纪80年代债券交易全盛时期华尔街的景象一样。"科特·安德森（Kurt Anderson）在《纽约时报书评》上称赞刘易斯讽刺的情感时写道："刘易斯罕见地结合了智慧和快乐，以及20世纪末商业领域的狂喜和荒谬。"这部书被卖给了电影制片厂。刘易斯还写了电影剧本《硅》（Silicon），但相关影片尚未被制作出来。

《点球成金》旨在引出一个简单的问题："一个最穷的棒球队——奥克兰运动家队——是如何赢得这么多场比赛的？"刘易斯发现，这个问题的答案与一个团队如何花钱，而不是拥有多少钱有更大关系。这与棒球界的传统观点截然相反。《点球成金》对比利·比恩（Billy Beane）的冗长描写解释了当一个棒球委员会开始用统计资料和电脑来评定球员时，发生了什么事情。《点球成金》的惊人之处在于，刘易斯本来已经假借一部有关棒球的（畅销）书写了一篇统计学研究论文（"下一步会怎样？——关于卓越的数据库管理的励志故事。"《新共和》开玩笑地说）。

这部书的影响力远远超过了棒球场。投资银行家马克·格尔森在（Mark Gerson）《旗帜周刊》（The Weekly Standard）中对《点球成金》做了评论，认为它不仅是刘易斯迄今为止的最佳书籍，而且"或许是无与伦比的最佳商业书籍"。《综艺日报》（Daily Variety）的乔纳森·宾（Jonathan Bing）报道说，好莱坞高管正在仔细地阅读这部书，它"给精英商业、影视包装以及几乎渗透到演播室财会的每个方面的财务业绩统计数据带来了新的曙光"。《旧金山纪事报》（San Francisco Chronicle）的大卫·基潘（David Kipen）写道："《点球成金》不只是关于棒球，就如同刘易斯的《说谎者的扑克牌》不只是关于华尔街，或者《新新事物》不只是关于电脑一样。这部书里存在一个普遍的、牛顿式的与棒球无关的问题——天赋可以被创造或摧毁吗？还是只能被改变？"

《点球成金》是一份包含两部书的合约中的第一部。第二部《输家》（Underdogs）将续写比恩起草的球员们入职五年的生涯。当刘易斯看着他们力争从棒球小联盟成长为大联盟的时候，他也过了一把电影剧本作家的瘾。他目前正在写《金钱炮弹》——哥伦比亚广播公司（CBS）的电视试播，讲的是发起一支对冲基金的三个女人的故事。他还正在与达斯汀·霍夫曼（Dustin Hoffman）、吉恩·哈克曼（Gene Hackman）和罗伯特·杜瓦尔（Robert Duvall）——这个公司被华尔街一家不择手段的投资公司收购、去纽约重新夺回控制权的蒙大拿乡巴佬——合作创作一部"不得其所"的电影《小角色》（Bit Players）。

哪种采访对象会让你激动？

我是从不断变化的人物或形势开始写的。当我有幸找到一位能改变大形势的伟大人物时，就像我在《新新事物》中找到互联网企业家吉姆·克拉克一样，我就对现状有了极其奇怪的看法。因为现状总是对改变它的人做出回应，所以通过观察一个"边缘"人物与现状的矛盾冲突，我能够看到许多本来没法看到的东西。让我感到激动的人趋向于与他们置身其中的世界争论——能把门踹开，把我一起带进事件的核心。

就拿吉姆·克拉克来说吧，让我感兴趣的是，一个人就在几年前还是一个边缘行业的边缘公司的边缘人物，如何一下子成为美国最核心行业的促变因素和浩劫。

我为《新共和》报道 1996 年总统大选(以《竞选路上》这本书的形式发表的一个版本)时，始终被公认的边缘人物——莫瑞·泰勒、艾伦·凯利、帕特·布坎南、拉尔夫·纳德(Ralph Nader)和约翰·麦凯恩(John McCain)——所吸引，比起实际的竞争者比尔·克林顿和鲍勃·多尔，他们说了竞选过程中更多有意思的事。捣乱分子就是在竞选过程中真正站在不同角度的人，所以我跟着他们。

在《点球成金》中，我写的是奥克兰运动家队——一支在财务上处于边缘的棒球队——的经理比利·比恩怎样挑战了有关赢得比赛的最佳方法的传统看法。在比恩的管理之下，该球队赢得了更多比赛，花的钱却比这个领域的其他任何一支球队都少。

对极端——20 世纪 80 年代的华尔街、20 世纪 90 年代的硅谷——的痴迷似乎是你的作品一贯的主题。这是为什么？

大概是因为我在新奥尔良长大，那儿跟这些生活世界完全相反。新奥尔良是个安定的、一成不变的生活世界。

你是怎样产生故事的想法的？

我的办公室有个工作台，放着成堆的纸，每一堆纸都可能是一个故事或主题。所以，比如说，我的"财务"理念这一堆就是为给《彭博新闻社》(*Bloomberg News*)或其他与财经有关的杂志写文章而准备的一堆小想法。我会从报纸上剪下一些新闻，在谈话之后草草地做点儿笔记等。当一堆纸高到可能翻倒时，我会查阅所有的剪报。

你是怎样把这些想法发展成故事的？

情况各异。例如，因为我妻子 1997 年拿到了斯坦福大学新闻报道奖学金，也就是说我们搬到了硅谷附近，所以我才开始写吉姆·克拉克和硅谷。显然，那儿互联网行业的发展非常不可思议，单从财政角度来看的话。它似乎是资本主义历史中一个奇怪的插曲，我想把它记下来。

这是个相当大的主题。你是怎样找到具体故事的？

我知道我必须更多地了解硅谷，所以我开始为《石板》写一些小报道，只是为了让自己熟悉这个地区。这些报道五花八门，但都发生在硅谷，最终让我熟悉了所有的人物和问题。

你是怎样把吉姆·克拉克选定为主要人物的？

当我更多地写到硅谷时，我惊讶于一个事实，就是几乎所有的事情都与他有关。我采访过风险投资公司的人，他们都很重视吉姆·克拉克的下一个举措。开公司的孩子们告诉我说吉姆·克拉克是他们效法的榜样。克拉克创办的美国网景公司为整个行业创建了财务模式。我意识到，这是吉姆·克拉克的时代。他是完美的代表人物，正好体现了创新精神，而这正是硅谷现象的全部意义。当一个人的特征阐释了他的环境，当他的样子显示了他周围的世界时，我就会很激动。

然后，一天下午，骑完自行车坐在一家小餐馆里休息时，我意识到我必须给吉姆·克拉克打个电话！我在电话簿里找到了他的号码，在投币式公用电话上给他打电话。他邀请我过去，所以我骑了两三英里自行车去他家。到达的时候我大汗淋漓，但接下来我们谈了一个小时。我就想："天哪！这儿发生了很多事！"他很暴戾。

你最不喜欢写什么人？

想让我写他们的人，其中有些相当有名，他们不断地请求我。他们当中的许多人，至少在理论上讲是很有意思的，但我对他们从来都没兴趣。这或许不是他们的错，只是因为我觉得自己已经偶然发现了一个主题。为了写出好的作品，项目必须是由我发起的，无论人物角色想不想这样。

你最喜欢写什么人？

我很少会只因为一个人物而感到激动。一个人物和一些想法兼备才能吸引我。我不会只关注一个人物或他所处的境况，我最关心的是我发现自己与人物产生关联的那种境况。我需要对我所写的某个人有情感反应。当某个人让我开怀大笑或思维活跃时，我就敢肯定故事中的其他东西已经水到渠成了。

你是只坚持自己的想法，还是会听取别人的建议？

既然发现一个想法的过程对我而言如此重要，那么我就不想从编辑那里接故事。由编辑促成的故事有个问题，即它们都是打包发来的。编辑在给你打电话的时候，就已经把故事想好了。他知道他想让你说什么。

每当纽约杂志社的某位编辑因为有一个"这里的所有人"都认为对我来说"再合适不过"的"很棒的"想法时，我就会感觉受宠若惊。

例如，在阿亚图拉·霍梅尼(Ayatollah Khomeini)发出追杀令之后，《时尚先生》想要我恶毒地诽谤他们认为已经"免费入局"的萨尔曼·拉什迪[1]。我立即接受了这项任务，并且想："哇，我给《时尚先生》杂志写文章了！"我读了拉什迪的所有小说，发现他是个天才。然后，我采访了一些最猛烈地抨击他的批评家，心想："这些人真是疯了！"我茫然不知所措。这篇文章，我大约写了385字，但糟糕透顶。

现在，我有幸与我一直谈到的编辑们有了一些非常富有成效的交往。在谈话的过程中，我们当中的一个不经意间就会产生很棒的想法。

你始终知道自己在报道一个故事，还是说它们有时源于你的日常生活？

《点球成金》直接源于我的生活：看棒球比赛，看体育专栏——消磨我时间的所有事。我注意到一个反常现象：大联盟执行长一直在抱怨说，这项比赛的经济状况使得没钱的球队没办法赢。然而，与此同时，就在路边的这支没钱的球队——奥克兰运动家队——却赢了很多球赛。我写《点球成金》——原本设想为一篇文章——是想弄清这个情况。

你更喜欢写书还是写文章？

我更喜欢写书，因为这能给我更多的时间把握主题，检验我所有的理论。为了写书，我必须积极地投入一个主题；我可以写一篇杂志文章，但它的主题或许不是我特别感兴趣的。可是，写一部书的痛苦实际上远远超过写任何一篇文章。

1 　萨曼·拉什迪(Salman Rushdie)，1948年出生于印度，后在英国长大，2000年定居纽约。他出身于穆斯林家庭，后来写了一系列讽刺穆斯林劣根性的小说，获得很大的声誉，代表作：《午夜的孩子》(1981)、《撒旦诗篇》(1988)等。

你可以几个项目同时进行？

太多了。在任何时候，我至少都有四个项目在进行。我给彭博新闻社或《石板》的小专栏写文章。我通常都是正在写一部书。我写电影剧本，不过还没有一个制成片子的(但给我的家庭提供了一份健康保险，因为我是电影编剧家协会的会员)。同时，我给《纽约时报杂志》写的长篇文章通常也进展到了某一阶段。我不知道这是一种性格缺陷，还是和自由撰稿人的生活相伴相生的。

你的大部分研究是在报道之前、期间还是之后做的呢？

我的大部分研究都是在报道期间做的。例如，在报道《新新事物》时，我花了三周的时间在斯坦福大学阅读关于 20 世纪 50 年代初以来硅谷的每一笔生意和第一个理念的档案文件。在写《说谎者的扑克牌》时，我花了几天时间在普林斯顿大学图书馆阅读 20 世纪出版的所有商业实录，以更好地理解我所写的类型。其实我所做的任何研究在这两部书中都没有直接用到，但它给我一种有底气的、自信的感觉。我认为任何作家都不会等到说服自己——无论是真是假——有独到的见解，有值得一提的事的时候才去写。

你更喜欢以局外人还是局内人的姿态接近一名采访对象？

如果能引见一下更好，因为我不想让他们把我看成"一名想要引证的记者"。大多数人在新闻记者接近他们时都是这么想的。

你会跟采访对象谈到多少有关项目的事？

培养这些信任关系的唯一方法——特别是当这些信任关系还没有完全建立起来，或我打算写我喜欢的任何东西的时候——其实就是告诉那人，我做笔记的时候在想什么。我发展了有关他们的性格和动机的理论，但并不都是讨他们喜欢的。不管怎样，我会拿这些理论试探他们。我不是密码。我不会在采访对象面前把自己搞得跟谜一样。

例如，我给《纽约时报杂志》写了一篇克林顿的副参谋长哈罗德·伊克斯(Harold Ickes)的专访[《比尔·克林顿的清洁工》(*Bill Clinton's Garbage Man*)，1997 年 9 月 21 日]。伊克斯是给所有丑闻善后的人。他的父亲曾在富兰克林手下担任内政部长，写过几百万字的日记，有的发表了，有的没有。在读老伊克斯的日记时，我被这对父子之间呈现出的对比震惊了。儿子与克林顿的关系很像父亲与罗斯福的关系。所以，通过提说这些对比，我在采访中与他坦诚地交谈。我告诉他，我的理论是他正在以某种奇怪的方式走着父亲的老路，他自己却不知道。然后，我们的谈话竟进行得热火朝天！他披露了一些我本来无从获知的情感和事实材料。虽然他反对我的理论，但却反对得很有用。

你有报道的固定程序吗？

没有。但我有一个坚定的信念：如果我想了解一个人真正的生活，就必须让自己尽量潜入那种生活。

你是怎样说服人们允许你那样做的？

我确信我的存在不会让他们讨厌。如果我是个烦人的人，那就成了一个获准进入他们的生活几个小时，问几个肤浅问题的记者。对我所要做的来说，那些接触根本不够。

对想要我露面的人来说，我得对他们有用才行，而对他们有用的最好办法就是帮他们彻底地想清楚他们所面临的问题。我常常是采访对象的共鸣板。

例如，吉姆·克拉克开永健公司（Healtheon）的时候，我们谈论他应该怎样跟投资银行家打交道。这时，我在华尔街的工作经历就起到了作用。克拉克当时还正在购买价值约2亿美元的油画，我大学时学过美术史的事实也促进了我们的关系。无论是关于财政还是美术，我们的谈话都可能对他有益。

《点球成金》甚至是个更好的例子。我和球员、教练以及我报道这部书时的全体决策人员都建立了关系。我会跟全体决策人员讲述球员所想的、所说的，这些也都是他们没听过的。我会跟球员讲述全体决策人员所想的、所说的，这些都是他们没听过的。我对他们都有用这一事实使得当我在棒球场上出现时，他们没那么抵触跟我交谈了。我有交易的条件。我跟他们不是寄生关系，而是共生关系。

理想的关系不是记者与采访对象的关系，而只是两个一起闲荡的人而已。

你会怎样开始这样的一种关系？

它始于一场随意的交谈——我不做笔记，不问像采访一样的问题，甚至没有笔记本。但笔记本会在某一时刻出现，然后一直出现，直至结束。

我们先随便聊一会儿。我会解释自己好奇的原因，不过这在一开始是很含糊的。我认为，一个作家如果在开始报道之前就已经知道要写什么了，是很讨厌的。它表明实际接触还不如给作家的理论加料来得有用。所以，我认为要自然，而且从策略的角度来讲，最好不要在作品中掺杂太多理论。我会花点时间去观察某个人的样子。我问："你是否介意我四处转转？我没办法基于一次交谈就开始做我想做的事。"

你会在什么时候告诉一个人你需要多少时间？

我从来不说！如果预先说明的话，就没有人会接受我所需要的那种关系了。嘿！如果比利·比恩在我们初次见面的时候对我说："你可以写我。但你在未来的八个月里都得陪着我闲荡。"我也不会回答："没门儿！"

这是个自然的过程。我陪着一个人闲荡，心想："嘿，有意思。"闲荡得更久一点，我会在心里想："真有意思。"闲荡得再久一点，我会知道："就是它了！"

你会怎样描述你身为记者的立场？

对我来说，有一群作家——乔治·普林普顿[1]、亨特·斯托克顿·汤普森[2]、汤姆·沃尔夫、杜鲁门·卡波特——似乎正是一个人应当怎样参与采访对象的生活的典范。我在孩童时代读过他们所有的书，不是因为我认为自己会成为一名作家，而是因为他们给我带来了快乐。当我真的开始写作时，我暗自想："你到底怎么才能进入一种被地狱天使践踏的境地，就像亨特·斯托克顿·汤普森那样？"而他们给我的答案是：变成他们当中的一员！我不认为自己是个"记者"，这就是我的记者立场。

你有没有以某种特殊的形象来激发人们交谈的积极性？

我是本着反新闻记者的外行精神接近采访对象的。我尽量避免"职业化新闻报道"的固定程序。我的目标是尽量做到最好，当然肯定达不到完美的境界。要达到这个目标，最好的办法就是忘掉新闻报道的一般规则，忘掉采访对象和作家之间的标准关系以及你理应要问的各种问题。

当你如此专注地沉浸其中的时候，你是怎样设定自己的进度的？

我很注意要在不受欢迎之前离开。有时我会离开，即便有机会和我所写的人待在一起。我已经发现，如果我让一个采访对象看到我也有自己的生活，这会缓解他的焦虑。

不过，你怎么确保不会错过重大事件呢？

我偶尔会走访一下，目的是维持目前的关系。我也会闲逛，因为这很好玩。然后，过一阵子，我就清楚地知道我想看到他们经历哪种事件了。

例如，我想看到吉姆·克拉克会见那些试图劝他让永健公司上市的投资银行家，我会非常努力地朝着这一事件的方向来构建我们关系中的所有东西。我向他保证，我不会拿各种其他的请求来烦他，但要求他们会见的时候让我在场。

1　乔治·普林普顿(George Plimpton，1927—2003)，美国记者、作家、文学编辑，代表作有《疯狂王牌高手》(1968)等。

2　亨特·斯托克顿·汤普森(Hunter S. Thompson，1937—2005)，美国著名记者、小说家，"刚左"新闻教父，新新闻主义的代表人物之一。代表作：《惧恨拉斯维加斯》(1971)、《朗姆酒日记》(1998)等。2005年2月20日，亨特·汤普森在家中饮弹自杀。约翰尼·德普根据他的遗愿，出资250万美元为其操办后事，将他的骨灰放入由他自己设计的礼炮中，打向夜空。

你有没有为了看到一个特定环境下的人物角色而设置场景？

我不该这么做。而且问题在于，我所写的大部分人都特别执拗，让他们按我的心意去做任何事都很困难。

你会不会担心你与采访对象之间的亲密关系会对故事产生过多影响？

不会。我从未影响过我所写的任何一个人。采访对象难免会在某一时刻提醒我说我在他们那儿太随意了，我的确很随意。

你有没有任何关于哪些事情可以对采访对象做，哪些不可以的准则？

一些人有不给采访对象钱这样的原则，我完全不担心这个，因为我没钱。但我所写的大部分人都很有钱，所以我有个相反的原则：我不让他们给我任何东西。在为写《点球成金》而报道奥克兰运动家队的几个月里，我没接受过一张免费票。与其说我怕自己堕落，不如说我怕哪个混蛋谴责我因为收了一个小礼物而影响了自己的观点。

有没有发生过你可能要妥协的情况？

有过。例如，我和妻子有天晚上在吉姆·克拉克家里吃晚饭，克拉克的妻子提出把我们拉进永健公司首次公开募股(IPO)的"好友"名单。这份名单里的人都是在即将上市的公司任职或与之有关的、能够以 IPO 原价购买股票的人。在价格暴涨的时候，他们可以抛出股票，大赚一笔。我本来从不会做那种事。这会把我置于一种境地，就是我再也不会替他说什么好话了。

所以我想，如果我必须将我的原则规范化的话，那就是：看到某个人利用这个事件对我口诛笔伐，图谋陷害我时，我会很难堪吗？如果会，那这事我就不该做。

你会连续采访吗？

我一直都是这么做的。但这些采访很少会对我所写的作品产生立竿见影的作用。我在一个人的办公室对他进行连续采访时，几乎从来都不会得到一个好的引述。一场连续采访也许会引出一些有趣的东西，从这个意义上讲，它是有益的。

比如说？

一次连续采访可能致使吉姆·克拉克发出邀请："来坐我的直升机吧。"对他来说，跟他一起飞是个完美象征。跟克拉克打交道的每个人都是这架直升机上的乘客，而你根本不知道直升机的主人葫芦里卖的什么药。或者，比利·比恩会说："我在物色棒球运动员的时候，你就跟着我吧。"我突然立刻就有了一个场景！不光有引述，还有对话、细节和动作。

你会同意在采访之前向一个人发送问题吗？

被要求提前以传真形式发送问题，这肯定表示我不会跟那个人有实质性的关系。如果有人要求我这样做，那整个采访就没有意义了。

你会通过邮件或电话进行采访吗？还是只进行当面采访？

电话采访完全不如当面采访，但有时难免要用电话。例如，《点球成金》中有这样一个场景：比利·比恩差点儿把自己卖给了波士顿红袜队(Boston Red Sox)。谈判都是在电话里进行的，我一天要跟比利交谈三次，以了解最新进展。没有别的办法可以跟上这个节奏。但如果我还不认识那个人，那我绝不会信赖电话。

你喜欢在哪儿采访？

人物角色不断走动的时候比静止不动的时候(尤其是坐在办公室的办公桌后面的时候)要有意思得多。一旦我和采访对象建立了关系，我首先要问的就是他们打算去哪儿，我是否可以一起去。即便他们所做的与我所写的无关，我也想参与他们的一些活动。

比利·比恩让我陪他探寻几个小联盟棒球队。这些旅行使我们有了最深刻、最亲密的谈话——都是在驱车往返于奥克兰(Oakland)和运动家队的一支球队所在的莫德斯托(Modesto)之间时在车里进行的。

我从上大学时参加过的最佳求职面试中学到了这个技巧。我在申请一份带领一群中学女生去欧洲旅行的工作。到达面试现场的时候，本应该面试我的人手忙脚乱地向我道歉，说他正在把一个办公室的家具搬到另一个办公室，并问我是否可以帮忙。所以，接下来的一个小时，我们就一起搬家具。他很有才智。他面试人们的方式就是叫他们和他一起做些什么，因为他相信那样更能看清面试对象。我很赞同。

你记笔记还是录音？

印象中，我唯一一次使用磁带录音机是在写艾伦·凯斯的总统竞选时。我从没听过一个人说话这么流利、这么快，所以我买了一台磁带录音机。否则，我是绝不会录音的。

你做哪一种笔记？

我有自己的速记风格。我在黄色拍纸簿上写，并把它放在皮套里，以防把纸弄脏。之后，我会立即在电脑上把它打成定稿。

你会和你正在采访的人产生争论吗？

在采访过程中发生激烈的争论实属难得，其中一次是跟证券交易所委员会主席亚瑟·莱维特（Arthur Leavitt）。当时，我在写一名炒股的青少年[《乔纳森·利拜德的课外活动》(*Jonathan Ledbed's Extracurricular Activities*)，《纽约时报杂志》2001年2月25日]。我是如此强烈地反对莱维特，以至于觉得最好当面告诉他，而不只是写在文章里。事实上，我因为亚瑟·莱维特处理这一情况的方式而对他有种轻蔑感。过去我觉得他是个伪君子，现在我还是这么认为的。他是我永远都不打算交往的一个人。

有时我发现自己在与我的其他人物角色激烈地争论，但这些争论都是在相互理解和尊重的基础上发生的。如果受到批评的话，我发现阐明自己的论点，观察他们有什么反应是很有用的。这都是很好的材料啊。

你给人物角色取过化名吗？

几乎从来没有过。不过，我在《点球成金》中用过两次化名，因为他们都是普通人，随便提到他们的姓名会导致他们被当众嘲弄。用了他们的名字，就把人家的生活搞糟了，这似乎没必要。在《说谎者的扑克牌》中，我也改掉了两三个同事的名字，因为我不想他们被炒鱿鱼，虽然他们本该被炒的。我并非绝对反对化名，但我认为一个作家不应该过多地使用化名。你一旦不认真对待名字的问题了，也就很可能对其他事情草率为之。

你会就哪些信息会公开发表，哪些不会进行协商吗？

如果我跟一个人交情匪浅，那他就必须声明某些东西是不宜公开发表的。让我吃惊的是，我所写的人很少会有此类声明。我想这是因为，如果一个人相信我正试图理解他，那他最终就会对我非常坦诚。在某一时刻，作家和采访对象的理想合而为一了。

你的身份资料——新奥尔良、普林斯顿、投资银行业务、互联网等——在你的作品中有多重要？

我乐于自我沉醉，根本不介意适当地写写自己，所以我的个性对我的写作来说相当重要。当有人问汤姆·沃尔夫，他的一个关于人类本性的理论是否适用于他自己时，沃尔夫尖刻地回答说："我不是在发展一个把自己排除在外的理论。"我很赞同。我认为，在某种程度上，你总得针对自己来检验一下你对世界的看法。"我抵触这个吗？这对我来说名正言顺吗？"我自然而然地就采用了日记的形式。

这就是你时常在作品中充当一个人物角色的原因吗？

"我"只是我的工具箱里的另一个工具而已。我尽量有策略地把自己当作一个人物角色。如果我认定我的存在没必要，或者会转移读者的注意力，我就会把自己拿掉。

例如，我给《新共和》写的有关 1996 年总统竞选的所有文章都是以第一人称写的，因为没有别的办法可以捕捉到所有这些不连续的片段。唯一能把它们连接起来的就只是一种单一的情感，也就是作者的情感。我在最新的两部书——《新新事物》和《点球成金》——中都不是主角，虽然我常常会突然冒出来。我这么做是有原因的。读者有时需要一席之地，而这个"我"给了他们一席之地。这个"普通球迷"需要出现在有"普通球迷"响应的一次奥克兰运动家队比赛的球场上。或者，他需要知道与刚学会开飞机就忘了教员的吉姆·克拉克一起驾着直升机翱翔是什么感觉。

记者和采访对象之间的关系有点幽闭恐惧症的迹象，我可以通过告诉读者有现实的人在进行互动来透透气。"我"就是我用来撬开锁，让空气流动进来的那把螺丝刀。

你是否会重建你并未亲眼见到的场景？

我极其重视亲自到场，因为从别人那里了解到的场景绝对没有亲眼所见的好。能真正使一个场景在笔端恣意流淌的，是除了作家以外没人会注意的琐事。与场景有关的人或许会帮助我发现所发生的事，但他们不会站在一个像我一样想要巧妙地将其呈现出来的作家的角度去看。如果不在场，那么我很乐意在跟每一位在场的人交谈之后重建那个场景。如果一个人告诉我他说了某些话，而其他人又证实了这一点，我就会心安理得地援引这些话。

我不赞成鲍勃·伍德沃德这样的作家所宣称的捕捉采访对象内心思想的方式。我一点儿也不信。他的人物角色最终只能够感受鲍勃·伍德沃德的感觉。这感觉始终没变。

你是怎么知道自己所做的报道已经够了的？

当我迫不及待地跑到电脑前，要开始写的时候。

写作比报道愉快一点还是痛苦一点？

写作和报道都有困难和乐趣。当我开始写作的时候，总是有一种可怕的感觉——"这是我第一次写作"。它给我的感觉从来没有比以前更简单一点。在写作时，我总有这样的感觉：交稿期限逼近了，压得我喘不过气。

不过，一旦进入写作状态，我就会获得巨大的快乐。对于我来说，写作是一项非常耗费体力的活动。我会出汗，脉搏跳动也会加快。我身边的人告诉我，我在写作时会自言自语。

在开始写作前，你会列提纲吗？

会的，我甚至会给最短的文章逐点地列出提纲。当我在做一部书时，整个报道期间我都在列提纲。投入项目三个星期，我就会有一个大纲。随着了解得越来越多，我会丢弃原来的大纲，再写一份新的。这个过程永无止境。

这些提纲是什么样的？

我有一个叫"提纲"的电脑文件，是用来依次保存初稿的。我一章一章地列提纲，每个提纲都由一个有序的列表组成，其中包含我想写进故事里的信息、场景、人物和细节。随着积累的材料越来越多，我就把它放进不同的章节，一边写一边重新列提纲。

你会怎样开始写作？

断断续续地。我会写点东西，但那不是开头、中间或结尾，我只是把一个想法在纸上写出来而已。然后，随着字数增多，我开始思考该怎么把它们组织起来。

你开始写的时候，面前会有什么？

除了电脑屏幕以外什么也没有。我根据记忆来写，就好像在写小说一样。在一天的写作完成的时候，我会回过头来核对正文与笔记，以确保事实和引述正确无误，确保我没有无意间编造出什么东西来。这些引述几乎总是准确的，因为那时我已经在脑子里把材料过了很多遍了。

你很重视你的文字发出的声音吗？

很重视，但我反对理想化。我不喜欢为了漂亮而漂亮。我对华丽的散文或者破坏内涵的散文很反感。我用零星的文字进行优雅的表达。

你会写几份草稿？

我大概每章写二十份草稿。我会反反复复地写一些东西，就像《土拨鼠日》(Groundhog Day)里的情节一样。我的写作过程很吃力，很不雅。人们评价我的作品时，最常用的好听话就是它看起来"毫不费力"或"很轻松"。其实正好相反。我会强迫自己让作品看起来很轻松，因为我所做的大量文学工作都是特意要让它看起来好像我没有做过很多报道或准备工作似的。

这不是具有盎格鲁-撒克逊人血统的清教徒的陈腐思想吗，即绝不表现出自己的努力？

这种陈腐思想已经不再是盎格鲁-撒克逊人血统的清教徒的陈腐思想了。

你喜欢在一天中的什么时间写作？

我在早上很早和晚上很晚的时候写得最好。在晌午时分，我写得很少。如果我在中午做了什么工作的话，那就是编辑早上写的内容了。

你理想的写作之日是什么样的？

孤军奋战，不要家庭，我会从下午七点开始写到凌晨四点。这就是我过去经常采用的写作方式。我喜欢领先于每个人。我心想："我今晚已经在做明天的工作了！"深夜极其静谧，没有来电，没有打扰。我知道没有人试图找我，我喜欢这种感觉。

你需要待在什么特定的地方写作吗？

不需要，我在任何一种可能的情况下都能写。我喜欢在我的办公室里写作，这是一间古旧的红木小屋，距离我伯克利的房子一百码远。它有一间厨房、一个小卧室、一个浴室，一个被我用作书房的起居室。但在大多数情况下，我知道文章的质量并不取决于写文章的环境。我不相信创作女神会来拜访你，我相信你会去拜访创作女神。如果你要等待那个"完美时刻"，那你就做不到高产。

你会谈论还没有完成的项目吗？

我不喜欢这样做，因为我担心这会浪费我的精力。所以，我会撒谎。我变得非常善于扼杀一个人对我所做之事的兴趣，我让它听起来很乏味，以至于没人想再追问什么。

你会把没完成的作品给任何人看吗？

会，但很有选择性。有一次，我给我在诺顿出版社和斯塔尔·劳伦斯(Star Lawrence)的编辑发送了几章，只是为了确保我没有偏离轨道。我或许会给我妻子看点儿我当天写的东西，如果我认为她可以从中得到一些乐趣，或者可能对此发表意见的话。

你追求哪一种作者在场的情形？

这因作品而异，也因书而异。但对我来说，仰视图一般比上帝的视角有趣得多。我利用我的在场来哄骗读者接受我的观点。采用一种亲身的、亲近的作者在场情形，能让我把一些要素——细节的观察和见解——囊括进来。如果作者游离在外或不带个人色彩的话，这些要素就很难被写进文章里。

你是如何将自己视为一名作家的？

我认为自己不是个"新闻记者"。我和，比方说《纽约时报》的财经记者，没有任何共同点。在我所秉持的那种精神上，在我的抱负上，在任何方面我们都没有共同点。

我有很远大的文学抱负。当我费心去写一部书的时候，我希望它有朝一日可以被奉为"经典"。我对我的作品寄予厚望，这种期待让我兴奋不已。

你想过写小说，并且说过或许哪天会找到最好用虚构来描绘的情境。

我或许会写一部小说，但我不太担心格式。我不认为小说家比我更像"艺术家"。我认为"虚构"和"非虚构"之间的区别被夸大了。有人说我写的东西在重要性或广泛性上有某些局限性，因为它是"非虚构"。我不同意这种观念。我的主题可以与小说家的主题相抗衡，并且敌得过它们。

新闻记者曾经感觉被小说贬低了。反之，我们现在生活在一个小说家对"非虚构"感到焦虑的时代。在能够任性地在剧终时加上"这是个真实的故事"的电影中，你能清楚地看出这一点。还有，无论是在"真人秀"电视节目中，还是其他形式的"真实世界"争夺战中，我们也都能看出这一点。

我把我所做的比作"旅行写作"。我让我的人物角色不断走动，我探索并为读者描绘新的生活世界。用"旅行作家"来描述我所做的并没什么不妥。

哪些作家对你的影响最大？

马克·吐温影响了我对笔调的选择——就一位作家可以选择笔调来说。奥威尔对我产生了重大影响，他有办法将错综复杂的事物表现得很简单。他是如此心直口快，直言不讳，但是他的作品其实都不"简单"。沃尔夫对报道的狂热鼓舞了我，而要说笔调的话，沃尔夫属于诗人一类。他在纸上制造的噪音非同凡响，而我曾是个试图模仿他的笨蛋。这就像是试图模仿阿尔钦博托(Arcimboldo)，一个能在蔬菜上作画的 17 世纪意大利画家。那样的事你只能干一回。

你相信你写的那种作品会引出真相吗？

真相这个词有多重含义。如果我的抱负只限于捕捉一种经历中的主观真实，确切地解释那个人在那种境况下是什么样子，那我做得相当好了。

我不同意"客观公正的新闻记者"的观念。你可以如此超然，以至于不会影响你看待事物的方式，这种观念真是糟糕透顶。这是好作品的敌人。我只能净化我的视野，让读者去决定真假。写作的终极目标是给人带来快乐，而不是交代客观事实。

你认为长篇非虚构是美国特有的一种形式吗？

它在这儿当然比其他任何地方都盛行，尽管英国的旅行写作是我们所写的很多作品的典范，只是我们不承认而已。

美国人在这种形式上占主导地位也有其他原因。美国人非常幸运地住在一个，用相应的史学术语来讲，就是咽喉要地。这不单单是指军事和政治，文化方面也是。我们在美国讲的人生故事有一种其他地方的故事所没有的广泛的吸引力。它是有市场的。这或许是表面现象，但是是真的。一个美国作家可以写一些具有美国特色的东西，就好像地球上没有哪个地方的人对此不感兴趣——即便事实上，地球上很多地方的人都不感兴趣。这是目前其他国家的人都没有的一种自信。

你认为自己是汤姆·沃尔夫所定义的"新新闻记者"吗？

我非常认同沃尔夫对新闻工作的看法，但我从不认为"新新闻记者"有多新。当时，他们具有而别人没有的是一种活力和能量。我完全认同这一点。

但"新新闻记者"的手法从来都没那么新。我在读狄更斯的《荒凉山庄》（*Bleak House*）时，惊讶于这部书与我的手法何其相似。《荒凉山庄》的开头部分读起来像个剧本，而他在引言中说读者会抱怨这部书令人难以置信，但你所要做的就是看看社会，以看到他是对的。大约在 1970 年之后，美国文学新闻记者都会像《荒凉山庄》那样写引言："这里是伦敦。米迦勒节[1]刚刚过去，大法官正坐在林肯法学会的大厅里。这十一月的天气实在太糟糕了。就像当年大洪水刚从地球表面退去那样，街道非常泥泞，如果你看到四十英尺或更庞大的斑龙像大型蜥蜴那样蹒跚爬上赫尔蓬山，那一点也不足为怪。"听着耳熟吧？新新闻报道不"新"！它明显是一种英国传统，就像其他许多东西一样，被美国人掌握并变异了。

你认为你所从事的这种写作前景如何？

目前的景象是前所未有的。我不会用另一个时间和地点取代历史中的此时此地来从事我的写作了。它的市场在一年年变大，资料的丰富也是前所未有的。在社会组织中的所有地方，了解人们生活的能力也前所未有地变得简单了。不久之前，我们还完全接触不到许多社会的上层人物。我认为不会再出现那种情况了。

并且，有这么多媒介可以记录这些生活世界。我不认为书籍岌岌可危。关于这种体裁的命运，我们不应该想太多，因为所有的体裁都有存活的能力，我们只是应该多考虑一下个别作品的质量。所有的非虚构体裁都有存活能力，并且能兴盛起来。我也

---

1   米迦勒节（Michaelmas），纪念天使长米迦勒的节日。西方教会将其定于 9 月 29 日，东正教会定于 11 月 8 日。其时恰逢西欧许多地区秋收季节，因此节日纪念活动十分隆重。

不会担心小说。优秀的小说依然很畅销，比如乔纳森·弗兰岑(Jonathan Franzen)的《纠正》(*The Corrections*)。我唯一担心的体裁是诗歌，尽管"担心"一词很可能用得不对。

我肯定不会过于担心杂志中的长篇非虚构的命运。的确，发表这种作品的杂志比二十年前少了，但今后二十年，发表这种作品的杂志要是多起来了，我也不会感到奇怪。问题不在于销路或市场，问题在于作家笔下所写之物的质量。如果人们想要读，你就可以发表。

迈克尔·刘易斯作品

《点球成金：在不公平比赛中获胜的艺术》(*Moneyball：The Art of Winning an Unfair Game*)，诺顿出版社，2003 年。

《其次：未来发生了》(*Next：The Future Just Happened*)，诺顿出版社，2001 年。

《新新事物：硅谷的故事》(*The New New Thing：A Silicon Valley Story*)，诺顿出版社，1999 年。

《竞选路上：公关专家、租来的陌生人、拇指摔跤手、脚趾吮吸者、灰熊和其他人的白宫之路》(*Trail Fever：Spin Doctors，Rented Strangers，Thumb Wrestlers，Toe Suckers，Grizzly Bears，and Other Creatures on the Road to the White House*)，克诺夫出版集团，1997 年。[平装本为《输家：通往白宫之外各处的路》(*Losers：The Road to Everyplace but the White House*)，古典书局，2000 年。]

《太平洋裂谷》(*Pacific Rift*)，诺顿出版社，1992 年。

《金钱文化》(*The Money Culture*)，诺顿出版社，1991 年。

《说谎者的扑克牌：华尔街的投资游戏》(*Liar's Poker：Rising Through the Wreckage on Wall Street*)，诺顿出版社，1989 年。

Susan Orlean

苏珊·奥尔琳

我对人们强烈的依恋情结
十分好奇

　　美国著名作家，记
者，曾供职于《乡村之声》
《滚石》等杂志，是《纽
约客》的特约撰稿人。1955
年 10 月 31 日，她出生于俄亥
俄州克利夫兰的一个犹太家庭，
父亲是房地产开发商，母亲在一家
银行工作。

　　奥尔琳毕业于密歇根大学文学和
历史专业，并于 2012 年获得该校荣誉
博士学位。《纽约客》激起了她对文学
新闻的兴趣，她的第一份工作是为一个
叫《纸玫瑰》的小月报写文章。后来，她
为《滚石》做音乐家和演员专访。1982 年，
奥尔琳搬到波士顿，成为《波士顿凤凰报》
的特约撰稿人，后又成为《波士顿环球报》
的专栏作家。1992 年，奥尔琳如愿成为《纽
约客》的特约撰稿人。

代表作品：
《兰花贼》（1998）
《抛给我一根骨头》（2003）
《我喜欢的地方》（2004）
《任丁丁》（2011）

我想知道，对于某一个人而言，生活的意义在何处。作为一名文化相对论者，我很好奇这种意义究竟会如何因事而异，因地而异。"

　　《纽约客》作家苏珊·奥尔琳因笔下曲折离奇的故事而闻名。这些故事写的都是通常不会在公众视线或意识之内出现的"平凡"人，而就在他们的平凡中，奥尔琳发现了一些不平凡的东西，包括对一名十岁男孩的专访、新泽西州郊区一个养老虎的女人、恰巧也是阿散蒂国王的一位纽约出租车司机。"如果仔细观察，平凡的生活会展现出绝妙、超常的一面，不知怎么的，又夸张又平常。"她在《斗牛士检查她的妆容：我与不平凡之人的邂逅》的引言中写道，"我真的相信，任何东西都值得一写，如果你足够关注它的话。写任何一个特定的故事的最好也是唯一必需的理由就是我关注它。在写这些故事的时候，我面临一个挑战，就是要用一种让别人也像我一样对它们感兴趣的方式去写。"

　　苏珊·奥尔琳 1955 年 10 月 31 日出生于俄亥俄州克利夫兰 (Cleveland)。她的父亲是房地产开发商，母亲在一家银行工作。奥尔琳在她写诗的安阿伯市密歇根大学 (University of Michigan) 学习文学和历史。"我写过的诗和我现在所写的这种东西并没有太大不同，不是超级抽象的，而是有点叙述性和描述性。它让我学会欣赏紧凑简洁的作品。写诗是学习精简选词的一个很好的锻炼。"她说。

　　当奥尔琳还是个小姑娘的时候，她爱读《生活》(Life) 杂志，并被非虚构吸引了。当时，该杂志发表的作品讲述的是"生活片段"，比如说做一名乡村医生或警察会是什么样。"《生活》秉持的观念是：这样的主题才是真正的'故事'。写一些真实的东西这样的观点深深地吸引着我。"她说。

　　上大学时，她最好的朋友为她订阅了《纽约客》作为圣诞礼物，这使她对文学新闻的兴趣大增。她在某一期读到马克·辛格 (Mark Singer) 的作品，是对均为纽约市公寓管理员的三兄弟的专访。"读着马克的作品，我灵机一动，心想：'这是我想做的。'"她说。从那时起，奥尔琳就渴望给《纽约客》写文章，但却不知道具体该怎么做。"那时，《纽约客》比现在更像克里姆林宫。你甚至不知道谁在那儿工作，或者故事是谁写的，或任何东西。"她告诉《耶鲁大学文学杂志》(The Yale

Literary Magazine)说。

　　大学毕业后，奥尔琳搬到俄勒冈州波特兰(Portland)，与在那儿开办法学院的男友一起生活。她的第一份工作是为一个叫《纸玫瑰》(*Paper Rose*)的小月报写文章。她的第二份工作是由在波特兰的另一家周报《维拉米特周报》(*Willamette Week*)提供的，那里的编辑(曾在《华尔街日报》工作过)成为她的导师，教她新闻报道的基础知识。奥尔琳写音乐评论以及各种特写，从赫蒙族难民一直写到圣海伦斯火山的喷发。她给《乡村之声》写的第一篇自由撰稿作品与薄伽凡·室利·拉杰尼希(Bhagwan Shree Rajneesh)在俄勒冈州兴建的新时代社区有关。一天，奥尔琳接到之前为《维拉米特周报》写作的《滚石》作家迈克尔·吉尔莫(Michael Gilmore)打来的电话。他喜欢她的作品，邀请她加入《滚石》，于是她开始在那儿做音乐家和演员专访。

　　1982年，奥尔琳搬到波士顿，成为另一家周报《波士顿凤凰报》(*The Boston Phoenix*)的特约撰稿人，后又跳槽到《波士顿环球报》(*Globe*)，成为专栏作家。她的第一部书《红袜和青鱼：以及使新英格兰成为新英格兰的其他东西》摘录了她给《波士顿环球报》写的作品。

　　还在波士顿的时候，她开始写《周六晚上》。这部书实录了美国上下是如何度过周六晚上的：跳舞、打保龄球、约会、喝酒甚至谋杀。除了鲜明的主题以外，它还给了奥尔琳一个报道平凡人的机会。"观察生活在美国各个地区各种环境下的各种人在周六晚上的休闲活动，似乎是在他们最自然的、自我选择的环境中观察他们的一个绝佳机会，就像研究一头在恩戈罗恩戈罗火山口(Ngorongoro Crater)玩耍的大象，与研究迈阿密二手车行前一头挂着广告牌的大象完全不同一样。"她在该书的引言中写道。《周六晚上》深受好评，《出版人周刊》(*Publishers Weekly*)评价道："紧凑清新的散文和严密的观察，使得有关周六晚上的体验这一系列短文全面展示了主角的活力和活动。"

　　1986年，奥尔琳搬到了纽约，给《滚石》和《时尚》(*Vogue*)写文章。她到纽约不久，就听说《纽约客》的新编辑罗伯特·戈特利布(Robert Gottlieb)正在给"街谈巷议"寻找作家。她的第一篇"街谈巷议"作品写的是贝纳通如何教其员工折叠毛衣。"我的某些想法有点出离《纽约客》模式，这一点戈特利布很喜欢。他喜欢我所感兴趣的平民主义。"她说。1992年，奥尔琳成了一名特约撰稿人。

　　1994年，她在报纸上读到一篇文章，写的是佛罗里达大沼泽国家公园(Fakahatchee Strand Preserve State Park)200种稀有的兰花品种失窃的事情。兰花窃贼约翰·拉罗什(John Laroche)曾在塞米诺尔部落(Seminole tribe)经营一个巨大的种植园，是渴望通过克隆稀有的幽灵兰发大财的园艺顾问。从头到尾参加了拉罗什的庭审之后，奥尔琳采访了他，其成果是 1995 年 1 月 23 日发表在《纽约客》上的《兰花热》(*Orchid Fever*)。奥尔琳拓宽了她的研究，回到佛罗里达沼泽地写了《兰花贼：一个关于美丽和痴迷的真实故事》。《华尔街日报》的弗朗西斯·托里弗(Frances Taliaferro)称这部书为"一部赞美某些使美国显得伟大的美德的惊心动魄的报道作品。有想象的激情和痴狂，在充满异国情调的场景中实现的英雄壮举，特大的人物角色，在边界前沿的企业家和冒险家"。

《兰花贼》是斯派克·琼斯(Spike Jonze)执导的电影《改编剧本》(*Adaptation*)的原作，剧本是由查理·考夫曼(Charlie Kaufman)写的——奇怪的是，他作为尼古拉斯·凯奇(Nicolas Kaufman)饰演的一位人物角色也出现在了影片中。梅丽尔·斯特里普(Meryl Streep)饰演奥尔琳，克里斯·库珀(Chris Cooper)饰演拉罗什(这个角色使他荣获奥斯卡金像奖)。《改编剧本》是根据奥尔琳的作品制成的第二部影片，第一部是《蓝色激情》(*Blue Crush*)，由她写的一篇关于毛伊岛的冲浪少女的文章改编而成。

奥尔琳和她的丈夫约翰·吉莱斯皮(John Gillespie)——一个投资银行家——住在纽约和波士顿。他们有一只名叫库珀的红白相间的威尔斯激飞猎犬，奥尔琳以它为主题，写了《抛给我一根骨头：健康小吃、膳食、宴飨口味测试食谱 50 例》(*Throw Me a Bone*：50 *Healthy*，*Canine Taste-tasted Recipes for Snacks*，*Meal*，*and Treat*，2003)。她是哈佛大学 2004 年度的尼曼研究员，她的第二套丛书《我喜欢的地方：一个浪迹天涯的女人的旅行故事》也于 2004 年出版。目前，她正在给牧羊犬任丁丁(Rin Tin Tin)写一部传记。

哪种主题会吸引你?

我不是个"调查记者",因为我不会寻找"神秘故事"或试图发现某个事物背后的阴谋。我喜欢无意间产生一种想法或发现某个事物,然后心想:"天哪,原来这一直都在我眼前哪!"我的故事常常分两类:你从未停止思考的日常生活部分,以及我深知自己对其一无所知的亚文化群。

我写的一篇关于超市的文章就是第一类故事的例子。一天,我在超市里和管理人员交谈,心想:"超市是怎么运作的?"[《全部融合》(*All Mixed Up*),《纽约客》1992 年6 月 22 日]它就像是个复杂的宇宙,像个小联合国一样在运作着(原来超市实际上就是这么运作的)。这是一个重大的共性。我们无数次地去过那儿,它是这个世界运行方式的一部分,但我们从未思考过它本身及它的运作方式。

我写过的第二类故事的一个例子,是我做的关于一个福音宣传小组的专访[《民众实录:奉献之路》(*Popular Chronicles:Devotion Road*),《纽约客》1995 年 2 月 20—27 日]。偶然瞥到发展得如此完备的一个世界——有星星、传说、神话、历史、无数的信徒的世界,我颇感震惊。我处在狭小的天地里,不知道有过这样一个世界。反观我自己的生活,在那种故事中,我更像是旅行者或探险家。

我有一种传教士般的热情,我要告诉我的读者,世界比他们想到的更复杂,想让他们对平常从不感到好奇的事物产生好奇感。我可以说:"隔壁那个人,你以为是无名小辈的那个出租车司机其实是个了不起的人!跟我来,我带你去看……"我的读者没时间调查这些事,但我有时间。

你有没有发现自己会回到一些特定的题材或主题上?

我真的没什么过人之处。我几乎不能想象有什么是我不会感兴趣的。或许这就是我的过人之处。

我对人们强烈的依恋情结十分好奇。我并不真的在乎他们依恋什么。正如我在《兰花贼》中所写的:"我想我的确有一种毫不掩饰的激情。我想知道强烈地在乎某样东西是什么感觉。"我对人们将其作为生活焦点的那些事感到好奇。它们通常是对我没有一点儿吸引力的事物,这会让我更加好奇,究竟是什么让别人产生了这样一种情感呢？我感兴趣的是人们，包括我，怎样适应奇怪的生活经历。

把一个想法变成一个故事，你要做的是什么？

我对一个故事的要求纯粹是感性的、凭直觉的、发自肺腑的。我就一个主题提出的唯一问题是："我对这个好奇吗？这儿有我真正想知道的东西吗？"我会因别人的激情而激动，甚至充满激情吗？

我只有在事后才真正明白是什么把我吸引到某个故事上来的。当人们说"噢，你喜欢写古怪的人"时，我会生气。呃，不是吧，我没有啊。我不会想："哎呀，咱们找个怪人写写吧。"我时常与人们对理想中的"我的"故事类型的期望背道而驰。

例如，几年前有人问我是否考虑给《纽约客》做个阿尔·戈尔[1]的专访。我想："噢！这真是酷毙了！"这绝不是人们所认为的"我的"故事类型，当然部分原因是兴趣使然。

你是怎样衡量自己对一个故事的热爱程度的？

我发现自己在跟我认识的所有人谈论这个。如果我不谈论它，不能表达我的激动之情，那就是哪里有问题。当结束报道回来时，我会采用同样的试金石试验法：我喜欢谈论我所发现的东西。这是搞清我真正想法的一个有用的办法，这能表现我对一部作品最纯粹、最自然的兴奋。

你会跟任何一个人谈，还是只跟某些人谈？

通常是跟我丈夫，但也会跟某些朋友。或者我也会听到自己在晚宴上跟一群人谈起，这应该是那种谈话。有时，我会故弄玄虚地给听众讲述不同版本的各种奇闻逸事，看看它们起不起作用。写作主要就是吸引人们，诱使他们对平常不在意的故事感兴趣。没有比在听者面前把它讲出来更好的办法了。

你写的那类故事一定很难向编辑解释。你是怎样设法接到你所做的那些任务的？

我讨厌写项目建议书，我没法跟你说"我想写个故事，是关于孩子的小丑玩具的"之外的话。如果写建议书的话，我能憋出两个字都够呛。部分原因是我觉得建议书很做作。在项目进程中，我并不知道故事是什么。如果你一开始就已经知道得很清楚，并且能够准确地描述出故事的梗概，那么这个故事很可能挺没趣的。

1　艾伯特·戈尔（Albert Arnold Gore Jr.），美国政治家，1948年出生于华盛顿，一般被称为阿尔·戈尔。他曾于1993—2001年担任副总统，并由于在全球气候变化与环境问题上的贡献而受到国际的肯定，获得了2007年度诺贝尔和平奖。代表作有《难以忽视的真相》（2006）等。

在我写作生涯的这个阶段，我能"推销"给编辑的，是我的直觉，而不是别的东西。编辑要么会说："行，我懂你的意思了。"要么说："呃，如果你觉得很有意思，那我相信你。"我的编辑的职责通常是帮我过滤我的想法和热情，问我说："你确定这是你想写的故事吗？"

你的过滤过程是怎样的？

我会对任何事物产生兴趣，我也颇有"优化组合"问题。我会因某些想法而感到激动，然后又紧张不安地想："不，我写不下去的。"我顾虑很多。很多故事就是过不了担心这一关。

能让一个想法过了担心这一关的是什么？

我需要感觉到一个主题在不断扩展，而不是缩小。每看一次，我都想要看到它又多了一点儿。我在《兰花贼》中写道："有时，这类故事最终会成为意义深远的东西，成为在生活中看见，却像一个日本纸球一样会膨胀的东西。"它是一种表面上看非常小，但我必须确保它不会一直那么小的东西。有时，小东西就是那么小了。

让你感到兴奋的故事和你实际上写了的故事的比率是多少？

这很难说。我有一堆喜欢的故事，但就是没时间写。例如，我听说过一个面包狂热者的社区。这群人有一个发酵了一百多年的酸酵头。他们把它称为"生面团之母"，并且都存有从那上面揪下来的小面团。我发现了一个收集世界各地酵母文化的人，但我就是没法安排时间。经常会是这样：如果我开始思考一个故事，而时间又排不开，我通常不会再回头写这个故事了。我很可能最后就不写这个故事了。

此外，有很多故事听起来不错，然后当我稍微深入一点儿思考的话，它们就有问题了。主要人物没我想得那么有趣，或者发现先前已经有很多有关的媒体报道了，这通常会令我兴趣索然。例如，我在考虑对纽约年纪最大的活跃的女性股票经纪人（她已 98 岁高龄）进行专访。我打电话想跟她谈谈，她却说："我会把我在电视上亮相的所有磁带都送给你。我上过有线电视新闻网（CNN）、全国广播公司财经频道（CNBC）……"我意识到这个故事根本不适合我。她非常"上镜"，这一点对我来说毫无吸引力。我更乐意有人对我有点抗拒，而不是过于急切地让新闻经纪人准备就绪。

你写的许多故事都直接源于你的生活。你只是无意间对你一直在做的某件事有了新的见解，然后写了它，还是你的生活和你报道这些故事的工作是决裂的？

真的是决裂的。例如，有天我去做头发，听到了发廊里的对话。我想："好家伙！

写写人们在发廊里的互动，这会成为一个精彩的故事。"如今，我本来可以去别的发廊，但我已经认识了这个地方。我知道给我理发的那个人是这么个大人物，并且发廊的某些东西，比如它的大小对这个故事来说似乎正好[《民众实录：短篇集》(*Popular Chronicles：Short Cuts*)，《纽约客》1995 年 2 月 13 日]。但稍后，我会以记者的身份回来采访人们。我很少写回忆录式的故事。我始终在以记者的身份写作。

你只写自己想出来的故事，还是会听取编辑或朋友的建议？

我喜欢人们给我出主意，但我几乎从不采纳。首先，人们倾向于把他们认为的"最合适苏珊·奥尔琳"的故事推荐给我。这有点像让一个人随便打扮我！我有相当独特的品位。人们自以为了解我的品位，但那通常不适合我。人们有时把我的品位与大众文化和美国史料的低级庸俗的方法搞混了。我对这个不感兴趣。

那么，你的故事想法是从哪儿来的呢？

从广泛的阅读中来。我尽量阅读那些为有特殊兴趣的人量身打造的相当专业的刊物，如犬月刊、狩猎杂志等。这些刊物毫不做作，不过分俗丽或迷人。这是现实世界，这些杂志保持着现实世界在这些专业领域里传达给它们的方式。对我而言，阅读这些杂志就像在听一种真正被广泛应用的亚文化的俚语。这令人兴奋。阅读这样的杂志是我活跃思维的最好的办法。

世界上有没有哪个国家或地区是你本身比较感兴趣的？

没有，我相当博爱。这有时让人疲惫不堪。我会想："哇，写写摩洛哥每年的驴市，这会是个不错的故事。"然后下一分钟我又想："我刚刚听说在巴塔哥尼亚的这个疯狂的小镇上，他们发现了恐龙化石，正在重新组装，试图打造一种旅游文化。"然后我又想："你知道，报道 2003 年的彩虹集会 1 真的会很爽。"

这并不意味着我不安分，需要一直旅行。实际上，如果有人告诉我，所有的故事都必须在纽约市采写，那也没问题。

你会以不同的方式考虑国内和国际新闻故事吗？

它们之所以不同，是因为国际故事是以对异国情调的渲染开始的(至少对美国读者而言具有异国情调)，假设故事与一种有点儿不同的文化有关。

1　彩虹集会(Rainbow People convention)，又称 Rainbow Gathering，一个非官方的嬉皮士集会活动，每年都会在加拿大、墨西哥和西班牙等地举行。参与这个集会的人通常都崇尚自然的精神，主张通过这一形式离开现代社会，与自然亲密接触，融入自然。

国内故事与之相反。大家都认为我们生活在同一个国家，然而这个国家却有各种各样令人惊奇的、不可思议的生活世界。这些生活世界对我的读者来说很新鲜，因此熟悉的面貌正是要给他们的惊喜。其他国的故事则呈现了那种差异。

你没写过太多关于名人的故事，这有什么原因吗？

有。名人对经历的控制远超过我所写的无名小辈。我喜欢沉浸在一个故事中，而在写名人时，我通常没有那个机会。起初，我写过大量的名人，我只是对此感到厌倦了。我肯定厌倦了想进入故事却无法真正进入的感觉，无论是因为准入权还是别的问题。我对此很厌恶，甚至现在就可以想象写名人的情形，而它本应提供更有利的条件。

你最喜欢和最不喜欢写的分别是哪类人？

我最喜欢写那些在一开始对我不理不睬的人、不喜欢摄影机的人。我给《时尚先生》写的那个十岁男孩科林·达菲[《十岁的美国男人》(*The American Man*，*Age Ten*)，1992 年 12 月]就是个很好的例子。他一点儿都不在乎我。

我最没兴趣写的是最像我的人，我更愿意去写那些与我不同的人。

你将你的作品视为许多不同的作品，还是全部都算作一个整体项目的一部分？

我写的很多东西都是——恕我直言——对"人生的意义"的追寻，或许听起来是老生常谈了。我想知道，对于某一个人而言，生活的意义在何处。作为一名文化相对论者，我很好奇这种意义究竟会如何因事而异，因地而异。通过观察几种不同情境下的相似模板，我的《周六晚上》整本书都是关于那个主题的沉思。与此相反，在《兰花贼》中，我选出了一样东西，深入地进行挖掘。但它们所采用的认知体系都是相同的，也就是追问："人们怎样能使自己的生活如愿？"

你更喜欢写长篇还是短篇文章？

我喜欢两者的混合模式。因某个事物兴奋，并知道它算是一篇"街谈巷议"的小短文，不必写成一万字的作品，这种灵活性我很喜欢。

你会同时进行几个项目吗？

通常是一个。有时会协调处理多个项目，但我实在讨厌那样。当我写一个作品的时候，最好只在那里，以期所有的思维联想和灵感都是关于那个作品的。

在开始写一部作品之前，你会做多少研究？

什么研究也不做。我唯一需要知道的就是我想了解某个事物。如果我打算写一个对某个事物了解很多的人，那我宁愿从他那里去了解。我会对采访对象说："我对福音音乐或兰花一无所知，而这是你一生的爱好，教教我吧。"我不想争强好胜，或向一个人提出"巧妙"的问题。我在报道过程中没有自我意识。

很多时候，我写的是那些因为我是一位纽约的作家，并且通常给《纽约客》写文章这个事实而多少有些防备或害怕的人。因此，一上来就摆事实并试图表现我对他们领域的了解有多少，这是最糟糕的事情，会适得其反。我会说："我在这儿。我准备听你说。"

我是那么信口开河的人，如果知道得太多，我就不敢肯定自己还会像力不能及、不知所措时那样好好地听。我的弱点对报道也很重要。如果种植兰花的人用拉丁语责备我，不得不说我听不懂的话，那我会很不舒服的。保持乐于接受、敏感的状态，并一直焦虑着，这对我来说至关重要。这就像个顽疾，有点痛苦，却也让我更加开放。

通常，一旦获得了一些知识，更清楚地意识到自己所需的东西时，我就开始啃书本了。

你是在哪儿学习怎样成为一名记者的？

在大学毕业前，我根本没做过报道。除了论文写作之外，我在大学里只写过诗歌和一篇书评。

大学毕业后，我去了俄勒冈州，被一家小杂志《纸玫瑰》聘为记者。因为什么都没学过，所以我是在工作过程中弥补着自己的欠缺。我在第二份工作中遇到了一位导师，他在《华尔街日报》工作过。他教了我很多关于报道的知识，以及报道中的道德和法律问题。对我来说，那是非常重要的经验。

你有一套报道的固定程序吗？

报道阶段在一开始是很难的，常常让人沮丧。我老是在琢磨："我在做什么？这是怎么回事？这儿有什么故事？或许这个想法也没这么好？"我感到很迷茫。

我会给当地报社打电话，做个自我介绍，问问是否有人想要喝点儿东西。我会四处徘徊，走进商店和咖啡店，和店主聊天。我喜欢逛旧货摊，看看这儿的人会把哪类东西丢掉。我经常开车到处转悠。我试图对我所写的东西有一种街头意识。很多时候，我是在寻找一个会让我了解下一步——尚不明朗的一步——的人。

例如，在写德克萨斯州中部地区——乔治·W.布什的农场所在地——时，我晃进了市区的一家咖啡店，跟一个人攀谈起来。结果神奇的是，这人居然是油田的退休工人[《德克萨斯州报道：一个叫中部的地方》(*Letter from Texas：A Place Called*

Midland），《纽约客》2000 年 10 月 16—23 日]。他开车带我到处转悠，给我看一些东西。我给当地报社的油田记者打了个电话。我试图揭开这个城镇的面纱并熟悉它。我的问题是："被布什当作大事的籍贯，即这座城镇究竟是什么样的？"

你在外国报道的方式与你在美国报道的方式迥然不同吗？

语言不通改变了一切。侥幸意外地听到一场对话、偶然相遇，这些通通都错过了。虽然我会说法语，但还是不太能跟得上。我借助翻译写了许多西班牙语国家的故事，这真令人沮丧。

为什么沮丧呢？

呃，我聘用翻译的时候，总是尽量找有趣的人，或者与故事有关或对故事有兴趣的人。由于我不会进行很多标准的、坐下来交谈的采访，所以就需要一个差不多能扮演我这个角色的人。我想要一个人给我解释那个世界，而不仅仅是翻译。但有时，我只能从中介公司找翻译。

我的问题是，当我知道自己想问的确切问题时，很可能也已经知道了答案。我提问，是为了驱策一个人，以了解我甚至不知道去问的事物。如果采访自始至终都是通过翻译进行的，那就办不到了。

在报道一个长篇故事时，你会怎样设定自己的进度？

很难设定，因为似乎投入多少时间都不合适。我不知道自己还会需要什么，所以我给自己安排的时间总是比预计需要的多。

对我而言，报道过程中总有大量停工的时间。在抵达之前我总会安排几件事，只要不让我在那儿感到厌恶就行。如果我已经安排了几个采访，那就会少一些烦恼。手机大大改变了我设定报道进度的方式。我以前都是在宾馆客房里闲坐着，看 CNN，等着人们回我的电话。

你认为，与你正在报道的人保持多大距离是很重要的？

我认为不需要保持很大的距离。如果有人邀请我去他家，那就更好了。我发现越离题越好。这些都丰富、增强了我对人和故事的感觉。

你的很多采访对象都不是公众人物，你会担心你的报道对采访对象造成的影响吗？

新闻记者当然会侵犯、搅扰人们的生活。虽然并没有实质性地破坏或改变人们的生活，但实际上我们就是入侵者。关于我的工作对一个人生活的影响，我没想过太多。作家很难去想象他们在世界各地奔波的工作。保持谦虚，不因读者的能力范围和影响力而过分自满会比较好。当一部作品产生影响的时候，我总是很惊讶。对公众的、深谙媒体之道的人物角色来说，这些影响几乎为零。而对我想写的那种个人来说，他们的生活世界里几乎没人看《纽约客》，所以这通常也不是问题。

一旦你决定要采访一个人，你更喜欢怎样接近他？是以局外人的身份，还是以局内人身份？

我几乎都是作为局外人直接开始交流的，除非对方是个有名的人，只能通过别人才能接近。但对我来说，直接交谈是最自然的接近方式。请人引见可能会很有用，但我更喜欢直接去找知情人士，当面阐述我的请求。这是最该做的事。如果一个人抗拒这种方式，那我通常会放弃。

你是怎样说服人们花这么多时间跟你在一起的？

我做的一件事就是从一开始就清楚明了地表示：在我想要与他们共度的大量时间里，他们不需要做任何事，不需要表演，甚至不需要跟我交谈。我需要的许多东西都要靠观察。因此，如果一个人在做事或正常工作，我如影随形地跟着他们，这对我来说是最理想的。我越是这样做，人们就越是意识到他们不必表演；而他们越感觉舒服，就会给我越多的时间。我向他们强调说，我只是想跟着他们一起闲逛，不管他们在做什么。

如果有人反对说："我只是在干蠢事。你不会想跟我一起干这种事的。"你会怎么办呢？

这常常是我为了说服人们把时间给我而必须要做的事情中最棘手的部分。我必须让他们明白，"我也干这种蠢事"。我很乐意做一张热情的壁纸。

人们在做着他们平常做的事时，要不受我的影响其实也是非常难的。我写第一部书《周六晚上》的时候，就遇到很多这样的问题。这部书写的是全国各地的人们周六晚上都在做什么。如果他们的活动很无聊，稀松平常，那就是我想看到的。我不断地劝阻人们为了我的缘故举办宴会或安排某种很好的活动——这恰恰是我不想看到的。

当立场完全相反的时候，当一个记者告诉我，他只是想过来看我工作时，那对我来说才是真正的教育。我会像其他人一样，说："但这很无聊啊，没什么好看的。你不会想看到我做那事。"部分原因是我不想让任何人知道我在"工作"的时候要浪费多少时间。

如果有过的话，你会在什么时候告诉人们你需要多少时间和接触？

我尽量避免谈到我需要多少时间，因为这会把人们吓跑。所以，我尽量含糊其辞，让我的需求显得很不确切。我会这样说："我下周会过来一趟，在那儿待几天，所以随时都行。"当一个人说"我可以在11：00～11：45 见你"时，我真的很为难。如果遇到这种情况，我会重新考虑这个故事。但那通常只在名人或所谓的"重要人物"身上发生。

如果一个人没那么出名，那我会相当肯定，一旦我到了那里，他们看到我是谁，看到我怎样使用他们的时间，我就会有更多收获。

有没有什么地方是你特别喜欢的采访地点？

我尽量在可以闲聊、放松的环境中与人们见面。在家里采访一个人时，我基本上是在用一把粘尘衣刷处理他们的生活。我能厘清千头万绪，比如他们是谁，怎样生活。为了了解他们，我需要了解他们的生活背景。现在，一个人的家却不总是相关的背景。如果我正在采访一位在华尔街位高权重的人，那么一家热闹的饭店或许比任何其他地方都更像他们的"家"。我尽量避免在与一个人没有关联的地方和他们见面。例如，我在杂志社给希拉里·克林顿（Hillary Clinton）拍照的照相馆里采访了她。那真是糟糕至极。那地方跟她一点儿关系都没有，十分枯燥乏味。但我想不到我还能在什么地方采访她。她的时间安排得相当满。

我尽量在人们感觉很自然的地方采访他们。例如，我让拉罗什带我去看兰花展，因为那儿对他来说是最本真的地方。但我更愿意让我所写的人来决定带我去哪儿，这样感觉更自然了。我写过艺术家弗兰克·斯特拉（Frank Stella），我们一起去看一场壁球锦标赛。他是狂热的壁球迷，所以去看壁球锦标赛对他来说很自然。不过，在一个完全出人意料但又很自然的环境中写他也是一种机会。我喜欢偶遇那样的事，而不喜欢，比如说和他一起去艺术博物馆。

你是怎样开始采访的？

从闲谈开始，就是聊天。我做采访就像在谈话一样。这就意味着，我必须回头问我忘记问的所有问题。但我喜欢自然的采访过程，喜欢把生活原汁原味地呈现出来。

你会准备问题吗？

不会。易受攻击性是我和采访对象之间相互关系的一个重要部分。人们容易对纽约这样的地方来的作家持怀疑态度。你必须讲清楚，你不是个傲慢的人，你没跟他们开玩笑，你是坦诚的，并且真的想向他们学习。对你所采访的人而言，感觉自己比本来厉害一点儿很重要，这多少会使关系趋于平衡。

你是记笔记，还是用磁带对采访进行录音？

我用一种潦草的"中间法"记笔记，这是一种手写和速记的结合。我不是很爱记笔记的人。我随时准备着笔记本，但经常在做完了一个很长采访之后，只记下寥寥数语。

你为什么不对采访进行录音呢？

我和人们待在一起时，常常只是东拉西扯。我会讲一大堆根本和故事无关的东西，只要我能了解他们是谁就行。我可以花几个小时跟一个采访对象谈化妆之类的事。难道我真的想抄录好几个小时谈论那些话题的磁带吗？

你会以某种特别的形象示人，以鼓励他们与你交谈吗？

如果你让我所写的人描绘我的特征的话，我想他们会说我比实际面貌年轻一点、腼腆一点、天真一点。人们有时有一种想要呵护我的冲动，而我当然不会拦着他们。我不会装聋作哑或佯装"无助"，但我尽量不给别人圆滑世故的印象，这很有用。但事实上我给人的感觉时常是这样的：远离家乡，因为故事而精神紧张，有点暴露。

拉罗什跟我就有这样一种保护关系："你这样一个小姑娘干吗要到这儿来？"他经常被我的愚笨给气坏了，开玩笑说他得告诉我多少次，我才记得住某个特别的花名。

你会同意各种基本原则吗（不宜公开报道、匿名引用等）？

一开始，我假定所有东西都是可以公开发布的。只有当一个人对某个话题有点敏感的时候，我才会提这些原则。我会给他选择权，让他告诉我一些不会公开报道的事情，以鼓励他敞开心扉。我确信人们知道我会核实他们提供的信息，我会苦口婆心地向他们解释这个过程。我想让他们知道，他们有机会纠正我犯的任何事实错误。但在故事出版之前，我从不让任何人看。

在采访中，你会谈到多少有关自己和作品的事？

我不鼓励人们问许多关于我的问题，尽管在他们真的问起的时候，我不会拖延或拒绝回答。但如果我的工作方法得当，他们就不会花太多时间琢磨我。我会把注意力集中在他们身上。

我不会把自己的人生经历当作谈话的润滑剂，以此产生共鸣（"孩子，我真的了解你的感受，因为我曾经……"）。部分原因是，对我所写的大部分人而言，我没有跟他们相同的生活经历。我是一位热心的聆听者和一位毫无偏见的观察者，这才是我产生共鸣的方式。

在采访过程中，时间的安排——什么时候跟哪个人交谈——有多重要？

在我的作品中，时间的安排通常不是个大问题。我通常从主角开始，跟他待在一起。我一般不会把我的工作方式强加给主要人物。我会全力以赴。我会等采访快结束了，才问一些尴尬的问题。主要是因为我胆子太小。有时，如果这些问题非常尴尬、私密，我会在电话上进行最后一次采访。我感觉对方如果没有坐在我面前，就会比较有尊严，比较安全。

例如，我有次必须问一个人他家庭中乱伦的事。这是我不得不问的问题中最难回答的，所以我一直等到我们通电话的时候才问。这非常令人反感，但我感觉在电话上问，对他来说更合适。

你会重建场景，还是只写自己亲眼看见的场景？为了重建场景，你会怎样进行报道？

如果我必须重建一个场景，我会确保将建构的过程展示出来。我会把它描述成一个我已经清楚地表明我没看到的场景。当一个作家仿佛身临其境般地在写一个场景，但根本不可能在场时，那会让我感到很不舒服。事实上，我很排斥这种做法。最糟糕的是一位作家声称自己重建了一个人物的思维。要进行亲密的、有感染力的描写，也有别的方法。我如果这样写："他暗暗地想……"这只会让人感觉不真实。对我而言，这是个基本原则，就是你不要那样写。作家可以看穿砖墙或识透人心这种观点，在我看来似乎是"新新闻主义报道"糟糕的副产品。那是虚构的意义所在。要由内而外地写故事，我们并不缺这样的机会。

没必要一开始就让读者为之震惊，但你可以向读者清楚地说明你为他们重建了一个场景，从而很自然地写一个你没能看到的场景。我认为读者不会因此烦恼的。只要小心地解释你所做的，就不会把故事搞砸。

你是怎么知道采访阶段会在什么时候完成的呢？

当我的注意力持续集中的时间变短的时候。在开始做一个故事时，我的学习曲线很陡，以至于觉得对方说的一切都是新鲜和吸引人的。后来，随着我渐渐熟悉了这个人和他的故事，学习曲线就自然平缓了。最后，我凭直觉从聆听转换到在脑中写故事的过程。建立联系，勾勒场景，创作故事，这就是我需要开始写作的时候了。

为了预备写作，你会做些什么？

我要做的第一件事是把我的笔记键入电脑。我把每一场采访都放进一个单独的文件夹里，然后，我会生成另一个记录报道过程中的总体观察的文件夹。我把这些全部打印出来，阅读，并标出有用的段落。再之后，我把这些纸页全部铺在我周围，开始写开场白。

你是怎样开始写作的？

在开始写作之前，我喜欢做点体力运动，无论是跑步还是打壁球。然后，当我坐下的时候，总是感觉没东西写，感觉搜集的信息不够，没有故事。

你在哪儿写？

要么在家，要么在《纽约客》办公室。对我来说，在哪儿写并不重要。但无论在哪儿，我都必须带着笔记。就算我不看，不带笔记我也没法写。

你写作的固定程序是什么？

我起床，喝咖啡，看报纸，通常在十一点左右开始写作。我会在晚上收工之前打印出当天所写的东西，所以第二天一开始是先读这些东西。读完之后，我会在电脑上把这部分内容调出来，进行修改。我认为这个过程就像我在跑步之前所做的伸展运动。

我讨厌出去吃午饭，因为我通常在那个时候刚有点头绪。所以我往往就抓一块三明治，在办公桌那里吃。写作的时候，我会离开办公桌很多次，四处转转。不是因为没有任何进展而需要休息一下，而是每当写了一些我感觉真正不错的东西时，我都会休息一下。我以前经常写到深夜，但现在不太这样做了。停下来吃晚饭，然后再回去工作，这对我来说很难。所以，我经常在晚上八点左右就不写了。我喜欢在收工前把当天写的内容再读一遍。我试图在结束的时候知道接下来要写什么。

你追求哪一种作者在场的情形？

我想扮演导游的角色。虽然我认为我几乎不会把自己放在显眼的位置，但是对我来说，承认自己在作品中的存在还是很重要。我想用一种交谈的语气讲故事，这偶尔会让人感觉到我的存在。

我也想扮演音乐指挥家的角色。我对一部作品的节奏和音乐性很敏感。我想知道人们被某些催眠般描述的、断断续续的东西吸引住了。我想通过读者阅读我的经历而来驾驭读者。

你会怎样描述自己的笔调？

亲密。我喜欢打趣，先是麻痹读者，然后再给个惊喜或吓他们一跳。我喜欢用一种能给他们的平凡注入新力量的方式使用朴实无华的词语。我喜欢彻底改造陈词滥调，或者以一种大胆的方式使用它们。

你很重视你的文字发出的声音吗？

是的，有时到了过分的地步。有时，我想让一个句子以强拍结束，于是会花上一个小时琢磨该怎么做，哪怕这有悖于那个章节的逻辑。如果一位编辑改掉了我某个句子的节律，我会无法忍受。比起对作品内容的修改，我更气愤于这种修改。这就是我喜欢自行删减的原因。对作品来说，删减常常是一个提升，但却会对笔调造成严重破坏。

你对笔调的选择受到哪些作家的影响？

肯定受到约瑟夫·米切尔（Joseph Mitchell）和琼·迪丹的影响，还有约翰·麦克菲。我还受到许多虚构作家的影响，如福克纳和菲茨杰拉德。

你认为你所做的那种新闻报道能引出真相吗？

绝对能。我想我们都知道，没有经过人的情感过滤的事实未必比你在文学新闻中获得的比较主观的真实更真实。它可以是真实的，就像一幅油画可以是真实的一样。这是一种情感和事实的真相，是比单纯的实况报道更丰富的经历。

你认为文学新闻是一种美国特有的形式吗？

是的。我刚刚接受了一家德国报社的采访，记者告诉我说德国作家最近才开始做文学新闻。

我认为唯有美国人好奇于美国的经历。大概是因为我们的国家如此之大，文化又如此多元。我们是一个不断被改造的国家，对我们是谁、什么促使我们工作这些问题感到疑惑是我们文化的一部分。大概就是在这样的追寻中，这种新闻报道蓬勃发展起来了。欧洲的新闻报道可能更具争论性，但美国的新闻报道可能更希望探索和了解我们国家经历的现实情况，原因可能是我们对此有更多的需求。

《周六晚上》出版时，唯一的国外销售是销往日本。许多其他国家对它都很感兴趣，但看不懂。他们不知道这部书写的是什么。《兰花贼》能销往许许多多不同的国家，部分原因是全世界人都喜爱兰花。但我也认为，这种新闻报道较之十年前，已经为更多的文化所熟悉了。

你认为自己是汤姆·沃尔夫在其著名的文章中所定义的"新新闻主义记者"吗？

是的。我认为他的定义大概是所有的定义中最好的了。我完全可以随意地运用

(除了谬误之外的)任何形式技巧。

你认为自己是历史传统的一分子吗？

当然了。我在《纽约客》的工作让我觉得自己是为之写作的作家传统的一分子。从列伯灵、E. B. 怀特和所有其他早期的撰稿人开始，由当今的作家，如亚力克·威尔金森(Alec Wilkinson)和马克·辛格继之，该杂志在对这个传统的支持上发挥了巨大作用。

你对这种非虚构文学的前景有何见解？

我认为这种形式正处在一个好时代。我们已经从人们深感出版业消亡的剧痛中挺了过来。人们对世界的好奇心，以及对以一种文学方式探索世界的书籍的需求空前强烈。如果看看过去五年畅销的书籍，你就会发现，其中许多都是非虚构文学作品。《奔腾年代》(*Seabiscuit*)、《兰花贼》，这些本来是完全不可能畅销的书。

将来，书籍可能会在形式上发挥较之以往更大的作用。它可能成为更好的传播媒介，因为它并不依赖广告商。书籍会给你更多自由，给你更多不因循守旧的机会。书籍凭借自己吸引读者的能力发展或衰退，而不像杂志那样需要将自己推销给广告商。

报纸已经更像杂志了。报纸上的特写比 10～15 年前长多了。我经常受邀和报社员工交谈。他们对如何提高自己的写作水平非常感兴趣。他们仍然没有获得更多的版面，却真正渴望将这种写作的某种笔调和亲切感体现在报纸上。或许，未来的文学新闻记者将要从这里产生。

苏珊·奥尔琳作品

《我喜欢的地方：一个浪迹天涯的女人的旅行故事》(*My Kind of Place：Travel Stories from a Woman Who's Been Everywhere*)，兰登书屋，2004 年。

《斗牛士检查她的妆容：我与不平凡之人的邂逅》(*The Bullfighter Checks Her Make-up：My Encounters with Extraordinary People*)，兰登书屋，2001 年。

《兰花贼》(*The Orchid Thief*)，兰登书屋，1998 年。

《周六晚上》(*Saturday Night*)，克诺夫出版集团，1990 年。

《红袜和青鱼》(*Red Sox and Bluefish*)，费伯和费伯出版社，1987 年。

代表作品：
《血疫》（1994）
《试管中的恶魔》（2003）

Richard Preston

理查德·普雷斯顿

作品成功与否取决于我是否很好地保持了中立

美国记者，著名科普作家，1954 年 8 月 5 日出生于马萨诸塞州坎布里奇。1977 年，他以最优异的成绩从波莫纳学院毕业。1979 年，在普林斯顿读研期间，他参加"事实文学"写作课，并从此开始了非虚构写作。

普雷斯顿自 1985 年起成为《纽约客》固定作者，许多著作皆由其发表的报道发展而成。其中，关注埃博拉病毒的《血役》是以 1992 年在《纽约客》上发表的长篇报道《高危区的危机》为基础创作而成的。该书出版后迅速登顶《纽约时报》非虚构类畅销书榜，并占据畅销书榜单长达 61 周。普雷斯顿因此获得了美国疾病控制与预防中心颁发的防疫斗士奖，他也是有史以来唯一一个以非医师身份获得该奖的人。普雷斯顿获奖众多，包括美国物理协会奖、国家杂志奖等，小行星"普雷斯顿"就是以他的名字命名的。

非虚构作家向读者担保他们将要读到的内容是可复检的实验结果，是经得起检验的事实，或者至少是所能达到的最接近真相的事实。或许我们永远得不到最终的真相，但这样一篇非虚构作品就是我对真相的最大程度的探究。"

　　理查德·普雷斯顿或许是唯一一个有小行星以他的名字命名的文学新闻记者。被天文学家卡洛琳(Carolyn)和尤金·舒梅克(Eugene Shoemaker)——普雷斯顿第一部书《破晓》的主角——发现的小行星普雷斯顿的跨度有三至五英里。有一个可能出自他的某一本书的设想，说小行星普雷斯顿很可能在未来的十万年中与火星或地球相撞。

　　普雷斯顿是一个文学新闻派别的建基者，其科学课题——病毒学、天文学、基因学说——的情节和兴奋点经常涉及优秀的旅行或探险写作。他的人物角色不是漫画人物，既不是大科学家，也不是默默无闻的技术人员。"我写的人都是'平凡的'美国人，会担心给草坪施的肥料是不是对的……也会担心我们对其一无所知的事。"普雷斯顿的人物角色是开路先锋，以和早期的美国探险家大致相同的方式拓展着知识的疆域。"现今的科学领域正如路易斯安那购置地之于路易斯和克拉克一样，是辽阔的、完全开放的疆土。"他说。

　　在普雷斯顿未发表的英文学位论文《事实构造》(*The Fabric of Fact*)中，他将科学家和作家大大地区分开来了——这是他几年之后想跨越的两种职业。19世纪初期的美国，普雷斯顿写道，是一个"热爱事实"的时代，不管事实是来自研究员的显微镜还是冒险家的日记。科学感受和文学感受的区别在于他们如何对待这些事实。"当科学努力地将所有这些事实与知识构造融合时，作家则在努力地将事实体现在想象类文学构造中。"

　　普雷斯顿1954年8月5日出生于马萨诸塞州坎布里奇(Cambridge)。因为是一名普通高中生，他被所申请的每一所大学都拒之门外。他是如此渴望进入加州的波莫纳学院(Pomona College)，以至于给院长打电话——对方付费的，问他是否改变了主意。甚至在院长告诉他没有改变主意之后，普雷斯顿在后来的几个月还是会每周打一次。他不屈不挠的毅力最终得到了回报，波莫纳学院在第二学期录取了他。

1977 年，普雷斯顿以最优异的成绩毕业，获得英语学位。他去普林斯顿大学读研究生，在那儿遇到了他的妻子米歇尔，也是英文系的一名研究生。1979 年，他说服约翰·麦克菲允许他上他的"事实文学"写作课，这门课当时是只给本科生开的。"麦克菲教我们词句组成的准确性。他教我们要绝对尊重事实。"这门课是著名的文学新闻记者培养器，麦克菲的学生中，有三分之二成了有名的职业作家或编辑。

普雷斯顿知道自己喜欢新闻报道甚于学术研究。于是在通过研究生考试之后，他从普林斯顿大学休学一年，要看看自己是否能够作为一名自由撰稿人生存下来。这一年，他住在波士顿的一个地下室里，给《布莱尔和凯彻姆的国家日报》(Blair & Ketchum's Country Journal)写科学故事。而在享受这份工作的时候，他彻底破产了。在与麦克菲和他的论文指导老师威廉·霍华德(William Howard)商量之后，普雷斯顿决定回到研究院，在一份普林斯顿大学固定津贴的资助下从事写作。

获得学位之后，普雷斯顿给普林斯顿大学开发办公室写资金筹措信函，以补贴自由撰稿的收入。1985 年，他收到了《大西洋月刊》出版社提供的一笔预付款。为了写他的第一部书《破晓》，之后一年中的大部分时间，他都在乔治亚理工学院七层楼高的海尔望远镜(也称"大眼睛")上观察天文学家。这项任务让他有机会把从麦克菲那儿学到的饱和报道手法付诸实践。"最终，天文学家们似乎忘了我的存在，因此我变得像黑猩猩当中的珍·古德(Jane Goodall)了。在他们吃奥利奥曲奇饼干，或者在电视屏幕上观察星系，完全无视缩在一个角落里乱写一气的记者时，我就能够观察他们，不造成任何干扰。"他写道。

《破晓》因报道了一个高难度的技术课题，并且没有扭曲事实或将事实过分简单化而受到好评。"普雷斯顿的叙述——趣闻、历史、科学理论和技术说明的融合——把诸天带到了地球上。"露丝·詹斯顿在《基督教科学箴言报》(The Christian Science Monitor)上写道。这部书荣获 1988 年美国物理学会科学写作奖，后来成为被科学作家追捧的经典。

他的第二部书《美国钢铁》的起因是普雷斯顿在《福布斯》(Forbes)上看到有关纽柯钢铁公司(Nucor Corporation)寻求浇铸薄钢板的新方法的一则短篇报道。听说垂死挣扎的美国钢铁行业中仍有人在创新，他感到很吃惊。同时，他被这个小公司与比它大得多的竞争对手对抗，在印第安纳州克劳福兹维尔(Crawfordsville)以外的一块麦田中间兴建新钢厂的故事吸引了。

"《美国钢铁》是对高科技企业目前如何运作的沉思，是观察美国如何应对外来竞争压力的一个窗口，是对重工业传奇故事的接触，是人们每天做重要的事情时讲话方式上的一场狂欢，简直难以超越。"大卫·瓦尔许(David Warsh)在《纽约时报书评》上写道。这部书使得普雷斯顿在文学界小有名气。"遵行约翰·麦克菲和特雷西·基德尔的优良传统，普雷斯顿通过直接观察工作中的人们来捕捉项目的感觉。"马克·路特(Mark Reutter)在《华盛顿邮报》上写道。

20世纪90年代初期，普雷斯顿深信艾滋病的肆虐只是冰山之一角，其他致命的病毒很快会从不再遥不可及的森林里滋生出来，从而在全世界蔓延开来。为了找到一个能够描述这种危险的故事，他开始采访科学家。与洛克菲勒大学一位病毒学家的一次谈话让普雷斯顿感到很沮丧。"到目前为止，我所听到的就是许多科学家焦虑不安地谈论着可能发生的事，但我想知道是否还有别的什么。"他抱怨道。

这位病毒学家跟普雷斯顿说起弗吉尼亚州莱斯顿(Reston)的猴子身上爆发的一种埃博拉病毒，媒体似乎也做过相关新闻报道。因为害怕该病毒会传染到社区，政府控制了这座建筑，杀了被感染的猴子。结果证明埃博拉莱斯顿(Ebola Reston)是一种4级病毒，与埃博拉萨伊(Ebola Zaire)———种史上最强的病毒——有关。普雷斯顿在《埃博拉浩劫》(Crisis In the Hot Zone，《纽约客》1992年10月26日)中，从乌干达(Uganda)的一个洞穴追踪到弗吉尼亚州，重建了这一事件。

1994年扩展成一部书之后，《高危地带》成了一部在全世界热卖的畅销书。史蒂芬·金[1]称之为"我一生中读过的最恐怖的一个事件"。

该书的热销也伴随着如潮好评。角谷美智子在《纽约时报》上评论《高危地带》时写道："投身到病毒猎手和生物危害专家的世界里，正如汤姆·沃尔夫写《太空先锋》时投身到宇航员和试飞员的世界中一样，普雷斯顿先生甚至是在明知很危险的时候充当了把读者带领到这个神秘领域的向导的角色，详细解说了关于它的技术和专业知识。"

普雷斯顿在两册被他称为"与生物武器有关的科学研究"系列的书中继续探索病毒问题。第一册是一部小说《眼镜蛇事件》，电影版权卖到300万美元。读了这部书后，比尔·克林顿总统召集了一帮专家来讨论其含意，并修改了联邦预算，以加强国防，应对生物武器。关于天花和其他致命病毒的《试管中的恶魔》是由一篇荣获2000年美国国家杂志奖公共利益写作奖的《纽约客》同名文章发展而来的。

称普雷斯顿为"令人不安的微生物的吟游诗人"的国家卫生研究院主任哈罗德·瓦姆斯(Harold Varmus)写道，普雷斯顿"在迫使全国上下将致病原作为全球威胁和潜在的武器加以思考上，可能比任何其他作家做得都要多"。《经济学家》(The Economist)称赞普雷斯顿亲密地接触科学的方式，"深入探析了选择从事这种危险行业的男男女女的动机、恐惧和私人生活"。

最近，为了写一位研究离地有35层楼高的加州红杉林冠的生态的植物学家，普雷斯顿学习了鲜为人知的爬树技巧。

1　史蒂芬·金(Stephen Edwin King)，出生于1947年，美国作家、编剧、评论家、电影导演、制片人以及演员。代表作：《闪灵》(1977)、《肖申克的救赎》(1982)等。

你会被哪种想法吸引？

我从小就对科学和自然很着迷。科学包罗万象：巨大的人文激情、冲突、大自然本身的奇迹。它并非关乎事实，而是关乎我们不知道的一切。我写科学是为提醒我的读者们，大自然——以及我们所居住的宇宙——远比我们所知道的更大，更复杂。

这种迷恋是怎样出现在你的写作中的？

身为一名作家，我有种大难临头的性格特征。我的书里总有强大的力量回旋在我所讲的人类故事上方——使人类物种相形见绌的主题。例如，《破晓》是关于可能最大规模的自然，即宇宙本身的。《美国钢铁》是关于在控制一种几乎无法控制的材料——钢水——上的人类成就的。第一次看到浇铸热钢坯时，我完全入了迷：那种喧嚣、猛烈程度和激烈令人惊叹，尤其是在与钢铁工人工作的精密度相对比的时候。我就是想写这种力量的碰撞。在我的"与生物武器有关的科学研究"系列（《高危地带》《眼镜蛇事件》和《试管中的恶魔》）中，我在另一个无限，即一个极小然而很强大的病毒世界里探索了微观世界。

我目前的项目是关于一个爬上世界上一些最高的树，研究林冠生态的植物学家的。因此，我想我已转回到了宏观尺度范围，即中间界。

你是在哪儿学习成为一名记者的？

在波莫纳学院时，我对文学非常感兴趣。然后，我在普林斯顿大学取得了英语博士学位，不过不确定自己是想成为一名学者还是一位"作家"。我在大学里读过约翰·麦克菲的《到乡下来》（*Coming Into the Country*），其中有一个关于灰熊怎样觅食的很长、很优美的段落。它是如此吸引人，以至于我脖子后面的头发都竖起来了。我只好在房间里踱来踱去，整理思绪。所以，当我得知麦克菲在普林斯顿大学教一门被称为"事实文学"的写作课程时，我必须要上，尽管这门课是为本科生开设的。

麦克菲教我们准确地组词造句。他教我们要绝对尊重事实，要细致入微，以确保每个事实都正确。令人惊讶的是，上过那门课的学生中，差不多有三分之二成了职业作家或编辑。我们自称"麦克菲一族"(McPhinos)，正如中微子内部，从核子反应中流出的小小的、几乎无质量的粒子一样。

你认为自己——以及你的写作——是汤姆·沃尔夫所定义的"新新闻主义"的一部分吗？

是的，我很自觉地认同这场运动。我深受沃尔夫著名文章的影响，他在文章中主张非虚构作家可以利用他的"前台音"模仿他的对象，使他的声音听起来更像他。我在研究院时读到这些，心想："他说得完全正确！"这是我力求在自己的写作中做到的一点。

所谓"科学作家"，一般只有一种声音，就是教授在学生面前讲授一个"新奇的"课题的声音。那是卡尔·萨根[1]的声音，保佑他的灵魂吧。那是纯粹的说明文，没有叙述的转变，没有观点的转变，没有韵律，声音流转的方式也并不温柔。但这些都是我所喜爱的策略。因此，我的工作非常受惠于新新闻。

你是怎样产生想法的呢？

我会翻看杂志和报纸，但若说我有一个方法，那就言过其实了。我酝酿了许多没能拿出手的故事。这是个紧张的筛选过程，期间我很可能会酝酿五个故事，而实际上只写一个。对于一部书，我常常要酝酿很久，不确定要做什么。

你有没有在互联网上找过想法？

没有。我发现互联网在这方面几乎没什么用。互联网的问题在于你可以一个网页接一个网页地阅读，却感觉不到你是在听一个连续的故事还是在学习一些新的东西。因此，互联网似乎充斥着不完整的、不切实际的，或者仅仅是被重新包装过的信息。

我在产生想法的时候，需要和一个领域的顶尖专家，即深深沉浸在一个领域中的人谈谈。我看准那个人，因为他可以简单地告诉我，那个领域里真正新鲜、令人激动的是什么。你可以花几年的工夫浏览网页，却得不到如此高质量的信息。不过，你也可以通过与了解它的人接触，在半个小时之内获得这些信息。

你是怎样把一个想法发展成一个故事的？

我从一个主题开始，但一个主题和一个故事之间有着天渊之别。当我在考虑一个想法能够产生一个好故事时，我就考虑一下所有读者都会有的期待。亚里士多德在他的《诗学》中描述了这些期待：一个故事必须有开头、中间和结尾，有主角、高潮和冲

---

1 卡尔·萨根(Carl Edward Sagan，1934—1996)，美国天文学家、天体物理学家、宇宙学家、科幻作家，行星学会的成立者。代表作：《伊甸园的飞龙》(1977)、《布鲁卡的脑》(1979)等。

突。任何一个好故事都是以一场冲突或一种悬而未决的情况开始的，要么迫切需要一个结局，要么本质上无法解决。

你写书的想法是从哪儿来的？

我想向《纽约客》当时的编辑威廉·萧恩(William Shawn)力荐一篇专访，以打入《纽约客》，《破晓》因此产生了。我在《普林斯顿校友杂志》(*Princeton Alumni Magazine*)上的一篇文章中听说了普林斯顿天文学家詹姆斯·古恩(James Gunn)。他徒手组建了这些望远镜，用的通常是废旧零件。他能用这些望远镜探测宇宙的边缘。我第一次参观帕洛玛天文台(位于加州)时，所见到的人都是那么有魅力，充满激情，我就意识到这个故事会是一部书，而不只是一篇专访。当专访古恩的建议被萧恩否决后，除了写一部书，我别无选择了。

《破晓》完成后，我在《福布斯》杂志上看到一则短篇报道说："肯恩·艾弗森(Ken Iverson)在纽柯所做的，是要彻底改革世界钢铁行业……"我的反应是："等等，我认为美国钢铁行业已经完了。我得把这事打听清楚。"所以，我给纽柯打了电话，与肯恩·艾弗森交谈(尽管他是财富500强公司的董事长，却自己接电话)。他将新钢厂的事告诉了我，并邀请我跟他一道去参观。

你在精选那些或许能写成好故事的想法时，实际上都会做些什么？

我给人们打电话，告诉他们我正在探讨写某个特定课题的想法，我很乐意听听他们的想法。我请求他们把自己专业领域的最新消息告诉我，并把我介绍给该领域的其他人。我的初次采访都是在电话上进行的。我戴上耳机，请求他们允许我记笔记。笔记是在电脑上记的。

在这个过程中，我也在检测自己对这个课题的热爱程度。考虑到新闻报道中所有的挫折，你在开始写任何一部书的时候，必须释放自己的心灵。因此，唯一充分的理由就是你对这个故事和主题着了迷。

你有没有偶然发现一个事实，就是一个故事一直摆在你面前？

我从来没有偶然间发现一个故事原来一直摆在我面前。我但愿能够那样，可实际上事实正好相反。我面前摆着很多好故事——其他新闻记者认为好，就自己写了的故事。

例如，西尔维娅·纳赛尔(Sylvia Nasser)写了一部关于获得诺贝尔奖的经济学家约翰·纳什(John Nash)的精彩著作《美丽心灵》(*A Beautiful Mind*)。我在普林斯顿大学读研那段时间就知道约翰·纳什，甚至偶遇过许多次。如果能像西尔维娅那样留心的话，我就可以抓住这个故事了。唉！

另一个例子是乔纳森·哈尔的《法网边缘》，讲的是对格雷斯公司提起的一桩很大的诉讼案。我父亲是为格雷斯辩护的那家律师事务所的任事股东，在上高中的时候，我一直在听他讲这个案子多么有趣。但我就是没想到把它写成一部书。唉！

你更喜欢长期还是短期作品？

都喜欢。我以前给《纽约客》写过很多"街谈巷议"的文章。这让我感觉很痛快，因为我可以投入进去，很快完成，然后出来。1987 年 10 月，股市崩盘的时候我在纽约证券交易所，后来我写了一篇"街谈巷议"的文章，讲了我看到的一个正在宾客席祈祷的穿着橙色长袍的和尚。他告诉我说："我们的大师教导我们要在最危险的地方祈祷。此刻，纽约证券交易所就是最危险的地方。道琼斯指数下降的时候，我能感觉到我的罪福增多了。"

虚构和非虚构你都写过。当你有了一个故事的想法时，是怎样决定用哪一种体裁来呈现的呢？

我决定把《眼镜蛇事件》写成一部小说，以解决一个非常具体的新闻报道问题。在写《高危地带》的时候，我对生物武器产生了兴趣。我意识到有一种与之相关的非常重要的东西，是科学界极力忽视的。但我需要与之交谈的武器专家不会公开评论这些，因为他们在政府的职位太敏感了。

不过，一旦我决定写一部有关生物武器的小说，他们却很高兴把我想知道的一切都告诉我：从联邦调查局特工的穿着和怎样与家人相处，到他们做过的关于生物恐怖主义的科研工作。然而，当一位联邦调查局高级官员发觉我为小说所做的研究，并发出通知，禁止所有特工与我交谈，因为我"危害国家安全"时，这些谈话就几乎终止了。最后，我找到了愿意和我见面交谈的联邦调查局知情人士。他们感觉生物恐怖主义的威胁需要被播报出来。我最后参观了位于弗吉尼亚州匡帝科的联邦调查局机构，包括我最后在《眼镜蛇事件》中描述的一个秘密机构。

然后，2001 年秋天，在美国炭疽攻击事件开始时，我的《眼镜蛇事件》中最佳的知情人士全都被卷入调查。显然，我只能以非虚构的形式来重新审视这个故事。我需要弄清楚我以虚构形式写的那种生物恐怖主义情节在现实中是如何呈现的。

虚构和现实的主要区别是什么？

这部小说的结局是生物恐怖主义犯罪案件被侦破了。事实证明，到目前为止，真正的这类犯罪案件根本不可能被侦破。截至目前，2001 年美国炭疽攻击事件的真凶还没找到。我在匡帝科的时候，与一帮特工和科学家在匡帝科咖啡馆闲聊，这是他们可以喝杯啤酒，在晚上减压的地方。我听着他们描述他们会怎样运用法医学来侦破一个生物恐怖主义犯罪案件。其中有一位名叫兰德尔·默奇(Randall Murch)的科学家，系当时联邦调查局实验室的副主任，最后预测说科学或许不能够侦破生物恐怖主义犯罪案件，老式的私家侦探工作才行。结果证明，默奇是对的。

写虚构的体验不同于写非虚构吗？

说来也怪，我发现写非虚构比写虚构更容易成功。例如，我在《高危地带》中做了一件小说家不会侥幸成功的事，就是改变叙事视角。这部书是以一种非常冷漠的第三人称叙述开始的，然后转变到非常亲近的内心独白。接着我撤退，用一种立体派的罗生门式手法，从每一个主要角色的视角来讲故事。最终，这部书的结尾是以第一人称写的。如果一个小说家这么干的话，这部小说就会被贴上"实验小说"的标签，就是非商业性的。但迄今为止，没有一个批评家提过我在《高危地带》这部畅销书里所做的视角转变。

这个故事的道德寓意是什么？

虚构和非虚构的规则不同，读者对每一种体裁的期待也不同。读非虚构作品的时候，我们会理所当然地认为作者在以"自然"或"正常"的方式讲故事。我们不会真正去思考作家所运用的叙述或修辞形式。但非虚构写作让人感觉"正常"的唯一理由就是作家已经成功地运用了多种不同的形式。为了达到"自然"的效果，它被设计得很巧妙。师从麦克菲时，我就意识到，一个人可以以非虚构的形式进行文学创作，并且小说家的所有手法也都能为非虚构作家所用。但是，非虚构作家的某些手法却是小说家不能触碰的。因此，通过写非虚构文学，你不只是能达到小说的影响力，实际上你还可以超越小说的影响力。

在什么方面？

这与读者和作家之间隐含的对比有关。非虚构作家向读者担保他们将要读到的内容是可复检的实验结果，是经得起检验的事实，或者至少是所能达到的最接近真相的事实。或许我们永远得不到最终的真相，但这样一篇非虚构作品就是我对真相的最大程度的探究。作为交换，读者同意不调用"自愿终止怀疑"，这是读者与虚构作家之间合约的必要条款。读者相信非虚构作品中的事实都是真的，尽管他有时可能感觉像是在读虚构作品。有时，非虚构作品中叙事文学形式与事实的结合能传递出比小说更强大的体验。

你最喜欢写哪类人？

被成就驱使、沉浸在工作当中，甚至注意不到我在房间里的人。我喜欢写非常聪明、能够理解其他人无法理解的东西的人。但同时，我所写的都是"平凡的"美国人，会担心给草坪施的肥料是不是对的，担心孩子们在学校表现如何。他们吸引我的地方是，他们也担心我们对其一无所知的事情，像致命病毒，或即将撞上地球的小行星。

你最不喜欢写哪类人？

我不喜欢写那些自以为很重要，应当受访的人。当一个人说"我不知道你为什么要跟我谈，我这人不太有趣"的时候，一盏小小的绿灯就在我脑海中点亮了，我会对他更加感兴趣。

你的书通常都是关于技术性很强的科研课题的，你会做哪类研究呢？

我很愿意进入一个我对其一无所知的世界，不仅记笔记，而且还参与构成这个世界的任何活动中。身体力行的过程在我的写作中非常重要。例如，我在写一个研究树冠生态系统的科学家。因此，我去年都在用绳索和齿轮学习专业的爬树技巧，我已经深深地爱上了这项活动。这些日子，如果来我家找我，你很可能会发现我在距离地面六十英尺的树上。

只有在亲身体验了某事之后，我才能描述它。为了写《高危地带》，我询问位于德特里克堡的美国陆军传染病医学研究所(USAMRIID)实验室的司令官是否可以让我穿上航天服，亲手提取埃博拉病毒。他说那不可能，但后来有两名科学家悄悄护送我进入其中一个 4 级埃博拉实验室，里面有活着的埃博拉病毒。在集结待命区域的时候，我穿上了加压的太空服，拿起铅笔和记者专用的笔记本，然后进入了高危地带。其中一人说："你认为你把那支铅笔和笔记本带到哪儿去了？"我解释说我必须记笔记。她回答说："欢迎你把笔记带进 4 级区域，但它们出不来了。你的笔记出来的唯一方式是先在消毒器里烧脆。"她给了我一张特氟龙般的纸，穿过锁定在 4 级区域的空气后，她又给了我一支专用笔(它从未离开 4 级高危地带)。我见到了几只在埃博拉疫情中幸存的猴子。在出去的路上，他们拿着我记笔记的那张纸，把它揉成一团，塞进一个装净化剂的大桶里，擦洗干净。让人惊讶的是，写在纸上的字还在。这是在"9·11"之前很久的事了。现在，我怀疑新闻记者可以被允许进入陆军埃博拉实验室了。

在写赛雷拉基因组公司(CEL-ERA Genomics)领导克雷格·文特尔(Craig Venter)的专访[《基因组战士》(*The Genome Warrior*)，《纽约客》2000 年 6 月 5 日]时，我问获得诺贝尔奖的化学家汉密尔顿·史密斯(Hamilton Smith)："DNA 到底长什么样？你怎样提取它？"他拿出一小瓶人类的 DNA(最后才知道是克雷格·文特尔自己的 DNA)，用一根牙签挑出一条黏液状的细丝给我看。我想对 DNA 了如指掌：它是什么味道？闻起来是什么气味？所以，我向一家实验室用品公司订购了一些小牛胸腺 DNA。在被送来时，它呈粉末状。我尝了尝，有点咸，又有点甜。我在文章中描述了这个细节，我想这对读者更具体地了解DNA的整体概念有帮助。

除了体验你的主题之外，你还会怎样了解它？

通过与该领域的顶尖人物交谈。我基本上把自己当成一名临时的研究生来与他们亲近。比方说，我永远不会成为一名有相当资格的专家，但在某些领域，我所了解的足像是还未通过通用基础测试的研究生所了解的。

你读什么东西吗？

读的。我经常请专家给我开一份书籍和文章的清单，然后我会埋首其中。他们的清单很有必要。如果我只是走进普林斯顿大学图书馆就开始研究，比方说现代病毒学，那我会一头雾水的。

你是怎么知道为写一个主题所做的研究已经够了的？

约翰·麦克菲以前经常对我们说："只有当你发现自己从相反的方向来了，才知道你已经为一个故事做了足够的研究。"这是种比喻的说法，意思是我们永远不会完全了解一个故事。但如果研究了很久，你就会发现自己在从不同的人那里得到相同的答案。或者你会发现一位专家正在跟你讲，说你真的需要跟某某博士谈谈——而你已经采访过他了！

一旦你产生了一个想法，把它加工成一个故事，又做了些研究，你会怎样开始报道呢？

我会尽快试着体验一下我所写的那个人的世界。这种报道最终会被写成虚构或非虚构作品。

例如，《眼镜蛇事件》中有个重要的尸检场景，所以我知道我得了解一下医生剖开尸体是种什么感觉。普林斯顿有一位我认识的医生，同意下次尸检的时候给我打电话，然后一个周六的早上，他打电话说30分钟内有个尸检安排。我冲向医院，看完了整个过程：助理把尸体剖开，病理学家用一把面包刀把器官样本切开。病理学家切开脑壳，取出大脑递给了我。这是个柔软的凝胶状物。尸检过程中的气味很复杂。大肠里面的东西发出臭气，而刚切开的人肉，我得说，闻起来有点像生猪肉。我亲身体验的那次尸检，使《眼镜蛇事件》中的相关场景非常真实准确。

你会怎样描述自己作为记者的立场？

我很温和，不会针锋相对。我善于欣赏别人，总是很有礼貌。我的目标是捕捉一个人，在文章里使他"永垂不朽"。对我所写的很多人来说，他们的工作被一位知道他们在做什么的作家怀着敬意仔细地处理，这在他们一生当中或许是唯一一次。我是非常认真地对待这种职责的。

你怎样看待自己身为记者的角色？

我会重温历史学家修昔底德(Thucydides)的作品，他本来是伯罗奔尼撒战争初期的一位雅典将军。修昔底德将军在一场与斯巴达人的战斗中败北，差点儿因此被处决。他逃亡到斯巴达，在那儿就这场战争采访了斯巴达的将军。他在《伯罗奔尼撒战争》(*Peloponnesian War*)的开篇这样写道："相信这将是一场伟大的战争，比之过去任何一场战争都更值得叙说。我的著作不是为了竞相取悦于眼下的听众，而是要垂诸永远的……"他确定他那个年代的战争值得以叙事史的形式来纪念。我所写的人都会死，但他们的成就会一直被记录下来。人类之存在这根细线，就像历史的大分水岭中的支流。

一旦准备开始采访，你是怎样决定跟谁交谈的？

我想，我考虑我要采访的人，正如一位剧作家考虑他的角色在舞台上要如何互相配合。这就像皮兰德娄[1]的戏剧，演员在接手之后自己演。除了它是真实的，而非戏剧以外，人物角色也的确是自己演的。

就我所寻找的那种人物角色而言，我喜欢博学的人，即有着极其不同、不拘一格的思想的人。例如，詹姆斯·古恩可以用零配件组装复杂的望远镜和仪器，能在睡梦中做爱因斯坦的广义相对论方程。或者尤金·舒梅克那样的人物角色，他是一位仰望天空的地质学家！矛盾的人使我着迷。再或者《美国钢铁》中的肯恩·艾弗森，一个财富500强公司的总裁，办公室却在一个破旧的商场里，坐二等舱，自己接电话，因为他的秘书太忙了！

我寻找的人物角色，要能体现承担非常重要的社会义务的公众人物与正在平凡的美国生活中挣扎的个人之间矛盾的互动。

你会怎样开始采访？

我会讲述怎样找到了正在采访的人，还跟谁谈过，谁推荐了谁，怎么提到了他的名字，等等。

例如，采访 D. A. 亨德森(D. A. Henderson)，主要的天花根除者时，我先说：

---

1 皮兰德娄(Luigi Pirandello，1867—1936)，意大利小说家、戏剧家，1934年获诺贝尔文学奖。代表作：《六个寻找剧作者的角色》(1921)、《亨利四世》(1922)等。

"我对你的工作非常感兴趣。当你在世界卫生组织取得那样的成就时，大家都说你在全球天花根除事业中是个重要人物。我想采访你的一个原因是我想弄清楚现今世界的情况。天花确实一去不复返了吗？它还存在于实验室里吗？如果是这样的话，天花会产生多大威胁，我们要怎样应对？"这番话打开了他的话匣子。我几乎不用再说一句话了。

你会向你正在采访的某个人讲述多少有关项目的详细情况？

我很少会藏着掖着。尽管有时我不会透露项目的全部情况。但那也只是在存在激烈争议或者人们有想隐藏的秘密时。

例如，我对克雷格·文特尔(Craig Venter)进行专访时，他跟人类基因组计划[由弗朗西斯·柯林斯(Francis Collins)和詹姆斯·沃森(James Watson)管理]的关系不好，存在争议和竞争。双方都不愿公开承认这一点，尽管昭然若揭。弗朗西斯·柯林斯给我的都是些冠冕之词：有克雷格·文特尔参与同一个项目有多"好"，有个竞争对手有多"好"。然而与此同时，他们彼此互掐，无所不用其极地干扰另一组的工作，以图在这场实质性的"科研竞赛"中遥遥领先。因为在文章里称之为一场竞赛，我把每个人都惹毛了。

因此，我在采访很少给人采访机会的詹姆斯·沃森时，就不便于说："我真的对克雷格·文特尔很感兴趣，沃森博士。你对他有什么看法？"而是说："我对人类基因组计划非常感兴趣。你能跟我讲讲这方面的事吗？"我所说的都属实，只是不全而已。采访接近尾声，在已经获得了所需的信息之后，我开始提与曾被沃森称为"人类基因组的希特勒"的克雷格·文特尔有关的问题！

你会为一个采访预备问题吗？

我通常不会事先写出任何问题。去采访的时候，我尽量不带着任何先入为主的观点，比如对方要说什么，或者采访要朝哪个方向走。采访是个自然的过程。我让受访者在采访中采取主动，并且基本上由他们来决定要问什么问题。这是极其费时间的，可以使一场本该一个小时的采访变成六个小时的采访。人们通常无话不谈。这有点儿像钓鱼，我坐在水边，手里拿根鱼竿，时不时钓上来点儿什么东西。想钓到大鱼，有时要花很长的时间。

用你的问题来指引采访的方向不是更有效率吗？

也许吧，但那样我对那个人的了解很可能就少了。如果他们对某个事物真的感兴趣，那必定有原因。所以，后来我也开始对那个事物感兴趣了，并且想知道他们为什么对此感兴趣。我的采访一般就是这么进行的。

有时，这些没有方向的采访在其他方面也是极其宝贵的。例如，为了写《纽约客》的这篇《试管中的恶魔》(1999年7月7日)，我在德特里克堡(Fort Detrick)采访时，偶遇了名叫史蒂文·J.哈特费尔(Steven J. Hatfill)的非常古怪的人。他最后谈了很多关于生物恐怖主义和他自己的研究方面的事，对天花却谈得不多。他告诉我说，他曾为驻罗德西亚的美国陆军特种部队效力，从事"不便透露"的工作，并且有两份简历：一份是机密的，另一份是对外公开的。我和这人在一起待了两个小时，发现他太讨人喜欢、太可爱了，就是有点大嘴巴。我从未把他的采访抄录到电脑里，因为这跟我所写的故事无关。后来，在联邦调查局开展的炭疽病攻击事件的调查期间，当他的名字出现在所谓的"嫌疑人"名单上时，我才得以检索、抄录我的笔记，把那次采访写进《试管中的恶魔》这部书里。就我所知，这是一个新闻记者能够对史蒂文·哈特费尔进行的唯一一次完整的采访。而我能做到的唯一原因是，在联邦调查局开始盯上哈特费尔之前一年多，我把它当作一次随意的、没有方向的采访来做了。

你最喜欢和最不喜欢的采访地点分别是哪里？

坐在一位生物学家的办公室交谈从来都不会很富有成效。我想看到对方在实验室里，或者出去搞研究。那样的话，我就能尾随其后，并被介绍给他那个领域里的每个人。

在采访中，你会采取强硬的立场吗？

我就像个审讯官，尽管是个和蔼的审讯官。我善于征服人们。我可以不断地采访一个人，有着苏联政治局成员那样的毅力，乐此不疲。我会一直以略有不同的形式反复地问相同的问题，直到得出答案为止。

但我很少会采取强硬的立场。我所选择的采访对象起了一部分作用。我一般不会采访人渣。这并不意味着采访人渣不是新闻报道的一个重要部分，也不表示我没做过这样的采访。但即便真的采访人渣，我也尽量把它做成一次不针锋相对的，而是彬彬有礼并且通常很友好的采访。然后，在后来组织这些内容时，我会尽量以中立的笔调来叙述我跟那个渣滓的相遇。我只描述他们所说、所做的，让它不言自明。

约翰·麦克菲指出，当你用事实证明人们错了时，他们会很生气。但如果你准确地描述他们的话，他们一般不会生气。因此，如果一个人是个蠢货，你就按他的真实面貌来描述他，他会认识自己，而且可能并不会为此争吵。

采访那些可爱可敬却对你撒谎的人要怎么办？那时你会采取多么强硬的立场？

我从采访联邦调查局特工的经验中学到了几个诀窍。联邦调查局特工在采访技巧方面受过培训。当你采访一名特工的时候，他会很快对采访来个反转："你的书都是关于什么的？你都跟谁交谈过？"诸如此类。一切都恰到好处。他们告诉我，他们会非常冷静地应对好像在撒谎的嫌疑人，指出证据和嫌疑人的陈述之间的出入。因此，如果我认为一个好人在歪曲所发生的事，我会说："但证据表明不是这样。对此，你怎么看？"

在采访中，你会谈到多少关于自己的事？

很多。这有助于建立融洽的关系。我会把我作为一名作家的挣扎告诉他们。我会说："这部书把我逼疯了！我遇到各种各样的问题。"这样就把采访转变成了一种吸引人参与的体验。当采访对象开始对作品的文学方面感兴趣时，我会很高兴。我所写的，一些科学家会把它视为他们可以解决的另一个"问题"。他们会针对我应该怎么写提出一些建议，有些很糟糕，有些相当不错。

你是怎样说服采访对象给你这么多时间的？

我给他们真正的承诺，保证要了解他们。例如，为了说服我正在写的爬树的科学家史蒂文·西利特(Steven Sillett)让我和他一起爬红杉树，我接受了专业爬树技巧的基础培训，并且花了数月的时间在我家周围的树上练习。我仔细地观察了西利特用的齿轮——他可是个设备发烧友，给自己也搞了个一模一样的。我大概在爬树方面还不怎么行，但是我让他看到我为了跟随他，已经做到什么程度了。

尽管在大部分采访中都不热情，但我对科学文化却非常精通。因此，当我进入一个人的实验室，开始提问题的时候，他们很快就会接上说，虽然我对他们的工作了解得还不是很多，但我却是个具有科学素养的人。在采访过程的早期，我就讲得很清楚，我还得回来找这个人，因为我知道得不够多，因而不知道哪里会弄错。"只有你能告诉我。"我对他说。

写科学和科学家是很微妙的，因为科学家经常会讲一些非常细致入微的东西。一个作家明白他们的研究成果并不是绝对的，只是初步的结果，这对他们来说很重要。一个作家要能够接受不确定因素，这是很难的。你要是读《纽约时报》有关科学的报道，千篇一律都是"伟大的新发现将改变世界"。科学家讨厌那种夸张的说法。

你会怎样并且在什么时候告知你的采访对象，你需要他们给你多少时间和接触？

一开始，我会提醒他们，但他们还是从不准备。我说："我想和你共度一些时间。"起初，对于他们跟我讲的所有东西，我照单全收。在第一次采访即将结束的时候，我会问："你的时间是怎么安排的？能否再给我一个小时，或两个小时，或三个小时？"有时，我全天都在采访。我只是紧跟着他，问更多的问题。

我试图让他们有所准备的另一件事是我所进行的事实核查过程，这是在《纽约客》

所做的事实核查之外进行的。我提醒他们说，在我们的所有采访结束之后，我要打电话给他们，然后我们会花好几个钟头审查每一个细节。我告诉他们，我会把他们逼疯的，甚至还需要搞个通宵。我不想把他们吓跑，但我想让他们知道我是怎么工作的。

你录音还是记笔记？

我快速地写笔记。

你用的是哪一种笔记本？

我用一种小型(4×7 英寸)的、螺旋装订的笔记本，是在杂货店买的。我一直用的都那种边上有螺旋的笔记本。它足够小，我通常正好可以把它塞进衬衣口袋里。我特别注意正大光明地做笔记，好让我正在采访的人确定无疑地知道他们正在接受采访。如果我在和刚刚采访完的人交流，而他们开始放松，喝点东西，跟我讲更有意思的事时，我会掏出笔记本，问他们我是否可以做笔记。他们通常会说可以。或者，在要么没带笔记，要么因故不想掏出笔记本的情况下，出于道德的考虑，我会在以后采访这个人时再次提出这些问题。但我从来不会偷偷摸摸地记笔记或采访。

你是用什么笔写的？

一支自动绘图铅笔。按下橡皮，铅就出来了。我用 HB 铅，这是种中等硬度的铅，摩擦系数非常低，因此在纸上移动得很快。而且，它写出的字迹很浅，我的采访对象基本看不到我写了些什么。

记笔记会让你所采访的人分心吗？

不会。实际上，我发现笔记本比磁带录音机更能使人放松戒备。磁带录音机有时让人感觉他们说的话或许会成为法律证据，而笔记本似乎不具有这种威胁性。

我有一个采访诀窍，就是利用这种错觉。一个人如果讲了什么真正爆炸性的东西，我会表现出一种厌倦，往往就不写了。我用一种不置可否、心不在焉的态度听着，确保不对听到的信息做出反应。这样一直持续到我的短时记忆存储器快要填满了，然后我换个话题，提一个我知道答案会很长、很乏味的问题。那时，我开始疯狂地在笔记本上把之前的话全写下来。

这就是你不用磁带录音机的原因吗？

实际上，这是麦克菲在课上教我们的方法。磁带录音机有很多缺点。第一，我在机械方面很白痴，磁带录音机好像总会坏在我手上。

第二，磁带录音机捕捉不到场景。场景是动态的：有声音、气味、景象和周围的情感环境。一个人的穿着、言行、天气情况、自然环境，这些磁带录音机都捕捉不到。而在笔记本中，你可以记下所有这些细节。

第三，我通常是在磁带录音机根本无法使用的环境中采访一个人的：离地三百英尺的树上，或者穿着航天服、拿着致命的病毒。在写《破晓》的时候，我发现采访其中一名天文学家的最佳时间是在半夜，那时他会在海尔望远镜上的狭小通道上走来走去。只有在没有月亮、一片漆黑时，他才会向我敞开心扉。当然，太黑的话我没法记笔记，但我会用心地听，并记住他所说的。然后，我们的交谈结束后，我会立即坐下来，写下比较重要的谈话。

但那不是使用磁带录音机的一个完美情境吗？

也许吧，尽管后来誊录所有这些磁带会很麻烦。我要用一个笔记本誊录、编辑采访过程中的很多东西。我不会错过人们所说的真正重要的东西，而人们也常常会重复讲重点。如果那对他们而言很重要，他们通常不止说一次。

你怎么知道一部作品的采访阶段已经完成，应该准备写作了？

永远完成不了。我会进行我称之为"事实核查采访"的活动，直到文章或书籍付印的前一秒为止。印制部门的工作人员都讨厌我，因为我总在最后一秒进行更改。如果他们不让我改，我就说这是个法律问题，而这常常会把他们吓着。我会说："我一直在做更多的事实核查工作。我偶然得到了新的信息，如果不把它写进书里，我们都要吃官司的！"

多讲点儿事实核查采访的情况吧。

事实核查是我写作的一个重要的部分。从《破晓》开始，我就养成了在作品初稿阶段给采访对象打电话的习惯。我发现，只有当我把一个段落大声读给一位真正的专家听时，才能确保写得正确。我有时会给一个专家打几个小时的电话。我的电话费达到了 1 500 美金的最高纪录，这是众所周知的。我从没把书面材料给采访对象看过，但我时常在电话上读给他们听。

如果你愿意把你写好的段落，甚至采访对象的引述读给他们听，那为什么不直接让他们看文字稿呢？

因为如果在纸上阅读，他们就会感到不安，想要进行各种更改。但如果在电话上听到它被流畅响亮地读出来——只要他们想，我会无数次地读给他们听，他们会帮助我提高准确性。我会问："这个正确吗？我是不是用词正确，但却没有传达出那种精神？"如果是这样的话，我们会商量着修改，直到双方都满意为止。

我写了很多科学家，问题是他们特别习惯于处理同行评审的或者合作写成的作品，以至于想要改写我的作品！经常有科学家对我说："只要把草稿给我，我会帮你写的。"他们想要改掉自己的引述，使所有东西都变得含糊不清。所以，我只会在电话上把一些精选的篇章读给他们听，然后由我亲自进行更改。

事实核查的另一大好处是帮我建立了一种全新级别的信任，尤其是与科学家之间的信任。通过花点时间进行事实核查，我明确地表明我所注重的是凡事准确无误。我放下了自我，告诉这个科学家说我感兴趣的不是我对这个故事的"看法"——实际上，我对他的"看法"也不是真的很感兴趣，我只想确保它正确。

一种友谊常常会在这个过程中建立起来，他们开始跟我讲一些在之前的采访中从没讲过的事。因此，所谓"事实核查采访"，实际上是另一种采访。这常常是最重要、最有趣的资料流出来的时候。

每一位新闻记者都力求准确，但你为什么对准确性尤为看重？

把事实调查清楚很重要。如果一名搞技术或科研的读者碰到一个天大的错误，那整个作品的可信度就都被搞砸了。如果一部作品经过了事实核查，那么连普通读者都能感觉得到它的谨慎可信。它会很严密，就像你在关上新车的门时听不到嘎嘎的响声。

在报道长期项目的过程中，你是如何设定自己的进度的？

我不会很好地设定自己的进度。我从妻子和孩子们那里获得了许多支持，他们已经学会适应我的突然消失了。在报道这些长篇的叙事作品时，无论是钢厂还是帕洛玛天文台，我只能短时间内待在那里。因此，每次去，我都会接着上次停止的地方，尽量把错过的事件补回来。成果就是我称之为"飞跃和逗留"的技巧。我的作品有一个类似于抒情歌曲的架构。通常，针对一个事件有一个抒情的段落，然后我会根据时间向前推进。接着，针对另一个事件有另一个抒情的段落，以此类推。我会将重心放在一个事件上，通常是我亲眼所见的某件事，使其取代故事中的其他更大的、因我不在场而未能亲眼看见，所以跟读者讲得不多的事件。然后，时间向前推进到另一个事件或对一个关键人物的采访。

在重建你没有亲眼看见的场景时，你有什么规则吗？

我的规则是与尽可能多的参与者交谈，然后交叉关联他们所说的。关于实际发生的事，人们始终会有一些分歧，这类引起争议的事情是我最想写的。当我听到的事件情况描述不一致时，我会回到一个人物角色那里说："呃，某某记得事情不是这样的。他是这么说的……你有什么看法吗？"而他要么会同意另一个人的描述，要么会尽力使我确信他的描述其实才是正确的。

如果描述是完全对立的，你会怎么做？

我会对其进行整理，因为我明白这有点儿像一桩诉讼案件，这些事件不会有最终版本。我把场景呈现在书里的时候，常常会附一条注解："某某记得不是这样。他记得……"就让它留在那儿吧。

你会担心和人物角色保持距离的问题吗？

最终，作品成功与否取决于我是否很好地保持了中立。保持职业上的距离很重要，但对我来说很难。我得不断地告诉自己：每个人都有阴暗的一面，没有人是完美的。我通常喜欢甚至认同我所写的人，所以得非常小心，不能成为他们的支持者。有时，我发现自己正在为一个人物角色辩护，而我应当做的只是描述他的行为。我更擅长在写作和编辑期间，而非报道期间改变主意。

在报道时，你实施的是哪种道德方面的基本原则？

第一点是我不会与采访对象进行金钱交易。第二点就是我永远不会与采访对象产生合约关系，比如"人生故事协议"，即根据该协议，我付钱给一个采访对象，就可以获得讲述他的人生故事的专有权。

说到电影版权，情况就有所不同了。在那种情况下，我必须和我所写的人签订协议。否则，每个电影制片厂会与故事中每一个不同的角色签订协议，然后他们全都会为谁把它拍成电影这个问题而闹得不可开交。但这种协议一般都是在书籍出版之后签订的。

关于可以使用和不可以使用的材料，你会进行哪种磋商？

我通常让人们拥有他们定义的隐私。在采访期间，经常有人说："我不想让你写这事，但我打算跟你讲讲。"现在，根据新闻的通用规则，既然他没说这个材料"不宜公开报道"，我就完全可以用。但我不做这种事，我宁愿跟他商讨。我或许会说："我觉得你告诉我的信息对故事很重要，理由如下……"如果我不能说服他，那我就不用这些材料。我会解释"可公开发布"相对于"不宜公开发表"的区别，以便将来一切都说得清。

在使用化名上，你的政策是什么？

如果是为了保护一个人的事业或个人安全的话，我愿意更改他的姓名。我始终会在正文中注明一个人是否被改了名字。能让人们以真实姓名交谈总是最好的。但在跟政府职员谈生物恐怖主义这样的话题时，对于为什么不能使用他们的名字，他们有充分的职业理由。

对你来说，写作难还是报道难？

写作远比报道难。我喜欢报道。事实上，我是如此热爱报道，如果让我自己决定的话，我永远不会考虑写作。

在为写作做准备时，你会怎样组织材料？

我做的第一件事就是在电脑上通读所有的采访记录。我用下划线、突出显示和星号标出我想要用的部分。

由于对大多数采访对象都进行了好几次采访，我会在他们在这几次会面期间告诉我的事情之间建立联系。如果以电子形式对笔记做了修改，我会确保在修改的部分旁边加个括号——我回想起来的或者在采访笔之外添加的引述、想法和观察。那样的话，我就可以把采访时获得的材料和我后来添加进去的材料区别开来，并把这些区别体现在正文中。

你有自己的写作方法吗？

有，我确实有个常用的方法，但很痛苦，如果不算乱糟糟的话。这令我很失望。看似在工作，但我讨厌这样。但愿我能像查尔斯·狄更斯那样写作，他一章一章地写草稿，文字在笔尖自然地流淌出来。我可不是那样。

你列提纲吗？

我时常会写一点提纲，最多写上几行，然后立即偏离这个提纲。我把我的提纲看作一种反面范本，是我保证不会用的架构，因为那是无用的提纲！然而，我感觉有必要写个提纲。除了书面提纲之外，我脑子里还有一幕幕场景的提纲。

我的写作是基于场景的，所以我用提纲来确定各个场景的顺序。要把一个关于人类的故事里的复杂科学信息融合起来是很难的，这就像在一根绳子上挂刚洗好的衣物。事实就是刚洗好的衣物，而绳子就是故事情节。如果你在绳子上挂了太多衣物，那么绳子就会被这个重量拖拽到地上。我要注意，不能让故事中信息量太大。

你典型的写作之日是什么样的？

我六点半醒来，吃早饭，开车送孩子们去学校，然后我回家，直接进入办公室。我把写作视为一份从早八点进行到晚六点的工作。我一般要花一两个小时整理思绪，看看准备写哪里。我回复邮件和不用写作的任何别的东西。最终，我找到我认为最好从那儿开始写，否则这一整天都要被浪费掉的那个点。我发现，在结束一天的工作时就停下来，这确实是有好处的。即使只写了五百字，但当精力开始耗尽时，我还是能感觉得到，所以我得收工了。

你需要待在什么特定的地方写作吗？

我更愿意待在一间简陋的办公室里，没有什么太奢华的东西。我的办公室需要给人感觉是工作的地方，而不是放松的地方。必须安静，周围不能有电话。

一天中有没有一些特殊时间是你的最佳写作时间？

我一般在午饭后，下午一点到三点时状态最佳。

那么你是怎样开始写作的呢？

我从开场白写起，这可以写上好几周。一开始会太复杂、死板、无趣、空话连篇、漫无目的，有好几次，我把开场白改了三四十次。我写了开场白，又把它摒弃。我写了一个稍微长点儿的开场白，再把它摒弃。最终，我判定它很糟糕，转而跳转到作品的中间阶段。

你从头到尾一气呵成，还是各部分分开来写？

两者都有。一开始我会跳过很多东西，拟好一大堆关于场景的草稿，其中有些只是用句子组成的速成作品集。我心里只有一个想法，就是把它们尽快落实到纸上，不管次序如何。然后，随着不断地概述出这些场景，我开始把它们重组成一个故事。最后，当架构差不多如我所愿之后，我快速地写完结尾。这时我再回到开头，从头到尾进行修改，直到满意为止。

你边写边改，还是有了完整的草稿之后才开始修改？

我按顺序进行修改。每天我都会把原稿打印出来进行编辑。我担心得要死，尽管我知道自己不该管它，只管完成就是了。这是一种循环：我不断地回到开头，不断地改写，书也一点一点地在改善。

你是怎样设定写作进度的？

我会记录每天写了多少字，这从六百字到两千字不等。当我每天完成的字数开始减少时，我就知道我的初稿几乎要完成了。某一天我会删减五百字，第二天又删减七百五十字。作为作家，我的一个特长就是有勇气"弑杀吾爱"。

一旦有了完整的初稿，你接下来会做什么？

我把它全部打印出来进行通读。我通常觉得它比实际情况更完美。所以，当最终在纸上阅读时，我会相当惊讶。我会想："天哪！我没有这方面的天赋。我一定是经历了一次无征兆的中风，丧失了语言能力。我是个骗子，看看这些东西就知道了！"我的初稿很糟糕，我不会给任何人看——尤其不给编辑看。很久以前，我错误地相信编辑会接受草稿，并使其更臻完美，然而他们并不会。我把草稿给编辑看时，他们会感到惊慌。

糟糕的初稿是怎样进展为彻底完成的书稿的？

我喜欢审校。我发现这比写作令人满足得多，因为那时候我知道自己有了一些真正不错的东西，我可以集中精力，把它写好。一部书的审校期快结束时，我常常一天工作十二小时至十五小时。我疯狂地投入审校工作中。

你喜欢谈论还没有完成的作品吗？

这取决于项目。爬树那部作品，前前后后我都跟大家讲过。有关天花的那部作品，我没跟任何人讲过。

是什么使得有些作品会被讲，有些作品不会被讲呢？

有些主题是很难解释的。爬树很好解释，病毒却不好解释。很难解释的时候，我就会守口如瓶。对一个作品太激动，开始到处跟人讲，却遭人白眼，这种经历太糟糕了。

你在写作中追求哪种笔调？

我尽量保持一种冷静低调的笔调。"反叙法"是这种语调的拉丁文修辞术语，它在通常语法上也很简单。我深受拉丁语作家，尤其是塔西佗[1]的影响，并且以前读过许多拉丁语作品。在我的大部分作品中，你都能发现塔西佗式的文风。我通常会以"主

---

1 塔西佗(Tacitus，约 55—120)，古罗马最伟大的历史学家。代表作：《演说家对话录》(约公元 80)、《阿格里可拉传》(公元 98)等。

语—宾语—动词"的形式写出简洁、直接、宣言式的句子。我有时会连续在两三个句子里重复关键名词，这很像《圣经》的文风。

或者与《纽约客》的文风一样？

是的，这是《纽约客》上很常见的一种文风。我喜欢接着做一个天马行空的简单描述，而这会是个极其华丽、极其动人的句子。例如，在《高危地带》中，我写道："它们是大自然的真面目，是赤裸裸的丑恶女神。这种生命形态的东西美得令人窒息。在凝视着它的时候，他发现自己正在抽离人类世界，那个道德界限模糊，最终完全消失的地方。"

你追求哪一种作者在场的情形？

我有一种有点自嘲的、幽默的、温文尔雅的形象。但得非常注意的是，不要过度使用"我"这个人称代词。你需要一点点"我"，以使你所叙述的事件有被验证的感觉，但必须用得巧妙。新闻记者老是想着自己时，就会误入歧途。这对文学新闻记者来说是一种职业性危害，因为这种形式源自旅行写作的传统。在那种传统中，"我"对推动故事发展来说是必要的。通常，初稿中的"我"比终稿中多得多。在审校期间，我会花很多时间拿掉提及"我"的内容。

你认为非虚构文学能引出真相吗？

真相有许多不同的种类。学术文学批评就常常说得很轻巧："都是些文本，全都不过是无所指的、虚构的结构而已。"人们由此推论出非虚构文学与小说无异。

但事实上，非虚构写作，至少我的实践经验表明根本不是那样的。它大量借鉴科学方法，而科学方法要求一次成功的实验得出"可再次检验的"结果。新闻记者明白这一点，因为我们的工作常常要进行事实核查和独立验证，而这也正是科学家在做成果汇报时所期望的。如果一部作品是准确的，并且被正确地报道了，那么另一名新闻记者就应该能够进行相同的采访，并且得到一个非常相似的结果。

还有一种形式的真相，就是情感和文化真相。那是一个人在菲尔丁的《汤姆·琼斯》(*Tom Jones*)序言中遇到的真相。他认为，尽管汤姆·琼斯根本不存在，他的故事却是"真实的"，因为它讲述的是真实的人性需求，是对人类境况和人类情感的真实描述。

同样，当我们读一部非虚构作品时，我们会在人物角色身上找到真实的人性需求。如果我已经把我作家的工作做好了，那么当南希·杰克斯(Nancy Jacks)认为她就要死于埃博拉病毒，并因她那天忘了去银行而恼火时，我们就能看出《高危地带》中真实的人性需求。那就是一个真实的人性需求。她以每个人在这些非常情况下都会用的方式处理着这些非常现实的问题。我通过一段内心独白传达了她的想法。当她第一次向我描述她的想法时，听来绝对真实可靠。但后来我反复回想，直到最终肯定——就她的记忆所及——这的确是她在那一刻的所思所想。我会把这段写出来，在电话上大声地读给她听。

非虚构文学是一种美国特有的形式吗？

是的，它是有美国特色的文学体裁。在写关于梭罗[1]、梅尔维尔和吐温这些作家的学位论文《事实构造：美国文学新闻的开端》时，我迷恋上了这种文体。

我们的这个社会是个讲求实效的社会。本杰明·富兰克林这位典型的美国科学家是个经验主义者，而非理论家。这就像爵士乐；我们一直在测试一个新的即兴小段，演奏一系列重复的经验性实验，以便弄清我们想把这种音乐提升到什么格调。

非虚构写作很像爵士乐。基于美国经历，基于"事实"，这是美国人向来真正热衷的。它是我甚至能在托马斯·伊肯斯[2]的艺术中看到的某种东西。伊肯斯的绘画源于现实的美国生活，又将其转化成一段关于具有非凡力量的人类之存在的奇迹，其中有一种绝妙的、忧郁的美国之光。我尤其记得他的画作《格罗斯诊所》(*The Gross Clinic*)。并且，正如在《格罗斯诊所》中一样，我们也拥有这些深刻的、诗意的真相，因而能够把事实编织成艺术品。格罗斯医生确有其人，他确实进行了这项实验，这是个真实存在的病人，人群中的许多面孔也是确实在那里的人的画像。与此同时，它又是靠着艺术意识，纯粹由人工组织而成的一件艺术品。

你对文学新闻的前途感到乐观吗？

是的，尽管这个体裁现在比沃尔夫和卡波特一开始写的时候沉寂得多了，但却有更大的商业价值了。投入到非虚构方面的资金之多，是前所未有的。这或许起了一种平滑作用，或许使该体裁商业化和刻意了一点。像乔恩·克拉考尔的《走进空气稀薄地带》这样的书，就是一部非常不错的、浅显易懂的作品，因而成了超级畅销书。《走进空气稀薄地带》中并没有太多文学的元素，而《太空英雄》和《冷血》则进行了大量的文学尝试。

我们处于后新新闻时代，杜鲁门·卡波特和汤姆·沃尔夫已取得了各自的成就。我想真正的问题是："今日的新文学在哪里？谁处在非虚构文学的最前沿？谁将成为下一个？"我不知道。

1　享利·戴维·梭罗(Henry David Thoreau, 1817—1862)，美国作家、哲学家和超验主义的代表人物，代表作有《瓦尔登湖》(1854)等。

2　托马斯·伊肯斯(Thomas Eakins, 1844—1916)，美国现实主义画家。代表作：《格罗斯诊所》(1875)、《划船的施米特》(1871)等。

理查德·普雷斯顿作品

《梦想之舟：一个圣诞故事》(*The Boat of Dreams：A Christmas Story*)，试金石出版社，2003 年。

《试管中的恶魔》(*The Demon in the Freezer*)，兰登书屋，2003 年。

《眼镜蛇事件》(*The Cobra Event*)，兰登书屋，1997 年。

《高危地带》(*The Hot Zone*)，兰登书屋，1994 年。

《美国钢铁》(*American Steel*)，西蒙与舒斯特出版公司，1991 年。

《破晓》(*First Light*)，大西洋月刊出版社，1987 年。

Ron Rosenbaum

罗恩·罗森鲍姆

任何叙述者都不会是全知全能的

美国文学新闻记者，文学评论家，小说家。罗森鲍姆 1946 年 11 月 27 日出生于纽约市的一个犹太家庭，1968 年毕业于耶鲁大学，并获得卡内基奖学金，后成为《乡村之声》《时尚先生》《哈泼斯》《名利场》《纽约时报》等报刊的撰稿人。

罗森鲍姆称自己为"行家里的行家"和"调查研究的调查员"。他写的悬疑故事涉及一些很有分量的问题，如希特勒罪恶的根源、肯尼迪遇刺的真实故事、水门事件中"深喉"的身份等。罗森鲍姆花了十多年时间研究希特勒，包括前往维也纳、慕尼黑、伦敦、巴黎和耶路撒冷等地，访问了众多历史学家、哲学家、传记作家、神学家和心理学家。最终，《希特勒解读》成为森鲍姆迄今为止最耀眼的著作。

有话就直说——你的疑惑、你的犹豫、你自相矛盾的想法和感受，通常比第三人称写作来得更实在。"

　　罗恩·罗森鲍姆的孩童时代是在死气沉沉的长岛（Long Island）湾岸（Bay Shore）度过的，家里的书架上摆满了《哈迪男孩》（*Hardy Boy*）的悬疑故事。他沉醉于书中两兄弟的生活，也像他们一样，心里满是阴谋诡计、冒险经历和故事书的结局，并且发誓，有一天也要侦破奇案。作为一名调查记者，罗森鲍姆比大多数人都更成功地将少年壮志转化成了现实。未能实现的只有一点：罗森鲍姆没能像哈迪男孩那样巧妙地侦破奇案。

　　罗森鲍姆自称"行家里的行家""调查研究的调查员"。与其说他的目标是回答问题，不如说是重新提出问题。他写的悬疑故事包括这样一些有分量的问题：希特勒罪恶的根源、肯尼迪遇刺的真实故事、"水门事件"中"深喉"的身份。或者我们可以更准确地说，他调查的是难解之谜，而不是使一代又一代人感到不解的神秘事物、原始困惑，或者复杂性与参与其中的探索者人数成正比的奇闻。不仅公认的权威认为罗森鲍姆找到了最佳材料，连持"异端邪说"的外部人士也这样认为。他的作品常常采用探求的方式：主角调查着故事中的故事，经历了很多人生旅途中的曲折与坎坷——失足、死胡同、舍本逐末。

　　"我们是否因着所有的重新调查而境遇好了一点，离真相近了一点？"他在《与死亡博士同行以及其他不寻常的调查》的前言中问道。"实际上，那个非悲观主义者的我会说，我们同时拥有更多的真相和更多的不确定性。或者换句话说，我们会拥有更多真相，如果没有真相的话。"

　　不过，罗森鲍姆对真相的尊重和他对其飘忽不定的敏锐直觉推动了他的搜寻。他的表达——当代新闻业一种最独特、最令人愉快的表达——是他全然致力于真相的结果。吕克·桑特（Luc Sante）在《纽约时报书评》上评论《财富的秘密》时，说罗森鲍姆的表达是"巧妙的融合，即少年记者、古代水手、纨绔子弟和坐在炉边的老爷爷的集大成者。他是个表演家，因而能够以独特的眼光轻松地表达枯燥、复杂的说明文，记录文本分析以及甚至令人生畏的、深奥的论点（如'死海古卷'这个事件）"。

罗恩·罗森鲍姆 1946 年 11 月 27 日出生于曼哈顿。他就读于耶鲁大学，1968 年以大学优等生之荣誉毕业，获得了一份用于参加英国文学专业的研究生项目的卡耐基奖学金。"新批评"派——传讲要在勤勉的文本审查中找到所有文学的意义的学派——曾经的堡垒耶鲁大学，教会了罗森鲍姆后来在新闻报道中充分运用的关键学术技能（研读、对歧义的敏感性）。

耶鲁大学也为罗森鲍姆最有名的两部作品提供了素材。第一部作品是关于秘密社团骷髅会（Skull and Bones）的，其成员——包括大小布什总统——都曾是美国政治生活中最有权有势的人物[《骷髅会最后的秘密》（*The Last Secrets of Skull and Bones*），《时尚先生》1977 年 9 月]。第二部作品着眼于该大学在 20 世纪 40 年代到 60 年代给所有大一新生拍裸照，并将其作为一项奇怪的优生学研究之一部分的惯例[《著名的常春藤盟校裸照丑闻》（*The Great Ivy League Nude Posture Photo Scandal*），《纽约时报杂志》1995 年 1 月 15 日]。

罗森鲍姆的第一份新闻报道工作是给《萨福克太阳报》（*Suffolk Sun*）报道 1968 年的民主党大会。第二年夏天，他在《火岛新闻》（*Fire Island News*）谋得一份助理编辑的工作。他的作品引起了《乡村之声》（*The Village Voice*）作家纳特·亨托夫（Nat Hentoff）和罗达·沃尔夫（Rhoda Wolf）的关注，后者将他推荐给了自己的丈夫，时任《乡村之声》编辑的丹·沃尔夫（Dan Wolf）。很快，罗森鲍姆就被称为"《乡村之声》里的陀思妥耶夫斯基"。凯文·麦克奥利菲（Kevin McAuliffe）在其《乡村之声，伟大的美国报纸》（*Voice, The Great American Newspaper*）中，这样描述了罗森鲍姆："他可以写得很快、很长，为完成某些任务逼着自己长时间保持清醒，却又显得很轻松。他们都被他搞蒙了。"《纽约》杂志 1974 年收购《乡村之声》时，很多人担心在《纽约》的创始人克雷·菲尔克（Clay Felker）的领导下，这家商业区周刊的独立性会受到损害。1975 年，罗森鲍姆当着菲尔克的面撕碎了工资支票，宣布辞职。

离开《乡村之声》后，罗森鲍姆写了《伊莱恩谋杀案》。这是一个在《鼎盛时期》（*High Times*）上连载的神秘谋杀案，满篇都是对纽约文学界和新闻界的暗指。罗森鲍姆仍继续为《时尚先生》写作，并且开始为《哈泼斯》（*Harper's*）和《休闲女装》（*MORE*）写作，并任后者的新闻评论高级编辑。他这一时期的作品集《推销员的重生：70 年代的歌舞故事》于 1979 年出版。

1984 年，罗森鲍姆开始为新创立的一家记载 20 世纪 80 年代的骄奢淫逸的纽约月报《曼哈顿公司》（*Manhattan, inc.*）写作。罗森鲍姆最初对是否加入该杂志犹豫不决，毕竟，他平时负责的是偏执的局外人这一块儿。但编辑简·阿姆斯特丹（Jane Amsterdam）劝他说，不管怎样，一批新的人物以一套新的价值观定义了这十年。"这应该是件让你们作家兴奋的事情,"她说,"因为这是先前主要由那些具有底线思想的经贸杂志来写的领域。"罗森鲍姆的许多作品都是该杂志上最令人难忘的佳作:《超级富豪的耻辱》(*The Shame of the Super Rich*),写的是菲利克斯(Flix)和伊丽莎白·洛哈汀(Elizabeth Rohatyn)谴责那些身为社会名流的朋友对穷人视而不见;《特朗普:最终的协议》(*Trump: The Ultimate Deal*),写了唐纳德·特朗普(Donald Trump)称自己是唯一有资格与苏联达成协议,解除世界上的核武器的人。他为《曼哈顿公司》所写的作品最终汇编成了《曼哈顿激情:关于权力、财富和纵欲的真实故事》,并被《商业周刊》(*Business Week*)的布鲁斯·努斯鲍姆(Bruce Nussbaum)称为"'安逸的 80 年代'的《了不起的盖茨比》"。

1987 年,在阿姆斯特丹辞职后,罗森鲍姆也离开了《曼哈顿公司》,后来的几年主要为《名利场》和《纽约时报杂志》写作。他还在继续进行一项长达十年的项目。1983 年,罗森鲍姆发现自己不知不觉地在跟一群正在商讨用土制炸弹袭击新纳粹组织的犹太激进分子交谈。罗森鲍姆称这种自警式的正义是危险且徒劳无益的,其中一人则质疑罗森鲍姆的推理:"假如在 20 世纪 20 年代刺杀希特勒,难道不是个好主意吗?"罗森鲍姆被这个问题吸引住了。如果希特勒已经被除掉,那么第二次世界大战和大屠杀还会发生吗? 他计划写一部犹太人试图刺杀希特勒的历史小说,但经过几年的调研,他意识到这个问题具有写成一部更厚的非虚构书籍的条件。

《希特勒解读》是罗森鲍姆迄今为止最耀眼的著作。在这部书中,他承认,像众多的希特勒解读者一样,他也认为一个人只要找到一个重要线索("丢失的保险箱"),有关希特勒的罪恶之谜或许就解开了。他最终意识到搜寻本身——调查员的调查——是个更引人入胜的故事。这部书是由与各个"希特勒解读者"——致力于了解希特勒的历史学家、学者、艺术家和自学者——的一连串邂逅构成的。罗森鲍姆把这些邂逅当作他自己刍议希特勒以及邪恶本质的载体。其成果是找到了一个有关西方哲学的极端现代的问题。他写道,希特勒解读"是文化的自画像:我们投射到希特勒漆黑一片的罗夏墨迹测验上的形状常常是否定的文化自画像。在谈论希特勒的时候,我们所谈论的还有我们的地位和资格"。

约翰·格罗斯(John Gross)在《纽约书评》上称赞罗森鲍姆的特殊方法:"既有思想深度,又有深刻感受,并且这种个人的、随心所欲的品格能让罗森鲍姆比职业历史学家更贴近希特勒恶魔似的一面。"其他评论家,如《华盛顿邮报》的马克·费舍尔(Marc Fisher),明白罗森鲍姆所做的调查更多的是关于我们,而非关于希特勒的。"《希特勒解读》最非凡之处在于它给人的感觉是那么新,因为罗森鲍姆考虑到了有关纳粹独裁者的事实、接近事实和完全虚构的每个主要的小细节，展现了希特勒的历史何以是战后思想史……罗森鲍姆用使读者感到惊奇、好玩甚至情绪振奋的话语和思想，把希特勒还原到青史中，并提醒我们，我们所写的历史既是我们的过去，也是现在我们自己的故事。"

罗森鲍姆接下来的一部书将他针对希特勒提出的这个问题——他是历史上的一位"特殊"人物吗？——转向长期吸引他的另一个人，即莎士比亚。这位剧作家仅仅是个卓越的人才，还是属于那种能够以独特的眼光洞察人类天性的天才？过去这五年，他与研究莎士比亚的学者和导演们一起探索他们所追寻的问题。罗恩·罗森鲍姆那"调查员的调查"仍在继续。

哪种采访对象会吸引你?

20 世纪 80 年代中期,一位杂志社编辑跟我说,在遇到那些表现得好像"什么都懂了"的人时,我就会生气。我认为他说得没错。我如此拼命地要把事情搞明白——但又发现这么多问题无法回答,以至于很讨厌那些夸大了自己认为可靠的主张的人。

我厌恶,同时又被人们对自己理论的过分自信所吸引,无论是关于肯尼迪遇刺、关于间谍金·菲尔比(Kim Philby)、还是关于激发希特勒的因素。我不断地看到对自以为的真相确信无疑的人们所主导的辩论,而实际上许多真相都是互相矛盾的。所以我喜欢调查他们自信的事实基础,然后试着看看这些理论背后的企图是什么。这些类型的采访对象会吸引我。

然后你是怎么找到故事的?

我常常会无意间发现我称之为"冰山一角"的片段。伊丽莎白·库伯勒·罗斯(Elizabeth Kubler Ross)的《论死亡与临终》中的狂热崇拜就是个很好的例子[《聚神、入世、出离》(*Turn On*, *Turn In*, *Drop Dead*),《哈泼斯》1982 年 9 月]。我始终对她的"死亡五部曲"持怀疑的态度。一天,我无意中发现了一张通讯社剪报,其中讲述了库伯勒·罗斯和她的信徒如何被一个叫杰伊·巴勒姆(Jay Barham)、使他们确信他能给来世的生灵提供帮助的二流假冒灵媒给欺骗了的事。他能让生灵们突然显现,进入他们的房间,有时还跟他们同寝。当然,这个"突然显现的生灵"是巴勒姆自己。他经常裹着头巾,身无他物。而库伯勒·罗斯,美国研究死亡的资深哲学家,竟对这样明显的骗局信以为真。这让我有了写写她的想法。

另一个"冰山一角"的例子出自《纽约时报》内页的一张小小的通讯社剪报,讲述了一位空军少校因为问了一个简单的问题——"当我收到会导致无数人惨遭屠杀的发射指令时,我怎么知道这个指令是一个心智正常的人发出的?"——而被解除关于民兵导弹运载器之职的事。

我认为那个问题问得相当好。毕竟,当看到导弹要来摧毁半个地球时,我们该怎样在一个要求我们摧毁半个地球的体系中给"心智正常"下个定义呢? 这个故事不断拓展,让我投入到了有关核战略的辩论中,也让我了解到核灾难如何渗入文化——我称之为"核色情"的低俗小说体裁——中。然后我发现，有关核战略的严肃文学其实本身就是一种"核色情"[《炸弹的地下世界》(*The Subterranean World of the Bomb*)，《哈泼斯》1978 年 3 月]。

你总是自己产生想法吗？

如果有人拿一个很棒的故事创意来找我，我也会很高兴。但我最喜欢的大多数故事都是我自己想出来的。

你的《无穷杀技》(*Crack Murder*)中的警探认为，"绝妙谋杀"(Good Murder)是一个人把自己的工作发挥到极致。在新闻报道中，意义等同于"绝妙谋杀"的是什么？

第一次接触"绝妙谋杀"这个概念是在我给《休闲女装》——我担任执行编辑的新闻评论——写一则有关佩特·道尔(Pat Doyle)的报道时，道尔是被称为报道过大约 15000 起谋杀案的《每日新闻》传奇警方记者[《世界最伟大的警方记者》(*The World's Greatest Police Reporter*)，《休闲女装》1976 年 7 月]。我对小报故事的更深的层面、更高的水准、激情——能够产生伟大艺术的相同要素的方式——感兴趣。归根结底，《安娜·卡列尼娜》在某种程度上难道不是一则通奸自杀的小报故事吗？

道尔对"绝妙谋杀"的定义是有"命运转折"的那种——一对夫妇在大喜之日开枪、殡仪馆的枪战这类世界性反讽，尽管他从未用过这个词。

当我跟《时尚先生》编辑兼《休闲女装》顾问哈罗德·海斯(Harold Hayes)谈论道尔时，他说了一些让我惊讶的话。"你知道佩特·道尔真正让你感兴趣的地方是什么吗？"他问我。"约翰·弥尔顿。"他回答说，"弥尔顿在《失乐园》的题词中说，他打算尝试向世人证明上帝的公义。这也是佩特·道尔正在做的。"海斯说得没错。道尔试图弄明白的是，为什么这个人会被谋杀，而站在他旁边的这个人并未被谋杀。为什么命运是以这种奇特似乎又随意的方式被安排的？

所以，对我而言，意义等同于"绝妙谋杀"的新闻报道是在"谁干的"之外进一步提出诘问的故事。它迫使我就发生的原因进行提问，提出"神义论"的问题，也称"罪恶的问题"：我们怎样使时常犯罪与宇宙中道德秩序的概念和解？上帝在哪儿？

无论写希特勒还是核战争，"罪恶的问题"都是你的作品的一大主题。这是有意的吗？

我对形而上学的问题非常感兴趣，但我不喜欢抽象地写这些问题。

离开耶鲁大学后，我就拒绝抽象。成为一名新闻记者后，我想要跟警察和罪犯离开那儿，参与真实的冒险，解开真正的谜团。或许抽象的问题潜伏在我精心构建的故事之下，但我确实不想让这些问题引起读者的注意。

我觉得我在一些故事里把这种策略用得太过火了。在给《新时代》(*New Times*)写超级杯的时候，我提前几天到了休斯敦巨蛋体育馆，发现那儿正在主办公牛精液企业家大会。非常昂贵、非常稀有的良种畜公牛精液保存在氮气制冷的小罐里，到处都是。

所以，我初稿中约三分之一的篇幅是在描述我游荡于公牛精液展览会的情况，跟作品的主题——超级杯——根本挂不上钩。因此，当我的编辑约翰·拉森(Tonn Larsen)说"我们不能把公牛精液这一长段删掉一点吗"时，我抗议道："不，不，你不懂！它是阳刚之气商品化的象征。"或诸如此类的东西。他愣了一下，说："呃，如果是这样的话，罗恩，你干吗不直说呢？"

他说得肯定有道理！但我如此坚决地让自己沉浸在这个细节中，以至于不愿意让读者看到我在作品中展现的任何意图。对我来说，这有时就是个我不愿谈及的小把戏。我会将痕迹掩盖得如此彻底，以至于读者完全不得要领！最终，我会明确地写出主旨，这让我感觉更轻松。

在预备一个故事的过程中，你要做多少研究？

我喜欢收集资料。在写核战争这个故事时，我找到了一卷又一卷虽然被忽视但又真的很重要的、让人讶异的有关指挥与控制的国会听证会资料。原来，指挥与控制系统有很多漏洞。当发现关键证人是被称为"奎斯特教授"的学者时，我知道我走对路了！

我会做很多读书笔记，然后针对笔记再做笔记。围绕着我提炼出的问题，如"谁是关键人物？""关键问题是什么？"等，我会做更多的笔记。

你会怎样防止不知所措？

我得益于这一事实：我的教育重在文学，主要是 17 世纪玄学派诗歌"研读"。我发现阅读这些诗歌的能力是我身为一名新闻记者最实用的技能。我能够通读一份文献资料，并发现某位"新批评"[1] 派学者曾经称之为"明显偏题"的东西。

例如，你正在读一首极美的诗，突然碰到一个别扭的短语或单词。别扭背后的原因是什么呢？这种别扭可能是一种节点，其中埋藏着诗人生动的共鸣以及思想冲突。

阅读审判笔录、录音记录或我自己采访的抄本等文献资料时，研读这种方法特别方便。你会看到一个人突然转向或转离某个事物。在阅读抄本时，你会从一次采访中了解到更多。你在做采访的时候，各种事儿实在太多了：思考你的下一个问题，试着

1　新批评(New Criticism)，英美现代文学批评中最有影响力的流派之一。20 世纪 20 年代发端于英国，30 年代在美国形成，四五十年代蔚成大势。它强调通过仔细阅读(尤其是诗歌)来研究一部文学作品如何担任一个自我包含的、自指的审美对象。

聆听并做出回应，担心磁带录音机是否打开。但当你能够在文本上阅读它时，就会看到你头一次没听到的内容。

你是怎样确定要采访哪些人的？

我通常由外向内，从异教徒开始。他们通常更愤怒，更坦率，没那么拘谨。他们更愿意谈论任何已知辩论的对抗计划、敌对行为和对立思潮。他们之所以自由，是因为他们卑微。这并不表示他们拥有的真相没有那些主流群体多，他们只是没什么可失去，因而更愿意谈论。

就拿我《死海古卷》(Dead Sea Scrolls)这个故事来说吧。我从一位名叫罗伯特·艾森曼(Robert Eisenman)的学者开始报道，他才华横溢，对古卷有自己的异端理论[《古卷之谜》(The Riddle of the Scroll)，《名利场》1991年5月]。我未必相信他所说的关于古卷中的"正义之师"和"邪恶牧师"究竟是谁的所有言论，但他帮助我确定了自己在辩论中的方向，因为他对那些处于古卷研究的中心位置的人有很多话要说。

你会为采访做哪些准备？

我试图吸收我从文献资料里掌握的所有东西。我手写出一页又一页的问题，然后研读、提炼、调整这些问题。修改是写作过程中每个步骤的主旋律。

你会把你的问题背熟吗？

不会。我会带着它们，以便查阅。如果人们看到你准备得妥当，就会更加尊重你。我用的是"最认真的书呆子"的方法。那对我来说很容易，而且很有帮助，很实用。人们想要感觉到你做了功课，足够尊重他们，而不是漫无目标，随便应付。最糟糕的事情莫过于你一进来，就假装比他们更有经验、懂的更多。抱持向他们学习的想法，最终反而会使采访效果更佳。

你所有的采访都是面对面进行的吗？

尽管人们普遍认为面对面采访更好，我却发现人们实际上更乐于在电话中提供信息，因为他们不会为了观察你对他们的话做何反应而分心。在电话里，他们是在舒适的家或办公室中说话。我永远不会在电话里进行一部作品的所有采访，但有时这种采访的确更好。

你是怎样说服人们跟你交谈的？

我通常会带一份与正在做的故事有关的、已写好部分的复印件。人们会对你是谁、什么让你对这个故事产生了兴趣感到好奇。这有助于开启对话。

你给《曼哈顿公司》做了一系列"侦查午餐"作品。为什么是午餐呢？

我写的是 20 世纪 80 年代的人物，我发现他们通常会在吃午餐时更健谈，更容易揭露真相。他们的同事就在餐桌旁，于是他们"装模作样"，以凸显自己的公众形象。20 世纪 80 年代的饭店就像舞台，所以在午餐时间采访相当于跟待在片场的演员交谈。

你选择录音还是记笔记？

我的笔记做得非常差劲，我始终觉得磁带录音机是准确还原采访的最佳方法。

你亲自誊录采访录音吗？

这取决于谁来支付费用。如果杂志社会为这个昂贵的过程支付费用，我就会誊录，尽管这有不足之处。如果由其他人誊录，那么你最后信赖的通常是打字稿，而不是磁带录音。把采访录音再听一遍很有用。问题是我发现要听到我自己发言的声音非常难，有时也会让我不痛快：我的一些易被识破的小算盘会让我觉得尴尬。但这有助于捕捉意味深长的停顿、语调等。我会尽可能誊录录音，然后再去听。

你有没有诱使过你的采访对象披露信息？

我没这种本事。我发现相反的方法对我来说更管用：当看到我笨嘴拙舌、跌跌撞撞——我经常是这样——地把很多页的问题翻乱时，人们会对我感到很抱歉，想提供帮助。在那时，他们什么都会告诉我。

你经常煞费苦心地让读者知道你其实造访过"犯罪现场"。这一点为何如此重要？

我认为，让读者尽可能地接近采访对象很重要。这是我接受的英语培训的另一个传统。我的一位伟大的研讨会老师，一个虔诚的天主教徒，强调了罗耀拉(Loyola)的精神修养对我们熟知的许多 17 世纪诗人的重要性。他所强调的一个方面叫"地点的合成"。罗耀拉认为，要让一个人更亲近上帝，那个祷告的人就应该想象自己跪在耶稣被钉死的十字架下面，想象在那一刻他其实就在那儿。你越多地用采访对象的眼光看这个世界，它就越真实。而且，这也是一种有益的讲故事的手段。

你会重建场景，还是只描述你亲眼所见的事件？

在第一次写作时，我力求故事天衣无缝。我用过庭审笔录、实际的证据和调查人员的观察结果，但我发现总有很多互相矛盾的观点。无可避免地，这样就很难重建一个真正天衣无缝的故事。所以，我开始质疑这种手法。现在，你仍然可以构建一个故事，可它在特殊的点上有许多不同的、互相矛盾的观点。通常，真正有趣的问题就是从故事的裂缝中出现的：为什么这些人的故事互相矛盾？他们有什么企图？

你是怎样开始写一部作品的？

我总是在想如何开场。从开始做故事的那一刻起，我就在思考这是不是一个开场的场景或开场的话语。对我来说，开场是最重要的内容。一个好的开头能够体现故事的很多内容——语气、焦点、气氛。一旦感觉这是个很棒的开头，我就可以真正开始写作了。这是一种启发法：好的开头真的是成功的一半。许多新闻报道学派赞成以趣闻逸事——被巧妙地包含进去的一个场景——作为开篇（这通常是开篇的一个好方法），但也有突破了这种形式的其他类型的好开头。

写作对你来说一直很轻松吗？

不，我以前是个非常苦恼的作家，为不知如何最好地发挥自己的水平而苦恼。我有这么多讲故事的想法，为什么这个过程却如此艰难呢？

我坐在那儿，为找到一个开场苦思冥想。除非可以想到完美的下一句或下一段，否则我不会在纸上写下任何东西。然后，我会熬个通宵，因为我觉得那是能让我充分发挥能力的办法，或者至少证明我真的在为我的作品而受苦。弗洛伊德说，精神分析的全部意义就是把你从神经性痛苦转移到正常的不快乐，对我来说，则是从神经性痛苦转移到正常努力工作。

后来有了什么改变？

我最终找到了一个能把我在一个故事上的所有精神能量和理想导入实际工作中的方法，而不只是寄望于我能想出一些好东西。我转变了生活习惯，开始在清晨写作了。并且，我掌握了这个被我称为"修改写作"的方法。

它是怎样进行的？

一旦写好了开头，我会手写几段，然后把它们打成定稿。然后，我把打成定稿的段落从打字机里拿出来，放在打字机左侧，再放一张新纸进去，几乎是手动地，开始重新输入。而在重新输入的过程中，我发现每做一次，我都会有所改善。这点改善给了我更上一层楼的信心，并激发了新的想法和新的话语。我会取出稍稍改善了的版本，放在打字机左侧，再放一张新纸进去，从上到下重新开始。

这听起来相当机械。

其实并不机械。这是将我的精神能量导入工作中的一种方法，而工作会在最终发展成一部完成的作品的那些累积起来的小小改善中得到回报。这与一种对我来说比较管用的思维方式不谋而合。我没有通过抽象思维或发呆做到最好，而是通过积极具体的修改做到最好。

你在什么设备上写作？

一台奥林匹亚豪华打字机。

为什么不在电脑上写呢？

我教书的时候，学生总是问我这个问题。我告诉他们，只要他们打印出文本并从上到下进行修改，就可以随意使用电脑。电脑的诱惑在于，在段落中间进行修改太过容易，能让所有东西看起来都不错。但是所有经过修改、移位的段落都不如从头开始，并将你在一份草稿中所做的修改整合到修改版中来得好。

你列提纲吗？

在把开篇改写了四五遍之后，我会对自己所做的感觉良好。然后，我会针对下一步胡乱地写出一个小提纲，接着我再稍进一步——从头到尾进行修改。

你会把草稿过几遍？

在给任何人看之前，我会过很多遍。然后，我会把乱七八糟的打印稿传真给进行文字处理并制作美观的数字化文件的人——如果我支付得起的话。我会在文字处理员提供的副本上做更多修改，并将该版本回传。当然，对于开头的部分，我至少会过十遍到十五遍。

你会跟人们讨论还没有完成的作品吗？

我发现，在完成采访报道回来之后，立即跟朋友或编辑谈谈很有帮助。这能让我进入讲故事的模式。尽管我不像以前那样一心想着写出天衣无缝的故事了，但我确实觉得叙述的精神能量在区分故事和研究报告方面是至关重要的。在给一个活人讲故事时，你会立即得到人们的回应，这不局限于你自己的头脑。人们也经常提出我没有想到的问题，迫使我用一种全新的方式来看的问题。

你必须待在特定的地点写作吗？

我在两种地方写作。当开始写一部作品的时候，我发现在咖啡馆里写作是很有帮助的。首先，显然是咖啡因的作用。其次，罗兰·巴特[1]写过的有关在咖啡馆里写作的话也有一定的道理（不然他也不会是我最喜欢的作家）：在公众场所摆出作家的姿态，这会在某种程度上帮助你实际上开始完成写作。你坐在咖啡馆里，心想："我本该在做什么呢？我只是在装腔作势吗？不，我是个作家！我最好完成一些写作任务。"

故事的开头、故事段落的起首都更容易在咖啡馆里写出来。我用一支万宝龙钢笔在窄间距的大黄便笺簿上手写。我不知道这算不算完全自由，但这比机械式打字机更好玩，更有感觉，也更临时。你可以随手写点东西，看到一个还不太成熟的想法。用那支笔写作，就是会让人这样开心！

你的整部作品都会在咖啡馆里完成吗？

一部作品一旦有了进展，我最乐意把它带回公寓，用打字机写。

你更喜欢在一天中哪个时间写作？

我是个无可救药的早起者。今天早上，我是三点起床的！我的大脑化学反应在那时候会更好一些。在早上，我的思维要敏捷得多。并且，在早上的那个时间，我与世界更加隔绝。大多数情况下，朋友、编辑、债主不会在早上四点给你打电话。你有整块的时间可以沉溺于独处的快乐当中，没有任何会打乱你注意力的威胁。

你理想的一天是什么样的？

我早上四点醒来，冲一杯浓浓的咖啡——近来喝的是埃塞俄比亚咖啡。我要喝上两三杯，来让自己清醒。然后，我可能会打打太极拳。这有几分禅意，尽管我是以一种实在亵渎神明的方式打太极的，因为我经常同时观看《神秘科学剧场3000》（*Mystery Science Theater 3000*）。我讨厌与自己的思想独处。

锻炼对你的写作有帮助吗？

我以前在跑步时常常会产生很多好的想法。但我发现内啡肽会让我极度心满意足，然后我就没有了完成写作所需的敏锐。

1　罗兰·巴特（Roland Barthes，1915—1980），法国作家、思想家、社会学家、社会评论家和文学评论家。代表作：《神话学》（1957）、《符号帝国》（1970）等。

你一天剩余的时间是怎么过的？

打完太极拳，再喝一点咖啡之后，我坐下来写作。最近，我发现坐下工作竟能使我如此开心。海明威建议过，在一天结束的时候，文思枯竭之前，应该把写作停一下。这样，第二天早上接着写的时候，你就已经融入其中了。这种策略对我很管用。

在工作时，你会要求安静吗？

我游移不定。虽然有点羞于承认，不过我经常在写作时开着电视。这听起来似乎严重妨害了作家的孤独，但我有一种"互相矛盾的注意力"理论。如果过于安静，你的思想就很容易游移到某个别的主题上去。但如果你有某种必须隔绝的东西——有时是音乐，有时甚至是电视，它就能迫使你专注于工作。因为如果刻意关闭某个东西而只剩下寂静的话，反而有可能打开另一个东西。

我想提醒看到这里的朋友：不要在家里尝试这种方法，我并不提倡。但这偶尔对我管用。

为什么你的这么多作品都采用了探寻的形式？

我始终被各种各样的悬疑故事吸引着。儿时，我偶然看见了父亲保存的《哈迪男孩悬疑故事集》，并深受影响。我一口气读了五十本。我认为这是一种遗传的、根深蒂固的冲动。我喜欢故事。我喜欢悬疑故事。

你追求哪一种作者在场的情形？

我喜欢在同一个故事里混合使用第一人称和第三人称。我还喜欢写分成各个部分的故事，这样我就可以从第一人称的思索到文献考察，再到冷静的设想，来回转换。我是在关于核战争的这部作品中，意识到把千奇百怪的主题和各种调查研究纳入同一部作品中是个好办法的。每个部分的笔调都不同于别的部分，因此我可以进行那样的切换。

一种视角是否会比另一种更让你接近真相？

不一定。有时视角会被扭曲，有时则会给你带来独特的见解。

但我的确不赞成新闻学院坚持认为第三人称在某种程度上是更真实或客观的写作方式的做法。对我来说，这似乎显然是个错误的想法。因为第三人称常常会把分歧、矛盾和冲突的说法变成上帝视角的错觉，即假象。然而，事实上，任何叙述者都不会是全知全能的。有话就直说——你的疑惑、你的犹豫、你自相矛盾的想法和感受，通常比第三人称写作来得更实在。

这是不是你有时会直接与续者对话的原因？

我从亨利·菲尔丁那里学到了这个策略。我喜欢 18 世纪小说家强迫读者来看的方式，即通过纠缠、取悦或冒犯来吸引读者的注意力。我认为读者也喜欢这样。即使你是在与一位假想的读者建立关系，至少你也是在试图建立一种关系。这很好玩。而且，作为作家，你在故事中就不会感到那么孤单了，因为你把读者变成了故事中的另一个人物角色。

你认为自己是一名"文学新闻记者"吗？

我在这个术语的理解上有一些个人看法。它听起来很傲慢，并且具有误导性，因为它表明文学新闻关乎华丽辞藻和高雅的文字游戏，需要一种有意识的高雅风格。

更好的说法是，文学新闻是跟文学一样提出了相同问题的新闻，关于上帝、人类、命运、人性的问题，而这些问题没必要用一种特别华丽的风格来问。

你经常批评"由线索驱动的"新闻报道。为什么？

"线索"就是进行一个报道的一种虚假原因："我们来做一篇有关 X 的报道吧"，因为出了一部以此为主题的电影，或者因为它"很火"，或这类的其他废话。我并不反对一个有新发现的故事，但比起线索新闻，我是从更广泛的意义上考虑"新发现"的。新发现是以一种未必立即显现出来的方式定义的，不是由最近的传闻或名人焦点决定的。我认为最好的故事是那种自创线索的故事，读者读完之后会说："哇，我从来不了解这个世界。很高兴，我现在了解了。"

我将线索称为"杂志新闻的自我毁灭"，意思是它导致一些编辑和新闻记者只写有关最当代的表面现象。然后，杂志新闻就变成了编辑试图猜测三十天或两个月内什么会火的一个游戏，而不是说："这真让我兴奋，它深深地打动了我。我之前对它一无所知，而现在想要多了解一些。"

谁是你崇拜的文学/知识分子偶像？

当然是马瑞·肯普顿（Murry Kempton）。上初中时，我第一次读到他的作品。我读过《我们的部分时光》（*Part of our Time*），这对我来说就是一个新发现——你可以用一种非常矛盾、模棱两可、令人兴奋，并且具有优秀小说的所有细微差别和层次的方式来写历史中的人物。当拿起他所写的任何东西时，我都能学到这一点。

其他的，还有过去若有所思地写形而上学问题的作家。古罗马诗人卢克莱修（Lucretius）写了一部极好的史诗，叫《物性论》（*On the Nature of Things*）。17 世纪作家罗伯特·伯顿（Robert Burton）的《忧郁的剖析》（*The Anatomy of Melancholy*），是对学术确定性的绝妙的讽刺性模仿。伯顿跟两千年来有关爱情、忧郁、上帝等主题的作品中相互矛盾的真相开了个玩笑。

另一位是约翰·济慈[1]，他的"消极能力"理念对我产生了巨大影响。他相信一个人应该能够接受不确定性。菲茨杰拉德对济慈的"消极能力"的演绎是，一个人大脑中必须能够装着两种互相矛盾的想法，不一定要确定一种必定是真相，另一种必定是虚谎。这个理念就是，矛盾本身很有趣，是整体的一个基本部分。正如济慈所言："停留在不确定的、神秘与疑惑的境地，而不急于去弄清事实与原委。"我喜欢"急于弄清"这个词，因为那是我们都在做的事：我们总是急于找到一个令人满意、欣慰的解决办法。

我做得越多，常常就越找不到令人满意的解决办法。这并没使矛盾变得无趣一些，反而更有趣了。

罗恩·罗森鲍姆作品

《那些忘记过去的人：反犹太主义的问题》(*Those Who Forget the Past*：*The Question of Anti-Semitism*，编辑)，兰登书屋，2004 年。

《财富的秘密》(*The Secret Parts of Fortune*)，兰登书屋，2000 年。

《希特勒解读》(*Explaining Hitler*)，兰登书屋，1998 年。

《与死亡博士同行以及其他不寻常的调查》(*Travels with Dr. Death and Other Unusual Investigations*)，维京出版公司，1991 年。

《曼哈顿激情：关于权力、财富和纵欲的真实故事》(*Manhattan Passions*：*True Tales of Power*，*Wealth*，*and Excess*)，山毛榉书局，1987 年。

《推销员的重生：70 年代的歌舞故事》(*Rebirth of the Salesman*：*Tales of the Song & Dance 70's*)，戴尔出版社，1979 年。

《伊莱恩谋杀案：一个讽刺》(*Murder at Elaine's*：*A Satire*)，石山大学出版社，1978 年。

1　约翰·济慈(John Keats，1795—1821)，杰出的英国诗人，浪漫派的主要代表。代表作：《夜莺颂》(1819)、《秋颂》(1819)等。

Eric
Schlosser

埃里克·施洛瑟

我从未停止过对信息的搜寻

美国记者，以深度调查而闻名。施洛瑟1959 年 8 月 17 日出生于纽约曼哈顿，父亲赫伯特·施洛瑟是美国国家广播公司（NBC）总经理，母亲是玛莎葛兰姆舞团董事会成员。他在普林斯顿大学学习美国历史，并从牛津大学获得英国帝国历史研究生学位。

1994 年，施洛瑟在《大西洋月刊》开始了自己的记者职业生涯，并凭借调查性报道获得了认可。2001 年，施洛瑟出版了《快餐国度》一书，这是对快餐行业不卫生行为和歧视性做法的曝光。后来这本书被改编成电影，于 2006 年上映。2013 年，施洛瑟出版了《指挥和控制：核武器，大马士革事件，安全的错觉》一书，调查分析了 1980 年泰坦二号洲际弹道导弹液体燃料在大马士革爆炸这一事件，入围 2014 年普利策历史奖。目前，施洛瑟致力于一本关于美国监狱制度的书，这个项目已经进行了 10 余年。

代表作品：

《快餐国度》（2001）

《大麻狂热》（2003）

《指挥和控制》（2013）

我不会伪称我所写的任何事都是真相，那不过是我对事物如实的看法。我并非想要煽动谁，控制人们的思想。我只是试图促使他们思考。"

　　埃里克·施洛瑟关于快餐、地下经济和监狱的三部书形成了一部令人难忘的三部曲，即削弱了消费主义资本主义时代乐观主义的"美国另类历史"，他说。

　　埃里克·施洛瑟 1959 年 8 月 17 日出生于纽约市。他的父亲赫伯特·施洛瑟(Herbert Schlosser)是美国国家广播公司(NBC)总经理，20 世纪 70 年代初的网络总裁。他的母亲在玛莎葛兰姆舞团(Martha Graham Dance Company)工作多年，现任董事会成员。

　　施洛瑟就读于道尔顿学校(Dalton School)，后来在普林斯顿大学学习历史。他的毕业论文是关于普林斯顿大学在麦卡锡时代的学术自由政策的。施洛瑟主编过普林斯顿大学的幽默杂志，给三角俱乐部(Triangle Club)写戏剧，并跟随约翰·麦克菲学习文学新闻学(理查德·普雷斯顿也在这个班)。

　　从普林斯顿大学毕业后，施洛瑟花了三年时间在牛津大学奥里尔学院(Oriel College)学习大英帝国史。他对 19 世纪末 20 世纪初，英美帝国分裂的时刻——一个走向衰落而一个日渐崛起的时刻——尤为感兴趣。"布尔战争(The Boer War)使大英帝国开始土崩瓦解，然后第一次世界大战使之垮台。我们秘密地给英国提供军事和经济援助，这是我们'特殊关系'的开始，也是相信帝国的两国人民团结起来的时候。"他说。施洛瑟放弃了追求学术生涯的计划，转而将他在牛津大学的研究注入了他在 1985 年写的一出戏剧《美国人》(Americans)中，该剧最终于 2003 年上演。

　　从牛津大学毕业后，住在佛蒙特州期间，施洛瑟忙着写戏剧和一部小说。1992 年，他回到纽约，在翠贝卡制片公司(Tribeca Productions)——由罗伯特·德尼罗(Robert De Niro)创办的电影公司——担任剧本读评人和剧本编审。在将他的第一篇新闻报道作品投给《大西洋月刊》之前，施洛瑟试着写了一个有关纽约唐人街上的亚洲帮派的剧本。该杂志通过了他的写军中同性恋者故事的提议，但因喜欢他的作品，最终给了他另一个任务：一个 1993 年世贸中心爆炸案之后，纽约市防爆小组的故事[《防爆小组》(The Bomb Squad)，1994 年 1 月]。这篇故事登载了几个月之后，他接到了时任该杂志总编辑的威廉·惠特沃斯(William Whitworth)打来的电话。"他对是否有人因私藏大麻而长期在监狱服刑很好奇。毒品法已有巨大变动，而那时还没有真正制定出新的强制刑期。"他说。施洛瑟给《大西洋月刊》写的第二篇故事[《大麻狂热》(Reefer Madness)，1994年8月]给了他离开翠贝卡制片公司，成为一名全职新闻记者的信心。

一篇长期并详尽报道的关于在加州采摘草莓的流动劳工的文章[《在草莓园里》(In the Strawberry)，1995年11月]引起了《滚石》杂志的编辑威尔·戴纳(Will Dana)的注意。他问施洛瑟是否有兴趣用同样的方法来调查快餐行业。"他打电话给我说：'我们想让你像报道草莓那样报道快餐，揭露我们都在食用的这种商品背后的世界。'"

施洛瑟起初很谨慎。他并不想对快餐采取一种嘲弄、居高临下的态度，毕竟他和他认识的几乎每一个人都吃快餐。当施洛瑟开始阅读有关这个行业的文章时，它的影响和范围使他吃惊。他发现一些最好的信息来自《食品工程》(Food Engineering)、《化学市场报告》(Chemical Market Reporter)、《食品化学新闻》(Food Chemical News)等行业刊物。

采访报道了一年之后，《快餐国度》于1988年以三部系列的形式在《滚石》发表。尽管这篇文章篇幅很长，施洛瑟却觉得他只涉及了表面，于是决定将文章扩展成一部相关主题的书。米夫林出版公司(Houghton Mifflin)的执行编辑埃蒙·多兰(Eamon Dolan)先发制人，出价买下了这部书。作为蕾切尔·卡森《寂静的春天》的出版商，多兰急切地想要出版一部"有着优良传统的活动家新闻"作品。

施洛瑟做对了。快餐行业的规模令人震惊。麦当劳有28000家餐厅，是世界上最大的零售店业主，也是美国最大的牛肉、猪肉和土豆采购商。麦当劳著名的金色拱门"如今比基督十字架更加广为人知"，他写道。施洛瑟对该行业尖刻的描绘与厄普顿·辛克莱[1]的《屠场》(The Jungle)颇为类似：极其糟糕的工作环境，阻挠工会，不卫生的操作流程。尽管，他的作品写于《屠场》之后的100年。《快餐国度》的评论将施洛瑟归入了辛克莱、林肯·斯蒂芬斯和艾达·塔贝尔(Ida Tarbell)的行列。"这是一部揭发丑闻、发出警报，而非危言耸听的好作品。"罗布·沃克(Rob Walker)在《纽约时报书评》上写道。这部书的文学素养也获得认可。"施洛瑟一半是散文家，一半是调查记者。他独具慧眼，专访有洞察力，散文有思想深度且闲适，后面站着约翰·麦克菲与一位编辑。"尼科尔斯·福布斯(Nicols Fox)在《华盛顿邮报》上写道。有人与施洛瑟接触，想将这部书制作成电

1　厄普顿·辛克莱(Upton Sinclair，1878—1968)，美国"社会丑事揭发派"作家，代表作有《屠场》(1906)等。

影，甚至百老汇音乐剧。"我与其冒着让他们掺入水分，把这部作品制作成某种令人作呕的东西的风险，不如永远不做这种事。"他说。

施洛瑟的下一部书《大麻狂热》将三部作品交织在一起，是对美国地下经济的沉思。"如果市场确实体现了所有人类愿望的总和，那么秘密的就和公然展示的一样重要。就像阴和阳，主流和地下组织最终也是同一事物的两极。要了解一个国家，你必须看它的整体。"他在引言中写道。

施洛瑟又一次提供了引人入胜的信息。色情文学的收益堪比好莱坞国内票房收入，并超过了摇滚乐的销售额。"毒品战争"打响 20 年后，大麻一年的产值可能达到 190 亿美元，这使其成为美国最赚钱的经济作物(超过玉米、小麦和土豆)。

《美国人》——施洛瑟 1985 年写的关于美利坚帝国代价的戏剧——在 2001 年 9 月 11 日之后开始有了新的意义，并于 2003 年秋天在伦敦上演。该剧讲的是无政府主义者里昂·乔戈什(Leon Czolgosz)在 1901 年泛美博览会(Pan American Exposition)上刺杀了威廉·麦金利(William McKinley)总统，以抗议美国向菲律宾发起殖民战争的故事。乔戈什视自己为一个想要警示同胞的爱国者。在反美恐怖主义的当今时代，他的一席话让人觉得很有预见性。"你会因政府现在所做的遭受惩罚，或者你的孩子们要为你可恶的虚荣心付出代价。当我们这个伟大的国家成为一片火海，当我们的城市成为一片废墟的时候……别说没人警告过你。当这一切降临的时候，是你罪有应得，我早就告诉过你了。"他说。这出戏剧获得很多评论。"这很难得：一场伟大的政治表演利用了我们这个时代的关键政治争论，并与之赛跑。无论你怎样看待其创造者的人生观，只有麻木的人不会被激怒，不会受刺激。这是一杯政治浓缩咖啡。"约翰·哈里(Johann Hari)在《独立报》(*The Independent*)上写道。

施洛瑟现在和作为画家的妻子，以及他们的两个孩子住在北加州。施洛瑟一家严禁光顾快餐店。"我理想的生活是写新闻、戏剧和小说。"他说。他写监狱的书计划在 2006 年出版。

哪种想法或主题会令你兴奋？

适时出现但又没有被主流媒体充分报道的主题。我对关乎社会公正的故事尤为感兴趣，尽管这种社会公正不是以狭义、左翼的方式定义的。我们的历史中有过一些时期，即新闻工作是关乎不公正现象的揭露的，我认为我们现在又进入了那样一个时期。我想我所做的是一种旧式的新闻工作。

你对社会公正的兴趣是怎样在特殊的故事中彰显出来的呢？

我给《大西洋月刊》写的一篇关于大麻的故事（《大麻狂热》）就是一个例子。这篇作品的灵感来自当时的编辑比尔·惠沃斯（Bill Whitworth）。他问我是否有人因大麻涉罪而长期在监狱服刑，我说我不知道。然后，他说："你为什么不去查一查呢？"所以我去做了一些调研，发现在美国，有人因非暴力的大麻涉罪，被判无期徒刑，不得假释。呃，就在那个时候，它对我来说成了一个有趣的故事。

怎么个有趣法？

在两个层面上有趣。首先，我认为自己相当见多识广，但我之前并不知道人们会因大麻被判无期徒刑。所以我瞥见了一个对我们隐藏的、主流媒体避而不谈的现实。其次，它有不公正之处。我是指一个人初次因非暴力的大麻涉罪，即获不得假释的无期徒刑，这简直丧心病狂，尤其是当隔壁牢房里因杀人入狱的犯人关了五年就获释的时候。

你的想法是怎样产生的？

它们经常是被新闻中的某些东西激发出来的。我听加州州长皮特·威尔逊（Pete Wilson）说非法移民是来到美国，以图寄生于美国纳税人的福利骗子之后，就产生了写农场工人的想法。我的直觉告诉我，他说的不是真的。我在加州度过了一段时光，我在那儿见到的非法移民都非常非常努力地工作，给人们打扫房屋，刈草坪，照看孩子。某种本能告诉我，威尔逊在撒谎。

我开始阅读有关非法移民的整个主题的资料，农场工人似乎是威尔逊"弥天大谎"的一个极端的例子。他们大多是非法移民，他们的辛勤工作和低工资实际上支撑了加州最大的产业，而剥削这些非法移民的种植商正巧是威尔逊州长竞选活动的最大赞助方。我在文章中几乎没有提到皮特·威尔逊，但我试图表明另外一面的、隐藏着的现实。经常被说成福利骗子的这些人，其实是这个国家的经济不可或缺的。

后来你是怎样把一个总体想法——快餐、非法移民、大麻——发展为一个特定的故事的？

一旦确定了一部作品的想法，我就会去图书馆。我对这个故事有了一种模糊的认识，于是开始广泛阅读与该主题有关的资料。

就拿《快餐国度》来说吧——灵感来自《滚石》的一位编辑威尔·戴纳，任务是要以我写加州非法移民那样的方式来写，要透过表象，查明实质。说实话，在威尔提出这个建议时，我对快餐其实不怎么感兴趣。我不愿意接受这个任务。所以，我去了图书馆，开始阅读。我很快了解到一些令人非常吃惊的东西。我为自己对这个主题知之甚少，而且我们大多数人当时都知道得太少而惊讶。然而，我们全都吃过快餐。

在你看来，是什么使快餐成为一个好故事？

这个行业的庞大规模和影响力，它给农业和大众文化带来的影响。然后，还有一个事实就是，快餐行业是美国——反对最低工资有任何增加的一个最大的国家——最低工资劳工的最大雇主。但真正吸引我的是肉类加工业的变迁，并且我在阅读资料的过程中意识到新型的肉类加工工人是从墨西哥来的新移民和非法移民，和我在加州草莓园见到的移民一样。我以为草莓园的景象已经够恐怖了，但这些屠宰场的工作环境还要糟糕得多。所以，不说别的，我把快餐故事看作描述这种移民产业劳动力之兴起的一种方式。我们世世代代都有外籍劳工，但移民产业工人却是新事物，而且是非常令人不安的新事物。

你需要一个故事具备什么要素？

大多数时候只需要一个好的主题。我首先找到一个有趣的主题，然后再寻找一种方式去写它。我所了解到的信息决定了我讲故事的方式。我关于色情文学的作品[《色情文学产业》(*The Business of Pornography*)，《美国新闻与世界报道》1997 年 2 月 10 日]是个例外，它始于我发现的一个令人难以置信的、关于这个产业的创始人的故事。我对色情文学有某种矛盾的情感，因为它引发的道德问题是如此复杂。一方面，我认为色情文学作家不应该因为创作了色情内容就被关起来；另一方面，大多数的黄色书刊都太恐怖、太伤风败俗，我简直无法想象我会支持它。真正吸引住我的是鲁本·斯德曼(Ruben Sternman)的故事，我认为这是一个典型的美国故事，是不同寻常的人生起伏。再次让我感到吃惊的是，我从没听说过这个人，我的朋友也都没有听说过他。

你与众不同的一点是你写的阐述性新闻很少。为什么选择这样做？

找到一个精彩的故事，从头至尾写完，这种想法着实吸引人。我喜欢精彩的故事，但有时叙述并不是构建一部作品的最好方法，有时它太简单、太明显了。现今，书籍和杂志编辑施加了巨大的压力，要把一切都转化成浓墨重彩的叙述。通常，最好不要有叙述。《快餐国度》就没有传统的叙事，尽管我认为有一个内在逻辑、一个论据贯穿全书。选择不要叙述，我或许已经增加了这本书对部分读者的难度。这里面没有一个可以追踪的主人公或故事。但我不想把《快餐国度》构建成一种叙述，我不想让它变成我对快餐如何被生产出来的"惊人"发现，或者我的"快餐世界之旅"。听起来或许自命不凡，但这部书的主人公是美国，即标题中那个"国度"。因此，追随"我"或任何其他人的踪迹都不会达到我预定的目标。当你避免采用传统叙事时，一切都变得困难了。没有叙述，你就要冒着写出真正无聊、糟糕的东西的风险。

但叙述不表示你必须写你自己。你为什么甚至连那些不聚焦在作者身上的叙述性故事都反对呢？

嘿，我喜欢好故事。我是从戏剧、小说和剧本的写作开始的。《完美风暴》(*The Perfect Storm*)是我最喜欢的非虚构书籍之一，那可真是个很棒的故事。然而，当人们告诉我应当用某种方式去做某件事时，我却本能地想着用不同的方式去做。要深入一个主题，方法不止一种，而叙述只是其中一种。对我来说，最重要的事莫过于读者能一直读下去。

在思考题材时，你有没有发现这个国家的哪个地区更有趣或更无趣？

除了写过一篇关于纽约市警察局的防爆小组的作品(《防爆小组》)之外，我几乎不写大城市。《快餐国度》是从洛杉矶起底的，但绝大部分都是人们不太了解的史料，至少对我来说如此。我主要对美国介于纽约和洛杉矶之间的地区，还有华盛顿特区以外的地区感兴趣。那是你能找到被主流媒体忽略的故事的地方。而且，我在纽约和洛杉矶长大，在华盛顿度过一些时光，因此对这些地方没有好奇心。我喜欢离开熟悉的环境，认识新的人。

你最喜欢和最不喜欢写哪种人？

我几乎不写名人和政要。我对他们没兴趣，而且主流媒体对他们如此痴迷，我也没必要再去写了。我更有兴趣写我闻所未闻的某个人。我还试图写一些处于边缘状态的人，给他们发言权。

你把你的著作集看作一个或几个主题的变异还是孤立的作品？

总归是有关联的，但我宁愿认为他们不止一个主题。一部作品经常会引出另一部。大麻那篇文章引出了监狱那篇，后来又引出了我正在写的关于监狱的这部书。在我拜访一位个关在最高安全级别监狱里的嬉皮士自行车手，以了解他第一次大麻犯罪时，行动就开始了。写外籍劳工，最终带来了《快餐国度》以及后来的关于农业和食品的各种不同的文章。

你喜欢同时开展几个故事？

我从未停止过对信息的搜寻。我总是有三四个故事在同时进行，但其中一个通常会占据我 70％的大脑。其余的有助于我把注意力从那个大任务上转开，张弛有度。

你产生想法的过程是怎样的？

对我来说，起点始终是书籍。我会买很多书，甚至可能太多了。即便还没看过这些书，我也会像花栗鼠为冬天收集橡子一样为下一个大项目收集书籍。我也会从报纸和杂志上剪下一些东西，或从奇怪的网站上下载一些东西。

这些剪报是从哪里来的？

从《纽约时报》《华尔街日报》到航班杂志，什么都可以。我也从行业杂志上获得大量信息。如果没有肉类加工业杂志、食品香料工业杂志这样的出版物，我根本就写不出《快餐国度》。我目前正在钻研监狱行业的行业杂志，这是个重要的信息来源。

你只喜欢写长篇故事，还是说也会喜欢写一些在很短的时期内能够全身而退的故事？

我主要喜欢写长篇的、大力报道的故事。但我也喜欢多写一些短篇，这对作为作家的我来说很有好处。我干这行不是从每日新闻做起的，因此在写临时通知之类的东西上没有太多经验。

你研究的固定程序是什么？

我的大部分项目都是在纽约公共图书馆的主阅览室里开始的。我的研究过程是开始阅读第二手资料，然后转移到学术期刊上的文章，再转移到行业杂志。在没有针对某个主题进行大量阅读之前，我不会给任何人打电话。读后，我打电话的第一个人通常是我已经读过其学术或行业杂志文章的人。在我感觉自己对某个主题还没有相当的了解之前，我不想跟任何人谈起。我发现那样的话，谈话会更有意思。

在着手开展一个项目之前，你会进行许多研究，看看还有什么已经被写过了吗？

我会广泛使用律商联讯(Lexis Nexis)，但我不会用它来对已经就某个话题写过的一切东西进行详尽的研究。如果一个主题已经被写过很多，我就会本能地想要完全避免它——除非有办法让它给人新鲜感。通过律商联讯，我可以找到很棒的、冷僻的资讯，这是用别的方法几乎不可能找到。搜索引擎有利于找到你以为不存在的东西。

抵达你正在报道的地方后，第一件事你会做什么？

通常来说，当出现在一个城镇时，我已经跟某个人，比如肉类加工工人、学者或工会组织者预约见面了。那个人会把我带给其他人，另一个人又会把我带给其他人，以此类推。我高度信任酒吧中的闲聊。一旦我出现在城镇里，就会有很多意外的新发现。

你会怎样描述你的记者身份？

我试着非常直接地告诉人们我在做什么，我感兴趣的是什么，我为什么想和他们交谈。我给人们各种机会来与我交谈，或者让我滚开。如果他们不想与我交谈，那99％的时候都没关系，因为总会有别的什么人想跟我谈。

你会逼迫人们与你交谈吗？

我唯一会死缠烂打的人就是企业高管和政府官员，你知道，就是当权者。因《快餐国度》的缘故，麦当劳里竟然没有人肯跟我交谈，这把我激怒了。但如果我在写一个肉类加工厂的工作环境，然后某个工人并不想跟我交谈，那没关系，因为我想遇到的是真正想交谈的工人。我所写的大部分东西都不依赖于任何一个重要的信息来源，这让我备感欣慰。

一旦产生了一个想法，做了一些研究，你会怎样接近你的采访对象呢？

这取决于故事。我写色情产业的时候，有人引见，这是有帮助的。但我并不觉得打电话给某个人，直接做个自我介绍有什么不妥。

你会用打电话、发邮件或写信的方式进行采访吗？

我不喜欢通过邮件做自我介绍。我通常打电话，或写封信，然后传真出去。信的内容相当直白，说明我是谁，我在写什么，以及我为什么想和他们谈谈。

你是怎样说服人们给你腾出这么多时间的?

我所写的很多人都把跟我交谈视为倾吐心声的机会。我们有共同利益。我试图讲他们的故事,而他们想让自己的故事能被准确、如实、公正地讲出来。因此,对他们而言,与我交谈通常没什么不方便。

假如采访对象是麦当娜[1],而我是每周要求采访她的 500 人中的第 488 位,那采访超过半小时或许时间就有点长了。但假如是采访涉及凶杀,或因冤案入狱,或在一家肉类加工厂受了伤,想让别人了解实情的孩子,那么他们对与一位记者交谈就不会感到有诸多不便。我力争把我的采访对象当人而不是当目标来对待,对他们的时间的占用尽量不超过我所需要的。不过,我想他们有时会把我视为一个讨厌的人。你应该问问他们。

你会为采访做准备吗?

我可能会在记事本上写下几个关键问题,但大多数问题都存在我脑子里。

你有没有提前发送过问题?

我真的不想,但大公司常常要求那样做。如果那是获得采访机会的唯一方式,我就会那样做。但采访一旦开始,我会尽我一切所能地越过那些问题。

你更喜欢以及最不喜欢在哪儿进行采访?

我不喜欢在电话里对人们进行采访。最有趣的谈话通常是面对面的时候才有的。但在我写的有一名家庭成员杀了人的那些人的文章[《别样的悲伤》(*A Grief Like No Other*),《大西洋月刊》1997 年 9 月]中,这个主题是如此令人难过,以至于一些人觉得跟我在电话里说会好受些。如果我已经见过对方,做电话采访总是比较容易的。

你最喜欢在哪儿进行采访?

只要是可以闲逛、交谈的舒适的地方,那就都行,我其实无所谓。

你会怎样开始采访?

我所做的大部分采访都不是标准的新闻采访——你要知道,麦克·华莱士[2]与那

---

1 麦当娜(Madonna Ciccone),1958 年出生于美国密歇根州底特律,美国女歌手、演员。代表作:《风尚》(1990)、《贝隆夫人》(1996)等。

2 迈克·华莱士(Mike Wallace,1918—2012),美国新闻记者、主持人。1968 到 2008 年担任 CBS 王牌电视新闻栏目《60 分钟》的主持人。

个从他车里出来的贪心的污染者对峙。我的大部分采访只是谈话。我经常不带便笺簿或磁带录音机，就这样出现在采访中。谈话结束后，如果某个人说的某些话让我感觉似乎值得引述，我会回头跟他们联系，让他们回想说过的话，确定是否愿意被引述。或者，我会带着磁带录音机和笔记本回来，以更正式的形式进行采访。但我绝大部分的采访都不宜公开报道，都是我为了弄清究竟而做的。我不在乎自己是否听到了一番生动有趣的话。我只是想去了解。

在采访中，你会谈到多少有关自己的事？

这要看情况。我尽量不把故事强加在任何人身上，但我也不能去做卧底。我试图把采访对象当作普通人来对待，因此与他们分享一些生活细节是再自然不过的事了。

关于哪些内容可以公开报道而哪些不可以，你会和采访对象有多少协商？

我所写的很多人都有充分的理由对新闻记者保持警惕——大麻种植者、色情文学作家、非法移民。对他们来说，公开的风险非常大。关键是要让他们相信，我不会毁了他们，我很能保守秘密。能让他们相信我的唯一办法就是和他们一起闲逛，把我写的其他东西给他们看，把我所做的那种工作展示给他们看。最终，这工作就不言自明了。人们要么相信我，要么不跟我交谈。

如果我真的想了解一个主题，我也乐意在完全不公开报道的前提下交谈。如果某个人因为害怕惹上麻烦而不想被引述，我会建议使用化名。我尽量不强迫任何人。我无法接受如果我强迫了某个人，然后因为这人跟我说过的话导致一些坏事发生在他身上。这让人感觉很糟糕。到目前为止，我都信守诺言，从未透露过一个信息来源。但愿始终如此。

当你知道某个采访对象给你提供虚假信息或对你撒谎时，你有没有与他们对抗或争吵过？

绝对有过。我所做的许多事、我的许多工作都是出于自己的兴趣，不只是为了整理成一本书或一篇文章。因此，如果我在采访一位著名的反毒品活动家，我要对他们的观点进行录音，还要针对毒品政策与他们争论。我不想错过那样的机会。你怎么能拒绝一场有趣的谈话呢？我试图非常清楚地表明我赞成什么，不赞成什么，以便他们对我们的立场不抱幻想。我尽量不把事情个性化，不冒犯他们，但我不会对任何人撒谎。

你会怎样开始采访？

我跟某个人刚开始见面的几次，只是交谈。我常常不做笔记，也不对谈话进行录音。我想和人们进行尽量自然的谈话。

你录音还是记笔记，抑或两者兼用？

我喜欢尽可能地进行录音。如果只做笔记，我总是会回访，以确保我所记的话跟他们所说的吻合。我对确保引述准确这一点非常重视。

录音会让你的采访对象感觉不自在吗？

呃，我所采访的毒贩都不想让我录音。但大多数人常常因为有磁带录音机的存在，才感觉放心。没怎么接受过采访的人会在你做笔记的时候密切地注视着你，他们担心你没正确记下他们说的话。他们喜欢这个事实：磁带录音机不会错过任何信息。

你会誊录自己的磁带吗？

这要看情况。有时，杂志社会出钱找人来誊录，我很乐意这样。更多时候，我会听着磁带，就所说的要点记笔记。随后，我会直接誊录我认为重要的引述。

你是怎样开始写作的？

完成调研后，我会把阅读笔记、访谈誊录、折角的书籍都放进办公室的箱子里。我先列个提纲，不过或许在提纲列到一半的时候，我就开始写开篇的段落了。

哪一种提纲？

它自始至终都很详细。我一章一章来，提纲可以告诉我：每一章从哪里开始，到哪里结束；我在每一章中想要展示的信息；我想写进去的人物和场景。我用几周的时间列提纲，这也许是写作过程中最难的部分，是我真的会扯下所剩不多的头发的部分。我有成箱的资料摆在面前，而我知道，其中90％都用不到。只有当提纲完全列好了之后，写作才会以有意义的方式开始。我需要知道写作的方向和理由。

你在什么上面写？

我以前常常只用深黑色墨水在标准拍纸簿上写。但现在，有三分之二的内容我会在电脑上写，其余的手写。有时，手写是写出一些东西的最快方法，因为我看不清楚。在电脑上写有时太清楚、太明显，瑕疵就会变得太显而易见。我经常手写出一些最重要的东西，比如引言和结局。

你一般会把草稿过几遍?

两三遍。

你理想的写作之日是什么样的?

我理想的写作时间是从夜里十一点半到凌晨三点。但因为我生活中还有别人,那种安排不会很长久。我喜欢这个时间段的寂静。我体内的批评家在午夜时分睡着了,而作家则喜欢熬夜。在深更半夜写出的东西会让我觉得干净、纯粹。如果我起得够早的话,比如说五点或五点半起床,那我就会有点儿那种感觉。我体内的批评家那时正在睡懒觉。

"批评家"和"作家"之间是什么关系?

将这个批评家拒之门外是很有必要的,但把他请进来也很重要。我体内的作家总是说:"好!"而批评家却说:"哼,不好。"作家常常是错的,你写过的、喜爱的并且丢弃的那些纸张的确应该被丢弃。同时,当你一个字也写不出来时,是因为那该死的批评家正强硬着呢。最终,批评家必须闭嘴,这样我才可以让作品在世界上产生。它或许不是最出色、最完美的散文,但至少写出来了。如果我只听批评家的,那我早完蛋了。我不是福楼拜,不可能花一周时间写一句话。

那么,你的典型的一天是什么样的?

我大约五点起床,试图尽快来到办公桌旁。然后我就开始写,看看我能写多久。我会在十点左右休息一下,然后继续回来工作。到午饭时分,我通常就逐渐停息了。吃过午饭,我会把当天写的东西读一遍,做一些编辑工作,以确保与前一天所写的相符。我尽量在三点左右搁笔,接下来是去跑步或远足——做点体力活动。然后,我重归人类的队列中。

你是边往前进展边打印的吗?

鉴于对技术天生的不信任感,我经常打印。我在复印件上进行大部分修改。

你会把未完成的作品给其他人看吗?

在最后一句话写完之前,我尽量不给任何人看任何东西。我把《快餐国度》的前半部分给我在米夫林出版公司的编辑埃蒙·多兰看了,因为那是我写的第一部书,我心里没底。但我告诉他,我不想听到任何详细的意见或批评。他给我的所有反馈就是:"不错,继续写。"一方面,这就够了;但另一方面,因为他是埃蒙,我不确定他是不是在开玩笑。总之，我再也没那样干过。对我而言，最重要的事情是写完。在完成之前，我不想要任何人的反馈。

你会谈论你未完成的作品吗？

我尽量少提，越少越好。我不想浪费精力，希望能利落些。以后，人们可以拿这部作品来进行评判，而不是凭我说的来进行评判。

你对被编辑持什么态度？

你可以去问跟我合作过的任何一位编辑，他们会告诉你，我就是一只小绵羊。他们要我做什么，我就做什么，不吵也不闹。

真的吗？

假的。这纯粹是个谎言。我不会说我完全是个讨厌鬼，但或许我的某个编辑会这样说。我对每一个分号、每一个词、每一个逗号都很注意，所以我对编辑的意见总是听听就算的迁就态度。我尽量听取他们的批评当中不错的东西，但对他们所做的我知道会把事情搞糟的评论充耳不闻。能与比尔·惠沃斯、卡伦·墨菲(Cullen Murphy)、詹姆斯·法洛斯(James Fallows)、科比·库默尔(Corby Kummer)、威尔·戴纳、埃蒙·多兰这些优秀的编辑合作，我真的很幸运。有出色的人对你的作品提建议的确很有帮助。我的编辑在提醒我削减内容方面起到了不可估量的作用。我常常不厌其详，连篇累牍，把一篇三千字的作品变成三万字的作品。这常常是一种挣扎。例如，在写快餐的时候，一方面，我试着把自己置于一个孤立无援的境地，用一种不枯燥、不乏味的方式写这个主题；另一方面，它开始到处蔓延，我只好把自己从一些突然离题中拉回来，这样就不会有一章专门写古代美索不达米亚地区的饮食习惯了。

较之报道，你更享受写作吗？还是相反？

就我做过的大量报道而言，说享受或许欠妥。很多东西都很糟糕。去监狱对我来说实在谈不上享受。但我得说，报道几乎总会让人觉得时间花得值。它不复杂，而写作在某种程度上却不是这样的。报道就是阅读书籍，思考，去新的地方，与人见面，都是以写作办不到的一种方式产生意义。报道——即便我讨厌它——带来各种各样的经验，拓宽了我的视野。写作给人更大的压力，是个更大的挑战。要用语言表达你的所见所知是很难的。语言永远不足以完全表达出知识和经验。

你追求哪一种作者在场的情形？

我既不会抹去我的存在，又不希望我的存在对写作形成障碍。我尽量躲在后面，让事实与证据为自己代言。我想要我的作品冷静、简单。在第一次写作时，我比现在"聪明"得多，写出的语句华丽得多。这是为了写作而写作，为了以示"机灵"而写作。我现在试图摆脱那种做法。我体内的批评家把那些东西消灭了。写一些简单而真实的东西是最难的事情。

你的笔调是怎样的？

我尽量冷静。惠特曼[1]说过，完美的诗人"不像法官那样去判断，而像太阳照在无奈的事情上"。那是个很有价值的目标，即不把文风和华丽的辞藻看得比事物本身更重要。那是我所努力追求的。

你认为你做的那种新闻工作会引出真相吗？

我认为它能引导人们去找到他们认为的真相。我不会伪称我所写的任何事都是真相，那不过是我对事物如实的看法。我并非想要煽动谁，控制人们的思想。我只是试图促使他们思考。那对我来说足够了。

你是否认为这种长篇非虚构是某种具有美国特色的东西？

是的。我刚跟一位英国编辑谈论过长篇非虚构在英国的稀缺。她说那儿真的渴望有这种作品，但英国人没有能够发扬它的那种杂志。在那儿，成功的长篇非虚构常常是美国人写的。

你心目中的文学巨匠或对你有影响的是哪些人？

非虚构类：约翰·麦克菲、加里·麦克威廉姆斯(Cary McWilliams)、乔治·奥威尔、亨特·斯托克顿·汤普森。同辈人中，我尤其欣赏塞巴斯汀·荣格、泰德·科诺瓦、威廉·菲尼根和约翰·西布鲁克(John Seabrook)的作品。

你是在哪儿学习成为一名记者的？

在约翰·麦克菲的课上。如果没上那门课，我就不会成为一名作家。麦克菲是一代宗师。师从他，就如同师从世界上最伟大的木工——在每个细节上都很诚实的顶尖高手。他教我们要注意每个词、每个标点符号。他教我们要把自己完全浸入一个主题当中，但只告诉读者必要的信息。他教我们留白的重要性。"你的作品应该像一座冰

1　沃尔特·惠特曼(Walt Whitman, 1819—1892)，美国著名诗人，人文主义者，创造了诗歌的自由体(Free Verse)。代表作是《草叶集》。

山。"他说。你写出来的东西就像冰山之一角。其他的一切都在那儿，在水面之下，虽然读者看不到。

也许我从麦克菲那里学到的最重要的两个东西——任何人都可以通过阅读他的作品学到——就是非虚构可以和虚构享受同等地位，以及你的诚实最终会是你作品中最重要的要素。

你认为这种写作的前景如何？

我很乐观。《快餐国度》的成功让我倍感欣慰，我希望它能给其他作家铺平道路，让他们也能够做类似的调查。眼下，非虚构作家正以一种虚构作家无法参与的方式参与着每天发生的事件。这里面有一种参与大事件的意义，一种作家承担真正的风险的意义。话虽如此，你却永远不知道什么时候会出现下一个左拉、斯坦贝克或多斯·帕索斯[1]，写出同样与当前时刻相关的虚构作品来。

埃里克·施洛瑟作品

《大麻狂热》(*Reefer Madness*)，米夫林出版公司，2003 年。
《快餐国度》(*Fast Food Nation*)，米夫林出版公司，2001 年。

1　约翰·多斯·帕索斯(John Dos Passos，1896—1970)，美国小说家。代表作是《美国》三部曲，包括《北纬四十二度》(1930)、《一九一九年》(1932)和《赚大钱》(1936)。

Gay Talese

盖伊·塔利斯

我想要唤醒现实之下蠢蠢欲动的虚构暗涌

美国著名作家、记者，"新新闻主义"代表人物，被汤姆·沃尔夫称为"新新闻主义的创始人"。塔利斯曾任职《纽约时报》十年，长期为《纽约客》《时尚先生》等杂志供稿。

塔利斯 1932 年 2 月 7 日出生于美国新泽西州的一个意大利移民家庭。他上学时就擅长写作，1953 年大学毕业后，他在《纽约时报》当记者。1961 年，他出版了第一本书《纽约：一场幸运之旅》。1966 年，塔利斯写了《〈纽约时报〉的王国、权力与辉煌》。在这篇报道的基础上，塔利斯将其扩展成为关于该机构的一部"人类史"——《王国与权力》。这本书是塔利斯的第一部真正意义上的畅销书，也促使他成为一名职业作家。截止到 2016 年，塔利斯共出版了 13 部作品，常常在畅销书排行榜上位居前列。现在，他的作品已被译为多种文字，在几十个国家出版发行。

代表作品：

《纽约》（1961）
《王国与权力》（1969）
《邻家之妻》（1980）
《移民家世》（1992）

尽管乍一看，它们不过是描写其他人经历的非虚构作品，但我被它们吸引的首要原因是我在这些人中看到了自己。"

汤姆·沃尔夫曾把盖伊·塔利斯称为新新闻的创始人，但这个标签却始终令塔利斯忐忑不安。这并不难理解。他的文风不像汤姆·沃尔夫和亨特·斯托克顿·汤普森那样，有华丽的豪言壮语。沃尔夫和汤普森的主要贡献是自我膨胀的、炫耀式的冒险——产生了一种尽管有趣但很扭曲的世界观，而塔利斯的传承却偏向于更纯粹的新闻。塔利斯呈现的现实没什么离奇的，无论他是着眼于一个黑手党分支头目、一位造桥专家、一位棒球明星，还是一个性开放的奸夫的生活。

塔利斯代表的是新新闻里的一个类似的传统。他的传承是双重的。首先，他是孜孜不倦的记者，他的书籍和文章都是广泛研究的产物。他可以在采访对象身上付出几年的时间，试图成为他们的同伴，"陪他们共度时光，直到了解他们的想法"。对塔利斯而言，准确性是最高目标。其次，他是平庸的诗人，是证明一个人可以针对"平凡人"——无论是处于不寻常状况下的普通人，还是非凡之人的普通生活——写出优秀的非虚构文学的作家。

如果大部分新新闻的目标就是写得如此生动、报道得如此集中，以至于一个场景在纸上活灵活现，那塔利斯就与之背道而驰。他慢慢地从不为人知的平凡的人生现实深入挖掘到其"虚构"的核心。"我相信，如果你足够深入地了解你的人物角色，他们就会变得如此真实，以至于你觉得他们的故事好像不是真的，而是虚构的。我想要唤醒现实之下蠢蠢欲动的虚构暗涌。"他说。

塔利斯是凯瑟琳·狄波拉（Catherine DePaolo）和约瑟夫·塔利斯（Joseph Talese）——移民到美国并定居在新泽西州海洋市（Ocean City）的意大利裁缝——于1932年所生的孩子。新闻报道让这个羞怯的移民之子找到了适合自己的角色。"对那些像我一样腼腆、好奇心强的人来说，新闻报道是一个理想的职业，是突破了沉默寡言这个缺陷的一个工具。它也为探究别人的生活、提出诱导性问题并期待合理答案提供了借口。"他在《一位非虚构作家的起源》中写道。

他的新闻报道生涯始于高中二年级，那时棒球队的助理教练叫他为比赛的事去一趟当地报社。他很快将这些事写成了一系列文章，并且最终成了一个专栏。

塔利斯是一名差生，因此被他申请过的几乎所有高校拒之门外。最终，他上了阿拉巴马大学（University of Alabama），并在那儿担任《深红白》（The Crimson White）的体育编辑。

1953年，决志打入职业性新闻业的塔利斯奔赴纽约，被《纽约时报》聘为送稿生，但在参军之前仅仅工作了几个月。除了在部队里的两年[在被调往德国之前，他在部队里的公共信息办公室工作，给基地报纸《炮塔内》（Inside the Turret）的一个叫"诺克斯堡机密"的专栏写文章]，《纽约时报》的工作是塔利斯做过的唯一一份全职工作。离开部队后，他先是成了体育记者，后又成为一般新闻记者。他在《纽约时报》工作的九年里写了两部书：《纽约：一场幸运之旅》和关于韦拉扎诺海峡大桥的建造的《桥》。《纽约时报》的书评家奥维尔·普雷斯科（Orville Prescott）在他对《纽约：一场幸运之旅》的评论中预言了塔利斯的新闻敏感性："塔利斯先生，本报的一名年轻记者忽略一切重要的人和一切出名的事，而专注在不寻常的、不引人注意的、被忽视的、被遗忘的人和事上。"

塔利斯发现，在《时尚先生》这样的杂志上，他可以更频繁地进行尝试，并且篇幅也可以比《纽约时报》更长。他给《时尚先生》写了一系列文章，包括如今被收录在《猎奇之旅》中的对法兰克·辛纳屈（Frank Sinatra）、乔·迪马乔和弗洛伊德·帕特森（Floyd Patterson）的著名专访，以及关于《纽约时报》的几篇文章。他于1966年写的《〈纽约时报〉的王国、权力与辉煌》（The Kindoms，the Power，and the Glories of The New York Times）使他相信，或许自己要写一部关于这个庞大的权力机构的更厚的书，一部"人类史"。

《王国与权力》只拿到了世界出版社给的1万美金预付款，却一炮而红，成了塔利斯的第一部畅销书，激发了许许多多所谓的"传媒好书"。尽管惹怒了《纽约时报》的日报评论家，媒体评论家本·贝戈蒂克安（Ben Bagdikian）却在《纽约时报书评》上给予本书良好的评价。"几乎从没有人如此成功地把作为一个人类机构的一家报社写得这样热闹。这是许多野心勃勃的报社热切希望他们旗下最优秀的作家能够写出的——关于别人的故事。"他写道。

塔利斯的第二部畅销书《感恩岁月》源于1965年他任《纽约时报》记者时报道的失踪了的黑帮老大乔·博南诺（Joe Bonanno）之子比尔·博南诺（Bill Bonanno）的起诉状的故事。在走廊对面观察过博南诺之后，塔利斯走向了他和他的律师。"有朝一日，不是现在，也不是明天，但有朝一日，我一定要让这个年轻人告诉我，身为这样一个年轻人是什么感觉。"他说。

塔利斯的父亲时常因众多的意大利人参与有组织的犯罪，又因媒体对他们的描绘而生气。因此，写这些事无异于与家庭禁忌对抗。但塔利斯认为，小博南诺的生活——从某些方面来讲是塔利斯的翻版——能让他讲出黑手党的内心生活故事。"普通的美国公民在想到黑手党的时候，往往是脑海中反复出现打斗和暴力场面、巨大的阴谋和百万美元的计划，"他在《感恩岁月》中写道，"完全忽略了黑手党这一存在的主流情绪；惯常的、无休止的等待；单调、乏味的藏身之处；过度吸烟，暴饮暴食，缺乏体育运动，在隐蔽的房屋里苟且偷生、努力求生时无聊得要死。"

这部书中最卓越的一个方面是塔利斯的报道。他的"贴壁苍蝇"法经受了事实的考验：在塔利斯跟踪报道小博南诺的六年中，他的父亲长期藏匿，而小博南诺是黑手党职业杀手的目标。小博南诺经常会被武装保镖簇拥着出现在塔利斯的住宅里。

一些批评家指责塔利斯过于同情黑手党。"在我看来，《感恩岁月》的缺点好像是盖伊·塔利斯被他的主题及其'主人公'迷惑，以至于让人产生这样一种印象，即做黑手党就跟当运动员、电影明星或其他任何性质的公众'人物'一样。"柯林·麦金尼斯(Colin MacInnes)在《纽约时报书评》上写道。塔利斯亲近采访对象的一个表现是，他用这部书的部分收入为小博南诺的四个孩子(以及自己的女儿们)设立了信托基金。

塔利斯过去未曾想过对他接下来的另一部书《邻家之妻》做出回应。这部书连同电影版权一共为他赚了四百万美金。这是漫谈栏作家的梦想：报道期间，塔利斯周旋于两家按摩院，并在加州的一个裸体主义者公社里住过。正如他写黑手党那部书一样，一些批评家对该书的主题产生了兴趣，而忽略了塔利斯卓越的报道。书中的所有人物角色——大部分是中产阶级匿名者——都承认塔利斯严格的实名制只是个规则而已。关于这部书，他因为过度异性恋、男性视角，并忽略了女权主义、同性恋和避孕这些主题而受到批评。

至于他的下一部书，塔利斯要在考虑几位"受人尊敬的"意大利裔美国对象——迪马乔、辛纳屈、李·艾柯卡(Lee Iacocca)——之后，再决定是否写一部多卷的自传。1991 年，克诺夫出版社同意为他接下来的三部书支付 700 万美元。第一卷《移民家世》把塔利斯的姓氏追溯到了 14 世纪，它既是一部回忆录，又是一段历史，还是一部历史小说。

如果说塔利斯对新新闻的贡献之一是观察世易时移的那种理念的话——一次又一次回到采访对象身边，而不是简单地报道当前的事件或人，那么他目前的项目或许是对这种理念最大的考验。在计划 2005 年出版的三部曲第二卷中，塔利斯重温了他所有的报道——韦拉扎诺海峡大桥、《纽约时报》、黑手党、美国人的性行为。正如他对《纽约每日新闻》所讲的："我本该把这一卷写成《移民家世》的续集，但因为它无疑是我的故事。我绝对厘不清我的故事是什么，因为我是一名新闻记者；我也绝对搞不清我是谁，因为我从小被灌输了置身故事之外的概念。我的故事总是逃到别人那里去。"

你认为自己是新闻传统的一分子吗？是"文学"新闻、"新新闻主义"还是"现实主义文学"的一分子？

不，那都是扯淡。汤姆·沃尔夫奉送给我一个新新闻主义记者的标签，我从来没有真正喜欢过。问题是，你写非虚构的时候，得把自己归入某个类别，否则巴诺书店(Barnes & Noble)不知道该把你的书放在哪儿。所以我们在巴诺书店有这么多诸如"当代传记"之类的记法。我不属于其中任何一个。我只是想通过实名的短篇故事来写一些人。

哪些题材会吸引你？

吸引我的那些题材都是确实能吸引我的。我写的是与我的生活相关的故事。尽管乍一看，它们不过是描写其他人经历的非虚构作品，但我被吸引的首要原因是我在这些人中看到了自己。

我一直是这样工作的。我的第一部书《纽约：一场幸运之旅》来自我在这座城市四处走动时的观察。《贪求者》来自我具有对造桥的几个怪人的好奇心。《王国与权力》是关于我在《纽约时报》共事的古怪的人的。《感恩岁月》是关于一个与我本人背景很相似的、意大利黑手党之子的。《邻家之妻》来自我具有约束性的、天主教的教养。《移民家世》是关于我父亲家族的书。而我目前正在写的书是关于我过去十年写作中遇到的困难的。

你喜欢写哪类人？

跟我有情感联系的人。我们共度了这么多时光，以至于产生了一种感情。我与他们如此亲近，以至于能像写我的亲戚或我的配偶，或一个失散多年的恋人一样写他们。

我对老百姓怎样度过动荡时期，即传统与变革之间的冲突时期感到好奇，无论是性革命还是文化价值观的革命。我想通过没有名气、非重要人物的角色探索这些变革。

这就是除了辛纳屈、迪马乔、彼得·奥图尔（Peter O'Toole）、弗洛伊德·帕特森和乔·路易斯（Joe Louis）之外，你很少写名人的原因吗？

是的。我不写名人，除非他们的名气对作品而言是次要的。例如，辛纳屈在我写他的时候当然是个名人，然而我写的是他步入知天命之年的时候：舞台下的声音、他的孤独。这与其说是写名人，不如说是写中年危机。

写名人会面临一个问题，就是你作品的现实意义取决于他们是否还是个名人。名人作品必然会很快过时。那就是我从不写政治的原因，虽然政治人物真的会约你。无论对方是乔治·麦戈文（George McGovern）、吉米·卡特（Jimmy Carter），还是比尔·克林顿，这些作品都不能保存太久。我对不是"新闻"的事物更感兴趣。

那你是怎样找到这些"不是新闻的"故事的呢？

通过观察。我目前的书中的一个故事主线是我 1999 年 7 月在电视上看女子足球世界杯美国和中国的一场比赛时想到的。比赛快结束的时候，一名中国运动员错过一脚好球，中国队输了这场比赛。我觉得这很有意思。全世界有成千上万人看着这个二十五岁的中国女孩刘英（音译）。而且，我在对"文化大革命"的阅读中了解到，她的母亲不太可能是个运动员，当然也不会是我们想象中的那种"足球妈妈"[1]。

这样一个女子当然不可能习惯被数目庞大的国际观众看着。错过了至关重要的一脚之后，她在洛杉矶登上飞机，回到中国。你要在这次长途飞行中反省你的失败。我看待她的方式和看待弗洛伊德·帕特森一样，就是某个战胜了失败和耻辱的人。被打倒后，他们又回来了。刘英成了错过好球，让中国输了比赛的中场队员，但她继续活着。她是个英雄。这是个精彩的故事。

你怎样确定像那样的一个"非新闻"的想法会被写成一个很棒的新闻故事？

我的写作是由场景推动的，所以我会寻找有看头的场景。在写《桥》的时候，我试图将韦拉扎诺海峡大桥和吊在半空的那些男人看作一幅图画。《王国与权力》的开场是一间办公室里的一位总编辑。《感恩岁月》的开场是一名门卫在看街上的一场骚乱，但并没有真正看到。《邻家之妻》的开场是一名男孩在看芝加哥杂志上的一个裸体的女人。《移民家世》的开场是我在海滩上。这些都可以拍成电影。我想我本来就是要试着写一幅画。

1　"足球妈妈"（soccer mom），这个短语最初用来描述那些开车载孩子去踢足球并在一旁观看的妈妈们，其后引申指家住郊区、已婚，并且家有学龄儿童的中产阶级女性。足球妈妈给人的印象通常是把家庭的利益，尤其是孩子的利益看得比自己的利益更重要。

我到访过弗朗西斯·科波拉[1]位于纳帕(Napa)的住宅，那时他在摄制《塔克》(Tucker)，一部关于汽车制造商的电影。他在卡片上向我展示了这些场景。我也一直以相同的方式组织我的书籍和文章。比方说《弗兰克·辛纳屈感冒了》(Frank Sinatra Has a Cold，《时尚先生》1966 年 4 月)，它就是场景、场景、场景。第一个场景在酒吧里，第二个场景在夜总会里，第三个场景在广播公司摄影棚里，就像一部电影一样。

我这一代的意大利裔美国人成为作家的不多，但其中很多人运用他们的表现技巧来拍电影，如科波拉和斯科塞斯[2]。他们是很受欢迎的商业片制作人，不是费里尼[3]那种，不是的。这位意大利裔美国艺术家具有企业家精神，因此利用了他过去经历中最商业化的方面：黑帮世界。然而，黑手党并非他们实际的生活经历，无论《黑道家族》(The Sopranos)还是《教父》(The Godfather)，那都只是卖点。

你是怎样决定采访对象的？

起初，我并不十分确定。我只是去到我认为故事所在的地方。如果故事是韦拉扎诺海峡大桥，那在我开始的时候，它还什么都还没建造。所以，我从工程师开始，他头脑中有这座桥的概念。他在平衡各种物理作用力，包括地球曲率。他在建造一座剧院、一件艺术品，有一个跨越时间的舞台口、一个可容纳数千名演员的舞台。我写《纽约时报》的时候，这个建筑物本身就是它的剧院。起初，我不知道谁是人物角色，也不知道故事是什么，但我真的知道这个剧院的舞台。我只是出现在这个"剧院"里，就找到了人物角色。我在那里多花点时间，他们就浮出水面了。就像是我想象着他们，然后他们就真的神秘地出现了。

你有一套采访的固定程序吗？

虽然我不能作为某个人的同伴开始采访的流程，但那是我的终极目标。我需要和一个人待得足够久，以便观察他们在某个重大方面的生活变化。我想陪他们共度时光，直到了解他们的想法。然后，我想让自己置身于作战前线。

你是怎样说服人们与你交谈的？

这有时是个漫长的过程。我得力荐我自己。如果我还有点本事的话，就是要留着

---

1 弗朗西斯·科波拉(Francis Ford Coppola)，1939 年出生于密歇根州底特律市，美国导演、编剧、制片人。代表作：《教父》(1972)、《现代启世录》(1979)等。

2 马丁·斯科塞斯(Martin Scorsese)，1942 年出生于纽约，美国导演、编剧。代表作：《出租车司机》(1977)、《愤怒的公牛》(1980)等。

3 费德里科·费里尼(Federico Fellini，1920—1993)，意大利电影导演、编剧、制片人。代表作：《甜蜜的生活》(1960)、《卡萨诺瓦》(1976)等。

迈出第一步用的。这源自我对人们真正的兴趣和对他们的敬重。我不会侮辱他们。没有一个人——无论在我笔下，他给的人印象是好还是坏——是我再也见不到的。

例如，我在电视上看到刘英回到了中国。我知道，如果能打通耐克或阿迪达斯办事处的电话，我或许能找到刘英，因为这些公司为这支球队提供装备。我最终打通了耐克经理帕特里克·黄(Patrick Wong)的电话，请他共进午餐。他在中国成了对我最重要的人。谁知他有个兄弟在布鲁克林，结果我们还攀上亲了。他是我哥们儿，我在中国的兄弟。你在任何故事中都需要那样一个人。我把我自己和我的故事推销给了他。当然，我最终去了北京，但是是这个人把我带进了中国。

我告诉他，我想了解刘英那样一个经历了那种失败的人之后会怎样。我解释说，我觉得她会很像中国本身：克服困难和失望。你不能总在比赛中获胜嘛，就连迈克尔·乔丹[1]错失的都比命中的多。这是个普遍的主题，而他渐渐明白了。

在采访之前，你会就是否公开报道设定基本规则吗？

我不会以那样的方式开始，因为我做的那种采访不是一次性的。受访者会渐渐明白，我们正在开启一种长期关系，其间没有什么会是不公开报道的。当然，我会同意一些条件，并且信守它们。但他们如果说什么事不宜公开报道，那我根本就不会跟他们谈。我坚持对所有的引述进行实名报道。

《邻家之妻》中有个名叫约翰·波列罗(John Bolero)的人物角色，本来是同意公开发表的，之后他又决定收回他说过的话。他告诉我以后，我立即飞往洛杉矶，要跟他们夫妻二人谈谈。我告诉他："你不能这样做。关键是，你已经站出来发表意见了，你不再对自己撒谎了。你站在一些新事物的最前沿！"我终于说服了他，把他的那部分原话留了下来。我必须让他明白，我们是伙伴，我们所做的是如此重要，因此他必须践约。

你在更改人物角色姓名上的政策是什么？

我不仅惊讶于有人写非虚构不用实名，而且对任何这样写的人都不感兴趣。我不在乎你写的是谁。如果我在阅读一本杂志，看到有个名字不是真的，那我就会放下这本杂志。

你是怎样说服人们给你这么多接触机会的？

首先，我会解释这个人为什么对我如此重要。我会告诉他，有件跟他有关的重要的

1　迈克尔·乔丹(Michael Jordan)，1963年生于纽约布鲁克林，前美国职业篮球运动员，司职得分后卫，绰号"飞人"(Air Jordan)，2003年正式宣布退役。他被认为是历史上最伟大的篮球运动员。

事，甭管是什么，反正还完全没有被探讨过。我必须使他确信我在做一件值得做的事。

好吧，那样或许能给你争取到一个下午的时间。你是怎样说服他们给你好几天、好几周、好几个月的时间的呢？

我来告诉你我在中国是怎么做到的。和耐克的黄先生吃过几顿饭之后，我获准去参观中国姑娘们为参加悉尼奥运会而训练的地方。我观看，跟她们握手，并与她们合影。然后，体育部的一位官员说："谢谢你，塔利斯先生。你想了解的都了解了，现在请回吧。"我说："什么？我什么都没了解到！我还想再见见她。"他说她太忙了。然后，我回到旅馆，非常沮丧。

第二天，我告诉帕特里克·黄："你知道吗，我才发现故事不是刘英，而是她的母亲！你知道，我们美国有'足球妈妈'，她们有特权开着越野车把孩子送去参加足球训练。但在中国，足球运动员的母亲没有车，也没有享受郊区生活的任何特权。她们的出身非常贫苦。"我解释说主人公不是成千上万人在电视上看到的足球运动员。不，真正默默无闻的人是这些姑娘的母亲们！

我的策略是避开姑娘们训练的地方——因为那是官方的——而从她们的母亲那里了解信息。我希望以"足球妈妈"为重点来释放我的压力，从而使我获得我真正想要了解的信息。

最终，当我和刘英的母亲坐在我旅馆的休息室时，我被允许做个自我介绍。我告诉她，我怎样认为她的生活影响了女儿，她怎样成为出身贫苦、经历过"文化大革命"，却又能够允许女儿们拥有踢足球的自由的当今中国母亲的典型。她似乎对此产生了兴趣，所以我们约了四天之后再在这个休息室里谈谈。这次，我们的交谈畅快多了。我问她是否可以让我看看她的家，她同意了。一周以后，我和翻译去了她所居住的农坛。这个建筑物里住了大约20个人，一大家子都住在这个狭小的地方。我看到了刘英睡觉的地方，床的上方有一张迈克尔·乔丹的照片。她小小的足球鞋靠着墙排成一行。这太棒了！

在和刘英的母亲交谈的时候，我遇见了一个老太太，是这位母亲的母亲——刘英的外婆！这位外婆缠着小脚。她出生于民国时期。我心想："等一下。这是一个关于外婆、母亲和刘英三代人的故事。"接下来，我不断地回访她们。

所以，你问我怎样获得我所需的这种接触机会，答案就是每次迈出一小步。在漫漫长路的每一步中，我都渐渐把自己推销出去了。这全在于闲荡，并与人结交。

你会通过电子邮件或电话做采访吗？

我没有电子邮箱，所以也不用。我用电话进行预约，但所有的采访都是当面进行的。不管去哪里，我都要当面采访。我想见见我采访的人，也想让他们见见我。这全都是看得见的。

在闲逛的时候，你会记笔记吗？

我时常会草草地记下我觉得有趣的东西，但又很谨慎。我不使用笔记本，因为它太笨重了。我将洗衣房送洗衬衫时的纸板裁成条，在那个上面记笔记。我时常带着一支笔和几个纸条。（塔利斯从他的衣袋里掏出几个细长的纸板条。）

你是怎样在像中国这样语言不通的地方做采访的？

语言障碍真的不是问题，因为不论你在哪儿，人们所讲的大部分事情都并不怎么有趣。人们所说的未必就是他们真正相信的。他们今天跟你这样说，一会儿又会那样说，了解他们以后你就知道了。起初，采访几乎毫无意义。我试图做的就是在人们自己的生活环境里见见他们。

当我在一个语言相通的国家报道一个故事时，语言甚至更没那么重要。我当时不想就《弗兰克·辛纳屈感冒了》对辛纳屈进行采访。我从对他的观察中，从别人对他的反应中了解到的比我们在交谈中了解得更多。最近在《时尚先生》上写穆罕默德·阿里[1]的古巴之行时，我并没有跟他交谈过，因为他说话真的不清楚。我所做的报道与其说是口头的，不如说是视觉性的。我的报道与其说是与人交谈，不如说是我所谓的"精于闲逛之道"。

你会对一场采访的环境有多少考虑？

很多。我喜欢到人们工作的地方去。或者说，我喜欢在某个我可以看到这个人和他人互动的地方做采访。我不太在乎他是谁：你的妻子、你的女友，还是跟你有关系的一个肚皮舞女郎。我喜欢有一些对话。此外，我是从摄影的角度考虑的：具有可视性。我想走来走去地给读者看很多东西。我不想给人拍很多大头照，就像在纪录片里一样。我想要互动、谈话和冲突。

你正在写的书里有一个关于拉斯维加斯泌尿科医师大会的场景：一位女性泌尿科医师和约翰·博比特(John Bobbit)在你的旅馆房间里看一部色情电影，她以此来测试他的阴茎是否有反应。

是的，这是很精彩的一幕。在这个场景中，美国为数不多的女性泌尿科医师之一苏珊·弗莱(Suzanne Fyre)握着约翰勃起的阴茎，讲述它的"血液流动"。

1 　穆罕默德·阿里(Muhammad Ali, 1942—2016)，美国著名拳击运动员、拳王，三次获得"世界重量级拳王"称号。

这个场景是你设置的吗？

是的，我安排了这个场景，因为我想在约翰·博比特和他的阴茎之外再添一个人物角色——他的阴茎其实也是个角色。有时，我知道有一个故事，知道我需要一个男演员和一个女演员来扮演故事中的角色。我扮演的则是导演。

你最喜欢在哪儿对人们进行采访？

我喜欢在饭店里进行采访，因为人们在那儿会很自然，并且你可以偷听别人的对话。飞机上也是个绝妙的采访地点。我曾经与乔·迪马乔一道从旧金山飞往劳德代尔堡(Fort Lauderdale)参加春季训练。我们在一起坐了六个小时，谈论杜鲁门·卡波特。我们互相挨着，旁边有人，有饮料，有食品。这有利于交谈。

对你来说，写作是否比报道难一些？

写作对我来说特别难。我喜欢报道，我自然是个记者。但是，我对自己所写的东西真是不满意。我的内心充满了天主教徒式的挫败感、不满足感和无价值感。我做得不够好，我可以做得更好，这就是我一直在重复的魔咒。

你的日程安排是怎样的？

我最晚八点起床。我和妻子睡在同一个房间，但我在早上不会跟她讲话。我们的房间里没我的东西：没我的衣服，没有一支牙刷，什么都没有。那实际上是我妻子的卧室，摆放着她的梳妆台、她的书桌、她的书稿、她的衣服。这个房间是属于她的。我只是在那儿睡觉而已。

所以我离开我们夫妻俩的房间，上到四楼，那里放着我的衣服。我洗漱，穿上一件夹克，系上领带。我去街角买一份《纽约时报》，虽然我并不在那会儿看。但如果我早上不买的话，它就会卖光了，我讨厌这一点。然后我径直走到我的办公室，从完全单独的一道门进入我们的住宅。

我在那儿的小厨房里给自己做早饭，通常是咖啡和一块麸皮松饼。我把早餐带到办公桌旁边吃。这时候可能八点半了。我的办公室里没有电话或电子邮箱，所以我不会受到任何打扰。十二点半，我给自己做一个小三明治。吃饭分散了我的注意力，一点半左右我会去健身。

我在健身房骑自行车，看《纽约时报》，然后再做点别的运动。这会消磨一两个小时。我三点左右回家，四点爬楼梯到住宅里，这是自早上八点离开以后我第一次上去。我在四楼的办公桌上工作，回复电话留言，查看邮箱，支付账单。五点钟，我下来，到办公室里，检查我当天所写的东西。我试图继续往前进展，直到晚上八点。

然后，我就出门了。我喜欢出门，每个晚上都出门。我喜欢饭店。不一定是很好的饭店，不管哪种饭店都喜欢。我尽量在半夜前后或稍微早一点回家，通常正赶上《查理罗斯秀》[1]要结束的时候。

每逢周末，我会去海洋城那个家，我95岁高龄的老母亲住在那里。我在那儿也设置了一间同样的办公室。我会在第二天早上起床，重复这个流程。我的一周七天都是这样过的。

你在实际写作中的固定程序是什么？

我开始用黄色有线纹的便笺本和铅笔写作。我所做的第一件事是试图印出一个句子。注意，我是说试图印出一个句子，是印，而不是写。我用的是大写的印刷体字母。然后我仔细检查、更改、重写，再试图印出另一个句子。有时我要花上两三天才能用大写的印刷体字母印出五六个句子。这是我作品的开头。

有了四五页印刷体字母书写的句子之后，我在一台电动打字机上以三倍行距把它们打印出来。然后，我一遍又一遍地编辑修改这些句子，直到有了一页打印好的、令我满意的内容。

我取出这打印好的一页，用记号针把它固定在墙上。我会用泡沫塑料板在墙上托住这些纸页。接下来，我再走一遍整个流程，写出另一页纸，把它挨着第一页固定在墙上。这就像挂在晾衣绳上的洗好的衣服。我有四五英尺的泡沫塑料，因此可以分成三排，固定三十五页之多。

为什么把它们固定在墙上？

这有助于我获得一个不同的视角：我可以看到场景如何转变，语言如何运用，句子如何流淌。修改的时候，我会感到茫然，我想要有另一种眼光。我想要它给我新鲜感，仿佛是别人写的一样。我以前常常把这些纸页固定在墙上，然后坐在房间那头的一把椅子上，通过双筒望远镜来看它们。但我现在的办公室太狭窄了，我没法再那样做了。

那么，为了获得那个不同的视角，你现在是怎么做的？

我想出了另一套体系。我不再用双筒望远镜了，而是为正在写的书制作了两个装订本。第一个活页夹是标准尺寸。第二个活页夹和第一个页数相同，但我在复印机上把它们缩印到67%的尺寸。一样的活页夹，一样的页数，然而其中一个小到能够使每

---

1 《查理罗斯秀》(*The Charlie Rose Show*)，美国著名脱口秀主持人查理·罗斯自1991年起在PBS
　主持的一档同名访谈节目，邀请世界各地各行业的大师和精英人物做深入的对谈，以内容专业和
　语言亲切著称。

一页都迥然不同。这和通过双筒望远镜观看页面的反常效果是一样的。

你只在大项目上采用这个方法吗？

不，我在所有的项目上都用。五十个字、五百个字、五千个字，都一样。所有的项目。这就是我无法承接杂志文章或书评的原因。见鬼，哪怕是标题，我也没法很快地写出来。一位编辑会拿着一个任务给我打电话，说："噢，赶快把它搞定就行了！"但我什么也搞不定！如果给我布置了一个书评的任务，我只能从我的时间表中挤出一个半月。当然，我能制定出最终期限。但我几乎不定期限，这是我在给《纽约时报》写文章时学到的。

你会要求自己每天完成一定的字数吗？

不会，我不会那样工作的。我曾听说汤姆·沃尔夫说他的标准是每天十二页纸。一天十二页纸！？这把我吓晕了，让我很吃惊。我每天只是尽力而为。我不介意用一个月来写一个句子。最重要的是，要达到一个这样的程度，就是我可以说："我已经做到最好了。盖伊·塔利斯已经做到最好了。或许菲利普·罗斯可以做得更好，或许列夫·托尔斯泰可以做得更好，但我已经做到最好了。"然后，我转向下一个项目。

你会一边往前进展，一边进行大量修改吗？

我很少会这么做。一页完成了，就是完成了。我不会在要完成的时候把写好的东西撕碎，更换材料。对我来说，它已经与我紧密联系在一起了，我不能更换这些东西。它不是个草稿，而是个完成的作品了。

我就像个裁缝，缝啊，缝啊，缝啊。我不是大手笔。我一次写一点儿，逐步把作品构建起来。我试图朝着标杆直跑，却不断拐弯，走弯路。但沿着路走了一段距离之后，我才看到自己已经拐弯了。我就像一个盲人一样，开着一辆卡车通过一个没有灯的隧道。我不能开得很快，因为灯光很暗淡，隧道很窄。有时我拐了个弯，去到某个其他什么地方，但后来我还得让自己回到原路上。

你会同时开展几个项目？

我一次只能做一件事情。自上一部书于1992年出版十年后，我才开始写手头上的这部。我一连十年都没有发表过重要的署名文章。我写过的唯一的长篇文章是关于穆罕默德·阿里在古巴拜会卡斯特罗的。六家杂志拒绝刊载这篇文章，之后《时尚先生》刊载了它[《拳击界的菲德尔》(*Boxing Fidel*)，1996年9月]。

我不是会写书评、社论甚至杂志文章的那种人，因为我想真正专注于我所做的。

我不想占用写书的时间。但看看所有这些证明我错的人们。厄普代克能在我一事无成的时间里写十部小说。我希望自己是个像他那样的超人，可惜我不是。

你追求哪一种笔调？

我追求一种让人感觉轻松的、轻描淡写的笔调，一种优美的笔调。就像迪马乔从中外场跑过去追逐一个高飞球一样，总是那么及时。我不是说我已经做到了，而是说这是我所追求的。

我的笔调源自我最喜欢的作家，他们都很会表达：居伊·德·莫泊桑[1]是我读过其英文作品的第一位小说作家。还有约翰·福尔斯(John Foeles)、威廉·斯泰伦(他在这儿与我同住时，《特纳的自白》已经写了一部分)、约翰·奥哈拉[2]和欧文·肖[3]。奥哈拉的对话，以及他建立一个情境所需的话语非常之少。早期的欧文·肖如他所写的《穿着夏装的女孩们》(*The Girls in Their Summer Dresses*)，是如此美好。长大后，我读的是菲茨杰拉德[4]和海明威[5]。

在《邻家之妻》以前，你很少出现在自己的作品中。为什么？

如果我要出现在一部作品当中，我最好有充分的理由。在《邻家之妻》以前，那些材料不能给我一个出现在作品中的正当理由。像《感恩岁月》，它是关于我所认同的比尔·博南诺的，我们有着相同的年纪和背景。我没有理由出现在作品中，因为他已经在那儿了。可以说，他就是我。

这就是你在《邻家之妻》的结尾以第三人称描述自己时更加令人吃惊的原因吧("塔利斯开始把女按摩师看成一种没有执照的理疗师")。

我那样做是因为我认为自己在那部书里不可以用第一人称。我想要保持这种疏离感，因为我写的这么多性事都是不掺杂个人感情的。我不想让自己进入状态，但我想在海洋城，我的家附近的裸体营里收尾。很多人觉得这有点儿招摇。

1　居伊·德·莫泊桑(Guy de Maupassant，1850—1893)，法国批判现实主义作家，与俄国作家契诃夫和美国作家欧·亨利并称为"世界三大短篇小说巨匠"。代表作：《羊脂球》(1880)、《项链》(1884)等。

2　约翰·奥哈拉(John O'Hara，1905—1970)，美国作家，代表作有《相约萨马拉》(1934)等。

3　欧文·肖(Irwin Shaw，1913—1984)，美国作家，代表作有《幼师》(1948)等。

4　菲茨杰拉德(Francis Scott Key Fitzgerald，1896—1940)，美国著名作家、编剧。代表作：《了不起的盖茨比》(1925)、《夜色温柔》(1934)等。

5　欧内斯特·海明威(Ernest Miller Hemingway，1899—1961)，美国著名作家，诺贝尔文学奖获得者。代表作：《太阳照常升起》(1926)、《永别了，武器》(1929)、《老人与海》(1952)等。

你有一种签名方法，用来把书里的角色联系起来。例如，你把罗蕾娜·博比特(Lorena Bobbit)用来割断她丈夫阴茎的小刀追踪到了宜家——她买这把小刀的地方。然后，你找到了卖小刀给她的那个女人。《邻家之妻》的开篇是一个男孩看着一本杂志上的全裸模特。然后，对这两人的生活，你都进行了追踪。为什么？

我想表达现实的惊叹。我相信，如果你足够深入地了解你的人物角色，他们就会变得如此真实，以至于你觉得他们的故事好像不是真的，而是虚构的。我想要唤醒现实之下蠢蠢欲动的虚构暗涌。

你认为新闻报道能引出真相吗？

不。关于哪些东西要刊登在报纸和杂志上，编辑的选择是如此主观，以至于你几乎永远不会得到全部真相。编辑选择刊登的东西上有他的指纹。撇开其他的不谈，《王国与权力》里的人物表告诉你，并非没有"客观的新闻"这回事，只是没有绝对的真相这回事。记者能够查明他们想查明的任何事情。每一位记者都会把他在战斗中留下的全部伤疤带到事件中来。一位记者永远得不到真相，他只会得到他能得到的，他想得到的。

但你自己作品中的真相是怎样的呢？

我有一种卡拉布里亚人(Calabrian)的观点，因为我是历史上侵略他人一族的后裔。我们因为同时看到太多面而遭受损失。我能看到许许多多不同的观点，因此我的观点其实是一种看得到很多面的观点！这样一来，何谈真相呢？

盖伊·塔利斯作品

《盖伊·塔利斯的读者：描写与邂逅》(*The Gay Talese Reader：Portraits & Encounters*)，沃克公司，2003 年。

《非虚构小说写作：现实主义文学》(*Writing Creative Nonfiction：The Literature of Reality*，与芭芭拉·朗斯伯里合著)，哈珀柯林斯出版社，1996 年。

《移民家世》(*Unto the Sons*)，克诺夫出版集团，1992 年。

《邻家之妻》(*Thy Neighbor's Wife*)，双日出版社，1980 年。

《感恩岁月》(*Honor Thy Father*)，世界出版社，1971 年。

《猎奇之旅：肖像》(*Fame and Obscurity：Portraits by Gay Talese*)，世界出版社，1970 年。

《王国与权力》(*The Kingdom and the Power*)，世界出版社，1969 年。

《贪求者》(*The Overreachers*)，哈珀与罗出版公司，1965 年。

《桥》(*The Bridge*)，哈珀与罗出版公司，1964 年。

《纽约：一场幸运之旅》(*New York：A Serendipiter's Journey*)，哈珀与罗出版公司，1961 年。

Calvin Trillin

卡尔文·特里林

我是以一个记者的身份来写美食的

代表作品：

《美国油炸食品》（1974）

《与爱丽斯一起旅行》（1989）

《来自我父亲的信》（1996）

美国记者，幽默作家、美食作家、诗人和小说家。1935 年 12 月 5 日出生于密苏里的堪萨斯城，父亲亚伯·特里林是乌克兰犹太移民。特里林中学毕业于堪萨斯城的公立学校，1953 年考上耶鲁大学，曾担任《耶鲁每日新闻》主席。1957 年毕业后，他先是在《时代周刊》任职，1963 年进入《纽约客》，并在此度过了半个世纪的职业生涯。1978 年以来，特里林一直在给《民族报》的一个专栏写文章，逐渐成长为一名幽默作家。

家庭、美食和旅游是特里林写作的三大主题。特里林的写作风格比较随便、坦率，对有关他自己、他的妻子和两个女儿的趣事信手拈来。2012 年，凭借《搞笑四十年》，特里林获得美国瑟伯幽默奖。2013 年，特里林被选入纽约作家名人堂。现在，他住在纽约格林尼治村。

我不一定要每三个星期就写一个争论或一桩谋杀案，我写美食，是在用一种轻松的风格写这个国家。"

　　1979 年，卡尔文·特里林在田纳西州诺克斯维尔（Knoxville）写一个中学女生死于车祸的故事。一天夜里，那个女生开车回家时，家门已经关了。她没进门，又和一些朋友上了另一辆车，车开走了。她的父亲，一个纪律严明的人大发雷霆，跳进自己的车追了上去。沿路行驶几英里后，她坐的车发生了碰撞，她被撞死了。这个故事在特里林脑海中挥之不去。他想知道：这位父亲的感受如何？女孩是谁？当一位当地报社的记者问特里林为什么要从纽约远道而来，写一个尽管很悲哀但微不足道的死亡故事时，他可以竭力给出的最好回答是："它听起来很有趣。"

　　在《纽约客》度过了将近半个世纪——四十二年职业生涯——的卡尔文·特里林已经把从只是"有趣"的事件转化为生动、充满悬念的故事的艺术发挥到了极致。《波士顿环球报》（*The Boston Globe*）曾将特里林称为"美国风格的吟游诗人"，而他的兴趣的确广泛得出奇。他什么都写，从谋杀案到井字游戏中击败所有对手的唐人街的鸡。这样，但凡是可以想象到的几乎每一种文体（文章、散文、书籍、小说、诗歌、现场表演），他都运用过了。值得注意的是，特里林不仅是个成功的记者，还是个成功的幽默作家。他称自己戴着两顶帽子，"有记者证的男式软呢帽和小丑帽，上面有晃动的小球"。

　　卡尔文·特里林 1935 年 12 月 5 日出生于密苏里（Missouri）的堪萨斯城（Kansas City）。他的父亲亚伯·特里林（Abe Trellin）原来的姓氏为特里林斯基（Trillinsky），是先开杂货店，后来又开饭店的乌克兰犹太人移民。特里林一家并不是个笃信宗教的家庭，尽管他们一定要让卡尔文上希伯来学校，并且行成年礼。"我想，堪萨斯城没有一个人能以正统犹太教徒的身份在纽约通行。我们是农场俱乐部那一类犹太人。"他对《新闻日报》（*Newsday*）的丹·克莱尔（Dan Cryer）这么说。

　　亚伯在阅读《耶鲁的斯托弗》（*Stover at Yale*）——1911 年出版的一部关于丁克·斯托弗（Dink Stover）的美国主流社会的压榨的小说——后备受鼓舞，因此想让儿子上东部这所伟大的大学。特里林于 1953 年考上了耶鲁大学，他在《忆丹尼》

中回忆道："已经被耶鲁大学录取的一位'穿着布朗鞋的新生将要被稍作包装，流放到世界，准备证明他们的高中同学在公认他们最可能取得成功这一点上是对的'。"

特里林学习英语，并担任《耶鲁每日新闻》(*Yale Daily News*)的主席。1957年毕业后，他在《时代》(*Times*)谋了一份临时差事，在该杂志的伦敦和巴黎办事处工作。从军时的大部分时间是在纽约的督岛度过的，而在将近两年的从军生涯结束后，他在《时代》的亚特兰大办事处谋得了一个记者的职位，报道了民权运动前期的情况。在《纽约客》找到落脚点后，特里林的第一项任务——三部系列《在乔治亚州的成长教育》——就源于上述经历。这篇文章的扩充版于1964年以书籍形式出版。《纽约时报》的亚特兰大办事处主编克劳德·西顿(Claude Sitton)在该报上对其进行评论时，说："比起做一些视野更宏观的工作，它更接近于问题的本质的社会事实。"

1967年，特里林开始写《纽约客》的"华尔街日报"(U. S. Journal)——一种三千字的报道，每篇都来自这个国家的不同地区。在以后的十五年中，他每三个星期在《纽约客》上发表篇报道。特里林一贯对他惊人的产量很谦虚："杂志作家会对我说'你怎么跟得上这个节奏的？'报社记者会说'那你还做了些什么？'"特里林的"华尔街日报"作品通常给人一种果戈理[1]或契诃夫[2]短篇小说式的闲适和高深莫测之感。"如果杜鲁门·卡波特创造了非虚构小说，像他自己声称的那样，诺曼·梅勒又对其做出变化的话，那么特里林就是将非虚构短篇故事发挥到了极致的人；并且，他的技艺可以与卡波特或梅勒巅峰时期的技艺相匹敌。"论及特里林《美国故事》的《科克斯书评》(*Kirkus Reviews*)写道。"使杀害成为文学的是他描写那些被杀人犯中断的生命的方式。与其说它们怒视公众的关注，不如说怒视公众关注的不足。"《纽约时报》的阿纳托尔·布鲁瓦亚尔(Anatole Broyard)就其1984年的作品集这样写道。然而，一些批评家感觉特里林这些故事炮制得如此之快，以至于有时很肤浅，都是些陈词滥调，而不是精心刻画的人物角色。"这儿显然有一个故事，但特里林并不能试着搞清楚到底是什么故事。"罗杰·塞尔(Roger Sale)就其1971年的作品集在《纽约书评》上写道。

正是在炮制"华尔街日报"期间，特里林因写美食而小有名气。在评论《第三份》——特里林的一本食品作品集，其中他带头发起一场(未成功的)运动，要把

1　果戈理(Nikolai Vasilievich Gogol-Anovskii，1809—1852)，俄国批判现实主义作家。代表作：《钦差大臣》(1836)、《死魂灵》(1842)等。

2　契诃夫 (1860—1904)，世界级短篇小说巨匠，俄国19世纪末最后一位批判现实主义艺术大师。代表作：《变色龙》(1884)、《装在套子里的人》(1898)等。

全国感恩节大餐由火鸡换成意大利面——时，《纽约时报》的美食编辑克雷格·克莱伯恩(Craig Claiborne)提到特里林的大众品位和热忱，将他誉为"美食领域的沃尔特·惠特曼"。对特里林来说，美食从来都不是这些作品真正的主题。"写美食是在不写政治或娱乐业的情况下写这个国家的一种方式。我开始意识到，我写美食，是在用一种轻松的风格写这个国家。我写的其实是吃东西，而非美食。我是以一名记者的身份，而不是以一名专家或美食评论家的身份写的。"他说。茉莉·海斯柯(Molly Haskell)在《纽约时报》上评论《与爱丽斯一起旅行》时，称特里林为"穿过官方文化的海峡，来到家乡味道的海峡的一个喜剧的麦哲伦"。1994年，特里林入选詹姆斯·比尔德基金会食谱名人堂(James Beard Foundation's Cookbook Hall)。当他的食谱"适用于每次都粘锅的炒蛋"——他唯一知道如何烹调的东西——被选入《与佩吉小姐一起在厨房》(*In the Kitchen with Miss Piggy*)时，他在美食家机构里的名气更大了。

除了《纽约客》的工作以外，特里林自1978年以来还给《民族报》(*The Nation*)的一个专栏写文章(该报于1985年成为全国联合报业)。正是在《民族报》，他的朋友为《狡猾吝啬的维克多·纳瓦斯基》(*Wily and Parsimonious Victor S. Navasky*)支付了"两位数的高额费用"的地方，特里林成长为一名幽默作家。除了给《纽约客》写的、其中也有喜剧片段的稿件以外，特里林还写诗歌、"附注"和许多"随笔"——那时就是这么叫的，包括一部1969年以书籍形式再版的、有关"巴奈特·弗拉姆"(Barnett Frummer)的系列作品。"我一直把写幽默作品看作某种微妙的事情，我可以像一些人弹钢琴那样去写。"他告诉《巴黎评论》(*The Paris Review*)的乔治·普林普顿(George Plimpton)说，"对我来说，要保持严肃很难。滑稽是天生的，就像能摆动耳朵一样。"近年来，特里林每周给《民族报》投一首诗[收录在1994年出版的《限期诗人》(*Deadline Poet*)中]。他有关布什政府的诗集(《他悄然启航：布什政府诗韵》)，多处采用了两行押韵的手法。特里林说自己语言简洁的动机很简单：杂志社每首诗付给他一百美元，无论长短。"你想要在你的领域里响应为高额报酬而工作的口号的话，那就写两行诗。"他向《华盛顿邮报》的菲利普·肯尼科特(Philip Kennicott)提出这样的建议。

特里林的写作风格比较随便、坦率，对于有关他自己、他的妻子爱丽斯(Alice)和他们的两个女儿阿比盖尔(Abigail)和萨拉(Sarah)的奇闻逸事，他信手拈来。但在《忆丹尼》之前，他的作品有点保守，缺乏人情味。这一点使他备受批评，人们经常认为这源于他在中西部所受的教育。《忆丹尼》写的是特里林在耶鲁大学的班级里最前途无量的一位同学，在20世纪90年代初期自杀的事。在初稿当中，特里林是个一贯很孤傲的人物，几乎没有以任何明显的方式出现过。他的妻子劝他重写，好让它读起来更像特里林和他那一代人的回忆录，而不是一部关于丹尼的非传统的传记。结果产生了一部异常个性化的书，也是特里林的第一部畅销书。这部书受到极大好评，詹姆斯·法洛斯在《华盛顿月刊》(*The Washington Monthly*) 中称之为"特里林诸多书籍中最经典的"。一些人对特里林出于自身的目的而利用丹尼之死这一场景的方式表示异议。迈克尔·林德 (Michael Lind) 在《新共和》上严厉地指责特里林给"一种新型的治愈系自由主义的闲言碎语——替代忏悔——开了个头。也许其他学习能力很强的名人作家也会放心大胆地追思他们那鲜为人知的、生活被搞糟的、尸骨未寒的老相识"。

1996 年，特里林继续写一些与个人更有关联的作品，出版了《来自我父亲的信》。这是关于脾气暴躁、顽固的亚伯·特里林，一个口头禅是"但愿你受伤，工人抚恤金不给报"的人的回忆录。2001 年，特里林出版了《泰珀不出去》，这或许是关于泊车这个话题的第一部小说。他的另一部小说《漂浮者》，写了一个在《时代》这样的杂志社工作的、终日烦恼的作家。

2001 年年底，爱丽斯·特里林——特里林的许多最精彩的幽默的陪衬者——因 25 年前常常用于治疗肺癌的放射对心脏造成伤害，心搏停止而死。她本身就是个优雅机智的作家，曾给《爱丽斯，咱们开动吧》写过一篇令人难忘的评论，对她丈夫把她描述成一个一贯"敏感的"扫兴的人表示反抗。"我并不反对人们寻求滋味绝美的德国猪蹄或烤肉，"她写道，"但我想，任何一个动身去寻求这些美味的人都应该知道，他的向导是个从大老远跑到一个叫霍斯凯夫或肯塔基州的人，因为他喜欢霍斯凯夫、肯塔基州这两个名字的叫法，这是他在电话里顺便提起时说的。"

你会被哪种故事吸引？

如果我们说的是比较严肃的非虚构，就像我给《纽约客》写了十五年的"华尔街日报"系列文章，那么我所寻找的就是有叙事线索的故事。我好像还会被那些与某一个社会要素有关的故事所吸引，这个社会要素与另一个相近，但是在阶级、种族还是别的什么东西上又有差异。我会被明显的"地方感"的故事所吸引。有时，我在飞机上阅读悬疑小说。精彩的推理小说吸引我的地方并不在于它的侦探方面，而在于高明的推理作家所传递的地方感。例如，如果阅读雷蒙德·钱德勒[1]或罗斯·麦克唐纳[2]的作品，你会对加州的某个地区产生真实的感受。如果你读过托尼·希尔曼(Tony Hillerman)的推理小说，你就会对纳瓦霍印第安保留区的生活有所了解。

在《丧生》的引言中，你描写了自己怎样向在场的人解释你出现在一个层级较低的法院："我能竭力给出的最佳答案是'它听起来很有趣'。"

是的，有时我被一个故事吸引，纯粹是因为好奇。例如，我曾经写过田纳西州的一位高中女生在逃学之夜开车回家，但家门已经关了。然后，她甚至连家门都没进，就和几个朋友上了另一辆车，再度离开[《华尔街日报：田纳西州，诺克斯维尔太晚了》(*U. S. Journal*：*Knoxville，Tennessee It's Just Too Late*)，《纽约客》1979 年 3 月 12 日]。她的父亲是个严厉的人，一位初中校长。当他看到这一幕，就跳进自己的车，追逐女儿坐的那辆车。她所坐的车发生了碰撞，她被撞死了。我发现那个故事在我脑中挥之不去。她的父亲会是什么感受？这个女孩是谁？她的朋友们是谁？我想了解更多。

1　雷蒙德·钱德勒(Raymond Thornton Chandler，1888—1959)，美国著名推理小说作家，被西方文坛誉为"犯罪小说的桂冠诗人"，以"硬汉派"风格提高了侦探小说的文学品质。代表作：《长眠不醒》(1939)、《漫长的告别》(1953)等。

2　罗斯·麦克唐纳(Ross MacDonald，1951—1983)，美国侦探小说家。代表作：《移动飞靶》(1949)、《地下人》(1971)等。

有时，我觉得你的作品是错综复杂的谜团。

呃，它们不是已经解开的谜团。它们之所以是谜团，是因为我把事情拼凑在一块儿了。《60 分钟》(*60 Minutes*)这样的电视新闻节目早先就意识到，模棱两可是他们的敌人。它们需要查办案子：这个人要么是无辜的，要么是有罪的；或者他是无辜的，但每个人都认为他有罪——或者反过来。我所追求的正好相反。我认为模棱两可会比较有趣。

你是怎样产生报道的想法的？

从 1967 年到 1982 年，每三个星期写一篇"华尔街日报"报道时——当然，很久以后律商联讯或互联网才出现，我会去泰晤士广场的外地报摊买一大堆报纸。其中 90%对我一点用处都没有，因为它们都报道了同一则美联社的新闻故事。而且，我大约是在另一种周报资讯逐步形成的时候开始写"华尔街日报"的，所以我订购了大量报纸，像《西雅图周报》(*Seattle Weekly*)、《芝加哥读者报》(*Chicago Reader*)和《缅因时报》(*Maine Times*)。

你是否会区别对待，还是只买外地报纸？

有时，我会把注意力集中在这个国家的某些我认为自己有所忽略的区域。而且，我喜欢某些报纸，像《得梅因纪事报》(*The Des Moines Register*)，它会在关于爱荷华州的报道旁边附上州地图。这对我很有帮助，因为我可以很快把报纸浏览一遍，只停留在旁边有地图的报道上。

你会写别人提议的故事，还是只写你自己想出来的？

我不在乎故事的想法是从哪儿来的。关于俄勒冈州的一个童子军团长骚扰了他所善待的一些男孩，并被其中一个男孩杀害的故事，我是从住在那个城镇上的一个人的女儿那里得来的。她远在几百英里以外，但碰巧是《纽约客》的读者。否则，我永远都不会听到这个故事。

你是否先有一个主题，然后再通过这个主题寻找一个故事？

几乎没有过。尽管当雪地车开始流行的时候，我心里盘算着："我确实应该写点儿关于雪地车的东西。或许我可以去这个国家一个受其影响的地区看德比，然后来写这个故事。"所以我写了明尼苏达州布雷纳德(Brainerd)的一场雪地车德比。我依然记得那儿的一个人说的一句话。他说："以前，在冬天，你在这附近听到的都是谷物带啤酒(Grain Belt beer)的广告牌在风中嘎吱作响的声音。"

有没有哪种故事是你特别喜欢或特别不喜欢写的？

我不喜欢写群体"相信"的故事，这相当于公众舆论。它们多半都是扯淡，因为你根本没办法真正了解。我始终认为，一位记者在写一篇关于人们怎样想的文章时，事实很可能跟他所说的相反。如果他在讲"国民的想法"，那他几乎肯定是错的。如果是一对一的，他就有可能确保它正确，所以你几乎可以相信这样开头的叙述："从机场出来的出租车司机的想法是……"

有些类型的故事我简直不能做，就像那种需要记者和某个人待在一起好几周或好几个月的故事。我很欣赏其中一些作品，但我自己做不了。我没有这种毅力或持久的注意力。

你写过小说、诗歌和新闻。你是怎样确定一个想法要用哪种形式来写的？

想法通常跟一种具体形式挂钩。比如说，对于特拉法加广场（Trafalgar Square）上的鸽子神秘消失这个主题，我立刻就知道，这对我来说是一篇专栏，而非长篇报道。我不会到伦敦待上一个星期，给《纽约客》写一篇三千字的关于鸽子从特拉法加广场上神秘消失的文章。我确实给《民族报》写我们所谓的"限期诗歌"，但如果对诗歌的主题比较熟悉的话，就更好写了。如果你非得用诗歌告诉人们，鸽子从特拉法加广场上消失了，然后再对此进行点评，那就不合适了。

偶尔地，一个想法会从一种形式演变成另一种。我曾在一份加拿大报纸上读到一个人用现金买了珠宝，并拍了一个电视广告，以表现自己是个"现金侠"。他是个又矮又胖的人。他在广告中穿着一套古怪的有弹力的服装，就像超人一样，从一个公用电话亭里跳出来。有一天，拥有超人版权的公司告他侵权。一开始，我考虑把它写成一篇《纽约客》报道——多年以来，我已经写过两三篇有关商标或服务商标争议的报道，但它最后却成了《布里尔内容月刊》（*Brill's Content*）的专栏文章。

你考虑写幽默作品的方式是否不同于你考虑写非幽默作品的方式？

如果你说的是较短小的报道，而不是散文的话，的确如此。我通常非得自己创作一种叙述，就像在《水牛城炸鸡翅简史汇编的尝试》（*An Attempt to Compile a Snort History of the Buffalo Chicken Wing*）那种伪学术文章中写水牛及其特色食品。

你总是知道你在报道一个故事，还是当一个故事出现在你的日常生活中时，你有时会意识到？

有那么几次，我在生活中发现了故事。例如，有一年，我很难严格执行"华尔街日报"的计划，因为我无法在万圣节前夕离开纽约，而我们家人一直都参加格林尼治村万圣节大游行(Greenwich Village Halloween Parade)。我绝不能错过这个游行。万圣节就是我的圣诞节，我的赎罪节(Yom Kippur)。然后我意识到这就是个故事：万圣节大游行以及对我们家人而言，它如何成为如此重大的事件。

你会把可能的故事想法列个表吗?

不一定会是一个列表。我会从报纸和杂志上撕下一些东西，扔进一个叫"我可能有一天会写的东西"的文件夹，如果这个文件夹有标签的话。我没东西可写的时候，就逐一查看这个文件夹。这种经历通常很痛苦，我边看边想："噢，上帝啊! 不是那个! 我怎么没在几年前把它扔掉呢?"

不对它们进行组织吗?

我没这耐心。而且，我已经看到人们怎样专注于可能会使写作更轻松或更有条理的活动。他们专注于各种技术创新，比如从一台磁带录音机上誊录采访内容，或者掌握互联网的每一个复杂精细的知识。或许这些创新能够帮助他们写作，但它们也被用以帮助他们不写作。

这个国家有没有哪些地区是你天生就更感兴趣或不怎么感兴趣的?

不是地理上的，但某个地方的确会比其他地方更吸引我。例如，一个夏季群落常常让我觉得很有趣，因为按照等级划分的骨制品在那儿展示得更好。

我喜欢在我熟悉的城市中做报道，比方说新奥尔良，我写它写了四十来年了。在那样的某个地方，我至少可以相信我对故事的背景有所了解。

美食是你写作的一贯主题，为什么?

当1967年开始写"华尔街日报"的时候，我每三个星期就来到一个新的城市。我不想吃汽车旅馆饭店的像轻木一样难吃的食物，也不想到本地人推荐的饭店——我开始称之为"乐美颂之家宾馆，欧式西餐"的地方——去吃饭。我发现自己经常出于自卫的心理，寻找某个别的什么地方吃饭。

但你是怎样开始写它的呢?

一开始是当笑话写的。在某种程度上，它仍然是个笑话。第一次迁去纽约时，我注意到如果你碰见某个从堪萨斯城来的人，你一定会说很想念文斯蒂德(Winstead)的汉堡包或亚瑟·布莱恩特(Arthur Bryant)的烤肉。但那并不是人们在那个年代所写的美食，他们都潜心尝试写高级料理，美国人有时称为"精致餐饮"的东西，不会把心思花在你可能称之为本地食品，即与住在一个地方的人们有关的食品上。

1971年前后，我给《花花公子》写过一篇关于堪萨斯城的美食之旅(吃汉堡包、炸鸡和烤肉)的文章。该杂志有一篇由比利时伯爵、一位认真的美食家写的作品，叫《我已经找到世界上最好的饭店了吗?》(*Have I Found the Best Restaurant in the World?*)。这篇作品是关于法国的一些三星级饭店的。我的堪萨斯城的作品一出来，他们就决定把它紧接着他那篇排，标题定为《不》。我的文章开头是："世界上最好的饭店，当然是在堪萨斯城。并非这里所有的饭店，而是顶级的四五家。"

你的美食写作总是让我感觉那是你写别的东西的一个借口。

是的，这正是我的看法。我意识到，我写美食，是在用一种轻松的风格写这个国家。我不一定要每三个星期写一个争论或一桩谋杀案。写美食是一种喜剧性调剂——不是对读者而言，而是对我。

我写的其实是吃东西，而非美食。我是以一名记者的身份，而不是以一名专家或美食评论家的身份来写的。例如，我曾了解到辛辛那提(Cincinnati)的人认为辣椒是由希腊人做的一道辛辛那提菜。我对此很感兴趣，并且对辛辛那提人可以为天际线辣椒是否比皇后辣椒好而争论到半夜这一事实感兴趣。我对天际线辣椒是否真的比皇后辣椒好不感兴趣，我不是在给地方杂志写美食指南或"辛辛那提之最"专题。

再举个例子：我曾经带我很挑食的、九岁的女儿萨拉去佛罗里达中部的圣约翰河鲇鱼节(St. John River Catfish Festival)，要看看她吃不吃鲇鱼。这是个伪叙述——萨拉会不会吃鲇鱼的问题。但这个故事更多的是在讲住在佛罗里达中部的人，他们自认为是"穷酸白人"，并且憎恨从佛罗里达繁华地区来的人。而且，顺便提一下，他们喜欢野生鲇鱼甚于农场养殖的鲇鱼，因为养殖的鲇鱼没有那种必不可少的臭泥味。

你也常常回到凶杀这个主题上，为什么?

凶杀案故事常常有一个强大的叙事线索。而且，如果有人被杀，很多平时没有水落石出的事情一下子就会变得水落石出。凶杀案对记者来说是不错的主题，因为可能会进行庭审，还会有笔录。我过去常说，有笔录的地方我都会去——这并不完全是真的，但差不多是真的。如果也有被告先前庭审的笔录，那我绝对更喜欢。那样的话，我可以阅读一本笔录，参加一次庭审。一场谋杀审讯的好处是，它把大多数相关人员都聚集到了一个地方。我常常发现我所有的人物角色都在审判室外面的走廊里瞎转悠。

你为什么很少写名人?

我从一开始就更有兴趣写那些一般不会上报纸的人。我想，这也是我20世纪60

年代初在《时代》亚特兰大办事处工作时，全身心投入对南方的报道的原因之一。例如，我记得报道过一种在一家咖啡馆里进行的自发静坐罢工。咖啡馆的业主是希腊移民，并且你能看出他很同情这些黑人学生。但他知道，如果接待他们，他就会失去生意。这样一种情况对我来说，似乎比谁会去参加州长竞选这样的事有趣得多。

你的大部分研究是在报道之前、期间还是之后进行的？

我的大部分研究都是在报道期间和之后做的。最开始的时候，我通常对一个报道知之甚少，所以很难知道需要做哪一种研究。我或许会在一本关于我将要报道的城市或地区的书中读上一章，但最多也就这些了。

在报道期间休息的时候，我就去当地的图书馆。国内还有几个图书馆仍有专题查阅资料，有按主题进行分类的剪报。所以，我或许会在那个城镇找到全是剪报的文件，比如说关于"用水权"或"种族关系"的。

在开始报道一个故事之前，你觉得没必要做太多准备？

我的大多数作品都不需要太多专业知识，只有少数例外。我写过一篇关于哈佛法学院的批判法律研究运动的作品，这差点儿要了我的命，因为我实在看不懂他们写的东西[《自由记者：哈佛法学院》(*A Reporter at Large：Harvard Law*)，《纽约客》1984年3月26日]。刚到《纽约客》的时候，我写了一篇关于快速眼动(REM)睡眠的长篇报道。我发现，每次我掉头朝反方向走，都会看到"中枢神经系统"这个词。有时我可以理解这到底是怎么回事，但这很难[《自由记者：第三种生存状态》(*A Reporter at Large：A Third State of Existence*)，1965年9月18日]。

当然，记者总是在进入别人的专业领域。不过，为了写一个故事，你不可能成为法学教授或科学家。所以，你得相信自己的直觉。这在一定程度上能够确定哪个人其实对那个主题有所了解。

你是怎样学习成为一名记者的？

呃，说"学习"可能有点太正式了。当找不到电话号码或需要做一些调研时，我的女儿们常开玩笑说："让爸爸去做，他可是个受过训练的记者。"我曾在校报供职，而在大学毕业后、入伍之前，我在《时代》杂志做过一份临时性工作。离开部队后，我去了南方，去了乔治亚州亚特兰大，到《时代》上班。那时，《时代》在外地记者和纽约作家之间分派各自负责的故事。他们以前经常说，做《时代》的现场记者是一份不错的工作，除非你读这个杂志。你报道了很棒的故事，但你所报道的常常与所刊登的没有多大关系。

回过头来看，我想在基本相同的主题上工作了一年，这对我来说是有益的。我几乎所有的报道都是关于种族的。我那时未婚，又年轻，几乎整个人都扑在报道上。我会在工作日内动身去南方的某个地方报道，然后在每个周末去参加亚特兰大的一两场群众集会。我其实已经达到对主题有所了解的程度，这对年轻的记者来讲是非常有帮助的。这使我在写作上信心倍增。一个很自然的问题是："为什么会有人在乎我的想法？"不久，我意识到，我对故事的了解至少比纽约的编辑多得多。我想那一年给了我很大的信心。

我不敢肯定我在报道上做得更好了。或许在把故事整合在一起的过程中，或在详细描写的过程中，我做得更好了。但我有时觉得自己还在犯开始时犯的错。

描述一下你报道的固定程序吧。当你抵达你所写的一个小城镇时，第一件事是做什么？

我试图在汽车旅馆的停车场找到我租的车。我总会忘记它的颜色，特别是在夜里取车的情况下。我只好等到所有的业务员都离开，而我的车就是还留在那儿的那一辆。

好吧。找到车子之后呢？

我通常会提前打电话，以确保我可以使用当地报社的资料档案。所以，我会去报社的办公室阅读剪报，或者复印这些剪报。我有时会拜访已经报道过这个故事的记者。例如，几年前我给《纽约客》写过一篇报道，是关于密西西比州主权委员会——在20世纪60年代秘密监视很多人的一个反对取消种族隔离的机构——的文件的。就是否可以发表这些文件，以及它是否会再一次使人们发起诋毁活动，人们有不少争论。《号角报》(*The Clarion-Ledger*)的一名专门研究民权运动时代案例的记者杰里·米歇尔(Jerry Mitchell)根据这些文件发表了一些原创作品，包括对《号角报》自身与该委员会合作的爆料。所以，我到了那儿就去找他，部分原因是他已经成了故事的一部分，也是个知情人。

你是怎样让人们跟你交谈的？

我尽量坦白地跟他们讲。当一个人正在决定是否要跟我谈谈，或者向我透露多少时，他的决定在很大程度上取决于是否信任我。所以，威逼利诱其实会适得其反。

我会让人们在跟我交谈时没有太大压力。我尽量让他们放心，我没有图谋不轨，并告诉他们，是否要跟我交谈完全由他们自己决定。如果强逼某个人跟我交谈，那就太无礼了。如果他们对这本杂志不太了解，我会就这个刊物属于哪一类，不属于哪一类向他们进行介绍。比如说，《纽约客》不登小报的头条新闻。

我相信，如果跟足够多的人谈过，你很可能会弄清事情的原委。部分原因是，每一个人对故事的哪一部分是个秘密都有不同的概念。如果你有经济实力在城镇上待得足够长久——不是每一位记者都有这个经济实力，那么在离开的时候，就不可能感觉到你没能领会的那个故事里有太长的停顿。

你会跟某个人商定基本原则，以鼓励他跟你交谈吗？

当然会。比起使用某个人的名字，我对信息更感兴趣。当地报社记者通常会在报道中使用人们的名字这个问题上有些压力，但我在给一本全国发行的杂志写文章，我们的大多数读者只会被文章所写的他们从未去过的一个城镇上的很多人名搞糊涂。所以，跟一个"不具名的"人交谈对我来说通常不是问题。我偶尔会事先同意，不在任何的引述内容中使用一个人的名字，除非我先把它删掉。也有过几次，我会就不愿意谈论某个情况的某一方面——比如说涉及诉讼的方面——保证说，我不会问这方面的问题。

在重建场景时，你会参考什么？

一般来讲，按《纽约客》的说法，只要是"关于"某个人的，我就会重建场景。换句话说，除非事情的原委绝对无可争议，我通常会尽量说明消息的来源。例如，我会这样写："然后，随着这个警察后来渐渐弄清这个案件的情况……"

关于在报道过程中哪些事能做而哪些事不能，你有没有一些道德准则？

有。如果有人叫我违反其中一条准则，我通常会说《纽约客》有严格的规定，不允许我那样做。就我所知，《纽约客》根本就没有这样的规定，当然在我开始的时候更没有，我只是发现这样讲会更容易些。有些人在决定是否跟我交谈时，会询问他们是否可以在文章发表之前看看这些文章。《纽约客》有严格的规定，不允许那样。同时，它还规定不允许为了采访给人们钱，尽管在午餐时间采访一个人时，买单是件快乐的事情——在非常不错的饭店吃午饭时。《纽约客》有非常严格的规定，不允许记者接受故事涉及的某个人送的礼物，哪怕是微不足道的礼物。

在对人们进行采访时，你会和他们分享多少你"截至目前"所获得的信息？

这取决于故事。我最近写了一篇关于《纽约时报》记者 R. W. "约翰尼"·阿普尔(R. W. "Johnny" Apple)的专访[《专访：新闻记者》(*Profiles: Newshound*)，《纽约客》2003 年 9 月 29 日]。在这个行业里，阿普尔的故事是老生常谈了，以至于几乎成了新闻逸事的一个类型，所以我经常拿阿普尔的故事跟我采访的人交换。这是一种交谈的方式。出于相同的原因，我经常在采访中说一些不一定是询问性的话。显然，我不会传递故事所涉及的某个人告诉我的机密信息，但我却经常利用采访提出与情境有关的理论。这既是检验理论的一种方式，也是获得另一个视角的一种方式。

你会在采访之前预备问题吗？

事实上不会。有时，我会有一份真正需要了解的特定事物的清单。这份清单偶尔会表明，我需要从某个特定的人那里了解一些事情，但也就是我拿到手的那么具体。

你有没有用电话、邮件或信件做过采访？

有过。但我更喜欢面对面采访，因为那比在电话上跟某个人交谈更自然。

你最喜欢和最不喜欢在哪里采访？

在哪儿都无所谓，越不正式越好。我的目标永远是让采访尽量像谈话一样进行。

你刻意设置过某些场景吗？

如果你指的是建议某个人做某件事，以便我观察他做这件事的话，那就没有过。有时，我会问他是否要做什么与我所写的东西有关的事。在这种情况下，我想和他同去，但这一定得是他反正要做的某件事。

你记笔记还是对采访进行录音？

我记笔记，有时候会用磁带录音机。但就算用磁带录音机，我也还是会记笔记。

为什么要两者并用呢？

因为我不想誊录采访内容。如果在录音的同时记笔记，我就可以参阅笔记，以便了解一个引述在磁带上的什么地方。然后，我可以准确地查找到那个引述。

你会在什么情况下录音？

在做，比方说科学之类的故事时，我会对采访进行录音。因为我对这些主题知之甚少，以至于不相信自己记在笔记里的信息是对的。有时，当我提前了解到我即将采访的人说话很快，我绝不可能把他的话全都记在笔记本上时，我也会用磁带录音机。

你用的是哪种笔记本？

我用的是一种较小的螺旋笔记本，刚好能装进衬衣口袋里。我从一边开始写电话号码和姓名，当我翻过去的时候，另一边的纸页就是我写预约安排的地方。

采访期间，我也用一种长的、薄的记者专用的笔记本。我在南方的时候，《纽约时报》亚特兰大办事处的处长克劳德·西顿(Claude Sitton)说服弗吉尼亚州里士满(Richmond)的一个文具商为我们设计了记者专用的笔记本，这比标准的笔记本要短一些。那样的话，我们就可以把它们装进口袋，而不会立即被认作该被在头上敲一棍子的北方佬记者。我们把它叫作"克劳德·西顿纪念笔记本"。当同时带着笔记本和磁带录音机时，我就像个高速运输管理局的巡警——每个口袋里都塞着东西。

在采访期间你会有多强硬？

我不会议论情境的对与错；或者，如果我议论了，我可能会说："作为一个爱唱反调的人，某某人可能是这样想的……"但我觉得没有必要与我正在采访的某个人发生争论。20世纪60年代中期，一个通过种族迫害设法在英国中部的选举中获胜的英国政客，在采访中把我从他家里踢出去了。我在伦敦一家报社的一位朋友将此事告诉了一位同事，他说了这样一句话："我以为特里林不会是这么差劲的一个记者。"在思索这件事的时候，我认为他说得没错：在这个政客决定把我踢出去的那一刻之后，我就错过了他本来会讲的一切信息。

你在意对人们进行采访的次序吗？

我尽量把最重要的人留在最后。我愿意在跟他交谈之前已经和许多人谈过，对主角有了更多的了解。

你大约每三个星期给"华尔街日报"写一篇报道，写了十五年。你是怎么做到的？

我不知道萧恩先生要我写"华尔街日报"的报道时有没有想到，我会非常严格地按要求交稿。但那对我来说是唯一的办法。我得按计划进行，并且感觉三个星期要到的时候却没交稿是非常难为情的。否则，我或许会永远只在一个故事上打转。

我通常在星期六晚上离开纽约。我登上飞机，喝一两杯饮料，思考着这个故事。通常我对故事知之甚少。除了证实主角会在这个城镇上并打电话给当地报社，看看是否可以用他们的剪报之外，我不会做太多准备。

当晚或第二天早上，我在汽车旅馆醒来的时候，会打电话对我妻子说："你知道这个故事究竟是关于什么的吗？故事其实是这样的……"在给她打电话之前，我已经对这个故事有了一些相当完美的理论，尤其是在乘坐长途飞机的情况下。大约一周以后，她读到作品的初稿时会说："还记得你刚到那儿的时候，跟我讲过的关于这个故事的那件事吗？呃，这篇作品里没写嘛。"我得跟她解释说，我一开始报道，那些最初的想法就消失了。也就是说，如果我一开始对一个故事有想法，那我的想法往往是错的。

较之报道，你更享受写作吗？还是相反？

这两者是相互交织的。部分原因是，如果我做过全面的报道，写作就容易得多了。这是个非常简单的准则：有针对性的写作显然要比一般性写作好些。如果我了解得不多而没有针对性，那就很难写。这就是甚至最有才的编辑也回天乏术的原因之一。他只能做到还过得去的份上，因为他没有掌握关于这个故事的足够的具体信息。

这两项活动都有我喜欢的部分，也都有不我喜欢的部分。

关于报道，我不喜欢的事情是给陌生人打电话。这对一名记者来说，好像是一种非常严重的障碍。但我一到某个地方，又会全身心投入报道之中。关于报道，我最喜欢的一点是它能不断地满足我的好奇心。如果一切顺利，那么我一周内会有两三次停下来想："我现在明白是怎么回事了！"然后下一次我又会暗自想："不，我昨天的想法不对。现在我才真的明白是怎么回事了！"如果我没有经历这样的时刻，或者我只经历了一次，那么我这个作品很可能就有点儿问题。

对你来说，一个完美的写作之日是怎样的？

在早上，我把什么事情都做好了，其余的时间都在唐人街闲逛。

好吧，那么一个不太理想的写作之日是怎样的？

在开始用电脑之后，我写作的固定程序发生了一些变动。但基本方法还是一样的，我只是运用了不同的技术。在用打字机的时候，报道回来第一天我会写一种预备性的草稿，以前在家里被称为"试写"（Vomit Out）。在写这个的时候，我不想看任何笔记。我以前经常在淡黄色的纸上写，以区别于后来的草稿。开始的时候还是用不错的英文写的，但当我进入状态后，语言就越来越糟糕了。

"试写"稿的要点是什么？

首先，它让我开始行动起来。其次，它还给了我需要写进作品中的一份详细目录。它或许还能让我大体上知道哪种方法不行。比方说，作品必须用第一人称，而不是第三人称；或者从庭审开始的话，我就没法把需要穿插的有关犯罪的事实穿插进去。

以前在《纽约客》写得比较多的时候，我就总担心清洁女工会发现我的"试写"稿。然后，一位清洁女工会把它大声地读给其他人听。"来听听这个！"她会说，"这家伙把自己称为作家！"接着，她们会像曲棍球运动员那样，用笤帚拍打着办公桌，哄堂大笑。

你列过提纲吗？

我从没列过提纲。我在中学学过怎样列提纲，但在那之后就从没列过提纲。有时，我会在一张纸上随便写出八到十个字，关于什么东西后面写什么，但这不是正式的提纲。

你的"试写"稿实际上所起的并不是提纲的作用吗？

事实上并不是。我有时甚至都不看它，有时会在一周要结束、作品已经完成的时候才找到它。但是，它能让我的大脑开始工作。

你会打出从初稿到终稿的所有东西吗？

是的。在有电脑之前，我要一遍遍地通过打字机把这些东西写出来。从八年级开始，我的脑子就和打字机接通了。那一年堪萨斯城学校因为资金短缺，在四月份关停了，于是我父亲把我送到萨拉森·胡利秘书学校学习如何打字。有一段时间，我极度依赖打字机，以至于我在做必须手写的笔记时，都要先把它打出来，然后手抄一遍。

你会在修改之前，从头到尾一气呵成吗？

会的。刚到《纽约客》的时候，我欣赏的一位作家告诉我说，他写的是已经完成的段落。也就是说，他不会前进到下一段，除非他正在写的那一段完全可以交稿。如果我也那样干的话，我可能还在写第一部作品的第一段呢。

在完成"试写"稿后，接下来你会做什么？

我把在报道过程中收集的一大堆笔记和文件拿出来，试图把它们按某种顺序整理好。特别是在复印店普及之后，我有时会带着数量惊人的文件回家。复印机真的比任何其他技术都更多地改变了我报道的方式。

你是怎样组织你的报道材料的？

如果有很多的话，我会把它划分成主题文件夹，堆放在能让我一眼就看见所有文件夹的成串的档案夹上。然后，我在报道的时候就通读我打出来的笔记。最终，我拿出一本标准拍纸簿，将我确定想要写进作品中的事情——我特别喜欢的引述，特别好的事实或细节——列出一两页纸的清单。

第二天，在写三千字的"华尔街日报"作品时，我会把一半的草稿写在普通的白色复印纸上。

第三天，我会写另外一千五百字，即作品的后半部分。我实际的草稿——那令人难为情的"试写"之后的草稿——一般很接近终稿的样子，至少在架构上很接近。这时，我会把它拿给我妻子看。在我交稿之前，她是我的第一个也是唯一一个读者。

在往前进展的时候，你会删掉一些东西吗？还是最后一起修改？

由于我是在电脑上写作的，所以我会删掉写得不行的任何句子或段落。当我在打字机上写作的时候，如果写了一段我不喜欢的话，我会撕掉那页纸上的这个部分，然后扔掉。接着，我会把这一页其余的、材料很好的部分订在目前的纸页上。这是一种麻烦的剪切——粘贴法，要借助直尺和订书机来完成。因此，我最终是把这些纸条订起来，合成一页纸。某些纸页上会有好多订书钉。

接下来你会做什么？

第四天，我会写我所说的"黄色草稿"。我用的是和"试写"稿相同的纸，但"黄色草稿"是我最喜欢的草稿。通常，这时文章差不多已经有了架构，我主要是把句子改进一下。我会把订在一起的初稿放在办公桌上，重新打出所有的东西，边打边修改。

第五天，我会弄到一盒复写纸，把作品重打一遍。这样我就有了两份稿子，一份给我自己，另一份给我的编辑。那就是我交上去的版本。

你是怎样设定写作进度的？

有时我会在字数上给自己定个目标。我会唤起我所谓的"国家目标委员会"这一艾森豪威尔(Eisenhower)政府的词句，因为我认为他们是一群严肃的老家伙，一起坐在高位上，就像联邦上诉法院一样。他们顽固不化，并且不想听我这种人的任何借口。我是不是不舒服，或者我是不是有很多其他的事情要做，都不重要。他们完全不允许我找借口。

报道和写作几乎刚好占用了你分配给它们的时间。我在《时代》工作的时候，一周的前几天，一天到晚都在写一个故事。然后，就在付印之前，如果一个故事的写作中断了，我会坐下来，在一个小时内把它写完。报道也是这样。比方说，有时，我认为一个故事应当用一周或十天来报道。事实的确如此。我可以用一个月来报道这个故事，或者我可以用四天时间来报道。故事在和谐统一感上会有所不同，但我还是能写出来。

你是一位多产的作家，然而只经常出现在几个刊物(《纽约客》《民族报》《美食家》)上。你是怎样做出这个决定的？

我早就意识到，我不需要在理发店的每一本杂志上都有一篇文章。我认为，我情愿主要给《纽约客》写文章。它能给我和别人一样的待遇，然后我可在女儿们放学后，和她们一起去公园。就写作而论，我突然有点明白"知足"的含义了。所以，当我完成了我认为当天必要要写的东西，我就不写了。

开场白有多重要？

第一句话会给作品定个基调。有时我只是从描述所发生的事情开始："这个故事是从一个糟糕的左转弯开始的。"这取决于我以什么样的想法为目标。在报道的时候，我对开场白实际上有很多思考。

你追求哪一种作者在场的情形？

这取决于作品。就凶杀之类的作品而论，我尽量避免出现在故事中。对我来说，把我自己放进作品中似乎是把笨蛋写进我努力进行流畅叙事的作品中的一种方式。如果我的一篇报道作品采用的是第一人称，那它通常是个小作品。而我关于吃的作品几乎只有一个人物角色——一个快乐的吃货。

有些人说你的笔调很低调，有中西部特征。

我不知道我的笔调是不是有中西部特征。我在中西部长大，严格地按照事实来讲，我的父亲是个移民。两岁时，他从乌克兰来到密苏里的圣约瑟夫(St. Joseph)，这听起来像哈里·杜鲁门(Harry Truman)。我以前做了许多约翰尼·卡森[1]的节目，经常觉得我们很容易交谈，因为我们的讲话节奏是一样的。并且，卡森认为好玩的事，我也觉得好玩。在看着他采访其他人的时候，我注意到他常常做出我本来会做出的评论。当然，如果我的脑筋转得能有他那么快的话。

事实上我们很难描述一位作家的口气。我的确知道在听起来对劲的时候，那就像我自己。我并不是说你在报纸上和在谈话中听起来一样，尽管与一些作家相比，我的写作很可能非常接近谈话。

哪些作家影响过你？

我很欣赏约瑟夫·米切尔的作品，尽管我不会讲他影响了我的写作风格。在《时代》的时候，我第一次读到米切尔的作品，并且真的被打动了。我想："天哪，这是你可以在非虚构写作中做的那种东西。"他写作的方式很简单，并且会千方百计地把写作的痕迹从作品中抹去。它似乎只是出现在纸上，让你无法想象他在作品中耗尽心力，尽管他的确费尽心思。

另外，我还佩服他能正面描写人物。他从不摆架子。他在《麦克索利沙龙》(*McSorley's Wonderful Saloon*)的前言中说得好："这本书中所写的人，时下被称为

1　约翰尼·卡森(Johnny Carson，1925—2005)，美国著名节目主持人，曾主持美国国家广播公司(NBC)著名脱口秀节目《今夜秀》(*The Tonight Show*)。

'小人物'。我发现这个词让人反感。他们和你一样大，无论你是谁。"米切尔是我知道的唯一一个能成功地这样写作的作家。

你相信新闻报道能引出真相吗？

呃，我相信你得尽你所能说实话。对我来说，真相与实际发生的事情有关，也与你为了解实际发生的事而付出的最大努力有关。

我认为你不能偏离实际发生的事，说你在寻求更有可能的真相。例如，你不能替一番捏造的话或一番有水分的话辩解说："那相当接近于那个国家的那个地区的农民可能会说的话。"或许是这样，或许不是，但农民并没说过那番话。通常，当人们利用没有道理的事实，说要得到"更有可能的真相"时，那就意味着他们发现实际的真相令人尴尬，把向下一段的过渡搞乱了。真正的农民的话不会转变得很巧妙，或许只是因为他是农民，不是作家。利用不真实的事实并不会让我们离真相更近一步，而是更远了。

你认为自己是"新新闻主义记者"吗？

我不这样认为。我认为新新闻主义记者是这样的人：他觉得自己不必讲实话，或者他相信自己可以进入人们的大脑，知道他们的想法。

假如你花了大量的时间和一个人待在一起，然后他告诉你说："那一刻，我在想……"你会有何感想？

有时候，他想什么是显而易见的——熊扑向他，他很害怕。但在大部分情况下，我可能仍然会写"他说，那是他当时的想法"。顺便说一下，在新新闻主义报道的鼎盛时期，记者有时甚至在没有进行采访的情况下就擅自说出了那人的想法。

那么，你把自己所从事的这种写作称为什么？

《纽约客》把我所写的这种作品称为"事实"作品。我认为——除了质量以外——我所做的与米切尔或列伯灵所做的没什么不同。

你认为自己是历史文学传统的一分子吗？

是的，大概除了"文学"这个词以外。部分原因是，我为其写作的杂志总是允许记者写故事，而不管所涉及的人是不是重要人物，或者所发生的事是否对全国的趋势具有示范意义。比方说，多年前，在我写的一篇关于祖鲁社会协助与寻欢俱乐部(Zulu Social Aid and Pleasure Club)——新奥尔良唯一获准在马蒂格拉斯日游行的黑人马蒂格拉斯(Mardi Gras)俱乐部——的长篇报道[《自由记者：祖鲁人》(*A Reporter at Large*：*The Zulus*)，《纽约客》1964 年 6 月 20 日]发表之后，我的母亲告诉我说写得很好，她就那样开始对我所写的每个作品进行点评。然后，她说："我觉得你能针对这样一个空洞的主题写出这样的长篇大论，真的很棒。"

卡尔文·特里林作品

《他悄然启航：布什政府诗韵》(*Obliviously on He Sails*：*The Bush Administration in Rhyme*)，兰登书屋，2004 年。

《消费一日元：享受从堪萨斯城到库斯科的当地特产》(*Feeding a Yen*：*Savoring Local Specialities*，*from Kansas City to Cuzco*)，兰登书屋，2003 年。

《泰珀不出去：一部小说》(*Tepper Isn't Going Out*：*A Novel*)，兰登书屋，2001 年。

《顾家的男人》(*Family Man*)，法劳·斯特劳斯和吉罗出版社，1998 年。

《来自我父亲的信》(*Messages from My Father*)，法劳·斯特劳斯和吉罗出版社，1996 年。

《为时过早》(*Too Soon to Tell*)，法劳·斯特劳斯和吉罗出版社，1995 年。

《肚皮三部曲》(*The Tummy Trilogy*)，法劳·斯特劳斯和吉罗出版社，1994 年。

《限期诗人：我的打油诗人生活》(*Deadline Poet*：*My Life as a Doggerelist*)，法劳·斯特劳斯和吉罗出版社，1994 年。

《忆丹尼》(*Remembering Denny*)，法劳·斯特劳斯和吉罗出版社，1993 年。

《美国故事》(*American Stories*)，蒂克纳和菲尔兹出版公司，1991 年。

《足够的足够：以及其他人生准则》(*Enough's Enough*：*And Other Rules of Life*)，蒂克纳和菲尔兹出版公司，1990 年。

《与爱丽斯一起旅行》(*Travels with Alice*)，蒂克纳和菲尔兹出版公司，1989 年。

《如果你不能说点好听的》(*If You Can't Say Something Nice*)，蒂克纳和菲尔兹出版公司，1987 年。

《所有的不尊重：更不文明的自由》(*With All Disrespect*：*More Uncivil Liberties*)，蒂克纳和菲尔兹出版公司，1985 年。

《丧生》(*Killings*)，蒂克纳和菲尔兹出版公司，1984 年。

《第三份》(*Third Helpings*)，蒂克纳和菲尔兹出版公司，1983 年。

《不文明的自由》(*Uncivil Liberties*)，蒂克纳和菲尔兹出版公司，1982 年。

《漂浮者》(*Floater*)，蒂克纳和菲尔兹出版公司，1980 年。

《爱丽斯，咱们开动吧：一个快乐吃货的进一步冒险》(*Alice, Let's Eat*：*Further Adventures of a Happy Eater*)，古典书局，1979 年。

《神符敲击》(*Runesruck*)，小布朗出版社，1977 年。

《美国油炸食品：一个快乐吃货的冒险》(*American Fried*：*Adventures of a Happy Eater*)，双日出版社，1974 年。

《巴奈特·弗拉姆是朵未盛开的花》(*Barnett Frummer Is an Unbloomed Flower*)，维京出版公司，1969 年。

《在乔治亚州的成长教育》(*An Education in Georgia*)，维京出版公司，1964 年。

美国非虚构写作者，出生于1952年2月13日。父亲是教授和工业心理学家，祖父母是在第二次世界大战伊始移民的维也纳犹太人。《威尔逊先生的珍奇柜》是韦施勒的第一部畅销书，同时入围了普利策奖和全美书评人协会奖。《一个奇迹，一个宇宙》是他最有影响力的一部作品，探析了巴西和乌拉圭军事独裁中的酷刑。

韦斯勒毕业于加利福尼亚大学康威尔学院，此后担任加州大学洛杉矶分校口述历史项目的编辑兼面试官，并任《洛杉矶读者》和《洛杉矶周刊》的自由撰稿人。1981年，韦施勒成为《纽约客》的特约撰稿人，大部分时间都投入在外国政治长篇报道和更轻松的文化主题作品上。1991年，韦施勒成为纽约大学纽约人文科学研究所的研究员，并于2001年成为所长。另外，韦施勒曾在普林斯顿大学、哥伦比亚大学、UCSC学院、纽约大学等多所大学任教，现为卡特新闻学院的杰出作家。

代表作品：
《一个奇迹，一个宇宙》（1990）
《威尔逊先生的珍奇柜》（1995）
《流亡的苦难》（1998）
《博格斯》（1999）
《维米尔在波斯尼亚》（2004）
《上升的一切》（2006）

Lawrence Weschler

劳伦斯·韦施勒

美就是真相，真相就是美

我对叙述的思考基本上是音乐式的。音乐和叙述的共同点是以优美的方式对跨越时间的材料进行连续说明。我对一部作品的架构感兴趣，最终是想让它有'自然的'形式。"

书店永远不知道该把劳伦斯·韦施勒的书放在哪儿。《威尔逊先生的珍奇柜》是他对侏罗纪科技博物馆（Museum of Jurassic Technology）馆长的描写，很可能会在"解密类"中找到。《博格斯：价值的喜剧》是对一位绘制钱的图像的行为艺术家的专访，被放在"经济类"。《一个奇迹，一个宇宙：跟酷刑实施者算账》审查了巴西和乌拉圭军事独裁中酷刑的影响程度，可能被放在"拉丁美洲"专区。这种混淆是由于韦施勒作为一名作家有非凡的广度，也由于书店的狭小眼界没给他带来一丝安慰。

韦施勒想让自己的作品被收藏在哪里呢？《流亡的苦难》，这部关于来自三个极权政体的三名流亡者——捷克异议分子扬·卡万（Jan Kavan）、伊拉克建筑师卡南·马基亚（Kanan Makiya）和南非诗人布雷顿·布雷滕巴赫（Breyten Breyten-bach）——的书提供了一个线索。这部书的副标题"三部非虚构中篇小说"，是同时阐明并引出他所从事的是哪一种写作这个问题的一个指示（文学？新闻报道？）。就韦施勒而言，他已经停在了"非虚构作家"这个术语上。

模糊性揭示了他作品的实质。韦施勒是个讲故事的人，一个擅长叙述的人，无论他讲的是什么主题或类型的故事。"每一种叙述的表达——不过尤其是每一种非虚构的表达——本身就是虚构，而写作和阅读的世界在那些知道这一点的人和那些要么不知道，要么否认这一点的人之间产生分歧。"这是"非虚构的虚构"。他在普林斯顿大学、莎拉·劳伦斯学院（Sarah Lawrene College）和纽约大学所教授的课程简介的开头这样写道。"人类的腺体可以隐藏各种事，但人心能隐藏故事。我们活着就是故事。这是我们唯一知道怎样去经历任何事的方式，这是我们的光荣。"

韦施勒的人物角色比较边缘化，这不是从重要性方面来讲的，而是他们给他提供了一个偏离核心的视角，让他能够处理大得出奇的主题（艺术、酷刑、货币的本质）。他的最佳人物角色是那些（无论因流亡还是意外）故事中断，但因颠沛流离而重获激情和奇迹的人。"我想，我所有的作品写的都是某天在街道上徘徊，专顾自己的人。他们突然并且几乎很自然地燃起了激情，变得沉迷，极度专注，他们的生命变得极度鲜活。结尾是在这天要结束的时候，他们处在一个想象中与早晨出发的地方不同的地方。"他在《完美城市的流浪者》的前言中写道。

韦施勒出生于 1952 年 2 月 13 日，在加州凡奈斯（Van Nuys）长大。他的父亲是教授和工业心理学家，祖父母是在第二次世界大战伊始移民的维也纳犹太人。韦施勒的外祖父恩斯特·托赫（Ernst Toch）是一位作曲家。1956 年，他的《第三交响曲》（*Third Symphony*）荣获普利策奖。

韦施勒上的是位于圣克鲁兹（Santa Cruz）的加利福尼亚大学康威尔学院（Cowell College of the University of California）。当时正值该大学的知识全盛时期，他充分利用了这一点，师从诺尔曼·奥·布朗[Norman O. Brown，作品有《爱人的身体》（*Love's Body*）、《生与死的对抗》（*Life Against Death*）]，学习拉丁语；师从谢尔登·沃林[Sheldon Wolin，作品有《政治和远见》（*Politics and Vision*）]，学习政治理论；师从哈里·伯杰（Harry Berger），学习文学，并跟随现象学家莫里斯·纳塔森（Maurice Natanson）学习哲学。"老师们教我怎样提问。他们不仅教我怎样提问，而且教我怎样光荣地提问。"他说。

大学毕业后，韦施勒在担任加州大学洛杉矶分校的口述历史项目的编辑兼面试官的同时，在《洛杉矶读者》（*L. A. Reader*）和《洛杉矶周刊》（*L. A. Weekly*）上从事自由撰稿。韦施勒给艺术家罗伯特·艾文（Robert Irwin）写的传记（《看到就是忘记所见之物的名字》，是在他编辑该项目时产生的，并在许多方面奠定了他的写作基调和方法。韦施勒称艾文是"讽刺大师和认真玩创新的热衷者。他在模糊性上气度非凡：他提出从本质上似乎无法回答的问题，但仍对问题满怀兴趣，因为这些问题是合理的——并且本身可能比或许能够得出的任何答案都更有趣。总而言之，他是有一天被自己的好奇心吸引，并且决定让它成为生活的一部分的艺术家"。这番话也可以用来形容韦施勒自己。

在未经引见，从未与《纽约客》接触过的情况下，韦施勒把关于艾文的这部书的原稿给了该杂志的艺术评论家卡尔文·汤普金斯（Calvin Tompkins），卡尔文·汤普金斯又把它转交给了该杂志时任编辑威廉·萧恩。萧恩同意发表这部书的一部分内容，于是开启了韦施勒最重要的文学关系。萧恩是"世界上好奇心最强的人，"韦施勒在《哥伦比亚新闻评论》（*Columbia Journalism Review*）上提到这位已故的编辑时写道，"'去吧。'他对作家们说，'想去多久就去多久，但回来把那儿的情况写给我。人们说了什么？有什么感受？他们怎么过日子？他们为什么而忧愁？把这些都写给我，要全面、生动，就像我身临其境一样生动。'"

1981 年，韦施勒成为《纽约客》的特约撰稿人，他的时间都投入在外国政治长篇报道和更轻松自在的文化作品上。特别是，韦施勒在 1980—1982 年经常写到波兰[收录于《波兰的激情》(*The Passion of Poland*)，1984]，并在 1988—1992 年，每年针对团结工会运动，以及复苏的波兰从共产主义向资本主义的过渡进行一次报道。

他最有影响力的一部书《一个奇迹，一个宇宙：跟酷刑实施者算账》审查了巴西和乌拉圭军事独裁中酷刑的影响程度。韦施勒想要提出一个根本性问题："你怎样突然以活着的方式向过去的受害者表示敬意，给他们作证，并公平地对待他们——用一种仍然给予他们生存余地的方式？"要回答这个问题，首先，他在几个故事中写到一群巴西人权倡导者盗走数百万页的官方文件，包括酷刑实施者自己对酷刑的详细记录，译成《巴西的酷刑》(*Torture in Brazil*)在美国出版。这部书成为畅销的揭露性出版物。其次，韦施勒讲述了乌拉圭公民如何迫使政府就是否给先前靠大规模酷刑维护政权的军事独裁以特赦的问题举行全民公投。伊莎贝尔·丰塞卡(Isabel Fonseca)在《泰晤士报文学增刊》(*The Times Literary Supplement*)上描述这部书的叙述动力时写道："它可与惊险小说比肩，证词的分量却丝毫不减。"

他的第一部书《威尔逊先生的珍奇柜》没有在《纽约客》上发表(部分内容发表在《哈泼斯》上)。这部书聚焦侏罗纪科技博物馆这家洛杉矶小店面，那里有各种奇异的陈列品——喀麦隆臭蚁、人的头上长出来的角、嵌入铅里的蝙蝠，都是世界上的大博物馆很久以前出售的藏品。就像欧洲文艺复兴时期的"珍奇柜"一样，大卫·威尔逊(David Wilson)馆长的博物馆与其说是反映了这个世界，不如说是愉快地逃离了这个世界。《纽约时报》评论家角谷美智子称这部书为"对我们当今社会博物馆(和奇景)的作用的沉思"，并称赞了韦施勒"在人类癖好和痴迷上的共鸣雷达"。韦施勒的第一部畅销书《威尔逊先生的珍奇柜》同时入围普利策奖和全美书评人协会奖。

韦施勒最初写 J. S. G. 博格斯(J. S. G. Boggs)是在 1987 年，那是一度飙升的股票和艺术品市场崩溃的时候。"钱都到哪儿去了？"他想知道答案。在接下来的十来年的几篇作品(1999 年收录在书里)中，博格斯找到了最佳的边缘人，通过他们来探讨这个问题。博格斯是个用绘制的原版纸币交换商品和服务的行为艺术家和钱币绘制者。他会走进一个酒吧，要一杯饮料，然后出示一张，比方说五美元纸币反面的图画来付款。如果对方收了，他会要求提供收条和找零，然后卖给追踪这些原图并试图购买的收藏家。整个交易——绘制、找零、收条——构成了博格斯的艺术。一笔博格斯交易拍卖了 42 万美元，其他的被大英博物馆、芝加哥艺术学院、现代艺术博物馆以及史密森尼博物馆收购。《大西洋月刊》的托比·

莱斯特(Toby Lester)注意到了作者和采访对象之间的对比:"韦施勒似乎总是,正如他论及博格斯时所说的一样,'热衷于在通常精密编织的理所当然的世界里扰乱哲学,挑衅信仰,让人瞬间泪崩'"。

2001 年,韦施勒成为纽约大学纽约人文科学研究所的所长。他最新的书《维米尔在波斯尼亚》是他过去二十年作品的汇编。他的下一部将于 2005 年出版的书辑录自《麦克斯威尼》(*McSweeney's*),书名暂定为《杂感集:往事历历》(*Everything That Rises: A Book of Convergences*)。

尽管主题很多样，但你的作品却给人感觉是个整体。这是刻意的吗？

是的，我非常清醒地知道我在构建一个总体架构。这让我想起博格斯的故事：其中有一个人写作，写他的一生，最后却意识到他所写的是自己的面孔。

问题是，并非每个人都能看到这种连续性，书店经常不知道该把我的书放在哪个专区。我刚听说安阿伯市的巴诺书店把《威尔逊先生的珍奇柜》——我写的关于大卫·威尔逊的侏罗纪科技博物的书——放在"解密类"专区！我描绘博格斯，一位绘制钱币的艺术家的书，有时会被放在"经济类。"《一个奇迹，一个宇宙》，我写的关于酷刑受害者与酷刑实施者算账的书，被放在"拉丁美洲"专区。

这让我感到非常沮丧，因为我相信有一种文学的非虚构——我渴望成为其中一分子——传统，它们应当在书店里按字母顺序被放在"文学"专区。

这就是你给你《流亡的苦难》这部书加上"非虚构小说"这个副标题的原因吗？

是的。实际上，你不能对巴诺书店有任何期待，但是甚至当我跟那些比较喜欢我作品的独立书店的管理员谈这事时，他们都很反对我提出的把所有文学非虚构作品归入"文学类"的建议。他们说："我们如果这样对你的书进行分类，就得对每一个人的书这样分类。"我跟他们说，不用的，他们只要做个判断：你是在处理一个文学项目吗？这就要求书店真正改变思维定式。有几位作家有时会被摆放在"文学"专区，像麦克菲、特里林、P. J. 奥罗克（P. J. O'Rourke）。有趣的是，有个专门进行这种分类的书店，叫亚马逊 [1] ！

你有时把自己的文章称为"激情作品"，是什么让你充满激情？

我痴迷于一些较小范围内的大问题：激情、优雅、流亡、封杀。

1　亚马逊公司（Amazon. com），美国最大的网络电子商务公司，最早开始经营电子商务的公司之一。亚马逊成立于 1995 年，起初只经营书籍销售业务，一度成为全球商品品种最多的网上零售商和全球第二大互联网企业。

我把激情的主旋律称为"吸入孢子"。在《威尔逊先生的珍奇柜》中，第一个图像是蚂蚁在雨林的地面上觅食，它们偶尔会意外地吸入菌类的孢子。孢子寄生在它们的大脑中，让它们的行为变得古怪起来。它们平生第一次离开了森林地面，爬到周围藤蔓的卷须上，然后在藤蔓的茎上刺穿自己的上颚，最终等死。其实它们之所以会死，是因为菌类正在吞吃它们整个神经系统。死后两周，一只长满了孢子的角会从它们的头上冒出来。之后，大量孢子落在森林地面上，整个过程又重新开始。

所有这些都是对吸引我的东西的讽寓。人们"吸入孢子"的时刻令我痴迷。如果发生在个人身上，这会相当有趣。如果发生在较大的政体上，如波兰、南非、乌拉圭、巴西，这会很大、很威风。顺便说一下，有时也很有趣。

我所有的作品写的都是某天在街道上徘徊，专顾自己的人，他们突然并且几乎很自然地燃起了激情，变得沉迷，极度专注，他们的生命变得极度鲜活。结尾是在这天要结束的时候，他们处在一个想象中与早晨出发的地方不同的地方。我既对一个人燃起激情时会发生的事感兴趣，又对政治环境——需要用什么来扑灭这种激情——感兴趣。因此，我还对镇压、酷刑以及整出戏感兴趣。

那么"优雅"呢？

你为某件事情工作、工作、工作，然后优雅就会自然而然地起作用！没有前期所有的工作，它就不会发生，但它的发生并不是由前期工作引起的。前期工作为接受能力做好了准备，但后来，在它之外还有一种白白得来的东西，就是"优雅"。

例如，一个人在跟波兰团结工会活动家讲话的时候就看见了它。从1968年一直到1980年，月复一月，年复一年，他们的努力都付诸东流。没结果，没结果，没结果。然后，在1980年8月，一切都有了结果。而在某种意义上，他们感觉截至那时，他们所做的一切都与这个结果无关。

你为什么会被"流亡"这个主题吸引呢？

我的外祖父母都是因为纳粹的缘故被迫流亡的维也纳犹太人，他们的生活遭到各种形式的破坏。我的外祖父恩斯特·托赫是个作曲家，在被迫离开德国的时候，他给外祖母发的"报平安"的电报上说："我有铅笔。"——仿佛那就是他需要的一切。当然，他来到加州时所没有的是背景，是共鸣。他来到美国，在前十五年经历了恐怖的封杀，后来竟不可思议地恢复了元气，从另一端走了出来。他写了一系列交响曲，其中《第三交响曲》拿到了1956年普利策奖。这首交响曲中有歌德的一句格言："当然，我是个流浪者，流浪在浮尘。但你能说你不是吗？"这是说，流浪的犹太人的个人流亡是某种普遍现象。

对你来说，存在比别的激情更有趣的激情吗？

我对各种各样的激情都感兴趣。这并不是道德上正面或中立的吸引力。例如，我为法西斯主义者的美学所吸引。例如，当你想到希特勒的时候，你是在讨论这样一个人：在成为反犹分子之前，他就是某种审美鉴赏家了。了解希特勒的关键，是要知道他曾是一名画家，甚至确切地讲，还不是个失败的画家。让他受不了的是，他可以画出真正像房子的房子。但是见鬼，为什么陈列在博物馆里的尽是些抽象的蹩脚货！他在那儿注意到，其中许多"蹩脚货"都是"全球各地的"犹太人赞助的。人们甚至可能说，希特勒对犹太人的仇恨源于现代美术，而不是相反的原因。

所以，令你沉醉的那种"激情"不总是"为正义而战的人"这种信念？

不一定，尽管在大多情况下的确这样，而且那些情况常常有助于写出一些更有趣的故事。换句话说，真正让我感兴趣的是"苏格拉底式"的个体。像艺术家罗伯特·艾文、博格斯、大卫·威尔逊这些人，这是能用专长颠覆你的确定性的那些人。他们就像那些蚂蚁一样，已经吸入了孢子；而我又吸入了他们的孢子，并吐了出来。这就是读者所领受的。

你是怎样找到故事的想法的？

呃，到目前为止，这全都成了一种自我呈现：我被称为一个对此类事情很有耐心的人。我还持有一种观念，就是最好的东西就是没人听说过的东西。有时，我所写的人原来是个"新时代大人物"，但那并不是他们当初吸引我的原因。

这一定让你不受大多数杂志编辑的欢迎。

是这样。实际上，蒂娜·布朗在担任《纽约客》编辑的时候就拒绝了最终成为《威尔逊先生的珍奇柜》这部书的作品。

我交上去一万两千字，是这部书的前半部分。蒂娜甚至看都没看，就把它退还给我，叫我缩减到五千字。我告诉她说，这儿没有五千字的作品。我有五百字的"街谈巷议"作品，或者一万字的作品，但其架构不适用于五千字。

蒂娜却说："雷恩[1]，就算我想发表一万字的有关威尔逊先生的侏罗纪科技博物馆的作品，那也不行，因为它不火。"我回答说："好吧，蒂娜。没错，它不火，但很棒。不过如果你发表这一万字，那它就火了。"然后她忘乎所以地回击道："我不发表一万字的有关一个将来会火的地方的文章，我只发表一万字的关于一个目前很火的地方的

1　雷恩(Ren)，朋友对劳伦斯·韦施勒的爱称。

文章。"平心而论，蒂娜并不是这个故事中的反面角色。她只不过是一个更广泛的问题的代表而已。

这是你很少写名人的原因吗？

写名人并没有什么问题。名人通常很有趣，但当他们跻身名人界的时候，你就不想和他们交谈了。"名人新闻"的问题是，在一个人出名的时候，你对他所做的任何专访其实都是对名人界状况的专访。报刊编辑学有某种人生哲学，就是在描述自己带名人去了哪个豪华饭店时，其逻辑就是饭店越豪华，你获取的独家新闻就越精彩。

名人新闻问题的另一个比喻是闪光拍照。用闪光灯拍的所有照片都很糟糕，照相机里的闪光使照片失真了。用闪光灯拍出来的照片都一样：每个人的皮肤看起来都一样，而且每个人的眼中都有同样的小红点。名人界使得有关名人这个主题的任何可能有趣的东西都失真、模糊了。

在故事展开之前，你是怎样找到想法的？

我把各种问题抛之脑后，我总在寻找可以写故事的办法。有段时间，我想写酷刑以及我们在酷刑中的共犯关系，我还想写艺术与金钱的交集。你可以同时针对这些东西来写，但这会很乏味。比如说，我在 1987 年艺术品市场极度疯狂的时候写博格斯，但博格斯这个故事并不是描述艺术品市场何等疯狂的。

总之，我坚持在这些主题上紧跟文学的步伐，并寻找一个故事、一段叙述、一个传说，以及借其讲故事的一个人。约翰·麦克菲将这个过程比作"寻找一艘船"。我人生中很多时间都是在"找船"。

你怎么知道你有了一个好故事？

我把一台好的盖革计数器称为"气枕"。例如，我把《美国生活》中伊拉·格拉斯(Ira Glass)的广播节目称为"气枕广播"。我用这个术语来形容这样一种体验：打开节目，坐下来听的同时结算着自己的账单，45 分钟之后你发觉自己还没动笔。你还注意到自己张着嘴巴，嘴里的空气已经完全静止了。有一个气枕卡在你嘴里，两三分钟都没动。你简直忘了呼吸！你被这种体验打败了。这比什么都好，虽然是主观直觉，但简直就是客观存在的。

如果我发现自己与一个故事是"气枕"关系，这就是个非常好的迹象，表明这个故事是个好故事。

有了"气枕"体验，你会怎样把故事讲出来呢？

三角定位是关键。我一般不正面出击，而是尽可能地从许多不同的侧面出击。例如，为了说明我们为何相信金钱这个问题，我从艺术这一侧面、从博格斯这个人等侧面多方出击。并且，我尽量让这些不同的角度贯彻整部作品。在写塞尔维亚时，我对采访米洛舍维奇(Milosevic)并不是特别感兴趣；在写波兰时，我对采访瓦文萨(Walesa)并不是特别感兴趣。我对控制全场的情绪、漫无边际的讲论更感兴趣。

除了从各个角度走近采访对象以外，你的作品常常会有这样一个时刻：你突然停下来，把读者带到一个完全不同的方向。

我称之为"活板门"。我喜欢增进速率，到了高潮时刻，就是我真的开始把气氛炒热的时候，我会把读者从活板门带进去。这不在他意料之中，我会利用这个机会把他带到一些新材料——其他人物角色、一段简史、某种人生观——那里去。在作品真正展开的那一刻，我可能会告诉读者："现在，欲知后事如何，让我们回头来看看这个……"

"三角定位"和"活板门"是怎样联系起来的？

呃，因为我已经在作品最高潮的时刻把读者从活板门领了进去，他就会迫不及待地要回到故事的主线剧情中去。比方说，活板门在那个时刻可能会把读者带到更传统的历史中去。但因为这个信息是通过三角定位，在存在偏差的、经过高水准解析——尽管不尽然准确——的基础(我用这个词来表达)上被透露的，它本身会有所偏差。它并非直接说明，也可以说读者甚至不会意识到它"对他有好处"。把读者从活板门领进去的时刻，我所说的都是"我正在讲的这个故事真的很棒，很好玩。为了让它更好玩，你需要知道后面的情节……"

你更喜欢做自己想出来的故事还是编辑推荐的故事？

我倾向于做自己的项目，然后找一个愿意发表这些作品的人。这与一个事实有关：每次开始写一个新作品的时候，我心里常常就有了作品的主体架构。我的每篇文章、每个段落都是把作品当作一个更大的整体来写的。

保持独立性对我来说一直很重要。要是我签一份合同，成为特约撰稿人，蒂娜就肯在我身上砸一大笔钱。但那就意味着，如果她给我布置了一项大卫·格芬[1]专访的任务，我就必须得去做。我不想这样做。无论杂志的编辑是谁，我始终都是按作品和字数计酬的。

1　大卫·格芬(David Geffen)，1943 年出生于美国纽约市，娱乐业大亨。他创办的公司拥有或曾拥有诸多大名鼎鼎的明星及作品，如老鹰乐队(The Eagles)、枪与玫瑰(Guns & Roses)、约翰·列侬(John Lennon)、百老汇音乐剧《猫》(Cats)及大量电影。他与大导演斯皮尔伯格等共同创办了闻名全球的好莱坞电影梦工厂。

你的许多故事都酝酿了很多年。你从一开始就知道自己在写一个故事，还是在生活中，等待故事的悄然来临？

通常，我早就知道某个事物是不是一个故事，因为我会听到自己不断地跟别人讲这个故事。这就像伟大的威斯坦·休·奥登[1]的诗行："未闻我所言，怎知我所想？"

你会同时写好几个故事吗？

我在任何特定的时刻都兼顾着七八个故事。有一天，我想写一个故事，是关于流失的所有精彩作品——就是我以为我在写，但其实并没有写的故事。

能举一个例子吗？

澳大利亚梦想案件曾是我最喜欢的故事之一。大约二十年前，某个人产生了把丙烯画带给先前在沙里创作非凡画作的土著居民的想法。根据土著文化，这些画作被称为"梦想"。人们认为这些"梦想"是可以继承的：你能获准创作同一个"梦想"，如果它是你父亲的"梦想"的话。某些"梦想"在市场上比别的"梦想"更受欢迎。果然，某个人剽窃了另一个人的"梦想"！这最终导致了一起澳大利亚诉讼案件。想象一下，一起诉讼案件这样开始："喂，朋友。你偷走了我的梦想！"

这是"三角定位"的一个完美体现。这个故事简直提出了一组令人惊讶的问题：关于土著文化、关于每一起法律案件中涉及的趣事、关于资本主义和艺术的趣事、关于我们的跨文化追求的趣事。悬挂在派克大街(Park Avenue)起居室墙上、弗兰克·斯特拉(Frank Stella)的画作旁边的那个土著玩意儿究竟在表达什么呢？这种对比相当有趣，但这绝对与土著文化无关。这个故事简直有一百万个角度。讨厌！

在任何特定的时间，你会同时进行多少被指派的项目？

你是不会愿意知道我的公事状况的！我常常有很多个项目在同时进行。有些是故事，有些是专题讨论会，有些是表演或丛书。也有很多交叉的情况，比如说故事变成了专题讨论会，专题讨论从故事中衍生了出来。我有多重角色。我是纽约大学人文科学研究所所长。我是索罗斯(今圣丹斯)记录品基金会(Soros Documentary Fund)主席，因此每六个星期我会收到一堆必须要看的视频文件。这些作品都被发表在《麦克斯威尼》上。我对叙述感兴趣，而且我不太介意以何种形式叙述。

1　威斯坦·休·奥登（Wystan Hugh Auden，1907—1973），英裔美国诗人。代表作：《雄辩家》(1932)、《染匠的手》(1962)等。

你对一个故事的大部分研究是在报道之前、期间还是之后做的？

在我没出门之前，我会做一些研究，在出门之后则会做大量研究。我做过的一些最佳新闻报道是毫无经验地到了一个地方，离开，进行大量阅读，然后再回来。我在写巴西和乌拉圭时有过这种情况。

有没有一种研究是你特别信赖的？

我在调研美国故事中有关20世纪发生的事件时做过的一件事，是找回《纽约客》那个时期的发行物，并研究所有的漫画。更早时期的很多漫画我根本找不到，但我想，如果能达到真正理解这些漫画的程度，那我就会对那个时代的集体无意识有所了解。要了解一个时代或一个国家的精神，你得先了解它的幽默。

你还有其他研究来源吗？

我认识人权领域的很多人，因此经常从那里入手。我进行大量阅读，并与该领域的专家交谈。我还阅读大量的诗歌和小说。

为什么要阅读诗歌和小说？

为了了解我所报道的地方和人民的情感、文化阶段。从一开始，我就要了解可能会出现的问题。

你说的"问题"指的是什么？

顺便说一下，这个问题是一种假定，是了解实际情况的复杂性的关键。

《博格斯》这个故事里的问题是："当发生金融危机时，钱都到哪儿去了？"这被证明实在是个好问题，是个不断重演的问题。我们的经济损失达到七万亿美元，这些钱到哪儿去了？答案是：这些钱永远没了！它是一种大众幻影。

《一个奇迹，一个宇宙》这个故事里的问题是："你怎样突然以活着的方式向过去的受害者表示敬意，给他们作证，并公平地对待他们——用一种仍然给他们生存余地的方式？"怎样向活着的人和逝去的人表示敬意，这可以说是很棘手的问题。

你有一套报道的固定程序吗？

在国外报道的时候，我会确保有一张回程不定期的往返票。我做的是有时被人们贬损为"空降式新闻"的工作。我会带着一些模棱两可的问题出现。我会安排很多采访，并拼命地做笔记。

最初的几天，我总会碰壁，感到绝望。没有人回我的电话，我对什么都不了解……

但事情开始有了起色，然后我达到了一种禅宗般泰然自若的状态。在这种状态下，我虽然还不了解故事，但我让它随意把我带到任何方向。

所以，最初的几天就浪费掉了？

不，这是"寻找阶段"。我在最初的几周搜集资料、进行采访所花费的所有时间其实都是在试图搞清楚那个"问题"。我听过的最有用的话，是大学里一位名叫托德·纽贝里(Todd Newberry)的海洋生物学家说的。为了给他写一篇主题很广泛的、不实用的论文，我绞尽了脑汁。他说："在你探讨一个很大的、空洞的主题时，有点像你沿着沙滩走，碰到一头死掉的海象，你对它的死因很好奇。"(括号说明一下：我没有沿着沙滩走，没有碰到海象，不会了解这该死的死因！)他继续说道："你可以做以下两件事中的一件。你可以在那儿捡起一片浮木，在海象身上乱打一气，但你只会把海象和你自己搞得一团糟。或者你可以把那片浮木拿到大圆石那里，坐下，捡起石头把浮木磨尖。这需要好几个钟头，很可能你整个下午都在磨那片浮木。但在这个过程结束时，你就有了一个刀片。然后你可以用那个刀片解剖尸体，接着在五分钟内找到海象的死因。"

这个故事的寓意是，当你面对很大的、空洞的主题时，不要急着问很大的、空洞的问题，而要花 95％的时间来琢磨问题。在报道的初期，我经常带着一连串很大的问题去采访。"这个问题行吗？那个怎么样？"某些问题没有得到回应，我就把它们删掉了。

提出正确的问题需要多久？

我会在在那儿的两三周期间进行四十次左右的采访。或者我会细心地发现，我一直在问的哪一个问题其实能让事情得以展开。

然后，由于我在寻找期间做好了笔记，我可以考虑我精心琢磨过的问题，查询我之前的采访。而在重温这些采访的时候，我开始注意到自己之前没有注意到的东西。但在我给海象开刀，以发现它的死因之前，大约需要四十次磨刀性质的采访。

接下来呢？

这时候，我已经了解故事大约 95％的情况。但我知道，哪怕多待一天，我都有可能得到会导致我对所知道的任何事情的信念完全动摇的信息，让我在我所知道的事情上的信心退至 5％。我需要六个月时间才能回到 95％，与先前不同的 95％。因此，在那个时刻，我撤回旅馆，独自待在那儿，直到下一航班起飞。这就是我时常带着回程不定期的往返票的原因。

那 95% 的情况真的会使你确信获得了这个故事？

不是，我们来把这个搞清楚。并没有"这个"故事。我是第一人称新闻的非常坚定的拥护者，也就是坚持使用"我"的叙述者。这并非出于狂妄自大，而是出于谦虚。事实上，我认为不用第一人称讲述的故事才是狂妄自大的故事。

例如，《纽约时报》就是狂妄自大的。它们这样表达："事情就是这样的。这是所有适宜刊登的新闻。"幸亏《纽约时报》现在至少还有署名文章。但即便如此，你还是会看到这种心灵完全扭曲的传统手法："在西伯利亚最遥远的冻土地带，某某先生对一位记者说过……"这里到底发生了什么？你们是三个人在房间里吗？

五句话都不出现一个"我"，实际上如果不这样，反而更好些。但最好是一个人表述说："这只是一个人基于一些经历的见解。"

你有一套进行采访的固定程序吗？

除了问"在这儿有什么感觉"之外，我没有特定的问题。不是问"它是什么"，而是问"有什么感觉"。一个有趣的比方来自我的朋友奥利弗·萨克斯博士（Dr. Olver Sacks），他把自己称为"临床存在论者"，以此来表示他是提出"你好吗？你怎么会成这个样子？你感觉怎样？"这些诊断问题的某个人。而那个问题的关键词就是"感觉"，比如"此刻，身为波斯尼亚人你有什么感觉？"

你会怎样描述自己的记者立场？

我的采访就是谈话。我平等地看待自己。我不是个乞求者。我斗胆地想象我也是人，有过可能跟他们的经历一样有趣的经历，他们或许会觉得那很有趣。在采访中，我经常有一半的时间都在和他们交谈。我会打断他们只谈论自己的老习惯。我经常会打断他们，说："哦，这让我想起我曾经干过的一件事……"我愿意接受东拉西扯的交谈。他们从未面临这些问题，这也让他们敞开心扉，进行思索。

结果就是气氛极其火热。例如，我在南非报道布雷滕巴赫（Breytenbach）[《专访：一位亚非利加拿但丁》（*Profile：An Afrikaner Danta*），《纽约客》1993 年 11 月 8 日]时，对艾力士·波瑞（Alex Boraine）——为抗议种族隔离而离开政府的白人国会议员——进行过一次重点访谈。他对我说："我们在南非遇到一个可怕的问题，以前从没有人碰到过。我们努力创建民主，但前政府却留下这么多压制重重的安全部队和酷刑受害者。我们怎样才能使这两者和解呢？"因文化抵制的缘故，波瑞这样的人并不知道其实每个人都在为这一问题而纠结！

我向他讲述了我在乌拉圭、巴西和波兰这些面临相同问题的国家所做的工作，结果几个月后，我们的讨论演变成了在开普敦举行的专题讨论会。我帮他们从波兰邀请了亚当·米奇尼克（Adam Michnik），从智利邀请了何塞·扎拉奎（Jose Zalaquett），而正是因为这场专题讨论会，南非的真相与和解委员会诞生了！

你的许多故事都是在语言不通的国家报道的，这让你的程序有了怎样的改变？

呃，如果身处一个语言不通的地方，你显然会很茫然——但茫然也是故事的一部分。所以，我会找一名很棒的翻译。在外国文化背景下报道的最有效的办法就是在某个人翻译的同时，你记笔记。这样就能保持密切的眼神交流，同时还能记笔记。拖延让人有时间把它写下来。

你也可以借助翻译来玩"好警察"与"坏警察"的游戏。你自己绝不会讲的事，可以让翻译来说，然后怪到你自己头上。他们可以比原本更无礼，你也可以比原本更无礼。我叫他们把责任推给我，就说："我真的很抱歉，我本来不会问这样的事，但这个傻帽美国人想了解……"

你更喜欢哪一种翻译？

我会用两个故事来回答这个问题。1981 年 5 月，我在初到波兰的时候并没打算报道一个故事。我只是和我中学的一位朋友一起去了，因为那似乎是逃离里根统治下的美国的一个好地方。那真的让人很兴奋啊，然后有一天，我们意识到我们需要一名翻译。我们坐在华沙最豪华的酒店——维多利亚酒店（Victoria Hotel）——外面，抬头看到一个巨大的横幅上写着"国际翻译会议"。所以我们聘了一个，结果却异乎寻常地悲催。我们找了这位名叫格蕾丝（Grace）的可爱女性，她很活泼，英语不错。她还很漂亮，这一点好处颇多，因为很多波兰男人恰恰是男性至上主义者：给他们露点儿腿，他们就什么都会告诉你！

在我回国后，威廉·萧恩暂时还不能发表我写的东西，所以九月份我又回到波兰报道团结会议。我继续请格蕾丝做翻译，但格蕾丝不懂政治。在团结会议上，有一个采访卡罗尔·莫扎莱维奇（Karol Modzelewrki）——团结工会的一位顶尖知识分子顾问——的关键时刻。我问他说："你这儿好像有个问题。你一直讲'自我管理'，但是自我管理的企业如果要破产该怎么办呢？一个自我管理的企业应该如何有效地破产呢？"格蕾丝听着我的问题，然后说："我不会问那个问题。它很粗鲁！你们美国人带着这些聪明的问题来到这儿很容易，但这是我们的生活。"我目瞪口呆，但她就是不肯问那个问题。

现在看来，与我的翻译进行交流比他本来会给出的任何答案都更有价值。因为这意味着在历史上的某个时刻，像格蕾丝这样普通的、正派的、爱国的波兰人不会去思考某一类问题。这比任何专家本来会告诉我的关于自我管理的情况都有趣得多。

再举个例子说明一下翻译的作用。我在波斯尼亚有个很不错的翻译，是一名医科学生。在这些灾难深重的国家发生的一件好事就是你能找到一流的翻译，因为经济已经崩溃了。他是塞尔维亚人，有一辆车。他是个"头脑正常的"塞尔维亚人，因为他认为大家都疯了。但即便如此，他偶尔也会不知不觉地用塞尔维亚人的眼光来看事情。因此，当我跟他在一起的时候，有些伊斯兰教徒不愿意跟我交谈。另一方面，其他一些人愿意跟我交谈，只因为我和一个塞尔维亚人在一起。

战争结束后，当我们在俯瞰萨拉热窝的波斯尼亚——塞尔维亚陪都帕莱(Pale)——载货汽车停车场时，一个关键时刻出现了。我有一份该地区的卡通式的"我在围攻中幸存"(I Survived the Siege)地图，上面有所有山脉、所有狙击手的蹲点以及所有纪念不同遇难者的纪念馆。我们围在一起，和塞尔维亚卡车司机说话，这时有一个人看见了我的地图，开始在上面指出一些区域。他说："对，这是个射击的好地方，因为你可以俯瞰这条街道，袭击任何一个从这条道上经过的人！"这时，他们都大笑起来，讲起萨拉热窝伊斯兰教徒的笑话。所以我叫我的塞尔维亚翻译笑得比他们更拼命，以便让他们继续讲。然后在某一时刻，第一个人假装拿起步枪向地图开火——啪、啪、啪。这是个匪夷所思的场面，之所以可能发生，仅仅是因为我有一个可以跟他们站在同一战线上的翻译。

所以，翻译不仅是媒介，也是同谋？

是的，而且他还是个三角定位的人。我时常就我们刚听到的事情征求翻译的意见。"这事你能理解吗？"翻译会对我说："你不懂……"(有时我会回答："不，是你不懂。这是 21 世纪，如果你还继续这样干的话，你就要落后于世界上其他人了！")

一般你会怎样开始一场采访？

我从想到的第一件事入手，通常是从跟我想要讲给他的故事有关的自由联想开始。("你看到那只猴子了吗？它让我想起曾经在日本看到的一只猴子……")我想让人们觉得我很有趣。而且，凭着我所拥有的财富和经历，我也确实很有趣。

例如，在写罗曼·波兰斯基[1]的时候，我和他就父亲的角色进行了一次长谈，后来才知道这事对他很重要[《专访：流亡的艺术家罗曼·波兰斯基》(Profile：Artist in Exile)，《纽约客》1994 年 12 月 5 日]。他有一个孩子，正好处在战争开始时他那个年纪，我们由此展开了各种热烈的讨论。但那次讨论是在我谈论我女儿处于那个年纪会怎样的情况下开始的。写波兰斯基是一个巨大的挑战。那时，他正在把《不道德的审判》(Death and the Maiden)拍成电影，而这部作品其实碰巧基于的是我在南非认识的

1　罗曼·波兰斯基(Roman Polanski)，1933 年出生于巴黎，法国导演、编剧、制作人。代表作：《苔丝》(1979)、《钢琴家》(2002)等。

一些人的情况。所以我把这事告诉了他，这引起了他的注意。这就是这种自由联想的重要性。我想让他立刻知道，这将不是一场常规的采访，而是可以如他所愿的那样有趣。

你会对采访进行录音吗？

有时会。尽管当人们要求把我的话录下来时，我会告诉他们没问题，只要他们不咬文嚼字地转述我的原话就行。我不经常使用磁带录音机，就算真的用了，我也不会严格地以誊录本为准。我可能是把它们当作备忘录吧。

但誊录本不是用磁带录音机录下一个采访对象所说原话的意义所在吗？

实际上，磁带录音机会在两种情况下使采访实况失真。首先，它的存在会使所遇之事失真。任何一个作家都知道，在关掉磁带录音机的那一刻，你才真正得到了所有的好材料。甚至在似乎不再重要的情况下，在一个人完全能够放松地对待这个玩意儿的存在的情况下也是这样。

磁带录音机使记录失真的第二种情况是，誊录本是对一个采访对象和一名新闻记者之间互动的完全失真的记录。但因为实际发生的是一系列真正使之成为调和互动的沟通事件，这些包括你的表情，我对你的表情的反应(看到你很厌烦、很感兴趣、很激动)，我的嗓门提高，我的嗓门压低，你的嗓门提高，你的嗓门压低……而这些在平淡无趣的誊录本上都表达不出来。文字本身并不会模仿我们之间实际发生的情况。换句话说，我们之间发生的是讲述，是故事，而誊录本并不是一个故事。

但是，一个誊录本不是仍能让你对沟通事件中发生的情况有相当准确的了解吗？

呃，这就像是在说你可以通过看一个人的病历，而对他的身体状况有所了解一样。不。看了病历，你会了解许多关于他们的抽象信息，但你依然不知道他们身体状况如何。写作中的真正挑战是恢复实况的生动。

我可以做两种陈述，一种很有可能会导致哥伦比亚新闻学院的纯粹主义者给我找很多麻烦。我从未引述过遭遇质疑的话，这是其一。我从未一字不差地引述过任何采访对象的原话，或者至少从未打算这样做，这是其二。

挑战就是尽可能公正地记录人们想说的话，甚至是人们记得自己说过的话——他们几乎肯定没说过！他们说过的话几乎肯定不是他们想表达的意思！

对于刚开始接受采访的人来说，他们所说的是出于语法次序的话，尽是些片面的想法，说说停停，一会儿"嗯"一会儿"呃"，满是停顿和混乱。这就是我们所有谈话的形式。

你的很多采访对象都相当谨慎，你是怎样说服他们给你这么多时间的？

起初，我能争取多少时间就争取多少，最后他们通常想给我更多时间。他们发现这很好玩。他们以为采访会很正规，然而当他们发现不是这么回事的时候，就放松警惕了。我会毫不迟疑地说："哦，你要去看电影？可以带上我吗？咱们一起去吧。"或者，我会说："我要去看美术展，想不想一起去？"

你会为采访预备书面的问题吗？

偶尔会。但这不是给即将进行的采访制订的计划。这更像是一个画家对画布进行规划：你知道自己最终想在那边画一栋房子，在这边画三棵棕榈树，等等。所以，在采访之前，我心里会有个场景，或者几个我想聊的话题。在即将分别时，我要确保我已经有了棕榈树。什么时候种的不重要，只要我种了就行。

你会对场景进行筹划吗？例如，你会不会邀请博格斯这位画钱的艺术家去造币厂一游？

当然会。除此之外，我还会注意所发生的一切事如何能够被转换成场景。所以，无论你是否和博格斯一道去了造币厂，站在糖果机前的博格斯都会成为场景。

在构建场景时，你会遵循什么规则或准则吗？

福楼拜有个规则，说房间里需要有三样特定的东西，以使这个房间在读者心里变成三维的。所以，如果我们不在一个句子里，而是在几个段落里安置这个面巾纸盒、那个瓶子、那盏灯，这个房间就会立即在三维空间里浮现出来。并且，你简直可以让人们走来走去。"他走到了盒子的左边……他从这盏灯上跨了过去。"

谈话要在某些地方进行，谈话在进行，这一点非常重要。这是传统的、金字塔式新闻的另一个问题：它们采用随意的引述，而那只是一种图画而已，并不会立即浮现出来。

如果你花这么多时间，在这么多不同的地方和你的采访对象交谈，那么你是怎样保证所有信息的真实性的呢？

我又要讲几句可能会使哥伦比亚新闻学院的纯粹主义者震惊的话了。我能保证我说的跟某个人去过的每一个地方，肯定是去过的；我转述的他们说过的每一件事，肯定是他们说过的。我只是不能保证他们是在那个具体的地方说过这样的话。

但的确是这样，不是吗？例如，如果我在你的课堂上谈论一个特定的话题，后来我们又一起到咖啡馆里继续谈话，如果你引述了我在那个话题上的想法，说这是我在其中一个或另一个地点讲过的，我不会反对的。实际上的确如此。如果我现在说："还记得我在你的课堂上讲过的事儿吗?"我并不想让你这样写："他在谈论这样一个话题,先是在一堂课上说的,后来在这个地方又对我说了一次。"搞笑的是,当我的采访对象在事后读自己所说的话时,他几乎总是记得事情的经过就是我写的那样!

你会就哪些内容可以公开发表,哪些不可以进行协商吗?

我会做一切工作。我的大部分的专访,在发表之前都会让采访对象看一下。我不保证会改任何东西,但我想听听他们的反馈。并且,我想让采访对象知道,我本来是这样写的,跟以后会在杂志上发表的可能不是一回事。

有没有什么地方是你特别喜欢或不喜欢进行采访的?

这个因人而异。在写大卫·霍克尼(David Hockney)的时候,我热爱艺术漫步。当我在高压态势下写作,而在某个人家里采访他太有风险的时候,我就常常和采访对象在公园里散步。

在一场采访中,你会以任何特殊的形象示人吗?

我是个好心的、聪明的、爱闹着玩儿的记者,怀着天真好奇的态度。我一直都承认自己在某种程度上是个骗子:无论在哪儿,我都是个入侵者。我不是波斯尼亚问题的权威,也不是艺术界的权威,我是个有一定的才智、试图了解某些事物的人。

《一个奇迹,一个宇宙》中有场你对一位名叫乌戈·梅迪纳(Hugo Medina)的乌拉圭将军的采访,其中你描述了一个非同寻常的时刻。他承认对人们施以酷刑,或者说了解酷刑的情况,尽管他使用了"有效地"审问一个人的委婉说法。你写道:"他沉默了片刻,始终面带笑容。对他而言,这无疑是一场猫捉老鼠的游戏。他的笑容使我惊骇,但不久我意识到,我开始对他回以微笑……他把我整个地吞噬了。"你有没有戳穿过采访对象的谎言?

这场采访已面临危机,除非我微笑,不然就结束了。但最后是我把他整个地吞噬了:我写出了这部作品。

我通常不是个强硬的记者。我甚至愿意尽力去理解流氓的人性。梅迪纳将军是个非常复杂的人物,不只是个残忍的人那么简单。其实从某种意义上讲,他是个英雄,他是带领这种转型回到一种民主政治的军人。你所写的必须和实际情形一样复杂。

你是怎样知道你的采访已经足够了的?

呃,首先,我之前已经说过,有那么一个时刻,我知道我必须离开,否则我95%

的确定性就会落空。其次，就是在我能够预料到他们会针对我提出的问题给出什么样的答案的时候。

在做完研究和报道之后，你会怎样开始写作？

我拿着笔记本坐下，这是一种窄的螺旋便笺本。我浏览这些笔记，用一支红色标签笔给我想使用的内容加上下划线。然后，我拿出一堆白纸，开始为我所有的笔记编索引。

为什么要给它们编索引？

呃，组织原则就是："如果我以后要用到这条消息或这个引述，我该怎样找到它？"我不想在写作时，因为找不到某个关键信息而卡在那儿了。

我从罗马数字 I 的第 1 页开始，在那一页记录所发生的一切事。索引会有很多页——布雷滕巴赫的索引超过了三百页——所有这些我都写进了一个活页本里。

你的索引有一本书后面的索引那么详细吗？

在较大程度上是有这么详细的。我会写一个标题"波斯尼亚"，然后副标题"塞尔维亚人—穆斯林关系""历史上的酒鬼"……这个索引会非常详细。一般情况下，如果你在我写的任何一本书里随便挑出一句话，问我这句话在笔记中的出处，我都可以回去查找文件，两分钟内给你找出来。

我还会单独给笔记本编索引："第一本笔记本包含如下主题……第一本笔记本包含如下受访者……"并且，我会列一个叫"精选语录"的列表，包含我确保要写进作品中的内容。那也有五六页纸了。

你是在电脑上做的，对吧？

不是，我都是手写的，不过我不推荐这种做法。这个过程太疯狂了，要用好几周时间去完成，极其乏味。到最后会发生两件事。第一，我把这些材料记得滚瓜烂熟。第二，这些信息把我烦得快变成傻子了。我以一种永远无法停止厌倦的方式厌倦着这些材料。我永远都不会像刚找到这些材料时那样对它感兴趣。

这时，我就会遭遇我称之为"双南极作家的思维阻滞"的情况：当我的眼睛向着南极，空白页也向着南极的时候，宇宙里所有其他东西却向着北极。我发现自己会因这样的事情大惊小怪："糟了，盒式录像带！它们的工作原理是什么？"我根本没法安安静静地坐在椅子上，专注于任何一件事。这种情况要持续好几周。

你是怎样摆脱这种状态的？

最重要的是不让自己讨厌自己。在刚开始做新闻的时候，我经常看不起自己。我会想："我很懒，我吊儿郎当，我是个坏人。别人都在工作，我却无所事事。"告诉自己这种心神不安是过程的一个部分，这一点很重要。

话虽如此，但这并不意味着你无论如何都不会恐慌，而是说恐慌很可能会成为后来让你重新出发的一部分动力。我发现，讨厌自己完全无济于事。如果你根本无法克服那种自我厌弃的话，最好还是别当作家了，因为真的没有什么值得那样自我憎恶。

在这种时候，有没有什么活动能提供一些帮助？

两件事。一是阅读大量小说。拉里·麦克默特里[1]、沃尔特·莫斯里[2]这些作家尤其不错。我有点儿像一个跟在卡车后面骑自行车的人：我想进入其他叙述者所述之事的"气流"中，找到叙述的感觉，一直在路上，记住讲故事的感觉。

我做的第二件事就是搭积木。我有各式各样的积木，一应俱全。其中有些是我自己发明的，有些只是矩形木块。

这些积木是你女儿的吗？

不是。我不许女儿玩这些积木，这是我的。

你会用这些积木做什么呢？

呃，我的妻子，一个重要的人权监察员和我放了学的女儿回到家，会看我在餐桌上搭建起来的精致教堂。她们会说："我们看你今天忙得很哪。"我是忙得很！因为虽然没想材料的事，我却在想结构和节奏的事。

我对叙述的思考基本上是音乐式的。音乐和叙述的共同点是以优美的方式对跨越时间的材料进行连续说明。尽管我的外祖父是作曲家，我自己却对音乐一窍不通。但我在编辑时会使用很多音乐术语。我会说："这是个糟糕的切分。这里要是有个休止会怎样呢？这一段应该是小调。这个句子三拍渐强音有点太早了。"

关于在哪里分段，以及长句和短句之间的演奏，我会想很多。这对我来说非常重要。所以，编辑一来，断开我的某个很长的、拐弯抹角的句子，所有的东西就都被搞乱了。

---

1 拉里·麦克默特里(Larry McMurtry)，1936年出生于美国德克萨斯州，小说家、编剧。代表作：《真情不灭》(1992)、《断背山》(2005)等。

2 沃尔特·莫斯里(Walter Mosley)，1952年出生于美国加利福尼亚州，侦探小说家。代表作：《蓝衣魔鬼》(1990)、《白色蝴蝶》(1992)等。

事实上，我对一部作品的架构感兴趣，最终是想让它有"自然的"形式，即树液流过，形成一棵树的方式。因为我叙述的是关于人类的故事。不管怎样，积木也是关于材料的连续说明——穿越了空间，如果没有穿越时间的话。而就音乐来说，它是以建筑的方式形成的。

这些积木结构后来是怎样转化成著作的呢？

我摆弄着积木，发现自己在想："嗯，如果把故事的这部分放在那部分前面，而不是后面……或许会很有趣。"然后，我渐渐开始发现形式的次序安排问题了。再然后，我开始注意到以前没注意的韵律。

例如，当我写布雷滕巴赫的故事时，其中有一个关键时刻，就是他在机场被抓，经过一个窗子时，他在窗子里看到了自己。我思考过在那一刻看到自己究竟会是什么感觉，然后想起他的一首诗中的诗句，大意是这样："南非就像午夜的镜子，你往里看的时候，远处传来了火车的汽笛声，你的脸永远凝固了，这是一张可怕的脸，却是自己的脸。"接着我又想，："如果我把那番话安插在那个场景旁的话……"

现在，这变得真正有趣了！这很好玩！然后在某一个时刻，一切都转变了：我突然向着北，而不是向着南了，而且除了我面前的白纸以外，宇宙中的一切东西都在北边。我在办公桌旁，甚至注意不到房子是否在我周围烧毁了。然而，我感兴趣的不是材料，而是形式。让人全然兴奋的事情就是，我纯粹因为形式的缘故放在一起的要素结果适用于现实世界。而这是因为美就是真相，真相就是美。这与数学家得出一个优良的检验式时所获得的满足感是一样的。

你列提纲吗？

我把1×3英尺的空白纸张用胶带粘在一起，制成一种记事簿。我在这个记事簿上乱涂乱画一气。我制作一些小图表，把事物联系起来，关键是要设计并展现出我在摆弄积木时一直思考着的架构。但那一般来说是很具体的。

这就是你开始写作的时候吗？

是的。我花大量时间写第一段。我最近才意识到，我几乎总是在第一段就把整个故事给讲完了。例如，布雷滕巴赫这个作品就是以很长的一个句子开始的，以至于《纽约客》在发表时把它分成了许多小短句。

一旦完成第一段呢？

这时候我写得就比较快了。我经常听说我的作品甚至读起来也很快。过去，我的写法是"初稿相当于最后版本"（PD＝FC），但我不再那样做了。我时常用这句绝妙的说辞来告诫我的学生："修改不是派对结束后的清理，修改就是派对。"尽管就我而言，大部分的修改都是写之前在心里进行的。

我常常手写，然后再输入电脑。我可能最终在电脑上接着写，但一开始，声音和手写之间要有一种物理联系。这就和唱歌一样，因为嗓音总是形式和结构产生的结果。的确，当你通过架构时，就像通过喉头呼吸一样，就有了音调和嗓音。

你需要待在什么特定的地点写作吗？

与其说特定的地点，不如说特定的时间。我的时区和家人不同。白天有所有这些干扰，所以我常常在晚上十一点左右开始写作。开始的时候特别累，但我会恢复精神，一直写到早上四五点。之后睡个懒觉，一整天都昏昏欲睡，然后再重复这个过程。实际上，我会"消失"两周，然后从另一头出来。

你每天都这样重复，直到写完？

是的。在任何一个特定的清晨，我都试图在一个章节结束之前停笔。我喜欢给自己留两段。这两段我知道该怎么写，以便次日晚上写起来比较容易。这有助于我重新启动。我常常通过从头阅读来开始新的工作阶段。

这些年来，写作对你而言变得容易些了吗？

没有。每一次都像第一次。我跟你讲的所有秘密我都会忘得一干二净！

你会把没写完的作品拿给别人看吗？

我会把材料拿给妻子看。我一点儿都不藏着掖着。实际上，我把故事讲了一遍又一遍。然后我妻子在晚宴上无精打采，百无聊赖，因为这个故事她之前都听过二十遍了。

你会担心因为谈论得太多而对这些材料感到厌烦吗？

不会，因为每次讲的时候，我都试着使用不同的语言节奏和修辞技巧。我看着听故事之人的眼睛，这样就能察觉到他们对哪一部分最感兴趣。我会根据他们的眼神所表露的信息来放慢或加快叙述速度。

你是在哪儿学习成为一名记者的？

在加州大学圣克鲁兹分校辉煌时期，我在那儿接受过良好的教育。老师们教我怎么提问。他们不仅教我怎样提问，而且教我怎样光荣地提问。

巧的是，在加州大学圣克鲁兹分校康威尔学院的毕业班里的两百名学生中，还有两名——比尔·芬尼根和诺埃尔·奥克森亨德勒（Noelle Oxenhandler）——也成了《纽约客》作家。

你有一种辨识度很高的写作表达方法：顽皮、随意、好奇。哪些作家对你产生了影响？

我非常钦佩约瑟夫·米切尔，还有特里林、麦克菲、伊恩·弗雷泽（Ian Frazier）、苏珊·西恩（Susan Sheehan）。

你会怎样描述这些作家的共同表现？

呃，我教的课程叫"非虚构的虚构"。大前提就是每一种叙述的表达——尤其是每一种非虚构的表达——本身就是虚构，而写作和阅读的世界，在那些知道这一点的人和那些要么不知道，要么否认这一点的人之间产生分歧，这大致与值得一读的作品和不值一读的作品之间的划分密切相关。不知怎么的，正是在故事中，在叙事的连贯中，我们就像奥登所说的，"是完全的"。我们克服了放逐感。

你认为这种写作能引出真相吗？

我对非虚构写作中的虚构部分很感兴趣。我认为当然没有这么多客观真相（这当然是不存在的），只有公平、准确性和报道的严谨性这回事。但这只是个开始。真正让我感兴趣的，是讽刺，是看法，是自由，是形式——是一切完全由人创造出来的东西。所以，我相信写作可以引向暂时的真相和真实的人性需求。

你把这种传统叫作什么？

呃，我不喜欢"创作性非虚构"（我不知道它是什么意思）或"非虚构文学"这个名字。我把它称为"文学的非虚构"。意思是说，写作像阅读一样重要，阅读像写作一样重要。它是与这种开始看起来很小但后来变大的主题的个别的、个人的、暂时的斗争。这些主题开始似乎并不重要，最后却关乎世界上最重要的事。而且，它们是由声音、爱的语言、爱的架构组成的。

非虚构文学前景如何？

不行。我跟我的学生讲："这个课程对你们没有任何实用价值。它没前途了。甚至比这还要糟糕，因为等我给你们教完了，你们一心都会想着干这行，但它没前途了。"他们哄堂大笑，然后我说："你们现在在笑，但我敢保证在这学期结束之前，你们当中会有四五个人在我的办公室里哭，因为你们满心想着干这个。"

话虽如此，我仍在试图"拯救人类文明"，每次 12 个人。就像伊恩·弗雷泽在他的世界里所做的，比尔·芬尼根在他的世界里所做的。我们通过写作和教学来做。我们坚持认为，虽然它没前途了，它却不可能完蛋了，因为它太重要了。那儿有一种渴望。这是一种不被称为"巴甫洛夫的狗"的渴望，那种称号是该文化中的一切试图强加在我们身上的。这种情况尤其符合传媒文化。写作任务是一项"艰巨"的任务。写作就是作证，就是料理这个世界。

和其他人一样，作家有着见证暴力、管理星球、关心气候变暖与阿富汗强奸的道德义务。但除此之外，他们还被赋予了独一无二的责任，那就是讲好人类的故事。把你当作一个个独特的人，而非功利地看作客户而已。

你可以通过书籍来传达，但只有一万人读这些书，我对此不感兴趣，我感兴趣的是可能有无数人阅读的大众杂志。这种称呼可能会在我们的时代消失。

你有没有发现任何有希望的迹象？

例如，《麦克斯威尼》即可证明它的潜在读者阵容庞大，其中大部分是 25 岁、人人都说不会阅读、注意力不能持久的人！因此，我们所面临的挑战是创建更多那样的杂志，使它重获新生。这也是我正在努力的。

劳伦斯·韦施勒作品

《维米尔在波斯尼亚：文化喜剧和政治悲剧》(*Vermeer in Bosnia：Cultural Comedies and Political Tragedies*)，潘塞恩图书出版公司，2004 年。

《罗伯特·艾文：盖蒂花园》(*Robert Irwin：Getty Garden*)，盖蒂出版社，2001 年。

《博格斯：价值的喜剧》(*Boggs：A Comedy of Values*)，芝加哥大学出版社，1999 年。

《流亡的苦难：三篇非虚构中篇小说》(*Calamities of Exiles：Three Nonfiction Novellas*)，芝加哥大学出版社，1998 年。

《完美城市的流浪者：激情作品精选》(*A Wanderer in the Perfect City：Selected Passion Pieces*)，思考者书局，1998 年。

《威尔逊先生的珍奇柜》(*Mr. Wilson's Cabinet of Wonder*)，潘塞恩图书出版公司，1995 年。

《一个奇迹，一个宇宙：跟酷刑实施者算账》(*A Miracle，A Universe：Settling Accounts With Torturers*)，潘塞恩图书出版公司，1990 年。

《夏普因斯基的因果报应、博格斯的纸币及其他真实故事》(*Shapinsky's Karma，Bogg's Bills，and Other True-Life Tales*)，北点出版社，1988 年。

《大卫·霍克尼的摄影技巧》(*David Hockney's Cameraworks*)，克诺夫出版集团，1984 年。

《波兰的激情：历经战争状态的团结》(*The Passion of Poland：From Solidarity Through the State of War*)，潘塞恩图书出版公司，1984 年。

《团结：激情岁月中的波兰》(*Solidarity：Poland in the Season of Its Passion*)，西蒙与舒斯特出版公司，1982 年。

《看到就是忘记所见之物的名字：加州艺术家罗伯特·艾文传记》(*Seeing Is Forgetting the Name of the Thing One Sees：A Biography of California Artist Robert Irwin*)，加利福尼亚大学出版社，1982 年。

Lawrence Wright

劳伦斯·赖特

记者的价值之一就是站在
那里听听人们要说些什么

代表作品：

《城市孩子，乡村夏天》（1979）

《在新世界里》（1988）

《圣人与罪人》（1993）

《记住撒旦》（1994）

《末日巨塔》（2006）

美国著名非虚构写作者，编剧，纽约大学法学院法律和安全中心研究员，与妻子长年居住在德克萨斯州的奥斯汀。赖特 1947 年 8 月 2 日生于俄克拉荷马城，在德克萨斯州达拉斯长大，父亲曾在此担任雷克伍德银行和信托机构主席，母亲则会每周都会陪着三个儿子去公共图书馆。

1965 年，赖特毕业于伍德罗·威尔逊高中，后毕业于杜兰大学，曾在埃及开罗的美国大学执教两年，并获得应用语言学硕士学位。《末日巨塔：基地组织与"9·11"之路》是赖特耗时十五年的重要作品。在书中，赖特展示了基地组织的两名领导人（本·拉登和艾曼·扎瓦希里）、联邦调查局反恐部门主管约翰·奥尼尔，以及沙特阿拉伯情报事务首脑图尔基·费萨尔王子四位主要人物相互交织的生活。这本书荣获 2007 年普利策非小说奖。除了非虚构作品，赖特还写有小说《上帝的宠儿》（2000），并与人合著了电影《全面围攻》的剧本。

我的目标是做一个接收的容器，他们可以把自己的故事倾倒进这个容器里。只有把注意力完全放在他们身上，而不是相反，我才更有可能做到这一点。"

　　许多新闻记者在 2011 年 9 月 11 日恐怖袭击之后感觉到一种新的职业关联性，劳伦斯·赖特更是如此。1969—1971 年，赖特住在开罗，会说一点阿拉伯语，职业生涯中的大部分时间都在写宗教信仰的变迁。在电视上看着这场袭击，赖特希望它不是一场中东恐怖袭击。"我被我非常喜爱的一种文化向我所属的一种文化宣战的可能性困扰着。"他说。赖特目前正在写一本许多人认为将是对导致那天发生的事件的最全面的叙述的书。"我感觉我命中注定要写这本书。"

　　赖特在报道这个故事时比其他人更有优势，因为他熟悉阿拉伯文化和语言，而且对信仰在日常生活中的作用很敏感。"精神层面的问题在人们的生活中比新闻记者这行的主流——政治之类的事——更有影响力。"他在《圣人与罪人》的前言中写道。对赖特而言，宗教不是一种怪现象或荒谬的情感，而是一股贯穿、渗透在我们所有行为中的地下力量。他把宗教比作地铁系统："在地面上，人们各自忙自己的事情，或许对他们脚下那个世界发生的错综复杂的动静毫无察觉。"把这个比喻扩展一下，一个人或许会把赖特的新闻领域想象成路线图，图上标有曲折和转弯之处，以及从我们世俗世界驶过的不同线路(犹太教线路、天主教、伊斯兰，在多种可能性中我们仅举几例)的交叉路口。

　　劳伦斯·乔治·赖特 1947 年 8 月 2 日出生于俄克拉荷马城。他在德克萨斯州达拉斯(Dallas)长大，他父亲曾在此担任雷克伍德银行和信托机构(Lakewood Bank & Trust)主席。赖特的母亲，一位如饥似渴的读者，会每周一次陪着三个儿子到公共图书馆挑书。他们三个长大后都成了作家。

　　在杜兰大学(Tulane University)，赖特认识了沃尔克·珀西(Walker Percy)，这位作家的小说[《观影者》(*The Moviegoer*)、《废墟中的爱情》(*Love Among the Ruin*)]是对哲学和宗教信仰的沉思。"他向我阐明了写作的奥秘。"他说。赖特毕业于 1969 年，在申请出于良心拒服兵役者身份之前，他差点儿应征加入海军陆战队。在接下来的几年，赖特没有去越南，而是在开罗教英语，学习阿拉伯语。

对一个美国人来说，在埃及这段时期的生活是艰难的，但赖特和他的妻子交了许多埃及朋友，一生都热爱着这个地方。

赖特从事的第一份新闻工作是 1971 年在田纳西州纳什维尔(Nashville)的《种族关系记者》(*Race Relations Reporter*)做记者。1972 年，他受雇于《南部之声》(*Southern Voices*)——乔治亚州亚特兰大南部地区委员会的一个出版物，开始向国家级杂志投稿。

他的第一部书《城市孩子，乡村夏天》记录了一个与新鲜空气基金会(Fresh Air Fund)——把城里的孩子送去寄宿到农村家庭的一个组织——共度的夏天。1980 年，赖特的作品引起了《德克萨斯月刊》(*Texas Monthly*)的编辑威廉·布罗依莱斯(William Broyles)的注意。他于 1980 年迁往奥斯汀(Austin)，到该杂志社上班，并向《滚石》投稿。这两本杂志发表了赖特收录在《圣人与罪人》中的大部分宗教人士[沃克·雷利(Walker Railey)、吉米·斯沃加特(Jimmy Swaggart)、麦达琳·默里·欧黑尔(Masalyn Murray O'Hair)、安东·拉维(Anton LaVey)、威廉·坎贝尔(William Campbell)和马修·福克斯(Matthew Fox)]专访。哈佛大学的宗教学者哈维·考克斯(Harvey Cox)称之为"较之我长久以来看过的任何一册书，或许告诉了我们更多有关美国宗教和文化的一部细致入微的、描写细腻的、富有远见的书"。

赖特的第二部书是自己从肯尼迪遇刺、越南战争一直到 1984 年共和党大会上罗纳德·里根的连任期间，在达拉斯成长的回忆录。《在新世界里：与美国一同成长》避免了大部分回忆录都有的唯我论，扎实地将作者的生活置于他的时代背景中，而不是反其道而行。他把这部书描述成"一个相当平凡的人所目睹的非凡的一代的故事"。史蒂芬·D. 斯塔克(Steven D. Stark)在《纽约时报书评》上称之为"1988 年阳光地带(Sun Belt)的《少年维特的烦恼》"，并认为它"以其他散文作品所不具有的方式成功地捕捉到了这个时代"。《时报》的每日评论家克里斯托弗·莱曼·豪普特(Christopher Lehman Haupt)表示赞同："即使是最常见的题材，他也能写得让人耳目一新。"

1992 年，赖特成为《纽约客》的特约撰稿人，在此发表了他最著名的作品《记住撒旦》(*Remebering Satan*，1993 年 5 月 17—24 日)，讲述了华盛顿州瑟斯顿县(Thurston County)治安局首席民事副警长保罗·英格拉姆(Paul Ingram)被指控性侵自己两个女儿的故事。英格拉姆不记得有过任何侵犯，但并未否认指控。"'我'的里面一定有阴暗的一面，是我所不知道的。"在试图唤起对自己行为的被压抑的记忆时，他这样说道。在警察和一位心理学家的鼓励下，英格拉姆开始回忆起性侵的细节。最后，一位邪教和精神控制方面的权威人士得出结论说，英格拉姆的口供是捏造的，他没有犯任何罪，只是渴望取悦权威。但当英格拉姆提出动议，要求撤回他的认罪抗辩时，已经太迟了，诉讼程序无法停止了。最终，他被判处 20 年监禁。"不管压抑的价值是一个科学概念还是一种治疗手段，其中毋庸置疑的信念已然和巫师的信念一样危险。"赖特写道，"一种想法很现代，而另一种想法是我们愿意认为的一个轻信时代的人造品，但结果都一样让人郁闷。"

这个故事荣获全国杂志报道奖以及约翰·巴特罗·马丁公益杂志新闻奖(John Bartlow Martin Award for Public Interest Magazine Journalism)，成为警戒备受争议的"恢复记忆"运动之危险性的故事。"赖特先生讲了一个追求轰动效应的故事，老是被超市小报欣然接受的那一类故事，并将它转变成一本有思想深度的、扣人心弦的书。"角谷美智子在《纽约时报》上写道。

赖特在"9·11"事件之后给《纽约客》写的第一个作品是关于联邦调查局特工约翰·奥尼尔(John O'Neill)的。他被基地恐怖组织困扰，又对联邦调查局没有能力追踪奥萨马·本·拉登(Osama bin Laden)感到失望，于是辞去联邦调查局的职务，转而担任世贸中心的保安总长，后来死在世贸中心。《反恐精英》(*The Counter Terrorist*，《纽约客》2002 年 1 月 14 日)目前正在被美国米高梅电影制片公司制成一部电影，而赖特负责给这部电影写剧本。真是命运的奇妙安排，赖特的第一部关于纽约的一个阿拉伯恐怖组织的电影《烈血天空》(*The Siege*)，在"9·11"事件之后的一周是租用频次最高的录像带之一。"袭击开始的时候，浮现在我脑海中的感觉是，这看起来很像一场电影。"赖特回忆道，"然后我想：'这看起来就像我写的电影。'"

后来的两篇《纽约客》报道把他重新带到了中东。《本·拉登背后的人》(*The Man Behind bin Laden*，2002 年 9 月 16 日)——赖特对艾曼·扎瓦希里医生(Dr. Ayman al Zawahiri)的专访——把他带到开罗，他在那儿探寻了基地组织及其恐怖主义意识形态的起源。2003 年春天，在为得到一张新闻记者签证而游说沙特外交官长达一年之后(对允许哪些人去那儿，这个国家是非常有选择性的)，赖特得到了一份为期三个月的在《沙特大公报》(*Saudi Gazette*)——吉达(Jeddah)的一份英语日报——培训年轻的沙特记者的工作。《沉默的王国》(*The Kingdom of Silence*，《纽约客》2004 年 1 月 5 日)描绘出一幅社会压抑且心理抑郁的不祥的文化图景。"我开始把沙特社会视为许多敌对势力的交锋之地：自由党敌对宗教保守派，皇室敌对民主改革者，失业者敌对海外国民，老年人敌对年轻人，男人敌对女人。问题是，所有这些冲突引发的愤怒会对外爆发在西方，还是对内爆发在沙特政权上。"

哪一种主题会吸引你？

我对人们为什么相信他们所相信的事物感兴趣。美国有一座可供选择的巨大的信仰超市。它是自由的，但性质也极其危险。人们时常被坚定的信仰驱使着，发动政治或宗教运动，从而惹上麻烦。

然而，记者很少认真地对待信仰。宗教记者在报社的地位堪比讣告写手。记者是怀疑论者，所有信仰的整体观念都有点儿不待见他们。面对真正被信仰吸引的人，记者就不写他们的信仰，以示同情。

在一个故事中，你寻找的是哪些要素？

我喜欢的故事就像进入一个巨型房间的钥匙孔。起初，我的故事常常显得很小，很有限，但当你的眼睛贴近它，通过它看进去的时候，它就是庞大宇宙的一个小窗口。

你的很多故事都发生在中东，是不是世界上某些地区的故事会比其他地区的故事更吸引你？

越南战争期间，我是个出于良心拒服兵役者，我的替代役是在开罗的美国大学教书。我有深厚的埃及情结，并且基于我对信念和信仰的兴趣，我仍然被那里吸引着。毕竟，那儿是各种宗教极端主义的发源地。

你是怎样获得有关故事的想法的？

常常是偶然找到的。一开始，我的故事可能无关信仰。不过，一旦开始写了，我就容易站在那个角度。

例如，1991年，我的理疗师跟我谈到多重人格障碍（MPD）的泛滥。他和他同为理疗师的妻子都在给许多患有多重人格障碍的年轻女性实施治疗。而在进行探寻时，他们几乎总是发现这些女人有童年遭受撒旦迫害的记忆。他所描述的这个比例令人震惊。他说，每年光德克萨斯州奥斯汀市的撒旦崇拜者就要为五十起凶杀案负责——这个数字实际上超过了奥斯汀市总的凶杀案发生率！我心想："这是怎么回事？"

这是很有趣的信息，不过你要怎样把它发展成故事呢？

我开始报道。我参加过一个专题讨论会，一位警察在讨论会上宣称撒旦崇拜者每年要为美国的五万起凶杀案负责——这个数字超过了全国总的凶杀案发生率，而这个人是一名备受尊敬的警察！

那时我就知道这里面有个故事：一个关于信徒和那些相信这些信徒的人的故事。我去找《纽约客》当时的编辑蒂娜·布朗，告诉她我想写多重人格障碍。她不怎么感兴趣，直到我说大部分患有多重人格障碍的人都称自己遭受过撒旦的迫害。这让她兴奋起来了。

好，你已经有了故事的想法和任务，接下来你是怎样着手找到一个特定故事的呢？比如写成《记住撒旦》这个故事。

我想要写一个同时涉及撒旦迫害和多重人格障碍这两个点的故事。所以，我在新闻全文数据库中进行搜索，找到了全国上千起被报道过的案例。我阅读这些文章，开始给那些律师、受害者或其他相关人员打电话。

唯一有人实际受审并被定罪的案例就是保罗·英格拉姆。他是原教旨主义基督徒，也是华盛顿州一个小县城的副警长，他承认犯了这些罪。我想，如果有判例案件能判定是否真有撒旦宗教仪式迫害的话，那就非它莫属了。

这个案例所体现的是你寻找故事的典型方式吗？

不一定。我也保留一些大的文件，里面全是我有天想写的故事的剪报。例如，今天早上的《纽约时报》上有个故事，讲的是一个以色列男孩在一次自杀性爆炸中丧生，他的父母把他的肾捐献给了一个七岁的巴勒斯坦小女孩。这种事并非第一次发生。在开罗以及 1997 年美国新闻署(USIA)的耶路撒冷之行期间，我就对这类有关肾的故事产生了兴趣。我和一个以色列阿拉伯人进行过讨论，他现在是以色列国会议员，后来换掉了一个肾，目前正在推行一家致力于此类交易的器官库。

你为什么会对一个关于肾移植的故事感兴趣？

这又是一个关于信仰的故事。正统派犹太教信徒和伊斯兰教徒都不赞成器官移植，因为从宗教的角度来说，这是不圣洁的。但如果你的女儿肾功能衰竭，快要死了，你要在自己的宗教信仰和对孩子的爱之间做出一个选择。这是一个生存危机。我之所以愿意写这个，是因为这是信仰上的越轨，也是"彼此为敌"的人奋力争取和平的一个方式。要是能追踪报道一个以色列肾和一个伊斯兰教徒的肾，那再好不过了。

你会用不同的方式报道国际新闻和国内新闻吗？

我尽量不这样做。作家常常会被异域风情误导，他们的理解会被扭曲，结果就是他们不像平时看待"老家的人"那样，把在那儿遇到的人看作真正的人。所以，在报道国际新闻的时候，我会尽力扯掉那个地方的虚假的异域外表，以便我笔下的人物角色在任何背景下都易于识别。然后，一旦确立了他们平凡人的身份，我就可以真正理解异域风情给故事带来的影响。

但你难道不是冒着削弱这些人物角色真正的"异域性"的风险吗？

确实比较紧张。一方面，我们高估了外国文化的异域性；另一方面，我们没有把握好各种文化之间的显著差异。这些差异有时是如此巨大，以至于来自不同文化背景中的两个人起先真的看不到对方。所以，我试图消除这些表面上的差异和显而易见的文化细节，从他自己的角度呈现一个易于识别的、属于人类的、能与人产生共鸣的人物角色。之后，我就可以探讨他所特有的那些差异。

例如，我写了一部关于曼纽尔·诺列加(Manuel Noriega)及其寻找爱和救赎的小说《上帝的宠儿》。他吸引我的地方是，他是个佛教徒、素食者、双性恋者和中美洲的独裁者。但在接触这些主题之前，我得消除他中美洲的神秘感，因为美国人不愿意阅读写拉丁美洲人的作品。诺列加的文化异域性只不过是粉饰，他的内在生命才真正具有异域性。

你会同时兼顾多少个项目？

我更愿意一次写一个，尽管偶尔会一天兼顾两个项目：一个或许是文章，而另一个或许是剧本或书。有那么一段时间很幸运，因为我在写一个关于约翰·奥尼尔的剧本，而在《纽约客》时我就写过他(《反恐精英》)。与此同时，我还在写一部导致"9·11"悲剧事件的书。我从剧本的写作中学到的东西会让这本书更完善，反之亦然。

你写文章、剧本和小说，那你是怎样决定一个故事要用哪种体裁来呈现的呢？

通常，在产生一个想法的时候，我就已经有具体形式了。这在很大程度上是凭直觉获知的，尽管我对诺列加的想法起初是完全错误的。它最先是一出两人合演的话剧，是诺列加与在美国入侵巴拿马时给他提供庇护的教廷大使之间的对话。以希腊戏剧的形式来写似乎很完美：世界上最邪恶的人与教皇的官方代表在交谈，与此同时，门外突然响起了美军的摇滚乐。但话剧实在是写不下去，因为我没法让教廷大使闭嘴，也没法让诺列加开口说一句话！

我又决定写成一个剧本。我搞得很热闹，但看上去只是吼成一片。奥利弗·斯通(Oliver Stone)打算拍这片子。他让阿尔·帕西诺(Al Pacino)饰演诺列加，詹妮弗·洛佩兹(Jennifer Lopez)饰演他的女友。然后整个剧情支离破碎，就像电影常常出现的情况一样。所以，最终我把它写成了小说。这次经历让我懂得了我的直觉并不是绝对可靠的。这部电影最终在《好戏上场》(Showtime)中上演，有鲍勃·霍斯金斯(Bob Hoskins)参演。

我们来谈谈研究吧。一些作家说他们不想在一个故事开始的时候知道太多，怕这些信息会削弱他们自己的印象。你赞同吗？

这种哲理我永远搞不懂。如果仅仅是把自己的印象带给读者，那你又给这个知识世界增添了什么呢？它们必然很肤浅。如果你是个才华横溢、见解深刻的人，那故事或许就很精彩，很深刻。但我相信，如果你通过大量研究而真正地去了解主题，那故事会更精彩，更深刻。

你有一套固定的研究程序吗？

是的，我有一套我对其极为信赖的程序。我首先在新闻全文数据库里搜索，然后尽可能阅读与该主题有关的一切作品。在阅读时，我会在剪报上列出我想与之交谈的人员名单。

例如，这是我为约翰·奥尼尔的故事列出的名单(赖特掏出一个用旧了的黄色标准拍纸簿，上面一行行地写满了人名、电话号码、电邮地址和简短的、用以确认身份的注解)。这些是参加他葬礼的人员名单，这是他的同事、他的女友、他的前妻。联系方式对事实核查员来讲非常重要。随着名单越来越长，我会标出那些我已经联系到的人。

在每一场采访结束时，我总要问我还应该跟谁谈谈，或者请人家帮忙联系我知道但没拿到电话号码的其他人。我在探索那些认识我所写之人的人的宇宙。

这些名单有多长？

它们介于十五至二十单倍行距的纸页之间，包括数百个人名。

你还做哪种研究？

我会阅读大量书籍。这里是我为"9·11"这个项目而使用的书(赖特用手势比画出放满三个六英尺长的书架的书)。阅读的时候，我会标出某些段落。然后，有一名助手会帮我在索引卡上写下每段引文，并注明出处。

好，既然有了想法，有了任务，又做了一些研究，接下来你是怎样开始采访流程的呢？

我通常先问一个人是怎样认识我所写的人的。我初次采访的目标是建立一种关系，而不是从他那里得到任何信息。我可不想吓跑他。

你喜欢和你采访的人一起待上多久？

如果我找到一个真正不错的知情人士——很接近这个主题，既权威又有趣的一个人，我会采访他几十次。尽管我并不期待获得即时信息，但我想立刻证实几件事。我想让这个知情人士知道，我打算写这篇文章，我想要写得准确无误，而他是权威，所以我需要他的帮助。

你会怎样让人们给你这么多接触的机会？

我让他们知道，我已经花了大量的时间做准备，而且我是非常认真地对待这个主题的。人们天生就对谈论自己以及自己的追求感兴趣，如果你能让他们确信你真正感兴趣，那么不想满足你好奇心的人就太罕见了。

我不想压垮他们，但直接把我需要他们给予的投入告诉他们是有好处的。我会说："我还有很多东西不了解，我想跟你谈谈这个话题。你是一位权威人士，将来如果我回头带着更具体、更深入的问题来找你，希望你不会介意。事实上，我想在一段时间内进行一系列长时间的访谈。然后，在写作品的时候，我还会跟你联络，问你一些非常短的、尖锐的问题。最后，一位事实核查员会给你打电话，确保我没有犯任何严重的错误，我希望你对他也能这样彬彬有礼。"

人们被你所要的那么多时间吓退过吗？

当然有过。有时他们会有点厌烦。跟我交谈有点像看医生，我已经把一种养生方法强加在他们身上了，我知道对这个故事来说，什么是最好的。但他们可能并不想天天去看医生。我从他们的声音就可以觉出他们在什么时候感觉累了，然后我会让他们休息几天。我尽量不浪费他们的时间。

一旦有了接触的机会，你是怎样让人们对你敞开心扉的呢？

我让他们开口交谈的一个办法就是给他们看跟我谈过的一长串其他人的名单，甚至久经沙场的联邦调查局特工在看到这么多名字时都吓了一跳。他们会想："去他的，他跟每个人都谈过了！"他们就有点软化了。首先，这因为他们尊重我所付出的努力。其次，他们感觉对我隐瞒任何事情都没有意义，因为别人总归要告诉我的。这些名单会让人们知道我已经着手在做，想甩掉我不太可能。这是一种视觉帮助。

你更喜欢直接接近一个人还是通过熟人介绍？

并非始终都要通过某个人，但在我近期工作的幽闭恐怖的领域里——伊斯兰教主义者和联邦调查局特工，有人引见的确有好处。有个中间人替你说话，这在阿拉伯世界很关键。

例如，我第一次见到艾曼·扎瓦赫里(Ayman Zawahiri)的叔叔马哈福兹·阿扎姆(Mahfouz Azzam)的时候，他很冷淡、不屑，甚至有点生气。在这个故事上，我真的需要他的帮助，所以他不愿跟我坦诚沟通就会是个问题。同时，我采访了另一个人，并与之建立了非常融洽的关系，后来才知道原来他是阿扎姆的朋友。我告诉这位新的知情人士，我感觉很糟糕，因为我没给这位叔叔留下好印象，然后这个人就说要给他打个电话。呃，我第二次去采访扎瓦赫里的这位叔叔时，天堂的大门仿佛打开了。他很欢迎我，也很豪爽。

在一场采访中，你会透露多少有关自己的情况？

我总是告诉人们我在做什么。我不喜欢做一个夸大自己的重要性，以讨好采访对象的记者，但如果这种手段有效，我也会这样做。我的目标是做一个接收的容器，他们可以把自己的故事倾倒进这个容器里。只有把注意力完全放在他们身上，而不是相反，我才更有可能做到这一点。

你最喜欢和最不喜欢采访的地点是哪里？

我喜欢在人们工作和生活的地方与他们见面。这让他们很放松，因为他们觉得自己能够掌控局势，不需要自我防御。

我不喜欢在吃晚饭时进行采访。在我写东西、录音时吃饭很尴尬，而且有杯盘碰撞的声音。我不喜欢被人发觉，或被其他桌子上的人呆呆地看着。但有时出去，把某个人灌醉是绝对有必要的。

在采访期间，你会喝酒吗？

不幸被你言中了。我没法跟这些联邦调查局的人比！但这的确有助于信息流通，而且是一种亲昵的体验。

你安排过某些场景吗？

如果这种手段富有成效，那我就会做。我的主要目标是获得信息。有时，你走出一个人的办公室，会获得你坐在那儿无法获得的信息。

在报道《记住撒旦》的时候，有个名叫吉姆·拉比(Jim Rabie)的小伙子，被指控作为"邪恶之环"的成员，参与了这些绝对怪诞的仪式和儿童献祭。这毁了他的生活。公众恨恶他，他坐了六个月的牢，失去了工作。他拼命地证明自己清白，并提出做测谎试验，最终却没有通过。

我没有浓墨重彩地写测谎试验，但我认为从读者的角度出发，拉比没有通过测试会是我解释不清的一个困扰着人们的问题。我意识到我得再让他做一次测谎试验，然后以这一次的结果为准。于是我安排了我找得到的最好的测谎人来进行一次新的测试。这一次他通过了。为了读者，我有这个义务。结果，他没有通过测试这个场景成了故事中一个漂亮的戏剧性小转折点，因为它在那些愿意相信拉比清白的读者心里制造了紧张局势。后来，我能够让拉比进行第二次测试，解除那种紧张。因为整个事件不在记者的惯常作用之内，所以我在作者按语里具体地解释了我所做的。

你提前发送过问题吗？

偶尔有过。我最近一次提前发送问题，是在采访摩门教会负责人的时候。他的办公室坚持要这样，但这只不过是公关部门给我下马威的策略而已。他甚至连看都没看。

你会通过电话、信件或电子邮件进行采访吗？还是只当面采访？

我通过电子邮件与知情人士进行大量通信。这是提出一连串事实类问题的简单方式。然后我会打印出电邮通信，放进我的文件夹。但是对于主要的采访，我会面对面进行。

你会对采访进行录音还是记笔记？

两者并用。我记笔记的技巧不怎么好。我手写的笔记只是接近采访的内容。

你会在你正在采访的人面前记笔记吗？

我更愿意这样，但不能老这样。有时人们会感到害怕，他们会因为被卷入而紧张，不轻易相信外人。但在我们下一次见面时，面对笔记和磁带录音机，他们通常会有些放松。

你会采用速记法吗？

不会，我只做马虎的快速笔记。我能辨认自己的笔迹，但事实核查员常常不能，这也是我录音的另一个原因。我那些亲爱的事实核查员要花好几个小时听我的磁带。

这就像是被克格勃[1]严密监视着一样，但非常有益。

你会在对一场采访进行录音之前征得对方同意吗？

会的。有时，他们感到不安，就让我把它收起来。然后我会解释说，我不太擅长记笔记，而录音有助于确保准确性。我解释说，这既保护了他们，也方便了我自己。无论起初多么不愿意，一旦同意让我录音，他们通常就会在五分钟之后忘记录音机的存在。

你会就哪些引述和信息可以用，哪些不可以用进行协商吗？

偶尔会有人要求我关掉录音机，以便告诉我一些他们不想被追究责任的事。我会照办，然后在笔记中写上"NFA"(不具名)，表明这是"不宜公开发表的"。然后我们再回到"可以公开发表"的采访。我不喜欢这样做。我更喜欢一场采访的全部内容都"可以公开发表"。

你会允许采访对象审查他们的引述吗？

因为《纽约客》的事实核查员最后都要跟他们核对引述的正确性，所以我不介意告诉人们我要和他们谈到什么。我不太喜欢向采访对象复述他的引述，但有时也会那样做，以便从他那里得到更多信息。

例如，在写艾曼·扎瓦希里医生的故事(《本·拉登背后的人》)时，我会把正在写的一些小段落发送给他的家庭成员——有些是我在开罗采访过的，有些拒绝和我交谈。我只是想问问我写得是否准确，即便这让他们抓狂。这样的情况的确发生过两三次，可也会打开他们的心，帮我从他们那里得到更多信息。我的主要兴趣是确保正确无误，所以很乐意对不正确的地方进行改正。

你誊录这些磁带吗？

如果是关键采访的话，我会让别人来誊录。我以前经常自己誊录，但那实在太多了，要掌握所有磁带是很难的。我找到了一种能容纳四个盒式磁带的专用塑料盒。这些塑料盒很难找，但能让我把这些盒式磁带排成行，就像你摆放 CD 那样，并能让我把架在塑料盒中心的采访编成索引。这比我过去把几百个盒式磁带散乱地放在一个盒子里整齐得多。

---

1 克格勃，全称"苏联国家安全委员会"，简称 KGB，1954 年 3 月 13 日至 1991 年 11 月 6 日为苏联的情报机构。1991 年苏联解体后，该机构改制为俄罗斯联邦安全局，与美国中央情报局、英国军情六处和以色列摩萨德，并称为"世界四大情报组织"。

但如果又记笔记又录音的话，你会怎样记录所有不同的信息来源？

在记录采访笔记的每个标准拍纸簿的首页左边一栏，我会创建一个粗略的索引，说明那个拍纸簿上记录的是和哪些人进行的访谈。然后，我让助理给上面的每个人名都加注彩色标签。我会把它们贴在记录他们的采访内容的那些页的侧面，这样就能迅速找到。当你把这些便签贴在侧面，让它们彼此斜靠着的时候，看起来就像个整齐规范的文件。

然后我在每个磁带上做个记号，告诉自己在哪儿可以找到相应的采访笔记。例如，我和阿扎姆·塔米米(Azzam Tamimi)进行的这次访谈标有"23i"，这表示它是第23本标准拍纸簿上的第一盘磁带。如果在同一本标准拍纸簿上，我和阿扎姆·塔米米进行过多次访谈，我就会标上"23ai""23bi"等。

你会在什么时候知道自己采访的人已经足够了？

当我意识到我比自己正在采访的人知道的还多的时候。当他们开始针对这个故事来采访我——当我被视为"专家"——时，我就知道我采访的人已经够了。

你会怎样组织这些大量的研究和报道材料？

我在研究时会做好笔记，并给每个人物角色创建卡片文件，给他生活中的特定主题创建子文件。最终，如果一个人物角色的文件大到像这儿的奥萨马·本·拉登的文件夹(这个盒子约有三英尺深)，它会被单独放进一个盒子里。单个文件或许包含1200张卡片，但它们又被细分出可管理的类别。

我把布什和克林顿都归入"美国"这个文件夹。我也有一个关于"伊斯兰教"的通用文件。我把恐怖分子和劫匪按字母顺序归档，这个文件是从"穆罕默德·阿塔"(Mohammed Atta)开始的。然后，我还有一个关于"基地组织"的大文件，子文件是关于阿尔及利亚、阿富汗、伊拉克、埃及等地的基地组织的。

然后，我再回头通读采访笔记，标出最重要的事情，再把标出的信息也摘抄到笔记卡上。这些笔记卡之后就成为我在写作时用来参考的最终资源。所以，举例来说，我在写艾曼·扎瓦希里和他的家庭时，一切都已准备就绪——在我的卡片文件里的扎瓦希里这一分项里。还有一点就是，我在阅读、采访、查明事情的同时，凭直觉给这些文件创建类别。不错，这些类别在一定程度上比较随意，但你得有内容，比如家庭、婚姻、信仰这类东西，这些类别形成了一个提纲。最终，这些就是我要写的东西，因为这些是我感兴趣并已经搞清楚的东西。发展信息似乎比从提纲开始，然后试图将那个架构强加在材料上的办法更自然。

我为这个"9·11"项目开发的另一个组织工具是一个彩色编码的、按月绘制的时间轴。这始于1992年，因为导致"9·11"事件发生的许多事情都从那一年开始的。

为什么要用彩色?

因为这让我的眼睛更容易随时关注一条叙事的主线。我给穆罕默德·阿塔用了紫色,其他劫匪用了红色,艾曼·扎瓦希里用了蓝色,约翰·奥尼尔用了绿色。然后,我把信息来源(无论是采访还是出版物)列在颜色的旁边。

例如,如果我想知道艾曼·扎瓦希里1999年在哪儿,怎么办?我只需要找蓝色标记,找到后,我会参考信息来源,看看它有多可靠。如果这些信息出自《华尔街日报》,我就知道它是非常可靠的;如果出自互联网,我就很难知道究竟是真还是假了。

既然有高级的电脑软件可供使用,为什么你还要在纸上组织所有这些材料呢?

我知道我现在本应该做到那一点,但我只是发现我最后需要所有的东西都呈现在纸上。看到这话的人会想,我在材料的组织上付出这么多劳动是疯了吗?但原因是如果我做了,实际的写作就会进展得非常快,一切都手到擒来。我之所以研究出这种方法,是因为我以前经常只记得事实,却记不得出处。当我必须记录出处时,这便成了一个问题。

这种方法你用了多久了?

我在关于达拉斯成长故事的这部书(《在新世界里:与美国一同成长》)里开始用这种方法。它实质上写的是美国这二十年间的历史,我采用了很多不同的材料。在为《圣人与罪人》写各种宗教领袖的专访时,我更加信赖这种方法了。

例如,在我写麦达琳·默里·欧黑尔(Madalyn Murray O'Hair,美国无神论的最初倡议者)时,它就很有益。我在对她的采访以及我的研究中发现,多年以来,她声称从各种机构获得了26个不同的硕士学位——法学、护理、社会服务等。我给她提到的每一个机构都打了电话,发现她并没有获得任何高等学位。我的笔记卡体系就像一张编织得很细密的网,我可以过滤大量材料。然后,当我在船上拉网时,就打到了这么多鱼,即获得她几十年来撒谎的确凿证据。她后来向我索赔1800万美元,而我真的很高兴我做了如此深入的研究。

好,你已经完成了研究、采访和组织工作,接下来你要怎样开始写作呢?

我会列一个粗略的、两三页纸的提纲,钉在我办公桌上方的墙上。就像我说过的,我笔记卡文件的标题和副标题通常决定了提纲中有什么内容。就拿扎瓦希里这部作品来说,提纲大致是按时间顺序列的。我先写开场白,然后就转移到"福音段落"。

什么是"福音段落"？

这是告诉读者为什么要阅读这个故事的一个段落。在一些杂志上，它也被称为"核心段落"。

在写的时候，你的提纲会变得更详细吗？

会的。在开始写作时，报道其实还没有停止。过去，我犯的一个最大的错误就是太早开始写。我并未真正了解我试图要表达的，只得停下，回到知情人士那里弥补不足。所以，即使我已经正式开始"写作"，这一天我也要平均分配给写作和做补充性采访。

你是从头到尾写一部作品，还是各个部分分开来写？

我从头开始，尽量不间断地写到结尾。

那就是一节一节、一天一天写，直到完成？

不是，我会回顾已经写好的内容。第二天，几乎所有的内容都可以再改进。有时，在写到这些样板文件似的部分时，我会故意写得很快很差劲，只是逼着自己往前进展。过一会儿，我会把它们全部清除。

我会在我快要筋疲力尽之前停笔，给第二天一大早留些好写的东西。如果不知道明天早上要说什么，我就不停笔。没有比一大早就面对棘手的问题更让人不知所措的了。

如果遇到棘手的问题，你会怎么办？

我有时会去跑步，因为我发现这会使人精神放松。我常常在跑了五百码之后就解决了那个令我沮丧的问题。在跑步的时候，我会产生如此多的想法，以至于我会随身带着便笺纸和铅笔。

你会花很多时间思考作品的架构吗？

我常常用一种直线式的、尽管不总是按时间先后顺序进行的方式讲故事。当把一个人物角色放在舞台上的时候，我会确保花点时间让他成为一个有血有肉的人，让他鲜活地存在于读者的脑海中。我喜欢推动一个人物角色前进的某一个点，然后在决定性时刻让他暂停。对读者来说，由此制造的紧张状态是令人愉快的。这个停顿则让我能够沿原路返回，带领读者穿过所有这些基本信息。如果从这些信息入手的话，或许会扼杀读者的兴趣。但是，既然知道你将来会有好东西等着他们——人物角色的决定性时刻，他们就会成为忠实读者。然后你就可以继续这项令人愉悦的事，让人物角色起死回生，面对当前局势。

你需要在什么特殊的地方写作吗？

是的，我很挑剔。我不是那种能在周围人都在聊天的咖啡馆里写作的人。回到德克萨斯州，我有一间不错的阴暗安静的办公室。我是个鸟迷，唯一能让我分心的就是办公室窗外树上的小鸟。我手头放着一副双筒望远镜，我时常会跳起来观察一只木兰林莺。

你的完美写作之日是什么样的？

我的一天从一杯咖啡和一份报纸开始。我喜欢在家里写作的一个原因，是我喜欢在一个真正宁静的地方开始新的一天。在《纽约客》的办公室里工作的时候，我得等地铁，在大街上的人群之中挤来挤去。一路上或许会发生一些事情，但我不想看到任何让人心神不宁的事。我只想尽可能安静地开始。我上午的进展通常不大，所以我会避免在上午进行电邮采访。直到下午进展最快的时候，我才开始点击。尽管我一天的工作时间从九点持续到六点，但大部分内容都是在最后两三个小时里写出来的。

你一般要把草稿过几遍？

"完成"一部作品之后，我喜欢再写一份全新的草稿。一份草稿就意味着一种思维定式，一种固定的僵硬状态。我需要某个人毫不留情地说"这个不行"，"这应该放在这儿"，"你这个结尾很难理解"，等等。我会对这些批评充满感激，因为我自己并不能让这种僵硬状态有所放松。但被批评之后，一切就都放松了，我又可以活动了，就像船驶过之后的一大块浮冰。那就是我愿意完全改写所有东西的时候。

有没有这样一些人，你会把正在写的作品拿给他们看？

我在德克萨斯州有一位非常亲密的朋友，名叫斯蒂芬·哈里根（Stephen Harrigan），也写小说、剧本和杂志文章。有时我们一天交谈好几次，无论是为发表其他人写的东西、读一个句子还是设置一个场景。

你是怎样学习成为一名记者的？

1971 年从开罗回来的时候，我在田纳西州纳什维尔（Nashville）的《种族关系记者》找了一份工作。我没有接受过正规培训，而且被我早期写的故事搞得有点尴尬。这些作品都自作聪明，存在偏颇之处，是我刚才暗示的一种印象派新闻。

编辑是一个名叫吉姆·里森（Jim Leeson）的非常执拗的家伙，教我掌握了深入一个故事的价值。我懂得了，如果你在写一个冲突四起的主题，比如种族，那么成为两边的人都可以宣泄情感的平静的中心就很重要。我懂得了，记者的价值之一就是站在那里听听人们要说些什么。

你是以怎样的记者形象示人的？

我把记者看作一个专业证人。他的职责是报道冲突，然后回到他那个社会，告诉人们正在发生什么事，社会应当怎样应对。但记者的默认立场是保持公正、中立，至少对我来说是这样的。

在你对沃克·雷利（Walker Railey）——涉嫌杀害了妻子的达拉斯卫理公会牧师——的专访中，有个不可思议的时刻。你告诉他说："我认为你有罪⋯⋯认罪吧，不然永远忘不了，这会把你逼疯的。"这让我感觉你并没有非常公正或中立。

我就是没法在他面前保持冷静的立场。我不认为一个记者应该违背自己的良心。如果你处在一个从根本上就错误的情势当中，你就得采取坚定的立场。没错，你是个"旁观者"，但你也是你那个社会的代表。你反映出你那个社会想知道的，这就意味着有时候你得放弃中立的立场，以引起读者想听到的回应。就沃克·雷利来说，达拉斯的大部分人都知道或者认为他有罪。通过直接向他提出质疑，我给了他一个机会回应每个人都想问的问题。

除了回忆录之外，你几乎没有在你写的书里出现过。为什么？

我的第一位编辑吉姆·里森给我立了一个铁规矩：记者不应该出现在故事里。所以，在写自传的时候，要真正越过那条界线，进入"我"和"我的"的宇宙，让我感觉非常紧张。况且，没有人想过达拉斯值得在回忆录中被提起。我从未觉得自己在某个在巴黎甚至布鲁克林长大的人面前是个文学权威。重要的、有趣的人都到过那些地方，但从文学的意义上讲，你不可以是达拉斯"所出"。我很难允许自己写一部回忆录。不过，一旦开始写，我就会打起精神来写。

然而，在写一般新闻时，我不会把自己置于故事之中，除非有非常好的理由。我想让读者进一步认识主题，如果我的出现有助于实现这一点，或者无可避免的话，那么我就会出现。

例如，我有关艾曼·扎瓦希里的作品中有这样一个场景：我参观了艾曼·扎瓦希里和我的向导都曾被关押过的开罗监狱。在那个场景中，我的向导得和某个人讲话，他得向某个人阐明一些事。"我"也置身其中，因为试图隐藏自己会显得很虚假。

按照《纽约客》的风格，他们更愿意我们写"他告诉我"，而不是"他说"。编辑们认为这会让作品更具权威性。这可把我逼疯了，因为它就像记者面前的一面镜子。站在读者面前说"瞧我。我要给你看看这个。我要拉着你的手"，那很无礼，而且几乎不会让读者比原先更相信作家。

你是怎样看待作者在场的？

对我而言，作者在场就体现在我的陈述里，那就是读者了解我的方式。当在阅读你所钦佩的一位作家的作品时，你就会好奇那里面有什么吸引你注意力的东西，这通常是回响在你脑海中的作家那令人鼓舞的、静悄悄的声音。

说说你的表达方式吧。

我尽量友善、坚定。当然，还有友好和诚实。

哪些作家对你表达方式的选择产生过影响？

我是约翰·麦克菲的铁杆粉丝。他在把我的注意力吸引到新闻上的这种文学呼唤中非常有影响力。我很崇拜 A.J. 列伯灵。他是真正运用表达方式之人中的典范，他的表达方式充满活力，又很幽默。我多么希望能像他那样写啊。单讲文风的话，罗伯特·潘·沃伦(Robert Penn Warren)对我的影响很大。并且，他感兴趣的主题跟我非常相似——权力、灵性和信仰。他被人性黑暗面所吸引，我也是。

在写作的时候，你经常考虑作品发出的声音吗？

是的，我很痴迷于演练我的散文发出的声音。当编辑帮助我，说"我注意到你在这儿有多处话语重复"时，我很爱听，并且心中充满感激。我花很多时间时行润色。

你会根据你写的是非虚构、虚构或剧本，而有区别地思考语言吗？

我想要写小说的一个原因是，它对你能在散文上走多远有一定的限制；而在写非虚构的时候，它对你能在人物角色的心里探究多深有一定的限制。虚构能让你想走多远就走多远。

你认为新闻能引出真相吗？

"真相"是主观术语之一，过分较真是毫无意义的。真相具有绝对性，然而每个人还持守着属于自己的真相。或许"理解"一词更妥当。身为记者的全部意义就是与不同的观点产生共鸣。但我认为，共鸣不会引出真相。

例如，在关于恢复性记忆的争论中，那些说"这是一种歇斯底里的爆发"的人，比那些说"不，这些人被真实的记忆和经历折磨着"的人拥有更多真相。在尽力理解两方阵营的同时，我觉得自己有义务报道我所相信的事实。

另一个例子就是我正在写的关于"9·11"事件的这部书。三千人遇难，两种文明在暴力冲突中相持不下。几乎人人都自称得到了"真相"，甚至很多人愿意为真相而死。我不敢冒昧地说我的真相比他们的真相更真。但我的确有一个立场，我认为，作为记者，我可以帮助读者了解冲突的信仰。

我在理解"真相"这个词上存在的问题是，它听起来非常简单。而当事情变简单的时候，其实也就变危险了——而不是变容易了。我们正在滑向一个极尽简约的时代：善与恶的较量、我们与他们的较量等。在这种情况下，记者的职责是要把事情复杂化，因为复杂性会使人了解得更多，而简约会给人刻板的印象。

你是汤姆·沃尔夫在他的《新新闻主义记者》这篇文章中描述的那种"新新闻主义记者"吗？

沃尔夫对我影响很大，我一直很喜欢他的作品，他让我看到新闻可以怎样选取真人真事，并把它们以文学形式组织在一起。然而我不会说我所做的正是沃尔夫做的那种新闻，尽管我肯定对它有所领受，特别是在我的剧本当中。沃尔夫提出的最重要的东西就是社会等级的重要性。

你把你所做的这种新闻叫作什么？

我不给它贴标签。但如果你问我给传统的新新闻主义增添了什么，我会说"对内在生命的关注"。沃尔夫关注的是人们在社会上的地位，而我则更多地挖掘那为人不知的部分，有时是非常危险的呼吁，以及这些信仰如何导致个人和文化群体陷入冲突。

劳伦斯·赖特作品

《上帝的宠儿》(*God's Favorite*)，西蒙与舒斯特出版公司，2000 年。

《双子塔：他们告诉我们，我们是谁》(*Twins: And What They Tell Us about Who We Are*)，约翰·威利父子出版公司，1997 年。

《记住撒旦：恢复的记忆和一个破碎的美国家庭案例》(*Remembering Satan: A Case of Recovered Memory and the Shattering of an American Family*)，克诺夫出版集团，1994 年。

《圣人与罪人：沃克·雷利、吉米·斯沃加特、麦达琳·默里·欧黑尔、安东·拉维、威廉·坎贝尔和马修·福克斯》(*Saints & Sinners: Walker Railey, Jimmy Swaggart, Madalyn Murray O'Hair, Anton LaVey, Will Campbell, Matthew Fox*)，克诺夫出版集团，1993 年。

《在新世界里：与美国一同成长，1960—1984》(*In The New World: Growing Up with America, 1960-1984*)，克诺夫出版集团，1988 年。

《城市孩子，乡村夏天》(*City Children, Country Summer*)，斯克里布纳出版社，1979 年。

译后记

　　20 世纪 60 年代后期，新新闻主义写作是美国新闻文本创新最大胆的探索之一，直至 80 年代以后风潮日衰，其旗帜人物汤姆·沃尔夫的教科书在美国甚至濒临绝版。我国新闻学界在 80 年代曾较多论及新新闻主义，或直接将其音译为"新吉纳主义"，但普遍触于概念，止于概念，未能将其作为重要的写作理论资源进行消化。世纪之交，少数新锐媒体在创新驱动下才在业务实践上从中汲取营养。在美国，新新闻主义浪潮经历了高调鼓吹时代之后陷入低谷，但并未就此画上句点，而是渐入默默发展的演进过程。21 世纪初，文学新闻、叙事新闻、长报道、非虚构写作等概念相继出现，其叙事理念、技巧与沃尔夫式写作一脉相承。2005 年，纽约大学教授罗伯特·博因顿把文学新闻的最新表现形式称为"新新新闻主义"（New New Journalism）。

　　回望美国文学新闻的发展史，我们能发现一些重要的发展节点。20 世纪 60 年代，美国新的文化环境给其社会各方面带来了巨大的冲击，新闻亦是如此。当时传统的新闻写作"5W 原则"与急遽变化的社会形成反差，枯燥、乏味、毫无生机与感染力的新闻内容难以描述人们精神上的困惑，也无法完全揭示社会现实。于是，"新新闻主义"历经冲磨洗涤遽然成型。20 世纪 60 年代，诺曼·梅勒写约翰·肯尼迪的报道《超人来到超市》确立了新新闻主义写作的先例。杜鲁门·卡波特在 1965 年用新新闻主义形式完成了作品《冷血》。为了追求新闻准确性，卡波特在堪萨斯州一个小小的村落里度过了六年时间，编制了数千注释页，采访了数百人。1973 年，沃尔夫正式以"新新闻主义"为名，编写教科书，给予了新新闻主义初始的公信力。20 世纪 70 年代是美国新新闻主义的繁荣阶段。记者们都拥戴这种风格的写作，读者的购买量不断增加，杂志喜欢新新闻主义写作风格的作品，大学也开始开设相关的课程。《大西洋月刊》《哈波斯》《进化季刊》《时尚先生》《纽约》《纽约客》《滚石》等杂志喜欢用新新闻主义方法写就的文章，出版社热衷于出版新新闻主义作品。20 世纪 70 年代，新新闻主义的发展势头甚至开始接近小说。因此，新新闻主义写作者在当时都有着高昂的乐观主义情绪。1972 年，汤姆·沃尔夫称，用新新闻主义作品替代小说是文学的"重头戏"。

经过了十余年的辉煌，新新闻主义在 20 世纪 70 年代末开始衰落，并饱受批评。媒体记者认为这种形式违背了这个职业最基础的原则。文学评论家认为叙事文学比叙事新闻具有更高的地位，因为文学关注的是"精神问题"，新闻关注的是"物质问题"。加之由于沃尔夫时代对新新闻主义定义的模糊，后来的一些记者逾越了以事实为基础的红线，这对新新闻主义造成更严重的的伤害。1981 年，《华盛顿邮报》记者珍妮特·库克因虚构新闻人物而被收回普利策新闻奖，这给了新新闻主义写作沉重一击。但尽管如此，新新闻主义在世纪之交还是以"文学新闻""长报道""叙事新闻"和"创意非虚构写作"等名称坚韧生长，产出了诸多兼具广泛社会影响与高超写作技巧的杰作。

这种探索的成就与集大成者，就集中反映在这本名为《新新闻主义：美国顶尖非虚构作家写作技巧访谈录》中。本书记录了纽约大学教授罗伯特·博因顿对美国以文学新闻写作见长的顶尖新闻记者的系列访谈。他们是泰德·科诺瓦、理查德·克拉默、莱昂·丹斯、威廉·菲尼根、乔纳森·哈尔、亚历克斯·寇罗威兹、乔恩·克拉考尔、简·克莱默、威廉·朗格维舍、艾德里安·尼科尔·勒布朗、迈克尔·刘易斯、苏珊·奥尔琳、理查德·普雷斯顿、罗恩·罗森鲍姆、埃里克·施洛瑟、盖伊·塔利斯、卡尔文·特里林、劳伦斯·韦施勒、劳伦斯·赖特等 19 人。与新新闻主义的先驱者不同，罗伯特·博因顿认为新一代记者的写作具有新特点，这也是新新闻主义命名的基础。

第一，新新闻主义要求记者沉浸于故事现场进行浸入式采访。新新闻主义写作要求记者花费足够的时间与精力去与采访对象相处，去深入了解采访对象，理解采访对象生活、生存的全部实际与文化背景。很多记者通常要在数年的调查、收集信息后才能进行写作。第二，新新闻主义大大延长了报道的时间跨度。艾德里安·尼科尔·勒布朗花费了近十年的时间报道《无序之家》，讲述了两个女人的挣扎，她们的斗争以及应对爱情、贩毒、婴儿和监狱等问题。莱昂·丹斯为了报道《罗莎·李》，花费了超过五年的时间。第三，新新闻主义通过重组笔记来获取资源。理查德·克拉默、迈克尔·刘易斯和罗恩·罗森鲍姆的创新在于获取信息的方法，而不是讲述故事时所使用的语言方式。第四，新新闻主义作家倾向于报道隐藏在社会底层，长期不被主流媒体关注的人物或者事件，如简·克莱默在《最后的牛仔》中细致刻画的亨利·布兰顿，在《孤独的爱国者》中展示的移民生存状态。莱昂·丹斯报道的《罗莎·李》讲述了一个美国妇女靠贩毒来抚养她的两个孙子并因此入狱的故事，展示了美国下层人民的贫困生存状况。新新闻主义记者通过对下层人民或边缘人物和事件的描写来反映社会现实，启发人们思考，甚至寻求解决途径。如果说沃尔夫时代的记者描述的新闻事件往往大于生活现实，那么新新闻主义则以普通经验为对象向纵深处探索。而本书，正是这些杰出记者关于叙事新闻写作理念、采访、写作技巧的经验之谈。

自 20 世纪 90 年代末期以来，新新闻主义的代表文本样态特稿在我国读者中广受欢迎，许多报纸、杂志、网络媒体以及出版社都在尝试这种新颖的新闻文本形态，并积极介入文学新闻作品的生产与传播。近年来，我国出现了超越特稿写作的非虚构写作的热潮，其本质正是罗伯特·博因顿总结的文学新闻的新阶段——新新新闻主义阶段。当下，更长、更有深度、更大量的文本正不断得到生产与传播。这种写作潮流的推动力量主要有两个方面。

第一，新新新闻主义写作理念、风格与技巧被传统媒体，如报纸、杂志以及新媒体平台等广泛认同和采用，成为媒体间讲故事竞争的重要技艺。尤其是近年来，新媒体超越传统媒体成为新闻传播的主要平台，但其快速便捷传播新闻信息的优势又带来了"速朽"与"易碎"的先天缺陷，缺乏优质内容是其有待弥补的软肋。另外，我国主流媒体在"讲好中国故事"的现实需求驱动下，也积极探索叙事新闻模式的可能空间，这就需要提高讲故事的本领。在此背景下，虽然命名不同，但是，新旧媒体、商业媒体、主流媒体都在建构叙事新闻的优质内容阵地。

第二，在广泛的社会与技术因素的推动下，非虚构写作已成为大众项目。一些新媒体平台，如腾讯"谷雨"、网易"人间"、界面"正午故事"、"地平线 NONFICTION"微信公众号、"中国三明治"以及凤凰网"有故事的人"等，均以推动非虚构写作为创建初心。除了专业的新闻记者、独立作家从事非虚构写作之外，一大批业余作者也加入了非虚构写作的行列，壮大了非虚构写作群体的力量，让非虚构写作脱离了专业记者或作家的局限，成为一种专业写作者和业余写作者皆可参与的写作运动。在这种背景下，译介美国当代新新新闻主义的发展成果成为一件必去做的事。译者衷心希望本书能帮国内叙事新闻记者与非虚构写作爱好者找到写作理念上的导师，同时成为他们的写作操作技巧指南。

最后，需要说明的是，尽管译者勉力而为，但由于水平有限，时间紧迫，译文必然存在不少问题，读者或多或少会遭遇一些阅读不适。我诚恳地欢迎读者批评指正，并提出宝贵意见。

2017 年 10 月
于陕西师范大学启夏苑

图书在版编目(CIP)数据

新新新闻主义：美国顶尖非虚构作家写作技巧访谈录／（美）罗伯特·博因顿著；刘蒙之译. —北京：北京师范大学出版社，2018.2
（2021.4重印）

ISBN 978-7-303-22899-7

Ⅰ. ①新… Ⅱ. ①罗… ②刘… Ⅲ. ①新闻写作 Ⅳ. ①G212.2

中国版本图书馆 CIP 数据核字(2017)第 235423 号

北京市版权局著作权合同登记　图字:01-2017-3787 号

营 销 中 心 电 话　010-58802181　58805532
北师大出版社高等教育与学术著作分社　http://xueda.bnup.com

XINXIN XINWEN ZHUYI MEIGUO DINGJIAN FEIXUGOU
ZUOJIA XIEZUO JIQIAO FANGTANLU

出版发行：北京师范大学出版社 www.bnup.com
　　　　　北京市海淀区新街口外大街 19 号
　　　　　邮政编码：100875

印　　　刷：北京盛通印刷股份有限公司
经　　　销：全国新华书店
开　　本：787 mm×1092 mm　1/16
印　　张：26.25
字　　数：350 千字
版　　次：2018 年 2 月第 1 版
印　　次：2021 年 4 月第 3 次印刷
定　　价：87.00 元

策划编辑：周益群　　　　　责任编辑：张静洁　梁宏宇
美术编辑：王齐云　　　　　装帧设计：王齐云
责任校对：陈　民　　　　　责任印制：马　洁

Title：The New New Journalism：Conversations With America's Best Nonfiction Writers on Their Craft

ISBN-13：978-1400033560
Copyright ©2005 by Robert S. Boynton,
Publisher：Vintage

Authorized translation from English language edition Published in agreement with Sterling Lord Literistic, through The Grayhawk Agency.

本书中文简体专有翻译出版权经 Grayhawk Agency 安排由 Sterling Lord Literistic 授予北京师范大学出版社。未经许可，不得以任何手段和形式复制或抄袭本书内容。